U0917889

陕西文学六十年作品选

长篇小说卷

（1954—2014）

（六）

陕 西 出 版 传 媒 集 团
陕 西 人 民 出 版 社

目　录

冯积岐 • **沉默的季节**（节选）/ 1

高建群 • **统万城** / 173

沉默的季节

（节选）

冯积岐

一

走出轧花机房，周雨言站在薄如白纸般的电灯光影里很自如地连咳了几声，棉花的气味、尘土的气味和轧花机那压迫人的味道并没有从胸腔里咳出来。秋夜很宽畅的气息仿佛人身上的汗水从大地的毛孔中向外散逸，机房外面的夜毕竟轻松多了。轧花机破败的响声依然在啮咬着他。白的人白的手扶拖拉机白的夜晚，满眼里全是冷冷清清的白色。透过衰弱的电灯光，周雨言看见在手扶拖拉机跟前装车的几个人的动作极其涩滞；他没有放弃再咳一次的机会。刚刚收住毫无效果的干咳，棉花一样的声音就浮游而来了："周雨言，快来装车！"

他走出了长方形的电灯光走到了轧花机房的后面。周雨言解开裤带掏出来还没有尿出去就打了个冷战，尿水卡在了半路上。他是无意间看见暗影里女人几乎全裸的背影的，干涩的双眼一经秋夜的洗濯犹如他的意识一样清晰无比，女人的脊背、屁股和大腿毫不迟疑地摄进了他的脑海：她的裤子褪在脚踝上，左手大概提着上身的衣服，从晃动着的右臂判断，她的右手在小腹下的两腿间拂擦；周雨言还不可能想到女人正在揩擦沾在阴部的棉絮之类的脏东西。由于女人的前身微微弯曲着，她那丰肥的屁股就特别晃眼。周雨言被尿憋得厉害，他的右手紧紧地攥着他的那个东西；他明显地感觉到有几滴尿水突破了手的合围已挤出来了。面对生动逼真的女人的裸体周雨言提心吊胆。就在女人正欲回过头来还未回过头来的那一刻周雨言幽灵一般蹑手蹑脚地逃出了风景，站在黑暗处，他战栗着断断续续地撒了一泡困难的尿水。当他感觉到他看见的是宁巧仙的裸体之后就悸动不已，女人的名字棍棒一般击醒了蜷缩在他心中的恐惧，他迈动着迟钝的双腿向手扶拖拉机跟前走去，几滴还没有尿完的尿水趁势涌出来，大腿内侧有一点冰凉。女人的名字斑点一般顽强地沾在他的心中：宁巧仙宁巧仙宁巧仙。

宁巧仙说："雨言，我来拉你一把。"

宁巧仙的声音犹如一片凉飕飕的树叶从手扶拖拉机的车顶上飘落而下；周雨言低下了头，尖细的声音铁铲一般搅动了他尚未平定下来的对宁巧仙裸体的不安。他抓住刹车的绳子向车顶上爬去，饥饿和疲劳捆住了他的手脚，他的力气棉花一般苍白、轻飘。他不甘心从车上溜下去就用右脚去蹬车帮，脚底下没有蹬稳当，他无能为力地从车上溜下来了。站在车旁，他恍然看见宁巧仙那条满怀希望的手臂在摇动着，召唤着。此刻，这条手臂对他无力以助，只能唤醒他对一个女人的裸体的记忆和心中的惊惧。他避开宁巧仙的手臂顺着车尾一直向上看去，车上的棉花包子仿佛黑色的石崖戳在他的眼前头，看着那道石崖，周雨言失望了。

我说雨人哥，咱们从石崖上怎么上去？冷峻的石崖刀戳一般横在我和我的哥哥周雨人面前。西北风从石崖上滚下来，山沟里回荡着冰碴一般的声响。哥说，东边有一道坡，咱们绕过去。在缺少情意的冬天里，我就和哥一同去雍山捡拾牛粪烧炕取暖。我们绕过了恶人一样的石崖，从东边的草坡上爬到了山顶；山顶上的风坚硬如铁，我们一上去，风就冷酷地将我们向石崖的边缘上推，风的意图我们看得很清：它妄图将我们推进深渊摔得粉身碎骨。我和哥顶着冷风猫着腰一步一步地向前挪动着，我们用年少的力气抵抗着石崖的边缘对我们的逼迫，我们不想去死，我们要活下去。

坡地里的牛粪冻得如同训斥过我们的某些人的面孔一样，毫不客气地说，就是夏全华或者夏双太的那张脸。我们用手扳用脚踢，我们双手掬着牛粪就像掬着金子一样将它们一块一块地装进背篓里。装着牛粪的背篓压在我的脊背上，我弯下了腰，眼睛所能及的范围只是脚下滚动着石子的凹凸不平的山路。哥用很亲切的喘气声在我的后面给我壮胆，我的胆量犹如撑不开的伞，我看一眼吊挂在路旁的深沟就头晕目眩，就要大口大口地喘气。

夏有福大概听见我的喘气声很生动就停下了犁对我说，你把粘在犁上的土蹬掉就不沉了。他走过来给我做了个样子，他伸出那只大脚左一蹬，右一蹬，犁上的草根和泥巴被他蹬掉了，光滑如镜的犁耳子伙面地裸露了出来。夏有福将犁把给我。我看了他一眼，他那乱糟糟的胡子在暮春的午后显得极其善良极其柔和。夏有福说雨言，你今年十几了？我说十六岁。夏有福说，你爹十六岁的时候没做过这么苦的活儿，你爷爷十六岁的时候恐怕还没进过雍山，轮到了你……夏有福用对牛的呵斥替代了要说而没有说出口的话。其实，夏有福不说我心里也是明白的：轮到我就要当狗崽子，轮到我就要将祖父和父亲没有干过的苦活儿全干完。你是赎罪的，赎罪的一代。这个合乎时尚的想法如芦根一般十分可怕地扎根于一个少年的心田，使他在好长时间内难以从心里的冤狱中挣脱。赎罪的一代就要承受难以承受的劳动。老师说，劳动创造了人类，创造了生活。老师是站在课堂上很严肃地给他的学生这么说的。我对老师说，劳动是一根残忍的杠子，劳动在压榨着我瘦弱不堪的肉体，吞噬着我稚嫩的心智。我憎恶劳动对我的无情的惩罚。我站在险恶的山路上，手里提着八磅锤给留在记忆里的老师遥远地说。这是一条新开的山路，每天，我要用八磅锤打五个炮眼，一个炮眼要打上千锤才能完成，也就是说，一天之内我要将八磅锤抡五千多次。我还不到十七岁，却要承受一天四万多磅的压榨！祖母捉住我裂满虎口的手问我疼不疼？我摇了摇头一句话也没说。祖母撩起衣襟将我的受伤的手按在了她的胸脯上，祖母流泪了。祖母说，看你瘦成啥样子了，还说手不疼？我搂住祖母放声哭了。我不再掩饰自己。我曾经在祖母面前掩饰过，祖母接过去我那黏湿湿的粗布短裤看了几眼之后似乎明白了几分，她问我是不是经常流？我嗫嚅着没有做出明确的回答。祖母说，雨言，你给婆说实话，经常流就把你流干了。我看着祖母那双完全可以信赖的饱含着怜悯之情的眼睛说，一干重活儿就流。祖母说，你太嫩了，这么没完没了地流，你会得大病的。我用我的遗精证实了农村人所说的把熊挣干了那句话的经验性和准确性，我的几乎夜夜遗精是和沉重的体力劳动的压榨分不开的。我倒不怕得大病，我最怕的是梦遗之后抹不掉的那些清晰如画的记忆：我爬上了女人柔软的肚皮笨拙地进入了她的身体，随着一种缥缥缈缈的快活，锥刺般的疼痛刺激着我，我搂抱着女人不错眼地看着她，朦朦胧胧的面孔如沉淀了的水开始清明，零零碎碎的五官已经摆布得很匀称，这是我曾经搂抱过的一个远房姑姑的脸。我所进入的肉体原来是姑姑的！我觉得，我走上了无法挽回的卑鄙的道路，我憎恨自己，更害怕姑姑，害怕她看穿了我的丑恶和卑劣，我老是躲避着我的远房姑姑。我终于没有逃脱姑姑那双漂亮的大眼睛的追逐。我鼓起勇气抬头看了她一眼，记忆中的姑姑和眼前的姑姑对不上号，特别是那双眼睛相差甚远，姑姑的眼睛远远没有我身底下那个女人的眼睛那么富有人情那么热情坦诚。我的罪恶感在姑姑的眼睛里一节一节地缩短了，我有了些释然，为没有进入姑姑的肉体而释然。可是，我必须弄清，在睡梦里，我那坚挺的玩意儿究竟进入了哪个女人的下体，我的愿望是，那个女人是我十分陌生的是和我没有任何伦理关系的，哪怕是表妹也要排斥，这样，就可以减轻我的罪恶感，因此，当我爬上女人身体的时候，不再关注我流了多少，不再关注是否将我流干。我关注的是我身底下的女人本该在哪里注册。梦幻中，我端详着那张脸，特别是最能体现女人特征的那双眼睛。我看得很清！眼睛是祖母的那双丹凤眼，脸庞是祖母的瓜子脸。我没有害怕没有放弃，我反而紧紧地搂住了祖母白玫白玫地叫着她的名字，我由着自己尽情地去快活由着自己尽情地去流淌……我从睡梦的苦海里浮出了水面。我大汗淋漓。祖母一如既往地搂着我，我出生后的第三天就睡进了祖母的怀里一直到十九岁，我结婚的前一天晚上还和祖母共睡一条土炕。与此同时，祖母醒了，她点着了煤油灯。她用一条毛巾要给我揩擦身上的汗渍，我断然拒绝了。从那天晚上起，我不再叫祖母搂我了，我睡在了炕的另一头。在被窝里，我胆战心寒。惊愕、困惑、羞耻，以及对自己的痛恨共同折磨着我。我不能欺哄祖母，欺哄祖母会使我身上长满罪恶的瘤。祖母是我最亲的亲人，祖母才是我真正的情人——她将和我后来的情人在精神上会合。我不再嗫嚅，我从第一次的梦遗说起，说到了睡梦中的女人。祖母听罢，发出了一声长长的叹息：雨言，这是一种病，你病了。我像儿时一样跟在祖母身后和她一同走进了县医院。倘若说，药物能根治了我的梦遗，却根治不了梦遗之后残留在我心中的感触，那些感触在岁月的土壤里只能越长越粗壮越茂盛。

我的全部感触已被压缩成一条细线，细线上拴着虎视眈眈的饥饿。按住犁把的手臂不由自主地抖动着。我连向前迈动一步的力气也没有了，我将犁插在地里；我趴在舒适可人的犁沟之中再也不能动弹了。夏有福看了一眼我那四肢不收的模样说歇一会儿再犁。我将双手插进犁过的山地里抓住温馨的土块半边脸贴在土地上长长地呼吸着，长长地。宽厚的土地被我吸进了肺腑，我仿佛听见土地在我的血管里静静地流淌，饥肠得到了暂时的滋润。夏有福说，雨言，你下山还没十天，六指咋又把你派上来了？我说我这一次是顶替我哥的，我哥病犯了。夏有福莫名其妙地笑了，他说，你们周家没有出过疯子，你哥不是疯病；给他讨个媳妇，啥病也不会有。男人没女人不行。夏有福概括了哥的病因。

哥说，雨言，你没有我不行。我们从黑水潭的边缘上绕上去之后哥对我说。黑水潭深不见底，一失脚掉下去就没命了。哥先将他的背篓背过去，然后再背我的背篓，然后搀扶着我走过了那段艰险的路。

回到家中时，我的粗布棉袄已被汗水浸透了。我毕竟只有七岁。祖母走过来扶下了我的背篓。祖母搂住了我，我的汗湿的棉袄紧紧地贴在她的胸脯上。我记不清我第一次感觉到了祖母的小腹、大腿以及胸脯上的光滑和柔软是在什么时候，肯定是在七岁以前，这一点很明确，我想不是五岁就是六岁。我的头颅枕在祖母的臂弯里，她用一双大腿夹住我也许是为了防止我的蹬动，也许不是。当羽毛一般柔软的感觉从她的大腿根第一次传递给我的时候，我的童年的深夜清晰无比深奥无比。我常常为我那么早就感觉到人的身体上的某个器官吃惊和羞愧。祖母这么一搂我，我就想哭。可我哭不出来，我的委屈在祖母的怀里消融了。我上了炕，祖母将我那双冻得麻木的脚焐在了她的怀里；我的一只脚蹬在她的肚皮上，一只脚蹬住她的胸脯。我的脚苏醒之后再也不敢动弹也不能动弹一下。祖母说，雨言这么小就叫娃进山背牛粪，这是你出的主意吧，改香？祖母用平和的语气责问娘。娘说不是。不是你就是志伟了，祖母又问爹。爹笑了，爹用含混不清的笑回答祖母。

宁巧仙坐在石崖一般的棉花包子上哧哧地笑了两声。宁巧仙毫不收束的笑声使周雨言难过而愤恨。她肯定是在笑我没有能力爬上车，我不是无能而是无力，是无力不是无能。周雨言觉得他没有任何必要去给宁巧仙解释，他匡正自己证实自己的最好的办法是爬上去。他再一次抓住了刹车的绳索，他换上去的一只手臂呼救似的在空中乱舞时被宁巧仙坚定不移地捏住了手腕，宁巧仙用力一拉，他上了车，他没有想到，几次的努力失败之后，他会轻而易举地攀上高高的车顶。

刚上了车，周雨言还没有从僵硬中解救出来也不想解救。他无意用僵硬去对抗宁巧仙的柔和，而宁巧仙无意间却用她的柔和抗衡着他的僵硬，这是他侧目从宁巧仙的表情上捕捉到的。他似有戒备地转过头去让目光落在很宽泛的空间，宁巧仙的双眼一直跟随着他，他有些紧张地和她的双目一碰，他发现了她面部的柔和像脂粉一样涂得很均匀，一丝微笑从眉宇间蔓延下来在整个面部扩展。周雨言想：她大概在笑我的懦弱和无力。他对她悠然的笑充满了敌意。他唯一的办法是去面对夜晚：静谧的田野。潮湿的空气。疲惫不堪的拖拉机。昏昏欲睡的杨树。空旷远久的天空。不行，他的努力徒劳无益，他被宁巧仙的气息包围了，这是一个成熟了的女人的气息，这是敢于围剿敢于进攻、膨胀得很厉害的女人的气息。周雨言虽然嗅不出那气息中含有多少欲望的成分，他分明感觉到了气息的强烈和奔放。这气息只能挑逗他对一个叫作宁巧仙的女人的害怕，他的局促不安显而易见，他龟缩在棉花包子中看着迷惘的天穹，天上的星星繁乱不堪，雪花似的飘动着。

教室里的煤油灯像星星一般闪烁不定。我断然吹灭了搁在课桌上方的那盏煤油灯。缺少电缺少粮食缺少生产和生活用品唯独不缺少斗争，学生们史无前例地站在老师经常站的地方，整治老师是初中学生革命的主要内容。我只能悲伤地看着红旗漫卷袖章翻动大字报铺天盖地而来，口号声使我激动不已。开初，我的热血还偷偷地翻腾过一阵子，之后，就偷偷地平静下来了。因为我是狗崽子。

龙生龙凤生凤老鼠生儿子打地洞。这个响亮的口号紧逼着我，使我无地自容。即使我是老鼠的儿子也不会打地洞。我正看着这个口号发愣，一个同学尖声喊叫着老师的名字。我抬眼去看，牛老师站在一条板凳上，板凳被高高地搁在课桌之上，牛老师微微抖动的双腿修长而漂亮。

牛老师问我读过哪些书？我将我读过的书名一一说出来，我强调说那些书我是囫囵吞枣地读了一遍。牛老师问我从哪里弄来那么多书籍。我说我的祖父和父亲都是文化人，祖母是很早以前的大学生，我们家里是有好多藏书的。牛老师就说我的生存环境好，我说我的家庭出身不好。牛老师说那是两回事。牛老师说童年和少年是人生的根，关键看你扎在哪种土壤里，我相信属于你的土壤是肥沃的，听说你在读小学的时候就有一个叫作“文学家”的绰号。牛老师笑了笑，他大概觉得这样问学生有点不贴切就用手势打断了我正在回答的话，我还是坚持说我没有想过什么家，我只是想以后能像祖母一样读师范就不错了。牛老师说，人要有志气的，立志做个文学家何尝不可？我被少年人的难为情和激动控制住了，我从内心里感谢刚进校门不久就结识的这位语文老师。我叫了一声牛老师再也说不出什么来了。

又有人在高声喊叫牛老师的名字。

牛生浩！你说你和杨金铃××来没有？

如此粗鄙的话竟然出自三年级的一个大龄学生之口，我十分震惊：这句粗俗的话是村巷中那些缺少廉耻的妇女们对骂时常常使用的语言，而年轻的学生在使用这种语言时的坦然自如使我大为吃惊。我低下了头，浑身在起鸡皮疙瘩，我为同学毫不羞耻的问话而羞耻着，我为同学轻而易举地超越羞耻而难过。我能感觉到我的心跳在加快，我仿佛看见了我脸上最能代表羞耻的那层真诚可信的红晕。

牛老师说他没有。牛老师说他怎么能和自己的女学生干那事。

一根竹棍惊心动魄地向牛老师的脊背上抡去了，牛老师史无前例地叫了一声，他差一点儿从板凳上跌下来。最最触及灵魂的那一棍子还没打下去，牛老师就服罪了，他开始坦白交代。学生们意气风发，尤其是那些二十岁上下的大龄学生精神十分亢奋，他们喝令牛老师交代和杨金铃干那事的全过程。此时的语文老师牛生浩已走进了一个虚构世界，他将情节的发端设计在一个全校师生们都去县城里看电影专场的春夜，他将他自己设计成值日老师，而杨金铃则被安排为看守女生宿舍的唯一的一个女学生。他向女学生进攻的第一步是在她要离开他的房间还未离开的一刹那间捏了捏她的手腕，女学生没有反应也没有吭声，于是就搂抱，就脱女学生的裤子，当他戳进女学生的身体之后，女学生颤抖着搂住了他的脖颈。羞耻既然像一张纸一样揭掉了，接下来的问话就无遮无拦：日了多长时间？回答：大约二十分钟。二十分钟的时间使一些同学产生了浓厚的兴趣，他们狂喊：狗东西真能日！牛老师的语言带来的快感将许多同学羞耻的一泓清水搅得混浊不堪：在革命的旗帜下，学生们的内心被猥亵的好奇和萌动的性意识抹成了一团黑。我想离开会场，造反派的头头喝住了我。

牛老师的双腿不再修长不再漂亮了，我也不再同情他，他用他的坦白交代无情地杀伤了女学生杨金铃，引诱我的羞耻投降。当他从凳子上跌下来的时候，沸腾的校园里播种了一片恶臭，语文老师牛生浩毫无节制地拉在了裤子里，板凳上和桌子上满是尿和屎，他站立在屎和尿之中被忠实可信的臭气包围着。

星星上来了，一个颤动着的夜晚。

星星在教室里微弱地闪动着。我扭头一看，吹灭煤油灯的不仅是黑五类们，还有几个上中农或中农出身的同学也吹灭了少年的星星，包括学习成绩很优秀的章昌龙同学，只有夏全华的儿子夏常贵傲慢地看着他桌子上的那盏煤油灯，他去读高中是自然而然的事情。从此，我惴惴不安地告别了十五岁告别了校园告别了书本告别了茫然的“文学家”。推荐上高中的讨论在星星一般的灯光中坚持了两个晚上之后我就退出了那场对我来说毫无意义的角逐。中共中央的某个文件中明确指出：不准黑五类子弟再深造！即使某个高中或大学偶尔打开一条缝放进去几个黑五类子弟也不过是一种姿态的表示。不准读书比不准革命更使我痛苦。我觉得，我已孤苦伶仃地被社会遗弃。赎罪的一代自从学校对我关上大门以后就开始萌生了；这个观念支撑着我活下去。不然，哪一天有一个文件发下来说不准你们活下去，那时候，说不定我会被恐惧折磨而死。我有滋有味地品尝了血统的尊贵和低贱。

校园里的最后那块石头凉气逼人，我坐在石头上独自仰望悲凉的夜空，繁乱的星星一颗一颗地明灭着。我在黑夜里呼吸着校园里的最后气味，我的心中空荡荡的，对前途的渺茫和恐惧像黑夜一样在我心中凝结。

黑夜喷发着一股火药的气味。

满河滩的刺槐和杨树上结着一串串生硬的葡萄。插在四周的各色旗帜在风中发出的响声仿佛许多人在相互扇耳光。庆祝红光大队革委会成立的标语口号用气球悬浮在天和地之间，礼花点着了，小树上的葡萄奋力向上蹿去。星星在燃烧，淡黄色的天空被灼人的红色暂且占领了，清脆的枪声在河滩南边随之而起，那是另一派用枪声回击这一派的胜利。葡萄的炸裂声失去了原先的秩序，男人们女人们惊恐不安地呼儿唤女声尘土一般漫天飞扬。哥说雨言咱快跑！哥拉着我，我们拼命地奔跑，我们穿过了水渠跨上了公路。本来，我们都没有兴致去看放礼花，庆祝与我们无干。哥说，在那儿我们可以看到众多的色彩，哥是太爱色彩了，他被色彩迷惑、陶醉；他仿佛不是生活在人世间而是生活在色彩之中，他对色彩的敏感更使我震惊，他的每一幅画儿都是用色彩堆起来的，色彩的冷酷和热烈被他渲染到了极致。尽管他已不作画了，显然，色彩并未在他的心中死亡。在河滩上，我们毕竟还是看到了一些色彩的张扬和萎靡。子弹的呼啸十分尖厉，有一颗子弹擦着我的耳轮飞过去了，哥惊吓得出了声。那颗子弹为什么不偏爱我？假如它稍微偏一点，我的人生将不会是以后那个样子，将会十分简单。也许，那颗子弹不是阶级的子弹，没有认出来我就是狗崽子。我回头去看，星星还在南边的天上燃烧，天地间衔着单调而强烈的红色。

天上被映红了。

我是从睡梦中醒来爬起来跑上打麦场的。打麦场上的两个大麦草垛子都着了火，天穹仿佛烧开了一个豁亮的大口子。呼喊救火的声音泼水扬土和农具的撞碰声比火势更旺盛更焦灼。我一投身那氛围之中，心就像被谁揪住了，我盲目而机械地跟在救火的队伍后头去涝池里舀水。头顶上的星星烧焦了似的瑟缩着，空气里涨满了紧张的味道。火扑灭之后，黑五类仍留在了打麦场上，刚刚被结合进革委会的夏全华要我们互相监督互相揭发。他说，放火的阶级敌人就在你们中间。初冬的夜晚渐渐地冷静下来，我感觉到夏全华在怀疑我，我不敢看他，心里在发冷。

我在心里说，火不是我放的，不是。夏全华厉声说：你们是些什么人，你们明白！

人？什么人？

我跟着老师读：一撇一捺，人字的人。老师问我，记下了没有？我说记下了，一撇一捺，人字的人。老师叫我用人字口头造三个句子，我说：我是人。我爹是人。我娘是人。老师不再叫我造句了，假如叫我再造，我就说祖母白玫是人哥哥周雨人是人妹妹周雨梅是人，我们都是人。我对人的概念觉醒得那么干脆那么强烈，导致了我对人的迷误和怀疑那么彻底那么顽固。我在问自己：你究竟是人不是人？

你是人？你连狗都不如！

夏双太圆睁着一双豹子眼，他吐出来的唾沫星子溅了我一脸。我觉得我的脸上布满了大蒜的臭味。夏双太仿佛要用那双革命的眼睛将我瞪碎。我嗫嗫嚅嚅地说我也是戴着红领巾长大的。夏双太喝问我是不是想翻天？我还敢翻谁的天？我对大队团支部书记说我要和剥削阶级划清界限进行脱胎换骨的改造，我给团支部书记背了一遍领袖的《为人民服务》。团支部书记在《愚公移山》中随便提一句，我就能顺畅地跟着背下去。团支部书记问我：《语录》第六十九页第三条是什么？我说，伟大领袖教导我们：凡是反动的东西你不打它就不倒，这也和扫地一样，扫帚不到，灰尘照例不会自己跑掉。他又问我第四十二页第二条。我说，伟大领袖教导我们：革命不是请客吃饭，不是做文章，不是绘画绣花，不能那样雅致，不能那样温良恭俭让……我一连背了五条语录，只字不差。团支部书记说，你的学习还可以，以后就要看你的表现了。我对团支部书记说，我要听从伟大领袖伟大导师伟大统帅伟大舵手的教导，在生产劳动中接受贫下中农的改造，做一名可以教育好的社会主义新人。以后，每隔几天我就去给团支部书记汇报一次思想，其实，我几乎等于没有思想，我的想法很简单很忠实，我只盼望哪一天能美美地吃几碗麦面面条，只盼望哪一个晚上能安安然然地睡一觉。我把我的想法说给了团支部书记听带有明确的目的，我说，这是地主阶级的享乐思想在我的头脑里作怪。我给我的想法中硬充塞了思想内容是为了欺哄团支部书记。生存环境威逼出了我的谎言，谎言和欺骗产生于我对人和人生害怕的土壤。团支部书记说剥削阶级的思想在我的头脑里根深蒂固了；他表扬我认识得及时，并鼓励我从行动上划清界限和贫下中农建立感情。我一心想帮助贫下中农干些活儿以表现自己；可是，我一天干三晌，根本没有时间。有一天晚上，我出了院门，看见一个贫农拉着架子车要去大队的磨房里磨面就尾随而去了。我对贫农说，我今夜晚帮你磨面吧。贫农看我一脸的恳切就到磨房里的土炕上睡觉去了。等我磨好面时已是鸡叫了三遍。我叫醒了贫农，他睡眼惺忪地和我一起向口袋里装面。笨拙的贫农将面粉撒在了地上，他丢下铁簸箕，立眉竖眼地骂我，说我是存心破坏，他顺势在我的屁股上踢了一脚，那一脚踢得太狠了，我被踢翻在地，鼻子碰到了冰冷的土地上，鼻血流在了可耻而可怜的夜晚。我噙着眼泪回到了家，我只是想到了改造。

我怎么能想翻天呢？夏双太。

夏双太给其他的社员说你们收工，剩下的那几行玉米叫周雨言去挖。挖就挖，二分多玉米秆我就是拼上命也要挖完它。我看了几眼拖着疲惫不堪的脚步向家中走去的社员便抡起了锄头。玉米地里寂然无声，我的喘气声孤单而明白。土地像人心一样坚硬冷漠，每挖一棵玉米都要付出很大的力气。我在玉米地里独自和玉米秆搏斗，和人的折磨奋争。我承受着肉体和精神上的双重苦役，夏双太他们为什么对我如此恨！他们为什么很容易地将我从人类中排斥出去?！沉重的苦役像其他许多事物一样具有双重性，它可以把我的思想压干，压得只剩下麻木的肉体。那一刻，我并没有麻木，手上的血泡磨破了，锄头的木把儿染成了血色，我就这么紧紧地攥着我的血水，紧紧地攥着我的狗崽子，紧紧地攥着我的地主成分。

我第一次去学校报名，老师就问我家庭是什么成分。我说我不知道。老师说回家去问你父亲。父亲说，咱家是地主。我说地主是干什么的？父亲仿佛做了什么亏心事似的低头不语。祖母说，地主就是你爷爷。我给老师说，我家是地主。

从六岁起，我的名字后面就有了地主两个字。不！当我在娘肚子里的时候，地主就粘附在一个胚胎上了，它穿透了思想穿透了肉体穿破了子宫给一个粉红色的肉团贴上了标签。你逃不脱，周雨言。你爷爷死了，地主没有死。

六岁的我还不知道成分是怎么回事。那时候，在生活中，成分并不尖刻还没有具备刺激人的条件，老师只是在报名册上这么写着：周雨言，男，松陵村三队，地主成分，一年级。现在的周雨言正坐在装着棉花包子的手扶拖拉机上凝视着天穹上的星群，沉默不语。

二

棉花包子是周雨言和轧花的几个女人们滚着抬着装上手扶拖拉机的。柔软的棉花在周雨言的手中变得特别沉重特别坚硬。精疲力竭的周雨言装好车以后对棉花温暖的感情已淡漠如烟，甚至有几分憎恶。

车子装好以后周雨言想跟着第一辆手扶拖拉机走。宁巧仙不叫他走，宁巧仙说："周雨言，你坐后面的车吧。"

作为妇女队长的宁巧仙，她叫我坐哪一辆车，我就得坐哪一辆车；我是生产队里唯一一个挣妇女工分的男人，宁巧仙有权指挥我，我没有理由违抗她。宁巧仙上去之后，周雨言就去爬车。前面那辆车上有三个女人，三个女人全是属于狗崽子的那一类人。你为什么不叫我和前面那三个女人同坐一辆车，宁巧仙？那样的坐法才叫物以类聚人以群分合乎时尚。这样一个坐法是宁巧仙安排的，她的安排意味深长指向明确。宁巧仙的安排和六指队长的安排相比意义不大一样，六指队长安排我和女人们到三十里以外的县城东关去给生产队里弹棉花，因为我是狗崽子，熬夜的脏活儿必须有我一份儿；宁巧仙安排我和她一同坐在棉花包子上因为我是已过十七岁的男人。在那个残秋的夜晚你是作为一个男人存在着的，存在于宁巧仙的心中，这是周雨言上车之前不可能想到的。

你不必为你的害怕而开脱，周雨言。你害怕妇女队长宁巧仙害怕贫农宁巧仙就像你害怕那一类诸多男人和女人一样，你不得不承认宁巧仙捏住你的手腕拉你上车的时候，她的那只手早就悄无声息地渗进你的意识中了，女人细微而美妙的感觉通过手的传导在那一刻亮如白昼。十七年来，除过祖母除过娘还有远房的那个姑姑周秀娟，有哪一个女人这么捏过你的手腕况且捏得那么富有人性那么亲昵一点儿也不狗崽子？难怪你第一次和宁巧仙在一起不去看她身上那些陌生而魅力无穷的地方却执意要去看她的手。宁巧仙问你，女人的手有什么看头？你却拉住她的手不放。那是一双丰满的手一双有力气的手一双充盈着情欲而且能煽动情欲的手。你用你的双手捂住她的一只手在她的手上一边抚摸一边辨认，大约想从她的手上确诊她是给你上圈套还是只将你作为一个男人看。你以为你从女人的手上可以窥视女人的某些想头。

残秋和黑夜的气息犹如手扶拖拉机发出的烂棉絮一般的响声亲吻着沉重的车子，棉花的味道在颠簸中动荡不定。周雨言没有睡着，也不太清醒，他俯视着遗落在车子后面的那条半明半暗的土路以及路旁的杨树和被杨树分割了的田地，极力想看清楚事物在深夜里的面孔却越看越朦胧，隔着大自然的薄纱他在问自己：你是谁究竟是谁？你是狗崽子，狗崽子周雨言。他的回答令他满意，也使他沮丧。

“周雨言，你向我跟前坐一坐，我又不是老虎，怕我吃了你？”

宁巧仙微微一笑。周雨言有意识地躲避着她的目光。你不是老虎，可你是一个只二十三岁的漂亮的贫农女人，你是给夏双太做了五年媳妇的生产队干部，你是属于另一个阶级的，从满头的秀发漂亮的脸蛋丰盈的奶头到优秀的大腿都是有阶级的印记的，阶级无时不在时时在，无处不在处处在，阶级比老虎更可怕，对于狗崽子来说。我毕竟十七岁了，我认识阶级就像认识一撇一捺的人字一样，这是鲜血和拳脚告诉我的，这是羞辱和自尊启示的结果。是残余的秋夜帮助了周雨言，在宁静的夜晚，周雨言的勇气和胆量如大树一般，干粗叶茂。你肯定向里边坐了坐，你的腿紧靠着她的腿，你的肩傍着她的肩，你的气息和她的气息融为一体，不然，你为什么能够深深地陷进棉花中而没有从车上跌下去？那会儿，留给周雨言的记忆只剩下了柔软；柔软的棉花柔软的时间柔软的存在。他在假惺惺的昏昏欲睡中将头颅埋进了宁巧仙两个奶头之间的乳沟中，接着，他就实实在在地缠绕在她的柔软上了。柔软的气息温暖而稳定。

“柔软不柔软？”秋月一脉情深地问他。

“你说呢？”他一副陶醉状。

周雨言和秋月并排躺在残秋一般苍白的玉米秸秆上。月光洒下的一派清辉淹没了苍茫的暮色，清澈的空气疾速地流动着，村庄里的最后一缕声音仿佛被阻隔在另一个世界或者变成了夜晚里最美好的样品被装在了玻璃瓶子中，田野上静极了。周雨言和夏秋月旁若无人地躺在田地里，他们试图享受人生的浪漫。周雨言真想说，这叫什么柔软？躺在棉花包子上才叫柔软呢。他没有说，他没有给秋月说他曾经和她的母亲共同躺在一个棉花包子上走过了三十里路程，走出了一个夜晚；尽管那天晚上他和宁巧仙之间还没有什么事情，他还是没有说。不是他想到了伦理和道德，而是他怕秋月被伦理和道德所囹圄，而使他从一开头就失去了她。周雨言从十几年前在棉花包子中享受过的柔软上一越而过紧紧地抱住了秋月。他抽出了一只手在她的眉毛上鼻梁上嘴唇上抚摸，轻柔的抚摸继续向下延伸，他从她单薄的衣服里伸进去手，捏住了那只坚挺的奶头；肌肤的光滑细腻如绸缎一样轻轻地拂动着，他不由得给手上来了一点劲，他一捏，秋月呻唤了一声。他不愿意在此久留，那只手克服了心中还在成长的障碍捂住了她的肚脐眼，他想深刻地感触那肚脐眼的陌生和美好，秋月长长地吸了一口气，她小腹向进一吸，裤带就松下来了。于是，他的手到了他想到的地方。他的欲望开始猛烈地膨胀，他难受得要命，他仿佛能触摸到秋月的战栗，在他的手底下战栗着；秋月说："雨言哥，你亲一亲我。"我的嘴唇贴在了她的眼睑上。秋月一声一声地叫他雨言哥。他恍然觉得秋月的叫声和他的妹妹周雨梅的叫声相差无几，他的手开始在秋月的那个地方抚动。这时候，从遥远的地里飞来了一句话击中了他：睡你妹妹去！他的媳妇吴小凤是用妹妹周雨梅换来的，换亲的结果使他受伤的心上又多了一刀，不是村里人讥笑他睡吴小凤就等于睡自己的妹妹，而是他从结婚的第一天就感觉到搂住吴小凤和睡自己的妹妹没有两样，这个顽固的想法他总是克服不掉。同时，也阻隔着他对肉体的超然。他只能站在伦理的这一端，眼巴巴地看着伦理，而对它无可奈何。他对秋月的担心是多余的，当他将手从秋月的那个地方拿出来轻轻地推开偎着他的秋月的时候，秋月一脸的茫然。他仿佛从沉睡中才醒来，头脑十分清晰，太清晰了！

周雨言从昏昏欲睡中醒过神来，不是拖拉机有力地颠簸，而是头脑中蹿上来的那一句问话将他的意识扫荡得如初春的蓝天一样清醒。你是谁？诘问得好。诘问如一只大手掰开了他搂抱着宁巧仙的一只手臂。当他感觉到宁巧仙要搂他的时候，他搂住了宁巧仙，是在十分清醒的状态下完成的一次尝试。睡意蒙眬只是假动作，只是为了掩饰他对女人肉体的不安，在那一瞬间，他只是把宁巧仙当作一个鲜活的女人的肉体来搂抱的。宁巧仙感觉到他松开了手臂先他而起，翻身坐在了棉花包子中。

宁巧仙说："周雨言，你才是个瞌睡虫。"

宁巧仙用瞌睡虫来遮掩她对我的真正的搂抱，宁巧仙用瞌睡虫来说明她并没有睡着，将搂抱的责任推给我是合乎情理的。也许这一切都是有预谋的，你只不过是参与了她的预谋而已。

你是谁？

狗崽子周雨言。

没有记忆，搂抱失去了记忆。

没有感觉，搂抱失去了感觉。

记忆和感觉全叫狗崽子吞噬了。

周雨言被棉花折磨着，吸进腔子里的棉尘大约像蜘蛛网似的网住了他的肺腑，以致好多天来声音嘶哑喉咙干涩，老想咳出什么来，老是咳不出来，他被棉花压迫着，他被轧花机破烂的响声压迫着。难道说你去弹棉花是为了享受宁巧仙的搂抱？不。你不会有那样的想法的，也不敢那么想，你除了想挣工分以外最多的想到你是什么人。她搂着我，我搂着她没有？你只相信你不敢，你只相信你还没有培养出那样的勇气和胆量，你不相信你们是实实在在地搂抱在一起的。你的目的是追寻一个完美的记忆，追寻一个完美的你。

搂抱是追寻的唯一的契机。

她搂着我，我搂着她。一觉睡醒，我们还赤条条地搂在一起。我和远房的姑姑年龄相仿，不是十二岁就是十三岁。姑姑的白白胖胖和她的光滑、温热在我的印象中极其深刻。我提着一颗忐忑不安的心走进了远房的姑姑家，姑姑一家的家园完整，使我又羡慕又嫉妒。我去的时候远房的祖父和祖母已在土炕的那一头睡下了，他们几乎是在同时招呼我上炕的，一丝人情的温暖来自这完整的房屋，我有些感激也有些伤心。我站在土炕跟前迟迟不肯上去。远房的姑姑一声不吭旁若无人地解开了棉袄的纽扣，她脱掉蓝底撒花的棉袄之后开始去解系在棉裤上的红裤带。姑姑随意性地展示其实并没有明确的目的，可是，姑姑的少女姿态从此在我心里落下了一粒种子。我的拘谨和胆怯在第一天晚上是非常真实的，我上了炕，钻进被窝里解开了棉袄的纽扣拉开了系棉裤的裤带，如蝉蜕壳似的在黑暗中脱下了衣服。我当然不知道，姑姑自始至终在审视着我的举动，自始至终没说一句话，似乎只是扑哧笑了一声。当屋子里沉入黑夜之中以后我头脑里的那盏灯没有灭：我睡在姑姑家的房子里。

也许是炕太热了，我将一条腿从被窝里伸出去的时候燥热难耐。我不知道姑姑那条精光滑润的腿连同半个屁股也裸露在被子外面，于是，两条少男少女的腿就自然地交织在一起了；腿的滑腻和温暖是我一点一点感觉到的，仿佛细雨一滴一滴地向田地里渗，因为来得不猛烈，吸收得就很完全很彻底。饱满的感觉使我有点受不了，我断然地从交织中抽出了我的腿。姑姑没有动。半夜里，醒来了，我发现，我们相抱而睡：姑姑搂着我，我搂着姑姑，没有成熟男女之间的那种欲念，没有伦理的樊篱，没有阶级的分隔，搂抱只是搂抱：一种完美的搂抱形式。我的一只手臂从姑姑的脖颈下伸过去，另一只手搭在她的脊背上，两个光溜溜的身子贴在一起，这只是两个尚混沌的符号在相遇，构成的内容缺少内涵只是隐隐约约的有一点什么东西，这隐隐约约催使着我的忧郁和痛苦在疯长。

我和姑姑将隐隐约约的感触变成糊里糊涂的尝试，是在远房的祖父和祖母去外村看夜戏的那天晚上。起初，只是一种游戏，游戏的内容是用手在彼此的腋下去挠；挠着笑着的游戏是愉快的；我的手不知怎么就从姑姑的腋下滑走了，滑向了她的胸腹滑向她的肚脐眼，在我的手顺着姑姑的肚脐眼一直滑下去的同时，姑姑的手毫不迟疑地捉住了我的硬邦邦的小玩意儿，即刻，我仿佛被姑姑那只棉花一般柔润的手牵着走进了一池不热也不凉的春水中。姑姑平静地躺着，我的手在姑姑的那个地方游刃有余。姑姑的裸体白如月夜，她的脖颈她的小腹她的屁股她身体上的每一寸地方都不是冬雪覆盖了田野的那种白色，也不是纸一样的薄而脆的白色，姑姑的白是活着的鲜嫩的白色，她的白具有一定的召唤力，她唤醒了我，使我很容易想起夏天过后坐在小河边将脚伸进水里的情景，很容易想起赶走了青黄不接吃第一顿新麦面的贪馋，很容易想起蜷在祖母赤裸的搂抱中那种安安然然舒舒坦坦的感觉。对我来说，姑姑的裸体是一种音符，是我刚刚学会的1234567的初级排列，简单极了，美妙极了。

那次游戏是我的胆量的证据，是我的存在的证据，是我的生命意识觉醒的证据。

我全身的兴奋地抖动很快地四散而去了，可是，留在我心中的温润的感情泉水一般向外流溢，我再一次和姑姑搂抱在一起一句话也不说，等我和我的那小玩意儿一起平静下来的时候，我心中什么也没有了。事后，我才有点吃惊：我的性意识那么早就睁开了眼睛，连同我的忧郁在一起。那时候，我还不知道人们会用阶级和血统去界定人的，还不知道姑姑和她的白而胖是属于一定的阶级的，还不知道用伦理和道德去判断什么，还不知道姑姑不仅是理论上的姑姑而且是伦理的产物。一切都被我理所当然地忽视，一切都被我随意地踩在了脚底下，朦胧的事物朦胧的举动朦胧的美犹如海市蜃楼一般。没有罪恶感，也不可能产生罪恶感。

是娘叫我去远房的姑姑家里去借睡的。家里的房子几乎被分光了，一家三代九口人只有一间半厦房供居住和做灶房。土改时的地主像割韭菜似的在农村的社教运动中又被割了一茬。许多人拥进了院子，粗暴的呵斥声和随心所欲的脚步声久久地滞留在我的心头。夏全华和夏双太的脸上抹着一层阴沉沉的愤怒；六指一点儿也不掩饰分到浮财的喜悦，他的两只手提着两把朱红色的木椅向院门外走去时手上的第六个指头就格外戳眼，我仿佛看见一只刚刚苏醒的小蛇在他的右手上蠕动着可怕的蛇头，我害怕六指的第六个指头比害怕他本人更害怕。桌子、凳子、立柜、茶几、书架、箱子，就连那个粗糙的衣架也没有被放过，人们心安理得地拿走了他们想拿的东西，厨房里的瓷碗瓷盘子也没留下一个。房子里狼藉不堪，人们的脏脚从散乱的书籍、衣物上践踏而过。家园的完整被破坏；整个家园就像一个被人遗弃的残疾儿。温馨的生活气息荡然无存，烙印着仇视的气味在院子里盘旋。这气味从一开始就笼罩了我。父亲赔着笑脸站立一边，母亲不时地擦眼泪。祖母一条胳膊搂住我，一条胳膊揽住哥哥。她沉默不语。妹妹细声而哭，童年的哭泣在秋天的晌午苍凉而悲伤，这完全是一个成年人忧痛的哭法。从父亲僵硬的笑脸上我窥视到了他的绝望和无奈，母亲的软弱和善良展示得一览无余。唯有祖母的从容使我觉得年少的心有了依靠之处。

前院和后院里的房子被生产队拆去了。拆房的那天，院子里装满了镢头铁锨的碰磕声和难以压抑的激愤情绪，村里人劳动的姿势在尘土飞扬中显得很虚浮，失去了本该属于劳动的真切。夏全华和夏双太圆睁着双眼，夏全华面向拆房子的人喊道："挖出来的银圆不准乱抢！"银圆是最后一天从山墙中挖出来的，不知是谁情不自禁地喊了一声：银圆！人们丢下农具尾随着呼喊，一哄而上，好几个人扭成了一团展开了对银圆的争夺。夏全华和夏双太妄图用喊叫制止乱了阵脚的农民，他们的喊声在那一天脆弱无力。夏全华和夏双太分别掂起一把镢头向争夺银圆的人们无情地抡去，有几个人被打得头破血流，他们连一个银圆也没抢到手还上了几次斗争会。我真不明白做了地主的爷爷为什么要将银圆埋藏在土墙之中。

一家人为没有房子住而发愁。

后院里有一个不太高的土崖，土崖上凿着一孔养过猪的猪圈，爹和哥将猪圈又向前掘进了几尺，他们抱了些麦草铺在潮湿的土地上作为人住的地方。木头砖瓦以及锈迹斑斑的铁钉之类被拿走之后就剩下了四面土墙构成了没有屋顶的房子，可怜巴巴地蹲在原来的位置上独守着家园的完整。夕阳撤走了残余的温情，我和妹妹周雨梅走进了没有屋顶的房子。

夜里，我眼望着阴郁的天空，灰色的云朵仿佛麻雀似的扭动着双眼看着我们兄妹蜷缩在露天。我觉得四周的土墙薄如蝉翼，摇晃不定。我心里有些害怕，用被子蒙住了头。风在墙外兴奋着。风的叫声有一种潜在的力量，犹如谁把一瓶墨汁泼在了白纸上呈现的那种颜色，一塌糊涂的黑。天做的屋顶使我觉得窒息。

当老秋的风将我们唤醒的时候，我们兄妹俩早就泡在秋雨之中了。

妹妹的哭声连同湿透了的心一起留在了深秋的最后一个夜晚。一场淫雨使我们失去了栖身之处，妹妹挤在了祖母跟前去睡。我敲响了远房祖父家的院门和姑姑睡在了一条土炕上，偶然的借睡和必然的搂抱紧紧相连相逼，这是无可辩驳的事实。

我一睁开眼就能看见姑姑那一身的洁白，姑姑的洁白宛如悬浮的月亮。月亮为阴太阳为阳地为阴天为阳水为阴山为阳女人为阴男人为阳，我吃力地背诵阴阳五行学说中的章节。即使我闭上眼也能看清月亮般洁白的姑姑。

周雨言原以为这寂静只属于他和宁巧仙，他们可以共同占有。他们在寂静中沉默，在沉默中走完最后一段路程让刚刚过去的时间和时间中包含的内容像烟一样四散而去，然后，接受现在。可是，寂静变成了一面镜子，周雨言在镜子中看清了自己：原来，不慌不忙的寂静不仅来自黎明前的秋夜也来自他的内心；原来，柔软是一种诱惑。他想躲开那诱惑，努力的结果使他在棉花包子上越陷越深，仿佛陷进了一眼井里。他觉得，秋夜与他隔绝了，声音与他隔绝了，时间与他隔绝了，苍穹与他隔绝了。宁巧仙坐在井边犹如人类之母神态极其安详。我从井底里向上仰视，我看见了宁巧仙那双肥厚的大脚，我顺着脚向上看去视线中就有了丰满的大腿成熟的肚脐眼和味道醇厚的一双奶头。我不能放弃也不想放弃她那完美的下体以及通向下体的粉红色的感觉。假如我一跃就能从井里蹿上来我首先会进入她的下体再钻进她的子宫；假如人如果能再生，我一定会这样做的。那时候，也许我就像一朵火焰扭曲地燃尽等到在黑暗中熄灭之后变成一堆新鲜的冷灰而不需要这样强行压抑自己使自己困难地变形；那时候，也许我通过宁巧仙的子宫的孕育之后，等我从她的下体里出来的时候，我的全身会流动着另一个阶级的血液使狗崽子发生一个质变。我的发现使我十分狂躁，我极其紧张地叫了一声：

“宁巧仙！”

听见周雨言的叫声，宁巧仙似乎在说：你不该直呼我的名字的，周雨言，你起码叫我一声嫂子才是。

我宁可叫你妇女队长也不能叫你嫂子的，因为伦理已被阶级挤对得只剩下阶级的内容了。我叫你宁巧仙不是为了有一个嫂子，我是想从井里跃上来，钻进你的身体内部再生一个我！

周雨言呐喊着，挣扎着，在一口黑暗的井里。

我拿出了我六岁的全部力气站在井底里拼命地呐喊。

夏有福对我说，雨言，你在井底里没有叫爹也没有叫娘，你一声声地叫婆。

我的童年的第一页上写的不是父亲不是母亲，而是祖母！在我们那里被叫作婆的女人。

祖母毫不保留地将祖母的爱和超出祖母以外的爱全部给了我，尽管她不是我的亲祖母和我的父亲缺少血缘关系，但她对我的爱是没有水分的干货，是一个女人对一个晚辈的爱，祖母在爱我的内容中注入了对少年的孤独和忧郁的排解，融进了对少年的不安和恐惧的抚慰。对祖母我可以情人般的诉说，包括对人的爱和怕以及遗精时痛苦的快感。

祖母是一个时代的见证，是一出悲剧中最哀婉动人的角色，这是我以后才知道的。

我落井了。

我拯救自己的第一个步骤就是在井底里顽强地喊叫祖母，只有祖母才能救我，在我六岁的意识中。

我跟着父亲和母亲一起来到了生产队里那片残留着的萝卜地。萝卜地边的几棵老柿树仿佛季节的旗帜，柿树上稀疏的朱红色叶片在宣告初冬不久就要来收拾残秋强留下来的最后肃杀。忙于收获的大人们忽略了孩子们的存在是必然的。我咬着清脆的萝卜在地里奔跑显示了六岁以前的我也是在无忧无虑之中。其实，我是不必奔跑的，后面并没有人追赶我的童年，起码大人们是不会追赶一个孩子而将他赶下水井的，尽管大人们已学会了追赶人也能够将一个人赶下水井。后来，我在史书中读到，在我们的版图上，游牧民族的追赶人才是最精彩最具有血腥之味的，他们像鹰似的扑向牺牲品，将狩猎中学到的聚围之法运用到战术中，他们将敌人像兽类一样包围，追赶，然后杀尽。假如敌人还有微弱的抵抗能力，他们便不再追赶，四散而去麻痹对方，等敌人刚松弛下来，他们反扑过来，再追赶着围杀。他们采用猎人传下来的诡计能使猎物疲乏、恐惧、精疲力竭，最终被屠杀。历史毕竟走过了几千年，野蛮的追捕之术只是作为血淋淋的史实被记载，同时，记录了人的能力和残酷的程度。咬着萝卜吃的我从路旁的柿树上收回了目光，我看见的是一丛燃烧着的野菊花，黄灿灿的野菊花围拢在井口制造了只有某些大人才能制造的丑恶的美丽，诱惑着我去采摘。我轻而易举地跑进了诱惑钻入了圈套，一脚踩了空。那时候，我还不明确害怕的意义，对于死亡我也没有本能的恐惧。我颤悠悠地从黄菊花丛中落下去时肯定也将那股诱人的香气带到了井底，在那一瞬间，我首先嗅到了井底的香味，而后，才看见了井上面的天空窄小而零乱。

太阳是扁的？

透过黄菊花的枯枝我第一次看见太阳是扁的。

在污泥中，我越陷越深，井水到了我的胸脯。

太阳是扁的！

我呼喊着祖母，仰视井上，对太阳原有的感觉得到了短暂的纠正。

夏有福下到了井里，他像拎麦捆似的将我挟在腋下，从深井中救了上来。

我没有害怕，真的没有害怕。可后来，我一想起我的落井就十分害怕。在井底里我看见的天是不真实的天，我看见的太阳也未必真实。

周雨言贪婪地看着宁巧仙，是那种在井底里看天的看法。

宁巧仙似乎是睡着了，她的头紧偎住他的肩胛内侧，他一侧目就能将她面部的每一个细微处都看得清清楚楚，特别是她的丰腴而红润的嘴唇最能挑动他的欲望；他咽了一口，觉得下面那东西又开始勃起了。他想动一动身子，宁巧仙煞有介事地呻吟了一声，一条胳膊从他的身后伸过来缠住了他。她的头发的气味中混合着棉花那种枯枝败叶般的气息，从她半张半合的嘴里哈出来的则是放久了的玉米面似的奶腥味儿。他冷静地看着她，似乎能看见鲜红鲜红的血在她的血管里流淌着。红色使他不安，那是一种炙手可热的颜色。宁巧仙的下体也是这样的红色？假如是那种颜色，那将是一眼陷阱。我不能从这一眼井里跳进那一眼井里。

周雨言对宁巧仙的惊恐不安又开始动摇了，面对宁巧仙这个洋溢着生命活力的女人，面对这样一具健康美丽的肉体他不能不欲念蠢动，他悄悄地用手碰了碰一路上持续不断地勃起的生殖器，他的意识并未沉睡，意识里有一句清醒的话又来告诫他：你是谁？你是狗崽子周雨言！他的生殖器在他的意识的玩弄下软得如抹布一样了，裤裆里有些黏湿湿的东西。周雨言犹如被打了一棍子的狗，他想狠狠地叫一声。结果他叫出的是宁巧仙。他的身子稍微向前一倾，宁巧仙那圆圆的肩膀就从他的胸前滑脱了。宁巧仙抬起头来说："我睡着了吗？"她似乎是在问自己，似乎又在问周雨言。周雨言淡淡地说："你说呢？"宁巧仙嘴一努，她能听得出周雨言语言的生硬，她用手拢了拢头发，说道："天快亮了。"对她来说，一路上似乎什么也没发生。

几乎彻夜未眠的周雨言迎来了又一个黎明。天光在黎明前的变化疾速而多端；太阳出来的地方有一脉山，大山正在挣脱着黎明前的暗夜。沉浸在焦虑和不安中的周雨言听不见拖拉机的干巴巴的响声听不见宁巧仙诱人的呼吸，田野上的岑寂仿佛居住在头脑里的幻觉。

三

水霜粉末似的飘飘洒洒，洒在了周雨言的脸庞上揉进了他的眼睛里，思想仿佛被清冷的水洗濯了一遍。前面的车上的几个妇女已从棉花包子上溜下来了，她们的动作似乎还没有苏醒过来，显得机械而僵硬，头发上沾着的棉尘缺少色泽，说话的嗓音里释放着棉花的味道，黏黏的，使人听起来发急。我结束了一天一夜的劳动又将另一个日子续接在疲惫的躯体上。祖母说，人世上，只有日子最神秘，它诱惑着你，使你走过一天又一天，一年又一年。祖母说，她恨不能将日子的薄纱撩开，在日子的包裹中看见她想要看见的。到后来，她已经知道无望了，可她还是盼望着新的一天会有新的转机出现。因为盼望不死，你才由日子拉着你向前走，走过青年，走过中年，走过老年，一直到死的那一天，你恍然明白：日子是一个大圈套，一旦钻进去就很难出来了。祖母放下话题凄然地笑了笑，她的眼睛看着远方，似乎还在盼望着。周雨言想，我的某些想法和祖母的想法一脉相承。我也恨不能一脚踢开日子的大门看看里面堆着的究竟是金子还是铜，我毕竟是有时候这么想，我缺少祖母那样的心境，盼望就像在夏夜听到的黄鹂的叫声在天的尽头逶迤着，极其渺茫。今天的日子和昨天的日子一模一样，就日子的内容来说，所不同的是昨天去县城里轧棉花，今天可能要去地里挖棉花秆；昨天吃的是玉米面冷馍，今天可能会吃两顿玉米糁子。昨天是劳动，今天还是劳动，劳动密密麻麻地注入了密密麻麻的日子使我看一眼就心慌意乱；劳动勒紧了我的皮肉，劳动压迫得我有梦也遗，无梦也遗。遗过之后只剩下了疲软无力的生殖器，只剩下了空如布袋的躯壳；生命的本源通过生殖器流走之后头脑里是一片空白什么也没有。我发现，在劳动中我的想法变得跟牛的想法差不多；牛如果有念头，它一走进地就盼望什么时候犁完这一晌地，主人将它赶回去吃草。我投入劳动也只盼望什么时候干完活儿回家去吃饭，其他的事情一概不去想。我感谢劳动是因为劳动最能惩服人。在那个淫雨时续时断的夏天里我们不分白天黑夜一连劳动了三天三夜，当马绪安的儿子马泉水将麦捆子和手指头一起塞进打麦机的时候，马泉水还被瞌睡捆绑着。三根手指头从打麦机的口里吐出来在打麦场上蹦了几蹦落在了远处，这时候，马泉水才惨叫一声从劳动中苏醒了，血腥之气弥漫了打麦场。庄稼人并没有因为劳动中有了血味儿就放弃了劳动，而是不断地被劳动追逐着驱赶着。队干部想方设法将劳动的创造变成了劳动的惩罚，劳动变成了鞭子在抽打着劳动中的庄稼人。按生产队里的规定，男劳力每月必须出勤二十九天，女劳力每月必须出勤二十七天，不出勤一天扣半斤粮食。不论赶集生病走亲戚都不能例外。“必须劳动”像铁锁链一样锁住了娘瘦弱的身体。生下四妹子之后，娘患了一种叫作血崩的妇女病，她用虚弱的身体和疾病的顽强进行对抗，在炕上躺过几天之后，六指队长领着几个有贫农血统的年轻人，他们呵斥着娘，叫她去水利工地上完成土方。娘对劳动的无能为力使她丢弃了她应有的自尊去恳求六指队长，六指队长颐指气使，他只问娘去不去劳动？娘的恳求对六指队长来说毫无意义。娘说，你们出去，我就去。娘下了炕，将一包烂棉花用破布裹住塞在了下身，向上提了提裤子，勒紧裤带上了水利工地。娘拉着架子车就像拉着她的生命一样在水库坝上艰难地行走，血水大概渗出了棉花包，顺着娘的裤脚流下来，一滴一滴，滴在土地上，干渴的土地吸进了娘的血，吸进了娘的生命，脸色苍白的娘终于支撑不住扑倒在两眼昏花的春天了。她久病不起，评定的劳动天数完成了一半多一点，年终决算，不仅扣尽了她的全部口粮，还在爹的名下扣了二十五斤玉米。娘提着口袋要饭吃的时候还残留着一丝对家庭的内疚，把没有饭吃归罪于扣了她的口粮，而使一家人挨饿。娘不可能像我一样对劳动产生想法，不劳动她就无法活，劳动就是她的生命。当新的一天又以劳动开始的时候周雨言可不这么想。

周雨言第一个从棉花包子上溜下来。他回头一看，宁巧仙正抓住绳索向下滑动，由于她的手上用了过多的力，被棉花包子摩擦着的衣服就像是谁用手一把提上去了，整个背身曲线毕露，臀部尤其显得饱满丰富，腰际间露出了肉体，黎明中那裸露的肉体在周雨言的眼里特别有味。他面对的这一个背身比在轧花机房背后目睹的几乎全裸的背身大不一样，那时候，他是在紧张中窥视，这时候，他的目光对准着她，让宁巧仙的背身向他的脑海里一览无余地流。他甚至产生了想上去抱住那个肉乎乎的背身的想法。他的心又开始震颤，还未等他提起脚步，宁巧仙的双脚已落了地，背身消逝之后，转过身来的是一张不知疲倦的挂着一丝红晕的脸。宁巧仙忽视了周雨言那双正在注目于她的眼睛，说道：

“卸车。”

这不是宁巧仙的口气，这是妇女队长的口气。周雨言走到车跟前去解绳索。

周雨言和几个妇女将一包一包的棉花抬进了生产队里的保管室，保管室就在宁巧仙的家对门。抬完棉花包子，周雨言靠住保管室的门正在喘气，只听宁巧仙说：“大家不要走。”

宁巧仙叫大家不要走，谁还能走？况且，谁也不知道不要走的后面是什么内容。这个“大家”的称呼，对我们几个狗崽子来说似乎是很宽容了。夏全华和夏双太他们从来没有把我们归入“大家”一类。我们都看着宁巧仙，看着将有什么样的新内容出台。

后来，你才明白，那天凌晨宁巧仙叫大家不要走其实是叫你周雨言不要走，接下来发生的一些事证实你的推断没有错。一路上你沉浸在另一种境界中扮演的是另一种角色，可是，当你回到松陵村向保管室里抬棉花包子的时候，你完全苏醒了，你温顺地回到了你的身份中，居住在它里面，你的想法自觉地和另一个白天衔接在一起，你总是觉得白天发生的事情才是真实可靠的，夜晚的不真实就在于它可以借助它的优势掩盖其实质包括你和宁巧仙的搂搂抱抱，这样的事情在白天是绝对不能发生的。由此，你就相信和迷恋有太阳照耀的白天而怀疑以至否定夜晚。你以为你只能属于白天不能属于夜晚。既然天已经亮了，你就该以原来的你出现在生活中。宁巧仙不是这样想的，三十多里路的同车而行使她再也难以平静了，她的生命就像熟透了的葡萄，那原汁从薄亮的皮儿上直向外渗。她是那种想要得到什么就千方百计去谋求什么的女人，她要达到目的的第一个步骤就是捏住周雨言的手腕将他拉上车，接下来便是搂抱，而搂抱之后的项目没有进行使她有点遗憾。她知道周雨言并没有睡着，周雨言的清醒阻碍了她的搂抱向纵深发展。她和阻拦自己的诸多因素斗争了一路，她的心目中没有狗崽子只有一个十七岁的男人，清秀而孱弱的少年使她怦然心动，她一会儿想以搂抱来结束她的难为情，一会儿又难以逃出少年人新鲜的魔力去强行实施下一个项目。三十多里的路程竟是那么的短促，装在黑夜里的天竟然亮得那么迅疾。车到了家门口她才觉得她不该失去那么好的机会。于是，她就叫大家不要走，她的目的是叫周雨言不要走。

宁巧仙对周雨言并没有说什么，她给那几个女人说："进屋扫扫棉尘再回去，都没有面目了，回去咋见男人?"宁巧仙的话里含着黎明前的深切情意。

几个女人相互看了几眼，片刻的紧张从脸上大约减去了五分之四，"大家不要走"的后面并没有恶意。她们跟在宁巧仙的后面进了房间。周雨言是最后一个进去的。

从睡梦地里爬起来的秋月端坐在炕中央，她不错眼地看着一屋子里的陌生人。

宁巧仙对她的女儿说："秋月，把笤帚给妈。"

秋月将笤帚递给了宁巧仙。精赤着的秋月打了一个哈欠又钻进了被窝。夏双太大概睡在隔壁母亲的房间里。宁巧仙将笤帚给了一个和她年龄相仿的女人，女人们到院子里清扫灰尘去了。宁巧仙拿走了在一张柴木凳子上堆着的衣物，她用眼睛对周雨言说，站着干什么？你坐下。周雨言是第一次进宁巧仙的房间，他环视了一下屋子四周顺从地坐在了凳子上。宁巧仙的眼皮张了张将一束光彩送给了周雨言，周雨言装作没看见。宁巧仙到院子里去了。生疏的环境使周雨言有点无所适从。

宁巧仙刚一出去，秋月又从被窝里爬出来了，她挥着一双小手对周雨言说："你出去，我不要你。"

小小的秋月不要周雨言在房间里待。

始料未及的周雨言十分尴尬：他坐也不是，走也不是。

秋月从炕中央走到炕沿，她站直身子噘着嘴，顽劣地命令周雨言："你出去，我不要你。"

周雨言看着这个一丝不挂的小女孩心思在翻腾：难道她知道我是狗崽子？不可能呀，她才四岁，还未谙世事。尽管她身体里流动着贫农的血液，她怎么也不可能在四岁就成为一名自觉的阶级成员。难道是我身上有一股狗崽子气味放射着一种狗崽子的元素，小孩子也能嗅得出感觉得到？周雨言这么一想就十分悲哀，连小孩怎么也讨厌我？在以后的日子里周雨言也曾这样地想过：没有我们也就没有你们，由于我们的存在才使你们有了对应有了陪衬物，就像白天陪衬黑夜杂草陪衬鲜花正宗陪衬杂牌一样。秋月的驱赶使周雨言无地自容，他能对四岁的小女孩子说什么呢？说他也是人，说你不必讨厌不必害怕，他什么也不能说。周雨言垂头丧气地走出了宁巧仙的房间。周雨言回头一看，房子门仿佛一个洞穴的口，他站在房檐台上，心里发冷。

宁巧仙一看从房间里走出来的周雨言说道："你急什么？等她们扫毕了你再扫。"

不是周雨言急于清扫，宁巧仙没有注意到周雨言的沮丧，更不知道她的女儿不叫周雨言在她的房间里逗留。

秋月大约听见了周雨言和宁巧仙在院子里说话，她一丝不挂地撵到院子里来了，小女孩指住周雨言毫不留情地说："我不要你，你回去。"

秋月冷不防地插入使宁巧仙有点诧异，她对女儿说："回到炕上去秋月，小心着凉了。"

小女孩只按自己的意愿行事，她小跑着走到周雨言跟前推着他的后腰尖声呐喊："我不要你，你回去。"

周雨言回过头来求救似的看着宁巧仙，他不能因为小女孩的讨厌就顺势而走，他用目光恳求宁巧仙帮助他挽回那点自尊。秋月出其不意的举动刹那间将宁巧仙镇住了，她去拽她的女儿。秋月拼命地哭喊：“我不要你，你回去。”

女孩子尖厉的喊声石头似的将他的自尊砸得粉碎，他拔腿从院子里向外跑，他仿佛听见宁巧仙在后面喊他。

我不要你我不要你我不要你……

周雨言的耳边刮着一股羞耻的旋风。随之，一个尖刻的名字流进了他的血液钻进了他的骨髓：夏秋月夏秋月夏秋月……

秋月，我憎恨你那天的举动憎恨你那天的模样，周雨言想，我妨碍你了什么？我与你有什么相干？你为什么不要我在你妈的房间里逗留？

秋月，你还记得那天凌晨吗？十四年前的凌晨，我在你的家里。

记不得。秋月不假思索。

你说你不要我，你的态度很坚决，弄得我狼狈不堪，你妈也很尴尬。

记不得了。也许那不是我。秋月说得很真诚，没有开脱自己的意思。

不是现在的你，是四岁的你。周雨言详尽地复述了那天凌晨的情景。

如果真是那样，说明我从小就讨厌你。秋月坦然地说。

不是讨厌。周雨言诡秘地笑了笑：只能说明你的直觉很厉害。超过了四岁的年龄。

直觉？

是直觉。周雨言差一点要说，四岁的你就在提醒：你将和母亲共同争夺一个男人。他没说出口，他关闭了心灵中那扇猥琐而阴暗的窗户。

我怎么会不要你？我要你，现在就要。秋月的双目中流出了一脉深情。她搂住了周雨言的脖颈。她说：我要你的现在，不要你的过去。

我也是。周雨言说：我喜欢现在，人首先应该为现在而活着，其次才应该想到将来；失去了现在，将来就没有多大意义了。

现在，周雨言一丝不挂地躺在秋月的怀抱中，他的一只手抓住姑娘的奶头，手指头在那葡萄似的坚挺的乳头上抚弄，一只手揽住她的腰，而他的双腿则被秋月的双腿紧紧地夹着。周雨言突然觉得，这丰满而柔滑的胴体似乎很陌生又很熟悉。显然，这鲜活和他的妻子吴小凤的木然相去甚远。秋月和他缠得越紧他的意识越明确：明确停留在搂抱的姿势上，这姿势太熟悉了，这姿势是苏醒了的姿势的复习；他捏住的抚弄的乳头是干瘦的，他搂住的腰是瘦小的，被夹住的双腿只感觉到了一点沉重还未觉察出女人，而从腿上感觉到他的一条腿已触到了女人身体上某些器官是后来回忆的结果。意识的明了使周雨言觉得燥热不安，他想推开秋月，秋月反而抱紧了他。他仿佛听见祖母在雨言雨言地喊他。

“周雨言。”

宁巧仙从家里跑出来冲着他的背身喊。周雨言用坚定的脚步声回答了宁巧仙的喊。

奔走的周雨言被一股强烈的油漆味儿拦住了，新鲜的油漆味儿宛如从空中抛下来的网，他不可能逃脱。他站立在语录塔跟前。

当周雨言站在轧花机前机械地向轧花机口里喂棉花的时候，周雨人正在高高的脚手架上专心致志地给语录塔上画红太阳。周雨言抬头仰望，他想看一看哥哥画的红太阳怎么样。他置身于淡白色和褐黑色组成的光线中，一点儿也看不清，他只能感觉到语录塔上那些油彩的存在，油漆的气味在凌晨最刺激最荣耀。红太阳就产生于油漆？不。红太阳只能是红太阳，不会是油漆。

周雨言再一次张眼去看，他越是想看清语录塔上的红太阳越是看不清。能见度极其有限。

四

周雨言肃然地站立在语录塔底下。

语录塔不是松陵村人的创造而是松陵村人的模仿。松陵村人不是第一个建造语录塔的人，松陵村人缺乏那种创造精神。松陵村人的模仿达到了前所未有的地步。周雨言未曾见过美丽的宫殿，在他的想象中，语录塔就像宫殿一样富丽堂皇。塔体高大而挺拔，它站立在三千多农民中间，挺胸收腹，孤独但很威严，有居高临下气吞山河的气势，塔的顶端尖而细，似乎有点脆弱，但和整个塔体连起来看，有直刺青天战无不胜的感觉。语录塔会悄然地将你征服，不是要你当即就忏悔，而是向你宣告：你要绝对真诚。

这不仅仅是砖头、石灰、水泥、沙石等建筑材料的堆积物，堆积的变形所产生的效果使松陵村人始料未及，有点自己把自己镇住了的味道。许多年以后，周雨言在拉萨和西宁的寺院里见过一些建筑物，它们的结构和语录塔有异曲同工之妙。在周雨言读过的一些哥特式建筑中，他发现，也和语录塔有些相似之处。周雨言想，第一个设计语录塔第一个创造语录塔的人大概是受了那些建筑物的启示才产生了灵感的。中华民族是创造了灿烂文化的民族，当时的人在某些方面的创造使外国人瞠目结舌，包括语录塔的创造。

曙光穿过树梢从语录塔的顶端披散而下。又一个白天明确地来到了，轰轰烈烈的时间里灌注着暂时的宁静和飞鸟们不谙事理的活跃。周雨言长长地吸了一口气，空气里革命的味道极其明晰。周雨言揉了揉干涩的眼睛，尽量使自己的视觉能够准确无误地捕捉到语录塔所传达的全部信息。

周雨言的目光注视着语录塔上十分规则的仿宋体。领袖的那句话他已倒背如流了。领袖的话无论在白天在黑夜在学校在农村在无数的人群中还是他一个人独处的时候都能使他五体投地，尽管他是狗崽子但对领袖的教导也像红五类们一样地具有宗教般的虔诚。夏全华夏双太六指队长们，你们以为狗崽子满身都是反骨？你们错了。真诚是一样的，有一颗心做证。那时候，你被出身不由己道路可选择的口号鼓舞着，你相信你会划清界限而且能够划清界限的，团支部书记叫你写一篇批判文章，你毫不含糊地将矛头对准了你的家庭你的祖父，你不可能忘记，你那篇文章的题目就叫作：愤怒声讨万恶的地主爷爷。尽管祖父已经死去好多年了，一时间，你对他的仇恨和夏全华夏双太六指队长他们相比有过之而无不及。

站在语录塔底下的周雨言肃然起敬。领袖的那句熟悉的话语一旦登上了建造的塔体更是具有一种莫名其妙的神威感，领袖浑厚有力的声音仿佛就悬浮在塔顶。夏有福说过，话语是最靠不住的，话语可以哄人；

夏有福说，嘴是扁的，舌头是软的，话由人说，它的欺骗性在于它的随意改变性。这要看是谁说的话，领袖的话是绝对要听的。

周雨言的目光越过仿宋体停留在那颗红太阳上。周雨言越想要看清越不敢看，不敢看也得看清楚，看一看哥哥画的红太阳。周雨言仿佛能看见周雨人站在高高的脚手架上紧握彩笔小心翼翼地作画时的神态，周雨人的脸上和身上溅满了红色的油彩；周雨人被泡在热烈的红色之中，有棱有角的色彩强有力地改变着他，他比语录塔本身更多了几个色调，色彩使他无比兴奋，丰富的色彩溶解了他原有的沉郁。他只能也只得用一只手按住塔体一只手颤悠悠地作画，悠然的画笔在他的手中变得有些沉重。许多年以后，周雨言在外地看圣徒们塑像时想起了哥哥当年画红太阳时的情景，哥哥作画时的心态和圣徒们塑像时的心态肯定相差无几，他想。

脚手架下面站立着革委会主任夏全华，还有夏双太，夏有福也站立在不远处，他们是来监视哥哥作画的。在他们的眼里，狗崽子周雨人是一个随时就可犯病的精神病患者，是农村人所说的那种“游疯子”。哥哥唯一可以被利用的价值就是作画。在松陵村乃至凤山县哥哥是一流的画家，周雨言最清楚。

夏全华的脸色冰冷而深沉，他的双目穿过周雨人的胸背直逼周雨人的笔端。运动到来之前他是当过好几年支书的人。夏双太是一个又高又瘦如同麻秆一般的中年人，他的眼睛和伯父夏全华的鼻子一样给善于看面相的人留下了间隙使他们有机可乘，人们叫他豹子眼。周雨言没有见过豹子，但他一看见夏双太就可以大胆地想象豹子长着怎样一对眼睛，夏双太的眼球简直就像娃娃们含在腮里还没咽下去的元宵一样。夏双太不时地抬起豹子眼去注视周雨人。夏有福是作为松陵村的贫协主席出现在语录塔下面的，这种场合中少不了他。他面部的表情一如既往，严肃、和善。在他的眼里，作画的周雨人是一个可怜的孩子。

周雨人已全副身心地投入作画中去了，他的笔犹如犁铧在肥沃的土地上耕耘。在他的心目中，画就是画，无论是红太阳还是大海一旦从他的笔下诞生就是艺术品。他没有工夫去看脚手架下面。周雨言想，是这样的，哥哥作画时的场面一定是这样的。

曙光正在和语录塔上的红太阳融为一体。周雨言努力地张大簌簌作响的眼珠，他觉得眼睛一阵酸痛，头脑里轰然而响，他听见那响声就来自塔体，响声有铁腕一般的力量，周雨言不由得胆寒心战。他想到了哥哥，哥哥将在那震慑人的响声中抱紧脑袋缩成一团。

红太阳。

周雨言十分困难地看了一眼哥哥留在语录塔上的那幅画。

雨人我说你还是去吧，夏全华叫你去画红太阳，你敢不去？

周志伟用恳求的眼神看着他的大儿子，他的神态有点卑微。

我说雨人你就不能去；天王老子叫你，你也不能去的。

秦改香的眼神里交织着怜悯和激愤，她激愤儿子不合时宜的沉默。

哥哥的沉默犹如一块令人窒息的石头，他的眼睛盯着一个地方不错珠地呆看着，好像要把那地方看穿看透从中看出什么破绽来；看着看着他就傻乎乎地笑了；茫然的笑声仿佛沉默了一整天后说出的另一种语言，这语言谁也无法破译。

怎么样？父亲焦灼不安地问道。

不去不去，我说不去。我们是狗崽子，我们有什么资格去画红太阳？画红太阳是贫下中农的事情与狗崽子毫不相干。父亲问我，叫你哥去不去你说雨言，我就这么说。我妄图用坚定而冷淡的言语埋藏父亲的想法。

爹叫你们一出世来就当狗崽子就受罪爹也是没有办法呀，雨人你不去爹和你娘还有你婆都要上斗争会你也免不了被斗争，你去是人家对你的信任，况且你会画画儿一个松陵村有谁会画画儿，不就是画一个红太阳吗？把太阳画圆就行了，这又不是很难为情的事情，你为啥不去呢雨人？父亲只顾说服和恳求儿子完全忽略了他的卑微的形象。这形象潮水一般涌过来冲刷着儿子依赖父辈的心理堤岸。

我无依无靠。

哥哥只是说他无依无靠。

无依无靠？

父亲大概觉得哥的话蹊跷而怪诞，他的发问出自内心。

无依无靠。

哥哥坚定不移地重复着，他的神情极其冷漠。

去画红太阳与无依无靠有什么相干？父亲的诘问如冰冷的铁板，哥的话语根本无法插足。

我上辈子遭了什么罪生下了这么一个儿子？你就不知道雨人是不能画红太阳的，雨人画的画儿我全部见过的，他满本子上画的都是一丝不挂的女孩儿，女孩儿的毛辫子又粗又长每一根头发都画得像从头皮上拔下来的一样真切。还有奶头，我就不知道他为什么要画那么多的奶头？将女人的奶头画成了一头肥猪，女人的奶头有什么可画的？这孩子，中了什么邪了？你去看看他画的那只脚，那只脚不是他画的，是他从女孩儿的腿上扭下来放在纸上的。他能画女孩儿能画女孩儿的毛辫子能画奶头能画脚就肯定不会画红太阳。雨人不能去我说你不能去的。现在要紧的是要给他吃药，那个老中医说要给他吃一百八十服药，一定得吃一百八十服，少吃一服也不行。我说我们哪里有钱给他吃那么多药？叫他去画红太阳是作践他。母亲叹息了一声。母亲悲切的叹息声并没有覆盖父亲的想法。父亲将哥哥推出去只是为了开脱自己，我看得很清。

能把女孩儿画成真的就能把红太阳画成真的，雨人你就去吧。

我无依无靠。哥哥喃喃自语。

无依无靠也要去。父亲最后摆出了有权力威逼儿子的架势，他是家庭里的领袖人物。

不是那种响声，周雨言细听，不是太阳从地平线上挣脱出来时发出的声音，那种响声很动人但并不可怕。这是另外一种响声，这响声比雷鸣更动人更威逼。亮丽的响声飞鸟一般蹲在语录塔上冷眼看着周雨言，鸟儿的眼睛极其尖利，一点儿也不让人。周雨言闭上了发酸的眼睛，他想逃避。雪花一样的响动声在空中不动声色地飞旋舞动，他对响声毫无办法。怕人的响声不是周雨言听到的，而是他感觉到的。

太可怕了。周雨言不敢将他的视觉付诸语言。

不，现在说出来还来得及，我无论如何要给哥哥说，太阳是扁的。

哥，你画的太阳是扁的，雨人哥。

太阳是扁的。我看了无数遍太阳还是扁的。

“太阳画好了？”

回到家中，周雨言小心翼翼地问他的哥哥。

“好了。”周雨人说。

“夏全华他们没有说什么？”

“没有。”

“没有说你画得好还是不好？”

“没有。只说由大队革委会给我转一天的工分。”

肯定是夏全华和夏双太他们没有看出来太阳是扁的，假如他们看出来红太阳是扁的非当场砸烂你周雨人的狗头不可。

“他们怎么就没有看出来呢？”

周雨言似乎是在自言自语。

你在嘀咕什么雨言？我在脚手架上站一天只不过是为了能挣八分工，不是为了叫谁说好说坏的。好坏对我来说有什么意义呢？

周雨人从炕头拿起了一只泥雕的脚，那只脚的整体夸大了，粗略地看，那不是脚，而是扳不倒的山，是猿的头，是女人的外阴，看似什么就是什么。脚的细部是真实的，从细部看，是具体地用来走路的脚。

周雨人的炕头堆着一些泥玩意儿，细细辨认，它们是山岩，是树根，是牛马，是飞禽，唯独没有泥雕的人的躯体，只有一只沉静的女人的奶头，那只奶头和枕头相仿。周雨言进屋的时候，周雨人正抱着泥奶头抚摸，他的一只手从奶头的上部一直细心地抚下去，抚着抚着就将奶头捧起来用脸蹭，他的神情和举动一样的夸张。坩泥是周雨人从雍山里背回来的，他将这些叫作坩泥的白土碾成细腻的粉末，再和成泥，然后捏成他要捏的那些玩意儿，再用刀子细心地雕刻，雕好之后涂上燃烧的色彩。雨言你说这草叫匈奴草？这马叫突厥马？这块树根呢？我看就叫帝国树根吧。将来我们死了，这岩石这树木都不死，它们才是最珍贵的，还有这些动物，它们也是不会灭绝的。周雨言对哥哥那些没头没脑的话不感兴趣，但他又不能单刀直入地说哥你画的红太阳是扁的。

“这是谁的脚？”周雨言漫不经心地问哥哥。

“不知道。”

“我看得出是女人的脚。”

“男人的脚不会这么干净的。”

“是哪个女人的脚？”

“不知道。”

雨言你不要追问我好不好？你已经看出来是女人的脚还问什么呢？这是艺术品你不懂，艺术的真谛就是变形，艺术的脚不是哪个女人的脚，艺术的脚产生于女人的脚可它来自我的头脑里比女人的脚多了一点意思，给你说你还是不懂。不要再说那只泥雕的脚了，我给你说说姨婆吧，姨婆是祖母的亲妹子；姨婆很年轻很漂亮，特别是那一双脚不是小脚女人的脚而是一双既小巧玲珑又很大方的脚。那时候，周雨人大概在三四岁之间，秋天里，姨婆拉着他的一只手去村子前边的那棵大松树底下捡拾松子儿，姨婆穿一件平绒旗袍，草绿色的平绒上撒着的星星点点的白碎花，十分惹人眼目。走着走着，周雨人趴在姨婆跟前要舔她的脚面。姨婆在水盆里洗脚的时候周雨人第一次舔了姨婆的脚面，起先，姨婆不叫周雨人舔，周雨人一舔，姨婆就痒得有点抖，忍不住咯咯地笑；舔过几次以后，姨婆不再抖也不再说痒了。秦改香一看她的儿子舔娘姨的脚，就说这孩子太不像话了，什么时候养成的坏毛病要舔人的脚面？姨婆说雨人正在长牙长舌头，牙和舌头都在发痒，舔一舔就不痒了。周雨人每次舔姨婆脚的时候，姨婆都是端坐如初一动也不动，有一次，周雨人在姨婆的脚面上咬了一口，姨婆叫了一声，她没有推开周雨人反而将他搂紧了。我记得，姨婆一只手臂搂着我，一只手在脚面上抚摸。姨婆死了，姨婆死的那一年至多是二十岁，姨婆是解放县城那一年死的，姨婆听见枪炮声从县城里向松陵村奔跑，在回来的路上，姨婆左躲右闪还是没有躲过飞机上扔下来的炸弹。爷爷派人将她抬到了松陵村，她满身泥污，素净的旗袍像被谁撕烂了，唯有那一双脚还是白白净净的。周雨人稚嫩的眼睛避开姨婆的满身血污和惨不忍睹的大腿，目光停留在姨婆的双脚上，姨婆的双脚大踏步地走进了他的生活。我再也看不见姨婆那双白白净净的脚了。

我无依无靠。

周雨人紧抱着那只泥雕的脚。

“雨言，下次再抄家你不要将哥的这些艺术品都贡献了。”

“你说上一次是我贡献的？”

“是的。是你贡献的。”

周雨人站起来用眼睛控制着弟弟的思维，他不容周雨言分辩，说道：

“是你，是你将先人留下的最值钱的东西贡献了。你贡献了，你还是黑五类。你想划清界限？这个界限你一辈子也划不清的，界限在他们的心里，你能划清？即使你划清了，你的血统永远也不会改变。你连你的人种都弄不清，你怕是长不大了雨言。”

“不，不是你说的那样，哥。”

周雨言含着泪叫道。

父亲听说要抄家就将我叫去了，父亲对我说雨言，你把你爷爷留下来的那些书籍和先人的牌位都烧了吧，留着那些东西是咱们的罪。于是，我就上了楼，将那些书籍和先人们的牌位抱下来塞进了炕洞，点火的时候我背着爹偷偷地留下了一些书籍。红卫兵抄去了一些古瓷品，最珍贵的要算那一方砚台了，据父亲说，那一方砚台是清代的，大约有两百年了。抄家那天的情景你是目睹了的哥，怎么能说是我贡献出云的？我不瞒你，我是想划清界限，我不想当一辈子的狗崽子，我是人，人所具有的我都具有，人所思念的我都思念。

是夏双太领着农民红卫兵来抄家的。脸色阴沉的夏双太突然而入使他们一家措手不及，不是说他们来不及转移浮财，他们没有什么财产可言，属于他们的只有几身粗布衣服、一些生活用品和不多的粮食，措手不及是说他们来不及吃早饭就被驱赶在院门之外了。红卫兵对没有烧尽的线装书不感兴趣，他们只要两样东西：一样是变天账，另一样是金银首饰和银圆。夏双太瞪眉竖眼地审问父亲和母亲。父亲和母亲说没有那两样东西。父亲被夏双太几脚踢倒之后拖到了院门外边，小妹妹雨梅的哭声在阴郁的晌午随风飘扬。

在院子里开挖的声音和农具的碰磕声以及红卫兵的喊叫声扭结在一起弯弯曲曲地从院门口逶迤而出，一家人狗一样蜷缩在院门外边的墙根下。雨梅的哭声变得像嫩芽一样细柔。哥哥的脸上浮动着难以捉摸的笑，后来我才明白他在嘲笑我的贡献。父亲的脸色很难看，他的内心里肯定是一团糟，眼神里流露出来的无可奈何、茫然痛苦和一丝恐惧交织在一块儿。母亲紧蹙着眉头，仿佛她的心也紧蹙在一起用来抵抗突如其来的打击。祖母一如既往地平静着，她的头发一丝不乱。冰凉的太阳光在墙根下颤动着，院子里的响声猛不防像蛇一样蹿出来威胁着有生命的一家人。

挖地三尺的工作在继续着，抄家在继续着。

时间已经失去了生命要素这个意义。

妹妹用尽了力气在哭喊着饥饿，一家人失去了本来就很简单的早饭，妹妹只能用哭声代替对食欲的要求。我们毕竟是人，是需要吃粮食的动物。

我害怕了。害怕像灰尘一样在我的心上落了一层又一层变成了厚厚的盔甲，我想，我没有哭，越害怕越哭不出来。我用一双手不住地在土墙上抠动，尽管手指头上磨得血珠点点，我还是没有停止抠动，我妄图在土墙上抠出一个洞穴钻进去藏匿我的害怕藏匿我的羞耻。我和父亲母亲他们拉开了距离面对着土墙。街道上的人们走动的脚步声不停地钻进我的耳膜。我不是看见而是感觉到人们像观赏景致似的在看着我们一家人的可怜相，眼神里肯定有欣赏也有嘲弄，有同情也有憎恶。我的一双带血的手被人拉住的时候我才看清了站在我跟前的是我远房的姑姑周秀娟，是曾经和我游戏的一个女孩儿。我似乎是多年没有看到她了，她的粗糙的姑娘的气息强烈地刺激着我，我的心在发颤。她离我那么近，她的翕动的嘴唇里哈出来的是饱食的气味。她用她的那双秀气的手蘸了蘸我的手指上的血渍，将半块玉米面粑粑放在我的手里，另外半块给了我的妹妹。她一瞥，用眼神给我说你吃吧。我一抬眼，她的妩媚和善良被我衔进了双目和记忆。我咬了两口粑粑，怎么也咽不下去，我想，我大概流泪了。我看着姑姑扛着农具远去的背影，怦然心动，两年前和姑姑游戏在热炕上的那一幕只撩开了一个角就被目下的处境湮没了，卷走了。

傍晚，我们走进了家门。母亲一看毁坏了的土炕和锅灶，悲声大放，她的心和家园一样，伤痕累累。仅有的一只旧箱子和旧柜上贴着十字交叉的封条，封条封锁了我们破旧的棉衣，封住了我们对冬天的抵御，接踵而来的冬天使我们束手无策，妹妹整天哭喊着我冷，我冷。后院里的那棵古柏在妹妹的哭喊声中落尽了枝叶。一家人都穿着薄衣单衫对付了一个冬天。那个残酷的冬天残酷地培育了我残酷的耐寒能力，尽管我不惧怕严寒。可是，在以后许多个冬天我一看见人们蜷缩在棉衣皮毛中臃肿的躯体就无比憎恨，因为那个深刻的冬天就像一棵枝叶茂密的树木在我的心里天天生长着，枝枝叶叶地覆盖了我搏动着的一颗心。

父亲和祖母又上了一场斗争会才使红卫兵徒劳的抄家有了微弱的意义。

“哥，你一直很爱我，怎么能说那样的话？抄去的东西不是我贡献的。”周雨言继续分辩道。

“谁爱你？”周雨人还是那么冷漠。

“你，雨人哥。”

周雨人认真地说：“我对谁也不爱。”

周雨人又开始抚弄他的那些泥玩意儿，他一头埋在泥玩意儿之中。周雨言仿佛看见他的哥哥和那些没有生命的笨拙的泥玩意儿融入在一起变成了木然的一部分。周雨言觉得哥哥的脊背就是岩石，而前胸则是牛和马的变异，那些茅草如同哥哥的汗毛一般。周雨言为物化了的哥哥吃惊，为自己的幻觉吃惊。

我想你是不会忘记的哥，那一年，我才三四岁你怕有十多岁了，晚上，你脱得一丝不挂要睡觉，我大概出于好奇要摸你的小牛牛，你用双手捂住那儿不叫我摸，我哭着要赖皮，你就叫我摸了摸你的小牛牛，我一摸，你笑得弯下了腰，咱俩光着身子在土炕上戏闹，你从那时候就说你爱我。这是一种纯粹的宽泛的爱，我们的爱中饱含着童年和少年的纯洁美好，是人欲的另一部分。从此，我的童年中有了你，你的少年中有了我。你不必否认当初的爱，哥。兄弟间的这种爱欲是从血脉中流出来的，最能代表人之初。哥，你怎么说你不爱人呢？你是自己哄自己，你雕刻的那只脚难道不是人的脚？

“我说你不懂，你就是不懂，那只脚是艺术品。”

“艺术品也是人的脚。”

“那是两回事。”

“语录塔上的红太阳呢？”

周雨言找到了自己的话题。

“也可以叫艺术品，它有象征，红太阳画在语录塔上就象征领袖。”

领袖就是红太阳，这是国人都知道的事情，周雨人的强调使周雨言坐卧不安。

“我画得不好？”周雨人问弟弟。

太阳是扁的。

周雨言差点喊出来：你画的太阳是扁的。他极力控制着自己，他不能将恐惧带给哥哥带给这个家，他的恐惧是他自己的。

周雨言搪塞道：“我不懂艺术。”

周雨人说：“我说你是狗崽子，你到什么时候也是狗崽子。”

周雨人笑了。

五

周雨言挥动着镢头吃力地挖棉花秆。

光秃秃的棉花秆呆立在一览无余的田地里就像一个个输光了的赌徒，样子可怜而可憎，棉花一经收获它们就只能在残秋中挣扎最后的生命了。残留的大豆叶子和棉花枯萎的叶片毫无目的地在田地里随风飘零，秋日的衰败不可抑制，灰暗的光线织成了一道帘子布罩在棉花地里，尘埃和土雾扑灯蛾似的由着秋风摆布。干旱的土地极其坚硬，只有一寸宽的镢头老是挖不到棉花的根部，一株棉花秆周雨言至少挖三镢头才能挖掉，豆粒大的土块儿飞溅上来准确无误地打在他的脸上，费力不讨好的劳动消耗着他的体力折磨着他的心智。

周雨言的前边是宁巧仙他们。

宁巧仙一镢头挖下去准能放倒一株棉花秆。她显得老练而娴熟，劳动的姿势犹如舞蹈一般，特别是当她抡起镢头的时候，肌肉随之舒展，身上的曲线被活脱脱地勾勒出来，微撅的臀部展示着滚圆而残酷的优美。

在周雨言后面挖棉花秆的是地主分子马绪安。

马绪安一连挖四五镢头也挖不倒一株棉花秆，顽固的棉花秆如橡皮一般，马绪安的镢头在棉花秆的根部一碰就被弹走了。他用的力气最多，挖得最少。

六指队长进了地。

六指的脚一伸，趁周雨言没有防备在他的屁股上踢了一脚，周雨言几乎被踢翻在地。

“你是羞你先人哩，你是挖棉花秆？”

六指一把夺过去周雨言手中的镢头，他一镢头下去，一株棉花秆就放倒了。

“你这个狗东西，娶个婆娘怕都日不到地方上去。”

宁巧仙回过头来瞟了一眼，她哧哧地笑了。

你笑？你这个骚货是不是笑我不会挖棉花秆？我就是不会挖，怎么样？我敢说天生我就不是挖棉花秆的，挖棉花秆是你和六指们的事。我是狗崽子，我可不是狗东西。你们想一想，到底谁是狗东西？六指能给你宁巧仙弄到地方上去你尽管叫他弄去，你们龌龊得连狗都不如，你以为我不知道？

周雨言是在高粱地里去解手的，他刚蹲下去就听见了哼哼唧唧的呻唤和断断续续的吭哧声，他浑身发麻头皮发紧，周雨言首先看见的是宁巧仙褪到脚踝上的蓝卡其布裤子，周雨言强压着心的狂跳从宁巧仙赤裸的小腿朝上看去，他看见了捂在宁巧仙肥实的臀部上的那只大手：六指！大拇指上横出来的第六个指头在那一刻十分戳眼极具特征。四条仿佛纠缠在一起的精腿使周雨言难堪而难受，周雨言不敢再看不敢再动弹生怕弄出点响声来，人的排泄显得极其尴尬，解手变成了一道难题书写在高粱地里。

大约二十分钟。周雨言的头脑里闪上来了语文老师牛生浩的一句话。也就是说，要我在这里等待二十分钟。不行不行，周雨言的肚子胀而发痛，他紧扼着迫不及待的排泄，人的理所当然的排泄演变成了精神重负成为他害怕的又一个部分来压迫他，他连一个屁也不敢放。接着是高粱秆被折断被压倒的声音，一对男女扑倒在了高粱地里。周雨言将头埋下去，他双手紧捂住肚子，屁股眼一撮一撮地将排泄向原路堵。他似乎等了一百年之后六指队长才走了。

周雨言再也不顾及宁巧仙的存在淋漓尽致地拉了一泡。

他站起来系好了裤带，透过乱糟糟的高粱秆周雨言看见宁巧仙依然平静地躺在高粱地里，他第一次放肆地看了几眼裸着小腹裸着大腿的宁巧仙，粗壮坚挺的高粱秆将宁巧仙的肉体切割得支离破碎。这就是人？这就是宁巧仙？平日里，宁巧仙展示给你的是一个漂亮的女人一个贫农的婆娘，整天唬着黑脸的六指队长是权力的象征。在高粱地里，你看见了或者说窥视到了宁巧仙和六指队长的另一面，你为他们能将平日里的展示抹去或者说巧妙地遮蔽起来而惊叹不已，你暗自佩服人的这种能力，你以为这就是虚伪就是丑恶就是欺骗。你生活在一种道德氛围中。生活从一开始就教导你要真诚，于是，你就按照真诚去生活即使做狗崽子也是真诚得一点也不掺假，你相信真诚不是给人上圈套不是遮蔽不是高粱地里的那种展示，你相信人只有靠真诚才能活下去，你为了表示你的真诚才一封又一封地向团支部书记递交入团申请书，你真诚地表示你要坚决同腐朽的剥削阶级划清界限做一个新人。你也妄图用领袖的思想武装自己，你以为那是最好的思想。人们都放弃了自己的思想放弃了固有的灵魂，何况你是个狗崽子更应该这样。全民族只有一个灵魂，都统一在一种思想之下，你放弃的目的也是想重换一个灵魂，你以为那唯一的灵魂就是最美的灵魂。后来，你才想，你被六指队长和宁巧仙他们蒙骗了，他们看似有最美好的灵魂有最完美的思想充当着最革命的群众却到高粱地里去做那样丑陋的展示？这种展示使你惊骇心动，这种展示使六指队长踢出的那一脚失去了应有的力度，使宁巧仙回过头来的放声浪笑的魅力减少了一半。因为你觉得你对他们看清了。原来，人就是这样的人。狗日的棉花秆！

周雨言抡起了镢头。由于用力过猛，锋利的镢头差一点伤了自己的脚踝。

六指走到了马绪安跟前，六指一瞄见马绪安就向他跟前走。他看也没有看马绪安就像刚才踢周雨言一样踢了马绪安一脚，六指的脚还没收回去，马绪安就趴倒在坚硬如铁的棉花地里了，他大概预料到六指会很利索地踢他一脚的，他有了防备，才不至于使嘴脸在地上受伤。马绪安慢慢地站起来，他盯了六指一眼。马绪安的眼神里含有愤恨和嘲笑，眼角里睇出的那种蔑视使六指恼羞成怒。

六指咬着牙说："你看？你再看我一眼，我就把你的贼眼珠抠了。"

马绪安那有限的傲慢经不住六指的恐吓，他低下了头。他还是惧怕，惧怕六指抠了他的眼珠。六指的手是很毒的，这一点，马绪安最清楚。他要看一看六指终究会有什么下场，他似乎就是为了这个简单的目的挣扎在人世上的。六指的血管里流淌的不是他的父亲刘长庆的血，六指的血管里流淌的是马绪安的血，这个儿子一点儿也不像他，只有那份霸道和年轻时的他很相近。

马绪安双手拄着光滑的镢头把儿，他眯着眼看着名分上是刘长庆的儿子实际上是自己的血脉的六指从他混浊的眼神中逸出去。儿子的背影幻化为一个凄凉的坟堆，其实，坟堆就在他的身旁。他恍然看见坟堆中那个不太精致的盒子里有副骷髅，骷髅苏醒着丰满着，丰满了一个硕壮的年轻女人。女人说，儿子踢你，你怎么就不吭一声？马绪安说，我现在不是他的父亲，是他的敌人。女人说，你应当给他说清，你不是他的敌人，是他的爹。马绪安凄苦地笑了：我是六指的爹？闹娃，这是你说的？

是我说的，女人说，我有了。

女人挑亮了烟灯，她的嘴噙着烟枪贪婪地吸了两口。

有了好。马绪安若无其事地说。

长庆回来咋办呀？女人按捺不住的不只是慌恐，她明显地流露着内疚和自责。

马绪安从枕头边抓过来盒子枪看了看乌黑的枪身吹了一口沾在上面的浮尘，又放在了原地方：让这支枪和长庆说话吧。

女人丢下了烟枪用双腿缠住了马绪安。

保长马绪安和刘长庆新婚不到一个月的女人闹娃在这条土炕上整整滚了六年。卖过三次壮丁的刘长庆在中条山和日本人作战时伤了一条胳膊之后回到了松陵村。回来了又能怎么样？明知六指是马绪安的种又能怎么样？一家五口人要靠掏马绪安的腰包生活，有闹娃那漂亮的脸蛋和肥硕的屁蛋子就什么都有了；用女人本身去换取粮食衣物钞票并不是闹娃的发明只是她的继承，就像儿子继承父亲的遗产和债务一样，这有什么难为情的？刘长庆躲进雍山里长年不回家，他将夫妻的名义留给自己而将闹娃肥壮的肉身子留给马绪安留给不可缺少的粮食以及钱和物。六指在一个傍晚忽然明白了村里人骂他你是靠你娘的骚×养大的那句脏话的内涵之后，他第一次将前来娘屋里过夜的马绪安关在了院门外边。闹娃给马绪安拉开了门闩，马绪安看了看不谙世事的六指说这娃一点儿也不知道孝顺。在一个淫雨连绵的日子里六指对闹娃说，我长大后就把他杀了。年幼的六指将牙咬得如同炒豆子一般响，尖刻的响声使闹娃齿寒心战。闹娃怆然地说娃呀，活人要靠粮食，人是粮食吃大的，只有粮食靠得住其他都是靠不住的，你杀了他就等于杀了你的那一份粮食。她的话六指无动于衷，他脸上敷着的那层嫩嫩的杀气同他一起成长，他吃饱了肚子就对粮食没有多少醒悟，他除了需要粮食之外似乎还需要其他一些什么东西，比如说杀了马绪安他才觉得心绪能够平静。

在第一次的斗争会上，马绪安的一颗牙齿被六指打掉了。也许，那颗牙齿就是为了父亲刘长庆。在第二次的斗争会上，马绪安的第二颗牙齿被六指打掉了。也许，那颗牙齿就是为了他死去的娘。六指满腹装的似乎都是火焰，喷散出来的火焰灼伤了马绪安，灼伤了所有的黑五类以及黑五类以外的其他一些人，六指的浑身都在说：我要报仇。为谁报仇呢？为了刘长庆还是为了闹娃？不，都不是，他只是为自己。为什么你们有粮食吃？为什么我就没有粮食吃而要靠吃我娘活下去？他的自尊被无情地撕掉了，露出了血淋淋的羞辱。这个世界对六指来说太不合理了，他的愿望是矫正这个不合理。六指只是想到了他娘将身子给了马绪安使他遭到了人们的辱骂就没有想到他娘和马绪安之间除了交换粮食和钱物以外还可能有其他一些什么，或许就叫作爱吧。

母亲的坟茔从挖倒的棉花秆之中清晰地凸现出来了，六指冷眼看着荒草萋萋的坟茔，他恍然看见从枯草之中挤出来的那副骷髅变成了一个美丽的女人和马绪安说什么，他听不清他们说话的内容，但能看见马绪安把那个美丽的女人搂在了怀里亲热着，房檐水像他身上单薄的粗布褂子一样是那种缺少精神的淡灰色，春雨的气息凉飕飕的，他吸了吸鼻涕，双手按住窗台伸出舌头舔破了窗纸，透过眼睛那么大的窟窿，他看见母亲白亮的屁股和马绪安干瘦的精腿，马绪安翻身爬上了母亲的身体，男人用丑陋的身体覆盖了他幼小的意识，他那瘦小的手紧抓住窗台上的砖头檐子。六指的目光里在喷火，他的双手痒得钻心，恶狠狠地将一堆棉花秆踢得乱飞。他大步流星地走到马绪安跟前抓起一把棉花秆劈头盖脑地打过来，马绪安一时难以招架猝然而来的抽打，他没有想到六指会二次返回来，他的招架缺少款式只是用双手去护自己的头颅。六指不断地给自己的手上使劲，马绪安哑巴似的啊呀啊呀地叫唤着，他在六指粗暴的抽打中扑倒在地，猫叫似的呻唤，他可能还弄不清六指为什么要无缘无故地打他。六指将手中所有的棉花秆打飞之后才住了手。

一地的庄稼人都在挖棉花秆；一地的庄稼人都守在各自的位置上，没有人去拦六指。几个上了年纪的人若有所思地叹息着，他们大概明白六指的抽打不仅仅是对历史反革命分子滥施暴行。

周雨言在六指的抽打声中，镢头来得更勤了，他连头也不敢抬，把目光定格在镢头下面的棉花秆上，他担心六指手中的棉花秆猛不防向他抽来，他还是畏怯六指队长。

周雨言偷眼去看太阳，太阳挣破了云层，从路旁的杨树中斜射过来的晶亮的光柱顽强地扑入棉花地给周雨言的双目中揉进了残秋的暖融融。棉花地里有了明亮的光。滋润着太阳光的周雨言觉得太阳终究是对人的恩泽，人离不得太阳。

周雨言抬起头来，只见他前面的那两行棉花秆被人截断了，截断它的是宁巧仙。六指队长走出棉花地之后宁巧仙就开始帮助周雨言来挖属于周雨言应该挖的那两行棉花秆。周雨言只是抬起眼看了宁巧仙一眼，他并没有趁此机会赶上去，也没有感激宁巧仙的丝毫情感，他的镢头移向了属于马绪安应该挖的那一行棉花秆，去帮助马绪安。他听见马绪安在他的身后嘀咕什么，他回过头去，只见马绪安双手拄着镢头把儿对着土地自言自语：儿子打老子，这才叫儿子打老子。

六

什么？你说我画的太阳是扁的？那是你的眼睛将它看扁了，哪里有绝对的扁或绝对的圆？形状是观念中的存在不是固有的，况且是艺术，艺术不是照相，我说你不懂就是不懂雨言。我敢说我画的太阳最圆最圆。假如我们都说太阳本身就是扁的不是圆的谁能说谁错了？就像我们认定黑就是白东就是西玉米就是小麦鲜花就是杂草一样。这不是胡说八道也不是颠倒，不存在谁欺骗谁的问题，要说欺骗就是我们自己欺骗自己，是自己的心欺骗了自己的眼睛或者是自己的眼睛欺骗了自己的心。

你能看出来太阳是扁的说明你不愧是周家的人，你是用心看也是用眼睛看才看出了一个扁的太阳，确切地说，你是感觉到我画的太阳是扁的。夏全华夏双太和六指他们就看不出来太阳是扁的，即使他们看出来了我断定他们也不敢说，他们宁肯叫太阳欺骗自己宁肯叫心去欺骗眼睛也不敢说太阳是扁的。我的圆圆的太阳我的火红的太阳无可挑剔，雨言，我的弟弟。

你不懂艺术，你读了那么多书你还是不能搞艺术是因为你没有胆量，你的胆量被泄尽了你看见的听见的尝见的嗅见的根本不是艺术的感觉，你拿实际生活中的存在去度量艺术这怎么行呢？生活不是艺术。

不错，你说艺术拯救不了我拯救不了你更不能拯救咱们一家和周家的家族，我相信。我们需要的不是艺术，我们需要的是有粮食吃有衣服穿有房子住是活下去。这样活下去又能怎么样呢？我们就生活在不是人生活的境况中，你是明白的。早死几年或十几年和迟死几年或十几年的区别在哪里？我们的活着和死去相差无几。

你说我将太阳画成了扁的，我一点儿也不害怕。也许，太阳本身就是扁的。你害怕了？雨言，我看得出，你是害怕了。

七

周雨言爬上了耀眼夺目的语录塔。

高高的脚手架已被生产队拆除了，周雨言将两架木梯捆绑在一起蹬着木梯爬上了语录塔。

秋末初冬的清晨刚刚从糊涂的黎明中剥出来，一副清寒的模样，冰凉的空气薄雾一般在语录塔四周缭绕。周雨言的右手紧握着画笔在修改哥哥画的红太阳，他的手臂不太灵活，仿佛抡着一把老镢头在荒原上开垦，左手牢牢地抓着木梯，盛颜料的瓷碗就搁在顶端的瓦楞上。他觉得裸露的手冻得有点疼，受过伤的指头蛋儿尤其疼得厉害。周雨言蘸了一笔红颜料吃力地在太阳上涂抹着，手中的画笔笨拙不堪，完损无缺的红太阳在他的笔下改变了形状，仿佛受了重压似的如鸡蛋一样扁。周雨言侧目去看，太阳冷冰冰地注视着他，有一股凉气从太阳中释放出来，他不由得打了一个冷战。他又涂了一笔，他再也将太阳画不圆了，而且越改越扁。

一股冷风宛如坚硬的土粒似的从语录塔的塔顶上跌落而下，周雨言觉得他被谁猛推了一把，他双手紧紧地抓住了木梯才没有从高处摔下来。

我知道我已经没有办法将太阳画圆了，我知道我不是画画儿的，我没有那个本领，缺少那样的天分，即使哥哥画的太阳是扁的他也是个艺术家，我不是。周雨言一心想到的是解救他的哥哥周雨人，不至于使他因为画了一个扁的太阳而遭受灾难。就在爬上木梯的那一刻他已经将他的哥哥推进了深渊将一家人推进了深渊还有他自己，在他的拙劣的画笔下太阳已经扁得有点可笑了。这是他始料未及的。

当时，周雨言是这样想的：等社员们早晨出工之前他就能将扁的太阳改成圆的太阳了，那时候，夏全华夏双太和六指队长以及全队的社员都会看到一个圆圆的太阳而不会为哥哥画的那个扁的太阳吃惊。结果，他却弄巧成拙了。周雨言看着被他改扁了的太阳不知所措，他在心里痛苦地叫着他的哥哥周雨人。

周雨人垂头丧气地走进了家门。

秦改香没有顾及儿子的失魂落魄就迫不及待地问他的大儿子：考中了没有？

周雨人没有回答母亲的问话径直走进了他的小屋子。可怕的静寂像炕洞里扑出来的白烟弥漫了小院子，接着是尖刻的撕裂声，一幅幅水彩画水墨画被撕成了碎片抛在了院子里，揪人心肺的悲凉伴随着周雨人低声的啜泣在院子里飘动着。

画家被拦在美术学院的门外了，原因极其简单：政治审查不合格。地主出身的砝码比考分的分量重得多，阶级的意义像辣椒水从鼻孔里灌下去周雨人实在是难以承受。他比弟弟周雨言早几年认识了血统的尊贵与低贱。

画家没命地奔跑到母校后面的那面土坡上，他抱住一棵小树从中午哭到下午，再从下午哭到傍晚，嘶哑的哭声仿佛一只寒鸦凄惶地缩在无望的枝头抖抖索索。周雨人摇晃着小树问天问地问太阳：为什么人的出身的分数会比考分高？内心的声音压抑不住在呐喊：我要读书我要作画我要当画家。可是，另一个声音强大无比地覆盖了他的内心：不要你读书不要你作画不要你当画家，我们不要地主出身。

没有话，对谁也没有话可说了，还能说什么呢？

只用眼睛看，只要用眼睛看一眼就知道脸上的冷漠木然是心中失望灰暗的写照。看着看着眼泪就挂下来了，看着看着就情不自禁地发笑，笑你这个地主成分，笑你不知天高地厚的周雨人，笑你这个荒谬的人世间。

他不可能彻底地绝望，作画依然像需要呼吸空气一样。三伏天，画家趴在烫热的土地上画新割的麦茬画田野上的空旷画太阳的热烈，落在纸上的每一种色彩似乎都有活的生命，似乎都在猛烈地燃烧，他的兴奋和他的画面融为一体。当有人从他手中夺去那些画面撕成碎纸之后，画家才看见有一只狗和牛在旁若无人地交配，葱绿的玉米刹那间变成了雪白，瓢泼大雨来自无云的蓝天，田野上是一片洪流。他的画面和他眼目所触及的是两个截然不同的世界。

夜里，画家睡在炕上和屋子里仅有的那张柴木桌子对话，梦呓似的话语如泡沫一般。

秦改香听见小屋子里的说话声很怪异进去一看，房间里空空荡荡的，她以为儿子又出去游荡了，就在满街道呼喊：雨人——雨人——雨人——

秦改香在街道上田野上呼喊儿子寻找儿子直至月落日出。她拖着一身倦怠走进了院门就听见儿子在房间里和谁说话，她推开门进去，房间里还是空空荡荡的，清晨的太阳光透过窗纸照在那张柴木桌子上，发黑的柴木桌子上仿佛在冒烟。

这时候，画家急匆匆地行走在县城街道上，他穿梭于人群之间，穿梭于女人之间。画家尾随着一个脸色红润十分丰满的姑娘从东关到西关，从食堂到商店。他捡拾起姑娘丢弃的水果糖纸捧在眼前吭吭地笑了，姑娘鄙夷地吐了一口，画家趴在地上用舌头去舔粘在糖纸上的污脏的稀痰。他的举动逗引了人们的好奇，即刻，从不同的口腔里弹出来同一句话：疯子，他是个疯子。

房间里的柴木桌子上多了些女人的玩意儿：几种样式的女人的发卡，揉皱了的女人的花手绢，脏兮兮的女人的花裤头，还有一只绣着花的女人的旧鞋。

在去县城的路上，画家肆无忌惮地搂住了一个结婚没有多久的新媳妇就去亲嘴，而且明明知道新媳妇后面跟着她的男人，一个强壮有力的庄稼汉。庄稼汉撵上来抓住画家的领口抡着拳头就打，他的拳头仿佛打在了木头上，画家连一声也没吭。画家脸上那副蔑视而满足的神情使庄稼汉的拳打失去了兴趣。画家带着成熟了的拳头的印记回到了家。秦改香流着眼泪一边揩擦儿子脸上的血污一边说，手太狠了，谁不知道我的儿子有病？

暮春的夜晚，画家挤进了看村戏的女人堆里。他扭头一看，前后左右全是女人的脸庞女人的身体。他的胸部、腹部和大腿紧挨着女人肥厚的脊背和两条动也无法动的腿，他看不见女人的五官，他能感觉到他嘴里哈出来的气吹动了女人两条垂吊着的毛辫子中间的头发。由于太紧张，他的呼吸并不匀称。女人大概觉得她的脖颈发痒就扭过头来看了他一眼，他在一瞬间捕捉到了女人熠熠闪光的双眼，这是一个年轻的妇女。他的右手顺着女人尻蛋子中间的那条沟渠伸过去抓住了女人的阴部，女人的两条腿动了动，并没有喊叫，他的心提到了嗓子眼，他在女人的阴部轻轻地捏了一下，女人伸过来一只手攥住了他的手腕，他隔着女人的裤子继续在女人的阴部捏弄，女人对他的手腕越攥越紧，他觉得，女人尖利的指甲抠进了他的皮肉，于是，他放弃了抚弄，女人也随之松开了手，他趁势用左手抓住了女人的手腕，右手握住自己那根坚挺的玩意儿在女人的屁股中间的沟渠里动情地磨蹭。被他抓住的女人的那条手臂开始反抗，他的呼吸急促而厚重，他侧面的几个女人从舞台上扭回来目光在他的脸上瞄，他的面部大概被痛苦的快感捉弄得不像样子了。由于人挤得太紧，女人们不可能看清他下面的动作。他前面的那个女人突然向前一拥，人群中裂开了缝隙，他已离开女人身体的那个坚挺的玩意儿于顷刻间被两旁的女人窥视到了，女人奇怪地叫了一声，他带着并未满足的心情离开了女人堆。

第二天晚上，画家在戏场上遭到了一顿毒打。

第一天晚上比较顺畅地得手使画家按捺不住，他的意念在疯狂地生长。第二次的行动更大胆也更小心，他先站在舞台的侧面大致看清了那几个女人的模样。他钻进女人堆中之后瞄准的是一个肥胖的大约三十多岁的女人。他没有想到挨打，他只想到无论如何也要得手，他不再按照第一天晚上的程序去操作，他一侧身，那坚挺的玩意儿于无意间触到了身旁那个姑娘的大腿，姑娘触电般的一趔，姑娘端庄的脸庞上泛上来的红晕和满眼的羞怯使他害怕，他赶紧回过身，一本正经地去注目舞台，他的那个玩意儿在恐惧中蔫下去了。原来，恐惧的第一个反应就是那玩意儿的萎缩。他叮咛自己千万不要恐惧，当他感觉到周围的女人呼吸平稳下来以后，他的那个玩意儿又开始勃起了。为了不使他的那个玩意儿盲目地触到他前面这个胖女人的尻蛋子或大腿，他的臀部向后一撅，身子随之后移了一点给自己留出了一点空隙。这时候，他的身子微微向下屈了屈，他用三只手指头撮起女人的衣服后襟小心翼翼地向上提，女人似乎没有觉察到她的后襟已被提起来，裤腰和上身的衣服之间已露出一条白肉。他紧张兴奋得喉咙眼里冒火，他极力克制着自己，不叫提着女人后襟的手臂发抖，以至完成他要完成的兴奋极致。他的右手从裤裆里掏出来他的那个玩意儿之后果断地顶上了女人裸露的地方，女人回过头来的那一刻，他继续在晃动，一股精液射向了女人的肉体，他在晕眩中咬紧了牙关。女人高叫一声：流氓！抓流氓。他还没有从快感的潮水中退出来就被唾沫拳头和一只只愤怒的拳脚淹没了。

在松陵村人的心目中，周志伟的大儿子周雨人疯圆了，疯到了顶点。

大剂量的泻药使周雨人的排泄如霖雨一般，他蹲在厕所里难以站立起来，两腿发软，浑身无力，肛门痛楚得厉害。周雨人的体内被排空了，排走了粪便排走了热量排走了欲望，他的那个玩意儿再也无法勃起了。这种古老的医治精神病的办法将他撂倒在房间里，他神情呆滞木然，意识中的那块顽固的存在物并未随着药物排泄掉：我无依无靠，我无依无靠。周雨人躺在土炕上看着布满蛛网的屋顶喃喃自语。

出工的铃声撞破了清晨短暂的岑寂和清冷。松陵村的人们掂着农具在六指队长的吆喝声中走出了家门，他们站立在村街上听候六指队长分派活路，劳动着的一天又摆开了陈旧的架势。

听见出工的铃声，周雨言更加手忙脚乱了，语录塔上的红太阳已被他改得面目全非，他挥动画笔在做最后的努力。他想，他一定要在夏全华夏双太和六指他们来到之前将太阳画成圆的。

出工的铃声紧迫而漫长。六指队长的破嗓子在吆喝，铁锤一般的声音隐隐约约地传来了，周雨言低头一看，他第一个看到的不是夏全华夏双太和六指队长他们，而是他的哥哥。哥哥的眼神里没有害怕，哥哥的眉宇间紧拧着对他的嘲笑。

你也以为我是神经病患者，是疯子？雨言。

我们真正被剥夺了的是什么？你想过没有？是不允许我们读书？是不允许我们作画？是不允许我们参加应该参加的会议？是不允许我们吃我们应该吃的那一份粮食穿我们应该穿的衣服睡我们应该睡的房子？是不允许我们有我们的人格和自尊？是这样，不仅仅是这样。我们被剥夺了的是女人，是我们不能拥有属于自己的女人。你想想看，仅仅一个松陵村的黑五类中，有名有姓的光棍有多少？女人对我们意味着什么你想过吗？每一个男人都需要一个女人，连夏有福这样善良的老汉也这么叹息：只有你心中拥有女人才会不觉得孤单，你才会觉得人生有滋有味，你在漫长的日子里才会少了那份空虚和落寞。我们需要生活在有女人的气息女人的味道女人的肉体之中。我们裤裆里的那个东西并不是多余的物件，是我们的根，是为女人而生长着的。我们的根必须扎在女人的土壤中。是我的要求太过分了？不。我是男人，我就需要女人。我无数遍地问过自己：你是不是人？回答很明确：我是人，是人类中的一个。就像白人、黄种人、黑人、棕色人一样，如果黑五类也算一种人种，我也是人类中的一个。可是，我们缺少人的生活。这还不是关键，最关键的是我们的思想被关闭，我们想到的只能是穿衣和吃饭，是苟且地活着，而不是生活，除此以外，我们什么也不敢想，也不叫我们想。再没有比思想的关闭更可怕的了，思想被压成了缺少水分的干硬板结的土壤，什么东西也难以生长。不仅缺少水分，更缺少阳光。太阳对我们每一个人来说应该是一样的，我们得到的太阳却是扁的？其实，太阳本身是圆的。你看到的太阳是扁的，说明你还是有眼力的，说明你的思想还半睁着眼睛。

走出村口，夏双太第一个看见站在木梯上修改红太阳的周雨言。夏双太气急败坏地走到了语录塔跟前，他看了几眼被周雨言糟蹋得不成样子的红太阳，十分气愤，捶胸顿足，他一只手指住周雨言厉声喝道：

“周雨言你下来，快下来！”

周雨言还想再涂一笔，在夏双太的喊叫声中他慌了神，蘸着红颜料的画笔没有落在红太阳上，而是在波浪滚滚的蔚蓝色的大海里戳了一笔，海水中似乎滴了血，他手中的画笔在惊愕中掉在了地下。

“下来！”

夏双太在语录塔底下呐喊着。

周雨言急急忙忙走下了木梯。

站在语录塔下，周雨言看了看被他修改过的红太阳，他用双手捂住了眼睛。

夏双太问他：“是谁叫你在红太阳上乱抹乱画的？”

他避开这个话题没有回答，他只是说太阳是扁的我想画得圆一点，画成原来的样子。

“照你说，是你哥把红太阳画成了扁的？”

周雨言决然地说不是，不是我哥将红太阳画成了扁的。

“那就是你将红太阳画成了扁的？”

他急忙说不是，不是我将红太阳画成扁的。

夏双太抓住了周雨言的衣襟，他说：“不是你们兄弟俩，是谁？”

周雨言无言以对了。他没有勇气承认是他将红太阳涂改成扁的了。

八

这是一次司空见惯的斗争会，斗争的对象是周雨人兄弟俩和他们的祖母白玫以及父亲周志伟。

史无前例的运动开创了史无前例的会议：学习会，讲用会，讨论会，批判会，斗争会，名堂极多的会议中冠以名堂极多的内容。有人今天批判人斗争人明天就被人批判被人斗争，你将我拉下马踩上一脚，我将你打翻在地也踩上一只脚。大批判是革命中的常规武器，随身携带随时发挥，田间地头开，家庭院落也开。周雨言收工回来，只见院子里拥满了革命的庄稼人，母亲站在院子中间接受批判；母亲低下头去，双腿偶尔抖动一下。批判母亲的是被周雨言叫作嫂子的一个贫农女人，革命的女人说母亲间苗时拔掉了不该拔的高粱破坏春耕生产。母亲做了半辈子庄稼能将高粱苗当野草拔掉？我们是靠吃粮食长大的为什么要破坏粮食呢？周雨言对此大惑不解。而参加批判的革命的庄稼人对此津津乐道，极力发挥，表现着革命年代里的革命性。母亲也承认是她故意拔掉了高粱，蓄意破坏。半个多小时的批判结束之后，生产队长画地为牢，命令母亲站在原地，等下午上工时发落。革命的庄稼人都回家吃饭去了，母亲孤零零地站在院子里，晌午的阳光从母亲的头上披落而下，母亲大汗淋漓。周雨言拽着母亲回房间，母亲不去，不受人监视并不等于她从心理上免除了受罚。周雨言端来一条凳子叫母亲坐，母亲坚持不坐。她一直站到了下午出工时生产队长进了院子。

其实，这一次的斗争会和其他好多次的斗争会并没有多大的区别。略略不同的是，周雨人和他的祖母白玫的脊背上分别压了一扇不足百斤的小石磨。他们不是低头站立，而是跪在革命的庄稼人面前接受斗争。将石磨压在白玫的脊背是主持会议的夏全华的临时举措，石磨本来是为周雨人和周雨言兄弟俩准备的，两个地主阶级的孝子贤孙利用手中的那支画笔反对伟大领袖红太阳本应受到严厉的惩处的。会议刚一开始，白玫就和夏全华辩理，你有什么道理可讲？这扇石磨就是最充足的道理，先给你压在脊背上再说。后来，周雨言才明白，是祖母故意将石磨扇给她争取去的，祖母知道，太阳是她的孙子弄扁的，那扇石磨非压在她的孙子背上不可，她就故意惹夏全华发脾气。夏全华一发脾气就将石磨扇压在了白玫的脊背。祖母就跪在周雨言的旁边，她的腰弯下去，两手扶在地上，一绺花白的头发在风的欺侮中随意飘动。周雨言似乎听见祖母的骨头在石磨的压迫下发出一阵阵脆响。

石磨子毫无节奏地转动着，周雨言恍然看见。

石磨子发出的响声空洞无力。

我站在磨道旁边看着磨口里淌下来的麦糁眼泪似的无力，麦糁的香味无情地挑逗着我的饥饿，我舔了舔干裂的嘴唇，咽了一口唾沫。母亲看了我一眼，又推起了磨棍。祖母说，改香你回去给雨言烙一个麦糁饼子，他饿了。母亲说，只有三升多麦子，你有病，他爹也有病，麦子是给病人吃的。祖母说，雨言是孩子。母亲坚持不给我吃麦糁，祖母一定要给我吃，两个人在磨道里吵起来了。祖母不再理母亲，她用那只白瓷碗在磨盘上舀了一碗麦糁走出了磨房。我跟着祖母回到了家，进了厨房。我一眼不眨地看着祖母怎么样和麦糁，怎么样将和好的麦糁用擀面杖擀开，怎么样将麦糁烙在锅里，我的眼睛一直没有离开那麦糁。麦糁的味道引诱着我的饥饿在腹腔里膨胀，烙在锅里的麦糁饼将饥饿的时间拉得那么长，我真有点耐不住了。祖母将麦糁饼提出来放在了案板上。她一口也没吃就给了我。我掬住麦糁饼反而不敢吃了，我只是拿嘴唇在麦糁饼上舔。祖母说，雨言，你快吃，你是长骨头长肉的时候。我看着祖母，眼泪止不住地流下来了。我的年少的情感结晶成对祖母不可动摇的爱。

苍白的汗水从祖母的额头沁出来滚落而下。我看一眼跪趴着的祖母就想哭，是我将太阳弄扁后殃及了祖母使她受苦。我将我的羞辱和受罚时的恶劣情绪全部交出去换来了自责，是对不起祖母的内疚。我不可能像哥哥一样将我们的挨斗归结为人的恶行和暴虐。我的想法似乎永远长不大，思考简单而可笑，我想到的只是将太阳画圆来拯救哥哥，现在，我连谁也拯救不了，包括我自己。

是周雨人将太阳画成了扁的，还是你改成了扁的？

是我改成了扁的。

你为什么要将红太阳改成扁的？

太阳本来就是扁的。

打！打死这个诬蔑领袖的狗崽子。

砸烂地主阶级孝子贤孙的狗头！

打吧砸吧，只要你们不伤害我的祖母，可怜的祖母怎么能受了石磨的压迫。是祖母给他输送了勇气和胆量，斗争会上的周雨言一点儿也没畏怯。

跪倒在1967年的白玫似乎依然风韵犹存，她的脸庞还是那么光洁平静，她的嘴唇还是那么红润丰满，她的发髻还是那么乌亮紧凑。白玫耐心地承受着冰雹似的口号和粗野的辱骂，承受着压迫她的那扇沉重的石磨。漫说这轰轰烈烈的斗争会，漫说是一扇石磨，比这更冷酷的现实白玫都能接受，比这更沉重的人心的压迫白玫都能支撑。白玫觉得，人生对她来说只剩下一个躯壳一种形式，没有什么比美好年华的无情消逝更令她痛惜的了。她是凭着惊人的忍耐和超越苦难的勇气才走到今天的，可以说，她什么都经过了。

白玫——白小姐——白太太的沦落使她一旦追忆往昔的生活就欲哭无泪。资本家的臭小姐，国民党的官太太，万恶的地主婆，她似乎什么都揽上了，什么也没有揽上。

在白玫童年和少年的画面上有漂亮的小洋房漂亮的小汽车和漂亮的小花园，有父亲爽朗的笑声和母亲的各色旗袍，有机器的轰鸣和纺织女工抛来撒去的棉花味儿。无忧无虑的生活仿佛春天的太阳光轻松而可人，她也曾经给她的人生编织过五彩缤纷的花篮，她的单纯、天真和她的年龄是等量的。白玫只知道父亲经营着一家纺纱厂，不知道家底的殷实离不开祖上的显赫，她的曾祖做过相当于清政府织造一类的官职，到了祖父手里有了足够的资金去开矿建厂从事实业。父亲的纺纱厂是天津实力最雄厚的纺纱厂之一。使她的父亲称心的不只有他的工厂，还有年过四十才得到的大女儿白玫和小女儿白倩。

在条件优裕的家庭里，白玫的任性和聪慧一起成长，虽然她五岁时就能背诵几十首唐诗，六岁时就能用蝇头小楷抄写诗文了，接受过西方先进思想的父亲还是将她送进了洋学堂。白玫先是在一家教会学校读书，后来就从天津到了北京，她是以优异的成绩考进京华师范学院的。

在那所大学里的白玫暗自接受了某些方面的影响，得到了一些启迪。她不再为她的家庭和出身而感到荣耀，对于血统她似乎有了新的认识，父亲的地位连同父亲的工厂成了她精神上的负担，她偷偷地羡慕着班上仅有的几个来自贫瘠的土地上的同学，她为不能领略贫穷所给自己带来的光荣而遗憾，如果将在贫穷的环境中所产生的心境叫光荣的话。革命这两个诱人的字眼开始向她心里渗透，她被还没有深刻认识的革命所鼓动，革命这面朦朦胧胧的大旗朦朦胧胧地向她招手。她也曾挥着小旗子走上街头，呼喊口号，张贴标语，散发传单。在这期间，她和一个年轻英俊的军官相识了，军官在北伐战争中屡建战功，思想比较激进，他叫陈松。陈松就是白玫眼里的英雄和偶像。陈松用他的存在弥补了白玫情感上的缺口，包括白玫年轻的浪漫。

感情在恒温中很快地升华，偶尔约会的结果使白玫焦渴难耐，她渴望每天能和陈松厮守。爱情的嫩芽既然出了土，生长就难以抑制了。军人的爱带着军人的特色，陈松果断地提出要和她结婚，她用真诚的眼泪作为允诺。他送了她一粒闪光发亮的手枪子弹和铅铸的模型手枪作为信物，她在接纳那颗甜蜜的子弹和温暖的模型手枪的同时接纳了爱情由精神向肉体过渡的最后阶段。他说，假如我背叛了你，就叫那颗子弹替你说话吧。假如你背叛了我，我也会给你一颗子弹的。她看见，他在说这句话时眼里有一缕恶狠狠的光。她一句话也没说，她将那颗黄灿灿的子弹装进模型手枪中用枪口指住自己的心窝，潸然泪下了。

白玫和陈松在军营里举行过婚礼不久，抗日战争的帷幕全面地拉开了。

按照陈松的吩咐，白玫回到了天津动员父母亲和他们一起撤退。任凭白玫磨破嘴，父亲说什么也不愿意丢弃自己的工厂，父亲不走，母亲当然也就走不了。白玫只好带着妹妹白倩和陈松的父母亲一起撤退。服从命令是每个军人的天职，陈松要随部队开赴前线，夫妻的最后一夜使刚毅的军人也变得女人般的温柔，他们用言语抚慰了再用肉体抚慰，亲吻，搂抱，流着眼泪做爱之后，还是亲吻搂抱流着眼泪做爱。饱餐了离别之苦还得离别。

军队向前方开拔。

家眷向后方撤退。

本来，一切都可以按计划进行的，然而，战争的枪炮却无视原有的计划和设想，将人想象中的完美击得粉碎。白玫他们和陈松的军队失去了联系，冠冕堂皇的撤退变成了怆然的逃跑。

走到山西境内，所有金银首饰都已卖光，四个人只能靠要饭度日。没多久，陈松的父亲被疾病夺走了性命，白玫仓促地掩埋了老人之后又匆匆地上路了。漆黑的夜晚，白玫将模型手枪捂在心口，她仰望着繁乱的星群在心里说，陈松呀陈松，你为什么不留给我一把真手枪？她在手心里磨搓着那颗无可奈何的手枪子弹。

嫁人吧，白玫。

善良的婆婆不止一次地劝导儿媳，时间已经磨损了母亲对儿子的希望，她似乎预感到白玫的等待等于零。

不。白玫断然地摇头拒绝。我宁肯选择子弹也不改嫁，陈松留给我们的是子弹和爱，我的选择只能在这两者之间。公婆的善良和白玫的情感之间没有沟通的余地。

抗战的烟火、飞流的弹片、饥饿的煎熬驱赶着三个做了乞丐的女人，一直将她们赶到了陕西的凤山县。

一个砭人肌骨的清晨，凤山县的绅士周景堂急匆匆地从县城大十字的凤鸣商行里走出来，他是去参加商会会长儿子的婚礼的。打了多半夜麻将，周景堂睡过了头，起来得有点晚，就走得很急。他一出门，险些被绊倒。周景堂低头一看，门口横卧着三个年龄不等的女人，最年轻的也许只有十六七岁。周景堂从三件破旧的棉旗袍上和裸露在旗袍外的白腿上已经看出了这三个女人身份上的某些特征：她们不是乡村里的一般女人。周景堂返回去吩咐伙计们将这三个昏过去的女人抬进了他的商行。

在省城里读过书的周景堂毕竟是有些见识的，他将陈松的母亲和白玫姐妹俩安置下来，先治病，然后再调养。等她们的身体复原之后，周景堂叫伙计们套上轿车将陈松的母亲和白玫姐妹俩拉到了凤山县几个游览胜地观赏了一次。白玫自始至终没有向周景堂吐露自己的真实身份，而周景堂没有多问正是他的聪明之处，他的做人处处书写着商人的智慧和狡黠。

闲适的冬天使白玫的盼望有增无减。周景堂给白玫抱来了一堆《中央日报》，白玫翻遍了过去几年的每一张报纸，没有看到陈松的任何消息。

嫁人吧，白玫。

婆婆再一次劝导儿媳。

白玫扑进婆婆的怀里大哭不止，她心中的苦楚已无法言说。

腊月将尽的一天，白玫在报上读到了一条使她无所适从的消息：将军的副官陈松连同一个警卫排在前线全部阵亡。白玫将那条消息连读三遍之后推开报纸，走出了县城，走进了漫天大雪。白玫毫无目的地在雪地里走着，身后的那一行脚印很快地被大雪所覆盖，当她被一个土塄挡住了去路之时，才举目四望。她的眼目所到之处是无数个弹片在上下蹿动，子弹呼啸着雪片似的乱飞。白玫惊叫一声，扑倒在雪地里了。

回去吧，白小姐。

周景堂扶起了白玫。白玫突然抱住周景堂放声而哭。

回到商行，白玫给婆婆说，我要嫁人，就嫁给周景堂。

婆婆用枯瘦的双手捧起白玫的脸庞仔细地端详着。婆媳俩抱在一起恸哭不止。

正月里，二十六岁的白玫嫁给了大她二十三岁的周景堂做了小老婆。

六年以后，在共和国成立没多久，陈松莫名其妙地出现在了白玫面前。白玫惊喜中带着漠然，她从怀里摸出来那颗光滑如镜的子弹推在了陈松面前。陈松只一瞥，摇摇头，用冷漠的面孔给白玫说我不是来找你的，我是来找父母亲的。白玫淡然地说，我知道你是不会来找我的。她已经没有必要给陈松诉说公公病死的情景，没有必要诉说他们吃生麦子吃生玉米的要饭生活，没有必要诉说她对他的爱情和婆婆临死前对儿子的思念。白玫在收起那颗手枪子弹的同时，收起了她对爱情的全部希望。

白玫将陈松领到了城墙下，婆婆就安葬在那一片荒地中。看着坟头上压着的纸钱，安葬婆婆的情景历历在目。周景堂对这个只大他五六岁的女人尽到了人之子的责任，他选了上好的柏木作为陈松母亲的棺材，墓室是用雍山里的黑色条石砌的。安葬那天，县城里有名声的绅士都来吊唁。白玫在婆婆的坟前化了最后几张纸钱。迁坟的工作就在当日进行。母亲的棺木搬上汽车之后陈松看了一眼脸色阴郁的白玫，他的眼角忽然湿润了，似乎为了掩饰自己的局促，他把攥在手中的那双白手套戴上又脱下，脱下又戴上，他要把正在自我抢救中的古老情感扼杀在尚未复活之时。当他发现，白玫向他投来鄙视的目光的时候，他毫不犹豫地钻进了小车。以后，白玫才知道，陈松在人民政府里有一个相当于副省长的职务。

傍晚，白玫来到了埋过婆婆的地方，她将陈松送给她的那颗手枪子弹埋在了婆婆躺过的墓室。

白玫辞去了在县政府妇女科担任的职务和周景堂一起回到了松陵村。从此，开明绅士周景堂的头上就有了两顶帽子：一顶叫历史反革命，一顶叫地主分子。

新政权建立的第七个年头，也就是白玫嫁给周景堂的第十一年的秋天里，周景堂死于心肌梗死。周景堂死的那天晌午，白玫进城去了。每当白玫心情沉郁之时就来到婆婆的坟地里默默地洒泪。空荡荡的墓地、坟墓上的荒草、黑色的墓碑共同组成了一根导火线，引爆了她的往昔的生活。她的生活中留下来的只是对往昔的回味和咀嚼，那里有不可弥补的缺憾，有刻骨铭心的爱和恨，有命运的捉弄，有美好的一瞬。她最不愿意复制的是陈松，其实，钻到她骨子里的也是陈松，不然，她是不会到婆婆的墓地里来的。她一旦看清了自己，就对自己十分厌恶，而且，觉得那泪水也丑陋无比。当她像孩子似的将模型手枪抵在胸口的时候如大梦初醒：她已经死过了，不可能再死了。她的活着是死去的见证。生就是死。

回到家，白玫趴在周景堂的尸体上大哭一场。

一个人爱一个人实在是没有办法的事情，特别是对那些死心塌地将自己交给爱情的女人来说，她们是很难改变初衷的。秋月你看，这支模型手枪我的祖母保存了半个世纪之久，现在，又到了我手里。它是祖母的爱。你说爱情是什么？秋月。爱情是顽固的病症，它渗进了你的血液里钻进了你的骨髓中，随着你的死亡它才能死亡，也许你死了，它不会死，你会将它带进另一个世界里去享用。祖母是我们一家最值得骄傲的人，她是最会爱人的人，尽管她只得到过短暂的爱，她自己是最能爱人的。

这么说，你爹不是你婆的亲生儿子？

不是。

你婆没有儿子也没有女儿？

没有。

她活得挺可怜的。

我的祖母感激我的祖父，却不爱他。小时候，祖母给我讲过一个青年军官的故事，那是她同我一起看了电影《大浪淘沙》之后，回来给我讲的。她说她认识电影里的那个军官；于是，她就给我讲那个军官的故事。后来我才知道，祖母给我讲的那个军官就是她的爱。一个人爱一个人有多么苦，我的祖母大概体验得最深刻。

我是在我的祖母的怀里长大的。母亲生我的时候刚满十八岁。那时候，我的父亲是革命队伍里的人，他在周川区当副区长。母亲生下我之后病卧不起，父亲整天忙于革命，我自然成了祖母的孙子和儿子了，我是吃着祖母没有奶汁的奶头长大的。我读到了小学二年级，放学回来，还要将手伸进祖母的衣襟底下去抓她的奶头。我从小在心中拥有了祖母身体的圣洁，祖母是最圣洁的祖母，如果女人没有我的祖母那样的圣洁，脸蛋再好看也不能说她漂亮。只有圣洁的祖母才漂亮。祖母的圣洁使我激动使我崇拜，使我忘记了祖母是我的祖母，只记住了她是一个女人，一个漂亮的女人，一个既能当祖母又能当情人的女人。

你记得那次的斗争会吗？秋月。你肯定是记不得了，那时候，你还是个顽劣的小女孩。我抬起头来一看，你妈坐在会场的最前边，她不是几天前拉我上车的那个激动的宁巧仙，不是搂抱着我的那个温柔的宁巧仙，不是黑夜里的那个真实的宁巧仙。她是革命群众宁巧仙，是贫农宁巧仙，是守在白天里的宁巧仙。她满身都散发着一股咄咄逼人的革命气味。她站起来问我哥：太阳是扁的还是圆的？我哥说，他说不清。你妈给我哥脸上吐了一口，骂道：你放屁。我斜视了一眼，只见你妈脸上洋溢着对阶级敌人的愤恨，本来还算好看的脸阴沉得十分丑陋，一刹那间，她使我害怕，我不觉低下了头。

轮到了你父亲发言，他走上来在祖母脊背的磨扇上踩了一脚，祖母惨痛地叫了一声，我再也忍不住就扑过去从祖母的脊背搬下来那一扇石磨。由于用力过猛，石磨滚得很远，它大概砸在了夏全华的脚上，夏全华高声叫道："狗崽子真个反了?!"

打！

打狗崽子！

我恍惚听见你妈在呼喊：谁反对伟大领袖就砸烂谁的狗头！她的嗓门像锥子一样尖利。我只觉得谁用什么沉重的东西在我的头上猛击了一下，眼前一发黑，就什么也不知道了。

九

白玫被周志伟搀扶着向家中走去，硕大的汗珠不断地从她的额头沁出来，她用轻声的呻吟作为对浑身筋骨疼痛的回报。

白玫，白小姐，白太太，你是怎么样变成地主婆的？这扇历史的石磨就该轮到你来背负？只因为你和周景堂生活过十一年？不，不是生活，是在一起十一年。白玫觉得"在一起"并不十分妥帖，但她再也找不到更妥帖的言语来给她和周景堂的十一年做注释了。

婚礼是在老家的松陵村举行的。

周景堂带着一股强烈的欲望走进了新房，他顺理成章地关上了房间的门。

坐在凳子上沉思的白玫头也没抬，她问周景堂：怎么，现在就睡觉？

你说呢？周景堂继续宽衣解带。

我想问问你周经理，你是不是从看见我的第一天就想和我睡觉？

周景堂笑了。白玫的发问使本来就有点尴尬的周景堂孩子一般面红耳赤，他只好用很不自然的干笑作为思考前的准备。

我是同情你们，当时我不会想那么多。周景堂似乎说得很真诚。

白玫冷冰冰地说：同情？街道上那么多逃荒要饭的，你为什么不去同情，偏要同情我们？

周景堂放声而笑：你漂亮。

这倒是实话。白玫抬起头来瞟了周景堂一眼：我不是为你而漂亮的，你知道不知道？

白玫，你的婆婆把一切都告诉给我了，到了这种地步，你还想陈松有什么用？

周景堂轻轻地抓住了白玫的一只手，似乎是很轻轻地抚摸着，他急于向白玫传达一种情感，也急于得到一种情感，反而不知道该怎么做。

我现在已经做了你的小老婆，你不是已经遂心如愿了吗？白玫挣脱了周景堂的手，她拢了拢乌亮的头发。

白玫，我是做生意的。做生意的人最讲究实际。周景堂向白玫跟前蹭了一步，他说得更加激动：我周某人不会使你白小姐吃亏的。

讲究实际？白玫冷笑一声：讲究实际就是和你睡觉？

刚进门时蠢蠢欲动的周景堂羞愧难当了。

白玫不再说什么，她抓起桌子上的那瓶酒，一仰脖子就灌下去一半。还没有等周景堂明白过来是怎么回事，白玫已脱得一丝不挂四仰八叉地躺在了炕上。将自己献出去，糊里糊涂献给这桩婚姻算了。白玫只有一个想法。

曾经很风流的周景堂对那些漂亮女人一直坚持来者不拒的态度，可他从来没有接触过像白玫这样美丽的女人，眼前的美丽如此残酷，竟然使周景堂在白玫面前卑怯却步了。残酷也罢，再尖刻的残酷毕竟是美丽的，况且，赤裸的白玫浑身散发着年轻姑娘那种无法抗拒的美的气息，这种气息使周景堂陶醉。他上了炕，躺在白玫的身旁，从她白皙的脖颈滚圆的肩头一直抚摸下去。他的欲念和他的那个东西一起勃起，他爬上了美丽的白玫，进入白玫的身体。谙熟此道的周景堂还没有来得及抽动，糊里糊涂的白玫就糊里糊涂地呕吐了，一股酒臭将周景堂刚沾上边的快乐捉弄得面目全非。第一夜，周景堂就品尝了白玫美丽的苦涩。

能做生意会做生意的周景堂是识货色的，他知道即使自己拥有半个凤山县城也不过是小县里的绅士，白玫即使做了乞丐也是大都市里的小姐，这就是“差别”，不只是城里人和乡下人的差别。要缩短这个差别是不太容易的；缩短差别要有缩短差别的手段，征服美丽要有征服美丽的武器，这也和做生意一样，需要的是手腕。周景堂没有强行去和白玫交欢，他明白，如果不是这场战争，白小姐白太太是不会躺在他身旁的，对付白玫不比对付乡村里的女人。他抛下白玫不管，尽力去侍奉白玫的婆婆，周景堂拿出了做儿子的孝敬去孝敬这个只大自己几岁的女人。周景堂知道白玫的婆婆喜欢吃大米就派人从渭河南岸的稻田里弄来了上好的新米；周景堂知道白玫的婆婆睡不惯土炕就给她买了一张铜床，房间里生了一盆乖觉的炭火。有一次，当白玫的婆婆睡午觉醒来的时候，发现周景堂半跪在她跟前给她捶背，白玫的婆婆拉住了周景堂的手，眼里喷着感情真挚而激动的泪花。周景堂低头不语轻声叹息。这一声叹息使善良的女人顿生疑窦，她很小心地问周景堂有什么不随心意的事情。周景堂就吞吞吐吐地道出了他和白玫的不和谐，包括交欢的生硬也无遮无掩地说给了白玫的婆婆。当天晚上，白玫的婆婆就把白玫叫到了她跟前，婆媳俩淌着眼泪相互诉说了一番，白玫擦干了眼泪给婆婆说，我知道我该怎么做，你放心吧。

之后，白玫再也没有用自己的美丽来要挟小县城里的绅士，她的举动中似乎没有矫揉造作，和周景堂做爱也自然得多了。周景堂能窥见白玫的自然中明显地含有对他的鄙视，周景堂从那鄙视上一越而过，孤独而自私地享受着从白玫那里得来的肉体之欢。只有他的快乐是实在的，和他讲究实际的做人的准则一脉相承。

白玫的心境又来了一次突变。

欢庆抗战胜利的锣鼓声将她的虚幻敲醒了，她宁肯相信《中央日报》上的那条消息是假的也不肯相信陈松会阵亡。抗战的胜利意味着陈松的归来，陈松的归来意味着她的解脱。白玫第一次走出了商行，走上了街道。扭秧歌的队伍中多了一个白玫，她尽情地扭，欢快地唱，出尽了风头。

夜晚，街道上的鞭炮声此起彼伏，热血沸腾的白玫在袭人的凉气中趋于平静了，假如陈松突然归来她该怎么办？她说过，她不属于爱情就属于那颗子弹。陈松的归来就意味着她的生命的结束？白玫躺在土炕上，她抑制不住满腔的仇恨，她恨周景堂，是周景堂葬送了她。她下意识地去摸身边的周景堂，她要在周景堂最要命的地方咬几口，以解她的心头之恨。左边一摸是炕沿，右边一摸是炕墙，周景堂还没有回来。远处传来的零星的锣鼓声雨点似的打湿了她的心，她看着茫然若失的窗纸，看着一屋子里的黑暗，她没有点灯摸黑下了炕，她从小匣子里摸出了那颗冰凉的子弹，子弹刚攥进手心，陈松进来了。白玫看见陈松提着一把手枪，枪口里还在冒烟，她什么也没有说，她将手里的那颗子弹给了陈松，陈松看也没有看就把子弹压上了膛，黑洞洞的枪口对着她的心窝。白玫在炕上战栗着。这时候，周景堂回来了。就在那一夜，白玫将坚定而冷漠的脊背给了周景堂。周景堂以为她病了，问她要不要请大夫。她说她没有病，她说她只是有点冷。

陈松没有如期归来。

浪漫只是黑夜里的一个梦。她的存在最忠实，命运交给她的是她目下的存在和存在中的境况。

不久，她怀孕了。

不久，她早产了。

以后，她再也没有怀孕过。

以后，她再也没有早产过。

就在凤山县解放的前一年，周景堂的儿子周志伟随着东进的部队到省城里去了。白玫从周志伟给周景堂的信中得知，周志伟在省城里的干部学校里学习，那所干部学校坐落在省城的南郊。当暖春随着枝头的新叶款款而动的时候，白玫不辞而别，也走进了陌生的省城，去读周志伟读书的那个干部学校。白玫的举动使周景堂未免有些吃惊，可是，阻拦已经毫无意义了。干部学校是短期的培训班，解放凤山县的枪声匿迹不久，周志伟和白玫结束了培训，一起回到了故土。周志伟被分派到农村去搞土地改革，白玫留在了县城里的新政府任职。

白玫第一次填写了履历表，第一次在家庭出身那一栏里写上了资本家，第一次为她的出身而惴惴不安。短期的干部培训使白玫再一次清醒了：地主和资本家是新政权不共戴天的敌人。有几百亩土地、七八个长工、几座庄园和县城商行的周景堂明摆着就是一个地主，虽然土改工作队还没有给周景堂定性，白玫觉得，这已是很难更改的定局了。如果说白玫参加新政府的工作是最后一次革命，这次革命和十几年前的闹学潮是不可同日而语的。白玫感到革命对她来说有了许多的不方便，许多的尴尬，她的革命不会扎下根的。于是，白玫就劝周景堂将县城里的所有财产交出去。她给周景堂说，你交出财产，我就离开政府到农村去死心塌地地给你做婆娘。这时候，周景堂的头房太太因病去世了，周景堂就听了白玫的话，交出了县城里的全部财产，带着白玫回到了松陵村。

白玫的气质白玫的形象触怒了松陵村的穷苦人，连白玫的一举手一投足一开腔也使松陵村人忌妒、仇视。几次运动来，他们几次想将一顶帽子压在白玫的头上或者叫地主或者叫反革命或者叫资本家，叫什么都行，只要能给她压上一顶帽子。可是，那些帽子都不适合于白玫，也就很难给她按到头上去。叫你气派叫你富态叫你傲慢叫你风韵犹存！没有帽子也行，给你脊背上压一扇石磨，看你服不服？

两个小时的重压把白玫压垮了。白玫再也控制不住地放纵了自己，一泡尿水顺着裤子流下来，流淌在近千人的面前。新尿的气息弥漫在严肃的斗争会上，霎时间，铁板一般严酷的斗争会上浸洇出人的生存的气味，人的活着的气味。白玫自己感到了排泄后的轻松，只是，两条胳膊酸困得厉害，她知道，随之而来的就是趴倒，为此，她感到难过，她怎么能够趴倒呢？她还没有趴倒过。就在这个时候，雨言搬走了压在她脊背上的磨扇。是雨言救了她。

雨言，我的心爱的孙子，我的最亲的亲人。

婆——

白玫仿佛听见雨言在呼喊她。

雨言在井底里喊她的时候，白玫出了街道正向萝卜地里慌张地跑去，熟悉的道路在她的脚下一时间变得凹凸不平异常陌生，村庄和田地之间短暂的距离刻薄地拉长了许多，她跑得气喘吁吁，白玫跑进萝卜地里时，夏有福刚刚从井里抱上来雨言，白玫接过水淋淋的雨言失声喊叫着他。雨言睁开眼愣怔地看着抱住他的祖母，苍白的脸上滞留着实实在在的惊恐不安。白玫流泪了，她哽咽着说雨言，你哭，放声哭。雨言叫了一声婆，哇地哭了。白玫将流泪了的脸紧贴在雨言冰冰的脸蛋上，一路走一路念叨：雨言你回来，雨言你回来。

雨言回来了，雨言是从学校里回来的。雨言的一双手冻得像两根透亮的红萝卜，祖母撩起衣襟，让雨言冻僵了的小手捂住她的腹部，她用她身体上仅有的热量去温暖雨言的寒冷，雨言对童年的记忆被祖母温暖得如糖一样甜蜜。人家的孩子有棉帽子戴，雨言没有，他买不起，祖母就用各色布块拼在一起做了两个棉“耳帘子”再缝到单帽子上去。那顶能护住脸和耳朵的帽子雨言整整戴了五个冬天。许多年以后，周雨言回想起他戴过的那顶样子有点滑稽的帽子，祖母给他做帽子的情景就在他的眼前温暖地闪现。

不知是谁冠冕地把那几年叫作三年困难时期。其实，把那三年叫作饥饿的年月更符合岁月的身份，也和充塞在那三年里的内容相符合。开初，庄稼人还可以到公共食堂去领每人每天三两的玉米面和糜子面搅在了一起的稀汤喝，后来，连喝稀汤的面也没有了。松陵村的人幸亏背靠着雍山，深山里尚残存着没有落尽的酸枣。于是松陵村人就进了山，他们将采摘来的酸枣在石碾子上碾成碎末和糠搅混在一起烙成饼吃。雨言一吃下去带着枣核的酸枣饼就拉不下屎，肚子疼得直冒汗。这时候祖母就叫雨言趴在她跟前，她用手指头在雨言的屁股眼里小心地向外抠，抠出来羊屎蛋儿一样的燥屎之后，雨言才不叫唤了。再后来，雍山里的酸枣也被扫荡得光光净，人们就吃那种被叫作苦菜的野草，吃榆树皮和榆树根。不知是谁有了新发现，说麦草中能提出淀粉来，麦草是用来喂牛的，牛吃麦草的时候也得拌上粮食做的料面。麦草中怎么会有淀粉？庄稼人都知道，所谓的淀粉不过是麦草中冲洗下来的那一层污垢，人们就把污垢当作淀粉吃。当祖母饿昏在院子里的时候，雨言才知道，他每天都是“吃”祖母，祖母把分给自己的那一点能填肚子的东西几乎全拿来叫雨言吃了。

雨言长大了。当白玫忽然有一天明白雨言长大了的时候，怅然若失。

那天早晨起来，雨言没有穿自己的粗布裤头。这孩子，怎么能不穿裤头呢？本来，白玫打算等雨言晚上收工回来后当面纠正他那不良的生活习惯。白玫拿起雨言褪下来的裤头一看，猛然间醒悟了。白玫的醒悟使她自己有些落寞有些空虚，雨言怎么不知不觉地长大了？白玫第一次换了一个角度看“大人”周雨言，她从雨言的脸上读到了惶惶不安，看出了雨言心中的不平静。白玫就问雨言：是第一次？雨言说：不是。雨言说他一抡八磅锤就腰疼得厉害。无须多问了，沉重的体力劳动致使肾脏亏损，过早地梦遗是肾脏虚亏的症候，白玫是学过生理知识的，也懂一些医学常识。白玫平静地给雨言讲人体的结构，讲男人的精液和女人的卵子产生的道理，她用“精满自溢”的说法消解着雨言的惊恐。第二天，白玫将雨言领到了公社卫生院里去，给他吃了几剂中药。

白玫陷入了渺茫黯淡的心理沼泽之中，在她的眼里“大人”周雨言已经把她和他之间的伦理推到了后台，而在前台表演的只是一个男人，是男性，是已经能够将生命的根——精液，随意播散的男人了。她似乎第一次才发现雨言说话的声音变得很浑厚，嘴唇上的绒毛也清晰可辨了。白玫第一次觉得，她孤苦伶仃，自从陈松离开她以后她一直是孤苦伶仃的独行者，幸亏有她的小孙子周雨言相伴。她第一次将周雨言关在门外，不叫他和她同炕而睡。周雨言在门外小孩子般的哭喊她。周雨言需要的是守着他的祖母，在祖母的搂抱中抚摸中他才能睡得着，十几年来，一直保持着那样一个姿势：一只手抓住祖母的奶头，一只手揽着她的腰，两条腿被祖母的双腿紧紧地夹着。这是一个十分安稳的姿势。在这样的姿势中他才能睡踏实，心理上有一种安全感和幸福的满足。

在门外哭叫的周雨言追问祖母：为什么不要叫他回房间里睡。白玫无法回答，确切地说是不能回答。雨言的哭喊和追问使白玫坐卧不宁，心中锥刺般的疼痛。她拉开了门闩，将自己本来就很脆弱的心理堤岸决开了口。她搂抱着周雨言不由得泪水洗面了。

周雨言记得，就在他结婚的那天晚上，他还赖在祖母的房间里不去和他的媳妇一块儿睡。他对祖母说，他要在祖母的房间里睡最后一个晚上，他似乎觉得，这一次，他一旦跨出祖母的门槛，就再也不能进去了。白玫断然将周雨言推出了门，她将周雨言交给了他的媳妇吴小凤。

两天以后周雨言才知道，他将祖母脊背上的石磨搬下来之后，石磨从夏全华的脚上碾过去又拐弯抹角地滚到了六指队长那儿，在六指队长的腿上猛一靠，才停住了。这时候，许多人拥上来了，周雨言被团团围住了，革命的拳脚一齐在他的身上操练，一个觉悟得很早的女孩儿抓起一把细土向周雨言的头上扬。周雨言听见他的姑姑周秀娟在阻拦女孩儿的施虐。雨言。是姑姑在叫他。秀娟，他直呼其名。你为啥要躲我？姑姑问他。他说，你是女生。女生就不能和男生说话？姑姑说，你没有交作业，是不是？我送你一个作业本。姑姑将一个崭新的作业本给他。在纸张紧缺的年代里，他多么渴望得到一个作业本。他摇摇头，走了，他没有接受姑姑的馈赠。他回头一看，姑姑垂头丧气地站在原地不动。他只看见了姑姑的背影，看见了她那两条撩人心动的长毛辫子，月亮地里，姑姑的长毛辫子仿佛彩虹一般。他能肯定，放在房檐台上的那几十斤粮食是姑姑偷偷地送来的。他感动得只是想喊叫，粮食就是他们一家的生命，在困难的日子里，只有姑姑和夏有福这样的人才和他们一家在心理上保持着偷偷摸摸的联系。他叫了一声姑姑，姑姑抓住那个小女孩的手腕说，不要扬土，这是大人们的事，你掺和什么？六指队长趁混乱之机举起小板凳在周雨言的头部击了一下扬长而去了。周雨言觉得耳朵里一声钝响，天和地旋转着，他用手捂住了头，血水顺着指缝向外流，人血的味儿在周雨言眼前的昏黑中自由地扩散。

秦改香细声哭泣，她只能哭泣。在这种场合她没有任何能力保护自己的儿子，她眼睁睁地看着雨点般的拳头在儿子的头上身上挥动，她眼睁睁地看着一口老痰挂在儿子的脸上，她擦了一把眼泪准备扑上去从人们的围打中救出她的儿子。周雨言似乎能看出母亲的冲动和冲动中的盲目，他极力从人群中挣出来朝母亲喊："娘你回去！"秦改香看了一眼儿子恳求的眼神，站在原地不动了。

对于母亲，周雨言缺少祖母那种情感，也就是说缺少一种"记忆"。人对人的情感越深，这种记忆就越清晰越久远。情感是记忆加深的变种。人的这种记忆来自童年和少年，来自人对人强度地刺激。周雨言对祖母的记忆越深刻，对母亲的记忆就越模糊。就在周雨言要扑倒的那一刻，他看见，母亲向他走来了，一瞬间，他的意识十分清晰，他觉得他又多了一个依靠，他觉得，他不是扑向这块土地，而是扑到了母亲的怀里。他摇摇晃晃着，张开了双臂，紧紧地抱住了对母亲的“记忆”。

十分嗜赌的外祖父在牌桌上输光了祖上留下来的那一份殷实的家产，土改时自然归入了穷人之中，外祖父缺少他那个阶级应有的光荣感，常常为祖上的辉煌而叹息，他在心理上依然将自己和富家子弟梳拢在一起，向往着有钱人向往着大户人家。当秦家尚在鼎盛之时，他就将自己的爱女许配给了松陵村的周家大户了。一个贫农的女儿就是这么简单地跌进了地主家庭的深渊了。

运动开始后，舅舅就和周雨言的母亲划清了界限。舅舅用大红帖子写了三张划清界限的声明，声明的前面冠着两条主席的《语录》。声明的内容明了而响亮：

声明

（主席语录略去）

我叫秦进宣，家庭贫农成分，本人共产党员，家住凤山县南堡公社秦家庄。从今天起，我和地主成分的姐姐秦改香划清界限，断绝姐弟关系，不再往来，特此声明。

秦进宣

××年×月×日

这三张声明分别贴在秦家庄、松陵村和南堡公社门前。

父亲看见舅舅的声明之后，回来问母亲：秦进宣是不是你的弟弟？父亲问得很刻薄。

母亲很宽容地说：不要怪他，他是干部，是我们连累了他。

父亲很气愤地说：谁连累谁？六亲都不认，还算是一个人？

我们遭的罪，我们自己受。母亲说得很坦然。

不是说划清界限是从思想上划清吗？原来，划清界限是要断绝关系？你第一次为划清界限而感到为难。再为难，也得划清。不然，自己的一生也不得清白了。你要把自己归拢到百分之九十五的革命群众之中去，你惧怕孤立。划清界限的第一个步骤就是不和祖母在一条炕上睡，不和祖母说话，如果划清界限的内容有不呼吸有祖母呼吸的空气，你也会努力去做的。你认定祖母就是地主婆。你跑到团支部书记那儿去给团支部书记说祖母整天在怀念解放前的日子怀念国民党的一个军官。这不是想变天是什么？祖母当天晚上就被拉上了批斗会。当祖母被打伤了一条腿之后，你哭了。你搀扶着祖母回到了家，你从饲养室的炕上抱回了被子又和祖母共睡一条炕。夜里，祖母忍不住伤痛而呻唤，你揉着她发肿的腿只是淌眼泪。你想给祖母说，是你捣的鬼，是你背叛了她。可是，你说不出口，你只能无声地流泪。你忏悔的言辞被耻辱和害怕堵在了心底，背叛祖母只能给你的耻辱和害怕增加新的砝码。这个家是你的根，你不能和这个家庭里的任何人断绝关系，祖母是地主你也不能，况且她不是。你的血管里流淌的是父母亲的血，你的脉搏和周姓一起跳动，你为什么要将家人推开，要和他们划清界限呢？你朦胧地意识到革命的内容和你心中牢扎的根脉相悖着。你对舅舅的做法感到憎恶，憎恶舅舅割断人和人之间情感联系时毫无情感的残酷做法。可是，母亲并不这样看待舅舅，过春节的时候，她还在念叨舅舅，说舅舅小时候怎么骑在她的脊背上玩耍，姐弟俩怎么分吃一块月饼。说她怎么样爱他。母亲打算去舅舅家走亲戚被父亲拦住了。父亲责问母亲：你算是他的什么人？一句话问得母亲流下了眼泪。

被打伤的周雨言在土炕上昏昏沉沉地躺了两天两夜。处于半昏迷状态中的周雨言孩子似的喊叫祖母的名字：白玫——

十

白玫在涝池里拉青泥。

白玫和两个地主分子合拉一辆架子车在通往涝池里的那面坡上困难地挪动着，架子车的轮胎在路面上拧过来拧过去留下了扭曲而粗重的车印儿。三个黑五类中，只有白玫刚沾上五十，其他两个女人都年过六十了。老年人的劳动缺少生气，其动作有如精神病患者那样的僵硬和夸张。

涝池在村子南边那条沟里。其实，涝池是蓄脏水的地方。下雨天，从街道上淌进涝池里的水本来就不干净，加之不流动就更脏了。水很脏的涝池是庄稼人清洗一切脏东西的地方，村里的涝池成了脏的集大成者。初冬时节，涝池四周的水干涸了，留下来的青泥就散发着黑酸的臭味儿，等待庄稼人作为肥料使用。

周雨言赤着一双脚站在冰冷的青泥之中，他举起铁锨将挖出来的青泥向岸边撂。顽固的青泥粘在迟钝的铁锨上老是甩不脱，每甩一次，胳膊就酸困地抽动一下，周雨言被黏胶似的青泥捉弄得浑身汗湿。他在心中骂道：你这可恶的脏东西！

涝池里的那面坡漫长而无情，白玫拉动的那辆一寸一寸挪动着的架子车像一只冻僵的鸟儿在笨拙地啄食。

夏双太蹲在坡根底下，他用一支铅笔给拉青泥的人记趟数。夏双太不时地将双手合在一起拢在嘴边，向手心里哈热气。

架子车的套绳勒在白玫的肩膀上，向她的皮肉里面渗。白玫的腰最大限度地弯下去，那姿势看起来似乎要在地上捕捉什么或吞食什么。突然，套绳断了。由于用力太猛，白玫似乎被谁击了一掌，嘴巴啃在了地下。车辕落了地，架子车里稀软的青泥从前边荡出来，白玫还没有爬起来，下半身被青泥糊了。周雨言抬头一看，祖母跌倒在地，他丢下了铁锨，跳出了泥坑。周雨言毫不迟疑，他越过漫长的青泥越过凝固的时间越过夏双太那双死硬的豹子眼跑到了祖母跟前。周雨言扶起来祖母，他续好了架子车上的套绳自己要拉，白玫一声也没吭，推开了他。

“挖青泥去！”

夏双太撵上来，厉声对周雨言说。

周雨言帮着祖母她们推架子车，头也没有抬。

“去不去?!”

夏双太抓住周雨言的领口使劲地提，周雨言的双手死抓着架子车的挡板不放。夏双太狠劲一拎就将周雨言和架子车上的挡板一同拎到了一边。青泥从后面溜出来了。夏双太猛一推就将周雨言推进了青泥之中。白玫放下了架子车去扶周雨言，两个人共同跌坐在青泥里，他们沾了一身的污脏一身的臭气。夏双太还不肯罢休，拿脚在周雨言和白玫身上踢。婆孙俩谁也保护不了谁，他们抱在一起躺倒在麻木的初冬。

接下来，是对白玫更加有力的惩罚。

清晨起来，白玫由两个青年人搀扶着从涝池里的那面坡上跑下去又跑上来，如此无休止地反复着，等那两个青年跑得大汗淋漓之后又换两个青年挟持着她跑。轮番不停地跑上跑下使白玫的脸色由苍白而变为蜡黄，她顾不得喘气顾不得擦汗顾不得管束自己，她的自尊她的肉体她的生命完全操持在别人的手中。奔跑中的白玫披头散发，衣不蔽体，鞋落了，裤带掉了，长裤短裤一齐褪到了脚踝上，在生命中挣扎的白玫也不可能顾及自己的羞耻，她的下身无可奈何地裸露在残冬的无耻中，裸露得那么耀眼：这就是昔日的资本家小姐，这就是昔日的国民党官太太，这就是昔日的地主婆。她的白皙的大腿，她的尚还丰腴的臀部，暴露无遗了。白玫用她裸露的胴体直逼冬日的残酷直逼人们的目光直逼人们的心：难堪吧！羞耻吧！为自己，为我们是人！

此时的周雨言仿佛又被六指队长击了一板凳，他的眼前一片昏暗，恶臭的青泥在他的心里翻腾着，他只想呕吐。恶心，极其恶心，可什么也吐不出来。周雨言吩咐自己：什么事情也没发生，你什么也没有看见。周雨言丢下农具回到了家中，他将自己关在房间里，双手狠劲地揪住头发，他对自己说：什么事情也没发生，你什么也没看见。当人们将羞耻视为玩物的时候，羞耻本身就没有什么价值可言了。可是，周雨言心中培育的那个羞耻感是不容阉割的。

夏双太明白，夏全华明白，六指队长他们全都明白，他们惩罚的不是地主婆白玫，他们惩罚的是“异样”的白玫，是“特殊”的白玫。许多年过去了，松陵村在变，这个世界在变，白玫的“异样”和“特殊”没有变，她的“异样”和“特殊”没有被松陵村同化。白玫的气派白玫的性格白玫的素养包括她说话的语气走路的姿势和为人处世的方式完全是白玫式的，而不是松陵村人所共同具有的。她和松陵村人截然不同，不论走到哪里都烙着一个十分清晰的白玫。她的“异样”和“特殊”使松陵村人暗暗地佩服，同时，悄无声息地树敌于松陵村，使松陵村人围剿的欲念蓄谋已久。作为一个松陵村人，你的言谈举止你的穿衣吃饭你的行为准则和思维方式都应该是松陵村式的，而不该是白玫式的。白玫的“异样”和“特殊”无声地威胁着一些松陵村人也无声地征服了一些松陵村人，他们的生活方式他们的情感不自觉地因白玫而“白玫”化了。你不战胜她，她就战胜你。松陵村人的精神空间必须被无产阶级思想所占领，而不能被白玫所侵袭。因此，夏全华夏双太以及六指队长他们对白玫“异样”和“特殊”的砍杀是有明确的目的的。

白玫再也跑不动了，她木然地躺倒在恬不知耻的冬天里。白玫那圣洁的肉体像一把手电筒，照亮了黑夜里的丑陋和肮脏，照亮了黑夜里的阴暗和沉重。夏双太过来了，他一展脚在白玫裸露的臀部踢了踢，说道：“起来，快起来，耍什么死狗！”白玫微闭着双眼，她在不停地喘气，躺倒的白玫才有了喘气的机会。夏双太看了看白玫，在地上抓了一把青泥准确无误地抛向了白玫的阴部，然后，他将脏手在白玫裸露的白腿上擦了擦。

你在房间里的墙壁上捶打着。你说你什么也没有看见，你说什么事情也没有发生。你一遍又一遍地给自己说，你只能这样做，除此以外，别无他法。许多年以后，你有幸看到二次世界大战中人体裸露的资料片，那是在波兰的索比堡集中营里，德国法西斯将成千上万的犹太人送进煤气室前，以洗澡的名义命令男人们和女人们脱光了衣服，进行裸露。无辜的人们在临死前将他们尚活着的肉体乃至男人和女人的生殖器惊恐不安地裸露在光天化日之下，裸露于世界。你看到的不是羞耻的被阉割，你只看到了残忍。你由此而想起了祖母的裸露，祖母的裸露和无数个犹太人的裸露的相同之处在于：人的被逼迫。

对于祖母裸露的无动于衷，你在那个资料片中找到了答案，当法西斯将裸露的犹太人推给世界的时候，几乎没有一个人去遮羞。你恍然明白：裸露，已不在于裸露者本身。而曾经裸露过的你，为什么要用双手去捂你的那个小小的生殖器，也许因为你本身是一个尚没有领略人生的少年，是一个不知道人生之水有多深的初涉者。

面对残忍，你已不再哭泣。

我没有哭，祖母去世的那天我没有哭。祖母安详地躺在棺木旁边的一张木板上，她似乎是很坦然地看着她的命运看着她的人生。我和我那三岁的儿子默默地站立在祖母的遗体前。我的儿子手里拿着祖母留给我的模型手枪。我的儿子将模型手枪举到了祖母的心窝，他模拟电影中的动作和表情，扣动了扳机，祖母身子向后一倒做出了死去之状，状态的维持之久令我吃惊。祖母半晌不能从那状态中走出来，使她和我的儿子之间的游戏显出了虚幻的真实。在那一刻，我看见了悲哀的祖母和祖母的悲哀。在那一刻，我想哭。而现在，我欲哭无泪。儿子手中的这把模型手枪只能作为祖母的见证而存在着。她用她的过去充分地准备了现在。现在的悠然消逝使过去的准备毫无意义。而祖母的后半生一直在留恋过去，惋惜过去，她的过去由此而显得更加悲凉了。

祖母永远地闭上了眼睛。

两行明晰的泪水涌上了她那略略浮肿的脸庞，眼泪是在她闭上眼睛的一刹那间涌出来的，它来得那么迅猛，显得饱满而丰富。我一直注视着即将离开人世间的祖母，我只看到了祖母脸上有一丝痛苦感，没有想到，就在她合上眼睫毛的一瞬间，心中的另一扇门开启了，那泪水就是从她的心中流出来的，我为之而震动。

小凤要给祖母擦眼泪，我拦住了她，没有叫她擦。

祖母在生命的最后一刻一览无余地将自己袒露在我的面前了，我无法诠释祖母的眼泪，我看着祖母挂着泪水的脸庞，觉得她更加真实，也更加完美。我的心被祖母的泪水紧逼着，我还是没有哭，我为祖母断然地离开这个人世间而高兴。

父亲哭了，祖母去世的那天，父亲大哭不止。一个男人的号啕使祖母的丧事更加显得悲凄。

在周雨言的眼里，父亲和祖母一直僵硬地相处着，一个僵硬地做儿子，一个僵硬地做母亲，连语言这个最便当的交流也很少有。因为不是亲骨肉？因为他们之间的年龄只差八岁？不，原因不会这么简单这么明了的。只有白玫和周志伟清楚，由于他们的“一念之差”才将两个人分别搁置在“一念之差”的两岸，他们只能蜷缩在各自的岸上。

其实，白玫是撵着周志伟去读省城里的干部学校的。

周志伟的出走使白玫猛然间觉得十分寂寥，平日里，周志伟在商行里晃来晃去她倒没有这个感觉，一旦他离去，白玫才觉得商行里变得空旷无比，她心中的空间有如茅草地一般开阔。她烦躁不安，动不动就发脾气，后来几天，她用沉默寡言对付自己。收到周志伟从省城里发来的第一封信，她比周景堂更高兴。临离开凤山县城那天白玫泪水盈盈，周景堂始终没有破译她心中的奥秘。

周志伟为白玫的到来而惊愕，他没有想到他的二妈也会出来革命，在他的眼里，白玫这样温顺的女人只能给父亲做二房。他虽然用小弟弟的口气劝白玫回去帮助父亲照管商行，心中却暗自希望革命的队伍里多一个白玫。离开了家庭的白玫和周志伟自然而然地同志了，在家庭里积蓄的那一份生硬很快地消融了，况且，周志伟从来就没有把白玫当作二妈看。可以说，在革命的队伍里，由于革命的缘故，两个人的关系重新得到了确立：一个年过二十岁的男革命者和一个刚过三十的女革命者。其实，这不过是面具，白玫心中的周志伟不仅仅是革命同志。白玫的眼神里流动着一种亲切或叫作亲昵的情感，周志伟不是没有察觉到，他察觉到了，浸泡在亲切或亲昵之中的周志伟对白玫的亲近显得极其自然，家庭中相处的别扭云消雾散了。那天晚上，他们在古城墙下去散步的时候也是极其自然地手拉着手，极其自然地相依相偎的，他们甚至忽视了同志，只让男人和女人存留着。情不自禁的白玫情不自禁地用言语做向导，大踏步地向周志伟心中未完全开放的地方靠拢，她情不自禁地将一条白嫩酥软的手臂搭上了周志伟的脖颈，而对他的搂抱也是情不自禁的。处在白玫的气息包围之中的周志伟心在狂跳，有一种近乎窒息的感觉，尤其是压在他的胸脯上的那对特别突出的奶头使他难受。他去扳白玫的手臂，死劲地扳动中有执拗也有认真，白玫的自尊心大概受到了一点挫伤，就尖刻地说，你装什么正经？我知道你在想我，我不是你的二妈，是你的二姐。周志伟剥离了搂抱着他的白玫，说道：你不要这样，二妈。我爹还没有死！周志伟撇下孤零零的白玫扭头就走了。一时间，白玫愣住了。等她醒过神来，他们之间的亲切或亲昵已永远地埋葬了。

后来，周志伟将那天晚上的举动归结为“一念之差”。

后来，白玫也用“一念之差”给她的情感做了结论。

一念之差仅仅只有一念，恰恰是那一念之差会葬送一个人的一生。学习结业后，白玫本来打算不再回松陵村了，她将去参加解放大西南的工作，一念之差使她又回到了凤山县，回到了周景堂的身边。

现在，白玫去了，刚刚六十岁的白玫就这么去了。

周志伟是哭那“一念之差”，还是哭白玫？抑或在哭自己？局外人谁也走不进周志伟封闭着的内心。

十一

周雨人的艺术品中多了一扇石磨。

周雨人用和好的坩泥雕出石磨之后再雕磨齿，石磨上的磨齿怎么雕也不锋利，它似乎一诞生就磨钝了，像上了年纪的牙齿。周雨人先给石磨涂上了发灰的白色，着了色的石磨仿佛一个贫血的病人，由于贫血使石磨失去了应有的分量。石磨应当是沉重的，周雨人背负过它，知道它有多重。后来，他又将石磨涂成了黑色，黑色最严酷最沉重。涂成黑色的石磨还是缺少那份沉重感。周雨人对自己的艺术品产生了质疑，他一只手抓起石磨，狠劲地一摔，石磨被他摔得粉身碎骨。他想，最有分量的石磨大概不是他雕出来的，最有分量的石磨应当在他的脊背上，在他的心中。压在他心中的那扇石磨久久地没有被剔除。愤怒的庄稼人愤怒地质问他：你知罪不知罪？反对伟大领袖当然罪该万死。而他却傻乎乎地说，我不知罪，我有什么罪？

“我有什么罪？”周雨人神情严肃地问他的弟弟。

“你没有罪，我也没有罪，我们都没有罪，可是，我们的祖父和祖父的父亲是有罪的。我们是在替他们偿还罪恶，”周雨言给哥哥解释，“罪恶是存在的，就得偿还，用我们的苦行偿还祖上过去的享乐。”

“不对，你的说法不对，”周雨人说，“所谓过去，就是一切都过去了；就在我们两个说话的时候，我们两个的说话就过去了。你就没有弄清过去的本质，过去的本质不是时间，不是被时间包裹着的事情，也不是祖父和祖父的父亲对穷人的剥削压迫，更不是我和祖母的背石磨。过去是关上的门流走的水，是记忆的模仿。他们将过去变成了武器，改变了过去的本质，用过去来压迫我们剥夺我们，过去和我们没有任何关系。我说过，我没有过去，没有将来，只有现在，我的现在就是白天干三晌，晚上被斗争。”

哥哥的思维方式和他的想法大相径庭，周雨言觉得，他缺乏说服哥哥的能耐。他说道：“哥，咱就说现在吧，现在不叫你一天干三晌，而要将你送进公社劳教队，将你投进监狱，你怎么办？”

周雨人笑了：“一样，都是一样的，进监狱是被剥夺，一天干三晌晚上挨斗争也是被剥夺。如果你不愿意忍受被剥夺，最好的办法只有一个：丢弃现在。”

“丢弃现在？”

“对。”

周雨言醒悟了：“你说是去死？”

周雨人说：“你害怕了？雨言。”

不是我害怕，而是我们不能轻而易举地丢弃现在。我们有过去，也会有将来的。如果说我们的过去不是时间总该有分量吧，难道你不承认那分量？过去的分量正是孕育将来的肥沃的土壤，有过去肥沃的土壤，就会生长出将来的。你重新掂量一下过去的分量，这对我们的故人有益无损。

我们在刺骨的寒风中行走，一进雍山，我们就行走在刺骨的寒风中。柴担子是你给我收拾好的。一爬上那面坡，我们就再也走不动了，太阳像一只疲倦了的黄狗卧在山背后窥视着我们。我回头去看，我看见了你的柴担子紧贴在苍凉的山上，我看见了晃动着的宛如活物的柴草。你的喘气声困难而持久，我觉得你身上的汗水就像澡堂里的蒸汽从领口里向外流，尽管那时候我们都没进过澡堂。我想，只有澡堂里的蒸汽才那么富有。我说我饿了，饿得不行了。你没有吭声，你在一心一意地喘气。我当然知道你比我更饿。

饥饿是什么？我第一次有了很痛彻的体味，虽然我几乎一直在饥饿之中，只有在那一次的割柴中我才耐心地体味了它。饥饿是一种饱胀的感觉，是对食物强烈的难以抑制的欲念撑破肚皮的饱胀，欲念使你惶惶不安使你无可奈何使你丢弃了所有的标准规则而不顾，只想去满足你的欲念，即使你当即死去，欲念也不会随着死亡而咽气，它还在跳跃，在撺掇你去制伏它或克服它。饥饿像一把大手，将我的意识越挠越清晰。

我发现你的嘴里衔着一枝柴草，边走边嚼，我也抽了一枝柴草塞在牙和牙之间。我们就像牛嚼草一样嚼着它，咽着它。不过，牛嚼草时简直是囫囵吞枣，一舌头揽走了好多。因为牛有两个胃，对于揽下去的草能进行二次消化，我们不行，我们只能一枝一枝地嚼，一口一口地咽，嚼了几枝柴草并没有使饥饿降温，我的意志被饥饿咬得歪歪斜斜，我失去了将山柴担回家的信心，我将柴担子撂在坡地里，趴在地上，让饥饿的肠胃紧贴在山坡上，一双手无力地抓住山坡上枯萎的柴草，干瘦的屁股撅向黄昏的天，那模样还不如一只饿狗。

你用不容置疑的口气命令我站起来。我勉强爬起来，又挑起了担子。

上了坡，我放下担子就去要饭吃。我首先看见的是一眼黑窑窟窿。我径直走向了那眼土窑。当我的眼睛适应了窑内厚重的黑暗之后，才看见乌黑的窑顶上垂吊着沉甸甸的蛛网，一个女人背过身去正在案板上收拾什么。等那女人转过身来，我才觉得她是美丽的。也许她的美丽就来自她的健康，她的健康就来自她的整日饱食。为什么她有粮食吃？为什么粮食会把她吃得那么健康美丽？饱食—健康—美丽—我的饥饿变成了强烈的气味在女人的窑内扩散。女人用眼神询问我是干什么的？我说我是进山来砍柴的。女人扑哧笑了，她大概是在笑我掩藏着的不必要的自尊，既然是要饭吃，还不张口？女人说，没有什么好吃的了，就只有这块陈搅团。出了窑，我才看见，在我手中的是一块高粱面搅团。放久了的搅团发霉了，上面长着一层茸茸的毛，看起来可爱极了，仿佛撒着一层细盐或白糖，最好是白糖，因为搅团是要有调料的，没有调料，有白糖更好。搅团就在我的手中，挨住手的那一面很生硬，我翻过去一看，那一面如铁锈一般，是一种暗红色。我们吃了那块发了霉的有些酸味的搅团竟然安然无恙，我们的肠胃大概像牛的肠胃一般粗糙，能容纳任何脏物。我们不仅吃过发了霉的食物，我们还吃过埋了几天的死猪和死牛。父亲偷偷地将人家埋掉的死猪和生产队里的死牛挖出来，背回家，脏物的臭气使祖母呕吐不止。我们在饥饿中勇敢地吞食着脏物。填进肠胃里的脏物同样变成了血液，变成了身体所需要的各种物质，支撑着我们的生命。

吃完那块搅团，你又要到女人的窑里去。第二次进了窑，我才觉得，土窑的空间很大，有一股使人透不过气的空空荡荡。我才看清，给我搅团吃的大嫂不过二十多岁。我很感激她，不知说什么好。你愣眉愣眼地去看她的那双脚，女人没有穿袜子，脚面上的垢痂很具体，女人不自然地挪动了一下双脚。老看人家的脚干什么？我真怕你当即跪下去舔这位大嫂的脚面。从那眼窑里出来，你对我说：太冤枉了，那么一双好看的脚。我们的肚子里只要有一些可以填充的食物就想得那么多。谁也不能中止我们去思想。

谁说我们没有过去？那张牛皮不就挂在我们的过去吗？夏全华叫你背着那张新剥的牛皮到各生产队去游街，你走到哪个生产队那群苍蝇就嗅着臭气跟到哪个生产队。六指队长跟在你的后面逢人就说：这就是破坏春耕生产的罪魁祸首周雨人。谁都知道，那头乳牛腿上有疮不能再上套了，六指队长硬要你吆着乳牛去犁地。一瘸一拐的乳牛在硬如铁板的土地里困难地挣扎，走几步喘几口。你从劳作中的乳牛身上看到了劳作中的你自己，你不肯动一鞭子，牛的挣扎喘息使你愤怒、心酸。扶着犁把的你有如受苦的乳牛无可奈何。乳牛趴倒在土地上，乳牛的死去使你很悲哀，你用钢笔在纸上素描了一幅耕作图用以泄露你的心态。六指队长硬说牛腿是你打断的，赔了牛款，开了批斗会，还要你背上乳牛的皮去游街……这就是我们过去的一个章节。过去不是什么武器，过去起码是一个昭示。

周雨言说：“哥，你无视过去，只能说明是你害怕了。”

周雨人哧地笑了：“我害怕了？”他说，“我就没有害怕过，我只是在想，既然这个人世间没有什么标准可言，我们还有什么理由留恋它？”

周雨言只是觉得哥哥在某种程度上和他一样的害怕，他们害怕的不同之处在于：哥哥的害怕中含有不可掩饰的绝望情绪。周雨言没有想到他的哥哥会将绝望的情绪变为绝望的行为。

十　二

破破烂烂的黎明在破败的窗纸上哗哗地作响。周雨人看了一眼窗户，他想喊叫一声，没有喊出口。

“啊！啊——”

无论是独处还是和人们在一起劳动，周雨人会突然之间大喊两声，第一声有力铿锵，有一种难以遏制的喷发之势，第二声拖着很长的后音，夸张得厉害。这两声呐喊在告诉松陵村人：周雨人又犯病了。三天五天之内，他几乎不说一句话，而猛然间的两声呐喊使整个松陵村为之震动，仿佛要把天喊塌地吼裂，仿佛所有的话语只凝结成了一声“啊”。周雨人是锄麦子的时候这么呐喊的，几个胆怯的女人被周雨人一喊，手中的锄头也喊落在地了。她们不由得去看疯子周雨人，周雨人旁若无人地将手伸进裤裆里掏出他的那个东西一本正经地抚弄着，农村人还没有学会将周雨人的动作叫手淫，他们用粗野而实在的话将那举动叫作抹，女人们小声传递着：看！疯子在抹。嬉笑中有好奇，也有淫荡的满足。她们不知羞耻地掉过头去欣赏失去羞耻的周雨人的手淫。在正常人的道德的目光里，如果男人自己去抚弄它本身就无比丑陋，极其丑恶。目睹着周雨人手淫的松陵村的男人和女人们就是这种心态，谁也不会将周雨人的失去羞耻视为松陵村人的羞耻。周雨言提着锄头走过来了，他的内心是平静的，愤怒、痛苦、伤心，所有的情绪都平静了，他给哥系上裤子，拉着他的手，将他拉回了家。

在春情盎然的晌午面对许多人而手淫是周雨人不可控制的举动。当刺痛的快感消失之后，他轻松得仿佛从脊背上拿走了那扇石磨。从追逐女人到手淫，疯子周雨人似乎找到了最佳途径。他无须戏弄别人，也不需要别人来戏弄自己，自己戏弄自己是最便当最愉快的事情。他握着自己的那玩意儿，浑身发抖，苍白的脸上汗渍斑斑，有一种喘不过气来的感觉。他的意识被抚弄带来的感觉淹没了，在一刹那间的清醒中他突然意识到，我们都在自己玩弄自己，他的方式不过更彻底罢了。其结果都是归于疲软。他感谢他的那个玩意儿，它使他大幅度地潇洒，从容不迫地自己完成自己，自己实现自己。

那两声“啊”表示着一个到了巅峰状态的周雨人。

躺在黎明中的周雨人的状态很好，黎明中短暂的静谧正适合于他。

姨婆感叹了一声：现在真静。

姨婆说：雨人，你现在就尿。

周雨人说：我在哪里尿呀？

姨婆说：你就站在那里尿。

周雨人的双脚走动了两步，他说：这里脏。

姨婆说：你呀，尿尿也要挑个地方？这田地里，满处都是干净的。

斑驳的太阳光从苍翠的松针间漏下来，散播着松树的香味，轻轻的松涛声有如姨婆洁白的牙齿那么整齐。尽管我的尿很憋胀，我还是没有尿。姨婆向我跟前走来了，姨婆穿着一双绣着花的鞋，淡红色的花儿开放在绿茵茵的青草地上，青草地里像有两堆火。姨婆说，雨人，你尿，快尿。我向前走了两步，背对着姨婆，开始撒尿。我尿得并不淋漓，尿水溅在翠绿的青草尖上，青草被打湿了。姨婆说，你有尿，为啥老憋着？我也弄不清其中的原因，那么大的空间，当真没有你尿尿的地方？也许，你嫌你的尿会弄脏那片青草和两朵燃烧着的火。你捏住你的小玩意儿一边撒尿，一边看姨婆的脚。无论怎么说，你的压抑欲望毫无理由，却由来已久。

我不是硬憋着，我是忍受着。

上班的时间是晚上十二点到凌晨四点。农民也像工人一样把一天的时间切成几块，让二十四小时里的每一分钟都大汗淋漓。四个小时里，我得拉上架子车不停奔跑，不然，规定的土方量是完不成的。我不怕劳累，我生来就是接受劳动的压榨的。我最怕的是饥饿，我得忍受饥饿。凌晨三四点钟的饥饿最有力量最耐久也最清醒，腹腔好像前后粘在了一块儿，五脏六腑被饥饿挤对得直想向外吐。我拖着饥饿向回走，每走一步，饥饿就跟着疲惫的脚步响动一声。我进了灶房，灶房里没有任何可以充饥的东西，只有死鸡的气味在盘旋。死鸡的气味使饥饿的呕吐变得更加恶心。死鸡是父亲提回来的，父亲对母亲说，烧点水，煮上能凑合一顿，母亲就问父亲死鸡是从哪儿捡来的？父亲说，涝池里，谁家把死鸡丢进了涝池里。母亲说，这死鸡不敢吃。父亲说，吃吧吃吧，死不了咱，咱死了，那么大的水库谁去修？咱死了，谁去挨批斗？母亲大概觉得父亲的话没错，她提着菜篮子出去了，母亲摘了一篮子野菜提回来和父亲捡回来的死鸡和在一起一锅煮。一顿死鸡野菜使一家人饱了一整天。死鸡的味儿久久地驻留在家园，驻留在我的心中，我一嗅见死鸡的气味就头晕目眩。在这个人世上，需要我忍受的太多了，不但要忍受饥饿，还要忍受死鸡的气味。谁知道将来还需要我忍受什么？将来不就是个时间问题？何必忍受时间对自己的折磨？我的选择是对的，我不能支配时间，就不忍受时间。

窗子是用烧纸糊的，房间里的亮光暗暗淡淡支离破碎。

祖母说，烧纸是不能糊窗子的，糊上烧纸，屋子里就更暗了。祖母说烧纸是为死去的人造的。祖母点上了一张暗黄的烧纸，她跪在姨婆的棺材跟前，少气无力的纸灰没有飞动。躺在木板上的姨婆肚子凹下去，炸弹把姨婆的肚子掏空了，她的肚子里填塞着一些棉花。姨婆那双完整的脚显得特别突出，鞋是黑的，两朵绣花像两只蝴蝶。我看见姨婆的脚好像在动弹，就站起来去摸她的脚。祖母拽了我一把，祖母说你乱动什么？我哇的一声哭了。先生说，你不要哭。先生问你叫什么名字。你说你叫周雨人。先生说，谁叫你跑到圈子里边来的？我看见学生们手拉着手扭秧歌，我就向他们跟前走，我也不知道是怎么跑进他们的圈子里的。我一跑进去就哭了，我一看那圈子围得很严，我担心永远跑不出那个圈子，我从六岁起就被围进了圈子，我被圈子所囹圄，我像野兽一般被铜墙铁壁似的圈子团团围住，我只能在我的圈子里挣扎。童年时的圈子是愉快的，我们手拉着手在操场里做出了一个图案，图案上有手臂有歌声有友谊。我最喜欢这种图案。老师叫我到黑板跟前来，我站在黑板前用粉笔勾出了一幅图案。老师说，周雨人有画画儿的天资，叫他再画一遍，同学们注意看。教室里很寂静，我在寂静中几笔又勾出了一个更复杂的图案。寂静是父亲打破的。我听见父亲已经起来了，他用干瘦无力的咳嗽清理着喉咙眼里那团老痰。父亲说，忍受是一个人最起码的品性，人的一生就是忍受的一生；人生是熬出来的。父亲是在我们吃完死鸡的那天晚上说这话的。我的胃很难受，鼻孔里喷出来的全是死鸡的气味，雨言和雨梅在没命地呕吐，我们都忍受不住，父亲看着我们这么说。父亲的经验之谈与我无干，我有点鄙视父亲有关忍受的理论，父亲的忍受中含有不可回避的怯懦，父亲是因为害怕而忍受的，这一点，我看得很清。父亲咳嗽得很任性，好像要把一肚子的冤屈全咳出来。

窗外的天是蓝的，透过窗纸上的破洞能看见蓝天的零碎。

今天是个好天气。特别是在春天里，这样的天气也需要忍受。站在太阳地里，人的骨头就发酥，心也会跟着发痒的。好天气能诱惑人，使人受不了。我给草草说今天天气好。草草扑哧一笑，她大概认同了我的看法。好天气谁都能感觉得到的。我说草草我有一样东西要叫你看一看。草草说拿来吧。我把我的艺术品拿来叫草草看。草草看了看，她说这只脚像真的一样，真好看。草草问我能不能卖钱？我说不知道。草草说，要是能卖钱就好了，卖了钱可以买粮食吃。草草的想法很实际，我没那么想，我只是看着草草的脚。草草的脚使我觉得很难为情。我一把抱住了草草的脚，草草不说什么只是哧哧地笑，我使劲去搂，草草一把推开了我。草草说，疯子！雨人你才是个神经病，你把我的脚搂得好疼呀。草草说这话的时候脸上很玫瑰，脖颈那里尤其滑润。我在玫瑰上亲了一口。草草一声尖叫夸大了她和我闹着玩的程度。

夏全华说周雨人你老实交代你强奸草草的全过程。

我说我和草草玩我没有强奸她。

母亲说娃有病你们都知道的。

夏全华说狗东西你闭上嘴叫你儿子交代。

我没有强奸她，我不喜爱强奸。我喜爱草草的脚草草不叫我喜爱。我看见草草的脸上有一朵玫瑰花就去闻了闻。花味儿很香我舔了一口没有折花。姨婆给我说，再好的花一旦折下来就不美丽了。我没有强奸草草。

狗崽子你狡赖什么？

我没有狡赖，草草说我是疯子我没有疯也没发神经，我怎么能去强奸她？只有疯子才会去强奸女孩儿的，强奸女孩儿太脏。

你没有疯，你是有意识地去强奸草草搞阶级报复。

我报复谁？我要报复就报复老天，天为什么要晴得那么好？天气一好，我的心就发痒。

今天又是个好天气。

好天气像好人一样，它会打开你身上的枷锁使你无比轻松。

你得全力以赴去抵御轻松，轻松也是一个圈套。

“雨人，你今天早晨不去上工了？”

将咳嗽告一段落的父亲站在院子里问道。

“是不是很迟了？”

依然躺在炕上的周雨人说。

父亲说：“不迟，六指队长叫你去淘井，你起来快去，能跟得上的。”

周雨人爬起来将褂子披在了身上。粗布白衬衣被汗水汗得硬邦邦的，要是能换一件干净的白衬衣就好了。算了吧，你什么时候穿过干净的白衬衣？干那事为什么非要穿一身好衣服？没有一点儿必要，穿好衣服不过是遮人的眼目，是自己哄自己，为什么人到了最后还要欺骗自己？有好衣服还不如留着叫雨言去穿。周雨人心安理得地穿上了自己的一身旧衣服走出了院门。走到院门口，他回头看了一眼清晨中的家园，家园安详而坦然。

周雨人来到了工地上，淘井的人还没有出工。粘着黄泥的锅锥斜立在井边。五丈以外的绞磨机仿佛一只肥狗，缠在绞磨机机身上的钢丝绳像狗身上的毛一般。周雨人注视着绞磨机上的磨棍，悠闲的磨棍安然地套在绞磨机的顶端，钢铁的沉重有力仿佛水一样从磨棍上向下跌落。周雨人走近磨棍，他将手搭在磨棍上，春天里的磨棍特别亲热，它向周雨人表示着异乎寻常的友谊和亲近，磨棍是个好东西。周雨人在抓住磨棍的一瞬间头脑里的意念明朗而坚定：磨棍是个好东西。

锅锥下到井里去的时候放开磨棍，一旦飞旋起来，那力量会像狂风扫落叶一样将人扫倒在地打成肉饼而不会有任何痛苦感，那样好。六指队长在一旁呐喊：使劲推！强硬的磨棍老向后弹动，磨棍一弹，推磨棍的人们就像大风地里的茅草一样东摇西摆。六指队长说，使劲推，磨棍一放奔，你们狗日的就没命了。六指队长说的全是实话，梅家庄淘井的八个人就是磨棍放了奔，叫磨棍扫倒在地的，伤了四个，死了四个。力量无比的磨棍给了周雨人启示，他的下巴支在磨棍上，凉飕飕的感觉清水一般清醒着他。

我感谢六指队长，感谢他今天派我来淘井，这就是机遇。老师说，人的一生离不开机遇，好多艺术家都是命乖运蹇，凡·高活着的时候几乎没有人买他的画儿，他只好在穷困中挣扎，他的机遇最差。我不能放弃这个好机遇；磨棍是个好东西。我们紧抓住磨棍，老是推不动。锅锥像是扎在了橡皮上有些赖皮劲。锅吊上来了，没有淘上来多少泥土，只有几根泥条粘在锅边，泥条倒在了地上，夏有福用铁锨拨了拨，惊呼道：有一只人的脚！他拎起一桶水在泥条上冲了冲，泥条中果然冲出来了一只脚。人们都说，那只脚肯定是马绪安的三儿子的。几年前，马绪安的三儿子跳进了这眼井，捞了几次没打捞上来。马绪安的三儿子跳井那一年才十五岁，十五岁就忍受不了人生，就不愿意忍受人生。不能忍受就不忍受，他的选择没有错，不过，这办法不好，路子多的是，何必跳井呢？最后叫人弄成烂泥很不好。

磨棍是个好东西。

周雨人打开盖在井口上的几块木板。他试图将锅锥吊起来，然后再放弃。他用肩膀扛住磨棍狠劲向前推，磨道里坚硬的土地上被他蹬出了清晰的脚印儿。他不住地喘着粗气，他一个人的力气无论如何也无法将锅锥吊起来。他还没有失望，他相信他凭着自己的力量会结束他的忍受的。他的全身心地投入使他忘却了他身处在什么境况中，因此，当六指队长喊他的时候，他全然不觉。磨棍在咯吱咯吱地响着，吭哧吭哧的喘气声在清晨显得很健壮。六指队长以为周雨人在发疯，没有骂他。六指队长在周雨人的肩上拍了一把，周雨人吃了一惊，他茫然地看着六指队长。六指队长心平气和地说："周雨人，不叫你推磨棍了，你进山去把夏有福换回来。"周雨人抓住磨棍的手没有松劲，他摇了摇头，表示不从。六指队长派活，周雨人从来没有表示过不从，六指队长看了看惊恐不安的周雨人依然平心静气地说："夏有福的婆娘病得厉害，你上山去，叫他赶快下来。"周雨人抓住磨棍的手松弛了。

夏有福对我说，雨人，叔知道你硬是被毁了。你本来是能考上学校的，夏全华给你报考的那个学校去了一份材料，他没有叫我看，材料上肯定没有好言语。他在家里来要我的私章，他对我说，要给公社里上报一份材料需要加盖贫协主席的私章，我就糊里糊涂把私章给他了。后来，会计才告诉我，在你的那份材料上还有我的私章。我不知道夏全华拿着我的私章去损人，毁了你娃的还有我夏有福啊。

"还不快回去收拾进山？"

六指满脸都是锅锥一样的眼睛。

神情沮丧的周雨人恋恋不舍地离开了绞磨机的磨棍。

“你不是去淘井吗？咋又回来了？”秦改香从灶房里出来问她的儿子。

“六指队长要我进山去干活儿。”周雨人说。

“现在就走？”

“嗯。”

“你吃点饭再去吧。”

母亲进了灶房，她给我端来了一碗洋槐花拌着麦皮蒸熟了的洋槐花饭。我端着碗不忍心下筷子，洋槐花一旦蒸熟了就失去了原来的素净和洁白。挑在枝头的洋槐花最干净，它是贫贱的花，一点儿也不娇贵。我对我的女老师说，你把头上的花拿下来，鲜花别在头发上很不好看。女老师就从头发里取下了那朵花。她不是我请来的模特儿，我请不起她，况且她是老师，是她叫我给她画像的。老师讲得最好的课是王勃的《滕王阁序》和司马迁的《报任安书》。我用了一个星期的课余时间才给老师画好了像，每天，她都端坐如初，我一看她那恬静的模样就走神，我总觉得房间里有一股温馨的气息在扰乱我。她端详着我画好的像瞟了我一眼，她没有说我画得好也没说我画得不好。她突然笑了，她离我那么近就咯咯地放声而笑。她的笑使我很难过。窘迫中，我说老师，你真像我的姨婆。我像你的姨婆？她的两腮润上了红晕，我咋能像你的姨婆呢？她一把攥住了我的手，我不想抽回去。我正不知道怎么办，她将我的手向她跟前一拉，她说，周雨人，好好学画吧，她说得很动情：你会成为一个大画家的。她松开了我的手。我说老师，你的花还在我的画板上。她回过头来说，那朵花送给你。我没有要老师的花，就是我喜欢它，我也不能要的。

秦改香看着发愣的周雨人说：“你快吃呀，洋槐花凉了不好吃。”

周雨人夹了几朵沾着麦皮的洋槐花放进了嘴里，一碗洋槐花饭下肚，他觉得越吃越饥。你怕是永远吃不饱肚子了，永远在饥饿之中。周雨人走进了他的小房间。他断然撕碎了他仅有的几张习作，放在嘴里大嚼大咽。除了磨棍之外就别无选择了？他的思路似乎变得很狭窄，他一头栽倒在土炕上，头脑里是一片空白。

周雨人恍然听见母亲在叫他：你不是说进山吗？怎么又睡着了？他昏昏沉沉地起来一看，太阳已经老高了。走，走出松陵村再说。他嘀咕着：我怎么睡着了？

行走在田野上的周雨人不停地嘀咕：我怎么睡着了？

田野上空旷得很，除了沉默无语的小麦以外什么都没有，连一丝风都没有。

我无依无靠

别打了别打了他说他无依无靠你问一问他是哪里人

你怎么还可怜他

他没有把我怎么样只是亲了我一口

呸不要脸的东西凭你那句话我就要打他

你打你打

打死你这个不要脸的

我先是闻到了一股呛人的血腥味儿之后就看见头顶上的天在剧烈地旋转着太阳用它的扁脸在看着我耳旁刮起了坚硬如铁的风我说你不要踢我只有夏全华他们才用那种踢法踢人我家在松陵村祖父说我是周家的长孙那些穿长袍马褂的说我是周家的一代大公子过周岁时的情景是母亲告诉我的那时候的周家大概依然威风凛凛其实我什么也不是还不如一条狗

什么什么你叫周雨人

我叫周雨人

疯子你是松陵村那个疯子

你才是疯子你媳妇才是疯子我没疯

装疯卖傻是不是

他是病人咱怎么能和一个病人较量

病人怎么就知道搂你亲你

你才是病人你们都是病人你们都有病这个人世上的人都有病

我来治治他的疯病

我求求你不要打他了

你不要哭这女人你哭什么叫他打他的拳头生来就是对付我们的

你觉得怎么样疯子

我听不见

还想不想搂人家的女人

想

我叫你想我叫你再想

我听见那女人嘤嘤地哭着走了那男人是撵着女人而去的他们离我远去了田野上复归了平静是谁把我弄到柿树底下来的太阳光大概是从树的枝叶间钻出来的我的眼睛好疼呀

娘在哭着肯定是她娘说他怎么打得这么狠

我说我的眼睛好疼呀

娘用老棉花给我揩擦脸上的血污

当时，我觉得浑身针扎一般的疼痛，左眼一点儿也睁不开，右眼勉强能挣出一条缝，我爬到镜子跟前照了照，我的眼睛四周肿得很高，脸上也乌青乌青的。我没有还手不是我懦弱，我的忍受和父亲的懦弱是两回事。我闻到了女人身上的气味，那是小麦花香或苜蓿花香的气味。那气味使我陶醉，使我勇敢。我是勇敢地去拥抱我嗅见的气味的。田野上总有一股什么气味使人留恋它，留恋人世间。我独自一人行走在广袤的田野上，前后无一人，只有雍山在逼近。

周雨人一直向雍山脚下走去了。

田野上有一层薄如蝉翼般的雾气，被雾气过滤了的太阳光不再明晰，好像从井里吊上来的昏黄的水，太阳的光线里有一股草木灰的气息。草木灰的气息是纯洁的，母亲说，草木灰是最干净的东西，再脏的柴草经过燃烧之后就很干净了。母亲将草木灰用烧纸包成许多个包，那些小包就塞在姨婆的棺材中，姨婆的肩膀，姨婆的臀部和双腿都被草木灰紧紧地镶着，姨婆在干净的草木灰的包围之中。草木灰的气息谁都能嗅见，谁都有权利嗅见。在没有领袖之前就有了太阳，而不是有了领袖才有了太阳；领袖不等于就是太阳，画在语录塔上的太阳不过是个象征罢了，扁的太阳和圆的太阳与领袖有什么关系？太阳不是属于哪一个人的。悬在雾气之中的太阳有点虚肿。

要到雍山的山脚下必须经过村外的那一片洋槐树林。洋槐花开到了最热闹的时候，一串一串素白的花仿佛圣洁的手在向我老远招呼。白色的花是最纯净的花，可是，白色是色彩中最软弱的一种，容易被人欺侮，它是受罪的色泽。受罪没有任何必要，为了虚无的将来去受罪更无必要。什么周家的大公子什么画家，我什么也不是。洋槐花浓郁的气味一阵风似的刮过来了，浓香的侵袭使我受不了，它引诱着我对人世间的最后留恋，这香味不可能即刻就消失，最好的办法是离开它。过了前边的那条小河就到了雍山脚下。

我从洋槐林旁边逃离而过，走到小河畔，水的气息将浓烈的花香冲走了，我嗅到的只是潮湿安然的气味。太阳的光懒洋洋地照在小河的河面上，我不由自主地看了一眼镜面一样的河水和镜中的我，我的面庞出奇的平静，可见，我的选择是对的，我什么也不是，可我无所畏惧。丢弃现在，现在就丢弃现在。

雍山逼近了。

站在一棵树下的周雨人看见，有一个人从山上面走下来了——

十 三

周雨言是从梦中惊醒的，他做了一个十分离奇的梦：他和哥哥又上了一次批斗会，两个人都被粗麻绳捆住了双手。他的手腕疼痛难忍，他瞟了哥哥一眼，周雨人的神情麻木而平静。突然，一阵风卷来了，天地间混沌而昏暗。周雨人叫了一声雨言，他一把抓住了周雨言的肩膀向上一提，两个人便离开了地面，像鸟儿一样随风而飞了。周雨言闭上了眼睛，只听得耳旁的声音十分粗粝。等他再次睁开眼睛时才发觉，他和哥哥落在雍山脚下的一棵洋槐树旁边了，一树白素素的洋槐花火一样熊熊燃烧着。他抬眼一看，云开日出，太阳光温煦而亲热。他有点惊恐不安地叫了一声哥，周雨人一把将他推开了，他一看，哥哥变成了一缕光，像箭一样射向了雍山顶。周雨言惊醒之后，坐在炕上，将刚才的梦境又回味了一遍。

那天黄昏，周雨言怀着思念哥哥的忧伤的念头来到了雍山脚下。他断定，他身后的那棵洋槐树就是他梦中的树。坐在树下，他静静地注视着黄昏。似乎冥冥之中有一种声音告诉他，哥哥并没有死，他就在这树下。天黑定了。和哥哥相会的那一瞬在心中结束了。他回到了家。

周雨言是在安葬祖母的那天“犯事”的，如果说那是“犯事”的话。

没有哭声，连一声叹息也没有，送葬的十几个人悄无声息，他们最大限度地将自己的喘气声调整到麻木的平稳状态。偶尔传来几声铁锨镢头的碰磕声也是惴惴不安，有点猥琐的味道。粘在棺材上的标语和大字报旗帜似的随风飘扬，“罪该万死”“死有余辜”的气味像一群具有灵性的苍蝇嘤嘤嗡嗡地紧叮着简单的棺材不放。太阳海浪似的将十几个人推向了墓地，悄无声息使本该很悲怆的安葬有了一股阴森之气，这阴森之气似乎是出自一些人的七窍来自他们的内心具有很活跃的力量。监视安葬的六指队长平日里恶声恶气将这个世界和他管辖下的人们当作出气的筒子，现在，他似乎失去了发泄的信心，低下头去蹲在一边，冷眼观看人们将棺材向墓坑里下。

棺材吊下去以后，周雨言跳下了墓坑。按照习俗，应该由死者的长子或次子钻进墓室将棺盖上的尘土抹掉，才能填土掩埋。前来安葬的庄稼人以为周雨言下到墓坑是代替周志伟去完成这一工作的。由周雨言来代替父亲也在情理之中。谁也没有想到，周雨言不是去抹棺材上的土而是为了去撕掉粘在棺材上的标语和大字报，他几把撕下来大字报和标语攥在了手中。站在墓坑上面的庄稼人看着潇洒地撕扯标语和大字报的周雨言目瞪口呆不知所措。

蹲在一旁的六指队长跑过来一看，大声喝道：

“周雨言，把你手中的标语放在棺材盖上！”

周雨言抬起头来看了看六指队长，眼神里满含着坚定不移的愤怒和对六指队长喝喊的毫不在乎。

“你放不放?”

六指队长用严厉的口气威胁周雨言。

周雨言抬起头来狠狠地剜了六指队长一眼，他将手中的标语和大字报撕成了碎片，刹那间，墓坑里有了沾着墨迹的纸钱。

“狗日的反了，真个是反了！”

六指队长拧过身从一个社员手中夺过来一把铁锨，他埋下头去就向墓坑里填土。黄土甩出去的时候铁锨锋利的光芒在太阳地里发出了寒心的响声。十几个庄稼人缩头缩脑地向后退去了。

“狗崽子我活埋了你！”

六指队长铁锨一挥，他命令安葬的庄稼人都来填土，庄稼人你看看我，我看看你，仿佛受伤的鸟儿似的紧缩成一团，他们用他们的畏缩不前来证明良心的未曾泯灭。六指队长用很脏的话骂了几句十几个安葬的庄稼人，自个儿舞动起单调的铁锨。六指队长吭哧吭哧地似乎连喘气都来不及，额头上沁出来的密集的汗珠像无数双忠诚的眼睛在看着墓坑，他撂下铁锨剥去了上身的褂子，精赤的上身干瘦而缺少生机。他全副身心地投入到活埋人的工作中去了，扬起的黄土如彩虹一般斑斓无比。

“狗崽子我活埋了你！”

六指队长在喘气的间隙中甩出去的话语缺少力度和杀气。

我感谢你六指队长，你就活埋了我吧。第一锨土撂下来的时候你未免惊骇，你没有想到六指队长会这样做，你不由得双手抱紧了头颅拙劣地保护自己。黄土块打在了你的害怕上，你心里十分慌张，差一点儿窒息过去，一刹那间的黑暗仿佛使你触到了死亡的边缘。第二锨土撂下来的时候你的渴望在苏醒，你只想从墓坑里爬上来，你不想被活埋，也不想就此而被活埋，你留恋现在，盼望能有一个比较好的将来。你想喊，喊不出声；你想爬，一步也爬不动。你无法躲避雨点似的黄土的袭击，你闭上眼睛在墓坑的土壁上去抠，潮湿的墓壁上自然就有了你挣扎的手印。在连续不断地打击中，你的挣扎徒劳无益。当第三锨土撂下来的时候你反而平静了，你蜷缩在墓坑的一个角落里任凭黄土纷纷落下，你似乎看见的不是黄土而是死亡，死亡变成了无数个黄土的颗粒劈头盖脑地泼下来，你平静地迎接着它，有祖母在身旁你有什么可害怕的？无畏而超然的祖母将死看得那么平淡你为什么不能？你为你的懦弱而羞愧。现在，什么都不必想，既然现在不容纳我这个世界不容纳我，我还有什么可想的？切断记忆切断欲念切断思想切断和人世间联系着的那一根细线……你站起来，爬进墓室，趴在祖母的棺材上。忽然间，你彻悟了：死去不就是放弃记忆放弃欲念放弃思想吗？既然活着也不准记忆，也压制着欲念，也不准思想，和死去有什么不同呢？你趴在祖母的棺材上只是想笑，笑一笑六指：你活埋我的想法是多么愚蠢。

在墓室中的周雨言笑了。

极度亢奋的六指队长在墓地里尽情地发挥着自己，活埋人的活儿将他捉弄得疲惫不堪。周雨言的笑声十分确切地从墓坑里飘上来，周雨言用大声浪笑回答他的活埋的卖力，从不把狗崽子当人看的六指队长惊奇而悸动，他丢下铁锨向墓坑里看，趴在棺材上的周雨言一动也不动似乎早就等待着他对他的活埋。坦然的周雨言活着的周雨言平静如水的态势使他的活埋失去了意义，他回头一看，十几双惊异而麻木的目光里透着愤恨。六指队长在额头上抹了一把顺着眼睑一直抹下去，他似乎是在抹汗水，其实他抹下来的全是眼泪。泪水由不得他自己喷涌而出。

“我日他娘!”

六指队长骂了一声。他骂得很宽泛，指向一点儿也不明确。

几滴眼泪又流出来了，他再也不可能顾及墓坑里死去的人和活着的周雨言，再也不可能顾及身后的十几个庄稼人，泪水夺眶而出。他似乎极力说服自己不要哭出声来，可是，他的哭泣是真实的，是不能自主的，他双手抱住头，号啕大哭。六指的哭泣从某种意义上来说弥补了农村人安葬死者没有哭声的缺陷，可是，却未给葬礼增添丝毫的悲凉，他的哭泣只使十几个庄稼人觉得蹊跷，他们似乎觉得六指哭得毫无理由。

止住了哭泣的六指队长抬起他刚才撂土的那把铁锨，看了看锋利的锨刃，又看看墓坑，将铁锨把支在右腿的膝盖上猛一折，“咔嚓”一声，锨把折断了。他用足力气将铁锨把撂出了老远。六指疾步走出了墓地。

周雨言从墓坑里爬上来后就想：原来死是很简单的事情。当一个人将死看得无所谓的时候，当一个人拿死去做赌注的时候，当一个人将死作为手段而不是作为目的的时候，死的力量微弱如丝。

十　四

周雨言是将哥哥画的红太阳改成扁的之后被送进公社劳动教养队去劳动教养的。劳动教养是在不动用专政工具的情况下对一些人实行专政的一种方式。公社劳教队设在雍山的半山腰，那里原来是公社里的一个农场，农场变成劳教队以后土地自然由劳教人员耕种。

对于周雨言来说，在劳教队和在松陵村几乎是一样的，在劳教队是一天干三晌，在松陵村也是一天干三晌；在劳教队不准你乱说乱动，在松陵村你想乱说乱动同样办不到。将一天的日头从锯齿形的山边送走以后，周雨言倒在地铺上就睡。

几声分辨不清的喊叫像狗似的伸出湿漉漉的舌头在周雨言的梦境中舔动。能肯定是声音，究竟是什么声音？是绞磨棍发出的响声？不，绞磨棍发出的响声有铁的味道，这声音缺少铁的锐利和坚硬。是木棍在墓室中撬动棺材时发出的响声有一股死亡气息？不，这声音是活的，绝对是活的。是不是六指队长在暴打老乳牛，老乳牛在哀叫？不对，六指队长现在是农场里的场长，他就不犁地，为什么要打牛呢？音量在不断地增强，声音愈来愈显示出它的生动和活泼。莫非是雍山深处跑下来了什么野兽在怪叫？叫声的绝望、短促被凄然、痛苦冲刷得更清楚。周雨言在莫名其妙的叫声中惊醒了。他摸了摸他的左边，地铺的左边是马绪安，马绪安不在地铺上。他又去摸右边，地铺的右边是吕冬和。吕冬和没有睡，他蹲在地铺上。

“你睡不着？雨言。”

吕冬和一看在地铺上乱摸的周雨言问他。

周雨言说：“我好像听见有什么东西在喊叫，挺怕人的。”

吕冬和苦笑一声：“不是什么东西。”他说：“是马绪安在叫唤，人一老，就受不了。喊叫有什么用处？谁也代替不了他。”

每次受刑，马绪安都忍受不住皮肉之苦用凄厉的惨叫表示灵魂触及的程度。民兵小分队里的两个青年民兵把给劳教对象的上刑叫作战地演习，他们首先演习的是捆绑敌人，他们将敌人的两条胳膊用麻绳一缚，再捆住手腕，然后，向上一提，敌人的两只手就吊在自己的脖颈上了。有几个人在民兵拉住绳头儿向上提的那一刻失声痛叫。周雨言第一次接受那一提，觉得两条胳膊似乎被带着血扭下来了，眼泪花直喷，可是，他没有喊叫。马绪安的老胳膊受不了那一提，他的大喊大叫使演习的气氛失去了对敌斗争的严肃，两个民兵在一遍又一遍的演习中耐心地寻找其严肃性，而马绪安用不厌其烦的喊叫一遍又一遍地破坏了其严肃性，以至后来，马绪安由大叫变为呻吟，由呻吟而微弱地哼哼，演习才在严肃的气氛中严肃地结束了。

随着演习内容的不断增加，马绪安叫声的质量也随之提高。

马绪安是不明不白地被送进公社劳教队的。公社给松陵村分了两名劳教名额，一名给了周雨言，一名给了马绪安。要说马绪安进劳教队只有一个原因：当了农场场长的六指点名要他这个历史反革命分子。马绪安尚不知道他进劳教队是犯了哪一条。

受过刑的马绪安回来了。马绪安一回到土窑里就呻唤不止，马绪安的呻唤一点儿唤不起周雨言的同情，只能使他觉得憎恶。在周雨言的心里，他是和马绪安不一样的人，虽然他们一起被劳教。在周雨言接受的教育中，当过保长的马绪安曾经作威作恶一时是理所当然的罪人，是应该归入敌人那一类，而自己不过是出身于剥削阶级家庭，尽管在夏全华他们眼里是狗崽子，可是，自己是没有任何劣迹可言，是人民中的一员。躺在地铺中的马绪安又开始诉苦，他说，那时候雍山游击队要去边区政府受训没有经费，他一次就给了一百块白花花的“袁大头”；他说，他用一百二十石小麦给游击队换了枪支弹药，那时候一粒子弹要八升麦子。他说，是他冒死组织人马为边区政府送去食盐布匹的。他还说，刚解放那几年他还当过县政府的参议员。他不再呻吟了，他说得声泪俱下，似乎极其冤枉，他的额头在窑壁上不停地磕碰着。照马绪安的说法，他似乎不是阶级敌人，而是革命的老干部。

马绪安忍住泪给吕冬和说：“吕老弟，你用你那把二十响把我结果了吧，我实在是受不了这份罪了。”

吕冬和说：“没事，没事，你至少还有十年阳寿。睡吧睡吧，明天早晨起来还要扬粪哩。”

“我连一天都熬不住了。”马绪安极其沮丧地说。

吕冬和哈哈一笑：“改造思想不是一天两天的事，再有十年能将你改造好就不错了。你莫非要到阴曹地府去当阶级敌人？”

吕冬和是作为叛徒从阶级队伍中清理出来的。他没有呻唤过，连哼一声都没有，每次上刑回来，吕冬和就说，松一松筋骨，骨头就软活了，干活儿就有劲儿了。吕冬和似乎不是来劳教的，而是来专门接受“受刑”的，他永远是那么开朗和幽默，在他的眼里，好像人生的全部底蕴就是无所谓，对一切都无所谓。

“马兄，”吕冬和说，“我说你就不要呻唤了，受这点刑算什么？你就没坐过老虎凳，那才叫有味儿。”

“你坐过老虎凳？”马绪安问道。

“坐过，坐过。”

“在哪里坐过？”周雨言在黑暗中搭上了话。

“在日本人的监狱里，”吕冬和说，“不说了，睡觉睡觉，过去的事情过去了，一提起来就头痛。”

窑内出现了短暂的沉寂。

不是说吕冬和是叛徒吗？怎么还在日本人的监狱里坐过老虎凳？周雨言完全有理由忽略吕冬和所说的话，他宁可相信这位老人是胡说八道，也不相信他的言语中的真实性。他是来接受劳教的，不是来听吕冬和和马绪安他们讲述昔日的辉煌的。正是由于他的忽略才使他后来的行为极其荒唐、悖理以至内疚不已。许多年以后，当他翻阅了吕冬和的人生档案以后未免捶胸顿足。

吕冬和原来是一位优秀的共产党人。

1942 年的秋天，在日本人的大扫荡中，鲁县地下党的交通员吕冬和被敌人逮捕了，和吕冬和一起被捕的四名地下党员中，有一名区委书记、一个农民和县城中学里的一名教导主任以及邮电局里的一个职员。上过几次刑，日本人从这四个人口中什么也没得到。月黑星淡的晚上，他们做出了抉择：越狱逃跑。与其等死不如逃出去一个人就是一个人。越狱是在午夜开始的。曾经在少林寺当过和尚的吕冬和有一身武功，他爬上了铁窗，扭断了三根钢筋，五个人翻窗而走。已经穿过了铁丝网翻过了围墙，就在他们翻越监狱外面那条沟的时候，炮楼上的枪声响了。只有吕冬和和区委书记爬上了深沟，其他三个人在枪林弹雨中丢失了性命。区委书记腿上中了弹，吕冬和要背区委书记一块儿逃跑，区委书记执意不肯，于是，吕冬和就只身逃命了。逃出了敌人的监狱，吕冬和想：我要逃到哪里去？去找组织？怎么给组织说呢？为什么一同逮捕了五个就只逃出了你一个？不出他的所料，不出几天，地下党就派人到处找他，找他这个叛徒算账。第二次被捕的区委书记通过狱中的党组织给地下县委传去了话：越狱是吕冬和和敌人唱的双簧。中了弹的区委书记受不了酷刑最终变节了，日本人还是一刀结束了他的性命。这时候，日伪也贴出告示捉拿吕冬和。走投无路的吕冬和和革命分手了，他还原了年少时的和尚模样，只身逃命，一年以后他到了新疆，在昆仑山深处隐姓埋名十几年。当吕冬和觉得真正的吕冬和从人们心里消逝之后，他出了疆，在山东的老家只住了几天就来到陕西凤山县的雍山里将王春生改名为吕冬和。

三年困难时期困难地过去了，吕冬和下了山和平原上的养女生活在一起。运动说来就来了，革命群众通过内查外调终于恢复了他的真面目：叛徒吕冬和。

半夜里被惊醒的周雨言也难以入睡了，溶溶的月光从门窗上面的哨眼里射进来，高悬的窑顶上有一股氤氲之气在游走，窑内充满了黑夜的气息。崖畔上的浮土经不住风的肆虐顺着土崖向下溜，沙沙沙的响声仿佛送来的是天塌地陷的忠告。周雨言觉得孤寂，他睁开眼看着岑寂的长夜。马绪安在睡梦里继续着他的呻唤；不知是谁在磨牙，牙齿啮咬的声音有如刀锉一般；睡在窑洞里的那个地主分子在急促地呼喊：刀，刀，给我一把刀。他在睡梦里要刀干什么？一个“刀”字给周雨言清晰如画的思维中注入了不安的因素，他想起了刀的冷光刀的锋利和刀的血淋淋。周雨言在地铺上辗转反侧。

生活将你和十几个劳教分子安顿在一起，你就老老实实地和他们在一起忍受吧。这十几个人，每一个人都是独特的一个，都有自己的分量。在这里，语言成为最吝啬的交流工具，山石一般的沉默把活着的人压成了活着的农具，或者成为农具的一部分。可是，每个人都会用眼睛用手用脚用胳膊用腿用躯体上除过嘴以外的任何部位和器官来说话，甚至从脸庞上流动的情绪里也能捕捉到微妙的语言。和这些人在一起，你不得不将你的感觉打磨得明亮如镜，因为，你只能用感觉去感觉这个世界，而不能用言语表示。透过每一双明晰的眼睛混浊的眼睛智慧的眼睛愚笨的眼睛睁开的眼睛睡着的眼睛，你感觉到的是被压抑着的欲望，即使绝望的眼神里也明显地含着死灰复燃的阴沉沉的气息。周雨言不敢正眼去看那些眼睛，他拒绝用眼睛说话，他害怕眼睛里隐藏着的明确的暗示。日子久了，周雨言也知道，他们中的一些人曾炫耀一时至今念念不忘，一些人已心如死灰仍耿耿于怀。从他们迟钝而麻木的表情上捕捉不到丝毫活跃的因素和生命的激情，他们的眼睛他们说话的语气他们的一举一动并不传递心声，也许和心中的所想恰恰相悖。周雨言觉得，他们中的大多数使他捉摸不透。环境迫使人给自己的思想和情绪四周盖上了隐蔽的茅草，对这些人来说也许是没有办法的办法。唯有吕冬和与众不同，他从来不把什么事搁在心上，似乎一切都那么安稳那么顺理成章都会有一个结局的，无论结局出乎意料也罢，在意料之中也罢，这都是无所谓的，似乎人生本来就是无所谓的人生。看着乐呵呵的吕冬和，周雨言产生了疑虑。他在受刑时真的感觉不到疼痛？不可能，他也是肉身子一个，况且已入老境，疼痛不会不偏爱他的。他分明是在强装着忍受着。忍受着的周雨言知道，忍受人生的力量有多强大；吕冬和的忍受使周雨言暗暗害怕。其他人也都用不同的方式在忍受着，他们好像压弯了的一棵树，弯下去的树一旦有机会弹起来，就会将你弹得老远，或者摔在岩石上，摔得粉身碎骨：而六指和几个民兵一点儿也感觉不到这些，感觉不到他们是活着的十几个人，是欲念冬眠着的十几个人。

静夜里，周雨言仿佛看见这些人走出了各自沉睡的躯壳在土窑里活跃，他们的情绪宛如吹得鼓胀的气球。这眼土窑根本盛不下他们不断鼓胀的情绪，庞大的情绪已触到了土窑的四壁，土窑被撑得沙沙沙地响。周雨言侧耳细听，沙沙而响的依旧是风吹动的崖土。这时候，他的不安和畏怯在深夜里大幅度地增长。周雨言畏怯的不是民兵在他身上的演习，不是沉重的体力劳动，而是他身处的这个环境。这里和生产队里毕竟有许多不一样之处，不然，就不会叫劳教队了。劳教队似乎和监狱也不一样，在这里劳教的人没有明确的刑期，你的盼望由此而变得很黑暗；在这里也没有监狱里那些必须履行的程式，比如提审、探视、放风，等等。这里的一切都很随便：随便的审问，随便的受刑，随便的凌辱，开释也是随便的，只要六指说你劳教好了，你就可以回家。生产队里的社员都用双手劳动用眼睛看人看物，这里的人用双手说话，用眼睛也说话。这里看起来是死水一潭，谁知道死水下面在翻腾什么。和这些人在一起，你不由得会变成他们中的一个分子，变得麻木，迟钝，冷酷，把情绪窝在心里，等待膨胀。你的思想的山头很快会被夷为平地，寸草不长，你的感觉会变得敏锐而畸形。

马绪安用眼睛看了几眼六指，他用眼睛给六指说话，他的话语刻薄、狠毒，仿佛三九天的冷水盖头泼向了六指。六指不去认真读马绪安的眼神，只是吩咐几个民兵去教训这个不安分的反革命。民兵小分队里的年轻人听从了六指的安排，因此，他们在马绪安身上的演习就格外认真，就像马绪安认真地惨叫认真地呻唤一样。谁都能感觉到，这父子俩身上有共同的东西，这共同的东西就是：恨。只不过是恨的目标不大一样，恨的方式不尽相同罢了。六指恨马绪安不仅恨他是阶级敌人，似乎更恨他不该将他带到这个世界，他觉得他曾经蒙受的无法洗刷的耻辱是马绪安一手酿造的，六指恨得明目张胆，恨到了一口要将马绪安吞咽下去的地步。马绪安除过恨六指以外似乎更恨这个世界，这个世界使他吃尽了苦头，使许多悖理包括儿子打父亲的悖理合乎时尚地存在着。马绪安恨得含蓄，恨得无可奈何。马绪安总是用冷酷而尖刻的眼睛看儿子，看这个世界。他的眼睛吐露的似乎只有两个字：毁灭。即将发生而最终没有发生的事情证明，周雨言对马绪安的感觉没有错。

十　五

宁巧仙到了女人成熟丰收的季节，她的身材仿佛一个里程碑，耸立在男人们贪馋的眼神里，尤其是那张漂亮的脸，大多时候在预报着内心里晴朗柔和的天气和对男人的渴望。

一天的日子随着黄叶的飘零和秋风的萧瑟开始了。太阳灰暗的光线紧咬着山脊平射过来，宁巧仙的身上和挑着的桶担上仿佛喷洒着山脊上枯黄的茅草和颗粒分明的尘埃。她放下水桶，解开了包住头的四方围巾，一缕热气从她的领口里和脸庞上逸出去融入了太阳的光线，她的面部是柔和的。她抬起头来看了看半山腰中农场的场部，接着，她将朱红色的头巾叠成三角形围在了脖颈上。头巾被挽在一起的两条角极其柔顺地顺着她的前胸搭下来正好填满了一条动人的乳沟，两只奶头的高耸得到了暂时的平抑；她的眼睑随着头巾的角垂下去，站立的双腿紧绷着肌肉，显示着女人的丰满和健康。宁巧仙到了女人成熟丰收的季节，她的身材仿佛一个里程碑，耸立在男人们贪馋的眼神里，尤其是那张漂亮的脸，大多时候在预报着内心里晴朗柔和的天气和对男人的渴望。

宁巧仙重新挑起了桶担。劳动绷紧了身体的松弛，她的身子微微拱向前边，她平稳地喘着气，扁担在她的肩上有节奏地咯吱着。她挑着水桶进了做灶房的土窑。她拎起桶将水桶中的水倒进了一只大瓮，空桶还提在手中，忽然听见一只喜鹊在欢叫，她放下空桶，隔窗而望，在空中盘旋的喜鹊落在了土窑北边的椿树上，喜鹊的叫声仿佛被捋下来的榆钱随风飘了进来。她恍然看见喜鹊衔来了吉祥，搭上了枝头。她摘下围巾提在手里，走出了土窑。在枝丫间上下颠簸的喜鹊尖叫了一声，翘起尾巴远走高飞了。宁巧仙有点茫然，她听见六指不知和谁在平房里说话，刚才泛上来的愉快消逝殆尽了。

宁巧仙是六指当了农场的场长兼劳教队的队长以后被六指要来的。宁巧仙当然明白：六指叫她到农场里来做饭是另有企图的。宁巧仙一时间被六指大胆的野蛮劲儿和男人的粗鲁所征服是她贪馋的欲念在夏双太那儿得不到满足的时候，和六指在一起，宁巧仙有一种在追求快乐的路上恰逢知己的感觉，躺在六指身底下的宁巧仙被揉搓得要死要活，肉体的乐园里留下来的余韵也够她咀嚼回味了。狂热的逐渐降温并非是无数次重复后的厌烦，新鲜的男人永远是新鲜的。六指不分场合地点对宁巧仙的随意指使将女人仅有的那点羞辱感撕得鲜血淋淋，他像给社员派活路一样只说一声：今天晚上。一进房间，他依然只说一个字：脱。那口气和派活没有两样。当她抹下裤子以后，他急不可耐地趴上去独自动作。六指将肉体之欢和情感的需要完全割裂开来使宁巧仙失望了。贪馋的女人虽然犹如一头牛需要不停地反刍快乐，但她同样需要男人柔情的爱抚，在她的男人夏双太那里没有得到，在六指那儿还是没有得到她所要得到的情感。她对六指厌恶了，她早想甩脱他，总是甩不开。六指叫她到劳教队来，她不。六指就说，你在劳教队做一天饭给你记一个男劳力的工分，一个月还给六块钱的津贴，就是有人抹下裤子来求我，我还不叫她来。宁巧仙说，我还能得到什么好处？是不是每天晚上还可以和你睡觉？六指说，那算个事。宁巧仙终究抵挡不住每天十分工的诱惑，贫穷征服了她，她说来就来了。

来到劳教队的第一天，宁巧仙就对六指说，我有言在先，你动手动脚，我就回松陵村了。六指眼睛一睇说，那算个事。

宁巧仙敲响了吃早饭的铃声。劳教分子们打了饭蹲在院畔去吃。周雨言是最后一个到窑内来打饭的，他低眉垂眼地将空碗给宁巧仙，宁巧仙舀了一碗糊汤，周雨言在抠住碗底的同时瞟了一眼宁巧仙还没有松开的手，高挽的衣袖裸露了手腕的一大截，她的皮肤上泛着一层鲜嫩而滋润的光泽，周雨言的目光顺着裸露向上爬的时候，宁巧仙正好扬起眉毛去看周雨言的脸，两个人的注意力都没有在饭碗上，饭碗的交接于一瞬间乱了秩序，“砰”的一声，瓷碗掉在地下摔成了两半，漾出来的热糊汤烫在了周雨言的脚面上。周雨言不由得弹跳了起来。

宁巧仙炽热地叫了一声：“雨言！”

在宁巧仙的叫声中六指进了窑，他一看那架势，恶声恶气地骂道：“你×眼睛瞎了吗？”

“烫伤了没有？”

宁巧仙丢下饭勺子拿抹布去擦周雨言脚上的糊汤，周雨言不叫宁巧仙的手摸他。周雨言一垂眼就看见了宁巧仙手上粘着的面垢和残余的糊汤，女人的手就是女人裸露的脸和乳房，可宁巧仙的脏手使周雨言难受。他自个儿擦净了粘在脚面上的糊汤之后，一声也没吭，拿笤帚去清扫倒在地上的饭和碎了的碗。

晌午，轮到了周雨言担水，水是从一里开外的坡下面担上来的，倾斜的土路呆板而坚硬。下坡的时候，挑着空桶的周雨言觉得轻松、自如。在他的眼里，秋日的晌午静谧而和谐，深远的天空中几乎没有一丝云，天光很充足，很饱满，秋风被凸出的山脊挡在了外面，他的脸颊上的暖融融的阳光在轻轻地游动，周雨言在这样的境况中就产生了天长地久的意念，他上坡的时候脚下并不十分沉重，饥饿似乎也不翼而飞了。

第三担水担进窑内，宁巧仙正在择中午饭要吃的菜。

宁巧仙头也没抬，她说："锅里不要水了，桶里的水你倒进瓮里吧。"

周雨言将水桶挑到了瓮跟前，他提起了一只水桶向瓮里倒水，瓮的高大和水桶的重量迫使他倒得很猛，水溅出来，溅得他满脸都是水珠。周雨言正要提另一只桶，宁巧仙走过来了，她抓住桶梁一提，水桶搁在了瓮边。宁巧仙没有猛倒，她将桶一斜，桶里的水就徐徐缓缓地向瓮中流，清水游动的气息灌满了土窑。

将一只空桶拎在手中的周雨言等待着宁巧仙倒毕水即刻就走，从容的流水声和周雨言急迫的心不相容，和宁巧仙单独在一起的他觉得有点窘迫，幸亏，有这流水声的稀释，他才不至于很尴尬。宁巧仙一只手把着水桶，水流更和颜悦色了，潺潺的水声仿佛是她在呼吸。她故意用细细的流水拉长着周雨言在窑内的时间。宁巧仙叫了一声雨言，周雨言嗯了一声，没说什么。

"生产队里该收棉花了。"宁巧仙说了一句似乎不着边际的话。

"噢。"周雨言支吾着。

"收了棉花就拉到县城里去轧。"

"噢。"

宁巧仙的目的简单至极，她妄图唤醒周雨言对那次轧棉花的记忆，唤醒已经搁置得冰凉了的轧花路上的搂抱。在周雨言记忆的仓库里不仅存放着柔软的搂抱，同时也储存着接踵而来的不幸和灾难，包括他被送进劳教队。搂抱不可能忘记，而对贫农宁巧仙的害怕和疏远也没有削减一丝一毫。适得其反，两者在同时唤醒了。周雨言一把抓过来宁巧仙手中的水桶，他将残留的水猛地一倒，担上空桶就要走。

宁巧仙先是一怔，而后，高叫一声：

"你等一等。"

宁巧仙从案板上的蒸笼里取了两个蒸馍向周雨言手里塞，周雨言擦了宁巧仙一眼，他没有接馍。

“你的早饭等于没吃。”

女人的语气里渗出了母亲般的爱怜。

你真的是在同情我吗宁巧仙？我是需要同情，需要从心底里发出的那种热乎乎的同情。你们能同情我们吗？谁能把狗崽子当人看？六指指住母亲说，你们连狗都不如，还想吃？给你们吃还不如给狗吃。我扫了一眼，外面的夜黑漆漆的如一块硬板，会场上的人们都屏声敛气地等待六指队长宣布谁家该吃多少返销粮，昏黄的电灯在挤进来的北风中轻轻地摇晃。农民种粮食没有粮食吃并不奇怪，打下的粮食卖了爱国粮反帝粮，还要卖支援亚非拉革命的革命粮。到了青黄不接的三四月间，农民们都眼睁睁等着分争上面拨下来的那一点返销粮。有人在小声嘀咕，愿意让出来自己的一点粮食给狗崽子吃。我们又没有评上一斤一两的返销粮，娘当场给六指队长跪下了，娘哀求六指队长给我们一点粮食吃，有一顿没一顿的，已经好几天了。娘的哀求挑动了六指的激愤，他说，你们过去包套包将麦子装在楼上，怎么不给穷人吃？民国十八年（1929年）松陵村饿死了多少人？你们知道吗？二百八十一口。有哪一个地主饿死了？六指队长差不多要流眼泪了。会场上的气氛在悄然地变化，赞同给我们吃返销粮的几户人家也不吭声了。这时候，六指黑着脸说，给你们吃还不如给狗吃。宁巧仙，你给我吃，是不是不如给狗吃？你们是叫我来劳动教养的，是为了惩罚我，不是为了让我吃饱肚子。如果说你们有一点同情心，我是不会被弄进劳教队的。

周雨言拔腿就要走，宁巧仙一只手抓住了他的水担穗子。周雨言回过头去用冷冰冰的目光看着宁巧仙，宁巧仙抓住水担穗子的手一寸一寸地缩回去了。周雨言担着空桶下了坡。

最后一回水担回来的时候，周雨言已经饥饿难耐了，两只摆动不定的水桶在他踉跄的脚步中碰到了门槛上，水桶里的水荡出来许多，他差一点被滑倒在地。

“谁叫你把水倒在地上的？”宁巧仙尖声质问。她用愠怒的目光盯住了周雨言。

周雨言嗫嚅道：“我饿了。”

“你饿了？”宁巧仙笑了，“你还知道饿？我还以为你不知道饿。”

宁巧仙重新拿起放在案板上的那两块馍，她用眼睛给周雨言说，拿去吃吧。周雨言没有抬眼，他抓过两块馍，当着宁巧仙的面在一块蒸馍上咬了一大口。

十　六

周雨言像一头困兽似的正在农场下面的水库大坝上徘徊。月亮宛如带电的钨丝高悬在冷静的天穹上，天地间蒙着一层薄纱似的，眼目所及的事物似乎很难看清其本质。秋虫的叫声小心谨慎，整个世间仿佛一幅静物图，犹如一句哑语。犹豫不决的周雨言似乎在谛听天籁，他妄图得到天和地的一声忠告，几句吩咐。他还是希望有一种声音能够提醒他：你不能那样。你一头栽进水库之中，一切都将说不清。你一遍又一遍地想：留给你的出路只有两条，一条是逃跑，另一条就是哥哥所说的丢弃现在。你心里明白，逃跑只是一种愉快的设想，你逃不脱，即使你逃脱了今天也逃不脱明天，即使你逃脱了肉体也逃脱不了良心。那么，就只有丢弃现在了？不，你的希望没有死，你希望有一个比较好的将来，活着毕竟是美好的，即使忍受也有忍受的美好。你怎么现在就能丢弃现在呢？你在生与死面前徘徊不定。

周雨言抬眼去看半山腰，农场里的灯光还没有熄灭，所有的事物包括苏醒的和睡眠状态的都被看似公允的月光所蒙蔽。周雨言闭上了眼睛，水库里的水在他的头脑里翻动着朵朵浪花。

我看见马绪安混浊的目光像水库中漾起的水花，马绪安压低声音说周雨言你快走吧时间到了还磨蹭什么我回头一看我的后面紧跟着吕冬和他握着一把寒光闪闪的匕首满脸的杀气我嗅出了气氛的紧张和血腥

吕冬和说他们总共只有五个连那个骚婆娘在内不够我一个人收拾

给我一把二十响我只用五颗子弹剩下的留给你们摇头晃脑的马绪安满脸的悲怆

留给咱们

没错是留给咱们

我大吃一惊长长地吸了一口气

你想得倒美周雨言干了这件事你就不要再想活了

是这样我就不参加了

我的话刚落点马绪安就从腰里掏出了一把刀子对准了我的喉头

你说你参加不参加我们的暴动

刀子寒气逼人我觉得心口有抽筋般的疼痛

我卑怯地说我参加

我们轻手轻脚地走出了土窑，包围了那座小瓦房，吕冬和一脚踹开门之后我们一拥而进，几个民兵和六指还没顾得上穿衣服就被吕冬和他们擒住了，六指一丝不挂他那玩意儿软塌塌的如一条抹布似的失去了威风

马绪安说叫我结果这几个狗日的民兵他们把我整苦了

叫他们坐老虎凳

捂死他们上一次他们险些将我捂死

一刀一刀割

把刀给周雨言叫娃先练练胆量吧

我接过刀子看了一眼刀尖闭上眼睛一刀捅出去刀子扎在了土墙上马绪安一把将我拽到了一边他说你日怕也日不到地方上去还能捅人

马绪安从墙上拔下刀子一扬手很利索地在民兵的心口窝上捅了一刀血水扑地喷出来溅得马绪安满脸的血接着吕冬和结果了其他两个民兵

六指一看死了人娃娃似的哭了

六指你不要哭

我有婆娘娃娃

你整治我们的时候就不想一想我们也有婆娘娃娃

不是我存心整治你们我是恨

你恨谁

六指只是哭不说他恨谁

叫你说你就说

不要和他磨牙了照准脑瓜盖打拿棍打

六指说我不恨你们

马绪安说你是我日出来的你知道不知道你连你老子都不认你是个畜生

叫马绪安打他的龟儿子

马绪安转过身子走出了瓦房他没有打

不知是谁一棍子打下去六指的脑浆和血水溅上去像毛毛雨一样飘下来

周雨言你愣什么你过来在死人身上锻炼一下把刀子给他

我接过刀子在六指的尸首上扎了一刀

那个骚婆娘咋办呀

戳死她

打一棍一棍打

用绳子勒

我说她是女人就饶了她吧

她是夏双太的女人又不是你的女人你心疼什么

她没有给咱受过刑

她和六指睡过觉

一刀捅死算了

周雨言疼惜她就叫周雨言日一回吧

嘿嘿嘿嘿杀声中有了猥亵的笑声

宁巧仙上身的衣服早被扒掉了两个肥圆的奶头裸露着有两个人压住了她撕她的裤子宁巧仙不哭不叫只是用惊骇的眼睛看着我

叫周雨言日一回捆住她的手脚丢到水库里去省得我们动手

这个主意好周雨言你来日

我战栗着连声说我不

捆住的宁巧仙被一个高个子扛在肩头向水库大坝上走去我撵在后面哭叫着宁巧仙宁巧仙。

水库里水在涌动，捆住手脚的宁巧仙被丢进了清冷的水中，浪花溅起来半人高，溅在了我的脸上。周雨言抹了把脸，他的眼睫毛上不是水花，而是挑着泪珠。

皎洁的月光不很均匀地洒在平静的水面上，周雨言嗅到了清冽的水的气息，水面仿佛一匹绸缎似的一动也不动，人世间的美好似乎全都凝固在这水面上了。周雨言没有听到天籁之音，只有沉静如水的内心才能汲取天籁之音的奥秘，周雨言的内心就没有平静过，他听到的是他的心声。他觉得，他已参与了一场阴谋，这场阴谋像撒出去的网，网住了他。他固然害怕宁巧仙，而这场阴谋要比宁巧仙可怕得多。他虽然远离着阴谋，可是，他没有远离害怕，别人制造的阴谋中对他来说就含有害怕的因子。他觉得，他无论如何也摆脱不了，阴谋中的害怕已深入到他的骨髓之中，他永远是懦弱的。周雨言不再犹豫，他坚定地走向了水库东边的高崖，他想，当他扑下去的时候，那些水花儿很快地就会平静，一切将会复归如初。六指他们房间里的灯光还没有熄灭，也许宁巧仙还没有入睡。在灯熄人睡之后，他的生命也将与此同时永远地熄灭了，死去并不害怕，死去是埋葬害怕的最佳手段。

周雨言抬起脚，扑向了秋水。

周雨言并没有扑进水面之中而是栽倒在地上了。

惊魂未定的周雨言似乎刚从睡梦地里走出来，第一个感觉是，他没有死，他跌坐在柔软之中，他发觉，他的腰被人紧紧地搂着，他回过头去一看，搂住他的人不是别人，正是宁巧仙，他整个儿地倒在宁巧仙的怀抱中，他的脸几乎和宁巧仙的脸贴在一起。他极力想挣脱却挣不脱，他像孩子似的在宁巧仙的手腕上咬了一口。宁巧仙轻轻地哎哟了一声还是没有松手，周雨言感觉到灼热的血珠从他的齿痕间渗出来了，他攥住了宁巧仙的手腕将头埋在宁巧仙高耸的奶头之间的凹处，潸然泪下。他伤心透了。宁巧仙一只手搂着他，一只手在他凌乱的头发上抚摸，这种轻轻的抚摸，这种无比疼爱地抚摸着的姿势和祖母对他的抚摸一模一样，他在宁巧仙的抚摸中放声哭了。宁巧仙将他紧揽在怀里伸出舌头舔动着他面颊上的滴滴泪珠和满腔难以诉说清楚的复杂情感。女人用柔软而湿润的舌头驱赶着周雨言心中的伤感，周雨言的麻木一旦被感情用舌头卷走就十分清醒，他一把推开了宁巧仙，说道：“你快去报告，今晚上他们准备暴动，要杀人，杀民兵，杀六指和你。”

“谁？谁要杀人?”

“马绪安他们。”

宁巧仙听罢忽地站起来了，她失魂落魄地跑上了山坡。

坐在原地不动的周雨言觉得，宁巧仙急促的脚步仿佛是从他的心上踩过去的，他刚刚松弛的神经又绷紧了。他站起来，惊慌地叫了几声宁巧仙，月光下跑动着的宁巧仙只是一个黑影子，那黑影像上紧了发条似的弹动着。周雨言忽然觉得他不该向宁巧仙告发的。他凭什么说马绪安他们要暴动，也许老头子们只不过是向他泄露了心中对六指他们的愤懑。

周雨言背着几十块砖头在崖畔上面的小路上困难地爬动。农场要在坡上面盖一栋小房子看护果树，没有通车的大路，所有的建筑材料都要靠劳教队里的人肩挑背驮。周雨言的腰身可怕地弯下去，脊背上的红砖头就像一个阴谋似的顺着他的脊椎骨爬上去再伸过头顶在他的耳旁窃窃私语，每走一步都很费力。密集的汗水在额头没有久留就钻进细细的纹路溜向两边的脸颊，然后，滑下去明亮地悬挂在下巴尖上。他的喘气声粗重、急迫，胸口似乎堵着一团什么东西急急地想掏出来又掏不出来。

听见周雨言的脚步声如同打土坯的锤子从院子里夯过去，宁巧仙毫不掩饰地从做饭的土窑里出来了，她呆站在门口，目送着周雨言从院畔走过去拐上小路一直到西边凸出来的那道土崖遮住了她的视线为止，趄回来若有所失的目光，宁巧仙又呆站了一刻才走进窑内，她提起切菜的刀在案板上斫着，切菜刀忽密忽疏，节奏纷乱。由于用力过多，一块洋芋被她斫下了一半，另一半飞在了案板底下。她看了看案板底下的那一半儿弯腰拾起来在围腰上蹭了蹭沾在上面的泥土，又斫，又飞。她将切菜刀抡起来猛地扎在案板上，她不再去斫，而跟洋芋去生气。她实在是受不了，如果说那是苦刑的一种，她承受不了自己给自己使用的苦刑。苦刑的内容是她眼目中的周雨言，是周雨言令人心碎的形象：背上背着那么多砖头弯腰喘气的样子和压在木杠子底下的面团没有什么两样，这形象使宁巧仙目不忍睹，难以承受。她逼迫自己不去看周雨言的受苦。可是，当周雨言的脚步刚刚踩响了院畔她又惊慌失措地跑出了土窑去看，看一具活生生的肉体如何在砖头的压榨下喘息，看一看他的眼里究竟有没有我。如果说周雨言在劳教队里受折磨，而她却接受着周雨言对她的折磨。周雨言是无可奈何地被折磨，她是心甘情愿地接受周雨言的折磨，折磨的滋味大概是一样的。宁巧仙的目光紧紧地尾随着劳作中的周雨言，你为什么不少背一些砖头？你是不是在强装硬汉？你为什么连扫我一眼都不愿意？那时候，你是多么柔顺，我看着你的疲倦看着你的白净看着你的孱弱看着你的睡态，你知道不知道，你是在我的搂抱中安然地睡着的，我永远不会忘记清凉的月夜和柔软的棉花包子。再风流的女人心中也会装进去一个人的。那天晚上，除了你，就是我；除了我，就是你。天地是我们的天地，我们搂抱着我们的天地。我不是夏双太的女人，你也不是周志伟的儿子，你是睡在棉花包子上的周雨言，是紧搂住一个女人的男人。你说秋月不要你，她为什么不要你？她大概从那时候就知道我要了你。我不是叫她们几个来扫棉尘的，我叫她们是为了叫你到家中来，来扫棉尘？笑话。来，是为了要你。你连这一点也看不出来？你抬起头来看我一眼，哪怕看半眼也行，看看我是不是几年前的那个宁巧仙，是不是那天晚上和你搂抱在一起的宁巧仙？是不是将你装在了心中的宁巧仙？宁巧仙苦坐在窑门口等待，等待背砖头的周雨言从坡下面上来。

周雨言只一瞥就逮住了宁巧仙给他的友好和怜悯。谁要你怜悯我这个狗崽子？即使你怜悯也罢同情也罢，我知道我是逃不脱的。你逃不脱，永远逃不脱的。是你出卖了他们，为了保全自己而出卖了他们。你如果不叫宁巧仙去报告你必然被牵连，你必然会招致杀身之祸；你为了自己将马绪安和吕冬和他们出卖了。你是自私的你是可悲的你是可耻的！你在关键时刻选择了出卖人足以说明你是缺少勇气的胆小鬼。害怕产生不真实和虚假，你是由于害怕才背叛的，你害怕的事情太多了，太多了。真的没有其他的路可走了？你为什么不一头栽进水库中？只有叛徒才出卖人，电影小说中的叛徒往往不是被自己人所击毙就是被敌人所戮杀，出卖人是不会有好下场的。马绪安和吕冬和他们几个的被捕入狱使周雨言陷入了难以解脱的痛苦之中。当时，他只想到了宁巧仙，想到宁巧仙的可能受辱，他没有想到马绪安和吕冬和他们几个由此而入狱。

宁巧仙只是知道，由于周雨言的及时报告才避免了一场灾难。使她高兴的是，在这场你死我活的阶级斗争中，周雨言勇敢地站出来，经受了考验；要不了多久，周雨言可以因此而回到松陵村，这是宁巧仙日夜盼望的事情。只要周雨言一回去，她即刻会离开这里的。她看不出周雨言是怎么想的。宁巧仙拦住了新来的负责人，叫作大劳和三兵的两个年轻人。

宁巧仙对大劳和三兵说："你们叫周雨言少背些砖头行不行？他是受了县上表扬的，为什么要那么心狠呢？"

三兵说："他把腰弯在那儿硬要叫搬砖头的给他脊背上放，好像背得越多越受活。疯子，周家尽出疯子。"

疯子？

周雨言不会疯，可他为什么要自我折磨呢？砖头又不是棉花包子，背得越多能越受活？砖头当然不是棉花包子，砖头是砖头，砖头对我的皮肉和筋骨越苛刻，我心里就越受活，你没有这样的体味，你不知道。我是想叫汗水浇灭我心中的那盏灯，那是马绪安给我装进心中去的。他在受真正的刑，两条胳膊被捆绑在一起，低垂的头突然拧过来了，我和他混浊的目光于一刹那间碰撞了，他的目光就是在那一刻钻进我的心里去的。我羞怯地低下了头，不敢看他，不是民兵叫他受刑的，是由于我的告密他才受刑的。如果马绪安的目光里对我有些微的憎恨倒罢了，他的目光里没有我所看到的东西，他的目光里只有嘲笑和对我的羞辱，他用眼睛对我说：你原来是这样一个人！我恨不能即刻从我的躯壳里逃出去。我没有疯，我很清醒，太清醒了。

周雨言走上了院畔。一阵头晕目眩，他的脚下失重了，他看见窑门口站着的宁巧仙皮球似的弹跳着。他一扭头就栽倒了。周雨言被脊背上的砖头埋住了。目光没有离开周雨言的宁巧仙随着他的扑倒而扑来了，她喊道："你是怎么了？雨言。"

周雨言说："我不怎么，我是想问你要一节绳子，你有没有绳子？"

"你要绳子干什么？"宁巧仙说。

干什么？这你就不要问了，反正我不是去上吊的，我上吊也不会向你来要绳子。上吊是很简单的事情，马绪安的大儿子就是将裤带拴在窗框子上把自己勒死的，他躺在炕上勒，勒得很巧妙。我也有裤带，为什么要问你要绳子？死的方式很多，如果我想死，那天晚上早就扑进水库里了，我现在还不想死。

周雨言说："我问你有没有纳鞋底用的细麻绳？"

宁巧仙说："你要多少？"

周雨言说："一两尺就够了。"

宁巧仙说："就给你二尺。"

宁巧仙解开针线包用剪子铰了二尺细麻绳给周雨言。这二尺绳子仿佛一道费解的谜语缠在了宁巧仙的心头：他不做针线活儿，要绳子干什么用呢？

周雨言拿着宁巧仙给他的绳子走出了平房。几只鸟儿从崖畔上腾地飞上去像狂风卷起的树叶在空中翻飞，突然，它们又蹿下来，停栖在那棵椿树上，动情地聒噪。周雨言看了几眼很自在的鸟儿，进了土窑。

鸟儿是我用竹筛子罩住的。竹筛子下面撒着一把小米，将竹筛子用一根竹棍儿支起来，竹棍儿上拴着一根绳子，鸟儿一钻进去啄米，猛一拉竹棍儿，鸟儿就扣在了竹筛子下面。这种诱鸟儿上钩的办法是大人们教给我的。我从小就学会了在引诱中捕拿鸟类。我用纳鞋底的细麻绳拴住鸟儿的一条腿，提起绳头儿不断地抖动，鸟儿在挣扎中尖声怪叫，我独自享受着恶作剧的愉快。

祖母说，雨言你快放了它。

我说我不放。

祖母说，鸟儿和人一样也有一条命，你快解下绳子，给它放生。

任凭祖母怎么说，我还是给那只鸟儿没有放生。我提着绳子不停地逗弄着，看它挣扎，听它尖叫；在我不断地抡摔中，它不再挣扎不再尖叫了，它死了。我又产生了再捕一只鸟儿的欲望。事情过去了好几年，祖母一提起我童年的顽劣就说起了被我弄死的鸟儿。祖母说，人是个苦虫，人一生下来就泡在苦水中了，人从到世上来的第一天起就一步一步地走向死亡，人是一步一步走的，鸟儿就不同了，它的生命是朝不保夕，你缚住它，它就完了。祖母的话有两层意思，一层意思是，人生就是苦行，而不是享乐；第二层意思是，人是为死而生的，这也许就是人生不可克服的可悲。鸟儿的生死会由人操纵，人的生死呢？人的生死也会由人操纵的。你不可能操纵马绪安的死，可是，马绪安的死却在你的心中布下了阴影的黑斑，你不知道将那黑斑叫作"责任"确切不确切，你总觉得马绪安的死和你分不开。

枪毙马绪安的那天下午你不可能不去。公判大会的会场设在县城体育场，同一天被枪毙的反革命分子有三个人，马绪安最年长，其他两个现行反革命分子都是二十多岁的年轻人。会场上人山人海，你被人群潮拥着，一点儿也看不清站在前台的马绪安和其他几个反革命分子。你觉得浑身燥热，棉袄被汗水浸得潮湿，一阵凛冽的寒风从头顶刮过，你打着冷战，人群从你四周拥过去，拥向了汽车，你木然地站在原地任凭人们肩拥背推。汽车从你身边擦过去的时候你抬眼一看，临刑前的马绪安使你大吃一惊，他大概已经不能站立而被两个人挟扶着，脸色苍白如纸，头颅高昂着，一副无所谓的神态。你看了他两眼便挤出了人群，你害怕马绪安的眼睛，他那衰弱的眸子里依然喷射着仇视，你害怕马绪安的眼睛从高高的汽车上将你摄入临死前的脑海。那天的晌午饭，你回来后等于没有吃。

夜里，周雨言将纳鞋底的细麻绳缠在了左手的中指上用牙咬住麻绳的一个头儿，右手拉住另一个头儿狠劲地勒。当钢丝般的细绳向他的肉里头渗的时候，他的心里就燃起了一团熊熊的火焰，那团火焰炙烤着他，炙烤着他的感情，炙烤着他的理智，他咬紧牙关，双脚紧蹬住了窑壁。于是，他又换了一个方式，将中指和食指捆在一块儿勒。在他不断地使劲的过程中，心中的那团火焰由旺盛而趋于衰弱，火势在窒息中终于熄灭了，他的心里什么也没有了，成了一片荒地。荒地上不再生长马绪安混浊的眼睛和吕冬和那张无所谓的老脸。连续几个晚上的简单自戕和惩罚并没有根治他的失眠，他还是睡不着，无望中，他将细麻绳归还了宁巧仙。宁巧仙看着几乎被捋成坯的细麻绳，真不知道这二尺绳子被周雨言派过什么用场。

大劳和三兵来找周雨言下棋，这是周雨言求之不得的事情，他欣然走进了平房去和两个民兵对弈。

在棋场上，大劳和三兵就不是周雨言的对手，尽管两个人通力合作还是战不胜周雨言，下过两个晚上之后，大劳和三兵采取和周雨言轮番作战的办法，大劳前半夜睡觉，三兵前半夜下棋，大劳后半夜下棋，三兵后半夜睡觉，周雨言陪这两人彻夜不眠。熬过几个长夜，周雨言口干舌燥，双眼凹陷，眼圈乌黑，脸色更加苍白了。轮番作战的办法无情地消耗着周雨言的体力和心智，他于昏昏沉沉中，拿着自己的“车”向对方的“马”蹄子底下放。他赢棋的机会在逐渐减少。下到后来，他对赢输好像不在乎了，下棋就是下棋，就是陪这两个人取乐。第二天天刚亮，他从棋场上爬起来去劳动。好多天的彻夜消耗，周雨言已将自己捉弄成一根木桩了。

一天夜里，他们正下到不可开交之处，宁巧仙突然闯进来了，她看也没看大劳和三兵，一把掀翻了他们的棋盘。宁巧仙指住大劳和三兵的鼻子说：“你们以为他是疯子，由着你们去耍弄？没心没肺的东西，专拣软的欺?!”大劳和三兵不敢惹宁巧仙，宁巧仙的厉害他们是知道的，大劳和三兵嘿嘿笑着给宁巧仙赔不是。周雨言木然地看着宁巧仙，宁巧仙冷笑一声：“你?”她说，“你只知道作践自己，熊本事都没有，还想干什么?”随着宁巧仙扬长而去，周雨言结束了他和两个民兵的对弈。

回到土窑，周雨言倒下就睡，他一连睡了两天两夜。当宁巧仙端着饭碗走进土窑将热饭递给他的时候，周雨言真想扑进她的怀里去，她的身上仿佛携带着一种不懈的却又是顽强的满足能力，不仅满足了他的饥饿感，而且流淌进他的心田中，使他心中的枯树开始发芽。阴郁的天上有了一方蔚蓝。

十　七

周雨言明显地感觉到他的身上带着宁巧仙的眼睛，带着宁巧仙的鼻子、耳朵和舌头，带着宁巧仙的全部感觉器官。他走到哪儿，宁巧仙就跟到哪儿，他思维中的每一根细线都逃不脱宁巧仙的扫描，他心中的风雨阴晴全部显示在宁巧仙头脑里的荧光屏上。宁巧现在不眨眼地看着他和秋月，岂止是看着，简直是审视。一丝不苟的审视像枣刺一样，具有足够的刺激能力。这时候，周雨言心中就惶惶不安。

秋月是来找周雨言借书的。

一进房间，秋月就问周雨言：小凤呢?

周雨言说小凤住娘家去了。

周雨言从自己那个朴素的书架上抽了一本书给了秋月。秋月在接书的时候周雨言注意到了她的手，这是周雨言未能改掉的老习惯，他往往先从女人的手上去认识或结识女人。秋月的手很漂亮，手指纤细修长，手背上的那几个“窝”如笑靥一般，手掌并不肥厚也没有那种干瘦干瘦的感觉。周雨言正眼去看秋月，秋月对他微微地一笑就微微地开启了丰满而红润的嘴唇，光洁、细白的牙齿像整齐紧密的石榴粒一样随之推给了他。秋月的眼睛饱含着水，乌黑的头发用一条手绢扎起来，白皙的脖颈裸露得一览无余。秋月似乎觉得周雨言在看她就将笑盈盈的脸微微地迈开了，周雨言即刻捕捉到了她两腮的红晕和羞涩。女孩儿的掩饰极其自然，她抬起左手将头发拉过来捋了捋，浓密的头发宛如按捺不住的波浪从她的手底下跌过之后又开始荡漾。周雨言心想：秋月是什么时候变得这么美的。

秋月坐在床沿翻看书本。呆站着的周雨言小心翼翼地坐在了离秋月很近的地方。

周雨言觉得秋月的眼睛并没有在书本上。

周雨言向秋月跟前蹭了蹭。

秋月那圆圆的臀部动了动发出了挪动的信号可实际上并没有挪动半寸。秋月扭过头来又是微微地一笑，两腮上的红晕洇出去淡化到了整个面庞，她的眼睛在发亮。她的两条腿并拢，书本就搁在膝盖上，裸露着的脚踝很白，细嫩的血管也仿佛能看清。

小小的房间里流溢着女孩儿动人的气息。由于坐得很近，秋月的确凉布布衫内高耸起的小乳房的轮廓很自然地融入了周雨言的眼帘。他觉得喉咙眼里有些堵就咽了一口唾沫，周雨言卷动了一下舌头，他的惊人的胆量和勇气仿佛从舌头上滋生，他叫了一声秋月就伸手云抚弄她的头发，他的手顺着秋月脑后的头发一直抚下去，秋月没有拒绝他的抚弄，连拒绝的意思都没有，她只是抬起头来笑了笑，面庞上有增无减的红晕在表示着羞涩和紧张同时张扬着少量的妩媚。光滑的头发即将要从他的手下溜走了，他再一次举起了手，他的手从乌亮的头发上滑下去顺理成章地搭在了秋月圆圆的肩膀上了。秋月的头一仰，后脑勺就适度地枕在他的胳膊上，这是周雨言未曾想到的。秋月的眼睛有些潮，她的眼睛不是在说话，而是在输送，她用眼睛输送了一种能哺育周雨言的胆量和勇气成长的物质，周雨言的胆量和勇气在她的眸子里长上了翅膀，他将搭在秋月肩膀上的那条胳膊一揽，秋月偎依过来了。他能感觉得到她的偎依有点僵硬并不是一味地服服帖帖，这正是已谙风情的姑娘表示自己纯真的一种委婉曲折的方式。对下面的举动周雨言还有点迟疑，可是，他稍一迟疑就坚定不移地将嘴巴贴在了秋月微微开启的嘴唇上，他吸吮到了湿润、柔软和温热，当他再一次要吻她的时候，秋月推开了他。他的热情骤然降温，他的勇气和胆量被阻挡在一堵墙的后面了。他能感觉得到秋月推他时的迅疾和断然，仿佛一个人刚刚将一扇门打开，眼睛还未深入房间里面去就有人猛地合上了门让房间里的景致变为悬念。秋月低头垂泪，挑在睫毛上的两颗晶莹的泪珠吧嗒一声落在搁在她双膝上的书本上了。

周雨言有些慌张，在这个暮春的明午周雨言第一次亲吻了十七岁的秋月之后就有些慌张：她为什么会哭呢？是因为我吻了她？她完全有理由拒绝我的亲吻，她为什么不拒绝呢？既然没有拒绝为什么要哭呢？对此，周雨言百思不解。

秋月静静地坐着，静静地流眼泪。周雨言十分窘迫，他既不敢动手去擦秋月挂在脸颊上的泪水，又不知说什么好。

时间在这一刻停滞了。在始料未及的时间里周雨言猛然地看见宁巧仙在毫不留情地审视他对秋月的亲吻：你这是算什么？周雨言。周雨言更加惶恐了。

秋月弯腰拾起了掉在地上的书本，她抬起头来的时候，泪痕上沾着一丝甜甜的笑。女孩儿情感的转换可以和夏日里变幻莫测的天空相比拟。秋月很不自然地朝周雨言笑了笑，她一句话也不说，拿着书本，走出了房间。她用手绢拢住的长发平静地披在脊背，脚步轻盈得几乎听不到一点声响。周雨言看见披在她身上的太阳的光闪动了一下，她就不见了。

女孩儿青草般的气味从房间里消失了，周雨言跌入了极深的落寞之中，房间因静寂而空虚。

窗外，梧桐树上的鸟儿又在啼叫，叫声忽明忽暗，捉摸不定，仿佛雨水打在树叶上发出的那种意义不大的响声。叫声刀一般终止了，周雨言能感觉到鸟儿的无聊和天真。他从书架上抽了一本书展开看，他一句话也看不进去，却看见了字里行间满是宁巧仙的眼睛，宁巧仙圆瞪着双眼：你这是算什么？周雨言。

剥离她。我一定要从感情上彻底剥离她。

起初，周雨言还想剥离偎依过来的宁巧仙，当宁巧仙搂住他的时候，他的手臂不知怎么就伸过去了，两条手臂像拧不动的螺丝似的箍住了宁巧仙，随之，他们就一齐倒在了草坡上。周雨言的陌生和笨拙挑逗着宁巧仙，使她有机会熟悉地操练她的熟悉。周雨言越是渴望越是盲目，越是盲目越是渴望，他的动作生硬而可笑。宁巧仙不是引导他而是利索地教他怎么做，周雨言很快地胜任其中，他以为他会以胜利者的姿态来操纵白皙而丰满的肉体，他不想给他和宁巧仙的交欢中注入肉体以外的任何内容；形式是肉体对肉体，内容也是肉体对肉体。宁巧仙像一条蛇似的扭动着身子，她的一只手臂紧搂着周雨言的后腰，一只手伸进了青草地里狠命地抓住草枝儿不放，被揉碎了的青草叶子挤得指甲缝里满是，青草的香味像水珠一样四处飞溅。太阳在颤动着，一直在颤动着。半张着嘴巴的宁巧仙似乎在吸吮着周雨言，要将周雨言连骨头带肉吸进她的肉体里去。宁巧仙突然长叫一声，宁巧仙用呼叫传达她的急切渴望，她的下体似乎不敢动也不能再动，手底下的青草连根拔掉了，捂住周雨言尻蛋子上的那只手并未松劲。周雨言的心在她的胸脯上狂跳，比刚趴上她的身子时还跳得厉害。“不行，进不去，怎么也进不去。”周雨言有些沮丧。宁巧仙捏住他那软塌塌的东西说：“你的心不要跳；心不跳，就会起来的。”“我害怕，我一害怕心就跳得不行。”周雨言腾出来手抹了一把额头上的汗水。“你还怕啥?”“不知道，反正就是害怕。”“这草坡上只有咱两个，其他人都死了，你还怕啥?”“我也不知道害怕啥。”宁巧仙安慰他：“不要害怕，你就权当世上的人都死尽了。”宁巧仙鼓励周雨言剔除害怕，再来一次。压在你身底下的裸体不是叫宁巧仙的贫农女人，她是夏双太的婆娘。夏双太，你睁开眼睛看看，看看我是咋样弄你的婆娘的。周雨言产生了一个刻薄的想法。他再一次搂紧了宁巧仙，他的搂抱中多了一份力气也多了一份内容。他以为他给他的交欢中一旦注入内容就会给他带来力量，然而，适得其反，他还是不行。宁巧仙揉弄着他的那个玩意儿问他，你究竟害怕啥？他说，他这会儿不害怕了。是的，他的害怕不翼而飞了，可还是不起来。宁巧仙依然鼓励他：不害怕你就来。他的两条胳膊撑在地上，随着痉挛似的抽动，他跌趴在宁巧仙的身体上了。

拴在杏树上的两头牛将套绳弄得纷乱不堪，木犁和铁铧被踢到了一边，牛的嘴从竹篾编的笼子里强行伸出来强硬地去揽杏树周围的青草。牛笼嘴的作用显得极其微弱，它笼不住牛对青草的欲念。周雨言是被派到坡上来犁地的。宁巧仙收拾好锅和碗筷就在坡顶上来给周雨言送开水。周雨言将牛赶到草坡里，他坐在树荫下的草地上喝开水，他喝足了水放下碗刚站起来正准备走的时候，宁巧仙拽住了他的衣袖。宁巧仙的脸上飞过一丝女人们应该具有的羞涩之后，周雨言就明白，他们接下来该干什么了。

宁巧仙依然躺在青草地里，她的两条手臂撂在身子两边眼望着被杏树的枝叶切割成凌乱无绪的天空，她在自己完成自己想得到而未得到的欢愉，自己消化自己的人欲。她只是有点遗憾，遗憾周雨言的无能，他又滋生了害怕，他害怕未能满足的宁巧仙责备他羞辱他，如果说他刚才的害怕没有任何原因，现在的害怕则明明白白。宁巧仙坐起来了，她向周雨言跟前挪了挪将头枕在了周雨言的胳膊上，她含情脉脉地看了看周雨言，动情地叫道：“雨言。”周雨言只是看着揽草的牛发呆。宁巧仙可不是那么想的，她对周雨言虽然有点恨铁不成钢，却没有丝毫责备的意思，更不能说羞辱了。在她看来，男人不能放纵自己总是和女人有关的。她就是不知道周雨言害怕什么，为什么害怕，她只是害怕导致男人的无能。男人不比女人，男人是外露的，他们的无能无法遮掩。她没有任何理由因此而去刺激周雨言，无论如何，她总算是得到了周雨言。初次得到了周雨言对她外露的情感表示，如果说他们的交欢未成是一个表示的话。

从轧花路上的搂抱到如今，是多么的不容易；人确实是不容易的。宁巧仙这么一想，感情的一泓清水在心中荡漾着，她一头栽在周雨言的胳膊上咬住了胳膊上的一块肉。宁巧仙问周雨言疼不疼？周雨言说不疼。宁巧仙向牙上使了点劲，她又问周雨言疼不疼，周雨言还是说不疼。

“给吕冬和判了十年还是十五年?”周雨言突然问宁巧仙。“十五年,”宁巧仙莫名其妙，“你咋这会儿想起吕冬和?”

周雨言说：“他是个怪人，每次受刑回来都说不疼。”

“你说你爱不爱我?”

周雨言没有说爱，也没有说不爱。

“恨我不恨我?”

周雨言没说恨，也没说不恨。

“你不爱我?”

“不爱。”

“真的不爱?”

“真的不爱。”

宁巧仙笑了。她大概在笑周雨言的口是心非。一个人爱一个人不是挂嘴上的事情，什么是爱？爱当然包括男人和女人干那事，如果将爱挂在嘴上那不是真爱。宁巧仙并不觉得周雨言是在骗她，既然周雨言愿意和她在草坡里干那事，尽管没干成也罢，总算干了，怎么能说不爱呢？不爱两个字从爱她的周雨言嘴里吐出来使宁巧仙觉得周雨言越发可爱了，可爱中带着可爱的孩子般的天真。为了那点天真的可爱，宁巧仙又偎依过来搂住了周雨言，她的脸蛋儿在周雨言的脸上蹭着，心里舒坦极了。

我不是为了爱你，宁巧仙。我是为了我自己，我渴望进入你的阴道进入你的子宫，不再是为了让你重生一个我，而是为了使我能够成为一个女人，一个能重生一个你的女人，将你变成我，那才是我的完成。我渴望占有她，我不能占有她是因为我一直害怕她。我渴望得到她的肉体，我没有得到她的肉体是因为我一直得不到它。我甚至觉得夏双太比我还可怜还可悲，他实际上等于被我打翻在地踩上了一脚。我根本不需要知道宁巧仙爱我不爱我，她是否爱我，不是我的事，是她的事。

周雨言也笑了。周雨言的笑是发自内心的笑，是一时难以明晰的复杂心情的泄露。他紧紧地搂抱着宁巧仙，他用他的搂抱来回报宁巧仙。

这个快三十岁的强壮的女人已经像熟透了的蜜桃，手一掐，汁水就会漫流不止。也许，她在狂热地爱着你，也许是这样的。

他们重复着同样的动作，他抓着她的奶头，她捏住他的那玩意儿，他们在青草地上又滚成了一团，宁巧仙妄图再一次唤醒周雨言，可是，她的努力徒劳无益，周雨言像一个阳痿患者似的，有想头，而无能力。

你肯定爱她，你给你的行为中虽然千方百计注入了思想，你爱她的欲念是显而易见的，你的情欲是赤裸裸的，不然，当她离开你的时候你不会觉得心里空荡荡的，你不会躺在青草坡上一遍又一遍地叫她的名字的。这不是爱，是什么？

宁巧仙的怀里揣着一块蒸馍，满怀兴致地上了北坡。宁巧仙刚一走上崖畔就看见有一个人在埋头挖地，她以为是周雨言就雨言雨言地喊他，由于宁巧仙的喊声里浸满了感情而且有些急不可耐的味道，埋头挖地的人抬起头来看宁巧仙，宁巧仙一看那人不是周雨言又气喘吁吁地爬上了北坡，上了北坡，她又雨言雨言地喊，雨言没在北坡，宁巧仙心中很懊恼。

宁巧仙简直是神魂颠倒了，为周雨言。她第一次使用她手中的那点小小的权力，要起了勺把子，每次打饭的时候，总要给周雨言多打些。几次多打以后，周雨言已明显地感觉到宁巧仙在“偏爱”他。宁巧仙不加掩饰的“偏爱”使周雨言心有余悸，宁巧仙不是分明用她的饭勺子向人们宣告着她和他之间的不一般吗？贫农和狗崽子的不一般如果被人们窥破，也许会使他的劳教期无限地延长或者给他带来难以想象的横祸。到时候，如果宁巧仙一变脸就会将他推入泥坑。况且，给他多打一些，别人就会少吃一些，这些劳教人员本来就吃不饱，他怎能够吃别人的呢？多打的几口饭周雨言咽不下去，也不想吃。他无法阻止宁巧仙的“偏爱”，就想了一个简单的办法，每天吃饭的时候，他当着宁巧仙的面把她多打的饭倒进了泔水桶，宁巧仙对他一扫，眉毛皱了皱：叫你倒？你就这么倒！倒过几次以后，宁巧仙打给周雨言的饭明显地减少了，有时候竟然只是其他人的一半。宁巧仙在“惩罚”他，“惩罚”比“偏爱”好，周雨言愿意接受“惩罚”。可这“惩罚”使宁巧仙受不了，于是，她又偷偷地给周雨言送馍。你的举动是多么愚蠢，宁巧仙。你叫大劳和三兵发觉了怎么办？周雨言看得出来，大劳和三兵对风姿绰约的宁巧仙已垂涎欲滴了。她看人的目光她说话的语气她走路的姿势她的风韵连同她本身将一个年近三十岁的女人渲染到了极致，她不知不觉地给这里的一些男人的内心带来一场骚动，大劳和三兵那发直发呆的眼神就是见证。其实，周雨言错怪了宁巧仙，她并不愚蠢，为了她的爱，她使出了心计：她巧妙地周旋在大劳和三兵之间，她同他们两个调情、逗弄，可是，却不让他们沾手；当他们两个在一起时，她就把她的浪语她的媚眼她的亲热平分给两人；当她单独和他两个的某一个在一起的时候就把这一个的忌妒和仇视喂给另一个，致使两个男人为她而相互蓄着仇，又说不出口。宁巧仙把这两个男人如此安顿下来以后，就想把自己的肉体连同灵魂一起给周雨言。

午夜，宁巧仙操纵着她的本事将两个男人弄得昏昏欲睡之后就走出了他们的房间，这两个男人在精神的满足中打着哈欠入睡了，宁巧仙还在小院子里徘徊，周雨言不可能来到她住的房间里幽会，她的住处在大劳和三兵的隔壁，墙壁没有砌上去，稍微的响动都会使周雨言惊魂不安的。她又不满足荒坡草间的野合，也许是她自小就和荒坡野草生活在一起看惯了荒坡野草的缘故吧。她以为，周雨言的害怕是和荒坡地里的无遮无拦分不开的。她渴望温馨的土炕，两个人在宽大的土炕上滚来滚去，翻来覆去，如此这般，那才是十分美妙的。为此，她在徘徊；她只能徘徊。宁巧仙站在周雨言住的窗子跟前向窑里看，破烂的窗纸使窑内的黑暗支离破碎，她还是看不清酣睡中的雨言。酣睡中的雨言曾经使她动情，她搂着他，就像母亲搂着她的孩子，她用母亲般的目光看着语言，看着他睡在棉花包子上的憨态，这憨态使她骚动，她的手在他的身上抚摸着，她本来想一把捉住他年轻的那个东西，她的手在接近他的那个地方僵住了，不仅仅因为她是母亲他是孩子她不能不考虑到他们的“处境”。现在，宁巧仙不愿意再提起狗崽子，即使那时候，她想到了，也不愿意提起来，她觉得，雨言是和马绪安是和周志伟完全不同的人，甚至和他的哥哥周雨人也不能相提并论。她和雨言相比是“处境”的不同，她觉得用“处境”足以概括她和雨言的不同了，她甚至不愿意用“出身”这个词。宁巧仙恨不能化作一种气味一种声音一只飞虫从窗子里钻进去，钻进他的被窝，接近他的肉体，接近他的精神，只有这种赤裸裸的接近才能使她快活。可怜女人就这么盲目地站在院子里盲目地等待着，等待她的雨言从窑里起来突然出现在她的面前，她甚至可笑地想，夜里，雨言肯定会出来撒尿的。从午夜等到将近黎明时分，周雨言并没有出来，她这才拖着疲倦失望地回到自己住的平房里去了。

宁巧仙似乎漂流到了女人的最“危险”的地段，似乎能抓住就得赶紧抓住。不然，她的年轻和强壮很快会无情地被时间的洪水卷走。宁巧仙的“抓住”尤其固执，尤其顽强。一连几个晚上，她都在院子里“守株待兔”。

这天晚上，她终于“抓住”了。周雨言半裸着出了窑门，他带着蒙眬的睡意刚刚尿毕，猛不防被宁巧仙扑上来一把抱住了。

不是“抓住”，是“俘虏”。

她“俘虏”了他。

既然做了俘虏就不必反抗了。

宁巧仙俘虏着她的俘虏不假思索地拖进了她的房间。俘虏终究是俘虏，躺在土炕上的周雨言还在抖动不止。宁巧仙将嘴巴贴在他的耳朵上说：“你不要害怕，大劳和三兵睡死了。”周雨言小声说：“我还是害怕。”“你到底是害怕啥？”周雨言说：“我也不知道。”宁巧仙捏着他那有点冰凉的软塌塌的玩意儿说：“你啥也不用想，你就想，躺在你身边的只是一个女人，一个肉身子，使你能够快活的肉身子。”宁巧仙启示着周雨言的放纵。周雨言说：“你让我静静地躺一会儿。”周雨言睁开双眼看着黑暗的屋顶，他长出一口气，不再抖动了。宁巧仙觉得，他的那个东西在她的手中开始勃起，她一只手抱住他的头颅，侧过身子将舌头塞进了他的嘴里。周雨言咽了一口，心跳又开始加快。宁巧仙欣然说：“行了，快上来。”周雨言翻身爬上了宁巧仙，他刚爬上去，还没达到目的地，就像撒尿似的淋漓尽致地泄出来了。周雨言软塌塌地趴在了宁巧仙的身上，宁巧仙痛苦地扭动着花朵一样开得极艳的身子。她没有灰心，又去抚弄他那个玩意儿。周雨言再也不来劲了，宁巧仙搂住周雨言细细地哭泣。周雨言赔罪似的说：“我还是害怕。”懊丧，周雨言的胆怯使宁巧仙十分懊丧。周雨言挣脱了哭泣的宁巧仙溜进了窖里。

宁巧仙懊丧地将怀揣的那块蒸馍扔掉了，找遍了整个北坡，她没有找见周雨言。还不到做晌午饭的时候，宁巧仙走进了草丛，来到了那棵杏树底下，她抬眼一看，四周空无一人就躺在了她和周雨言第一次趟过的草丛中，她对自己说你就这么躺着吧，宁巧仙。这是对躺着的一次温习，一种享受；树还是原来的树，草还是原来的草。这树、这草，曾经十分亢奋十分可人。你仰望天穹，树叶间透出来的蓝天很纯净很如意，空气里的所有气味和山坡上的所有声音都化作一股绿色被你吸进了肺腑，像一层薄雾敷在你丰满的胸脯上随着你的血液而循环。

真静，你听见花草在阳光下呢喃细语。花草正生长到了热闹处，你顺手掐了一只顶着粉红的小花，它是新鲜的。就算是我在这里逼他就范的，他的新鲜是谁也不能比的，夏双太不能比，六指更不能比，虽然他有点笨拙地失败了，但他绝对是新鲜的，新鲜能够吸引人陶醉人。宁巧仙捕捉到的新鲜像是兔子在跳跃，在她的心里跳跃，在她肉体上的每一处跳跃。不是兔子，简直是一只鹿，鹿才是新鲜的。

宁巧仙想到了鹿。

周雨言就是一只鹿，一只新鲜的鹿。

父亲回来了，父亲是扛着一只鹿回来的。父亲拍拍猎枪对她说，巧巧你来摸一摸，枪筒子还热着哩。她跑到父亲跟前去一摸，枪筒子果然还带着一点温热。对于父亲的自豪，年轻的母亲无动于衷，她看也没看父亲，沉着脸走出了房子。死去的鹿安然地躺在地上，鹿的身上是淡褐色粗黑和老黄相间的杂色，只有肚皮上洁白洁白的，那白茸茸的毛使她想到了干净：鹿的干净。吃干净的草喝干净的水，长一身干净的皮毛，从头到脚都是干干净净的，那时候她不可能想到鹿的品质，她只是觉得新鲜，不是没有见识过的新鲜，而是带着新奇含有蹊跷的新鲜。这只鹿的新鲜有如她第一次看到路边浸出来的小草，第一次看见山那边的太阳，第一次在初雪之后的山路上跑动的感觉，那种新鲜是整个儿的新鲜，是新鲜本身，包括她的视觉味觉嗅觉听觉和全部感觉的初次到位。就像她第一次吃鹿肉一样，留给她的不是鹿肉的味道而是鹿肉对她的刺激，新鲜才是她对鹿的记忆。

夜里，父亲躺在炕上给她讲他怎么打鹿。鹿在她的印象里是那么乖觉那么胆怯那么敏捷，老远睁着一双眼睛看着你老远嗅见人的气味就逃跑，要捉住它是很不容易的。鹿一旦撞到猎人的枪口上只有将一摊鲜血献给持枪的人。除此之外，无法逃脱。

是我捉住了你雨言，可你没有流血，你流出来了新鲜，尽管你的新鲜白流了，可是不要紧，你会将鹿一样的新鲜连同它一起流进阴道流进子宫流进血液流进人的刻骨铭心的记忆之中的，一定会的。宁巧仙想到了它，那东西并不脏也不污秽，没有它就没有新鲜没有力量没有人的本身。

父亲大半辈子生活在雍山里，父亲的童年和青少年全叫山坡山地山路山沟山石山风山雨索取尽了，还不到五十岁的父亲回到平原上的时候已经十分老相，弯腰曲背的样子很容易使人想起雍山里的那棵接近老朽的百年树木。大山囚禁了母亲年轻的视野也囚禁了她年轻的热情；大山捆绑了女人的手脚同样也捆绑了女人的想象力。宁巧仙最初在母亲的眼睛里捕捉到的是女人的忧伤和孤独，那时候，她不可能明晰母亲的忧伤和孤独是谁制造的。后来她明白了，女人的忧伤和孤独是女人自己给自己制造的。女人有制造欢乐和愉快的本领，女人也有制造忧伤和痛苦的能力。母亲在品尝到无法排遣的焦虑和苦闷之后就充分施展了她制造欢乐和愉快的本领，尽管母亲施展得很含蓄很诡秘还是没有逃脱她的敏感。母亲打开窑门将那个陌生的男人放进来的时候说他是个要饭吃的叫花子。是叫花子就应该睡在灶门前的柴草中去，可是，半夜里，她醒来的时候，听到了叫花子在土炕的那一头悄声嘀咕，她不由得一摸，身旁的母亲不见了。窑内仿佛回旋着一股什么气味，这气味好像大雾锁住的深山，她总想看清山的骨架却什么也看不清，模模糊糊地使她很容易将青草的气味和这气味混同起来。第二天，她起来的时候，叫花子早走了，母亲用酣睡和细细的鼾声回答她的存在。

出外打猎的父亲回来了，母亲依然是沉着脸，依然一如既往地冷漠着，好像什么事情也没发生，好像叫花子的一夜借睡以及她和叫花子制造的那个气味与她毫无关系似的。她在暗暗地佩服母亲，母亲心里想着一个人外表上却装得十分端庄，安分守己得使父亲也惊讶了。

她的忧伤不是母亲的传染，也不能算是她继承了母亲的遗产，她的忧伤和母亲的忧伤有相仿的地方也有不同之处。她的忧伤是她个人的专利。忧伤始于十七岁。

那一年，她正读小学六年级。夏天过后，媒人将他领到了家里，她为他那双特别凸出的眼睛而惊骇，惊骇之后便是忧伤，忧伤他很彻底的光头，忧伤他麻秆一样的身材，忧伤他无法估清的年龄，忧伤他吊着嗓门的说话，忧伤他看人时要用眼睛将人吞下去的神态。尽管她的忧伤还很浅薄，只停留在发愁和不高兴上。她想，她怎么能够嫁给他呢?

正月里，不满十八岁的她还是嫁给了他。

真正的忧伤从此开始了。

她做了充分的准备迎接新婚之夜，迎接夏双太对她的挑战，那不该算迎接应该说是招架。她的招架是三条裤子和五条裤带，她将仅有的三条裤子全穿在了腿上。裤带是她用红市布缝制的，缝了很密的针脚。每条裤带都打着死结，她的捆绑完全可用“牢固”来形容。她妄图用牢固的捆绑来保护一个处女。闹房的人走后，房间里只剩下了饥饿的长明灯，只剩下了孤单单的她和等待中的夏双太。

先是对峙。

接着，夏双太那双豹子眼就理直气壮地逼过来了。她的衣服即刻被他的目光挑破了，那目光直逼她的肉体。她抱紧膀子蜷缩在炕的角落做出誓死保卫自己的样子，目光躲避着他的豹子眼。他伸出大手扒她的衣服，大红撒花的棉袄被他三两把就扒掉了。她并不恐慌，开始反抗他，她趁他不防备就咬了他一口。那一口咬满含着她的怨恨，她的细牙大约渗进了他的肉里，他痛叫一声，将他的血甩到了她的脸上。血腥味儿使她十分恶心，想吐又吐不出来。她做好了迎接他的拳头的准备，然而他没有打她，自始至终他都没有打她，这倒使她有点害怕了，他打她才合乎当时的情势，也是一般男人在那个时候必然使用的手段。他的不一般使她有点害怕。更害怕他把他的血甩到她的脸上来。他趁她害怕着，耐心地去解她的裤带，于是，第二轮的搏斗开始了。饥饿的长明灯更加瘦骨嶙峋，房间里充满着昏暗的紧张气息。她触摸到了他，他没有穿裤子，跪在她的身旁用剪刀剪她的裤带。她的双手抵在他的肩胛骨上使劲推他。推开，偎上来；偎上来，又推开。不断地反复使他的欲念更加强烈，他的那个玩意儿在勃起中松弛，在松弛中勃起。第五条裤带终于剪开了，他还是对她没有办法，不是他的剪刀没有办法而是他对他自己没有办法了。他汗渍渍的像放了气的架子车轮胎一样软而无力，他的排泄物有如腌过头了的酸菜毫无意义地淌得她的下体满处都是。后来，她才知道，那就叫早泄。他对他的早泄没办法。而且，饥饿难耐的三年困难还没有过去，他先要对付自己的肠胃，然后才能对付她。吃得那么少，吃得那么粗疏，他哪里有那么多精力来对付她呢？

半个月过去了，一个月过去了，每次，都是以他的进攻开始以她的胜利而结束。不满十八岁的她竟然不费多少力气就战胜了三十多岁的他。胜利不但没有给她带来愉快反而使她有了新的忧伤，她的忧伤中掺杂着对他的可怜，他是太可怜了。当他软下来的时候他就当即离开了她，他牙痛似的用被子裹住自己靠墙而坐，他脸上的那种欲哭无泪想哭又不能由着自己去放声大哭的表情使她受不了。

她决心承认他，承认他是她的男人。

她主动地解开了五条裤带上的死结，一条一条地脱下了裤子，她一丝不挂地躺在土炕上面闭着眼睛承认他对她的进攻和占有。她在承认了他的同时也认识了一个男人的软弱，他从一开始就是软弱的，即使她不抵抗她十分柔顺，他也是软弱的，他注入她的阴道她的子宫她的血液里的是缺少活力的软弱，他从雄心勃勃开始而以柔弱结束。她对他的软弱和不行开始厌恶和愤懑，当她正需要强硬的时候，他却如稀泥一般软下去了。这无疑是对她的一种折磨。她嘲笑他的不行，挖苦他，甚至想到了再一次会拒绝他的不行。她又想，她的再一次拒绝会使他彻底的不行，这只能使她受苦。她的情欲一旦苏醒就再也无法入睡，她的欲壑还得他来填补，那时候，她还没有想到夏双太以外的任何男人。她在接受他的软弱的同时学会了克制自己和安慰自己，她将他软弱的一部分责任推给了饥饿。后来，她才想，她的推脱不合情理，在不饥饿的时候他同样不行，缺少撕心裂肺的力量。特别是在有了女儿秋月以后，她的压抑松懈了许多。半夜里，她躺在炕上谛听着黄鹂尖脆而新鲜的叫声从窗前飞越而过，缥缈旷远的声音将她的心带到了一个美妙的境界，她的渴望如春雨一般淅淅沥沥，她寂寞得想制造一点什么，她不可能一个人制造欢乐和愉快，于是，她掂起布鞋在秋月细嫩的屁股上拍打，鞋底下渗出来的鲜红的血印儿和秋月屁股上的小肿块使她无比兴奋，秋月尖厉的哭声仿佛是她宣泄自己的特殊方式。而秋月永远不会知道母亲打她的原因。

她强迫夏双太接受她。夏双太收工回来吃毕饭刚躺在炕上，她就进了房间，关上了门。一进去，她就强迫他，你不行也得行，不行反而是不行的。特别是阴雨天，她的欲念就像河水一样暴涨，天气的寂寞触摸可及，她更经不住阴雨的气味和房檐水的诱惑。她简直有点发狂了，她的发狂越来越使夏双太难以招架。

就在这时候，马绪安的二儿子马正年无意间闯进了她的生活。那是一个冬日的凌晨，马正年来叫夏双太去套车送粪。马正年站在院子里夏叔夏叔地叫夏双太。宁巧仙一听那年轻的喊声知道是马正年，就说你进来门开着，你夏叔叫你进来，外面冷。天还没大亮，院子里正朦胧着。马正年听说夏双太叫他进去就推开房子门进去了，屋子里更朦胧。马正年以为站在炕跟前的那个朦胧的人是夏双太，就说夏叔我先去套车你随后来。宁巧仙一声不吭，她走过去咣当一声关上了门。马正年正慌张着，宁巧仙哧地一笑将他推到了炕跟前。当她享受着她和马正年创造的欢乐和愉快的时候，夏双太从饲养室里拉出来骡子正在套车。那一年的马正年才二十岁和她同庚，还未曾尝过女人是什么滋味，他们制造的愉快和欢乐中新鲜的成分不少。惋惜的是，她刚刚掌握了制造欢乐和愉快的本领就失去了施展的机会。一月过后，马正年在水库工地上挖土时，土崖塌下来把他压成了肉饼。

马正年的不幸并没有给她增添多少悲伤，他们仅有的几次快活转眼即逝了，关键是她还没有给他们的欢乐的愉快中注入叫作感情的内容。而周雨言就不同了，她虽然和周雨言没做成一回事，可她在她和周雨言还没干那事之前就给他们的关系中注入了丰富的内容，这内容拴住了她的肉体拴住了她的心。现在，她的记忆中只有周雨言了。躺在草坡上的宁巧仙看看斑驳的太阳光，这样想。

十　八

下午收工的时候周雨言和宁巧仙在村子前边的十字路口相遇了。听见女人们叽叽喳喳的说话声，在走路中沉思的周雨言抬起了头，他一看见从南向北走来的宁巧仙就急匆匆地向东走来与她会合。与此同时，宁巧仙也看见了从西边那条路上走来的周雨言，她老远就向他展开了一张笑盈盈的脸。周雨言赶上来，他几乎是和宁巧仙并肩而行，他高昂着头颅，一副若无其事的样子。宁巧仙能感觉得到周雨言大约有什么话给她要说故意装作无视她的模样给别人看，她回过头去一看，后边的人被他俩落下了一段距离，正要开口说，你有什么话就说雨言。周雨言冷冰冰地说："今晚上，我要来。"他的口气不容置疑。宁巧仙侧目去看，只见周雨言皱着眉头，苍白的脸庞上似乎布着痛苦的淡云。

她正欲开口说什么，周雨言抬脚大步流星地向前边走了。周雨言简直对她是一种处置，随意性的处置。她在有点迷惘中，心甘情愿地接受了周雨言的处置。

这时候，走在后面的夏双太赶上来了，他嬉着一张布满皱纹的脸问宁巧仙："周雨言和你说啥来？"

"咋啦？"宁巧仙头一扭扬起眉毛，"他说他要和我睡觉，咋样？"宁巧仙说得很凶，唾沫星子溅在了夏双太的脸上。

"你小声点，叫后边的人听见不好，"夏双太讨了个没趣，他给宁巧仙赔上了好脸色，"我就问一问，看你？"

宁巧仙怒气未消，似乎是夏双太的话太伤了她的自尊，她说："谁叫你这样问我？你为啥要这样拷问我？"

夏双太做了亏心事似的低下头，他磨蹭着走在了后面。宁巧仙快步去撵走在前面的周雨言。

周雨言在心中滚动着自尊感的雪球，雪球越滚越大，难以消融。时至今日，他还在可笑地盘查是他占有了宁巧仙还是委身于她，他是胜利了，还是失败了。他越过生动的肉体和肉体的生动将思想的马车囚禁在"价值"上不再驱赶，他将"价值"凌驾于他和宁巧仙之上，毫无意义地探索虚弱的“价值”意义。思想的飞鸟在矛盾中颠上簸下找不到栖息的枝头。有时候他这样想：他是胜利者，对于夏双太来说。宁巧仙从头到脚都是属于他的，如果说宁巧仙是一扇大门，这扇大门是为他而敞开的，他可以大摇大摆地出入无阻，似乎比夏双太还有理还神气。有时候他这样想：我是失败者，在夏双太面前他还是那么胆怯那么猥琐，他一看见夏双太就低头而过了，心虚气短的神态显而易见。他没有胆量将他的胜利用眼睛用嘴巴用行为传递给夏双太，哪怕给他一点暗示也没有。夏双太在他面前还是那么凛然，这凛然是贫农夏双太对狗崽子周雨言的凛然，这凛然似乎就来自夏双太干瘦的骨头和细线似的血脉。他觉得，他缺少的恰恰是这骨头这血脉。十分自尊的周雨言一旦被这种想法缠住就自卑得要死。

他最怕的还是秋月。走进了宁巧仙的家门他一看见夏秋月就心跳，止不住地心跳；秋月不在家他也心跳，似乎秋月的存在本身就威胁着他。他觉得秋月清澈的眼睛像一把火炬，照亮了他和宁巧仙之间的关系，照出了他的丑陋。他不敢和秋月那双纯洁的目光对视，一旦对视，他那虚伪的眼神就会在秋月晶亮的目光中缩短、枯萎，以至死亡。已经读到小学五年级的秋月不再用嘴巴说我不要你的话了。当他一跨进宁巧仙家的门槛，秋月就用那双比身体上任何器官都成熟得早的生动的眼睛将他坚定不移地拒之门外了，愤怒的眼睛在大声呼喊：我不要你！

我问秋月：你为什么不要我？

那时候我不要你可能是你太陌生了，陌生使女孩子害怕。

你为什么不害怕其他的妇女们，偏偏害怕我一个？

也可能从那时候我就知道你是坏人。

我是坏人？

你坏你就是坏。

无论怎么说，四岁的不要你，是真实的不要，你想在四岁的不要你中找出原因？你错了。四岁的不要你就没有原因；四岁的不要你不仅是真实的也是天真的直率的，因为人在四岁的时候还没有学会哄人，孩子的哄人是从大人那里学来的。

你现在学会了哄人？秋月。

学会了，可我不哄你。

我老老实实地说，我害怕过你。

为什么害怕我？

大概就像你不要我一样，说不出原因来。

匆匆忙忙地行走在乡村土路上的周雨言在想，他怎么才能从不必要的自尊感和巨大的自卑的鸿沟中跨越而过。也许，他主动找宁巧仙今晚上幽会就是他跨出的第一步。

晚上，周雨言如期而来，夏双太被宁巧仙安置在隔壁他母亲的房间里；夏双太早已习惯了宁巧仙的这种安置。夏双太在隔壁房间里毫无节制地咳嗽着，咳嗽声清晰得如同溶溶的月色一般。对此，周雨言充耳不闻，他已将他的胆量的阀门开到了最大，胜利者的心态占据了上风。月光从窗纸上透进来，房间里幽幽的，宁巧仙那浓烈的女人气味愉快地流溢。我要静下来看看这个女人，坦然地看，不是看，是欣赏，欣赏这个活勃勃的肉身子。没有荒坡野草间野合的仓促，没有被“俘虏”后的慌张，心情是舒坦的，他似乎在展厅仔细地观赏一幅油画，在饭后悠然地品味一杯清茶，在战后认真地清理自己的战利品，他的坦然、悠然、荡然是宁巧仙给他的。他半跪在炕上观赏着平躺着的宁巧仙，他从宁巧仙的奶头上一直看下去，一丝不挂的宁巧仙竟然也像姑姑一样白皙，身上没有农村女人日晒雨淋之后和繁重的体力劳动压出来的那一层皱巴巴的黑皮，这皮肤就是序幕，动人的序幕从一开场就抓住了观众，它预示着剧情的内容：这是一出好戏。一对高耸的奶头完全可以用丰腴来形容，这丰腴不是来形容奶头本身，这丰腴张扬着生命的活力；丰腴在奶头上颤动。腰不能用细来界定，可臀部的富足足以遮住腰的缺陷；那是恰到好处的富足不是毫无节制地肥大。富足的臀部燃烧着两团火，热情将由此而产生。安置在小腹下面的那一块小小的三角形高高地隆起来，它的美妙使周雨言激动不已。周雨言只有在哥哥的画册上才见过这么美妙的人体结构。从腹下逶迤到小腿上的线条他只能感觉，而用语言难以表达。她是十分漂亮的，漂亮是周雨言第一次观赏后留下的味道。夏双太，你这么欣赏过你的女人吗？没有，肯定没有。因为你没有这样的情趣和心思。即使你有也是白搭，宁巧仙只能将观赏还给我而不会让给你。被观赏的女人只有将羞辱感剔除得干干净净使自己恢复到一个人的自我状态才能接受观赏，这是很不容易的事情。观赏中的周雨言忽然对美的裸体产生了不怀好意的想法。

“你说我是你的第几个？”

“第一个。”

“你哄我。”

“真的，你是我爱上的第一个。”

“我问你，我是你睡过的第几个男人？”

“不知道。”

“是你不想说，不是不知道。”

“你计较这个？”

“不计较。”

“计较了，你在说假话。你问我实际上就是计较，你计较只能说明你是爱我。”

“谁爱你？我说过我不爱你。”

“你哄你自己。你不爱我就不会计较我睡过几个男人的。”

你真的是在哄你自己吗？你不止一次地给自己说过你是狗崽子，你和她之间不可能有爱。睡女人就是睡女人，睡女人只是为了片刻的不宁静和不宁静中的宁静。你只不过是在欺哄自己，你的理智在情感面前溃不成军，你是情感型的男人，不必否认。

周雨言躺下来了，他躺在宁巧仙的身旁一只手机械地在她的身上抚摸，机械的抚摸只是思考什么事情的辅助动作，就像一个人不渴却要不停地喝水一样。

睡在隔壁房间里的夏双太在睡梦地里说胡话，含混不清的语言吃力地表述着夏双太潜意识里的欲望，尽管他高声呼叫也无人理睬。梦呓着的夏双太大概在溺水之中。周雨言顺着宁巧仙小腹下隆起的小三角形摸下去将手停留在她的那个地方，他心里在笑，笑夏双太，一堵脆弱的土墙将他和夏双太隔在了两个质地不同的境况中，假如夏双太有第三只眼，假如他看见我搂着宁巧仙，他大概不会在睡梦地里胡支吾了。你还支吾什么？你应当爬起来睁开眼看看，是你凛然，还是我凛然？周雨言捂在那儿的手不由得轻轻地捏了一下，随之，宁巧仙痛快地呻唤了一声。周雨言将宁巧仙揽过来，搂住了她，宁巧仙不住地动弹着，她已经急不可耐了。周雨言却冷静地将他的激情抽出来，任凭宁巧仙怎么捏弄，他也不来劲。他在想，不要急，这会儿得想点什么，想想夏双太，想想他的可怜，这时候无论想什么都能想深想透。睡在女人身旁，一边逗弄着她上火，一边独自进行自己的思考而将女人的激情随意糟蹋，这是对女人最冷酷的最无情的折磨。周雨言对自己的卑劣和丑陋看得分分明明的，他看见了自己的耻辱。

宁巧仙急迫地呼吸着，她在呢喃：

“周雨言，你快来呀。你这会儿还想啥哩？”

周雨言痛苦地说：“我在想我自己。”

十 九

夏双太是可怜的。可怜的夏双太不是周雨言感觉中的那种可怜。

夏双太生活的河流中可以说什么也没捞到，他只不过像一根木头在河水中随意漂流，从童年漂流到少年，从少年漂流到青年，从青年漂流到中年。他没有多少文化，只上过几天速成班，在夜校里蹲过几个晚上。本该属于读书的年龄，他在雍山里把美好的时日用一把镰刀挥掉了。清早起来，他喝两碗稀溜溜的玉米糁子，怀里揣着两块玉米面粑粑，挟着一条扁担，跟着大人们进了雍山。天擦黑的时候，一担山柴和少年的汗水以及辘辘饥肠捆在一起被他担回了家门。第二天，他担上山柴去二十里以外的集市上叫卖，他抱着膀子跺着脚，在冰冷的集市上差不多等候一天才能将山柴换成钱。他将卖柴得来的钱攥在手心里顶着满天繁星回到家，吃两碗玉米面搅团再去磨刀石上磨镰刀，穷苦的日子在他的镰刀上扁担上如此反复着，艰难的生活中的全部内容就是不停歇地劳作。

乡村里的人偶尔还去听听曲子看看戏，那些场合里没有他。几十年了，他只看过一次村戏，那是在紧张的夏收过后的一天晚上，他被几个戏迷连拖带拽地到了戏场，激烈的锣鼓声赶不走他积蓄的疲劳，提袍甩袖提不起他的任何兴趣，他脱下一只鞋垫在尻蛋子底下顺着一棵大树坐下去，不一刻就睡着了。当他醒来的时候，戏散人走，东边的天开始发亮。使他痛心的是，脚上的一只鞋不知被谁脱去了，他只好光着一只脚到了家，从此，结束了还没有开始的看戏历史。

从娘肚子里出来的时候，他的头上的胎毛还不少，后来，他的光头一直光下去，相亲的那天，他那剃得发亮的光头确实把宁巧仙给吓住了。他的头本来就不合比例有点小，这么一剃，越发显得滑稽可笑。他的粗布衣服经常竖立着一些棱，就像集市上叫卖的八角灯笼一样僵硬，固板。他只有一点兴趣，就是喜欢收拾一些小玩意儿，哪里掉了一截无用的烂绳头逃不出他的眼睛，谁家盖房他走一遭必定要摸几颗钉子，街道上的铁匠假如丢了小铁锤或钳子，不必查问就知道是他拿去的。他有一个小木箱，里面装着他捡来或偷来的钉子、铁丝、螺丝帽儿、螺丝杆、小钳子、小扳子、改锥、电线杆的瓷瓶、钢锯条、斧头、凿子、洋镐，等等。下雨天，他就将小木箱里的这些杂货一件一件取出来，看一遍，又一件一件原封不动地放进去，如此反复三次以上，方才罢休。除此之外，他就只有对宁巧仙的肉身子那一点点并不太热烈的兴致了。

他是大家中的一员，他和大家是一样的，又有些区别。

大家迎来了解放，他跟着大家迎来。

大家组成了互助组，他跟着大家互助。

大家进了高级社，他跟着大家进。

大家“大跃进”，他也“大跃进”。

大家三年困难，他也三年苦难。不过，他的困难没有大家困难。他的父亲在早几年就给他积攒了一些粮食，饥饿的岁月中他的粮食把他和大家明显地区别开来了，宁巧仙就是他的父亲用三斗粮食给他换来的，他没有动拳头不是痛惜宁巧仙，他是痛惜他那三斗粮食，他怕几拳头将他的三斗粮食打跑了，似乎粮食比宁巧仙更金贵。

轰轰烈烈的运动到来之后夏双太出其不意地红火了，他的红火是从揪斗他的叔父夏全华开始的。

夏双太的爷爷和夏全华的父亲是亲如手足的兄弟。那时候，兄弟两个共同串上了村子里的一个叫石榴的风流寡妇，一天，夏双太的爷爷撬开石榴的院门兴致勃勃地进去了，他在前院就能听见石榴的哼哼唧唧。他从窗缝中透过目光一看，只见夏全华的父亲和光着屁股的石榴抱成一团正在土炕上吭哧吭哧地快活着。夏双太的爷爷没有作声，他悄然而去，从家里掂来了一杆猎枪，二次进了石榴的院门。他一脚踏开房子门，还没有容夏全华的父亲说一句话，夏双太的爷爷就扣动了扳机，夏全华的父亲赶紧躲闪，枪打在了他的左臂上。从此，夏全华的父亲就失去了一条胳膊。夏双太的爷爷知道他闯下了大祸，丢下一家老小远走高飞了。兄弟俩为一个女人反目的事在后辈人的心里留下了丑陋的印痕。

后来，闹土改分浮财，夏双太的父亲又和夏全华闹翻了。那时候，夏全华是农会主席，松陵村的大小事由夏全华说了算。夏双太的父亲只得到了周志伟家的一条木凳子和一个炕桌，在搬凳子和炕桌的时候，夏双太的父亲将周志伟的一张红漆桌子也搬走了。这张桌子已分到了夏全华的名下。夏全华对夏双太的父亲这种无视农会蛮横无理的做法十分气愤，他当即勒令夏双太的父亲退出来桌子。夏双太的父亲不但不退反而骂夏全华侵吞胜利果实。夏全华就派了两个青年去夏双太的家里强行抬桌子，夏双太的父亲拒不退让，一场斗打就在院子里展开了，夏双太的父亲被两个青年打得鼻青面肿，退了桌子不说，还上了一次斗争会。夏全华做了松陵村的村支书之后，夏双太和他的父亲连生产队里的一个小组长也没担任过，即使指甲盖大的权力夏全华也不要夏双太父子俩染指。

运动来了，红卫兵组织起来了，松陵村的农民红卫兵吸收了夏双太加入组织，红卫兵的头头明白：要将夏全华拉下马是离不了夏双太的。夏双太自然就成为红卫兵的骨干了，他用十个鸡蛋在村里的一个复员军人那里换来了一顶军帽按在了光头上，腰里勒了一条脏兮兮的裤带，左臂上佩戴着红卫兵的袖章，看起来人模人样的，为打倒松陵村的走资派夏全华，夏双太整日忙忙碌碌地奔走：撒传单，贴标语，阻止斗争会，革命大串联……他的热情极其高涨。走在路上，他也不忘背几条语录，在心中声讨走资派夏全华。

革命了的夏双太总想在宁巧仙面前显示一下自己，以表示如今的他和宁巧仙已是不同的人。他打开红宝书念了一条语录，摇头晃脑地问宁巧仙是什么意思。宁巧仙说她不知道。夏双太就开始批评她。不料，宁巧仙却指住他的鼻子骂道：“你看你那屎样子，装得倒像个人了你就不掂量一下你是个什么东西！”革命的夏双太被他的女人骂了一个狗血淋头。在夏全华面前他能神气起来，他敢说敢骂，在他的女人面前，他的革命垂头丧气，失去了应有的革命力量。

夏全华面临着强大的实实在在的危机，这危机是夏双太一手制造的，他拿出了五条罪状责问夏全华：

1. 某年某月你在周召乡乡公所给伪乡长魏兆明背枪的时候参加了国民党组织，你说你是真共产党员，还是假共产党员？

2. 某年某月土匪二拐子抢劫王老四的时候，你被他串通参与了抢劫，你家卖掉的那头灰叫驴是不是拉王老四的？

3. 某年某月你奸污了李大炮的女儿李芝英之后将她撮合给马平生，为了长期霸占她叫她当上了村里的妇联主任，这事是真还是假？

4. 某年某月你和大队里的会计上官祥私分一千两百斤救济粮，上官祥已交代了，你承认不承认？

5. 某年某月你是不是说过，如果国军不走，你至少也能弄个乡长当当？

责问到最后，夏全华头上冷汗直冒，他连声说：“我没有说过，我没有说要当国民党的乡长。”夏双太一听，豹子眼圆睁，他厉声喝问：“你没说过，照你说的那样，就是我给你栽赃？”夏全华说：“不敢，不敢。”夏双太一伸腿就把他的三爸蹬倒在地上了。

别人不敢说的夏双太敢说，别人不敢做的夏双太敢做。于是，就有人使劲地撺掇他去说去做。其实，他也不知道为什么要那么说为什么要那么做，他革命的目的不太明确，他本来就是一根木头，跟着大家在河水中漂流，大家叫他怎么漂流，他就怎么漂流。木头撞在了夏全华身上，夏全华被撞翻在地，如惊弓之鸟。在夏全华的眼里，他的侄儿简直就是一只豹子；豹子和狗不同，狗是按照主人的旨意去伤害人的，豹子训练有素，它的伤害也会带有盲目性。

夏全华的唯一选择就是暂且向侄儿屈服。一天夜里，夏全华幽灵似的进了侄儿的家门，他一句话不说就给侄儿一个长跪，夏全华泪流满面地叫着侄儿侄儿。夏双太的娘一看远房的弟弟给儿子下了跪就赶紧过来扶他，夏全华叫了一声嫂子放声大哭。夏全华什么也不说淌着眼泪做出一副可怜的样子。夏双太用手拉了拉又旧又脏的军帽转过身去用冰冷的脊背给夏全华说：你现在才记起来我是你的侄儿？你当支书的时候咋不说我是你侄儿？

第二天夜里，夏全华给夏双太送去了二斗小麦。夏双太的娘接住那二斗小麦，吩咐儿子：给你三爸扫扫身上的土。夏双太扫了一眼他的娘走了出去。接着，夏全华的婆娘又给宁巧仙送了一条很时兴的凡尼丁裤和一双新袜子。粮食送了，衣物也送了，夏全华还是惶惶不安，他最担心的是夏双太将这些东西拿到斗争会上去，那时候，他就会被彻底撂翻。夏双太本来打算这样做的，还没等他下手，二斗麦子早被母亲收拾好磨成了面，在缺粮食缺钱花缺日用品唯独不缺斗争的日子里，二斗麦子的人情大面积地覆盖了夏双太母亲心中的恩恩怨怨。而那双新袜子已经穿在了宁巧仙的脚上。她是讲求实际的女人，只要有新袜子穿，哪管他斗争不斗争。两个女人配合在一起将他向夏全华的那条河里逼。他的目的性本来就不太明确，斗争只是为了斗争，不斗夏全华别人也是一样，夏双太就是这样漂向夏全华的那条河里的。

要三结合了。战胜了所有对手的夏全华顺顺当当地走进了革委会当了主任。按理说，这一次，夏双太在夏全华手里该得到一点好处了，因为，漂进夏全华那条河里的夏双太为了叫夏全华进革委会不遗余力地帮助夏全华放翻了他的对手。夏全华毕竟是夏全华，他太了解夏双太这样的人了，他把他所在的那个生产队里的队长没有交给夏双太而是交给了六指。六指不比夏双太，他阴沉又有心计，六指可以轻而易举地制伏夏双太而使夏双太毫无办法。夏全华需要夏双太这样的人，更需要六指。他宁可选择后者而抛弃前者，要巩固他在松陵村的地位他离不开六指这样的人。

而夏双太却以为是六指抢去了本该由他担任的生产队长，这想法也是夏全华暗示的结果。他在伺机和六指较量。他终于等到了一次机会。夏双太发现六指明目张胆地将生产队里的一根木料向自己的家里扛就在半路上截住了他，夏双太理直气壮地质问六指为啥要将集体的财产向自己家里拿？对于夏双太的质问六指只当耳边风，他不理睬夏双太将木头顺势丢在地上，他站住了。六指说：“你狗日的叫我站住干啥呀？”“你先不要骂人。”夏双太说。他把他平时记下的那条语录准备念给六指听，也许由于夏双太的畏怯，完整的语录在他的嘴里变得残缺不全了，可意思是明确的，他用语录在说明他是和损害集体利益的人做斗争。斗争就斗争，谁还斗不过谁？六指提住夏双太的领口一把将他摔了一个狗啃屎，六指骑在夏双太的身上，在他的脸上用拳头乱捶，夏双太没有任何招架之力就装死狗，六指哪里管这些，他站起来提住夏双太的两条腿在地上拽。夏双太叫唤着：“你放手，放开我；我的衣服，把我的衣服磨烂了。”被在泥地上拖着的夏双太只操心他的衣服没有情绪去管集体财产受损失的事了。六指一声不吭，黑着脸只顾拽着夏双太在地上走。如此炮制了一阵子，六指问夏双太还斗不斗？夏双太说：“谁要是再说你损害集体就是龟儿子。”六指这才松了手。夏双太爬起来看看他的裤子，说：“你看，把我的裤子磨烂了。”六指在他的屁股上踢了一脚，扛起木头回家了。

生产队长六指提出要叫宁巧仙当妇女队长，夏全华也就随了六指的心愿，虚荣心很强的宁巧仙很容易地当上了妇女队长，一直当到了她到劳教队去做饭以前。宁巧仙常常借故开队委会回来得很晚，夏双太从睡梦地里吵醒以后问宁巧仙：“你咋回来得这么晚？”宁巧仙说：“咋啦？我和六指睡觉来，你不服气？你不服气就来。”宁巧仙三两把脱了衣裤，上了炕。夏双太说：“就算我问错了，还不行吗？”夏双太惺忪的睡眼从宁巧仙的裸体上一越而过，裹着被子睡觉去了。宁巧仙一看夏双太那卑琐的样子浪声而笑，那一串放肆的笑声似乎不是从宁巧仙的嘴里发出来的，而是从她身体上所有的器官中迸溅出来的，迸溅的笑声像火花似的追赶着夏双太。夏双太似乎担心火花溅在他的身上，他将被子紧紧地裹住了。

二　十

跌落的夕阳并未将一天的炎热全部带走，但毕竟是傍晚了，一丝凉气好像从土地里向外渗，雍山里偶尔有一股凉风扑下来，疲倦的庄稼人坐在打麦场上解开被汗水浸湿的衣服纽扣，接受大自然的款待。宁巧仙似乎是漫不经心地问她旁边的一个年轻女人：“你家那一口是不是今晚上看场？”年轻女人说：“队长没派他，你听谁说他今晚上看场？”宁巧仙说：“秋月他爸今晚上看场，我问他和谁一块儿，他好像说和你家的那一口子。”年轻女人说：“不会的，好事给他轮不上。”这一问一答的谈话毫无意味，事务性的无聊，满场上的庄稼人谁也听不出个中暗藏的内涵。然而，醉翁之意不在酒，这是宁巧仙使用的技巧，她不是为了问那女人而发问，她的话是说给坐在不远处的周雨言听的，话中的意思很明确：夏双太今晚上去看场。看场就意味着拿上被子去打麦场上睡觉，说是看麦子，其实是睡在打麦场上乘凉，而白挣十分工。宁巧仙的话已经挑明了，夏双太今晚上不在家里睡，不用我将他安排在隔壁房间里而使你惴惴不安，在走神中无能，你来吧，我等着你。周雨言和宁巧仙的心是相通的，他能够品尝到宁巧仙的暗示，她的暗示不失机敏而又明明白白。情欲会滋生女人的聪明。

黑夜从雍山里推了下来，周雨言到大场里走了一趟，当他证实夏双太挟着被子来到了打麦场之后就放心地进了宁巧仙的院门。房子门没有闩，房间里也没开灯，周雨言摸黑进去关上了门。宁巧仙像一件祭品似的早已摆好了，宁巧仙摆出的姿势宁巧仙急迫的呼吸宁巧仙熟练的动作在黑夜里表现出了明朗如画的焦渴，她对自己一点儿办法也没有，她焦渴得有点低三下四，尽管周雨言看不清低三下四在她面部上的佩戴，可他能感觉她的低三下四肥实的程度。周雨言躺在她的身旁傲慢地注视着宁巧仙的低三下四。周雨言是怀着无论如何要做成一回事的欲望来和她幽会的，而宁巧仙的低三下四，宁巧仙的露骨的表示使他对女人的进攻失去了意义。男人在一些时候并不一味地喜欢女人的乖觉。他觉得，他的自尊心受到了不必要的伤害，厌恶之感油然而生，厌恶宁巧仙情欲旺盛的厚颜无耻。他的精神和肉体开始较量，你越低三下四，我越淡然无所谓。他发现，他的那个玩意儿并非刚进门时想象的那样如愿以偿地勃起。他想，我现在爬起来走出去，宁巧仙会怎么样呢？这个想法兴奋着他全身的每一根神经，心理上的兴奋会比肉体的愉悦更持久更广泛更扎实的。宁巧仙抓住他执迷不悟的那个玩意儿说：“咋没动静呢?”他说：“你急什么?”他尚在抉择中，院子里有了脚步声。他屏住了气。有人开始敲门。他的身子动了动，他以为是夏双太突然回来了。他在打麦场上去“侦察”的时候被夏双太发现了？他虽然装作无所事事的样子，夏双太还是对他在意了？他在宁巧仙的耳旁说：“夏双太。”宁巧仙说：“不要害怕你到楼上去，木梯在楼口。”他摸到了布衫和裤子。他拎着衣服失魂落魄地下了炕。木板楼的楼口支着一张木梯，他顺梯子爬上去，爬到了楼上。

周雨言蜷在了木板楼上。楼上十分闷热。

房子门拉开了。没有人说话。只有脚步声。接着是关门声。还是没有人说话，进来的人大约是上了炕。周雨言已经能够听到喘气声了。

“你今晚是咋啦?”

六指！进来的原来是六指。现在和宁巧仙睡在一条炕上交欢的是六指！周雨言几乎叫出了声，他用牙紧紧地咬住了下嘴唇。

“我有病。”

宁巧仙大概要哭了。那一句话不是说出来的，而是哭出来的。

“我知道你那病，我就是来给你治病的。”

“我真的有病哩。”哀求，无望地哀求。

“你忸怩啥？不是我，夏双太今晚上能去看场？一滴汗也不流挣一天的工分就那么容易？我咋不派别人去?”

又是无话。短暂的沉默预示着喧闹的开始。周雨言的心像被什么抓住了，他惊慌着，难堪着，卑微着，羞辱着。楼下的那一出戏在你的心中早已烂熟了，在你刚躺过的炕上宁巧仙又在接待一个叫作六指的男人。这算什么呢？你只能用没有看见作为借口，用你的灵魂欺骗你的感觉，人最能欺骗的是自己而不是别人。你不仅是屈辱的，你也是最没出息的，连你的胜利也是最没出息的胜利，你所谓的胜利充其量不过是对肉体贪婪的演绎，是色情的一种标签，是邪恶的另一种途径。人世上最尴尬的处境就是你现在的处境，而不是你要饭吃，不是你被劳教，不是上斗争会。躺在黑暗中，让一颗明亮的心对着肮脏的人间丑剧，这岂止是尴尬？这是丑陋和下流，你太丑陋太下流了。周雨言趴在楼上一动也不动，被灼人的太阳晒了一整天的屋顶将热量淋雨似的洒下来，周雨言的脸颊和前身后身湿湿的；楼板上的空气混浊得有如猪吃的糠。六指快活的哼哼声和淫荡的气味波浪一起冲上来，周雨言紧抱着自己的膀子。时间凝固住了，仿佛过了几十年，过了一个世纪，楼上的黑暗无边无际，只有六指弄出来的响声在时间的黑板上书写着。他真没有想到，今晚，他会被逼到这个田地。周雨言心如刀绞，泪水无声地流出来和汗水搅混在一块儿，这和他少年时在县城街道上被扒光衣服所蒙受的奇耻大辱没有什么两样，他在自己怜悯自己，自己痛恨自己。

周雨言不知道六指是什么时候走的。当他从思绪中排斥了六指排斥了宁巧仙排斥了他的存在之后，犀利的黑暗就将他的躯体和灵魂一同在木板楼上吞噬了。时间的流动没有给他留下记忆，在接下来的时候里楼下究竟发生了什么，他一点儿也不知道。是宁巧仙爬上来唤醒了他，他在宁巧仙细声的呼唤中走下了木梯。

周雨言木然地拉开了房子门。

宁巧仙一把抱住了他。

“你不能走，雨言。”

“还想叫我喝脏水？”

“喝脏水？”宁巧仙仿佛被黄蜂叮了一下，随着手臂的抖动，她又抱住了周雨言，“不，不是那样的！”

“放开我！”

周雨言一声喊叫，将他自己也震动了。在隔壁睡觉的秋月大概听见了妈的房间里有人，她叫了一声妈。细嫩的叫声在夜晚特别寒心，周雨言一怔，使劲挣脱了宁巧仙。

周雨言跑出了街道跑到了村子外面，他放开自己在田野上奔跑。他不知道要跑到哪儿去，他只是在夏夜里没命地奔跑，耳边有一个声音在呼叫：离开她，离开宁巧仙。你一定要离开她，雨言。

宁巧仙终于将周雨言堵在了路上。好多天来，周雨言老远看见了宁巧仙就躲开了，宁巧仙看着他的背影痛心疾首。她后悔事先没有向周雨言说清她和六指间的关系，包括和马正年的几夜露水。女人会用她的肉身子哄男人，女人不会用心去哄男人的，女人将肉身子和心搁在两处是迫不得已。我说我爱他，而他看见的却是我和六指的睡觉，这事能说清吗？这恐怕是永远也说不清的事情。两个人站在路面上，谁也不说话。宁巧仙的眼睛包抄过来像一张网罩住了周雨言，她的胸脯剧烈地起伏着，喘气声越来越粗重。周雨言的目光从网罩的网眼里钻出去看远处的雍山山峰。周雨言感觉到宁巧仙的双眼像咀嚼什么似的发出了咔哧咔哧的声响，他抬眼看时，宁巧仙的面庞冷酷而粗糙，往昔的漂亮和眉宇间储存着的温柔像一层假膜似的被撕掉了，只剩下了不可遏制的愠怒和赤裸裸的哭丧。拒绝接受一个女人的情感已经够刺伤她的自尊了，他还能怎么样呢？周雨言的想法和宁巧仙的想法在两条线上奔驰。女人的忠贞在他的心头没有久留就飞逝了，他并没有因为六指和宁巧仙睡觉而疏远她，对于两个人之间的龌龊他早就知道，他有什么理由叫宁巧仙吊死在忠贞的大树上呢？忠贞是虚伪的，是套在女人脖子上的枷锁。他所以下决心离开宁巧仙是因为从那天晚上以后，他惊觉地发现，他并不是真正地需要宁巧仙，不是他的那个玩意儿不需要，而是他的心理上不容纳，他软塌塌的那个玩意儿充当了不容纳的先锋。他和宁巧仙渴望在一起，而在一起的结果是相互作践，他对她的恐惧心理永远也无法消除，他只能用对她的折磨弥补他的心理缺陷，从而使他的丑陋和羞耻袒露无遗。他不打算向宁巧仙说清，疏远她、离开她是最好的途径。

“有什么话你说呀。”还是周雨言先开了口。

“我当然要说的，”宁巧仙脸上的色彩接近了柔和，她说道，“你知道不知道，我们在他手里借了生产队里的两百多斤储备粮，以后还得借着吃。他是队长，我们在他手下活人，你知道活人过日子吗？你就不知道。”

宁巧仙眼圈有点发红了，她不只是责备周雨言的不理解，而主要是解释，解释她委身于六指队长的原因。

宁巧仙愤怒也罢委屈也罢伤心也罢似乎和他周雨言毫无关系，对于宁巧仙毫无必要的解释他觉得没趣，不耐烦地说：“你还有什么话要说？”

周雨言的满不在乎只能使宁巧仙激动和痛恨，她向周雨言跟前逼近了一步。

她说道："你以为我是卖×的骚女人是不是？"宁巧仙说得很凶，"我就是，你能怎么样？我告诉你，我和六指睡过，我还和马正年睡过。"

周雨言冷冷地说："这和我有什么关系？"

"你……"宁巧仙噎住了。她抬起双眼看着周雨言泪水喷涌而出，"你走吧，我不愿意看见你。"

"我也是。"周雨言看了她一眼，疾步而去了。

宁巧仙活着，为了活人过日子。

宁巧仙活人过日子，为了活着。

对于宁巧仙的活人过日子，周雨言知道得很少，他只知道贫农宁巧仙，只知道妇女队长宁巧仙，只知道和六指睡过觉的宁巧仙，只知道对他有情意的宁巧仙。如果说活人过日子要付出代价，他不知道付出代价的宁巧仙。

嫁给夏双太无疑是给夏双太增添了一个女劳动力。顶着毒辣辣的日头，她挥汗如雨，一天能给生产队里割两亩六分麦子，顶过一个半夏双太。去雍山里砍柴，她将八九十斤重的柴捆子从深沟里向山顶上背，山柴捆子压得她弯腰曲背，踩在坡地里的脚印比牛蹄子踩出来的还深，跌倒了爬起来；爬起来，再跌倒，她的毅力使夏双太吃惊。别的妇女一晌午摘五斤棉花，她非摘八斤不可；别的妇女一晌午锄四分玉米，她非锄半亩地不可。即使走路的时候，她也要走在人前头，出工也好，出门也好，她都要走在人前头。她的劳动工分每年都比夏双太挣得多，夏双太在她面前越来越显得无能和卑琐。她含着眼泪问夏双太：你是个男人吗？夏双太在光头上傻乎乎地挠着一句话也不说。她气愤地说，你不是男人，你不顶男人用。我跟你活人过日子图什么呢？图有吃有穿吗？图活得自在吗？她自己心疼自己，说着说着就哇地放声哭了。她用哭声微弱地表示她只有这么点本事，只能这么活着。冬天里，她和夏双太合穿一条绒裤子，夏双太出门的时候，她就将绒裤子脱下来给夏双太穿。她出门的时候，夏双太将绒裤子脱下来给她。她故意将绒裤子的红边露出裤管，自豪而心虚地显露着她拥有一条绒裤的富足。她只有一双体面的花线袜子，去县城的时候，她将袜子装在口袋里，等离县城近了，她才从衣服口袋里掏出来将袜子穿在脚上；从县城回来，她将袜子洗净叠好又放在了柜子里。结婚时穿的那件新棉袄她穿了好多年，其实，一年只在正月里穿十五天，好多年以后还保持着棉袄的崭新，保持着她的富有。她明明饿着肚子，有人问她晌午吃的什么饭，她爽朗地回答：面条。她不甘贫穷，也极爱面子。她的活人过日子仿佛比谁都累。

她的屈辱感被艰难的生活洪水卷走了。去向六指借储备粮的夏双太空手而回，她问夏双太怎么样？夏双太说，六指不给借。六指说，要借粮食，叫你来。她走进了六指家的院门。六指问她干什么来了。她说借储备粮。六指说，储备粮给谁也没借过。她说，你不能放着粮食叫贫下中农饿死。六指说，你饿死与我有什么关系？上面有政策，不准借。她的委屈和气愤在心中搏斗，她受不了六指的戏弄语气，可她拧身走出六指的家门之后明天吃什么呢？六指看她犹豫着，就说，你借了粮食，拿什么来还呢？她只想到了肚子饿，没有想到归还的事情。六指猥亵地笑了一声：我叫你来，不是不给你借粮食，是想和你说一说，你归还粮食的事情。六指向她跟前蹭了蹭，笑嘻嘻地说，你要多少？她说，就借一百斤吧。六指说，一百斤能吃几天？给你两百斤，你只归还一百斤，那一百斤由我处置。她说，那怎么行呢？六指说，行，行。六指的一只手搭在了她的肩头上向下一按，她的羞辱感被压得弯下了腰，低下了头。她厌恶六指那只畸形的手，畏怯六指阴沉的脸。当两百斤粮食向她压过来的时候，她闭上了羞耻的双眼，只感觉到了六指身体的重量。

以后，六指把她堵在什么地方，她就在什么地方脱裤子，在高粱地里被周雨言窥见到的那一次是她最不能忘记的一次，她来了月经，身上还没干净，身子底下的血污曾经染红了高粱地。

一天晌午，当全队人都在田地里顶着日头劳作之时，她被六指堵在了自己的家里，她一如既往地抹下了裤子想仓促地和六指结束，六指淫笑着，一件一件地脱下了她的衣服，将她脱成了赤条条的一个，六指贪婪的目光使她无地自容，一个二十多岁的漂亮女人去接受她不愿意接受的男人的目击有多么凄怆多么委屈，她的羞辱被六指脱得一干二净，她只变成了一具有生命的活物，她本能地用手去护她的那个地方，六指拨开她的手，用第六根指头在她那儿抚弄。她一阵目眩，羞耻感于一瞬间死去了。从此，六指给她的耻辱上增添了一层厚厚的污脏的保护层，放荡不羁的想法像脱了缰的马一样在欲念的原野上奔跑。

周雨言不知道她活人过日子的这些内容，周雨言只看到在斗争会上挥拳头喊口号的宁巧仙，只看到和六指苟且的宁巧仙。在周雨言的眼里，宁巧仙只是她那个阶级的一员，只是作为红五类而存在着。其实，她和她的羞辱共同存在，她的存在是人的存在本身，是人类存在中的一个。

二十一

十五瓦的电灯光昏黄而淡漠。

周志伟和秦改香一同坐在灯下。

老旱烟的气味杂乱无章。

单调的愁楚像哑然的电灯光一样整齐有序。坐着不仅仅是坐着，不是坐着看戏，不是坐着听曲子，不是坐着参加学习会或批判会，那样的坐着有明确的目的，这样木偶般的坐着看似闲适、悠然，没有任何目的。周志伟只是坐着抽旱烟，不停地抽，秦改香只是坐着看周志伟抽旱烟。目的在心里装着，人坐着，心不闲。心仿佛一架X光机，气氛是X光机放射出来的，它看不见摸不着，可是能明显感觉到，感觉到气氛的难堪、无奈和煎熬。

周雨言不能没有媳妇，这个信念周志伟和秦改香都没有动摇。父愁子妻，这是责任。尽管他们要求很低：只要是个女人，哪怕年龄大一点或小一点，哪怕丑陋一点，纵然是个寡妇或残疾人也行，最起码是个女人。女人，周雨言的媳妇得是个女人，这个信念，周志伟和秦改香同样没有动摇。

几乎是每一个被界定为狗崽子的农村女孩儿都不愿意嫁给被叫作狗崽子的小伙子，女孩儿唯一的资本就是女孩儿本身，女孩儿唯一可以作为条件的就是她们的年轻漂亮，她们可以用自己的脸蛋儿自己的肉体换取另一种身份从而跳出狗崽子的泥淖争取做一个能被人正眼相看的人。对于她们来说，婚姻只不过是一个形式一种仪式，结婚并不重要，重要的是由此而得到的血统的改变，她们可以用自己本身去改变不光彩的、低贱的血统，就像人将骨头啃光后再用啃光的骨头煮锅里的肉一样。作为没有任何资本的周雨言，要想得到一个媳妇是很困难的事情。信念虽然没有动摇，可对周雨言的婚姻之事周志伟束手无策。

在生活面前，周志伟总是束手无策的。

周志伟早已将儿女们对这个家庭对父亲的依靠悄悄地转嫁给他的女人秦改香了。秦改香既是儿女们的母亲，又是儿女们的父亲。她独当一面地支撑着这个家，家中许多为难的事情都由周志伟打发秦改香去出面，即使到邻居家借一件农具周志伟也不肯去的，他被过多的自尊心困扰着。家里快要断顿了，秦改香只能给周志伟说一说，说了也是白搭，其实还不如说给外人听，如果说给外人听，也许还能换几句廉价的抚慰和意义不大却能使人平静的同情，而在周志伟那里，秦改香只能得到一声叹息，束手无策的叹息如同灰尘一样可以灰了你的心使你的心使你对活人过日子失去信心。一声不响的秦改香一声不出地出了门，她提着两条口袋讨要去了，一条口袋里装着讨要来的冷馍，一条口袋里装着讨要来的高粱面玉米面和玉米榛子之类。好强的女人将自己的自尊和羞耻一同装进了口袋之中，见了和她年龄相仿的她大叔大婶地叫，见了年龄稍大的，她就呼爷唤婆地恳求。在饥饿难耐之时，她将手伸进了主人家的猪食槽里去抓吃一块被主人丢弃的高粱面搅团，主人发觉之后，以为她是一个明目张胆偷人的贼就将她的头颅硬向猪食槽里按。人的尊严、母亲的尊严被污染上了污脏的猪食。秦改香抹了一把满脸满嘴的猪食，她站起来了，她没有流泪，她对年轻的主人冷静地说，我的儿子和你一般大了，你也是没有娘的。她妄图用尊严的践踏来唤回人的良知良能。她失去的母亲般的尊严是不是人类尊严的一部分呢？年轻的主人绝对不这样想。

周志伟不可能想到他的女人受辱，就在他的女人被人喝喊着吃猪食的时候，周志伟沉进了对往昔的回忆之中，他用回忆往昔来安顿自己的精神抚慰自己的灵魂。抚慰是不能解决肚子饿的，可是，有谁能阻拦他对往事的回忆呢？

县城里的枪声是七月初八晌午停下来的。

火药味儿和血腥之气还在县城上空袅袅地盘旋着，新的政权就诞生了。

周志伟走出了家门要去省城读干部学校，父亲理所当然地阻拦他，父亲的阻拦只有一个目的：周家的家业要周志伟来继承。枪炮声并没有将父亲从梦中惊醒，在他的想象中，新政权的建立只不过是改朝换代，换国号、换年号，就像袁世凯、黎元洪、冯国璋、曹锟他们一样，换来换去后来还是叫了民国。无论怎么说，商行还是我的商行家园还是我的家园，谁当朝也要商业流通也要经营土地也要有人当商人做地主，父亲的说法和发展着的局势大相径庭，周志伟不敢当面纠正父亲。他执意要去省城，父亲不肯，他就去求白玫。白玫对周景堂说，叫他去吧，你就是拢住了他的人也拢不住他的心。那时候，周志伟没有想到白玫会尾随而来。周景堂听了白玫的话，他才得到父亲的恩准。对于白玫，他很感激，自从父亲娶了白玫之后，他几乎没有正眼看过白玫，他被白玫的气质和漂亮震慑了，他很尊敬这个来自大都市的女人。尊敬成了他和她之间一条不能跨越的河流。

周志伟是临去省城的前一天走进母亲的坟地的，坟茔里有一股荒凉的幽怨之气。他一只手按住石碑默念了一遍字迹工整的碑文，正欲跪下去给母亲叩头，恍然看见母亲坟头的荒草在摇摆，再看时母亲已走出了草丛。站在坟头上的母亲横扫了他一眼说道：我料定你会来的。你这个败家子！母亲伸手一指，他踉跄着几乎跌倒在地。母亲鞭子样的舌头在家中不仅抽打她的丈夫她的儿子，连伙计们也免不了受伤。她恨不能一句话将你骂死，骂得你无地自容。她的一个贴身丫头就是受不了她的辱骂和羞耻而跳进后院里的枯井里丧命的。败家子？她怎么会骂我是败家子？周家注定是要败的，想求得永世的显赫，那是妄想。母亲为了这个家族的兴旺熬干了心血。他第一次无视母亲的冷眉冷眼，他说，我就是向这个将要破败的家来告别的。母亲一听，猝然倒地。坟地的岑寂使他觉得凄然。他跪在母亲的坟茔叩了三个头之后，离开了周家那片偌大的坟茔之地。在周志伟身上看不出一点儿母亲的影子，母亲是强悍的，他是软弱的；母亲是冷酷的，他是温良的。

上了去省城的火车，周志伟看着窗外潮水一般向后退去的庄稼还在回味母亲骂他的那句话：败家子！母亲不止一次地这么骂过他，他不小心摔了一只茶碗母亲骂他是败家子，他丢了一只纽扣母亲骂他是败家子，就连他走路的脚步声大了点母亲也骂他是败家子。你果真是一个败家子？周志伟一想起来就有点伤心，他要把那句话扔在凤山县的土地上，"败家"的责任不该由他来承担。飞转的火车轮子将碾碎他的过去把他带向革命的列车，他对他的革命想得很美好很美好。

唉！周志伟又开始叹息。

后来，你从省城里回来了，回到了凤山县。你将长袍换成了中山装，将短发蓄成了长发。你第一次享受了每月二十八斤的麦票和一年只有两套衣服两双布鞋的干部供给制，你充满着热情为革命奔波，你常常忙得赶不上吃饭的时间睡眠不充足，你忘记了独守空房的妻子而没有忘记你的革命。谁都知道你是土改工作队里的年轻干部，有谁能将你作为狗崽子看？狗崽子是十几年以后的新产物和你的革命时代无缘。也许，你赶上了的只是革命的最后；也许，是你脆弱的灵魂中融不进爆响的枪声和流淌着的人血；也许，你的革命只是像一片浸泡在水中的叶片，那细细的纤维和叶肉只在水里浸泡着，却没有发生质变，你只好在浸泡中挣扎。随着一串密集的枪声你的神经打战脸色发白了，你看见六十多只瓜皮帽子橡树叶一般飞上了天空之后又慢慢地落下来浸在血污之中，六十多个反革命分子倒在了新政权的枪口之下。尽管已经公布了他们的罪恶，你还是承受不了那场面，人头落地轰然倒下的血腥场面在你的头脑里持续了好长时间，你明白了革命的内容，从那天镇压反革命的公审大会开毕以后你的明白加重了分量——和人的生命较量是革命不可缺少的内容，革命不能那样温良恭俭让。你太看重生命了，不论是谁的生命你都痛惜，原来你的想法你的情感和革命还有那么大的差距，这差距连你自己也觉得震惊。于是，你小心翼翼地打了一个报告要求调动，你从副区长的位置上下来了，你走进了县政府的农林牧业局当了一名会计，你的工作是和账簿和算盘打交道。粮食、牲口、树木、棉花、布匹等等，没有生命的物质和商品在细而长的手指头下流动着，流向了账簿。在看似轻松的拨动中，算盘珠子中盘踞的是十百千万，是枯燥的阿拉伯数字，是不安，是失望，是恐惧，在算盘上颤动不已的手指头是心态的指针。

先是父亲被戴上地主反革命的帽子结束了开明绅士的政治生涯；而后，是家里的第二次被分了浮财，宣告对地主的又一次清算。

接下来是父亲的去世。

在你开始领取当干部的薪水没多久，你就断然地将账簿和算盘交出去了，你断然地结束了你的革命生涯回到了松陵村，你不是来继承家业的，周家的家业已经交给了人民。你在寻找平静和安然，你以为农村是平静而安然的。你以为做了农民就平静了安然了。可你从回到松陵村的那一天起就没有安然过没有平静过。

周志伟只能这样安慰自己：假如你的革命一直干下去，在没有多久就掀起的反右中你能逃脱吗？假如那顶右派分子的帽子被安在你的头上二十多年，你能安然吗？你虽然吃了不少苦头，你终究没有被戴上帽子，似乎是农民造反派还缺少给你制造一顶合适的帽子的能力，只能将你归入地主阶级的孝子贤孙那一类。这个归类天经地义，你本来就是孝子贤孙，你不痛恨祖父也不痛恨父亲，你痛恨不起来。尽管你也革命过，而你理解的革命不是将仇恨的感情强加给父辈。

周志伟觉得自己的父亲是一位真正的父亲，他对父亲既敬畏又崇拜。父亲的一生都在尽责任，他不遗余力地积累资本是为社会尽责任，他希图后辈的生活建立在富足的基础上，他的想法并没有错。周志伟不想用阶级敌人父亲或人民父亲去评判父亲的一生。

回忆不是豆腐渣。

他懦弱也罢无能也罢，他从内心里没有推脱自己的责任，对儿子们来说，他的责任如山。周雨言的婚姻之事使他烦恼不安。

“咋样？就按媒人说的办吧？”周志伟不再抽烟。

“这就苦了雨梅了。”秦改香说。

“你给她说清楚，雨梅是懂道理的。”周志伟说。

“还不知道雨言同意不同意这样做？”

“他不同意还想怎么样？”周志伟说，“像他那一茬子人打光棍的不少，事情只要能做成就很幸运了。”

“雨言固执得很。”秦改香面有难色。

“他固执也不能由他。”

这桩婚姻提说起来已有半年之久了，在这期间周志伟和秦改香都犹豫不决，对儿子有责任对女儿也有责任，他们不想因为雨言的婚姻而将雨梅搭进去。拖了半年也不抵事，要首先满足雨言的愿望就得先舍弃雨梅的愿望，他们的想法是：只要雨言同意婚事，雨梅的愿望就必须牺牲。

那时候，周雨言还不知道吴小凤给他做了媳妇要叫周雨梅嫁给吴小凤的哥哥，还不知道他的媳妇吴小凤是用妹妹雨梅来换的。

周雨言是吃毕早饭跟着媒人去相亲的。一场早雪过后，白皑皑的雪将天地间映照得很明亮，村子后面的雍山上挂着一层薄雪，青褐色的石头从没有挂住雪的地方戳出来格外显眼。没有太阳，没有风。清寒的空气中有一股麦苗的气味。走在前边的媒人一抬脚一咯吱，脚下的雪像被压得透不过气来。周雨言没有想到爱情，也不可能想，他是为了父母亲的责任去相亲的，他只是想，婚姻给他带来的将是什么？是他有一个女人？使周家有一个狗崽子的下一代？一想到婚姻的结果，他不寒而栗。他将手伸进衣服口袋里去摸，他摸到了母亲给他的那条手绢儿，热烘烘的手绢儿像一块石头似的在他身上敲打着。他脚下一滑，差一点儿滑倒。媒人回过头来瞪了他一眼，他不由得缩缩身子低下了头。走到一个村口，媒人对他说：“到了，雨言，就在这个村子里。”他站住看了看四周，手在鼻子上抹了两把。

进了门，院子里静悄悄的，瓦沟里的雪被麻雀弹下来粉一样地乱飞。媒人一踏上房檐台很有分寸地跺了跺脚，他也去跺，脚下跺出来的声音纷纷乱乱的。

一进屋子，他扫了一眼，就想，站在柜子跟前的那个姑娘就是吴小凤吧。他飞快地向姑娘一瞥。等那姑娘要看他时，他却将眼睛拧过去停在了房子门的门帘上，粗布门帘大概刚刚浆洗过，生硬地垂吊着。

也许，是由于媒人的精心安排，房间里只剩下他和她。他一看，她的睫毛长长的，五官很端庄，显得文秀而漂亮。他想，这么好看的一个姑娘生在狗崽子的家里真是委屈了她，他对她由怜悯而动情。

她问他："你二十几了？"

他说他二十一了。

他问她："你十几了？"

她说十八岁零八个月。

他说他叫周雨言在松陵村。

她说她就是吴小凤。

他有点局促，将抓住手绢儿的那只手从口袋里抽出来拉了拉粗布棉袄的前襟。她似乎想说什么，又没说。他就说："下雪天，还不太冷。"她说是的。他说："你们这村子真大。"她说就是大。

他没有话可说了。话语在这个时候不是细线，细线会把他和她串起来的。话语在这时候变成了一把扇子，扇起了房间里的气氛，这气氛陌生，但友好。他从衣服口袋里掏出来那条手绢儿给了她。她接过手绢左一看，右一看，看毕，就提住手绢的角儿轻轻地抖动，抖出了包在手绢里面的五角纸币。她弯腰拾起掉在地下的钱重新包好，将手绢收下了。临行前，母亲对他说过，人家女孩儿接住了手绢，事情就成了大半；如若不接，事情就瞎了大半。现在，手绢已经稳稳当当地到了她的手中。看来这个吴小凤要给他做媳妇了。

一见到吴小凤，周雨言倒希望他能有这么一个媳妇，她的文静、秀气和漂亮都出乎周雨言的预料之外。母亲只给他说叫他去相亲；只给他说，吴家昔日是大户人家，那个女孩儿是不错的。见了面，他才觉得，吴小凤是一个有教养的农村姑娘，和他愿望中的女孩儿很接近。他希望这婚事能成功。

周雨言是在村子后面的土场里碰见宁巧仙的。他老远就看见宁巧仙拉着一架子车土正向回走，宁巧仙的身子向前微弓着，单薄的衣服烘托出她滚圆的肩膀，丰满的臀部简直不是在扭动而是在跳跃。周雨言绕到小路上去想躲开她。宁巧仙眼尖，一眼就看穿了他的企图。她高声叫他。

周雨言听见宁巧仙叫他，只得又从小路上绕回来，他走到宁巧仙的跟前。宁巧仙浑身冒着热气，隔着衣服他能感觉得到她的汗水正顺着脊梁沟向下流去。宁巧仙喘着气，她放下了架子车不错眼地看着他。他避开她那尖厉的目光。

周雨言说："天气这么冷，你咋穿得这么单薄？"

宁巧仙一笑，她说："心里暖和就不知道冷，你心里不暖和？"

周雨言说："暖和嘛，我要娶媳妇了，心里能不暖和？"

宁巧仙说："娶了媳妇好，你快娶吧。"

周雨言苦笑一声："有什么好不好的？"

宁巧仙说："娶了媳妇，就知道女人了。"

周雨言说："我现在不想娶媳妇。"

宁巧仙抑制不住流溢的情感，她悲哀地问道："你爹真的要给你娶媳妇？"

周雨言说："真的。"

宁巧仙说："你才二十过一点，为什么要急着娶媳妇呢？"宁巧仙微微张开的嘴唇露出了狡黠的笑，如果说你娶媳妇是为了有一个女人，那不是有我吗？宁巧仙的笑里有这个意思，她不好挑明，只好用尴尬的笑对付心中的难言。她那两片红润的嘴唇在冬日的午后尤其动情，显露着对情欲难以满足的贪婪。

周雨言在做没有任何必要的解释："不是我急着要，是我爹怕我打光棍。"

宁巧仙说："现在有人愿意嫁给你，再过两年同样有人愿意嫁给你。"

周雨言说："谁还愿意嫁给我？我爹要将雨梅嫁过去，嫁给那女子她哥。"

周雨言低下头，仿佛做了亏心事似的理屈气短。周雨言订婚以后才知道事情是这样的。

宁巧仙一听，几乎是叫起来了："是换亲！原来是换亲。"

周雨言悲凉地说："这是我爹和我娘的主意。"

宁巧仙又笑了。宁巧仙的笑是用鼻子哼出来的，眼睛里有轻蔑有嘲笑一般阴沉沉的气息。她说："那样做，还不如睡你妹妹去。"

这是一句狠毒的话，具有鞭子一般的力量。周雨言被宁巧仙抽打得昏头昏脑麻木不仁，那句话钉子似的将他钉在村子后边的土场里。

睡你妹妹去

我听见这是从宁巧仙的嘴里说出来的话语原来有这么大的力量它在扩散在变幻变成一张大网一种味道一只拳头一道亮光

你说啥

我说叫你睡你妹妹去睡你妹妹去睡你妹妹去

你再说一遍

睡你妹妹去

你听着宁巧仙我不睡我妹妹我要睡你妹妹睡你女儿睡你娘睡你祖宗三代

你睡你媳妇就等于睡你妹妹

你给我闭上你的臭嘴

睡你妹妹去

你闭嘴不闭嘴

她用眼睛用鼻子用嘴巴用她的整个身子在向我挑衅

你再说一遍我就将你打扁在土场

睡你妹妹去

我怎么没有想到我睡吴小凤就等于睡雨梅你应该想到才是

周雨言睁开眼睛看时，宁巧仙不见了，路面上残留着架子车碾过的车辙。天地间灰蒙蒙的一片。田野上没一个人，只有他一个，灰蒙蒙的一个。

二十二

雨梅长大了。雨梅仿佛是在一夜之间长大的，长成了一个水灵灵的大姑娘。

妹妹的漂亮使周雨言惶惶不安。周雨言觉得漂亮的雨梅是祖母白玫的模拟和再现，如果说周家的家族是展厅中风格迥异的图画长廊，雨梅则是值得骄傲的一幅清秀的画。可能连周雨梅自己也没有想到，在她身处的时代里她的漂亮毫无价值，漂亮只是自己扼杀自己的武器。

周雨言给他的妹妹说：“你不能那样做，雨梅。”

雨梅说：“是我愿意，我愿意嫁给吴小凤的哥哥。”

周雨言痛心地说：“不是你愿意，雨梅。你这样做是糟蹋自己。”

雨梅说：“女大就要嫁人，咋能说我是糟蹋自己？你就是不娶吴小凤我也愿意嫁给她的哥哥。”

我们陷入沉寂之中。我找不出能够说服妹妹的言词，妹妹用沉默拒绝我的说服。斑斑驳驳的太阳光从窗外射进来停留在妹妹的身上。沉寂像暴涨的水一样将我们淹没了。我看见妹妹蜷缩在炕头啃一根玉米棒，她啃了两口就拿过来叫我啃。玉米是远房的姑姑偷偷地给我的，我偷偷地给了妹妹，妹妹只啃了几口就闭上了饥饿的嘴巴。妹妹问我长大了能不能给她买一件花布衫。我说能。我在心里说，一定要让妹妹活得滋润一些，哪怕我吃多少苦，也心甘情愿。现在，却由妹妹来怜悯我了。我不需要你的怜悯雨梅，你的怜悯会把我的心搅得更乱，会使我的自卑长成一棵参天大树。你需要温情你需要爱的滋养。吴小凤的哥哥比你年长近二十岁，我不是说年长二十岁就没有爱情，不是那样的。我知道你们没有任何相爱的基础连活人过日子的基础也不稳固，你的纤细和柔软怎么能够相容一个只读过三年书的粗鲁的男人？如果说如果说为了活人过日子你也不应该嫁给他那样的男人的。雨梅，你是咱家的画家，你比大哥更能画也更会画。用你给我换媳妇会葬送一个女孩子的年华和前程，尽管我们的前程是一片大雾，我们都应该相信我们会有将来的，我不该就这样葬送了你的将来。我们首先要拥有我们自己。

吴小凤啊吴小凤，你是永远也不会理解我对雨梅的情感的，你睁开眼睛看看，好多人都是为自己而活着，为了满足自己而苦心经营人生，雨梅这样做恰恰是抛弃了自己为了满足她的二哥。她在我的眼皮底下牺牲自己使人难以承受。可以说，她是整个人类男人的妹妹！我为不能善待她而痛心而羞耻

睡你妹妹去！

宁巧仙提醒了我，我应该感谢她才是。

睡你妹妹去！

我的灵魂在嘲笑我的行为。

睡你妹妹去！

这是最有力量的话语。有时候话语就是一把锋利的尖刀它扎进你的心中你只能让鲜血汩汩而流，即使你勉强地缝合了伤口那条明晰的刀伤会永葆青春，时刻提示着你。有时候话语就像一条无法度量的棍子将说话的双方挑在两头使他们彼此都无法接受。话语和行为迥然不同，它们在一些人那里会变成分别跑在两股道上的车，而且越跑越远越不能企及。话语一旦变成行为和行为合拍，对我来说将是多么的沉重而可怕！爱情、良心、愧疚、耻辱，这些词语一旦变成轻浮的话语从人的嘴里说出来就有可能堕落成虚伪的花边作为装饰品。这些言词蹲在我的内心，它们睁大眼睛看着我，审视着我的行为。

那些神情各异的画像是雨梅在她结婚的前几个月为自己画的。

周雨言冷静地阅读着妹妹的自画像，他发觉，十九张自画像不仅仅是十九个形象十九年的岁月十九种情绪，十九张画像画出了十九个灵魂十九面旗帜十九声呼喊。差别是细微的，只有仔细地审视才能看出中间的蜕变和蜕变中的难言。

从雨梅拿起画笔那天起周雨言就觉得这不是好兆头，周家不需要那么多的艺术家，艺术家只能迫使这个家族中的人的毁灭。周家需要的是人的知觉的麻木想象的单纯精神的愚昧和做人的忍受。周家的这一代人只能是别人存在的对应物，过多的灵性会无声地挫伤对应面的对应面。然而，谁能阻挡住雨梅呢？她的画作似乎是来自天籁，无师自通。

周雨言记得他和雨梅在四面是墙而没有屋顶的土炕上的那一夜。夜里，他被雨梅叫醒了，透过昏黄的煤油灯，他看见了对面的土墙上有一幅画，画儿是用没有烧过的火柴棒儿画出来的，确切地说只是一些线条，正是这些线条准确地表达了他和雨梅在四面土墙中露宿的烟灰般的情绪。他问雨梅，墙上的画儿是谁画的？雨梅说是她画的。他惊愕不已。你应该迟钝一些愚笨一些才是，你的灵秀是你的真正的坟墓，妹妹。后来，那些土墙变成了一堆废墟，而雨梅的画却依然站立在废墟之上。

雨梅画得很随便，她画风景画人物画飞禽，她的笔下也有了一个太阳，一个扁的太阳。雨梅笔下的太阳和她的哥哥笔下的太阳大不一样。雨梅笔下的太阳似乎被什么压扁了，上面残留着明明白白的压迫和压迫着的呼喊。哥哥笔下的太阳是从地平线上跃出来的，跃上来的时候就带着沉重。太阳本身并不扁，是难以负载的沉重将它拖扁了。

画家的艺术生命将被婚姻埋葬。

“你不要说服我，二哥。人是说不服的。”周雨梅说道。

“你不觉得二哥这样做很残酷吗？”周雨言说。

“做人本身就很残酷，你认为做人是快乐的？亏你读了那么多书。”

“你不懂，雨梅。”

“你才不懂。我说过，我愿意嫁给他，明天我就去领结婚证。”

浓郁的夜色无声地堆积在屋外，时间犹如漫无边际的沙滩，周雨言似乎为找不到跨越沙滩的方式而困惑不安。屋内暗淡的灯火闪动着一股苦涩的味道，小小的房间里有点敏感，仿佛弓弦，一触即发。

白玫看了一眼周雨言说道：“雨言，闹房的都走了，你睡去吧？”

周雨言看看发黄的炕席，他恍然看见他睡过好多年的地方有个叫雨言的少年依然躺在那儿，蜷曲的样子似乎就在母亲的子宫中，混沌而安详。

白玫说：“小凤一个人在房间里，你快去。”

周雨言说：“我就睡在这儿。”他用眼睛指了指他睡过的地方。

白玫说：“结了婚，就应该和你媳妇睡在一块儿，你不是孩子了，还要人来指教？”

周雨言说：“叫我再睡……”

白玫打断了他：“不行。”白玫用手推着周雨言的脊背，她说：“二十几了，还不知道给媳妇解裤带？”白玫并不知道周雨言不去自己房间睡的缘故，她将周雨言推出了屋外。

站在院子里的周雨言忐忑不安。夜色浓密得如同旺盛的小麦一般。你不能对付难堪的夜晚不能对付你的婚姻就像不能对付生命中的每一个环节一样，你找不到适合你的方式，你觉得每一种方式都是另一种方式的重复，内容都是屈从：屈从了狗崽子屈从了时间屈从了环境屈从了用雨梅给你换媳妇屈从了人的耻辱。人的屈从中可以暗藏阴谋和杀机，包括力图实现的报复。从你的屈从中还看不出这种端倪，你的屈从只是屈辱的另一种说法，你唯一可以安慰自己的就是你和宁巧仙的那种关系，你从一开始就不承认在你们的关系中不是你屈从了宁巧仙而是你征服了她，尽管你没有淋漓尽致地和她翻云覆雨进入她的肉体。你的征服是你心理中的常任理事。

正月里的黑夜惊恐不安。惊恐不安的夜晚犹如吴小凤那双好看的大眼睛，吴小凤惊恐不安地看着周雨言，看着他沉默的肉体和沉默的欲望。他的沉默是骚动不安被压抑后的变态，是无可奈何的翻版。周雨言只能用沉默回答他的媳妇吴小凤，对于吴小凤的惊恐不安他视而不见。

周雨言回到了自己的房间。

吴小凤用生疏的目光偷偷地斜视了周雨言一眼之后就开始脱衣服了，吴小凤脱得很缓慢，仿佛每脱掉一件衣服就丢弃了一份欲望，对已经做了自己的丈夫的一个叫作周雨言的男人的欲望。母亲不是暗示吴小凤而是十分透彻地给吴小凤指明了结婚对于一个姑娘的意义，女孩儿从结婚的第一天晚上起将名正言顺地成为一个真正的能担当起女人名分的女人了。母亲的意思是说，真正的女人是男人给予的，女人应当愉快地接受男人的给予，愉快地接受男人的进入，用自己的血染红一个真正的女人。好多天过去了，周雨言没有给予吴小凤女人而是让她一如既往地保持着处女的困惑。周志伟和秦改香为他们尽到了父母的责任沾沾自喜，很自然地产生了卸下了重担的轻松，他们完全有理由忽视儿子和儿媳的房事。当白玫看出了某些破绽以后就不再叫周雨言在她的房间里逗留片刻，这是她唯一能做到的。

周雨言没有正眼去看吴小凤，周雨言知道吴小凤不会在他的目击下脱得一丝不挂的。周雨言觉得吴小凤每脱一件衣服就给他增添一份难以抗拒的诱惑，这诱惑不是叫他进入吴小凤的身体而是叫他一头栽入负罪的深渊，罪恶感的一池水温吞吞地冒着热气向他招手呐喊。

睡你妹妹去！

周雨言强压住自己如炽的欲火不让它抬头，愚蠢而残酷的方式仿佛一个玩蛇的人硬要叫百足之虫僵于媚丽的阳光之中。

睡你妹妹去！

这是武器。对周雨言来说，是最具有杀伤力的武器。

单薄的内衣衬出吴小凤丰满的肉体和身体的曲线，她的美丽给房间释放出了一股女孩儿的气息，尽管填入视角里的吴小凤只有一瞬间，蓬蓬勃勃的一瞬间充满着不可抗拒的力量，它的容量胜过婚后的一月多。顽强的一瞬间使周雨言难以克服，就像难以克服生存中的无数个障碍物一样。周雨言硬是强迫着自己使欲念向理智低头。你还是惧怕，惧怕美的肉体，惧怕热烘烘的带着香味的女孩儿的气息。困难的周雨言改变了屈从的方式，他选择了逃跑。周雨言从房间里走出来，他扑进了坚硬如铁的黑夜中。

周雨言轻重不一的脚步声像麦糠一样钻进了祖母的眼睛中，一直注视着周雨言和吴小凤的白玫听见周雨言出走以后来到了他们的房间里。灯火依然暗淡。吴小凤偎着被子半躺在炕上，目光里释放出无望的神色。

“你睡吧，小凤。”

白玫再也找不出能安慰吴小凤的贴切话语了。她明白，她的安慰只能承担不必要的虚伪，只有将周雨言找回来才是最实在的。

白玫理了一把乱发。

“这么说，你们还没有来过一次?”

白玫觉得，她是迫不得已才这样问她的孙媳妇的，她想用吴小凤的回答来证实她的感觉的准确。

“他老是躲着我，不叫我近身。”

吴小凤几乎要哭了。

吴小凤说周雨言几乎每晚都和衣而睡。说有一天晚上她睡醒的时候发现他脱光衣服躺在炕的那一头，她就小心地去近身，他却长长地趴在炕上，两只手搂住枕头在炕上磨蹭。吴小凤藏匿了自己的羞耻说得很露骨了。

“你睡觉，我去找他回来。”白玫走出了房间。

周雨言被江河一般的黑夜淹没了，冲走了。

周雨言在漆黑如炭的夜晚里茫无目的地漂浮着。

漂浮是手段不是目的。

睡你妹妹去！

周雨言带着宁巧仙杀伤他的武器走进了宁巧仙家的门。他不是从门里走进去的，而是从土墙上翻越而过，他的胆量大得惊人。周雨言去推房子门，门死关着。他机敏地拨开了木格窗子的小闩子用手去推，里面的窗户没有关，他就将手从里面的窗台上伸下去，一把抓住了宁巧仙的头发。宁巧仙在睡梦地里问了一声："谁?"他没有吭声，他从窗户钻进去一脚踩在了炕上，宁巧仙半带慌张半带惊喜地抱住了他被黑夜浸洇得冰凉而麻木的身体，她压低声音说："你咋这时候来了?"他不回答她的问话三两把抓下了她的内裤向炕那头一丢。"你是怎么进来的?"他还是不吭声。他的两只手粗鲁地抓住了她的两只奶头，他坚挺的玩意儿粗野地进入了她的身体，他的来势十分凶猛，仿佛一把利刃在她没有任何防备的情况下就向她直刺而来。他从来没有这样过，在仅有的几次交欢中，他不是早泄就是阳痿，要么就害怕得抖动不已。他还没有像今夜这样能够进入她的身体。鲁莽而粗暴的行事使宁巧仙有点难以招架，她难以相信气喘吁吁不停抽动着的会是和她掐断了情意的周雨言，会是无能的周雨言。此刻的周雨言正处在狂暴之中，他一意孤行地蹂躏着女人，他的心目中没有夏双太没有夏秋月，他根本就没有想夏双太和夏秋月睡在什么地方。也许他们就在炕的那一头，周雨言哪里去管这些。他放弃了屈从放弃了羞耻放弃了自己，只剩下他那个尚未疲倦的玩意儿。宁巧仙只感到了周雨言从来没有过的凶猛，至于他深深地埋藏在粗鲁中的想法宁巧仙是无论如何察觉不到的。

睡你妹妹去！

冷酷的语言被宁巧仙磨得很锋利，它刺得周雨言鲜血淋淋。

周雨言由仓皇而放肆，他放肆地在宁巧仙的田地里粗放地耕耘，如此反常的行为，宁巧仙不由得不惊骇。

苍白的灯光抹在祖母房间里的窗纸上，周雨言回来的时候祖母没有睡。

白玫在街道上找了一圈，不见周雨言的人影，她又走到了村子外边，雨言雨言地喊他。

田野上空无一人，白玫失望地回来了。走进家园的白玫再也难以入睡，她弄不明白雨言和小凤不和谐的原因在哪里，在她看来，小凤是优秀的，是完全可以和雨言相配的。周雨言从沉重的黑夜里钻出来走进他家院子里的那一刻，祖母把一声意义明确的叹息赠送给了他，温暖的叹息像一个强大的问号写在周雨言从宁巧仙家里出来之后的空格里，写在周雨言新婚的文章中：你这是为什么？

你这是为什么？周雨言木然地推开了房子门，他不敢看吴小凤半眼，一上炕，就和衣而睡了。

吴小凤抬起疲倦的双眼看看一声不响而躺倒的周雨言，向炕那头偎了偎，又退回来了。

睡你妹妹去！

周雨言痉挛似的动了一下。

吴小凤看了几眼睡在土炕那头的周雨言，泪水直涌。她没有一点儿睡意。静谧的夜晚给她增添了一份身在他乡的孤寂和凄凉。她恍然听见窗外簌簌作响的下雪声。

下雪了。

积雪开始消融，被尘土和稀泥弄得很污脏的白雪使下雪天失去了一份应有的美好情调只留下了不堪入目的画面。周雨言和吴小凤踩着正在消融的雪水来到了公社革委会的所在地，这是他们的第三次见面。他们是来领结婚证书的。

就在前一天晚上，父亲将周雨言叫去和他进行了一场很认真的谈话，父亲蹲在炕头一连划了三根火柴也没有点着烟就将烟锅从嘴里摘下来端在手里。父亲对他说，你还指望啥呢？啥指望也没了，你怨我也罢恨我也罢，我给你把媳妇娶进门就算尽到了做老人的责任。我真的是没有一点儿指望了吗？我只剩下连着骨头带着肉的周雨言了吗？我活着就是为了把周家的血脉传下去？你这是尽什么责任？父亲。周雨言的心里像是一片茅草地。房间里流动着一股凄婉悲壮的气氛，那气氛呛得周雨言心里发痛。周志伟和秦改香等待着周雨言开口，只要周雨言答应了去领结婚证，他们悬着的心就落了地。周雨言插进父亲咳嗽的间隙说，你不要再说了爹，我给你们领结婚证去就是了。

周雨言来到公社革委会的时候，吴小凤正在革委会门口张望。

给周雨言和吴小凤办理结婚证书的公社办公室主任眼里含着隐隐约约的晦暗，他一笑，那晦暗扩散得满脸都是。主任将蘸笔伸进墨水瓶里蘸上墨水之后又将笔尖在瓶子口边一点一点地磕掉，然后，又去蘸。主任填好结婚证书，盖了公章，身子向后一仰，眯起细细的眼看着周雨言和吴小凤。

你俩唱首革命歌曲。

他看看她。她看看他。

唱。不唱就别想拿结婚证。

她看看他。他看看她。

唱。

她咽了一口唾沫站起来了。他也跟着她站起来了。

她说唱一首敬爱的领袖毛主席怎么样？

主任说，行啊，你们两个都唱。

他怎么也张不开口，他怎么也唱不出来。歌曲是她独自一人唱的。

主人问他，你咋不唱？

他说他不会唱。

主任说，不会唱就别想拿结婚证了。

她就说我替他唱。

主任说，你替他唱就得再唱两首。

她说，两首就两首。

她又开唱了。她唱了一首《大海航行靠舵手》和一首《社员都是向阳花》。歌声洒在了他的心里，他心里别别扭扭的，冰冰凉凉的。他扭头一瞥，主任脸上的晦暗饱满无比。为什么领结婚证书要他们唱歌？

周雨言和吴小凤分别揣着渗有三首革命歌曲的结婚证书走出了公社大门，他们谁也不说话。游走着的太阳从薄云里探出半个脸，阳光照射在积雪上，反射的白光刺人眼目，周雨言和吴小凤都拣着脚步走，脚底下的稀泥脏而发黑，一不小心就有滑倒的可能，这是一个必须小心提防的日子。吴小凤走得比较稳当，她先开了口，她说人家叫你唱歌，你咋不唱？周雨言说，那是羞辱人。她笑了：又不是批斗你，咋能说是羞辱人？只有批斗才是羞辱人吗？他不想回答她，她不理解什么叫羞辱人。他经常遭到羞辱和欺侮，连领结婚证书也不放过，对此，她却没有觉悟。他冷冷地看了一眼吴小凤。从那一天起，她就用惊恐不安的眼神来看他，这眼神和她那双好看的大眼睛实在不般配。

周雨言撩起了被子的一角钻进了吴小凤睡的那一头，吴小凤对周雨言的响应是身体的微微颤抖，她的激动她的渴望是女孩儿共有的含蓄和羞涩的另一种表现。一个女孩儿变成女人的前奏曲似乎是奔腾不息的大河，而水面是平静的。周雨言的一只手搭在了吴小凤的肩头上，吴小凤随之由侧身而平躺了，周雨言向她跟前偎了偎。周雨言的手顺着她的胸脯触摸，手过之处，给吴小凤留下了难言的美妙，这是男人的手对她的第一次触摸，她的欲火被这只手点燃了，男人未进入她的身体之前的紧张油然而生，她的神经绷紧了，身上的肌肉发出了心灵的回声。女孩儿新鲜的气息使周雨言陶醉，随着他的抚摸，他下身的那个东西开始勃起，他侧过身搂抱住了她；她大概也已感觉到他勃起的东西触到了她的大腿的一侧，她的呼吸变得急促，似乎一场风暴即刻来临。他已完全被欲念控制近乎麻木了。他颤抖着抹下了她的内裤，就在他要翻身爬上他的媳妇的身体进入她的身体的那一刻，一个冷酷的声音在呼喊：

睡你妹妹去！

周雨言即刻松弛下来了，他的精神和他的那个玩意儿一同疲软，正在酝酿的暴风雨悄然逝去。渴望着的吴小凤茫然地看着发白的窗纸，她在尚未听到旋律的韵味之前耳畔就送来了板弦戛然而断的脆响，房间里仿佛留下了蜜蜂振翅般的嗡嗡声。两个人各自玩味着心情颓丧的凉意。周雨言逐渐地趋于平静了。吴小凤发冷似的在被窝里抖动着。

周雨言看见抖动着的是他的妹妹周雨梅。

大红被子裹着一件蜷曲的尚有生命的静物。

处女鲜红的血已经染红了周雨梅的麻木不仁，当男人理直气壮地在她的田地里耕耘的时候她连一点拒绝的表示都没有，她唯一所能做到的就是驱使自己大度地从自己美好的肉体里走出来，走上祭坛，祭坛就设在她的眼前。帮助人们将雨梅推上祭坛的还有你，周雨言。周雨梅在走上祭坛的时候使用了最后的语言：我愿意，我愿意上祭坛。文字的排列组合和雨梅的心声完全相悖着，这一点，周雨言最明白不过了。用语言进行人和人的沟通有时候是徒然的。

在许多平淡的日子里，被推上祭坛的雨梅被平淡地撕裂着，司空见惯了的撕裂声搅动着残余的时间。你似乎听见雨梅在平淡地说，让撕裂来得快一点，反正我感觉不到疼痛。你听见妹妹的声音只想一头在南墙上撞死，哪里有兴趣去和吴小凤交欢？你对雨梅说，妹妹，即使你牺牲了自己，我还是不能对付吴小凤的，除非你从祭坛上走下来，重生一个完整的你。

躲在黑暗的洞穴里的周雨言想挽救自己又无法自救，他一方面叫自己把自己苦苦地折磨，一方面对苦役不堪负重。他觉得，在这个家庭中，在这个人世上，唯独就是他的祖母白玫能够谅解他理解他和他沟通。终于在一天傍晚，周雨言孩子般的扑进了祖母的怀里含着眼泪向她诉说。

二十三

白玫躺在生命即将结束的河岸上。白玫仿佛要亲眼看一看她生命的最后是怎么样被卷走的，听一听人的生命被卷走时将发出怎样的声响。

周雨言，你不要叫我，让我安静片刻吧。白玫似乎已经看见那条混浊的河水喧哗不止，在巨大的旋涡下面生命的潜流渐渐地沉睡了，只有一股细如游丝的哀怨在幽幽地作响。生命断然要和这个世界隔绝，白玫清清楚楚地看见了她周围的广漠和荒凉。她想叫自己平静下来，在平静中结束自己，可灵魂还在幽深的地方苍白地呼喊。

陈松陈松陈松。

我们都以为我们越走会离你越近，我更相信艰难地跋涉和悲苦地等待后将会矗立起一座丰满的希望。在战火镣铐的土地上和饥饿啃遍的田野里我们寻寻觅觅：寻找陈松，寻找爱。或者叫什么，目的是一样的。灾难的阴影每日每时都在尾随着我们却不可能淹没一个戎装的你，我无数次地看见你跟将军在炮火中穿梭连同吉普车布满血丝的眼睛。如果说我在千里之外的祈求有明亮的目光，这目光每时每刻都没有离开你的背影，陈松。

从仅仅可以栖身的窑洞里爬出来我对咱们的娘说我梦见了你，梦见你挽着我的手臂在师范学院里的树荫下散步。娘听罢，苍凉地笑了，她大约知道儿子的秉性，在硝烟滚滚的炮火中面对日本人带血的刺刀她的儿子早已将儿女情长束之高阁了。而我的睡梦不仅没有搁置刻骨铭心的情爱反而一如既往地温热。

从河北到山西，从山西到河南，从河南到陕西，在那些日子里，我们谁也没有觉得我们是在撤退，我们是在前进，朝一个充满希望的目标前进。迎接我们的前景出乎意料，不是陈松，不是爱，而是流浪，是饥饿，是茫然，是茫无边际的虚空。面对虚空的目标我不由得暗自流泪，怅惘难眠。当我们扑倒在凤山县里的街道上的时候被战争弄得如惊弓之鸟的庄稼人从我们眼前匆匆而过，只有一些市民们用陌生的眼神对我们好奇地一瞥。我从昏迷中睁开眼一看，周经理的眼神中蕴含着善良和敦厚，在他把我抱起来跑向医院里去的时候我看不出他有任何邪恶的企图。我们在周经理的接济中又惶惶不安地挨过了一些时日，在坚硬的时间里我用一个痴情女人仅有的力气吹着希望的肥皂泡——陈松或者爱。我说过，叫什么都可以。娘似乎有一种预感，她预感到将会有一种什么样的东西蚕食掉我美丽的年华，她做出了逼嫁儿媳的壮举足见她的大度和宽容。她似乎不忍心我的漂亮无望地被时间冲刷掉，她将男人和女人之间的那种关系看得并不严重，她看中的是一个活生生的女人。做了周经理的太太，躺在他的身旁，我还在可笑而顽固地谛听：我总相信天籁有音，有一天，你会突然归来。我用肉体欺骗着已经做了我的丈夫的周景堂。伪造情欲几乎是每个女人都能拿得出手的平常菜，我也不例外。将肉体和灵魂分割开来放在两个盘子里分别给予两个人是不是一种罪恶感？人只有到了最后才会这样审查自己。现在，我才明白，世人都被那句男人进入女人身体的脏话蛊惑着折磨着。我做了这么多年农民从来没有用那句话骂过谁，其实，那句话是平民语言的一种，是很实在的，它概括了男人和女人的渴望，实实在在地道出了我们活着的目的的一个部分。人都是为那句话中道出的内容而活着，无论你为你的活着增添多少堂皇瑰丽的光环都走不出那句脏话。人只有在离开人世时才能体味到他遗憾的是什么，他和这个世界割不断的是什么。说穿了，是那句脏话中的内容和内容的外延和内涵。我知道，你绝不会这样去体味一个年轻的女人的，你以为这是命运对我的安排。我的灵魂曾经告诫我的精神：认命吧白玫。然而，我的灵魂和精神在安慰中欺骗，在欺骗中安慰。

陈松啊陈松，你最后馈赠给我的眼神迫使我将它带进坟墓里去。你以为我嫁给周景堂是一个卑贱的女人熬不住的选择？你以为我落到这种地步是命运对我的惩罚？你不过是为了开脱自己，为了欺骗自己，为了欺骗我。男人的阴险狡猾、出其不意和女人的诡诈贪婪、美丽谎言使人可怕，尤其是你的欺骗使我不寒而栗。我要告诉你和你的太太以及儿女们：普通的劳动人民是善良的，尽管有时候他们被权力操纵做错了事情，他们的善性在骨子里，只有他们才相信良心，相信人是有良知能力的。你虽身居高职，地位显赫，可你的灵魂是丑恶的，从你搬运母亲遗骨的那天我就看透了你，爱情对你来说只是肉体需要的另一种说法，还没有那句脏话的内容那么纯粹；女人在你手里只不过是个玩物，你会像玩弄权势一样玩弄她们，我料定你的太太也难逃脱。你还要我为你坚守贞操吗？即使我为你坚守贞操又能怎么样呢？对于女人来说，贞操是什么？是薄如纸的处女膜？是对自己的刁难和压抑？贞操是什么也不值的，它不过是男人的祭品而已，这是我最后打扫生命的房间准备关上门的时候才发现的。发现了一钱不值的祭品苍凉地搁在房间里。现在，我只剩下了一具躯壳：干瘦、丑陋，失去了活力。我将在寂静中悄然地死去。这个世界虽然不偏爱我，可我依然留恋它。我的生命的游丝迟迟不肯断，是因为雨言扯着它，雨言的血管中并没有流淌我的血，可他是我爱得要命的孙子，是精神上的情人，他曾经无声地化解了我的寂寞和孤独。

雨言，我敢说，在这个家庭中，我是能窥见你的内心的。宁巧仙的肉体不能解救你，和她在一起，你不能消除你的恐惧心理；小凤的温顺不能解救你，你不能接近她是因为你不能超越你的罪恶感。解救你的只有你自己，可是你没有解救自己的能力。你来到这个荒唐的世界上本身就是荒唐。离开我，勇敢地培养你的勇气和能力，这才是至关重要的。

祖母死了。

白玫死了。

在周志伟的眼里白玫只是雨言的祖母，几十年来，他对白玫的感情一直没有升华到母与子的伦理上来。周志伟对白玫是平淡的，僵硬的，仿佛平平淡淡的姐弟一样，僵硬也是平淡中的僵硬。他崇敬她，不是崇敬她的出身而是崇敬她的做人。她毕竟是沦落了的知识女性，在艰难的境况中她曾极力保持知识女性的那份自尊和庄重，忍耐和不慌不忙。父亲的自私、浪荡和固执以及农民共有的弱点被白玫衬托得清晰如洗，虽然白玫不是故意做出来的在极力掩饰着，但人的质量的差异就像不同的化学药品在试纸上的反应，其结果是无法改变的。

在雍州区工作的时候，周志伟很少回家很少到城里来，也很少和白玫搭嘴。他们不得已在一起，她问他什么，他也只回答什么，连一句多余的话也不说，言语间表现出来的冷淡白玫似乎从不计较，没事儿一般，依然志伟志伟地叫他。周景堂似乎看出来了周志伟和白玫之间的间隙，他也曾经用不孝之子的家规训斥过周志伟，周志伟几次想给父亲言明他对白玫的一些看法，但一看见白玫那略带忧伤的眼睛和眼睛里饱含的友善就欲言又止了。那时候，革命的他扮演者革命的卫道士也扮演者道德的卫道士，他剔除了古城墙下两个人相拥相抱的情感因素，举起道德的“责任”硬向白玫身上压，并因此判断女人是否安分守己。有一次，他单独和白玫在一起，白玫突然问他：你应该把我叫什么？问话的突兀使他不知端底，他愣怔地等待下文。她说，你应该把我叫妈，你母亲未去世以前应该叫二妈，你母亲去世了，叫妈才合适，你怎么不叫呢？他被问得满脸通红好不自在。他没有叫过她妈，这是真的，尽管他应该叫她妈。他怎么能叫她妈呢？可以说他和她在一个年龄层次上，他们的情感中没有母子关系的丝毫原汁，谁也没有去做后天培养。对呀，她说，你怎么能把我叫妈呢？在我和你父亲的关系中你承认我是他的女人，你我之间并没有建立母子关系，你认为这重要还是不重要？你也是读过书的人，你说伦理是什么？是打人的石头？伦理是虚伪的，你说咱俩之间还不够虚伪吗？我不是你心目中的那种女人，我也不需要你来看守我的思想。你走吧，我不想看见你。她无力地挥了挥手，扭过头去，像从心里抹掉了什么。他听见她在低声抽泣就没有当即走开。他不认识似的看着她。她对他动了感情的羞辱使他看清了自己的虚伪，他觉得有好多话要对她说又说不出口。他想，你为什么是我父亲的妻子？你为什么要做他的妻子？

在那次话别以后，周志伟对白玫就格外敬重了。敬重使他和她疏远了，以至于她躺进棺材里的这一天，他还为和她始终没有进行心灵上的沟通而难受。是父亲扼杀了她？是她自己扼杀了她自己？是她所处的环境扼杀了她？是我们大家包括那个叫作陈松的人共同扼杀了她？

周志伟被深沉的悲凉搅动了。他见过爷爷的死见过父亲的死见过生身母亲的死见过伯父的死，他们都死得辉煌而气派，他们用死去证实他们在人世上的作为和人格品性，就连白玫的妹妹死去之后扼腕痛惜的人也不少，而白玫的死就格外凄楚，他连一口好棺材也装不起，没有钱买木料，周志伟拆了几块木板楼上的木板，卸了灶房门上的门板，东拼西凑，再从锅底上刷下来一些锅墨涂抹一下，凑合了一副棺材，棺材看起来还不如像样的蜂箱。看着那副棺材，看着没有盛殓的白玫，周志伟流泪了，眼泪无声地从心底里流出来以致不可抑制而大哭不止。

灯光的影子像树枝一样在抖动，秦改香希望自己能够安静地坐在一个什么角落里想一想，白玫的离去使她觉得心里像被拧去了一个角，院子里也空旷了许多。白玫实实在在地给她做了几十年婆婆。她叫她娘，从内心里叫。白玫说出的每一句话、做出的每一件事都是熨熨帖帖入情入理的，她的言语和行为都表示着她的品性的与众不同。面对白玫，秦改香仿佛一个小学生站在讲台下面看着老师在讲解一道难解的数学题，她尊敬这位来自大都市里的女人，尊敬她的出身，更尊敬她的做人，她刚进周家门的时候以她奇怪的目光去审视白玫，她真不明白，这位漂亮的城市女人为什么要嫁给可以做她父亲的一个男人？慢慢地，她从白玫身上感觉到了一股怆然的冷艳。秦改香从心理上不可能接近白玫，只能远距离地去看她，从她抑郁的神情中，秦改香觉察到了白玫的无奈和被逼迫的人生，当时秦改香还不能体味这个女人，特别是白玫这个年轻女人所处的生存境况。后来，当她的生活也处于无奈之际之后，她才深深地体味到了白玫的苦楚，这种苦楚不仅是贫困的生活和自尊心的被扼杀以及人的被羞辱所能全部概括的，苦楚包括女人对自己的扼杀，紧紧地扼住欲念的咽喉将它扼死在人欲之中那才叫苦楚。公爹离开人世时，白玫才三十九岁，对于女人来说，这是一个须将自己赶快嫁出去让自己尽快燃烧的年龄阶段，是女人最富丽的秋天。从三十九岁那年起，白玫就开始在黑暗中匍匐了。让觉醒的肉体残酷地闭上眼睛，这对女人来说是多么残酷的事情，白玫就这么残酷地活着，她的活着只是用来对付艰难的生活。秦改香记得，那一次，她去要饭回来的时候已经暮色四合了，透过夜幕，她看见白玫在村口等她归来，白玫从她手中接过面口袋一同进了街道，就在街道上她们碰见了夏全华，夏全华的手电像利剑一样劈过来，夏全华问她们干啥去来。白玫说是去要饭。夏全华的手电在要来的面口袋上一扫，冷笑一声，白玫将面口袋塞给她，推了她一把，叫她先回去，她眼看着白玫被夏全华叫到大队里去了。第二天，白玫替她上了一次批斗会，罪名是借要饭给社会主义抹黑。白玫对她的儿女们投入的爱比她更具有人情味，这使秦改香对白玫一直感激不尽。

吴小凤想哭不会哭。哭也是一种技巧，特别是面对死者人们能将哭表演到极致，无论是从哭的姿势还是从哭的声调儿上来说。人们可以充分地施展哭，施展虚情和假意。吴小凤也曾经目睹过不少女人的哭，她们哭得有腔有调有声有色，一条白毛巾掩着嘴，掩起了整个儿的面目，看不见泪水看不见表情只听见了哭。吴小凤曾经被那些哭感动过，当她从哭中看出来哭的表演的真相后就对哭特别反感，怎么把哭变成了一种武器一种符号一种恶性了呢？不会哭的吴小凤再也控制不住自己就哭了，她的哭声仿佛榨油菜籽时随着给木梁的施加压力发出的吱吱声。她一声一声地叫着祖母呀你不能走！她觉得她的好多话对她的亲娘不能说对她的公婆不能说对谁也不能说只能给祖母说。祖母发现了她和雨言之间的不和谐后就明白无误地问他们房事怎么样，祖母问得很坦然，起初，对于祖母的询问她还吃惊羞涩，之后她明白了，明白祖母不是在窥探她，明白了知识女性在对待男女之事上和庄稼人相比更坦白更真实。她坦然地将一切都告诉了祖母，不曾放过每一个细节包括干那事的经过，和祖母对话比和姐妹和朋友对话更无所顾忌。当祖母证实了她的预感——吴小凤并没有成为女人以后比她更焦灼。祖母巧妙地给她传导女人进攻男人的方式和女人获得男人的途径。当男人的肉体上了某种意识的圈套之后，肉体并不会变成意识的工具而是在偷偷地反抗，这时候，女人的引诱和挑拨起着不可轻估的作用。祖母不是教她怎样去交欢，祖母开导她，教她用自己肉体的芬芳化解雨言意识上的迷雾。祖母就是一座桥，她愉快地叫人从她的桥上走过去，自己从不抱怨。

周雨言最悲痛不过，哭声不是他表示悲痛的方式。祖母的死去再一次证实了他的感情的脆弱，他是最需要爱的乳汁喂养的一个男人。从一出世，他就被裹在祖母爱的襁褓中，除祖母以外，他没有找到爱的替身，宁巧仙不能替代，吴小凤不能替代。祖母的全部努力是想叫吴小凤替代她对他的爱，他能理解祖母的一片苦心，就是很难走进吴小凤的爱中。祖母去了，祖母的离开是对他的爱的终止，没有打招呼就终止了，这是他最痛心的。祖母对他的爱，爱到了难言的地步。周雨言想起了祖母说过的一句话：你娘怎么不把你生成一个女孩儿？要是生成一个女孩儿就好了，造物主在你身上出了个差错。在祖母心目中，他大概是一个女孩儿。是他的气质中有女孩儿之气？是他没有出落成一个粗犷的男子汉？女孩儿把初潮叫“来了”，第一次的月经使不少女孩儿惊慌，她们只能把“来了”，诉说给粗心的母亲，求得安慰和体谅。他不知道男孩儿该叫什么，反正是“来了”，他的那个东西从那儿流出来了，他梦遗了。他的“来了”是祖母第一个发现的，是祖母安慰他，为他成为一个“男人”而高兴，鼓励他振作起来。

祖母对他的爱不是偏袒，不是偏爱，她仿佛是在爱一个“女孩儿”的周雨言。爱是一点一滴地积累，是慢慢地渗透，和风细雨式地渗透。爱包含在一口饭食里，一颗青杏中，一个举动里，一个眼神中，也包含在精神的滋润中，还有祖母本身。他的肉身子从儿时就在祖母的怀抱中，他从祖母那里感受到了人的存在本身，感受到肉体的温暖肉体的奥秘以至成年后的破译和肉体的获取都离不开祖母的启示。现在，他看着似乎平静而睡的祖母，一想到这具曾经很圣洁的身子不久就会化为灰尘变成一具骷髅在暗夜里发出蓝荧荧的磷光，周雨言心如冷灰，他的悲痛凝结成无声，用沉默去面对死亡。

夏全华发了话：白玫不能埋进公坟，公坟是人民的公坟，是安葬劳苦一生的人民的，地主婆不能和人民同处一块坟茔。这就是说死去的白玫没有葬身之地。

死无葬身之地！

周雨言气鼓鼓地走进了六指队长家的院门。他的表情冷酷而激愤，他叫了一声队长站在院子里冷眼相看。六指队长说：“周雨言，你有什么事，就到屋子里去说。”周雨言昂奋的情绪像水一样高涨着，他说他不到屋子里去，他说我找你只是给你说一声，如果生产队里不给我们一块安葬祖母的地方，我们就把祖母埋在院门前的街道上了，不然，就给你抬进家里来。周雨言从来没有这么愤怒过，他的愤怒使六指队长有点诧异，他说不叫白玫进公坟不是他的意思，他说不论是什么人，死去就得有一块安葬的地方。他似乎说得很有人情味。周雨言说：“照你说，你同意将我祖母埋进公坟？”六指队长说：“我有什么不同意的，话要夏全华说了算。”临走出六指家的院门时周雨言的坏心绪依旧像棉花一样充塞着。

周雨言要去找夏全华被周志伟拦住了。周志伟知道夏全华是什么事情都能做得出来的，将尸首搁在家里不准你安葬还要召开大会批判你们一家，那时候，局面就难以收拾了。周志伟又要叫他的女人秦改香出面，他听说夏全华的女人正在织布，周志伟叫秦改香去给夏全华的女人织一天布，再通过夏全华的女人给夏全华说情。周雨言一听就指责父亲：“你软弱了大半辈子，什么本事都没有，所有的本事就是支使我娘。”一句话触到了周志伟的痛处，他恼羞成怒一时又找不到发泄的途径。周雨言并没有错怪他，为了能吃到一点返销粮，周志伟支使秦改香去伺候夏全华坐月子的大女儿，寒冬腊月，秦改香忍气吞声地劳累了二十天，婴儿连续啼哭了好几个夜晚，她熬红了双眼，夏全华的女儿反而埋怨秦改香不精心而吵得她不能成眠，骄横的女人竟盖头将尿盆里的尿水泼在了秦改香的头上，她只能将委屈潜藏在内心深处。周志伟用他的女人的耻辱蒙住自己虚弱的自尊，而让自己的屈辱像蜗牛一样蜗在脆弱的躯壳之中。秦改香一看周志伟那张怒气斑驳的脸，说道：“给夏全华的婆娘去织布我倒不怕累，也不嫌丢人，我就怕到时候夏全华说咱想拉他下水，事情也没办成，还耽误了时间。我看就叫周雨言去求夏有福吧，他当过多年的贫协主席，夏全华和六指都怕他几分的。”秦改香这么一说，周志伟也就放弃了自己的想法。

走进夏有福家，周雨言叫了一声有福叔，喉咙眼里便叫泪水堵住了。

周雨言读小学六年级的那一年家里十分困难，尽管学费和书杂费只要四块钱，他还是交不起，无望中只好辍学了。还没有锄把高的周雨言扛着锄头去给生产队里锄地，夏有福问他为啥不去读书。他说没有钱交学费。夏有福问他要多少钱。他说四块。夏有福将他偷偷地叫去给他塞了四块钱。他扑通一声就给夏有福跪下了，夏有福将他扶起来，给他擦了擦眼泪，叫他快去报名。

批斗会上，夏有福也挥拳头也喊口号，批斗他们的那天，夏有福甚至到前台来踢了他一脚表示着他的阶级立场。就在开批斗会的第三天黎明，他起来之后发现房子门口立着一个粮袋，他用手一捏，口袋里装的是小麦。他将口袋抱进屋一看，口袋上写着夏有福的名字，即刻明白粮食是谁送来的，他扑在粮食口袋上眼泪直涌。黑夜里，他暗暗地给夏有福把空口袋送回去的时候，夏有福显得很平静，他只是说，你把口袋放下，回去吧。

六指队长总是千方百计地用最苦的活儿整治他，夏收时节，六指队长派他去半坡的地里拉麦子，沉重的架子车陷进酥软的麦地里，他弯腰曲背艰难地行走，每走一步都要付出很大的力气，月亮上来的时候，他还没有把分派的麦子拉完，车到半路放了崩，车翻人仰，他被麦捆子埋在了下面，压得透不过气来。在地里割麦回来的夏有福将他从车底下掏出来，帮他将麦子拉进了打麦场，正好六指队长在场里指手画脚。夏有福指住六指说，姓刘的，你少做些损阴德的事，娃才十六岁，为啥要这么整治他？人心太狠了，儿孙生出来不长屁眼。六指不敢将夏有福怎么样，他装作没听见，从打麦场的北边走向了南边。夏有福这么一骂可惹怒了六指队长，他以为是周雨言在夏有福跟前说了他的坏话，第二天派他去向麦垛子上撂麦捆，这更是力气活中的力气活。酷热之中，站在热气烘人的麦垛子跟前不停地向几丈高的麦垛子上撂麦捆子，周雨言被折磨得气喘吁吁，大汗淋漓，到了半晌午一阵头晕恶心，他手持谷叉栽倒在麦垛子跟前什么也不知道了。

夏有福已经两鬓斑白了，黑黢黢的脸上铺满了皱纹，那副百折不挠的骨架似乎还耸立在干瘦的肉体之上没有坍塌的意思。周雨言进来的时候，他正坐在太阳地里，抬头仰望着高高的蓝天，面部的表情中滞留着儿童般的纯真又有一种茫茫然然的神情。

周雨言将不准祖母进公坟的事说给夏有福听，他还没说毕，夏有福就打断了他。夏有福说："雨言，你回去，我去找夏全华，要批判，叫他们批判我好了。活人有罪，死人有啥罪？谁都是从娘肚子里出来的，谁都要到黄土地里去的。我们都是人，活着的时候争来斗去，一口气断了，啥也没有了。"

热泪盈眶的周雨言从夏有福家里走出来，走上了街道，本来就不太宽阔的街道上堆积着太阳投下的土墙粗糙的阴影，阳光照射的街道被阴影挤得十分窄小，走进街道宛如钻进了喇叭花的花口。姑姑说，这喇叭花是远方的祖父从半坡里折回来的。姑姑手里攥着喇叭花在挑逗我们对花的渴望，当孩子们一拥而上的时候，姑姑把手中的花传给了我，我对花草没多大的兴致。我护着手中的花是因为花是姑姑的花。喇叭花的香味随着我的奔跑雪花般的在街道上飞飘。姑姑说雨言，你向咱们的街道上跑。咱们的？这是咱们的街道？是咱们奔跑的世界？夏全华说，你是自不量力，谁和你是咱们？你对自己说雨言，这个世界上就没有你的空间，你不可能和"咱们"分享一个空间。天下者，我们的天下？我对姑姑说，我们回去，姑姑脸蛋红红的宛如一个豆蔻年华的少女，她的脸上有几滴泪痕，老师给女同学说，你连一个句子都不会造？你坐下，叫周雨言造。我说，我是人我爹娘我婆都是人。你连狗都不如？黄狗狺狺地叫着从院门口跑进来，黄狗无望地从后院跑到了前院，我听见狗的惨烈的叫声。黄狗在人们的围剿中死在"大跃进"的棍棒之中。狗肉作为肥料施进了玉米地。肥大的猪画在墙上。娘将嘴伸进了猪食槽里。我们都是人。我对哥说，我得承认，我们是赎罪的一代。都是人？周雨言想，为什么夏全华和六指对咱们那么狠？而夏有福又是那么善良？人和人是不同的。

周雨言刚走，夏有福就去找夏全华，夏全华到大寨参观学习去了。夏有福又去找六指，找见六指他劈头就问："为啥不给白玫坟地？""你说为啥？"六指双目逼视着夏有福，"我问你，你是啥立场？你是不是还想给周家拉长工，受二茬罪?”夏有福一副无所谓的样子，他说：“你就说我和地主婆穿一条连裆裤子，就说我没有阶级立场，说啥我也担当得起。我只问你一句话，白玫埋不埋?”六指说：“不埋。”夏有福指住六指骂道：“你放屁!”他说：“狗杂种，咱走着瞧。”夏有福气汹汹地走了。

夏有福来到周志伟家，他叫周志伟和周雨言共同去给白玫打墓。

周志伟小心地问道：“六指队长同意了?”

夏有福说：“管他同意不同意，你们只管跟我走。”

周志伟有些惊诧：“这能行吗?”

夏有福干涩的双眼喷着火，他问道：“你们去不去？不去，我就一个人去了。”

周雨言说：“去，咱两个走。”

午后，夏有福和周雨言走进了公坟地开始给白玫打墓。

夏有福用镢头勾了一块坟地，两个人不声不响地挥动着农具干了起来。下午的阳光斜斜地挂在墓地里的几棵柏树上，墓地里空旷而寂静，黄土的气息很舒缓，它将公允地迎接人的最后归宿。在飞鸟的啼鸣声中周雨言抬起了头，六指队长领着三个人朝墓地匆匆而来了。

墓坑刚挖开，六指队长横眼一扫给夏有福说：“老贫协，你现在就停下，准你没事。”夏有福没有理睬六指的威胁依然抡着镢头。周雨言低着头，挥动着铁锨。六指队长给三个年轻人说：“上去，把手里的家伙给我夺下，看他们还敢不敢胡来?”三个年轻人跳进不深的墓坑去夺周雨言和夏有福手中的农具。五个人抱成一团在墓坑里滚过来滚过去，黄土灌进了他们的领口和头发里，沾得满身都是。两个人终究抵不过三个，周雨言被两个年轻人抱住了，夏有福手中的镢头也被夺去了，夏有福弯腰抓起两把土向六指身上乱扔，近乎癫狂的夏有福脏话满嘴摇着头颅谩骂六指。六指不还口也不还手，他指挥三个年轻人将周雨言和夏有福拖回了松陵村。

回到家，周雨言扑倒在祖母的尸体上失声痛哭。他哭到了不能自已混混沌沌的地步。秦改香含着眼泪说：“雨言，你光哭顶什么用？咱想办法将你婆安葬了才是。”周雨言站起来，他擦了擦红肿的眼睛，出了门，去找宁巧仙。

正在砖瓦窑的窑门口捡拾半截砖头的宁巧仙看见从小路上走来的周雨言，一头钻进了窑内。周雨言的深夜闯入终于给她留下了销魂的美好回味，她以为暴风骤雨之后，他和她的天空将是一片蔚蓝。可是，自那以后，周雨言和她彻底地疏远了，先是不理睬，接下来便是躲避，老远就躲着她走开。她由渴望转向了恨，恨不能砖头砸死他。思念中的女人已经不满足用肉体接触男人享受男人了，肉体享受和思想的拒绝会在一条道上朝两个方向跑，对六指她就是这样。和周雨言在一起，她的思想和肉体才能友善地握手。深夜里，当她夜不成眠的时候，思想像张大的嘴巴仿佛在缺氧的高原上呼吸。而肉体就近乎窒息了，这是难耐难熬的，只有她这样的女人才能体味到，她一旦想到周雨言和吴小凤正在交欢之时牙就咬得脆响。她决计，不再理睬他。

宁巧仙从砖瓦窑里端着砖头走出来的时候，周雨言站在窑门外的架子车旁用忧虑的目光盯着她。她将砖头搁进架子车里。周雨言沉默不语，她第二次走进了砖瓦窑。她不是看见，而是感觉到周雨言动也没动地站在那儿脸上的神情有些阴沉。宁巧仙将捡来的砖头端在手里，她一看见窑外周雨言的影子又空手走了出来，她凝视满脸怨郁的周雨言等待他开口。周雨言躲开她的目光，说："有件事我要求你。"她讥讽道："你还用得着求我吗？"周雨言说："我没有工夫和你绕圈子，你说愿意不愿意帮我？"宁巧仙抬眼去看，周雨言的神色十分凝重，就说："只要我能办得到。"宁巧仙说罢，走进窑内去端砖头。周雨言跟着宁巧仙进了砖瓦窑。窑内的光线不太充足，仿佛从镂空的竹筛子里筛进去的，尘埃和二氧化碳的气味在飞旋。宁巧仙捡了两块半截砖头拿在手里，她弯下腰去捡拾第三块，砖头已拿在了右手，又放下，一屁股坐在了已经发黑的稻草把子上。"有啥事，你说呀。"周雨言木然地说："我婆死了。"宁巧仙说："我知道。"周雨言说："六指不让她进公坟，没有地方安葬。"宁巧仙把左手里的两块砖头也扔了，她说："你是说，让我去求六指？"周雨言没吭声，这是不言而喻的事情，宁巧仙明知故问。她冷笑一声："我能求得动吗？"周雨言一听，抬脚就要走，宁巧仙一把拽住了他的衣角，她颤颤地说："三天之内安葬不了你婆你来找我，这还不行吗？"周雨言这才舒了一口气。宁巧仙笑了，她的笑声有点寒碜，她说："雨言，现在轮到我求你了。"宁巧仙紧偎过来。周雨言说："我婆死了。"宁巧仙说："你婆死了和我爱你有什么相干？"周雨言恨不能一拳头将宁巧仙打倒在地，他咬了咬牙向宁巧县跟前靠了靠。宁巧仙亲昵地说："我在求你，你还不答应？"宁巧仙将几张稻草把子铺开了。周雨言微微闭上了双眼。夕阳开始收束最后一缕光。砖瓦窑里是一片死寂。

宁巧仙理了理被稻草把子弄乱的头发从砖瓦窑里出来的时候，周雨言已走出了她的视线。她猛地一拉架子车，两块砖头从车厢里滚出来，砸在了她的脚踝上。她皱了皱眉。

安葬了祖母，周雨言坐在祖母的新坟前泪如雨下。

暮色像风中的一棵小树在摇摇晃晃。周雨言的眼泪滴在灰色的夜幕上犹如明亮的光点在闪烁不定。他不是在哭，而是在抖动，整个身子在不停地抖动着。他双手伏地身子蜷在了一块儿。祖母说，你咋蜷成一团了？你说，就这样好。你说你用两条腿挟住我。她侧过来身子展开了双腿，你将你的腿搁在了她的两条腿中间，你感觉到了她的肉身子。一阵风扫过，几只归鸦在柏树上聒噪，光线越来越暗了，窑壁上模模糊糊的，只有砖头的气味很猖狂。她一只手捂在你的尻蛋子上，将你向她的身上掀。她说，你快下来呀。你说，就这样睡下好。你就这样在她身边睡到了结婚的前一天晚上。她抓住了你的那个玩意儿，她说，你咋不来劲？我不能，我不能这样，那样不是乱伦吗？乱伦是有罪孽的。你说，你不能那样，白玫，你是我的祖母，她说，谁是你的祖母？我不是你的祖母，我是宁巧仙。你说，你就是我的祖母，你把我搂紧，祖母一直这样搂着我睡。她说，你睁开眼看看，我是宁巧仙。你说，你是宁巧仙也是我的祖母。他叫了一声祖母，抬起了泪眼，祖母孤零零地躺在黄土堆中，为了给祖母挣得这一块坟茔，他将他的屈辱又加厚了一层。柏树上的归鸦不再聒噪，墓地像夜晚一样安静。

祖母的去世给周雨言增添了新的恐惧和不安。安葬了祖母以后，他越发觉得孤单了，无望中，他来到祖母的墓地，痛哭了一场。

（原出版单位：长江文艺出版社 2000 年 12 月第 1 版）

统万城

高建群

匈奴这个话题，是人类历史的一根大筋，一旦抽动它，无论东方，无论西方，全人类都会因此而痉挛起来！这个来自中亚细亚高原的古老游牧民族，曾经深刻地动摇过东方农耕文明和西方基督教文明的根基，差点儿改变历史走向。尔后，华丽地转身，突然一夜间消失。只留下一座废弃了的都城，一个匈奴末代王的名字，一任后人临陈迹而兴叹，借此作那无凭的猜测。

——作者题记

序歌　走失在历史迷宫中的背影

哦，可怜的不幸的面色苍白的歌者啊，你走入了一座迷宫——历史的迷宫——距离今天一千六百年的历史迷宫。你试图走出来但是走不出来。你像一匹被关在马厩里的马一样，不管往哪个方向碰，碰到的都是栏杆。

“带我走出去吧！”你在胡碰乱撞中，试图寻找把你领出这迷宫的人。

那是一个乱世，中国历史上一个被称为“魏晋南北朝五胡十六国”的乱世。那也许是中国历史上一个最为黑暗、最为动荡的岁月，那同时又是一个张扬激情、张扬个性的岁月。那是中华民族的一个南北大融合时期，正如卡尔·马克思所说：“民族融合有时候是历史前行的一种动力。”那又是这个苦难的东方种族历史大链条中不可或缺的一截。

在那乱纷纷的时代里，英雄美人列队走过，各种魅力四射的人物纷纷登场。

不幸的可怜的面色苍白的歌者，他看见了一个人的背影，接着又看到了另一个人的背影。他走上前去问路。

那第一个背影回过头来，这是一个身披黄金袈裟、深目高鼻、胡貌番相的高僧。“你好呀，僧人，我认出了你，你就是那伟大的智者，被称为大智之华的鸠摩罗什。一千六百年的草绿草黄之后，一千六百年的春凌秋汛之后，你的前额依旧光洁，你的目光依旧睿智。那么，你是在这路口等候我吗？”

“是的，我在等待，等待一位面色忧郁的行吟歌手，等待一个周旋于历史与现实两个空间、长袖善舞的歌者。我已经等待了一千六百年之久，终于等到了一位能够写我的人。”

“我——笔力不逮的我，能够胜任吗？”

“可怜的人，写一部《鸠摩罗什大传》吧！你会写好的！你将因为我而不朽。”

“我感到自己有些头晕，不过我应承下这件事情。高僧啊，能为我写这部书说几句祝福的话吗？”

“我送四句偈语给你，它将佑护你一路走过，直到完成这部书。这四句偈语是：云远天高古道长，沙漠驼铃震四方。晶莹最是天山月，为尔遍照菩提光。”

“让我试一试吧！”歌者有些惶恐地说。

当歌者说完这句话，抬眼看时，那位身披黄金袈裟的僧人，已经远远遁去了，消失在迷蒙的远方。而在那迷蒙的远方，一千六百年前的另一个岔路口上，一位面色愁苦的将军在那里站着，正在向他招手。

歌者认出了那位将军。

他和鸠摩罗什高僧一样，同样是一个有着一身故事、一身传奇的人。不过鸠摩罗什被称为“大智之华”，这位将军则被称为“大恶之华”。

歌者走上前去，他说："我认出了你，王——万王之王，你就是五胡十六国时代的那位显赫人物，匈奴末代大单于赫连勃勃。你那脸上的三道刀痕告诉了我，是你！你那一身锈了的铁衣告诉了我，是你！你身后那座昔日曾辉煌无比，现在已被风沙掩埋、颓败坍塌的统万城告诉了我，是你！"

"是的，我是伟大的王者赫连勃勃，一个曾经在塞外旷野之上筑过一座匈奴城的赫连勃勃。请问，歌者啊，坊间还在流传着我的故事吗？众口滔滔，以讹传讹，还在到处传诵着我的恶名吗？"

"是的，不好意思，还在流传着，关于王，关于城，关于那个乱世纷争的时代。不独有传说，还有歌，比如，最近就流传着一首歌，人们把那歌归入流行歌曲！"

"我也能进入流行歌曲吗？我真想听听那歌是怎么唱的！"

"那歌得让大男人用女人的假嗓子来唱，我唱不好，不过我可以试一试——

把酒高歌的男儿是北方的狼族。
人说北方的狼族，
会在寒风起站在城门外，
穿着腐锈的铁衣——"

赫连勃勃听了说道："这说的是我——确实是我！他们看见了我穿着腐锈了的铁衣，像一个孤魂野鬼一样，在我的城——统万城的大门口，拍打门环，扬声叫门的情景！那些传说我不认可，不过，这首歌我认可！"

歌者说："我想我有责任，把将军的认可和不认可告诉世界——只要我能走出这个一千六百年前的迷宫！"

"你能够走出的。这历史的迷宫虽然叫人一头雾水，尽是盘陀路，但是有一个办法，可以走出。你找一个或两个人物吧，靠他们领路，你就能轻易地走出。那历史的景况虽然光怪陆离，但其实是有迹可循的，抓住一两个历史人物，让人物从历史的大事件中穿肠而过，这历史就立刻尽收眼底了，你就能轻易走出了！”

“那么，请你，尊贵的王者，为我带路吧！”

“我当然会为你带路。跟着我走吧，这一段历史我走过来了，一个真实的草原英雄——匈奴末代王的故事，也就告诉你了。加上你刚才遇见的鸠摩高僧。匈奴王的故事，高僧的故事，这个时代就基本可以概括了！”

“那么，王的意思是为赫连勃勃也写一部大传吗？”

“是的，我已经在这城外游荡了一千六百年，等待一个能写我的人，能将一位真实的草原英雄写出的人，从这儿经过。很好，我等来了你——这位行吟歌者！”

“让我尝试着写吧！我不知道能不能写好。”

“写吧！可怜的人，写成一部赫连勃勃大传，把一个真实的赫连勃勃告诉世界！把一个为匈奴民族发出天鹅最后一声绝唱的王者告诉世界！”

“歌者啊，值得写的——你将因为我而不朽！”赫连勃勃最后说。

第一歌　你看那高贵的马

“男人的事业在马背上，在酒杯里，在女人的卧榻前！”

最后的匈奴王赫连勃勃，在整整一千六百年前的那个悲惨的早晨，在统万城即将被攻破，在显赫一时的匈奴大夏国大厦将倾之时，躺在草原上一个简陋的羊圈里，躺在美人鲜卑莫愁的臂腕上，这样说。

那一刻，太阳正在草原的另一头，从大河套的深处，从黄河的右岸冉冉升起，朝霞给这座旷野上的血光之城罩上一层虚幻的玫瑰色。那一刻，在秦直道另一端的长安城，在一个名叫草堂寺的佛家寺院里，大智鸠摩罗什高僧已经圆寂，他静静地躺在一座舍利塔下，归于泥土，只有他那舌头，还在塔中间的一个神龛上，向外放射出像火苗一样形如莲花的光亮。

此一刻，在遥远的欧罗巴大陆，赫连的兄弟，那个被称作阿提拉的伟大人物，正像一座沉默的、会移动的山峰一样跨在马上，站在多瑙河的右岸注视着欧罗巴大陆。阿提拉大帝的背后，是他的三十万草原兄弟。

“让我最后一眼看看我的草原，看看我的马吧！”

就要离开人世的赫连勃勃，大口大口地喘着气，这样说。

辽阔的草原上，马儿在吃草，一群一群的，风一样地来去。每一群马都由一个头马领着。那头马时而扬起蹄子，奔上就近处的一个高丘，然后静静地伫立在那里，欣赏着它的马群的吃草和行走；一会儿又嘶鸣着，走到队伍后边，用蹄子去踢那因为吊着一个大肚子而行动迟缓、跟不上队伍的母马。

而一只鹰隼，这草原上的君王，天空的永恒的流浪者，它正驾驭着气流，平展着双翅，在草原的上空平稳地翱翔着，不时发出几声尖厉的长唳。它的两只翅膀巨大的阴影，从草原上缓慢地云彩般掠过。

“那是马……”赫连勃勃说。

“是的，那是马，高贵的马！忠诚的马！给我们提供脚力的马！哦，我们高贵的朋友呀——马！”鲜卑莫愁附和着他的话说。

那是马，高贵的马，两只尖尖的耳朵像风向标一样三百六十度不停旋转的马，以走的姿势、颠的姿势、四蹄并举而奔驰的姿势，从那被时间的黑色幕幔遮掩中向我们冉冉走来的马。那是谁在说呀，“人类最高贵的征服，乃是对马的征服，是圈养马的那一刻，是以一种优雅的姿势跃上马背的那伟大一刻！”

马有三种行走方式，第一种叫走。这个走，是像竞走规则上所说的那样，四条腿打直，膝盖不许弯曲，然后四条腿风驰电掣般轮流交替。马背是如此的平展，骑手骑在马背上，不摇不动，像行驶在草丛之上的一条船。这走嘛，又分为小走和大走。小走马，它的步幅要小些，后蹄窝刚可以压住前蹄窝；而大走的马，它的步幅大极了，后蹄窝往往要超过前蹄窝一拃长，马的那四条长腿像蚂蚱的长腿一样，像带串铃的大走骡的长腿一样。

第二种姿势叫“颠”。草原上的歌儿里唱道“翻腾的银蹄像银碗”，说的就是马儿的这种“颠”的姿势。马在颠着，撒着欢，蹄花翻飞，一路行云流水湍湍驶过，再加上串铃声声，叮当作响，草原上此一刻于是布满了音乐。这时候如果有一只鹰隼贴着骑手和他的颠马，翅膀低垂、平稳飞翔，跟在他的头顶，那一幕真是美极了。

那第三种姿势就叫奔驰了。马的两只前蹄并拢，高高扬起，向前砍下；两只后蹄则随前蹄一齐律动，也是同时扬起，同时落下。那情景像一只追赶猎物的豹子，它的腰身在这一剪一剪中不时拱起，脊梁杆儿拱成了一座山。那修长的脖子和脖子前面连接的马头琴一样的头，随着律动，一下，尽可能地向无限远的远方伸展而去；又一下，深深地窝回来，夹在了两只扬起的前蹄中间。而在这诗意的奔驰中，那尾巴像一把扫帚一样，长长地、平展展地拖在身体后面，飘浮着，像一道浮在草原绿浪上的黑瀑布、红瀑布、金瀑布。瀑布的颜色要视那马的颜色而定。

不过在牧人的口语中，那“奔驰”不叫奔驰，而叫“挖蹦子”。是的，它叫“挖蹦子”。当一群马，马蹄上钉着马蹄铁，尤其是这还拧有四颗防滑螺钉的马蹄铁，莽撞地、粗野地、雷霆万钧地砸向戈壁滩时，戈壁滩上溅起阵阵火星，马蹄急急如雨，以千钧之力砍下来，地皮为之震颤。那情景，“奔驰”两个字，好像太弱了，它得叫“挖蹦子”。

好啊，挖蹦子！那是一种怎样的景象呀，那是一生都匍匐在大地上，一生都与平庸的地形地貌为伍的农耕民族永远无法想象出来的腾挪之美，跨越之美，飞升之美。马的每一根鬃毛都藏着风，世界退避三舍，在远远的地方看着它奔驰——这是果戈理在《死魂灵》中说过的话。这话当然是说得好极了。不过叙述者在这里可以比他说得更好。

那每一根鬃毛里藏着的不仅仅是风，还有那一滴滴黑色的血液。马朝天扬起的口中喷出白沫，发疯一样地奔驰着，每一个毛孔都在向外迸出血珠来。出血最多的地方是两个丰腴的前膀子。血流出来了，同时流出来的好像还有汗，血和汗交织在一起，湿漉漉的。前膀子上的毛，拧成一团一团。骑手在奔驰中，伸手一摸，一巴掌通红的血。

当你走近一匹马，走入一匹马的感情空间以后，你会发觉，马其实和人一样，也有笨马、聪明的马以及智商极高的马之分。马的智慧，也是随着年龄的增长而增长的。一匹老马，已经老得没有一点儿防御能力了，它静静地四腿木立在那里，但是没有一匹马敢靠近它或侵犯它。如果你细心，你会发觉它的两只尖耳朵像风向标一样三百六十度旋转，屁股会悄没声息地转向侵犯者方向，一只蹄子已经轻轻翘起，那叫“弹”。

叙述者还想说，一匹走马，一匹颠马，一匹挖蹦子的马，它们的行走方式不同，但却都可以成为好马。它们的行走姿势，一半靠的是天赋，那是与生俱来的能力；一半靠的是骑手用三年的耐心所“压”出来的后天的能力。

叙述者还想说，一个人如果这一生有幸去过北方，并且有幸与一匹马为伴，那么，不管他后来到了哪里，居家何方，他的身体停止在马背上颠簸了，但他的思绪，还将一直颠簸不停。他将永生不得安宁。

——这个统万城的故事，正等待着亲爱的读者走近它。我们的主人公，那个名叫“赫连勃勃”的人，在颠簸的高车上，在迁徙的途中，早已忍耐不住，等待着呱呱降生。

出于对一个生命出生的尊重，我们的饶舌，到这里是不是该结束了，从而让《第二歌》出现？

第二歌　生在高车上的男丁

赫连勃勃出生在一辆高车上。他出生的那一刻，这辆高车的两只大轮子正在辚辚滚动。出生在路途上，这是宿命——匈奴人的宿命。这个游牧民族从我们知道它的那个年代起，就是这样风一样地往来无定，云一样地漂泊为家了。

那是高车。两个奇大无比的大轱辘是用白杨木做的。吱吱呀呀的车轴，是枣木，或者槐木的，或者青冈木的。轮子之所以如此的巨大，是为了能碾出路程——道路确实是太漫长了。两根长长的辕干，里面往往塞着一匹老马，或者一头长着弯弯犄角的犍牛。然后就是车厢部分了。通常的车厢，只铺着一层薄薄的板子，用来装载物什，使役者翘着屁股坐在辕干上或者骑在马背或牛背上。但是也有另外一种高车，两只夸张的大车轱辘上面，驮起一个小小的篷屋一样的东西，那里面住着老幼妇孺，那是匈奴人移动的家呀！

从地平线渐次隆起者，是青海的高车；

从北斗星宫之侧悄然轧过者，是青海的高车；

而从岁月间摇撼着远去者，仍还是青海的高车呀！

高车的青海于我是威武的巨人，青海的高车于我是巨人之轶诗！

瘦瘦的，脸色苍白的，神经质的，留着乱蓬蓬的头发、戴着眼镜的诗人昌耀这样惊呼道。

从那昌耀的高车上传出一声婴儿的哭声。哭声很响亮，很尖厉。尽管有马蹄的踏踏声，有车轮的辚辚滚动声，但是这婴儿的哭声顽强地盖住了它们，从而让这个世界知道自己来了！

一个独眼的女萨满从血水中将婴儿捞出。“是个男丁！”她瞅了一眼说。女萨满那只鹰隼般的独眼闪闪发光。她说：“他是逆生的，脚先出来！他首先伸出一只脚，不停地摇晃，好像是在试这世界的水深水浅似的，好像不愿意走出来似的！那脚丫子上的小拇指头是浑圆的一块，虽然角质还没有变硬，但是那粉红色的趾甲盖，是浑圆的一块！”

女萨满继续说：“需要将这孩子拽出来，慢慢地拽。逆生，不正常出生的人，按照民间的说法，会是一个不安生的人，一个不按常理出牌的人。哎呀，他露出了小鸡鸡！祝福草原人丁兴旺，百草繁茂！现在，他彻底地出生了，扁平的头颅，粗短的脖子，两颗黑豆儿一样的眼珠。哎呀，这样的体型，正适合在马上行走！”

喋喋不休的女萨满从血水中捞起这个婴儿。她把手伸出车外，看也没看，顺手接过一把业已在牛粪火上烤红消毒过的刀子，顺过刀来轻轻一割，为孩子剪掉脐带。孩子睁开眼睛，在颠簸中努力地瞅了一下这个世界，哇哇地哭起来。

“你那么弱小呀！你会长大吗？你能承受住这流离颠沛长途迁徙吗？你会成为一个男人吗？”女萨满感慨地说。

女萨满叹了一口气，仍旧用这把刀割下自己袍子的一角，熟练地将孩子包起。“告诉主公，孩子降生了，是个男丁！母子平安！”女萨满探出头来，朝窗外随马车一起行走的士兵说道。

孩子被载在了车上继续行走。他将在这大轱辘高车上长到三岁，然后跃上马背，在马背上又长到七岁，最后在一次满门三百口被杀的重大变故中，只身一人逃出，开始在大河套地面风一样奔走，开始他的事业，他的霸业。

第三歌　赐一位英雄给匈奴草原吧

女萨满从走动着的高车上扶着辕干跳下来，她的手里捧着孩子的胎衣。她得寻找一个地方，一个有标志的地方，将这胎衣埋掉。这是她在接生以后所进行的最后一道工序。

川流不息的迁徙队伍，仍在赶着路程。女萨满来到一棵树下，这棵树叫白杨树。白杨树是北方的平凡的树木。而此一刻，偌大的河套平原，空荡荡的，唯一的标志物也许就是这一棵树了。于是女萨满在树下掘出一个坑，然后郑重地将那孩子的胎衣埋掉。

她埋得很深，防止有野物侵害。如果有野物将这胎衣叼了去，那这孩子一生的命运就时时会有不测。

白杨树立在那里，斑驳的树身，伞一样的华盖。那季节大约正是盛夏，它的树冠是如此的葱茏，勃勃向上，郁黑的白杨树叶像巴掌一样在风中拍出雨点般的巴掌声。在这一望无垠的草原上，它显得如此突兀。

女萨满鹰隼般的独眼熠熠有光。她盘腿坐在地上——是双盘而不是单盘，这样更显得郑重其事一些，然后，两手举天，面对埋葬胎衣的地面，面对大河套平原，吟唱道：

“上苍啊，赐一位英雄给匈奴草原吧，为了五花盛开，为了人丁兴旺，为了这一股潮水能够继续流淌，永日永夜，而不至于像草原上的潜流河那样从地平线上消失。我们保证，我们将拥戴他和服从他，像狗一样的忠诚，像羊一样的顺从！”

女萨满带着拖腔吟唱着，举目望天，两行热泪流了下来，打湿了她的胸前。在匈奴传说中，在草原歌谣中，这个半人半神半巫的人物，总是适时地出现，给平庸的世俗生活以某种想象力，让这个彼此孤立的世界搅和在一起。

席地而坐的女萨满，在祈祷着。当祈祷到尽情处，她霍地站起来，开始舞蹈和吟唱。在舞蹈和吟唱中，她脱下了自己脚下的鞋子。荆棘扎在脚上，鲜血淋漓，她竟然也毫无知觉。

女萨满这样吟唱道：

阿嘎拉！阿嘎拉！
你是一架神鹰，
飞翔在蓝天之上。
太阳是你的夏宫，
月亮是你的冬宫。
你是天降的神鹰，
世间一切恶魔，
都将被你征服。
神灵保佑你，
永远保佑你。
阿嘎拉！阿嘎拉！
你是一匹黑马，
奔驰在大地上。
蓝天是你的牙帐，
大地是你的床铺。
你是天之骄子，
世界上最美的女人，
日夜想着你。
神灵保佑你，
永远保佑你。

起风了，白杨树的大叶子在热烈地拍着巴掌。黄河就应该在不远处吧，能听到那河水拍击堤岸的声音，低沉而有力。是的，那是黄河的涛声，这支迁徙的匈奴部落，他们其实一直在这块被称为“大河套”的地区游弋着。一会儿走向它的左岸，一会儿走向它的右岸。

掩埋好了胎衣，迁徙的队伍已经走远了。她的小马就在她身边，于是她打一声口哨，小马腾腾地奔过来了。女萨满跨上马，一手扶住马脖子，一手扶住马的后腰，两腿一磕马肚子，小马向迁徙队伍行走的那个方向噔噔奔去。

迁徙呀，一代一代的迁徙，永远的迁徙，这大约是匈奴民族那可诅咒的宿命。这支迁徙的队伍，是留在东方亚洲高原原居住地的最大一支了，将来或许还是最后的一支。他们被称为匈奴铁弗部。所谓铁弗部，通常被认为是匈奴人与鲜卑人联姻后的后裔。而按照他们自己的说法，他们那遥远的祖先是治水的大禹王，而在大禹王之后，则是天之骄子冒顿大帝。他们还认为自己是出塞美人王昭君的直系后裔。

昭君北嫁以后，匈奴人开始“内附”。这支匈奴部落从塞外荒漠越过长城线，迁徙到山西的五台县。又从五台跨过黄河，向大河套地区的代来城迁徙。此一刻，他们正走在前往代来城的途中。

迢遥的道路，无目的地的迁徙。骑在马上的士兵。乘着大轱辘车的妇孺。健硕的、长着一对弯曲犄角的驮牛。那牛背上驮着的帐篷支架，左右分开，驮牛鱼贯而行，像一溜张开翅膀飞翔的雁阵。

这支最后一支匈奴部落的头领叫刘卫辰，也就是刚才在高车上出生的那个婴儿的父亲。他的正式称谓是“朔方王”，又叫“匈奴西单于”。

此一刻，正当我们的女萨满跨上小马追赶队伍的时候，匈奴西单于刘卫辰正骑在马上踽踽而行。络腮胡子，脸上挂满忧郁之色，宽大的袍子，动物血染成的红皮裤，底子快要磨穿的靴子。他在马上纹丝不动，像一座移动的山。象征他身份的物件，是一个挂在马脖子上的骷髅头做成的酒具，这酒具是用敌人的头颅做成的。那用来号令天下的则是插在后背上的那面独耳黑狼图案的令旗。

刘卫辰从贴着马背的那个鞍鞯部位，摸出一把牛肉干来，填在嘴里充饥。嚼了一阵后，又俯身卸下酒具，仰起脖子来饮酒，这时，一位骑兵飞马来报：“王，你听到婴儿的哭声了吗？夫人生了，是个男丁！”

“哦，是个男丁，这么说我的继承者诞生了！草原上又要飞起一只雄鹰了！”刘卫辰忧郁的脸上露出一丝笑意。

刘卫辰弯过马头，从潮水般的迁徙队伍中反身来到那辆高车前，他揭起布幔，往里瞅了一眼，说：“噢，是个男丁！又一个出生在路途上的匈奴人。叫他勃勃吧，生机勃勃，勃然大怒，像阳具一样突然勃起！还有，把大汉皇帝赐给我的这个‘刘’姓，也赐给他吧！天下匈奴遍地刘——叫他‘刘勃勃’！”

第四歌　欧亚大平原和游牧古族

雄心勃勃的作者，为那个业已消失了的伟大游牧民族的故事所蛊惑，为那业已迷失于历史黑幔中的悲壮背景所蛊惑。他意欲为那消失了的民族写一部史诗。他明白自己是在做一件不可能完成的事情。

但是他知道自己必须试图这样做。如果做不到这一点，人类——整个人类将欠下那个民族一笔债务，将欠下历史一笔债务。

是的，匈奴这个话题，是牵动全人类的一根大筋。一旦拨动它，不论东方，不论西方，全人类都会因此而痉挛起来。

他们曾深刻地动摇了东方农耕文明根基，同时动摇了西方基督教文明根基。天之骄子阿提拉大帝站在多瑙河的岸边，率领他的三十万欧亚大平原上的各游牧民族兄弟，呼啸着奔向欧罗巴大陆。他几乎占领了整个欧洲，如果不是那个妖娆的金发的罗马公主敬诺利亚的出现，世界的进程肯定就会是另外一个样子了。

同样的，居留在原居住地的这一支匈奴人，在未来的日子里，鼓行秦陇、纵横燕赵的赫连勃勃，也差点儿重新改写东方世界的文明进程。

是的，他们像商量好了一样，在一个早晨，东方和西方的这两股肆意奔流摧毁一切的洪流，突然同时消失，同时沉寂，同时退出历史舞台，同时茫茫然而不知其所终。哦，这真是戏剧性的惊人一幕。

但是呀，放胆说吧，他们不会就此消亡的。那血液，相信还在生活在二十一世纪阳光下的许多人类分子的血管里澎湃着。那河流不是终结了，而是由于大地承受不起它了，转而成为沙漠中的潜流河。

唉，要说匈奴人的故事，那得从遥远的年代说起。那时候世界的东方和西方还很少沟通，像两个在各自的蛋壳里孕育和成长着的文明板块一样。彼此之间，仅仅靠一些零星的信息，远远相望着，相守着，互不往来。那时候世界的东方首都是长安城，世界的西方首都则是罗马城。

而两座城池之间相隔的这个幅员辽阔的漫长地带，脑袋光光的人类学家们称它为“欧亚大平原”。

这个被称为欧亚大平原的蛮荒地带，为一望无际的戈壁滩、大沙漠、草原和干草原、险峻而凄凉的群山、原始森林、洞穴和湖泊、偶尔的城堡、一条又一条湍急的河流所充填。仅就河流而论，中国的史书以稍带几分哀婉几分惊乍的口吻所谈到的那乌浒河、药杀水，它当在中亚细亚地面；而后是穿越俄罗斯大地的四条主要河流，鄂毕河、顿河、伏尔加河、第聂伯河；而后是自喀尔巴阡山直下，进入东欧平原的多瑙河流域。

在这块地面上，风驰电掣般行走着许多的游牧民族，他们逐水草而居，今日东海，明日南山，像风一样地行踪不定。这些游牧人以八十年为一个周期，或者拥向世界的东方首都长安，或者拥向世界的西方首都罗马，向定居文明索要生存空间。每当遇到旱灾、蝗灾、战乱或者瘟疫，这块地面便像开了锅的水一样，沸腾起来，躁动起来，痉挛起来，开始它们或而向东或而向西的奔涌，那巨大的破坏力足以摧毁一切，荡涤一切。

当这些游牧人赶着云彩一样的羊群、马群和骆驼群，游移到东方那个被当地人称为“边墙”的地方时，村庄里的人们远远地望着他们，甚至爬到屋顶上扶着烟囱去看。他们不知道这些不速之客是从哪里来的，更不知道怎么称呼他们，于是乎称他们是“胡人”，那意思是说看到了一群长着长胡子的面目狰狞或面目不清的人。如此这般，“胡人”这个称谓便成为相当长的一段时间里人们对这些飘忽不定的草原来客的统称。

当然他们有名字，但是人们不知道。是的，人们还叫他们“玛扎尔人”。蚂蚱就是蝗虫，一种御风飞翔、往来无定的生物，一种一剪一剪、一跃一跃地行走的小东西。定居村庄的人们远远隔着边墙，望着那五花草原上，草浪中乘着马一起一落、一剪一跃的草原来客，他们很好奇。而那行走的姿势委实太像蚂蚱了，于是顺口叫他们“玛扎尔人”。

当然也叫他们蠕蠕人，或柔然人。那是在就近看到他们时人们所得出的印象。草原来客越过边墙，从村庄边掠过，从田野上掠过，农人们抬起脸，与他们脸碰脸地打了一个照面。这时农人们看到的是一张圆盘的大脸。由于被漠风没有节制地吹拂，被中亚细亚的毒太阳无遮无拦地炙烤，那脸通红、乌黑、酱紫，活像田野里那蚯蚓的颜色。北方的老百姓把蚯蚓叫“蛐蜒”，这样他们就被叫成“柔然人”或者“蠕蠕人”了。

当然，他们有他们自己的名字，只是村庄里的人们为眼前的成方成格的田地和茂密的庄稼林所遮掩，看不到远处去，而他们那一点儿贫乏的知识也仅仅只来源于脚下的这片农耕地，所以他们只能靠自己的一点儿贫乏的知识为那些草原来客取名了。

其实在这块无遮无拦的欧亚大平原上，在这朔风四起混沌不清的广袤大地上，在那个西域古族大漂移大骚动的年代里，那有名有姓的族群总该有几百个吧，甚至更多一些。

头脑光光的人类学家们，为了叙述的方便，将横亘在中亚细亚高原，以小阿尔泰山、大阿尔泰山附近为主要活动区的这些古族，统称为“阿尔泰语系游牧民族”，而将横贯欧亚大陆桥地面的这些古族叫“雅利安游牧民族”，最后将欧罗巴大陆以多瑙河与莱茵河为依托的这些地中海古族统称为“欧罗巴游牧民族”。

而村庄里的人们，第一次准确知道的一支部族的族名，就是我们故事中的匈奴人。

第五歌　匈奴人第一个跃上马背

那第一个被人们确切知道的草原来客，名字叫匈奴人；那给人们留下最深刻印象的，也是匈奴人。匈奴人第一个跳上了马背，开始了他们在这块广袤大漠上的奔驰。是怎么的突然灵机一动，跃上马背，然后开始奔驰的？不知道！是受了那敛落在马背上的黑翅膀乌鸦的启示吗？不知道！是一辆大轱辘车突然坏在了中途，无奈的主人只能从车辕上卸下马来，试图跨上它，因为这道路实在是太漫长了？不知道！或者，是一只狗，一只牧羊犬有感于这沙砾的灼热，脚底发烫，于是一跃身跳上了马背？亦不知道！总之，这些无意的举动给了匈奴人以启示，匈奴人颤巍巍地跨上了马，于是，人类新的一页翻开了，战争的一页翻开了。靠马作为脚力，那条横贯欧亚大平原的伟大道路丝绸之路开辟了。

是匈奴人教会了赵武灵王胡服骑射。而秦始皇修筑万里长城，修筑秦直道，正是为了羁绊匈奴人的汹汹马蹄。那被称为天之骄子的冒顿大单于，率领他的草原兄弟，黑压压的一片，如狼似虎般的直抵长安城附近的萧关，眼看就要看见长安城的钟楼了，属下问他：“匈奴人的疆界在哪里？脚下已经是长安城了，是不是不能再往前走了?”

冒顿将马鞭一挥，扬声大笑道：“匈奴人没有疆界这个概念！匈奴人的牛羊吃草到哪里，哪里就是匈奴人的疆界!”同样是这个冒顿，将刚刚唱罢《大风歌》的汉高祖刘邦合围在大同的白登山，将三万人杀得只剩下两千人了。后来刘邦受尽屈辱后才得以侥幸逃出。这就是历史上有名的“白登山之围”。

白登山之围让惊魂未定的刘邦明白了一个道理，这个道理就是“胡汉和亲”。这样，便有了后来的昭君出塞。一个女人改变了世界，昭君顺秦直道穿越子午岭山脊，过黄河，嫁到九原，成为南匈奴王呼韩邪的妻子。呼韩邪死后，再嫁呼韩邪二夫人所生的大儿子。这一任丈夫死后，再嫁二夫人所生的二儿子。这就是著名的昭君三嫁的故事。

昭君出塞以后，南匈奴成为大汉王朝的附属国，于是双方联手，合击北匈奴。北匈奴王郅支，是呼韩邪的哥哥，他也曾经到过汉未央宫来求亲，只是脚步跑得慢了点儿，只来过一次，而呼韩邪来过三次。郅支在匈奴草原上站不住脚了，于是率领部落开始缓慢地向中亚地面移动，一边移动一边唱着“失我祁连山，使我六畜不蕃息。失我焉支山，使我嫁妇无颜色”的古歌。最后，在贝加尔湖畔，落势的郅支为尾随其后的汉西域都护府副都尉陈汤所杀。

后来的曹操，站在秦直道靠近长安城的这一头——淳化的甘泉宫，以迎候当朝公主的礼节，迎候昭君的几个女儿归朝省亲。曹操说：“塞外苦寒，茹毛饮血，公主殿下们年事已高，如果愿意回来，就回长安城居住养老吧!”公主们泣泪道：“女儿们都已经习惯了，并不觉苦。只是，塞外地面，确实苦焦，如果朝廷能设一个‘内附’政策，将那些塞外的游牧人安置在长城之内，一边农耕，一边放牧。这样，这些游牧人的生活就会有了着落，而边疆地面也会安定许多了！”曹操听了，深以为是。

这样，从曹操的年代开始，匈奴人开始大量内迁。中央政权在山西境内设河东五郡，安置匈奴。不久，被安置在山西离石境内的匈奴左贤王刘渊、刘聪开始起事，从而掀开中国历史上的“五胡十六国之乱”。

五胡说的是匈奴、鲜卑、羯、氐、羌。十六国则是指前凉、后凉、南凉、西凉、北凉、前赵、后赵、前秦、后秦、西秦、前燕、后燕、南燕、北燕、胡夏、成汉。

他们在长城内外掀起一场滔天巨浪。这就是中国历史上一段最为黑暗最为混乱最为模糊不清的岁月。用西方学者的话说，当那些被驱赶出亚细亚高原的游牧人远迁他乡之后，那些留在原居住区域的游牧人突然骚动起来，纷纷举帜，试图完成草原民族对农耕文明、定居文明那世世代代的占领梦想。

我们的赫连勃勃就是在这时候出生的，我们的统万城故事就是在这样一个大背景下展开的。历时二百八十年的五胡十六国之乱，到我们叙述的此时，已经进入它的下半叶了。

第六歌　迁徙者

那个名叫勃勃的男孩，说话间已经三岁了。他是在高车上出生，在高车上长大的。三岁的勃勃，那时候还看不出能成为将来的为王者的预兆。他懦弱、苍白、瘦骨嶙峋，看见杀鸡也会捂着眼睛。而他那眼白过多的眼睛，胆怯得从不敢正眼看人。这是因为他噙着一只母羊的奶头长大的缘故。他的母亲缺奶，于是人们为他牵来一只母羊放在高车上。颠簸的途中，饿了就咂一口羊奶；晚上睡梦中，呢喃作语，伸出小手摸索，然后抓住母羊的奶头，塞进嘴里，咂着奶头继续睡去。

如果他咂着的是一头母牛的奶头，那么他也许会像一头牛一样的健硕、充满蛮力。如果他咂着的是一峰骆驼的奶头，那么他也许会像一峰骆驼一样坚毅、充满耐力。但是他咂的是那驯良、懦弱、任人宰割的母羊的奶头呀！这样他的身上将终生留下挥之不去的羊膻味，他的声音在童年的这个阶段，也总有一种类似“咩咩”的羊叫声。

在匈奴传说中，伟大的冒顿大单于就是咂着一只母狼的奶头长大的，所以他把独耳黑狼作为他的猎猎狼旗，所以在他的胸膛里流淌着的是黑血，所以他在荒原上奔驰时充满耐力，那自如的情形就像在家园里散步一样。

据说还有咂着老虎的奶头长大的，这样长成的男人自然孔武有力。在另一个传说中，被老虎奶大的孩子长大成人了，骑着一头老虎回到了城里。老虎们恋恋不舍，尾随其后，黑压压一群围住了城池。城中的老百姓站在城头上看着，心惊胆战。

是的，勃勃长到三岁了，他那时候还没有显出什么王者端倪。也许吧，女萨满那虔诚的祈祷和动人的吟唱，只会是一句空话。对于匈奴人来说，希望和绝望一直伴随着他们。

入夜了，迁徙的匈奴人刘卫辰部在一条河边宿营。夜色中哨兵的枪刺一明一暗，此起彼落的口令声让人神经紧张。他们倚着一片树木歇息。大轱辘车围成了一个半圆。半圆的中间，是一堆熊熊燃烧的篝火。那篝火大约是用松树枝点燃的，因此周围地面上弥漫着一股浓烈的松香味。从大轱辘车上摇摇晃晃走下来的老人和孩子，围着篝火坐定，蜷曲着休息、打尖。士兵们在外面一层歇息。白莲花般的帐篷一个接一个搭起。驮牛们疲惫地卧着。负重被卸下来了，可以看出，牛的脊梁杆子被磨得血肉模糊，甚至白生生的脊梁骨也露了出来。牵牛的人于是在自己大碗喝酒的时候，呷一口酒，鼓起腮帮，向牛的脊梁那血肉模糊处，“噗”地一喷。

马的四蹄被施上羁绊，在就近的树林与草原接壤处吃草。这被称为“羁”的东西，大约也是这个马背民族的发明。用两根牛皮绳子，将马的四条小腿系住。牛皮绳在马的肚皮底下交错后，再用一根木棒将这交叉的皮绳子拧紧。这时候马脊梁稍稍地拱起，它还可以行走，可以低头吃草和喝水，但是已经不能无所拘束地奔驰了。这样有限制地游荡和放松一夜后，第二天早晨上路时，主人一声呼哨，它就会回来。如果有顽皮的马或者倔强的马不愿意回来，那么，主人会骑着马赶过去，在空中挥一挥牛皮绳，一甩，一个绳圈儿刚好套住马头。

这是南匈奴的迁徙，这是南匈奴的宿营。较之南匈奴来说，他们的兄弟，北匈奴那个跨越洲际的迁徙，大约会更恢宏一些，悲壮一些，遥远一些吧。

在郅支被击杀于贝加尔湖畔的粟特城以后，这支匈奴人的踪迹便杳如黄鹤了。中国的史书对他们的记载，只是到此处为止。在接下来的二百年中，他们像潜流河一样从地面上消失，从人们的视野中消失，从世界史上消失。只有土耳其的史书，俄罗斯的史书，欧洲各国的史书，在记载他们自己文明的时候，才偶然会寥寥几笔，记录下这段擦着他们的文明板块匆匆而过的抢掠史和杀戮史，留下些许或清晰或不清晰的马蹄印和匆匆过客的身影。他们逐水草而居，他们日复一日年复一年地撵着西地平线上的落日行走。在这二百年的混淆不清的为黑暗所遮掩的岁月中，他们是怎样度过的，这支洪流里裹胁了多少游牧人跟着他们一起行走，然后又把多少人和多少故事丢弃在了路经的地方，没有人知道，更没有笔墨记载他们。

较之西方人所津津乐道的以色列人《出埃及记》，以及罗马军团的十字军远征，这些匈奴人的迁徙史都更早，也更为悲壮和恢宏——那没有目的地的远徙真是步步惊心。

直到有一天，他们从东欧平原的喀尔巴阡山，呼啸着进入地中海地区，才令整个西方世界为之震惊。而直到有一天，当被称为上帝之鞭的阿提拉大帝以马蹄耕作，铁蹄踏遍欧罗巴大陆时，感觉到疼痛了的世界，才知道和记住了他们，并深深为之震颤。

我们的故事讲述的是南匈奴的故事，讲述的是赫连勃勃的迁徙。他们的迁徙大约都是一样的，他们那吉卜赛人式的篝火和营帐大约也都是一样的。但是还是让我们来讲赫连勃勃吧，讲一个公认的坏人的成长史，讲一个英雄诞生的全过程。讲述这一次迁徙途中的这个营帐之夜，赫连勃勃的身上将会发生什么？

第七歌　营地之夜

营地里支起了铁匠炉子。风箱拉起，炉火一明一暗。所谓的风箱，是一只牛皮袋子。将一头牛浑筒地扒了皮，那皮除去毛，再用硝碱熟了，就能缝制出这样浑全的牛皮袋子了。一个脸蛋上抹着黑的士兵，在那牛皮袋子上一踏一踏，风呼呼地从出口冒出，于是火苗随之一明一暗。

那铁砧倒是真正的铁砧；铁锤也是真正的铁锤。之前它们是被载在高车上的。举家举族迁徙的人儿，这高车就是家，这队伍就是家。此一刻，铁匠在挥舞铁锤打铁，叮当作响。一个小男孩，留着个盖盖头，在旁边静静地看着。

这是在打马蹄铁。路途劳顿，马蹄从沙砾上踏过，溅起阵阵火星。所以这马蹄铁并不经磨。几个月下来，铁就磨透了，要换新的。

通常，除了锤打出那些普通的马蹄铁以外，铁匠们还得制造出一些特殊的马蹄铁，即给那些普通马蹄铁上面打四个眼，拧上四颗防滑螺钉。这用途是使马匹在穿越冰河时，不致打滑。匈奴的部落，许多都被剿灭了，刘卫辰部所以能够残留下来，这也是一个原因。蹄铁造好了，放在水中凉一下，现在，给马钉掌。

先立起四根柱子，四根柱子上面再横担四根，这样便有了一个简易的马架子。牵来一匹马，将马塞进这四根柱子组成的架子里。然后一个工匠从侧面过来，脸朝后，一只手伸向马的腋下。手伸进去以后，半个身子也随之跟进去，像钻进马肚子里一样肩膀一扛，马仿佛被扛起来了，这时，一只手将马腿抱起。马的后腿弯曲，蹄子悬在了空中。随后，给蹄子底下垫一个木桩，用手将蹄子按在木桩上。

工匠这时候胳肢窝里夹着一把铲子。在钉马掌前，他先得将马蹄上那残留的马掌去掉，如果有铁钉的话，将那铁钉用钳子拔光。这时只剩下光秃秃的马蹄了。那马蹄奇臭无比，上面有着许多的黑色积淀，得先把它们刮去。用铲子重重地铲，后腿蹬地，全身用力，将马蹄上那些多余的角质部分铲掉。直铲到那些角质部分露出隐隐的血丝了，这才罢手。在钉马掌前还有一道工序，那就是用一把镰刀将那马蹄削圆，削得和那半月形的马蹄铁一般大小。

现在开始钉掌了。当终于将马蹄上那些死肉削干净以后，满头大汗的工匠伸手接过马蹄铁，把马蹄铁在蹄子上比划上一阵后，放妥，这才开始挥动锤子，叮叮当当钉掌。那钉子得顺着马蹄那半月形的角质部分，斜着向外钉出。这样有个好处，那钉子头会从角质部分的上面露出去，必须露出，这样马在行走中蹄铁才不会脱落。最后一道工序，是将那些露出来的钉子尖儿，再用锤子窝回去，形成倒钩，最后砸实。

这才算是完成了第一个马掌。一匹马有四个蹄子，而这个浩浩荡荡的队伍中，有着太多的马，有着太多的牛，因此可怜的工匠，他们几乎每一夜歇息时，都得叮叮当当做这件事情。

男孩在旁边悄悄地看着，他觉得这简直像做一件艺术品。本来他还想继续往下看，起码看着钉完那四只蹄子，但是这个时候，一阵凄厉的羊叫声传来，男孩就又被吸引到那件事情上去了。

那里燃着一堆篝火，比营地核心的那一堆篝火小一些。一群羊羔被一个临时用酸枣刺和红柳条圈起的篱笆围住，同样地也有一拨人，他们正在给羊羔的耳朵上打火印。

羊群，牛群，马群，骆驼群，它们随着迁徙的队伍一起流动。飘呀飘，像一团团乌云。这也就是迁徙者行进缓慢的原因，逐水草而居的原因。怀胎的母羊，吊着一个大肚子，缓慢地跟着队伍行走。它们可以跟得上的。它们随群。终于，它们该生了。这生育也是在走动中完成的。行走中某一个步履蹒跚的母羊突然停下来，它分开双腿，努力地叫了两声，一憋气，一使劲，一只羊羔便从屁股后面掉出来了。羊羔包在胎衣里，浸泡在血水中。母羊挣扎两下，脐带断了，羊羔掉在了地面上。

那羊羔湿漉漉的，绒毛已经长出，一绺一绺地贴在身上，它从胎衣中挣出。健硕一点儿的羊羔，只消在阳光下晒上五分钟，就会颤巍巍地迈着四腿，跟着母羊，跟着羊群一起行走了。体质弱一些的羊羔甚至几天的时间都不能走，这时得靠牧人来侍弄它们。

母羊在产下羔子之后，焦急地等待着羊羔站起，它“咩咩”地叫着向前走两步，然后扭过头来呼唤自己刚刚掉下来的那一块肉。它得这样反复召唤几次，羊羔才会明白，于是一个踉跄，跟着母羊去撵队伍了。

遇到那些体质弱的羊羔怎么办呢？有的母羊，在这样翻来覆去地召唤过几次以后，见羊羔还是不能站起，于是撇下羊羔去追赶已经走远的队伍。这样，这只可怜的羊羔，待迁徙的洪流过去以后，或许会成为野狼的一顿美餐。

有的母羊，似乎更负责一些，见自己的羔子无法走动了，于是哀恸地守在身边，眼见到大队伍渐渐走远，它呼天抢地地喊着。

所以，在这羊产春羔的季节，每一拨羊群后边都会跟着一个捡羊羔的人。他骑在马上，手里拿着一个用马鞭子绾成的活套儿。居高临下，看见有一只母羊停下来了，生产了，于是赶过去。

如果遇见那不能走动的羊羔，他不用下马，只用一只手扶住马鞍，让身子侧向地面，另一只手抓着马鞭子向下一伸，那活套儿便套住羊羔的脖子了，然后，羊羔被提到马上，进了这牧羊人的怀里。

就像农民秋后收割庄稼一样，这接春羔是牧人这一年最重要的收获。捡羊羔的人捡到羊羔以后，会迅速地策马奔去，把羊羔送回他的家人乘坐的高车，那车上已经有不少羊羔了，然后他再折身回来，继续跟定羊群。

当那羊群洪水漫滩一样从大河套走过后，一定会留下一些没有被发现，没有被及时捡回的羊羔。尤其是那些母羊硬着心肠离去的羊羔。这就好过了野狼。野狼成群结队地出没，以一种迁徙的形式排成长长的“一”字形竖队，年年从中亚细亚地面掠过。迁徙的匈奴人队伍后面，都有成群的野狼跟着。那些捡回来的羊羔，在高车上短暂地将息几天以后，它们的身体强壮了，能够行走了，高车外的朔风不是那么刺骨了。于是主人把它们赶下来，重新交给羊群，交给母羊。羊群沸腾着，母羊咩咩地叫着来认自己的孩子，百般爱抚，叉开自己的双腿，将奶头亮出来，让羊羔拼命地吮吸。

归队的羊羔将随前面的羊群行走三个月。它们大了，在水草的滋润下已经成为了一只漂亮的小羊，白的雪白，黑的乌黑，紫的酱紫。但是，它们要成为一只真正的有名有姓有户口的成年羊，还得进行最后一道工序，这就是给羊的耳朵上烙上印记。

此一刻，小男孩听到的，正是在青烟升腾中那羊羔的惨叫声。

第八歌　三刀祝福

羊羔被篱笆围定，牧人腆着屁股，拖着沉重的步子，迈着罗圈腿，走进圈里猫腰抓住一个，一扬手，扔给火堆旁的另一个人。这个人，像接球一样地接住羊羔，用两腿将羊羔夹住。羊羔纹丝不动了，只有头露在外面。这人用一只手抓住羊羔的耳朵，将耳朵在他宽厚的熊掌一样的巴掌上摊开，大拇指压住羊羔的耳朵梢儿，另一只手将一把通红的火钳从火堆中抽出，牙齿一咬，向羊羔的耳朵烙去，瞬时一股清香，一声惨叫，一股腥臭的烤肉味。

烙完一个，两腿松开，羊羔没命地跑了，跑回大队伍。接下来又是下一个。

今天这户人家烙的是一个“S”。家家的印记都不同。这样羊只即便是汇群了，也能毫无争议地将它们分开。不过这还不是最重要的，那最重要的是，打上这家族的印记，是一种私有财产的标志。

懦弱的小男孩，他就站在这旁边看着。羊羔的惨叫声让他痛苦，而那腥臭的烧肉味儿叫他连打着喷嚏。他的孤独的苍白的童年快要结束了，世界已经开始出现在他的面前。他突然感到委屈，感到无所依傍，于是他哭起来。越哭越响。

突然，小男孩的哭声戛然而止。

原来，他的脸上被重重地掴了一巴掌。小男孩吓了一跳，抬起头来，他看见了父亲刘卫辰那张沧桑的脸。

“你什么时候才能长大呀？我的种——未来的王！”刘卫辰说。

匈奴西单于刘卫辰在夜间巡营时，顺便走到了这里。每天晚上迁徙的队伍歇息下来以后，刘卫辰临睡前都要带着几个亲兵，将营地齐齐地巡察一遍才会安心。巡察时，他会打马走到一个高处，长久地向夜色苍茫的四周凝望，看哪个地方会有火光。他还会以一种老狐狸的警觉来到河边，嗅一嗅河道的河水，耳朵贴着河水，向它的上游和下游倾听。他明白敌人如果要来，一定是会依托着一股水流行走的。

孩子被打，在地上软瘫成一摊泥。刘卫辰见状，火气更大了。他从马上跳下来，将这小男孩一把拎起，抡了三圈之后，两只手托着孩子。

“你闻不得血腥！你不属于这草原上的狼族！”这个朔方王说。

说完以后，他将孩子高高举起，腰上使力一掷，孩子飞出了百尺之外。只听“扑通”一声，那男孩被扔进了河里。为王者的情绪通常是喜怒无常的。虽然这事有些出格，但是对于为王者来说，好像做什么事情都是应该的。

那孩子掉进了河里，他开始呼喊起来。所有那些篝火旁忙碌的人们，包括我们前面讲到的那些钉马掌的工匠，那些给羊羔的耳朵烙印记的牧人，都撇下自己手中的活赶过来。他们来到河边，想要捞出那个孩子！

“不许救！如果他命大，他会自己爬上来的。如果他该死，那么，趁他懵懂不知的这个年纪就撒手走了，那是他的造化！”

刘卫辰趋前两步赶到了河边。他的话语里有一种不容抗拒的味道。

孩子在河中挣扎着。这是一条并不算大的河流。九曲黄河的一条支流。它的名字也许叫乌兰木伦河，也许叫秃尾河，也许根本就没有名字。这并不重要。

孩子在水中挣扎着，一起一伏，挣扎了有好一会儿，然后沉落下去，水面上平静了。带子一样弯弯曲曲的河流闪闪发光，河面上寂静如初。

刘卫辰骑在马上，站在河边的一个高丘上。他用一只手扶着马鞍，身子前倾，眼睛瞅着河水，冷漠，严峻。

正当所有的人都以为事情已经结束，这个小男孩来到世上只是这支游牧部落的一支小插曲时，突然，孩子的母亲，那个鲜卑族女人呼喊起来。

“手，一只小手，刘勃勃的手，他从水中伸出来，抓住了岸边垂向水中的一根白柳条！”她说。

岸边的一个士兵将矛子的柄杆一端伸进水里。孩子抓住了柄杆。士兵一拽，孩子被拖上了岸。

鲜卑族女人将孩子抢过去抱在怀里，然后将孩子放在一头牛的背上，牛走着，孩子头朝下往外吐水，她伸出巴掌，有节奏地在孩子的背上拍着。

“你们该干你们的事情去了。今儿晚上早点儿干完，明天一早太阳冒红时，还要赶路！”刘卫辰阴郁地说。

他们四散而去。工匠们继续去钉他的马掌，牧人们继续去烙他的印记。女萨满将那鲜卑女人扶起，从马背上接过她手中的孩子。

“笑一下！”她逗孩子说。她说，这孩子已经三岁了。我们走了多少里的路，翻越了多少座高山和多少条河流，不知道！只知道这孩子已经在高车上，咂着一只母羊的奶头，走了三年了！见了三遭这草原上的草枯草绿了！

在钉马掌的那个地方，牛皮匣子扇得火苗一明一灭。朔方王刘卫辰抱起孩子，来到这铁匠炉前。他俯身从靴子里拔出一把弯刀，在那炉火上烧红，然后向孩子的脸上划去。

他在这孩子的脸蛋上划了三道刀痕。

第一道划下去时，他说，这一道是让你勇敢！接着又划第二道，他说，这一道是让你俊美！当第三道划下去以后，他说，这一道是叫你凶恶，凶恶得让任何敌人看见你的面容都惧怕！

划完以后，刘卫辰呷了一口酒，向孩子的脸上喷去，算是止血，算是给这划伤消毒。

不久以后，那三道疤痕将会痊愈，那创伤部分将会结痂，然后痂子脱落，露出瘢痕。一张匈奴男人的脸，就这样形成了。

这脸上的三道疤痕仿佛一个匈奴男人的成丁礼。每个匈奴男孩大约都要接受这祝福性质的三刀。不过有的迟些，有的早些。

在刘卫辰做这些事的时候，那三岁的小男孩并没有反抗。他的脸上显出一种古怪的表情，忍耐的表情，麻木的表情，一种因为受难而快乐的表情。

他的白眼仁木然地瞅着这一切。那白眼仁让人害怕。

当四目相对时，正在施刑的刘卫辰，看到那白眼仁也有些害怕。他明白这个三岁的孩子，已经懂得什么叫仇恨了，而这第一次的仇恨，是从自己暴戾的父亲开始。

第九歌　在代来城

“套”是一个地理概念。

当地人把河流流经的地方，它的河滨，它的河谷，它春潮泛滥时的漫滩之处，它所形成的冲积平原，都叫“套”。甚至这河流所接纳的那些支流和流域，也属于这“套”的一部分。

黄河远上白云间，一片孤城万仞山。黄河从巴颜喀拉山出发，先顺势进入青藏高原东北边缘的峡谷地带，然后在穿越兰州城以后，东走、北折，接着穿越宁夏西海固，进入贺兰山地区。险峻的高山在它的左侧，腾格里大沙漠、巴丹吉林大沙漠在它的右侧。它像玩儿一个“几”字形的大弯一样，在尽情地走到北方之北之后，折向，再向东南奔流。这样它便进入了一片无垠的大漠之中了，地理学家把这块地域叫鄂尔多斯台地，或者叫鄂尔多斯高原。在黄河这一次威仪的行程中，它仍要穿越一片大沙漠，这沙漠叫毛乌素沙漠。这激情的水流，继续奔流，直到遇见晋陕峡谷，这大河套才算结束。

继而，它从晋陕峡谷的中间活生生地劈出一条几百丈深的大峡谷来，从而完成它由高原向平原的过渡。是的，有很多的落差，最著名的落差是那个黄河壶口大瀑布。最后走到龙门，再走到三门峡时，水流放缓了下来，落差减小了下来，于是开始平静地走向东方。但是这些地方，已经不属于大河套的范畴了。因此叙述者在这里也就免了介绍它们的必要。

在这以黄河为依托、纵横几千里的大河套地面上，有着许多杀气腾腾的城市。也许随着赫连勃勃的足迹所至，随着大夏国版图的扩张，我们会讲到它们的。

此刻，我们只讲一座小城，一座刘卫辰部落所筑的小城。这一股迁徙的潮水在行走了许多年之后，在历经了许多次劫难之后，需要停泊，需要休养生息，于是他们选择了一块地方，筑下一座城，在这里安顿下自己疲惫不堪的身子。

这座城叫代来城。

它在陕北黄土高原的北部边缘，在鄂尔多斯高原的南部边缘。这大约是陕北高原向北方大漠伸出的最后一座山了。山可以作为倚仗。黄土刨开，里面是糙石头，可以圈窑和垒墙，甚至可以用来筑成简陋的城墙。

山下有一条小河。这条小河当年叫什么名字，已经不太清楚了，人们现在把它叫“硬地梁”。硬地梁流入不远处的榆溪河，榆溪河再流入那威名赫赫的无定河，无定河则激荡一番以后，东入黄河。

匈奴人的天敌，是那些草原上的突厥人。刘卫辰部所以四处迁徙，穷于应付，就是因为有这些突厥人的存在。突厥人在黄河以北，突厥北魏在雁北草原上建都。朔方王刘卫辰选择在黄河的南岸建城，主要还是为了防范突厥。

大约用了三年的时间，一座像模像样的代来城出现在黄河“几”字形大弯的结束位置。朔方王将他的兵力顺黄河一线布防，以拒北魏。然后在四周的那些山头上，筑起烽火台，设置瞭望哨。

有一棵高大的杜梨树，长在代来城那高高的山顶，春来一树白花，秋来浆果累累。此刻，有些志得意满的朔方王坐在树下。毡子铺在地上，他喝着奶茶，就着炒米。女萨满一袭黑衣，盘腿坐在他的旁边。

朔方王说：“尊敬的女萨满，上苍旨意的伟大传递者，伸出你的独眼，向杏花春雨江南遥望吧，看看在那里，那一片青天丽日下，这个世界正在发生什么。”

女萨满正襟危坐，她的独眼熠熠有光。那眼睛仁是栗色的，那眼光有一种童稚的色彩，一种狡黠的色彩，一种沉睡的色彩，一种梦幻的色彩。而她的一袭黑衣，更增添了她的神秘感。

女萨满立到山顶的最高处，凝望了很久。高原灼热的阳光，穿过杜梨树的叶子，洒在她的脸上，斑斑点点，飘忽不定。

“我看见了！我真的看见了！”女萨满用一种异样的声音说，“我看到，在那杏花春雨江南的地方，正在发生一场大杀戮。一方是从长安城来的前秦皇帝苻坚，一方是从建康城来的东晋大将谢安。他们在一个名叫淝水的著名河流之上捉对厮杀。那淝水之上，血流成河，士兵们的尸体、战马的尸体塞满了河床！河水凝滞得都流动不了！”

“那么谁会是最后的得胜者呢，苻坚还是谢安?”

“破釜沉舟的谢安会胜。那骄横自负的苻坚将被打败。他在逃回长安城以后，将会被他的一个部下杀死。前秦将结束，后秦将出现。下一个登上五胡十六国舞台的人会是姚兴!”

“那么在那燕赵大地上，我们的敌人——拓跋北魏正在做什么呢?”

“他们从并州城赶走了我们，然后在雁北草原上的代州立国，现在正向洛阳进发。洛阳城将不可避免地落入他们的手中。他们还有一些人尾随在我们的后边，此一刻，正隔着黄河天堑，向我们的代来城瞭望!”

“他们是匈奴人的敌人。从先祖刘豹子的年代开始，我们就结仇了。算下来，这已经是第五六代了。待本王休养生息、养精蓄锐以后，再北渡黄河，去讨伐他们!”

手抓羊肉端上来了，是草原上的风干肉。朔方王请女萨满一起进食。他问：“女萨满，在你刚才那目光如炬定睛凝望时，你还看到了什么稀罕事呢?”

女萨满抱着一个羊头，用嘴吮吸着羊的一只眼睛。她说，稀罕事很多，不过，奴婢的这只独眼，是大而化之，一掠即过，那些寻常小事、鸡零狗碎是不屑于进入奴婢的法眼的。不过——不过有一件事情，很是奇异，一位胡貌番相的西域高僧，骑一匹白马，穿越西域，正在走向长安城。他的身后，尘土飞扬，那不是军队，是尾随他而来的三万名龟兹国百姓!

“不去管那些事了!他们大约永远不会进入我的世界的!咱们还是吃肉吧。大碗喝酒，大口吃肉!”朔方王说。

第十歌　屠城

朔方王刘卫辰偏安代来城休养生息的梦，并没有能做太久。在一个月黑风高之夜，魏道武帝拓跋珪率三千轻骑，突然来袭代来城。代来城被破。

话说在那个距代来城有一千公里之遥的雁北草原，魏道武帝坐在龙椅上，他刚从占领了的洛阳城回到草原，正踌躇满志。“我们突厥人的宿敌，那些惶惶如丧家之犬、急急如漏网之鱼的匈奴人，他们现在迁徙到什么地方了？”他问。

“回主子！”一位大臣答道，“一股又一股的匈奴人，就像沙漠里的潜流河一样，都消失在路途上了，被戈壁和大漠吞没了。环顾海内，现在只剩下那最后的一支，匈奴西单于刘卫辰。他西跨黄河，进入鄂尔多斯高原，现在在那长城边墙下，筑了一座灰头土脸的小城居住。那城叫代来城。”

“那刘卫辰是谁？他有什么渊源？”

“他是被称为天之骄子的冒顿大单于的后裔。白登山之围之后，汉高祖赐宗室之女嫁于匈奴，所以这支匈奴人，从母姓姓刘。自那时一直延续至今，姓氏不改。据说他们是夏商周时期那个治水的大夏禹王的后裔。而从冒顿往下数，这个刘卫辰，当是从山西离石左国城起事，掀起五胡之乱的那个刘渊的宗室。”

“哦，倒也是一个有名有姓有来历的人！”

“他们还称铁弗部。所谓铁弗部，是指匈奴人为父、鲜卑人为母的那一支。”

“灭了它，灭了这股匈奴人，灭了这座代来城，捣毁匈奴人的这个窝。卧榻之侧，岂容他人酣睡？容我领三千铁骑，取道蒲坂，西渡黄河，灭了它！从此绝了这个后患！”

铁器撞击有声。魏道武帝的这句话，杀机重重。

他们是沿着一条古老的道路完成这一千公里奔袭的。这条道路叫“秦直道”，乃当年秦始皇所修。秦始皇周游天下，东临碣石，走的就是这条道路；昭君出塞，走的也是这条道路；汉武帝勒兵三十万，至阴山脚下，恫吓三声：“谁敢与我为敌？”此语一出，四周静悄悄的，天下无人敢应，他走的也是这条道路。

这条道路可以长驱南下，它唯一不方便的地方是黄河渡口。秦直道自建成之日便设有码头。上面说的那些英雄美人，大约正是从这码头上渡船而过的。如果这码头再被北魏军队占据，渡河就不成问题了，从雁北草原到大河套地面的代来城，简直就是一马平川。

北魏强悍的三千轻骑正是这样子过来的。刘卫辰过于迷信这黄河天险了。直到有一天夜里，北魏的马蹄子直踏到了他的枕边，他才从梦中惊醒。

代来城被攻破，朔方王刘卫辰一家三百余口，几乎被全部杀戮。城中的草芥百姓，也无一幸免。

整个代来城，只逃脱了一个十一岁的男孩子。这个孩子就是刘勃勃。

当敌兵攻破城池，尽情杀戮时，勃勃有些吓呆了。他先摇摇父亲，见父亲早就没有了气息，接着又去摇晃母亲，母亲的脖子上中了一刀，也断气了。孩子于是从敌人士兵的交裆里钻出，然后一溜烟地向山顶跑去。

山顶上有一棵高大的树，我们知道那叫杜梨树，一种兀立在山顶上，春天一树白花、秋天一树浆果的带几分悲壮意味的树木。树大成荫，勃勃就上到了这棵树上，挨到杀戮完毕，躲过了这一劫，从而也就给这一支匈奴人留下了一条根。

他大约在这棵杜梨树上待了三天。见敌兵迟迟不退，这样长久地待下去也不是办法。于是三天头上，眼见得夜色起了，勃勃从树上溜了下来，想逃出城去。

在就要逃出代来城的那一刻，他被敌兵发现了。十一岁的男孩，他从靴子里拔出刀子，隐在一束芨芨草丛中，见第一个骑着马的敌兵走近，于是飞身过去，将这敌兵捅死，掀下马，而后一抓鬃毛，跃上了马背，一勒马嚼子，飞马向戈壁滩奔去。

敌兵在后边追着。火把通明，喊杀声一片。

刘勃勃很幸运，他抢来的是一匹好马。他奔驰着，两手抱着马脖子，头伏在马背上，他的两只光脚片子像鸟儿的翅膀一样，不停地拍打着马肚子。

马的身影掠过芨芨草滩，掠过红柳丛、白柳丛。夜色黝黯，大戈壁张开双臂，拥抱着这朝它奔来的多灾多难的大河套的儿子。

后来他来到了黄河边上。代来城到黄河，直线距离是一百华里。这么说，亡命的刘勃勃这一番挖蹦子，已经走出了一百里地之外了。

前面是黄河高高的老崖，老崖下面是黝黑的湍急的河水，后面则是追兵。火把通明，追兵马上就要到了。

好个勃勃，只见他一提马头，两只腿肚子使劲一叩，人大叫一声，马大叫一声，只见那马纵身一跃，长鸣着跳下了黄河。

追兵赶到了黄河边。他们勒住马，向悬崖下面望去。眼前是幽暗一片，只能听到黄河那苍老而疲惫的叹息声。

追兵们摇摇头，反身回去了。

而在那幽暗的河中，马将头尽量地伸出水面，费力地游着。水流湍急，漩涡一个接着一个，不断地将马往下游冲去。在那汹涌波涛中，有一只手，一只十一岁小男孩的手，拽着马的尾巴，与马一起浮游。那是刘勃勃。

他不会游泳。浊浪滚滚，此刻的他，唯一能做的事情，是咬紧牙关，闭上眼睛，双手死死地抓住马尾巴。马伸长脖子，身子龙一样地摆动着，把孩子拖到了黄河对岸。

到了对岸，孩子昏死过去了。他被摊在河岸边的泥滩里。当他终于醒来，看见那匹马正静静地站在他的旁边。他站起来，费了很大的劲儿，才抓住马鬃，上了马背。

第十一歌　三碗酸奶子

一人一骑，在这荒凉空旷的大河套走着。天多么的高，地多么的远呀！全世界此一刻好像都静止了，或者说都死寂了。只有一人一骑，在静静地走，只有一条道路，伸向无垠的远方。

这人是十一岁的刘勃勃，侥幸从代来城逃出的刘勃勃。那马的身上湿淋淋的，还在往下滴滴答答滴水。勃勃趴在马背上，两手机械地抱着马头。而那马，它也只是机械地走着。他们都不知道要到哪里去，只知脚下有一条道路，于是他们习惯性地沿着道路往前走。

终于，道路的另一头，传来了一阵“吱吱呀呀”的声音，这声音打破了四周的死寂，给这几乎凝固了的空气中带来了一点儿生气。接着，一辆华丽的马车出现了。马车那色彩斑斓的华盖，给这一片焦黄的天地，增加了一点亮色。

草原上的眼界宽，看到车了，但要走近，还得好长好长的时间。大约有一顿饭的工夫吧，那辆华丽马车终于驶到了眼前。一个小女孩的头探出帘子，她尖叫了一声：“妈妈呀，你看，那个人，马背上的那个人，他好像喝醉了！”

车“吱呀”一声，停下来。女孩跳下车，她扶住这个骑手的马镫，抱住他的腿，使劲地摇晃着，说道：“醒一醒，过路客！骑在马上睡觉，你会感冒的！”

马背上的人醒了。刘勃勃睁开眼睛，用手扶住马鞍，让身子直起来。他真的有点儿恍惚，用手揉着眼睛，好似刚睡醒一般。

小女孩摇晃着他的腿，真诚地问：“你是谁？你的家在哪里？你要到什么地方去？在这空旷的大漠上，你怎么一人一骑？”

勃勃咽了一口唾沫，清了一下嗓子，艰难地说：“不要问我是谁，也不要问我的家在哪里，更不要问我要到哪里去。每个人都有他自己的故事！好心的姑娘，漂亮的姑娘，我快要渴死了，嗓子眼冒烟。请问，你那车上有水吗？”

“我的车上有酸奶子，清凉清凉的，整整一牛皮囊。妈呀，借个手，你把那羊皮囊的口儿打开！”

姑娘从车上端下来一木碗酸奶子，踮起脚尖递给马上的勃勃。勃勃先给他的马饮了一口，然后自己捧起碗，一饮而尽。“真甜，甜到心里去了。姑娘，还有吗？我还想喝第二碗。”勃勃说。

姑娘听了，返回车上，又端来第二碗。

“这个人也许太贪了，他还想再喝第三碗。”勃勃将那第二碗喝完，他咂着嘴巴，用舌头把那碗底舔净，他有点儿不好意思地又说。

姑娘有些迟疑，但还是又端来了第三碗。

勃勃喝了第三碗酸奶子，他现在是有了精神，他抹了一把嘴巴躬身问道：“姑娘，鼻子底下是大路。我这里想问个路，有一座城叫叱干城，它大概快到了吧？”

姑娘答道：“鼻子底下是嘴，怎么能是大路呢？哦，你是说，只要肯张口问人，那就是路了。我明白了，你是在问路。那么告诉你吧，是快到了，那是叱干爷的地盘，你是去走亲戚吗？”

“是的，他是我的娘舅，母亲说过，让我去投靠他。”

刘勃勃说完，一叩马肚，马好像也比刚才有了精神，步子轻快了一些。都走出去有三丈远了，勃勃回头，见那姑娘还拎着碗，望着他发呆，于是他大声说道：

“好心的丫头，漂亮的丫头，我想知道你是谁。有一句话叫‘一饭之恩，没齿难忘’。我想，等到我有一天富贵了，说不定会来寻找你，娶你的！”

姑娘咯咯地笑起来，她说：“那你赶快长大吧，过路客！我会把你的话当真的！我是固远城高平公的长女，大家都叫我鲜卑女莫愁！”

“哦，是鲜卑女！我记住了！”

刘勃勃说完，骑着马继续沿着那条道路往前走。而鲜卑女，也就迅速地登上了她的车。这架华丽马车，又“吱吱呀呀”地动起来。

车厢里，姑娘的母亲轻声嗔怪道：“你不该给这个陌生人喝三碗的！老百姓有一句话说，施舍一碗是恩，施舍两碗就是仇了，恩重成仇嘛！而你，竟然傻乎乎地一连端给了他三碗！”

姑娘没有回答娘的话。她揭开布幔，朝骑手远去的那个方向望了望，自言自语道：“我会把你的话当真的，过路客。嗐，他该快到那叱干城了吧！”

第十二歌　叱干城下“掷羊拐”的游戏

在这个残酷的世纪里，在赫连勃勃那暴戾的一生中，在他挥动着大马靴子，肆意地践踏着路经的一切美好的东西时，是不是在那隐秘心灵的一角，还留有一份温存，这就是这三碗酸奶子的温存。那一份甘洌，那一份清爽，那一份沁人心脾的甜香，也许会有味道留下来，尤其，是在路上，是在如此狼狈的逃亡路上。

也许，在赫连勃勃最后的日子里，当他每夜每夜，仰头喝下鲜卑莫愁端来的毒酒时，他也许会有所觉察，要知道他是个如此乖巧的人，但是他认了，认命了，他决心这样来完成自己，完成一个英雄的童话，早早地结束那不可能实现的宿命。

这是叙述者的一点愚拙的想法。

说话间，这位从代来城逃出来的、拽着马尾巴泅渡过河、在那山路的转弯处得到三碗酸奶子慷慨馈赠的年轻骑手，来到了一座城前。

那城，城门洞子上面写有气象森森的“陇东城”三个大字。这是一座中等规格的城池，建在干涸的陇东高原上，黄河几字形大拐弯的前弯。有哨兵在城门洞子口上懒洋洋地站着，有零零散散的人进进出出。城门口传来嘈杂之声，原来是几个半大孩子盘腿坐在城墙边上，一边晒太阳，一个玩一种名叫“掷羊拐”的游戏。

所谓羊拐，是指羊的小腿和脚腕连接处的那个骨节。草原上的孩子，或者那些胡汉相杂、半农半牧地面的孩子，常常玩儿这种“掷羊拐”的游戏。抓肉吃完以后，一只羊的身上会收集到四枚羊拐。将这羊拐上的肉啃干净，再用动物血染成红色，就成一件玩具了。要收集到一把羊拐，并不是一件很难的事。

骑手还是个孩子，童心未泯。这游戏令他想起自己的童年，想起自己在代来城居住的日子。玩“掷羊拐”他可是一把好手。于是他骑在马上，俯下身子去看。他大约有些发呆。

一个留着盖盖头、脑袋后剃得精光的顽童说：“桓，你看，那个骑在马上的半大小子在看着我们！他的模样好怪，神情好怪！”

那被称作“桓”的孩子头上也留着个盖盖头，脑袋后面虽然剃光了，但在后脑袋的菩提窝上，滑稽地留了个小辫子，辫梢上还扎着根红头绳。

桓听见问话，停了手中的动作，抬起头来瞅了瞅，友善地说：“鲜，他也想玩儿，我看得出他手痒痒，心痒痒哩！哦，脸上有着刀痕的陌生人，你也来凑个摊，耍两把吧！”

刘勃勃迟疑了一下，然后两手扶鞍，一个虎跳，离了马背，双脚落地。

“我要玩儿！但是，我已经过了玩儿这种小孩子过家家游戏的年龄了。借你一把羊拐，朋友，让我筑一座城吧！”

好一个刘勃勃，他蹲下来，伸出手拨拉那散落在黄土地上的羊拐。

他那阴沉的声调与他的年龄显然不相配，还有他那不容置疑的口吻，令孩子们顺从地将手中的羊拐纷纷放在地上。那羊拐摊了一地。

“这是血，羊血、狗血或者牛血、马血、骆驼血!”勃勃用手指抓起一枚羊拐，放在舌头上舔了舔，说道。

城墙根上，大约还有一些白骨，还有一些不规则的石块。勃勃用手一揽，把它们也揽过来。

他用这些石块和白骨，堆成一个城郭的形状，然后用这一个个的羊拐，堆起城墙和城楼。

“我要造一座城，一座匈奴人的城，一座童话般的城。我要这城像咸阳城一样宏伟，像洛阳城一样壮观。”

男孩继续说：“这是高高的城墙，这是城墙的四个角儿，四个角上要造四座角楼。这角楼要高，要厚。城墙的外面，凸出去，一个一个，一字儿排开，堆些马面。这城的中间嘛，要建一个大戏台，一年三百六十五天，天天都演草原戏。”

在这男孩喋喋不休的叙述中，在他眼里那充满谵想的光芒中，一只穿着马靴的大脚伸过来，吭哧两下，将他的城踩得粉碎。

第十三歌　将军府

一个军官模样的人，手拿铜锣，顺街吆喝：“叱干城的百姓们乍起耳朵听着，拓跋魏要取道叱干城，前往西域地面收复塔里木盆地。我叱干爷已经同意借道与它。拓跋魏虎狼之师，立马就至，各位顺民百姓，苍生草芥，识相者赶快回避，当心马蹄子不长眼，一蹄子下去要了你的小命!”

敲锣开道的人后面，是一溜儿如狼似虎的兵丁。

这叱干城是陇东高原上的一座名城。官方文书中，叫它陇东城。但是老百姓习惯于叫它“叱干城”。

那守城的爷儿姓叱干，城中的百姓也多姓叱干。叱干是鲜卑人的一个大姓。鲜卑在冒顿的年代里不叫鲜卑，而叫东胡——东北地面的胡人。后来东胡为匈奴所败，东胡人一路逃逸到大兴安岭地面，后边冒顿大军穷追不舍。

最后东胡人分别被赶到了两座山上。一座叫乌桓山，一座叫鲜卑山。东胡人于是改了旗号，将手一指，以脚下的这山为族名，一支曰“乌桓”，一支曰“鲜卑”，这样才躲过一难，生存了下来。那乌桓族后来在史书上还屡屡出现，史书上就曾有过曹操北征乌桓的故事；而那鲜卑，更是泛滥开来，四散全国各地。

上面我们说过，叱干是鲜卑的一个大姓。此刻，一部分的老鲜卑，还姓叱干，而许多业已汉化了的叱干姓氏，弃了叱干，改姓“薛”氏。所以有理由相信，黄河以北的薛姓，极有可能是那鲜卑叱干的后裔，这情景，正如“天下匈奴遍地刘”一样，黄河以北的刘姓人家，大约都或多或少地会和匈奴扯上一点儿干系。

闲话不说。

“这城我把它筑好了。该给它一个什么名字呢？朋友们，你们说！”

城门口，刘勃勃还沉醉在自己的想象中，低着头端详着他的城。这时候，一只大脚踩过来了。这是一只穿着马靴的大脚。马靴将那城踩得粉碎。踩完以后，又用脚将那些羊拐之类的东西，使劲地跺了跺。

这是那位手提铜锣、沿街吆喝的军官的脚。

“小崽子们，不要命了吗？耳朵让驴毛塞住了吗？听到声音怎么还不回避！”

刘勃勃从他的白日梦中醒了过来，仰起头来狠狠地瞅了那军官一眼，那饱含仇恨的白眼仁我们曾经见过。瞅完，然后低下头来，眼泪汪汪地看着他的城。

孩子们都被吓坏了。他们一哄而散，各回各家。奔跑中，一个孩子扭过头来朝刘勃勃喊道：“记住我们吧，行路客！我叫薛鲜，他叫薛桓。山不转水转，我们说不定还会遇到的！”

蹲在地上的刘勃勃，一边点头答应，一边迅速地伸出一只手，从地上摸起一个羊拐，填入嘴中。

他过去牵住自己的马，对军官爷说：“军官爷，这叱干城的叱干爷，是我的娘舅，我是他的亲外甥。我娘死的时候，要我前来叱干城投奔他！”

军官爷瞅了他一眼，有些轻蔑地说："兵荒马乱年间，这世上有他妈的什么亲情。狗吃狗，人吃人哩，你没听儿歌里唱道：'舅舅锅里煮外甥，丈人锅里熬女婿。'不过，既然你远路而来，且随我入城去见叱干爷吧！"

一行人牵着马，入得城来。城门洞子不高，骑在马上就要碰头。那街道也不甚宽，是用青石板铺就，石板上洒了些水，果然是要迎客。街面上高高低低的一些店铺，黑漆门板已旧，过年时贴的春联也只剩了半边。不过简陋虽简陋，那家家铺子门楣上的匾额却十分讲究。崇礼重文，正是这陇东地面的风俗。

城不大，三脚两步就到将军府了。只见正堂中央，守城将军叱干他斗伏，正呆坐在堂上，面色凝重。

刘勃勃见了舅舅，扔了马缰，一个箭步过去，双膝跪倒，抱住叱干将军的膝盖，泪雨滂沱。

"娘舅亲，外甥亲，打断骨头连着筋！叱干将军，我是匈奴西单于刘卫辰的三儿子勃勃。那代来城为拓跋魏所破，全家三百余口，几乎尽做了刀下之鬼。满城上下，只逃出外甥一个活口！"

听到"拓跋魏"几个字，叱干将军脸上露出惊恐之色。他说："家已不家，国已不国，所以落难公子来投我叱干城，是吧？"

刘勃勃答道："是的，你的妹妹、我的母亲西单于夫人，临死前嘱咐我投奔舅舅，取个安身之处！"

叱干将军听了，脸上露出为难之色。他沉吟半晌，对侧立在旁的哥哥叱干阿利说道："巢穴被破，窝被连根端了，惶惶如丧家之犬，急急如漏网之鱼，我们外甥的处境，好是叫人可怜。这样吧，阿利哥，你先找个僻静处让勃勃住下，咱们从长计议。如今，拓跋魏大军眼看就要到了，我得先应付完那摊子事！"

旁边那个叫叱干阿利的人于是趋前，拽住勃勃的手，扶他起来。

在扶他起来的那一刻，叱干阿利很认真地看了眼前这个半大后生一眼，他有些惊异，阅人无数的他，凭一种直觉，觉得自己的这个外甥绝非池中之物，他将来说不定会在这个乱世闹成一场大事的。

第十四歌　拓跋北魏

叱干将军大开城门，领着幕僚在城门口齐齐跪下，礼仪相迎。街道上一字儿摆些茶点、干果等吃食，任过境大军食用。

金盘子中放着一把叱干城城门的钥匙。跪着的叱干将军，头低下来瞅着地面，两手将金盘子高高举起，置于头顶之上。这是一个礼仪，或者说是一个具有象征色彩的举动。表明城门向你敞开，道路任你使用。

拓跋北魏的大军黑压压的一片，从叱干城穿城而过，前往遥远的西域，去破楼兰。

那时的拓跋北魏，已经成为一个占据半个中国版图的草原大国。这个鲜卑人建立的政权俨然以中央政权自居，主动承担起管理西域的责任。

西域地面，因为五胡十六国之乱，已经有近百年的时间脱离了中央政权的管束了。三十六国纷纷拥兵自立，称王称霸，诸多古族，漂移不定。好个拓跋北魏，在中原地面的兵戈得到短暂的平息之后，遂将目光举向西方。他们完完全全地做到了。从叱干城穿城而过的这一支北魏精锐之师，穿越河西走廊，荡平塔里木河流域。即便是在后来北魏灭亡之后的许多年，塔里木盆地地面还由它的这支军队统治和管辖着。

拓跋北魏在塔里木河流域的用兵还对佛教传入东土起到了重要的作用。虽然在此之前，佛教已经零零散散地传入东土，丝绸之路上常有高僧大德姗姗而来，但是佛教排山倒海式的进入，佛教思想从天上落到人间，被中国化，变高深莫测、虚无缥缈的仙思为世俗所用，却得力于北魏，得力于这支军队的西征塔河。

佛教传入东土的三个跳板，都深深地印上了北魏的痕迹。敦煌莫高窟正是在北魏时代完成了它的主体工程，我们从那形态各异的各类造像壁画中，总能强烈地感受到那“增之一分则肥，减之一分则瘦”的取其适中的北魏时代审美思想。而第二个跳板云冈石窟，那简直就是北魏在自家的院子里修起的一个大佛龛了。可以说，北魏用兵到哪里，铁骑踏到哪里，佛窟就修到哪里，佛光就照到哪里。第三个跳板是洛阳龙门石窟，那石窟亦是拓跋北魏问鼎中原、占据洛阳以后，叮当修凿的。

既然说到佛教这个话题，那么我们不妨再啰嗦几句。就在拓跋北魏借道吒干城，向塔里木河流域开拔的时候，一位名叫鸠摩罗什的西域高僧，率领他的龟兹国百姓，在河西走廊的凉州城羁留十七年之后，此一刻正在走近长安城。很好，他们没有与这支虎狼之师相遇，从而也就少了许多的聒噪。

叙述者如果还有一些余力的话，多么想在这部匈奴史诗里，穿插着讲一讲那鸠摩罗什的故事。那是一个传奇，一个有着一身故事的高人，汉传佛教的伟大奠基者之一。

但是现在我们还是回到吒干城，回到我们的主人公赫连勃勃身上。

因为在这个一千六百年前的故事中，我们所关心和注视的焦点人物是赫连勃勃，是他将要在北方旷野上所筑建的那个统万城。

赫连勃勃，他是最后一个匈奴王，是匈奴这个在人类历史进程中闪现过骁勇身姿并且差点儿改写历史的族群在行将灭亡时的最后一声绝唱。行吟诗人以哀婉的口吻说：天鹅一生只歌唱一次，那是在它行将辞世的时候！赫连勃勃正是完成这天鹅一唱的人。

而统万城，它是匈奴民族的纪念碑，是那一场大潮汐过后留在苍茫大地上的唯一标志物。我们用这座城来证明那一场大潮汐确实曾经发生过，那个民族确实曾经存在过，那些令人唏嘘不已的故事确实曾经发生过，而不仅仅是我们的推测或猜想。

第十五歌　山路弯弯

大军过后的吒干城，突然寂静得如同一座死城。那情形，就像一场滔天洪水之后，河床重新归于沉寂，河流重新开始它平庸的流淌一样。

守城的吒干将军目送着拓跋北魏最后一骑闪过黄土山崖，没了踪影，他将那捧着的金盘子交给下人，然后双手拄地，站起来，摸了摸跪疼的膝盖，拍一拍衣服上的溏土，长长地出了一口气。

入夜，被莽苍群山包围着的吒干城一片死寂。将军府里有灯光闪烁。看不见人，只听到从那呈现角楼轮廓的府中，传来激烈的争吵声。

“我意已决。这个刘勃勃是一个灾星，他会给叱干城带来一场杀戮的！城将不保，你我以及家小的性命也难逃一劫。我要做一件恶事，我要将这刘勃勃押上囚车，送给代州城的拓跋珪！”这是叱干他斗伏的声音。

“亲爱的弟弟，你这样做万万不可！鸟雀投人，尚且济救，况勃勃家破人亡，归命于我。纵不能容，犹宜任其西奔。今执而送之，深非仁义之举！”这是叱干将军的哥哥，那个叫叱干阿利的人的声音。

叱干阿利是我们这个故事中的一个重要人物。他注定要与现在的刘勃勃、将来的赫连勃勃之间发生许多纠结，这是后话。而此刻，他听说弟弟要将刘勃勃献予北魏，心中吃惊，于是连夜从外城赶来规劝弟弟。

“哥哥，不是我心生歹意要将勃勃献予拓跋魏，”他斗伏解释道，“是那拓跋魏知道了勃勃亡命叱干城被我窝藏的消息，已经派使者前来索讨了。北魏凶恶，这你知道，我虽身为姚兴部将，可是得给自己留一条辗转腾挪之路呀！”

叱干阿利恼道：“看来我的一番苦口婆心算是白费了！既然话说到这里，你我兄弟情分到此为止，从此割袂断义，两不相扰，你混你的江湖，我混我的江湖！”

他斗伏说：“当断不断，反受其乱！我这是铁了心了！”

“那好吧！叱干将军，你好自珍重！”叱干阿利撂下这句话，一扭身，气势汹汹地走了。

翌日，日上三竿之后，一辆囚车在将军府门口吱吱呀呀停下。带了木枷的刘勃勃被士兵押着出了府门，就要押上囚车。叱干将军面色冷漠，背着手站在台阶上。他的旁边是北魏使者。

勃勃就要上车的那一刻，突然挣脱士兵的束缚，转回来，扑上台阶，抱住叱干将军的腿：“天下之大，宇内之阔，难道就没有我勃勃的一个容身之处吗?”勃勃哭喊道。

叱干将军鼻子哼了一声，面无表情。

勃勃又说：“娘舅，难道你就忍心让匈奴刘氏从此断了香火，让自己的亲外甥去代州城的断头台上去领那一刀吗?”

勃勃在说这番话的时候，抬头偷眼向叱干将军望去。十一岁孩子的眼中，有一种深深的失望，一种怨恨。

叱干将军依旧冷漠如初。

“我会忠诚于你，像狗一样地忠诚和驯良，只要需要，随时准备伸出舌头舔干你鞋面上的溏土。我的所需其实很简单，有一个屁股蛋子大小的地方，让我能圪蹴下，有两口饭吃，讨一条活命。”

勃勃在说这些话的时候，真的伸出舌头，去舔叱干将军马靴上的土。在舔的过程中，他依然偷眼去看叱干的表情。

叱干将军笑了——一面哈哈大笑，一面与身边的北魏使者嘟囔了两句什么，而后，飞起一脚将刘勃勃踢下台阶。

这一重脚踢在刘勃勃的胸口上。毕竟这只是个十一岁的孩子，那轻飘飘的身子，竟因这一脚而飞了起来，继而打了两个滚，滚下台阶。

他被士兵们缚住胳膊，押上了车。我们看到，押解的军官爷正是那天城门口一脚踩碎勃勃玩具城的那个人。

“天下如此之大，天下又如此之小！”被押上囚车的刘勃勃，仰天长叹道。

将军府前叱干将军与北魏使者拱手相别。囚车辚辚地滚动身子，眼见得出了城去。

事情要开始，得从现在开始。话说在陇东高原的迢遥山路上，吱吱呀呀的囚车在转过一个弯子的时候，前面的溏土路上，有两个半大孩子正盘腿坐在路中间，玩我们曾经见过的“掷羊拐”的游戏。

“囚车上的孩子，你还愿意下车和我们再玩儿一场游戏吗？”两个孩子笑吟吟地问。

囚车行到跟前，走不得了。路中间有人占道。那军官爷见了，只好跳下车，挥动鞭子，骂道：“好狗不挡路，挡路没好狗。哪里来的野孩子，野毛光棍飞了四十里，跑到这里撒野。识相者赶快躲开，若要不躲，铁轱辘从你当腰碾过去，叫你肠肠肚肚开花。”

那两个孩子听了，并不惧怕。他们笑吟吟地转过身。这一转身不打紧，原来我们认识他们，这是薛鲜和薛桓。

只见其中一个孩子把手指塞进嘴里，腮帮一鼓，脖子一缩，打了一声长长的口哨。

听到口哨声，从两边的黄土崖上跳下一拨人，挺着刀将囚车团团围定。

来人中为首的那个，我们却也认得，他正是守卫陇东城的叱干将军的哥哥叱干阿利。而这一拨人，是他的家丁。

叱干阿利叫道："鬼头刀过处，不留一个活口！杀！"

说着，他自己先一个虎跳，扑上去一刀捅死了随行的那个北魏使者。

众人奋勇，将那两个护卫的兵丁也都剁翻在地。

囚车里这时传出话来："那个军官先不要动他，容我亲手宰了他。他就是那天在城门口上，一脚踢翻我家城池的那个人！"

说这话的是刘勃勃。

叱干阿利用刀将囚车上的木笼撬开，刘勃勃从散了的木笼中站起，跳下囚车。

刘勃勃从叱干阿利手中接过刀，大叫一声："还我城池来！"用带枷的手执刀向军官爷捅去，捅进去以后，又用刀顺势搅了两下。眼见得那军官血流如注，小命没了。

众人忙乱一阵，把这四具尸首抬起来扔下了悬崖。

尸首的血腥味将会很快引来野狼。就在他们厮杀的这一刻，那鹰隼已经在头顶盘旋鸣啾了。相信这些丢在荒野上的尸体将为它们提供一顿美餐。

当这一切顺利结束以后，刘勃勃牵住叱干阿利的手，问道："你是谁？为什么要担这么大的干系，前来救我！"

"我是叱干将军的哥哥，名叫叱干阿利！你嘛，你是我的亲外甥。我想，我们中间，注定会有一场故事发生的！"

"天下之大，阿利舅舅，我现在该往哪里去呢？"

"咱们一起走，闯世界！加上薛鲜和薛桓。眼下只有一个去处了，投后秦姚兴，求他收留。外甥你看，山下那金碧辉煌处，就是长安城了！"

薛鲜薛桓赶着牛车，叱干阿利挺着一口朴刀，坐在车后，瞅着叱干城那个方向。刘勃勃则端坐在车上。山路弯弯，一行人顺着坡势，直奔长安城而去。

第十六歌　鸠摩罗什

当刘勃勃在叱干阿利的护卫下，顺陇东高原一路车轮滚滚前往长安城的时候，长安这座伟大的城池，正在进行着一件大事，这就是后秦皇帝姚兴恭迎西域第一高僧鸠摩罗什入城。

大智之华鸠摩罗什这一次行程，先穿越塔里木盆地、敦煌，走了三年，又在河西走廊名城古凉州羁留十七年，也就是说，从前秦时代一直走到后秦时代，才走到长安城下。

传说前秦皇帝苻坚夜梦高人，第二天早晨起来，让画工给这高人画了幅肖像，贴在长安道上，征询路人。有知道的，笑着指着说，这胡貌番相的高僧，正是西域三十六国中龟兹国的国师鸠摩罗什呀！龟兹国国王在城中置狮子黄金法座，鸠摩罗什站在讲坛上，舌辩天下无敌手。他的足迹，更是游历西域三十六国，并到达其父亲的故乡印度菩提伽耶。这鸠摩罗什，声名远播，是公认的佛门在世第一高僧呀。

苻坚听了，心中喜悦，于是派遣驻守在嘉峪关的大将军吕光去请这位高僧。谁知龟兹国国王不肯答应。吕光愤怒，于是乎领三万铁骑，破了龟兹城，杀了国王，而后带高僧登上路程。

鸠摩罗什被扶上一匹白马，捆绑住身子，顺着塔里木河一路走来。那龟兹城既破，城中三万余百姓，没有了依附，也就跟着高僧白马，撵那烟尘，一路跟来。

至敦煌时，白马经过穿越塔克拉玛干大沙漠的劳顿，疲惫不堪，终于倒毙在一座断崖之下。尾随的百姓中有好事者，将那白马的尸首葬了，在葬马之处建起白马塔、白马寺。既有了寺院，又在那石崖上凿洞造佛，寄托虔诚。当地的百姓也参与进来，后世著名的敦煌莫高窟，开始叮当动工。

吕光押着鸠摩罗什，继续前行。行到河西走廊的古凉州时，传来淝水之战苻坚兵败的消息。原来年少气盛的苻坚东征东晋，结果兵败于淝水。苻坚仓皇逃回长安，第二年死后，前秦灭亡，后秦开始。

吕光见已经没有了前秦，于是乎自立为王，号凉州王。羁押鸠摩罗什高僧在凉州城中，蹉跎时光，整整一十七年。

一十七年后，吕光死，儿子即位。后秦皇帝也是个笃信佛禅的人，数次派人去讨鸠摩罗什未果，于是派兵灭了凉州城，将鸠摩罗什掳到长安。

这是一件史实，言之凿凿，不敢虚构。关于这鸠摩罗什高僧，叙述者这里只是粗说，容那后边时间充裕了，再叼个空儿，细说不迟。

鸠摩罗什抵达长安城是汉传佛教史上一次重要的事件。正是由于鸠摩罗什在长安城十三年的弘法，汉传佛教终得以在中国地面确立。而儒、释、道三教合流的准国家宗教，为古代的中华文明奠定了基础。

眼见得高僧骑马过了咸阳桥，一路走来。后面那黑压压一片的，是龟兹城为吕光所破后，尾随高僧一起来到中原的三万龟兹国百姓。

后秦皇帝姚兴出郭三十里，恭迎高僧入城，那个欢喜，自不待言。进得城来，姚兴执着高僧的手，登上长安城的城墙。

“高僧，你一路风尘，鞍马劳顿，身心受苦了！高僧从那龟兹国披星戴月，而敦煌，而凉州，最后到达长安城，真是道路漫漫，备受艰辛。掐指算来，光阴荏苒，高僧这一次东行，竟然用了二十年的光景！”

高僧经过这么些年来的历练，汉语早已熟通，眼见得姚兴如此真诚，心中亦颇有几分感动。只见他拱手答道：“回皇上！佛光普照，不分西东。菩提雨露，遍洒众生。贫僧心仪东方，也是许久了。今天能亲眼目睹这东方名都，锦绣繁华长安城，也是眼福了！”

姚兴见这和尚说话中听，心中自是十分高兴，他迫不及待地问道：

“高僧呀，胡尘狼烟，世事纷争，兵戈连年，生灵涂炭。就拿朕来说吧，这一双手上亦沾满了斑斑血迹。高僧呀，你且说，佛门净地，可以容得下我这个罪人吗？”

鸠摩罗什答道：“大乘佛法有一句话，叫作‘放下屠刀，立地成佛’，这话是说，不论是什么人，哪怕是个屠夫，是个强盗，前一刻还在杀生，但只要心头一转念，起了善心，起了大慈悲、大悲悯之心，就可以不计前非，弃了罪孽，立地成佛了！”

“谢谢高僧！有高僧这句话安妥灵魂，今天晚上我可以安睡了！”

鸠摩罗什继续说道：“佛不在远处，佛在你心里；佛不在天上，佛在人间。什么是佛呢？佛是开悟了的众生；什么是众生呢？众生是还没有开悟的佛！”

姚兴听了，感到有一种大喜悦像电流一样，从头顶贯到脚心。他脸上放着光，欣喜地说道：“果然是天上高人，一席话如醍醐灌顶，令朕茅塞顿开。朕择日将隆重举行礼仪，封鸠摩罗什高僧为后秦国国师，并在终南山下朕的行宫逍遥园中建一草堂，请高僧讲经、译经，以此教化我后秦百姓，让我后秦国成为佛国！”

鸠摩罗什听了，说道：“如此抬爱，贫僧这里有谢了！只是，有一件难事，还得皇帝陛下费神……”

“是什么事，但说无妨！”

“皇上，当年前秦大将吕光破龟兹城，掳我东来，龟兹国自此灭亡。城中三万百姓没有了依附，于是随我后尘一路东行。现在他们就在长安城外。皇恩浩荡，是不是应当给他们寻个安身立命之处？”

姚兴听了，刚要答话，这时宦官登上城头报告说，匈奴西单于刘卫辰被杀、代来城被拓跋北魏血洗，刘卫辰一家三百口几乎做了刀下之鬼。只有其三子侥幸逃脱。如今，这三子名叫勃勃者，辗转时日来到长安城下，投奔后秦。

姚兴正在兴头儿上，他信口答道：“传他上来！今天我高兴，看来我后秦人气大旺。请他上来，让我看看是个什么样的人！”

第十七歌　长安城头风萧萧

赫连勃勃与鸠摩罗什，这两个乱世中的特殊人物，此一生注定将会有一次相遇。相遇之后，各自西东，又继续去踏上他们命定的道路。而这相遇的地点，正是此刻，正是这长安城的南门。

这长安城，四方八位，共开有十六座城门。所谓的“门开四面、风迎八方”，是对这座城池的赞誉之词。青砖砌就的城墙，围了一个大圈儿，光在这城墙上骑着马巡视一遍，就得大半天的工夫。那城墙上错错落落扎些雉堞，雉堞上插满五颜六色旗帜。十六座城门之上筑有箭楼。这些箭楼，以此一刻刘勃勃就要登上去朝拜后秦姚兴的大南门为最大。后秦平日迎宾送客、举行重大礼仪活动，都在这大南门的城楼上进行。

刘勃勃那年在叱干城中受了冷遇，差点被押解去代州成为刀下之鬼，幸亏有叱干阿利半路上的劫车，又一次侥幸逃下一条命来。自那以后，他便与叱干阿利并薛鲜、薛桓一起，在陇东高原上辗转半载，来到长安城中。到了城中，要见姚兴，却也是件并不容易的事，就这样在城中，又延挨了半年之久，终于疏通关节，得那朝中贴身宦官的引荐，得以面见当朝圣上。

也是好运，瞅了这么一个机会。

刘勃勃一行已在楼下瓮城里等候多时，得到姚兴允诺，勃勃并叱干阿利、薛鲜、薛桓一行，拾级而上，叩见后秦皇帝姚兴，并向胡貌番相、深目高鼻的鸠摩罗什高僧致意。

士别三日则当刮目相看。较之当年在叱干将军府时，此刻的勃勃仿佛换成了另外一个人似的，再不是前番那副摇尾乞怜模样。此刻的他，目光坚定，步履沉着，身长八尺三寸，美仪非凡。

后秦皇帝见了，喜爱有加，赞叹道："好个一表人才，兴不如也！"

刘勃勃见姚兴脸上的喜悦之情，明白他已经有接纳自己的意思了，于是心中愈加镇定。

得了后秦皇帝的允诺，勃勃于是一番慷慨陈词，将代来城为拓跋北魏所破，一家三百余口遭灭门的事情说罢，继而又说：

"拓跋北魏破代来城，灭我匈奴刘，只是小试牛刀而已。其虎狼之师，鲸吞东都洛阳，又取道叱干城来经营西域，到时候东西夹击，长安城就该是他的囊中之物了。陛下，大敌当前，社稷有难，请给勃勃一个机会，东征西讨，为君分忧，为天下担沉！"

这话恰好触动姚兴的心病。群雄四起，强者为王，他何尝不明白这个道理。东晋远在长江以南的建康城，暂时还不必虑它，唯独这北方草原的大国北魏是后秦的心腹大患呀！

姚兴虽然心里觉得这话中听，脸上却并不表露，只是那目光已经有赞许和欣赏的意思了。

勃勃看得明白，知道自己今天这番话，是搔到后秦皇帝的痒处了。

姚兴说道："随鸠摩罗什高僧一路东来的这三万百姓，恰好没有个安身立命之所。代来城既然已为北魏所破，成了一座死城，那么就让这龟兹国的百姓，在那里安家落户、休养生息吧！"

鸠摩罗什高僧双手合十，连声称"善"。了结了自己一桩心事，他也轻松了一些。

姚兴又将脸转向刘勃勃：

"朕且封你为安远大将军，带领这三万龟兹国百姓迁徙到代来城休养生息。你务必厚待他们。这些西域来客，习俗、饮食诸多方面与我东土浑然不同，当筑一座新的龟兹城，建一个新的龟兹国，让他们抱团群居。那块地面划归固远城莫奕于将军管辖，你且以朕的安远将军之身到莫将军帐下听令！"

刘勃勃听了，心中一喜，明白今天这是来对了，大功已经告成一半了，于是俯身跪拜道：

"陛下，你的安远将军在这里听令了！"

姚兴又说："你先做安远将军，日后收拾匈奴残部，有了兵力，成了气候，朕再封你继承你父亲的——匈奴西单于——朔方王不迟。到那时，大河套朕就交给你去经营了！"

"皇恩浩荡，勃勃这里谢恩了！"

刘勃勃刚说完这句乖巧的话，冷不防城头上站起来一个人搅事。这人是姚兴的弟弟姚邕。

姚邕见哥哥今天有些迷糊，随口封官许愿，于是阻拦道："不可不可！老百姓有言说，斩草不除根，来年春又生！匈奴人为拓跋北魏所灭，是他们的命数，咱们羌族人只当个看客做壁上观就是了。如今放虎归山，只恐刘勃勃这只草原狼，日后会成为后秦的大患的！"

姚兴摇摇头，很是不以为然。

姚兴说道："我看这勃勃绝非池中之物。天下群雄纷争，飞鸟各投其林，寻其归宿发展。我若杀了登门来投的刘勃勃，日后将如何取仁于天下？这不就是断了我的人才之路嘛！"

姚邕还要说话，姚兴说道："朕如今用他，与之共平天下，有何不可？这城头上风大，兼之鸠摩大师一路风尘，鞍马劳顿。要我说，今天这公干，就到此为止了吧！"

见为王者这样说话，不敢再有人吱声了。

刘勃勃在下城的时候，瞅了姚邕一眼，面露得意之色。姚邕虽然恼怒，却也无可奈何。

长话短说。

此后，草堂大寺建起，鸠摩罗什高僧在草堂寺讲经和译经，收三千门徒，一半是汉人学习梵文，一半是天竺国人学习汉语。后秦皇帝姚兴政务之余，亦常常率领文武百官去那里听经。草堂寺成为当时中国最大的国立译经场，长安城则成为佛教东渐的一个中心。

至于我们的刘勃勃，得了王令以后，领了龟兹国三万百姓一路北行，晓行夜宿，顺子午岭山脊的秦直大道，抵达当年的代来城旧址，在这里重建龟兹国。

尔后，刘勃勃从草原上收拾起刘卫辰残部，前往高平川，去投莫奕于。

第十八歌　固远城头上一棵开花的树

当赫连勃勃像个"见风就长，一日三丈"的巨人一样，小小年纪就已经长到八尺三寸身高，成为一个姚兴眼中"美仪绝伦"的男人之时，当年勃勃在逃亡的路上遇到的那个为他馈赠三碗酸奶子的女孩子也在长大，并一天天出落成一个大河套地面远近皆知的大美人。

记得在长安的城头上，在为赫连勃勃封官加爵时，姚兴以一种不经意的口吻提到固远城，提到固远城的城主莫奕于将军，提到勃勃将要到莫奕于将军手下听令时，不由得让人想起了那位姑娘，想起了一些年前那三碗酸奶子的故事。叙述者的心头不由得一颤。

不光是叙述者为之一颤，固远城头那弹琴的女子，她在那遥远的千里万里之外，也因为姚兴的这句话而打了一个激灵。

他们注定将会再次相遇，并且演绎出那爱恨情仇的故事。这是命运的安排，而命运是躲不开的。

当姚兴在长安城头上对勃勃提到固远城、高平川的时候，那一刻，在固远城用贺兰山岩石堆砌的黑黝黝的城头上，一个美丽的女子，正端坐在那里抚琴。

这女子我们认得她。她是我们的一个故人。她就是在大河套那寂寞道路上给从代来城逃命出来的勃勃三碗酸奶子的人。

我们记得那姑娘叫鲜卑莫愁。

她已经长大了。黄河大河套那往来无定的风吹拂着的这一朵山野之花开放得异常美丽和娇艳。高原灼热的阳光在催种催收的同时，也让它的女儿早熟，胸脯饱满，感情丰富而热烈。

她面白如雪，面红如酡，鸭蛋形的一张俏脸上停驻着两团红晕。那眼睛是褐色的，像秋天的湖水一样沉静、深邃和充满诱惑。那眼睫毛则乌黑浓密，像在眼睛的屋檐上添了两笔黑炭。她的头发，天然地打着卷儿，乌黑发亮，像一道黑瀑布，令人想到马那长长的、带卷的、奔驰起来藏着风的鬃毛。

固远城是塞外的一座古城，不甚大，也不甚小，位于一条川道的要冲，这条川道连接着黄河。黄河在不远处喘息着，呜咽着，不舍昼夜地流过。有一句民谚叫“天下黄河富河套”，它富的该正是这一块地方。

看哪，在高高的城头上，倚着角楼，一个美丽的女子，高绾云鬓，一袭红色的长裙，一直顺城墙垂下来。

她正在抚琴。

那是一把古琴。琴声呜咽，饱含无限况味。她抚琴的手，手指细长、白皙，长长的指甲大约用花园里一种叫“鸡冠花”的植物染过，是赭红色，像秋天那成熟了的枸杞子果的颜色。

在琴声那充满铺张的声韵中，她在吟唱，抑扬顿挫的拖腔在城头萦回。

如何让你遇见我，
在我最美丽的时刻。
为这，我已在佛前求了五百年，

求他让我们结一段尘缘。
佛于是把我化作一棵树，
长在你必经的路旁，
阳光下慎重地开满了花，
朵朵都是我前世的盼望。
当你走近，请你细听，
那颤抖的叶是我等待的热情。
而当你终于无视地走过，
在你身后落了一地的，
朋友啊，
那不是花瓣，是我凋零的心。

鲜卑莫愁的吟唱，为我们稍许透露出了她的心事，一个待字闺中的女儿家的心事。是的，她在等一个人，等一个人有一天骑着一匹马走到她的城头，然后跳下马半跪下来，说道："我的小女人，你好吗？你已经长大了吗？来，跳上我的马背，搂着我的后腰，让咱们一起行走大河套，一起流浪天涯！"

是的，多年前路途上的那一次偶然相遇，给她留下了深刻的印象。自那以后，那个孤独的骑手的形象，就始终盘踞在她的脑海里，挥之不去了。

这是宿命。有一天她终于明白了这一点，于是安静了下来，静静地在城头上抚琴，等待着那个孤独骑手的到来。而在这期间，在她成长的岁月中，在她等待的岁月里，她拒绝了一切的求婚者。

固远城的城头上，美人仍在吟唱。羌笛羯鼓，嗒嗒有声，像马蹄子的奔驰一样，为琴声打出节奏，为吟唱打出节奏。

第十九歌　女萨满

勃勃前往代来城之前，以君臣之礼去向姚兴皇帝告别。在逍遥园大殿里，他长跪不起，双目潮湿，感谢姚皇帝的知遇之恩。姚兴见了十分感动，亲手将勃勃扶起，又执着他的手，送到逍遥园大门以外，眼见得勃勃骑上马绝尘而去。姚兴站在门口，注目良久，见那马没有踪影了，方才返回。

姚兴的弟弟姚邕顿足叹息："放虎归山，后患无穷，来日灭我后秦者，一代枭雄勃勃是也！"

刘勃勃离了长安城，不敢有丝毫的停顿，直到队伍过了咸阳桥，心才放回原处。

这一行的路程，直到代来城地面，都是后秦国的地盘，所以尽可以亮出安远将军的旗帜，坦坦荡荡地行走。这样，一些日子之后，便抵达那代来城了。

代来城已经成为一座死亡之城。那血腥味时隔多年以后，仍然弥漫在这座废弃城郭的每一块石头上、每一棵青草上，弥漫在那刺鼻的空气中。

那曾经短暂的繁华安宁时光，早已恍如昨日。有几棵老榆树，孤零零地立在那里，黝黑的榆钱叶子像在滴黑血。一排小叶白杨，叶子有些枯萎，在寒风中抖动着身子。白杨树身上，有刀砍过的痕迹，斑斑驳驳。那条名叫"硬地梁"的小河旁边，长着一棵高大的、模样丑陋的柳树，树冠伞一样地向天空张开。那叫柽柳，又叫塞上柳，还叫砍头柳。

地上长着萋萋荒草。长条状的叶子上似乎还透着血丝。这叫菅草，成语中"草菅人命"的"菅"字。菅草丛中，夹杂着牛心阳草、花棒、红柳、沙枣等寻常植物。而山脚下的草滩上，那一束一束长在盐碱滩上的植物，叫芨芨草。那地方就是当年勃勃一跃而起杀了北魏士兵，骑了他的马逃命的地方。

安远将军刘勃勃领着叱干阿利、薛鲜、薛桓，带着龟兹国的三万百姓来到这里。那三万百姓，将入住这里重建龟兹国；而成命在身的刘勃勃将在这片草原上，收拢刘卫辰残部，而后溯黄河而上，前往固远城，去叩见高平公莫奕于。

那棵老树，这陕北高原魂灵一般的杜梨树，在历经了多重苦难以后还高高地矗立在这片废墟的顶端，矗立在代来山的山顶，矗立在高原的蓝天白云下。

它已经像一位老人一样，有些半枯了。当年，它是何等的郁郁葱葱呀。

突然，在废墟中行走的刘勃勃眼睛一下子亮了。他看见在那高高的代来山山顶，在那棵半枯的杜梨树下，一个一袭黑衣的女人，正在那里做什么。刘勃勃一行，向山顶走去。

在代来山那高高的山顶，那棵半枯的杜梨树下堆了许多的石头。这石头应该是这个女人搬来的，而她此刻，还在奋力地搬着。

这像山一样堆起来的石头堆，叫敖包。在匈奴人的传说中，每一位英雄离开世界的时候，后人都要为他堆一个敖包来纪念。那敖包上一块石头代表一个敌人的头颅。也就是说，墓主人生前杀死过多少敌人，他的这座敖包上就应当堆着多少块石头。这石头记载着墓主人生前的功绩，记载着一个骑手的光荣。

哦，我们认出她了。那个正在搬石头的人是女萨满，我们的老朋友。看来，自那次北魏屠城以后，这些年来她的工作就是在这里搬石头。而这块墓茔中，安放着朔方王和他的西单于夫人，安放着刘氏一家三百口，安放着这代来城遭那次劫难的城中百姓。

这位不知道年龄为何物不知道时间为何物的女萨满，她抱来一块石头，放在这敖包上，喘口气，停住，转过身。

她盘腿坐在地上，两手举向天空，开始祈祷。看来，和搬石头一样，这祈祷也是她这些年来每天都在进行的功课。

女萨满面色凝重，拖着长腔，一字一顿地祈祷道：

“慈爱的大地啊，伸出你的嘴巴，将这齐腰深的鲜血吸吮下去吧。我们虽然知道，你已经厌倦了污血，不愿再接纳它。但是，活着的人还要活，还要梦想，还要爱，我们快要被齐腰深的积血，窒息而死了。”

勃勃一行走到了她的跟前，但是她没有看见，或者说看见了但视而不见。她的目光灼热，眼神凌乱，民间把此刻的她叫“通灵者”。

女萨满继续祈祷道：“吸吮下去吧，慈爱大地。张开你的大口贪婪地吸吮。这样你会惊奇地发现，接纳了那些污血以后，草原将变得异常肥沃，牧草将会茂盛地生长起来，匈奴人的白莲花般的座座牙帐，将会在大河套地面重新搭起，而匈奴健壮的男人们，将会像森林一样成长起来，像传说中的巨人一样见风就长，一日三丈！”

女萨满每日的祈祷课结束了。她回过神来，双臂落了下来，眼睛也从天上重新回到人间。

勃勃上前施礼。

刘勃勃热泪盈眶，他说：“你是女萨满，亲爱的女萨满，我又一次听到了你的祈祷，我好感动。我第一次听你祈祷，是在迁徙的路上，在我降生的那个时辰！”

女萨满说：“少主公，除了第一次，除了第二次，也许，你还会听到我第三次祈祷的。那是在你心目中的那座大城——匈奴城建立起来的时候！每一个匈奴人，心中都有那建城的愿望，你一定也有的！”

“我有！自从来到这世上，那个愿望就伴随着我了。女萨满，我想问，那祈祷还会有第四次吗?”

女萨满笑着说：“你太贪心了。第三次是会有的，我保证。但是有没有第四次，我不知道。我的视力有限，我只有一只独眼。”

勃勃听了，不再言语。他吩咐人抬来酒罐，然后自己将酒罐启封，抱着坛子绕着敖包正三圈，倒三圈，再正三圈，一共洒了九圈酒，以祭祀这墓茔里的亡者。

下山的途中，勃勃问道：

“女萨满，草原上先知先觉的女巫，只有你能明白，我的心中现在被仇恨和杀戮的欲望填满；被建立一座匈奴人自己的城池，从而让这个居无定所、永恒漂泊的行国变成墙垣高耸、固若金汤的居国的欲望填满。可是我该怎么做呢？我太弱了，形同蝼蚁，弱小的我又能做些什么呢?”

女萨满沉吟了片刻，回答说：“在草原民族代代相传的那些古老故事中，由弱小、卑微到一夜间强大的例子比比皆是，你要这样做。这样做虽然有些残忍有些下作，但是这是实现野心所必需的！问题是看你愿不愿意去做！”

第二十歌　一个男人的七昼夜

勃勃慨然说："我愿意去做任何事情！"

女萨满说："是的，你也有理由去做任何事情！在拥有了这样的童年和这样的少年时代之后，世界已经欠你太多了，所以你完全有理由成为一个坏人，完全有理由去做任何有悖常理的事情！"

勃勃说："那怎么去做呢？怎么能让一个弱小者突然强大起来呢？"

女萨满沉郁地说："你不是第一个，也不是最后一个。这样的事情，在那些弱小部落最初起事的时候，都曾经这样做过。这办法其实很简单，以你的美仪天姿是能足够地赢得人们的好感的，尤其是赢得那些怀春少女的心的，所以你下一步应该做的事情是，向那大河套地面的诸多城池走去，一个一个地去占领。这占领的办法很特别，就是先入赘为婿取得信任，而后杀掉老岳父，占领他的城池，抢下他的地界，夺取他的武装。你得这样一个一个地去做，终归会有一天，这世界就是你的了。"

女萨满说到这里时，眼睛放出光来，她说："你得有狐狸一样的警觉，狮子一样的强健，再加上一点点君王式的残暴，这世界就是你碟中的一份儿小菜了！"

女萨满继续说："少主公，你现在要做的第一件事情是去你将要赴任的固远城，从高平公和他的爱女鲜卑莫愁做起。"

听到这话，刘勃勃倒吸了一口凉气。

"世界可以这么深？"他问。

"可以这么深！"女萨满答。

"人心可以这么黑？"他再问。

"可以这么黑！"女萨满回答。

"我懂了！"刘勃勃慨然地说，"如果这世界真的要我承担起这样一个角色的话，我只好这样做了。我明白，这是宿命，匈奴末代大单于的宿命。如果这样做尚且不能拯救这个民族的话，那也没有办法，我们尽力了！"

他们走下一个塄坎，走到那被称为柽柳或者塞上柳或者砍头柳的树下。扶着柳树，女萨满继续说：

“亲爱的少主人，拥有了这无坚不摧的思想之后，这还远远不够，你要俘虏那一个又一个女人的芳心，还得有一样更为重要的东西！”

“什么东西呢？”勃勃不解地问。

“那就是征服女人的手段。仅靠一具硕大无朋的阳具和你的美仪天姿还不够，你得谙熟闺房中的秘密，你得知道用什么手段去讨女人欢心！”

“是的，我不懂这些！这方面的知识我目前还是零！”

“尽管男欢女爱是一种与生俱来的本能，但是亲爱的主公，你还得去学习。这样吧，如果你的行程不那么紧迫，我建议你在这代来山下滞留一个礼拜。请你到我的毡房去，我把门关起来，教会你床上的各种技巧，教会你如何去俘虏一个女人的芳心。”

在女萨满那饱含蛊惑的语调中，在此情此境中，刘勃勃还能说什么呢，他只有就范的份儿了。

女萨满一阵欣喜，她一把牵起勃勃的手，拉着他向山脚下盐碱滩旁的那座毡房走去。

行走间，她在勃勃的耳边低语道：“你将会记住这七天的快乐时光，一生一世都会记得。人类之所以能活下去，一直活到今天，其中一个原因就是有这别样的快乐。”

说这话时，女萨满的嘴角挂着一丝暧昧的、肉欲的微笑。

黑天昏地的七天七夜之后，这个男人走出了毡房，他步履有些蹒跚，像喝醉酒了一样。在他身后，女萨满手扶着半掩的白杨木门，目送他走远。女萨满半掩着大襟袄，大襟袄没有掩严实，半只奶头露出来，有点像母牛的奶头。

刘勃勃来到了草原上，来到那片芨芨草滩上，他疲惫万分地躺下来，面朝天，那情形，就像一个牧人挥舞了一天的大刈镰打完马草以后，疲惫地躺卧在草堆上，或者像米勒笔下那收割完庄稼的农夫一样，仰卧在地上，看天上的白云，两只穿着靴子的大脚直直地竖在那里。

他感到快乐了吗？不知道！那么，他感到痛苦了吗？亦不知道！我们所能知道的是，突然有两行热泪迸出，顺着他的鬓角流下来，打湿了这冰凉的土地。

他就这样在芨芨草丛中静静地躺着。他大约躺了很久，久到天荒地老；他又大约只是躺了片刻，短得只有一顿饭的工夫。然后，刘勃勃手扶着地面，翻身起来。

他的身上突然有了一种奔驰的欲望。而在他的左边，就有一匹被施了羁绊在草原上游弋的马。于是刘勃勃走上前去，卸去羁绊，跨上了马。

这是一匹没有配鞍子的马，草原上的人们叫它“光背马”。勃勃一跃跨上去，用两手抓住马脖子上长长的鬃毛，两腿使劲一叩马肚子，于是马儿头仰了起来，“咴咴”地叫了两声，两只尖细的耳朵向前一伸。

马儿奔驰起来。

而这时在那高高的代来山的山顶，老杜梨树下，女萨满又在祈祷：

“吸吮下去吧，慈爱大地。张开你的大嘴贪婪地吸吮，将这齐腰深的积血吸干。这样你会惊奇地发现，草原将变得异常肥沃，牧草将会茂盛地生长起来，匈奴人白莲花般的座座牙帐将会在大河套重新搭起，而匈奴的健壮的男人们将会像黑森林一样成长起来，像那传说中的巨人一样见风就长，一日三丈！”

在女萨满那年复一年的祈祷声中，奇迹终于出现了。

代来山顶那棵半枯的老杜梨树突然噼噼啪啪作响，代替枯枝的是一树碎银子般的繁花。而在山下那广袤的草原上，青草开始拔节、生长，由枯黄变得青绿。那五颜六色的花朵突然开始热烈地开放。那沉睡在灼热沙丘之上的红柳丛，枝干上吐出一串串花穗。白杨树的叶子在风中飒飒作响，热烈地拍着巴掌。那条哀恸的小河，被后世称为“硬地梁”的小河，开始淙淙流淌。

第二十一歌　陕北高原上的龟兹国

三万名跟随鸠摩罗什大师一路东来的龟兹国百姓，按照姚兴皇帝所托，被安置在了代来城。那一股滔滔西来的洪水，那扬起近一万里烟尘的马蹄，终于在这里尘埃落定，积水成洼。

三万之众走了这么长时间，仍然没有走散，这个队伍中间一定有人带队。

是的，有人承头，有人带队，这个人就是龟兹国的宰相，他光荣的名字叫鸠摩炎。一提到他，读者们一定会是一阵惊喜——这真是一部令人应接不暇的小说，它不断地带给我们一些令人惊奇的人物。鸠摩炎就是其中的一个。他那不平凡的身世，他与罗什公主一起制作出的这个名垂千古的鸠摩罗什大师等等。他在国王战死之后，追随着鸠摩罗什来到东土，仅此一点，我们就知道这个宰相是多么的贤明了。

他带领他的臣民们，在这里新建了一座龟兹城，一个龟兹国。将散落的石块捡起，重新扎起花墙，街道就这样出来了。从山上砍来些树木，解成板子或修成椽檩，搭在屋顶。屋顶可以用砖窑烧的红砖或青砖来覆盖（砖烧好后，饮过水的成为青砖，没有饮过水的成为红砖），当然也可以从那名叫硬地梁的河渠中撬起些青石板来覆盖在屋顶。不过这青石板更重要的用途是充当炕板。青石板炕烧热，炕洞里火光熊熊，人往上面一躺，烙得脊背暖融融的，刚好可以驱去那万里之遥路程上的风寒。

一部分人住在过去街道上的房子里，更多的人则是拿着从西域带来的砍土镘或陕北高原土产的老镢头，走向就近的山沟山坡。在山坡向阳的一面，先顺山洗出个窑面，再往里边挖掘。这挖出的一个一个窟窿，安上门窗以后，人们叫它“窑洞”。

当年那一场大杀戮留下的痕迹，还处处可见。有些废弃了的窑洞，门窗已经被过往的人们卸走了，但是灶台上的锅还在，锅中间还有一团黑色的东西，那是当年锅里的饭食，现在馊干成了一个黑坨坨。窑洞门口那盘碾子，还完好如初，似乎只要找一根棍子，塞进那“坐枷”的眼里，一推，这碾子立马就可以吱吱呀呀地滚动起来。

在从事上面所说的那些城市建筑之外，鸠摩炎没有忘记做最重要的一件事情，那就是建造一座佛塔。

鸠摩炎向敖包表示了足够的敬意，在得到刘勃勃以及女萨满的同意之后，把佛塔建在了敖包的旁边，那棵杜梨树的旁边。

佛塔的尖顶高高耸起刺向天空，敖包雄伟地矗立着。那棵高大的杜梨树上，人们挂满了红布条，使它真正地成为一棵神树。红布条在风的吹拂下，一会儿缠向塔身，一会儿在敖包上轻吻。

佛塔建起的那一天是这座城市的诞生日，是龟兹国的重生日。三万风尘仆仆从西域而来的人们，在代来山山顶聚会，庆贺他们的百劫余生，庆贺他们有了一个新的家园。

舞蹈开始了。那是胡腾舞。之后则是胡旋舞。亲爱的朋友们，让我负责任地告诉你，西域舞蹈传入中国内地，这一次龟兹国举国举族的迁徙大约是最重要的一次传递。在此之前，中原几乎是没有舞蹈的，那些被称为舞蹈的东西，只是宫廷乐舞那弱不禁风忸怩作态的玩意儿而已。真正的舞蹈是从西域传来的，是靠这些龟兹百姓带到中原的。

叙述者此刻是多么想将那风一样旋转、手到眼到心到的胡旋舞，向亲爱的读者介绍一二。但是，野花渐乱迷人眼，后面还有许多的应接不暇，因此叙述者此刻只能一笔带过了。在后边，我们的刘勃勃将要从这些神秘的舞者中挑选出其中最优秀的二十位，去那大河套的诸多城市去显摆。到那时我们再说吧。

在舞蹈进行中，唢呐突然亢奋地吹奏起来。先是一杆引领，接着是无数杆唢呐一起吹奏。那唢呐有长有短，大号的几十杆唢呐，将杆子担在塄坎上，喇叭口朝天。较之在西域广阔地面的吹奏，唢呐那响遏行云的声音，似乎更适宜于在这高原上施展。高原有回声，那声音撒向四方，又被不远处的老崖挡回来了，从而产生了“轰隆轰隆”的回声。那回声仿佛夏日的闷雷一样掠过高原，久久不息。

龟兹人把这唢呐不叫唢呐，叫“响器”。响器，会响的器皿，一个多么有意思的名字。陕北人则把这唢呐手叫“龟兹”，字还是这两个字，只是音在后来有些念走音了，“龟”念成了乌龟的“龟”。

接着一群打腰鼓的来了。

那腰鼓手，要想打出气势来，得从山顶踢踏着往下打。脚尖踢起黄尘，人像龙摆尾一样在这弥天的黄尘中游动。活生生的是一群下山虎。腰鼓手在击打的时候，头要像拨浪鼓一样大幅度地摆动，用这摆动带动全身，那身子要“筛”，像农村妇女端着筛子筛糠一样一路大筛，那屁股也不闲着，也要像头那样摇摆。

在腰鼓踢踏出的阵阵黄尘的掩映中，各种西域戏法出现了。有在大象座位上翻跟头的，有在骆驼背上倒立的，有将脚倒挂在马镫上伸手采摘地面上的野花的。

代来山顶，老杜梨树下，这场狂欢热烈地持续着。

直到那龟兹国的贤明宰相从头上取下一顶旧毡帽，在空中挥舞了很久以后，众人的嘈杂和喧嚣才停息下来。

“高贵的龟兹国的臣民们，让我们为已经圆满地到达天国的国王祝福。让我们把这龟兹国重建的消息，告诉给我们的西域之华——那正在长安城讲经的鸠摩罗什高僧。托他们的福，我们得以重生。而已经垂垂老矣的我，可能不会再为你们服务多长时间了，但是，我会一直陪伴你们的。我陪伴你们的，就是手中的这个毡帽。”

鸠摩炎说到这里，老泪纵横。

他说：“这不是一顶普通的毡帽。这毡帽里藏着的是塔里木河胡杨林里的一把树籽。当年离开龟兹城的时候，我专门让擀毡的工匠为我制作了这顶帽子，里面擀进了一把胡杨树的树籽。这帽子跟了我二十多年了，行了一万里路了，我小心地戴着它，只有我明白这毡帽里的秘密。我不敢洗它，怕沾了水后，那胡杨树籽会突然发芽！”

“现在，”老人将毡帽捧在胸口，他用一种苍老而疲惫的声音说，“现在，终于可以把它交给水，交给大地了。如果它命大，它会发芽生根，长成大树的！”

代来山山顶上所有的人，都被这个故事惊呆了，唏嘘不已。他们以无限的敬意，向这位贤者敬礼。

随后，人们簇拥着鸠摩炎下山，来到那片盐碱滩里，在一个有着蔚蓝色淖儿的地方，将这毡帽埋进土里。然后从淖儿里掬来水，将埋下毡帽的地方浇透。

接下来，雄心勃勃的刘勃勃，将要行走大河套，开始他征服世界的事业。而这位鸠摩炎老人，则静静地坐在埋着毡帽的地方，等待种子发芽，等待它们一天天变成参天大树。

是的，恰好有一点闲暇可资利用，那么，我们不羁的笔触，此一刻不妨向山的那边望去，向红日西沉的地方望去，向鸠摩炎的故乡望去。

这一望或许需要一段时间。

第二十二歌　恒河传说

鸠摩炎的家乡，在遥远的天竺国。鸠摩家族的人们，历朝历代，都会有一个最优秀的男人走出来，担任这天竺国的宰相。或者，换句话说吧，这是一种世袭制度，鉴于这个家族昨日的光荣，宰相一职一直由这个家族来世袭。

那“昨日的光荣”是什么呢？这还得稍稍地再往远说一说。

北匈奴人像一股洪水一样向西漫卷，追逐着落日和水草，穿越欧亚大平原，从喀尔巴阡山陡峭的山崖上，冲入地中海沿岸，为后来伟大的世界征服者阿提拉大帝的出现做着准备。

而在这股汹涌的潮水中，有一支偏师，他们脱离了队伍，没有走向西方，而是走向了西南。他们被称为“白匈奴”，或被称为“鞑靼人”“亚细亚印安人种”“亚洲白种人”。白匈奴先踏上阿富汗高原，马蹄踏处，一夜间那个显赫一时的贵霜王朝灰飞烟灭。他们继续向南迁徙，终于，有一条河流挡住了他们的马蹄。

这就是那条著名的圣河恒河。恒河翻卷着波涛，裹挟着两岸的泥沙，以一种雍容华贵、仪态万方的姿态从大地上滚过。两岸是陡峭凄凉的堤岸，是遮天蔽日的菩提树，是在这河滩上洗浴的男人、女人，以及僧侣们。间或，在那高高的堤岸上，露出巨石砌成的那古老神庙坚硬的一角。

挡住白匈奴马蹄的那座恒河边的城市叫菩提伽耶。“伽耶”是梵语中“城”的意思。所以它也叫“菩提城”。国王是谁，我们已经不知道了，历史早湮灭了他那蜻蜓点水匆匆而过的名字。我们只知道那守城的贤明宰相，正是鸠摩炎的一位曾祖。

这位宰相率领全城的百姓，做了殊死的抵抗，从而保住了菩提城免遭这些草原来客的占领和杀戮，从而令白匈奴人的踏踏马蹄，在原地跺着蹄子，踏步踌躇一阵后，只好弯身折回。

诚实地讲来，挡住白匈奴人马蹄的这座恒河边上的城市，除了那位鸠摩宰相的殊死抵抗以外，更重要的原因则是由于这地方的炎热难挨。“世界上竟然有这么一块鬼地方，让人汗往肚子里流！我们要走了，让这地方的人一辈辈地承受这难挨的酷热吧！”白匈奴王挥挥手说。

在向那座恒河边上的城市告别时，白匈奴王又对站在城头上的鸠摩宰相说：“城头上的人哪，留一个虚名给你吧！让后人去说，你战胜了匈奴人，你保住了这座孤城！”

说罢，拍马赶回阿富汗高原。

白匈奴的马蹄践踏过的地方，后来发展成一个国家，这就是今天的巴基斯坦。而被鸠摩宰相守护住的那一片直通大海的辽阔土地，后来则成为另一个国家，这就是印度国。这是后话。

鸠摩宰相自己没有思想准备，他在一夜间突然成为英雄，打败了从中亚细亚高原过来的牧羊人，创造了一个守城神话，这是恒河的光荣，这是菩提城的光荣，这是天竺国的光荣。

为了褒奖这位忠诚而勇敢的宰相，天竺国的国王颁布诏令：从此以后，这个鸠摩家族的人将世代为相。

这样，时间在经过几代人的更替以后，到了我们的“炎”的时代了。

炎出生了。鸠摩家族中的一个长子，将来要接替宰相位置的一个准宰相，恒河边上一个遍体赤红的婴儿出生了。那一刻，西边，太阳像一个通红的大车轮子一样，正哀伤地向海平面上驶去；而东方，一轮柔和的、仪态万方的圆月亮，正停驻在那当时被叫作葱岭，现在则被叫作帕米尔高原的陡峭的尖顶之上。日光和月光交替照耀着菩提城。

孩子号啕大哭起来。

“噤声！亲爱的孩子，是那西边正在以无法遏制之势而沉落的夕阳，带给你以无限感伤吗？”人们问道，并且将这孩子的脸朝向西边。但是孩子仍然哭泣不止。“那么孩子，是那搁在东山之巅积雪峰顶上的一轮圆月，带给你以某种大喜悦、大欢欣吗？”人们继续问，并将孩子的脸面向东方。

然而孩子仍然哭泣不止。

“那么，你是喜极而泣，同时又是悲极而泣！是空中这两颗发出光亮的东西，同时照耀在了你的头顶，从而令你一呱呱落地来到人间，便痛彻地感悟到这日月交替、天道轮回、盈虚有数、世事无常吗?”

无可奈何的人们这样说。

这句话说到点子上去了。听到这话，孩子止住了哭泣，继而又破涕为笑。

这样，鸠摩家族的这个孩子，便有了一个响亮的名字。

他的名字叫“炎”，由两个“火”字构成。上面的那个“火”是太阳，下边的那个“火”是月亮。这个名字记录了鸠摩炎出生的时候，天空中日月双悬、阴阳交替的情景。

第二十三歌　在菩提伽耶

太阳炽热照耀的地方的人们早熟。炎三岁的时候，被送到恒河边那座乌黑石头砌成的神庙里去培养。一群高僧大德充当他的导师。他跟一位高僧学习小乘佛教在那个时期所能达到的最高智慧。高僧的讲学和传授只讲那些最核心的东西，并且是择其大要。这样，天资聪慧的炎便能够很快地掌握，以免蹉跎岁月。炎跟着另一位高僧学习天文地理、数学计算。这样的学习是必要的，以便他将来做宰相的时候，更好地服务于国家和百姓。炎又跟着第三位高僧学习起卧举止各种礼仪，学习舌辩学，学习哲学，学习“佛观一钵水，八万四千虫”这样的见微知著的洞察力。这同样是为将来的工作做准备。

到了十三岁，该举行“成丁礼”了，炎告别了神庙和师父，回到了家中。人们这时看到的是一个脑袋剃得精光、前额光洁、眉毛像炭一样黑、两个脸颊有着两团凝重的红晕、身披袈裟的小和尚。

家族为他举行了一场隆重但又不事张扬的“成丁礼”。仪式上，国王也换了一身便服悄悄地来了。他的到来显示了对这位当事人的重视。成丁礼结束以后，炎便不再去神庙了，这叫“还俗”。他换了一身普通人的装束，跟着父亲，也就是当朝的宰相四处漫游，学习处理国家事务的能力。

又过了几年，炎已经成长为一个高身材的青年，有着雄狮一样卷曲的头发，皮肤也变得黝黑一些了。他的脸上时时显露出一种刚毅的表情。作为成长的标志，短短的胡须现在爬满了他的双鬓、嘴唇和下巴。几年间，他随着父亲，足迹踏遍了从葱岭到大洋的每一个地方。几经历练，一个标准的天竺国宰相就要诞生了。

前面说过，太阳炽热照耀的地方的人们早熟。

炎这时候十八岁，他已经完全成熟了。而他的父亲，那位现任宰相也已年届四十，开始衰老。交接班的时刻终于来到了。国王下了诏书，选择一个良辰吉日举行仪式，随着这个日子的临近，整个菩提城都激动起来，像在迎接一个盛大的节日。城中那些临街的铺子将门面都装饰一新，从而给城市增加了许多的喜气。姑娘们为这个节日的到来准备着新裙子，而铁匠们则在使劲地拉着风箱，敲着铁砧，把钢铁里的音乐敲打出来，为即将到来的这场盛事助兴。

就在这一切都准备停当、隆重的拜相仪式将要在第二天进行时，这个仪式的当事人炎却突然消失了。

这是一件严重的事情。如果拜相仪式上鸠摩炎不能够体面地出现，将给这个国家，尤其是给鸠摩家族带来严重的后果。所有的人都急得团团转。后来，他们决定先不向国王禀报，而是派遣家族的所有男人，再出去寻找一次。他们的足迹跑遍了菩提城的旮旮旯旯，可是，炎这么一个大活人，就像从人间蒸发了一样，还是活不见人，死不见尸。

看来只好向国王禀报了。这时候，宰相府的女主人，炎的母亲说，让她再出去寻找一次吧。也许，炎会在那个有着三棵菩提树的神庙里面。一颗母亲的心告诉她：炎在那里，并且正在哭泣。

女人换上一件普通市民的衣服，并且用黑纱罩住了自己的面庞，然后在侍女的陪伴下，走出了家门。是的，按照心的指引，她向恒河边走去，向炎当年出家的那有着三棵菩提树的神庙走去。行走间，她听到了恒河水那无限疲惫的叹息声，她嗅到了那湿漉漉的海洋风的味道，接着，她看到了神庙那黑黝黝的屋脊，以及恒河那波光粼粼、忽明忽暗的水流。

这神庙名叫那烂陀寺，那是一个有名的地方。而对于中国人来说，它之所以有名，是因为在鸠摩炎离开它整整二百年之后，有一位大唐高僧，名叫玄奘的人，逆鸠摩炎的行踪由东向西而南，从长安城出发，来到这那烂陀寺的三棵菩提树下修行六年，修成正果。

那三棵菩提树就长在神庙的靠近恒河的这一边。那树既不高大，也不茂密，青色的斑驳树干上方，枝条像佛掌一样伸向天空。拳头大的叶片点缀在这些枝条上，给人一种疏朗的感觉。三棵树成一字形站成一排，面对着塄坎下面的河水。

菩提树的花朵散发着异香。菩提树下，一位年轻的和尚正盘腿坐在那里。一袭黑衣将他的全身笼罩。从头到脚，甚至那褐色的胳膊，也被这黑布裹着。只有两只眼睛露在外面。

他大约已经在这里坐了很久很久了。菩提树那椭圆形的树叶，一片一片地落下来，打在他的头上，肩上，然后落向地面。落叶缤纷。

年轻的和尚就这样在菩提树下打坐。听不见风声，听不见雨声，听不见窸窸窣窣向他走近的衣服摩擦声和母亲的脚步声。他多么的专注呀，用佛家的专门术语说，这叫“入定”，眼睛、耳朵、鼻子、口舌、身体肌肤、意念，这被佛家称为“六根”的东西，在这一刻全部封闭，万丈红尘在此望而却步。此一刻的情景，有八个字形容，叫“六根清净，八风不动”。

“亲爱的孩子，是你吗？在这万籁俱寂的高贵的夜晚，莫非是有一种什么不祥的念头突然闯入你的心灵，从而令你感到了一种大痛苦吗？”

树底下的年轻和尚被惊动了。他初时形同一截槁木，无知无觉，现在受到惊动，那截槁木动了一下，继而，发出声响：

“亲爱的母亲，恰恰相反，此刻的我没有感到大痛苦，而是感到一种大喜悦，大快乐，大自在，大自由，我的身心此刻正浸泡在一种从未有过的幸福感中，形同沐浴。刚才我正在和我不知道的世界交谈，我感到自己的整个身心，正像一匹脱缰的野马，在无垠的大地和高远的天空，无拘无束地漫游！”

“亲爱的孩子，你忘了明天是个什么日子了。整个国家今夜都将处在一种激情中，彻夜难眠，为迎接明天那个日子的到来。而亲爱的孩子，作为家族明日的荣光，作为这个盛大节日的主角，我想，你现在是不是该回去准备准备了！”

“可以不要那样的命运吗？——做宰相的命运！”

“不行，这是责任！鸠摩家族的责任！”黑纱背后，是一个斩钉截铁的声音。

第二十四歌　在那烂陀寺

坐在那里的青年和尚抖落掉身上的落叶，将头上蒙着的布也掀了下来。我们看到他确实是炎。

炎对母亲说：“这是责任，我明白，对天竺国的责任，对菩提城的责任，对鸠摩家族的责任。因为自从我一出生，我听到的最多的就是这两个字。但是母亲，命运为什么偏偏挑选了我去承担这件人生俗务呢？难道我不可以有另外的命运吗？我有许多的弟弟，这个家族有很多的男丁，他们比我更优秀，他们都会驾轻就熟地做好它。仅仅只是因为我是长子，这件事就不可推卸地落到我的头上了吗？求你了，母亲，放我一条生路，让我去干另外的事情吧！”

母亲揭开面纱，露出她满月一样的面庞。她有些惊讶地说：“儿子啊，你知道宰相的同义词是什么吗？除了责任以外，它还是光荣和鲜花，是尊贵和尊严，是一生都享用不尽的荣华富贵。亲爱的孩子呀，为了明天那个节日，全城的女人们都穿上了自己最艳丽的衣裳，那些待字闺中的少女正心跳着等待你的出现，她们最大的人生奢望是让你多看一眼，让你的目光在她们身上多停留半秒。而多少男人又在眼红你呀！难道你就情愿轻易地抛弃这一切吗？”

炎站起来，他轻轻地扶着母亲的肩膀，继而又牵着母亲的手，走到塄坎边，然后以忧伤的目光注视着脚下的恒河。

脚下的恒河仪态万方、风情万种地奔流着。菩提城的灯光，有一部分映在了河里，于是那河面上出现了碎银子般的光亮。虽然已经是夜晚了，堤岸上仍然聚集着许多人。

持家的女人，到河边来汲水，她们在河里汲满一罐子水以后，重新顶在头上，然后折身踏上那高高的石阶。那些菩提城的风情女人们正在洗濯。她们把自己脱得精光，整个身子都沉在这忘川之水中。她们试图用这河水洗涤掉自己既往的罪孽。另一处，一个麻风病人也在洗涤，想让这神奇的水流帮助他恢复健康。

“亲爱的母亲，在河心那块突出的岩石之上，正高卧着一位高僧。那是我三岁时走入神庙遇见的第一位老师。你看见他了吗？每天黄昏，他都会走出神庙，顺着那高高的石阶，来到这恒河边上，然后开始这日日必备的功课。”炎对母亲说。

顺着儿子手指所指的方向，母亲向苍茫夜色中的恒河望去。她的目光终于盯住了河心那块突出的岩石。

她看见，一位高僧正用手掌像刀子一样，向自己的胸膛砍去。胸膛劈开了。然后他从胸膛里掏出自己的肠肠肚肚，将它们漂进河里，轻轻地洗着，涮着，摆着，梳理着。

那情形，就像在洗涤羊肠羊肚、牛肠牛肚一样。

“他在做什么呀？”母亲惊讶地问。

“他在洗涤自己，这是他的洗礼。他要在这日日必备的洗礼中，洗涤他前世的罪孽，洗尽他在这一日所沾染的世间尘埃。他渴望洗净自己的身子，他希望有朝一日，抵达那大俊大美、大彻大悟的大觉悟之境！”

“一位得道高人！”

“是的，一位得道高人！”

母亲沉默了，儿子也沉默了。他们全神贯注地看着那位高僧在完成着他的功课。洗涤终于结束了。高僧将肠肠肚肚重新装入胸膛，拍一拍胸脯，摩挲一番，让胸腔重新完好如初。最后，他们目睹那高僧重新踏阶而下，走回神庙，旋即被夜色中的神庙所吞没。

“亲爱的母亲，也许当我出生在那个日月交替阴阳更换的奇异时刻时，当你们将我的名字叫作‘炎’的那一刻起，我的命运就被定了。我的这一生注定要四处流浪，我现在虽然是在和你说话，可是我的心已经在路上了。那是漂泊的命运，充满了坎坷，充满了不可知。这些我都知道，但是我没有办法，我唯一能做的事情就是顺应它，听从远处那梦魔般的召唤!”

“那么，世界这么大，有许多条道路，每一条道路都通往不同的地方，我亲爱的孩子呀，你是想去哪里呢？你的一颗大悲悯的心，它是如何指示你明示你的呢?”

这时，那轮又圆又大的月亮，突然跳跃了几下，出现在东北方葱岭那积雪的山巅上，霎时满世界一片光明。

炎指着月亮，回答母亲说：“我要到东方去，我要到葱岭那边去，我要到太阳和月亮每天升起的那个地方去。那神秘的东方是如此强烈地吸引着我。我不知道那高高的积雪的山峰背后是什么，我想探个究竟。我将一直往东走，直到有一天倒毙在路旁为止!”

说完这些话，炎抿紧了嘴唇。

现在轮到母亲吃惊了。她后退了两步，以便把眼前这个男人看清。然后——然后这位母亲字斟句酌，说了一段天才的话。也许，只有宰相府的女人们，只有天竺国的那高贵的婆罗门家族的女人们，才能说出这样有教养、有见地的话。

母亲说：“我为你而骄傲，亲爱的孩子！宰相会有很多个，在你之前会有，在你之后也会有，但是鸠摩炎只有一个。你是一个高人，一个负有特殊使命的人。上苍借我之腹生了你，这是对我的信赖，是我的光荣和骄傲。亲爱的孩子呀，既然你去意已决，那就远行吧！我支持你。如果这个世界上只有一个人在支持你，那就是我，母亲的祝福会伴随你的一生的。至于明天那个拜相仪式，至于未来宰相的人选，事情总会过去的，而宰相也总会有的!”

见母亲这样说，儿子受到了深深的触动。

他跪下来，跪得很深，以至脸颊都贴到了母亲的脚面上。他就这样就势吻了吻母亲的双脚。

母亲问儿子临行前还需不需要做一些旅途上的准备，比如带一些盘缠，比如带几身干净的衣服，比如至少带上一打也就是十二双的麻葛鞋，以便应付穿越葱岭时的崎岖山路。

儿子说不必了，他其实从一出生开始，便开始做翻越葱岭的远行准备了。他说，一根打狗棍，一个乞食钵，吃饭的问题就解决了。至于麻鞋，他不需要，他打赤脚就足够了。

为了强调，炎在说话的时候，跺了跺自己赤着的双脚，他说：“父母给了我两只脚，为的就是有一天用它来独步天下！”

在说完这些话以后，或者说，在这些话的余音还在母亲耳畔回响时，年轻的和尚已经匆匆站起来，稍稍整理了一下自己的衣服，然后转身飞也似的消失在苍茫的黑暗中了。

母亲孤孤地站在那里，强按住内心的疼痛，没有让眼泪掉下来。出于一种骄傲和矜持，她没有撵上去，也没有使自己失态。

不过她多么地希望，作为儿子的炎能够回过头来，向她做最后一声告别。但是炎始终没有回头。

第二十五歌　鸠摩炎在路途

就这样，这位名叫鸠摩炎的年轻的行者，便离开了菩提伽耶，告别了他的祖邦，上了那迢遥的道路。

正像那些传奇和歌谣以惆怅的口吻所咏叹的那样，青年和尚穿越了九十九座高山，蹚过了九十九条大河，然后在一个红日喷薄而出的早晨，登上了葱岭那高高的垭口。

他穿着褴褛的僧衣，赤着滴血的双脚，他的胡须在行走中也疯狂地生长起来。他现在已经完全变成另外一个样子了。他走的那条时而穿越峡谷、时而攀上高山的道路，是在他之前由那些牧羊人踩出来的，由那些为了蝇头小利离乡背井的丝绸之路上的脚夫踩出来的，是白匈奴人在进军喀布尔城时留下的，是贵霜王朝的遗民们重返塔里木盆地、重返楼兰时留下的。

走在这样的路上，我们的炎有一种奇异的感觉。他觉得前面那些所有的先行者们所千辛万苦踩出的这条道路，其实只是为了一个目的，那就是为他的这次东行做准备。

那九十九座高山上每一座山向阳的一面，都会有一座类似那烂陀寺那样的神庙。这神庙或者是石砌的，或者是砖垒的，或者是用不加修饰的圆木架筑的，或者是因陋就简在陡峭的悬崖上凿出的石窟。而在那九十九条河流之上，每一个渡口都有人在洗涤，罪人们试图在这洗涤中卸下重负，获得再生，正如恒河在流经菩提伽耶时，我们所看到的情形一样。

一根打狗棍，一只乞食钵，一领袈裟，这是他的全部财产。对一位苦行僧来说，有了这几样东西，就足够了。

炎觉得自己很富足，很快乐，像一个帝王一样的富足和快乐。同时，他的身体和思想是自由的，而帝王们是做不到这一点的。他可以叩击路经的每一户人家的门扉化一口缘，而不需要任何理由。当从神庙的门口经过时，他就会去“挂单”。他从肩上的褡裢里取出自己的帖子，然后挂在门楣上，继而，便和衣躺在门洞里闭目养神，门“吱呀”一声开了，是小和尚出来打水。他们捧起这个帖子，然后将这位已经睡着了的苦行僧唤醒，领入禅室安歇，而在这神庙里将息几日之后，我们的炎又重新踏上了道路。

就这样，炎一直走到了葱岭那高高的垭口，在一个红日喷薄而出的早晨，倚着这世界最高地方的一块岩石，热泪盈眶地看着他朝思暮想的东方世界。

面对眼前为他展现的这一片绚丽世界，神秘东方，鸠摩炎从头到脚都感受到一种从未体验过的大喜悦，大欣喜，他轻轻一声抽泣，接着便是双泪迸流。

他盘腿坐在高高的岩石上痛哭了三天，哭得惊天动地。三天后重新拾起拐杖上路。他本来还想在那里多停留一会儿的，但是，这个名曰“世界屋脊”的地方实在是太寒冷了。

最后他向山的另一面走去，向东方走去。仍然是翻越了九十九座高山，蹚过了九十九条冰河，最后看见了绿洲和人烟，看见了黑松林，看见了那奔腾咆哮的叶尔羌河，看见了那被称为“一千年不死，一千年不倒，一千年不朽”的胡杨树。

第二十六歌　破戒

当炎沉重的步履快要接近绿洲和人烟时，发生了一件奇怪的事情。

他的身后，一群一群的动物越过他，疯狂地向山下奔去。它们发出尖叫，它们慌不择路，它们个个都表现出少有的亢奋。那慌乱的情形，就像一场地震将要发生，就像世界末日就要来临似的。

那最庞大的动物是骆驼。是野骆驼，公骆驼。它们发出低沉而可怕的“唑唑”声，嘴巴向天吐着白沫，硕大的驼掌好像显示力量似的，不停地践踏着脚下的小动物。人在这个时候不能奔跑，一跑，那发情的公骆驼就会追逐上来。人在这时候最好的做法是躺在地上装死，反正用不了多久，这骆驼群就会过去。

而那最小的动物，大约是蚂蚁了。数量众多的蚂蚁有秩序地排成一队，匆匆地擦着路面前行。普尔热瓦尔斯基野马不是在跑，而像是在飞，鬃毛飘舞着，尾巴长长地与飞翔的身体平行。

比普氏野马跑得更快的是那些羚羊，它们不是在跑，也不是在飞，而是在“剪”。或者用俗语来说是在跳跃，从一个山头跳到另一个山头，从路的左边跳到路的右边，倏忽间只能看见它们亮亮的白屁股一闪一闪。

表现得最亢奋、感情最为激烈的，当数那些草原狼了。它们凄厉的、如同婴儿啼哭的叫声令人胆寒，那滴着涎水的舌头露在长长的黄瓜嘴外面，扫帚把尾巴拖在身后，头佝偻着，嘴巴拱地，湍湍而来。

炎让在了一边，让他的这些动物兄弟们先行。他的知识不能够告诉他前面发生了什么，这些亢奋的动物是为什么事情而去的。他只发现这所有与他擦身而过的动物都是腰间挺着生殖器的雄性。

在转过一个山弯后，面对眼前像伞塔一样的雪松、绿绿的五花草地时，当耳畔听到那蛊惑人心的、叫人热血沸腾的歌声时，炎明白了个中原委。

一位牧羊的女子，头戴高顶尖帽，身穿黑色坎肩，脚蹬高筒靴子，一边用手甩着鞭子，一边唱着一首古歌。

花儿为什么这样红？为什么这样红？
哎——哎——，红得好像那燃烧的火，
它是用那青春的血液来浇灌，

它象征着友谊和爱情！

我们的炎看见，在那摄人魂魄的歌声中，先他而至的那些腰间挎着刀的雄性动物们，正在这五花草地上进行着自己的世纪狂欢。

野骆驼找到了家骆驼，普氏野马找到了那些驯养过的家马，狼则找到了它们的近亲——狗，羚羊呢，它也有近亲，那就是姑娘正在放牧的这一群羊。还有鸡，还有蚂蚁，还有那挺着两颗獠牙的野猪，等等等等。

这些从高山顶上跑下来的动物，以它们的方式跳上那交配对象的身子。炎只看到无数条摇动着的尾巴和抖动着的屁股，只听到那震耳欲聋、响彻山谷的欢愉尖叫。

炎的脸红了起来，红到了耳根。他用双手蒙住自己的眼睛，努力地不去看这些。但是，那尖叫声不绝于耳，于是，他只得又移开双手去堵住自己的耳朵。但这样做的话，眼睛又看见了。

炎不知道，他刚刚路经的这块高原，后人称它为“生命禁区”。在这严寒、缺氧和高海拔地带，雌性动物根本无法生存，只有那些雄性动物中的身体健壮者，才勉强可以活下去。然而由于没有雌性，在那长达半年的漫长冬季封山中，它们一直忍受着性饥渴，延挨岁月，那鼓励它们活下去的唯一的动力，就是等待来年初夏，等待那从草原牧场向高山牧场转场的游牧人们为它们带来异性，从而给它们提供短暂的快乐。

那森林一般摇动的千万条尾巴，那响彻耳畔的欢愉的尖叫，还有牧羊人那女萨满一般充满撩拨的奇异歌声，终于叫我们的炎再也不能自持。他抬眼看了那牧羊姑娘一眼，他看到那姑娘眼中也充满了欲望，眼神像喷着火一样，有一种鼓励的暗示。

我们的炎再也不能自持了，生命中自他出生后就一直沉睡着的某一部分力量现在开始苏醒，他感到自己满身的血液像火苗一样燃烧起来，他感到自己青筋暴起，身上的每一块肌肉都在爆发力量。

没有什么可选择的了，没有什么力量能阻止他了。现在唯一能做的事情就是扔了手中的打狗棍和讨饭钵，不顾一切地向那个姑娘走去，向万劫不复的宿命走去，加入这场山谷间的生命大欢宴中。

姑娘笑着迎接他。

她扔下了鞭子，软软地躺下来，躺在一片五花草地上。然后撩起裙裾，将自己的脸庞盖住。

当一切结束后，我们的炎站起来，重新整理好自己的衣服。胸中那股突如其来的狂暴激情消失了，一种灰色的情绪攫住了他。他感到后悔，感到天昏地暗。他明白，刚才发生的这一切不是梦，他的金刚之身已经破了。

姑娘走过来。她还处在亢奋中。亢奋中的她伸出手来，嘴里叫着“我的公鹿”，要为炎整理衣衫。

炎轻轻地挡开了姑娘的手。

他喃喃地望着天空说：“我现在明白了，我不是一个圣人，我所能做到的是永远地匍匐在大地上，与动物为伍。我是一个凡夫俗子，我的双脚将永远地被捆绑在大地上了！”

辞别姑娘，我们的炎继续前行。姑娘告诉他，山下那片绿洲，那片人烟，人们叫它龟兹国。

第二十七歌　别样的入城礼

一座金碧辉煌的沙漠都城，展现在这位行旅者的面前。

城市最高的建筑，是一座高高的佛塔。城市的街道，由各种高高低低的楼阁构成。楼阁里传出歌声和弹拨乐器的声音。一条河动情地流淌着，绕城一圈，成为这座沙漠之城的天然屏障。然后又分出一股水流，从城的中心位置穿越而过。在那羊脂般凝重流淌的河流上面，游弋着牛皮筏、独木舟和装饰华丽的画舫。城的四周，护城河以内，筑有高高的城墙用以防御。而上面所说的这一切，都被浓郁的树荫遮掩着，仅仅露出它的轮廓来。

这是名副其实的绿洲。城市的中央地带生长着高大的胡杨树，这中亚细亚地面苦难的、叫人肃然起敬的树木。胡杨那高大的树身布满了全城，甚至用它来分隔街道，成为行道树。与胡杨树相依相伴的，是另一种叫人肃然起敬的树木，它的名字叫沙枣树。我们的远行客驻足一望的这个时刻，正是初夏，每一棵沙枣树都在绽放着满树的白色花朵，香气袭人，花粉飘飘洒洒，令这座城市笼罩在一种奇异的香味中。沙枣花的花粉洒在行人的脸颊上和裸露的胳膊上时，会让皮肤瘙痒，所以城里的女人们在这个季节出门，都要蒙着头巾，披着披风。

这些树木从城内一直延伸出来，越过护城河，零散地散布在戈壁滩上，散布在那些已经开垦出条田的田埂上。而这些绿荫的边缘地带，那匍匐在大地上、僵卧在沙丘上、像火焰一样吐出赤红色花穗的，是红柳。再向远处延伸，那盖满银白色盐碱滩的，是一望无际的芨芨草滩。

而芨芨草滩的尽头，是斑驳的错落的山峰。这些山峰是红色的，那裸露的岩石，斜斜地、一层一层地劈下来，形成一长溜的斜坡。偌大的一块绿洲，被这样的红色岩石组成的低矮山岗围定。

呼吸着湿漉漉的绿洲风，嗅着久违了的炊烟味，随着已经不习惯了的喧嚣声，炎来到一条坎儿井引出的水流边。他把整个头放在水里，洗了一把脸，整理了一下自己那乱糟糟的头发和胡须，然后以杖点地，向龟兹城走去。

在距离龟兹城还有半马站路程的地方，一棵高大得叫人难以置信的胡杨树下，端端正正地坐着一位头上裹着头巾的中年人。

中年人坐在那里，不怒自威。面前一张雕花的圆桌上摆着各种精美的食品和盆地里出产的各种水果。看见鸠摩炎向他一步一步走来时，中年人站起来开始鼓掌。他的脸上布满了笑容，布满了善意。

“高贵的行者，我的好宰相，你辛苦了！眉角上还挂着葱岭的风霜，双足上还沾着葱岭的泥淖。来吧，歇歇脚，好宰相，城中已经为你准备了隆重的拜相仪式，那仪式不迟不早，就在今晚太阳落山、月亮初升之时进行。而现在，让我以手加额，感谢上苍为我们多灾多难的龟兹国送来了一位贤明的宰相！”

赶路的炎听到这从大树底下传来的声音，大大地吃了一惊。

他停住脚步，打量了一下树底下正在讲话的那个人。当听到“宰相”这个对他来说已经淡忘了许久的名词时，他甚至有些恍惚，怀疑自己是不是又走回了菩提伽耶。

但是不是，这确实是在东方，是在葱岭的这一边，是在龟兹城。

炎深深地弯下腰来，以手加额，向树底下的这位尊者致敬。

礼毕之后，他说：“‘有着幸福的地方，早就有人看守，要么是贤者，要么是暴君。’树下安坐的这位尊者呀，那么，你是前者，还是后者呢?”

树下的人回答说：“我是前者，宰相!”

鸠摩炎答道：“那么让我在这里送上我的赞辞。你是一个有来历的人，一个主宰生杀的人，你的不容反驳的语气和你的举手投足行为举止都告诉了我这一点。可是呀，树下尊贵的朋友，你是看走神了，路上走过的这个人不是什么宰相，他只是一个罪人，一个跳出三界外不在五行中的人，一个如草芥如蝼蚁无香无臭、稍纵即逝的卑贱生命!”

树底下的人笑了起来，他说：“你是宰相，你是上苍为我打发来的宰相。龟兹国宰相这个位置，已经虚位以待好长时间了。它是为你预备的呀！昨天晚上，我做了一个梦，梦见我的宰相要从这棵胡杨王下面经过。所以今天一大早，我就在这里等候了，等候那第一个从胡杨王树下经过的人，而那第一个到达的人就是你!”

炎听了这话，暗暗叫苦。他不明白，为什么那可诅咒的命运总是挥也挥不去，躲也躲不开，你瞧，它又落在自己头上了。

炎想分辩，但是哪容他分辩。炎想逃脱，但是已经无法逃脱。

只见那人打了一声口哨，立即，从左右两边树林里分别跳出二十个士兵，他们将炎的双手抓住，拧在后面，然后像变魔术一样，从胡杨树的后边，驶出一辆华丽的马车来。

士兵们把炎架起来，放进车里。树下的那个人，也缓缓地站起。一个士兵俯下身子来，充当脚镫。这人踩着那士兵的脊背，上了马车。

马车一路响着铃声，马儿四蹄如花，向龟兹城驶去。

到了城里，马车在王宫门口停下，只听这人说：“给我们的宰相鸠摩炎洗一洗鞍马劳顿的身子，梳理一番风霜浸染的发须，然后换上那早已准备好的朝服再来见我!”说罢，他自己先下了马车，径直进了王宫。

“我是龟兹国的国王，我姓白，我的名字叫纯!”那人走了两步，又扭过头来，这样对炎说。

第二十八歌　反弹琵琶

几个时辰以后，我们的炎梳理一新。他换上了那早已为他预备好的华美服饰。服饰是如此的合身，就像量着他的身材裁剪成的一样，这叫他奇怪。而更叫他奇怪的是，这个龟兹国王竟然知道他的名字。要知道，自从离开菩提伽耶以后，这个叫“鸠摩炎”的人已经隐姓埋名，在通往东方的道路上，走了整整三年了。

炎来到了王宫的议事大厅。大厅里，大臣们分列左右坐着，而在正中央那个唯我独尊的位置上，龟兹国王端坐着。果然是炎在胡杨树底下遇到的那个人。只是，他现在换了一身国王的服饰，从而显得威严和尊贵了许多。

接受了炎的行礼，龟兹王走下来，牵住炎的手，走到靠近自己的位置，请炎在那个虚位以待的位置上坐下。王清了清嗓子，环顾左右，说道：“我亲爱的大臣们，这就是我给你们经常提到的那个鸠摩炎，那个高贵的人，那个摒弃了权力，摒弃了荣华富贵，踏上漂泊，踏上不可知命运的人。为了迎接他的到来，我今天出郭三十里相迎。在我当政期间，这还是第一次。我亲爱的大臣们，我相信你们也会像我一样地喜欢他，尊重他，并接受他。”

大臣们听了这话，齐声喝彩，然后纷纷举起他们面前的酒杯。

国王继续说：“拜相仪式将在今晚举行，这会是龟兹国的一个节日。一切我都安排好了！本来，这样的一个拜相仪式，应该三年前在葱岭那边一个叫菩提城的地方举行的。可惜他们没有福分，当事人在拜相仪式就要举行的前夜逃走了！很好，阴差阳错，一切都有定数，一切都是命运。这个宰相是上苍为我们龟兹城准备的呀！”

国王睿智的话语又带来一片喝彩。

国王很高兴，大约因为刚才自己那一番遣词造句而有几分自得。他握着炎的手继续说：“亲爱的炎，我的宰相，当我们笑的时候，你为什么不能随我们一起笑呢？为什么你还是这样眉头紧锁心事重重？自从咱们见面到现在，那阴霾一样的神色就一直停驻在你的脸上。难道，我的诚意，龟兹国的诚意，还不足以打动你的心吗?”

鸠摩炎沉默了很久，说道：“尊敬的王，尊敬的大臣们，尊敬的绿洲国家，一个以四海为家的游僧能得到你们这样的钟爱，他只有诚惶诚恐的份儿了。当宰相的事情，咱们先放在一边，以后再说。我现在只是不明白，只是迫切地想知道，为什么你们知道我的身世，并且知道得那么翔实。老实说，连我自己，都几乎忘记我是谁了!”

国王听到这话，很兴奋，他接过话头说：“亲爱的炎，你不知道，三年前，你的那一次出逃，酿成了一场轩然大波，这件事旋即传到了四面八方，从而给你带来了巨大的声誉。而在这三年你的风一样的行走中，你的声名也随你的走动，传遍了帕米尔高原，传遍了西域三十六国，甚至传到遥远的波斯和巴比伦。每一个有菩提树的地方，都在传诵着你的名字!”

我们的炎摇摇头，苦笑了一下。他确实不知道在他闷着头行走的那些日子里，世界竟然还在注意他和谈论他。

炎说：“还是让我走吧，高贵的龟兹王！我已经不能适应这尘世的喧嚣了，我已经习惯于把自己交给道路了。强扭的瓜不甜，我的志向在东方。有一股神秘的力量在吸引着我，这力量从我出生的时候就控制着我。或者换言之说，我把我的灵魂交给它了。我向往东方，我不敢说自己是去布道，也不敢说自己是去弘法，我只能说自己是去学习，是去满足一下自己的眼睛和那可怜的好奇心。还是让我走吧!”

国王说：“这个沉重的话题，放在后面再说吧！现在让我们轻松一下，给远方的客人欣赏一下龟兹乐舞吧！世界上任何一个地方的乐舞，都很难和它比拟的!”

国王说，他相信在看了乐舞以后，炎的想法会改变的。说完这些话以后，国王把手搭在嘴唇上，打了一声口哨。

只见从宫廷的各个门扉中，像羚羊一样跳跃出一群怀抱琵琶的美女。她们先一剪一剪地跳跃到大厅正中央，单膝微屈，以手捧心，向龟兹王行了一个礼节。然后，琵琶便猛烈地弹奏起来。人群也四散而开，布满了大厅。整个王宫大厅裙裾飞舞，香气四溢。

国王和他的大臣们，在用膳的同时腾出手来，用羊骨头或牛骨头在餐桌上击打着节奏。有一个大臣在啃一条羊腿时，将那叫“羊拐”的东西抿干净，然后塞到口袋里去——他要拿回去给自己的孩子做玩具。做完这些以后，他再捡起羊腿，随着大家一起敲击着桌面。

国王说，龟兹最有名的舞蹈叫胡旋舞，他自己就是一名胡旋舞高手。那舞蹈将在晚上的拜相仪式上演出。而现在炎大人所看到的也是一个有名的舞蹈，名叫“反弹琵琶”。那个飞天形象女主角，她现在大约应该出现了。

话音未落，大厅正上方升起了一团云彩般的烟雾。烟雾缭绕处，一个绝色的西域美女，将琵琶背在背上，反弹着，缥缥缈缈自天而降。

所有的音乐此刻都噤声了，只有那一件琵琶，发出一股清音。那清音纯净、明亮，宛如天国而来。许多许多年以后，炎的儿子，伟大的僧人鸠摩罗什，即将在辽阔东方的某一处辞世的时候，曾经写过一首诗：“心山育明德，流薰万由延。哀鸾孤桐上，清音彻九天！”这位高僧所说的“清音”大约就是这“清音”，一件用孤桐所做的琵琶所发出的响彻九天的声音。

音乐停止的同时，所有在场的人都停止了动作。国王的一口抓饭在嘴里停止了咀嚼，大臣们木鸡般的呆坐着，那些伴舞的美女像一件件活的雕塑一样，变成造型，凝固在大厅中。

飞天女子在空中弹拨一阵后，脚尖着地，轻盈地落在地面上。随着她的琴弦的一声拨动，所有陪舞的美女也都活过来了，她们的动作也开始激烈起来，她们的琵琶，也学着飞天女子的样子，在背后反弹。国王这时也回过神来，他终于可以将那口抓饭咽进肚子里去了。

飞天女子着一身黑色的衣服，面部也被黑纱遮住，只露出乌黑的眼睛和黑炭般的弯眉以及半片光洁的前额。她在跳跃，她在飞旋，她的裙裾掀起的香风从每一个人的脸上拂过。她的美腿是如此的修长，脚骨上的肌腱清晰可见，她高傲的隐约暴起淡蓝色青筋的脖子亦是如此修长，活像一匹骏马的脖子。

炎是大户人家子弟，在温柔富贵中长大，也可以说是见多识广了，但是，眼前的这一切还是叫他看呆了。

反弹琵琶的飞天女子在飞旋的时候，她修长的脖子会猛地扭过去，向席间的鸠摩炎惊鸿一瞥，鸠摩炎感觉到了这一点了，每当那女子的眼风飞过来时，他就赶紧别过脸去，不敢去承接那眼神。

欢宴总有结束的时候，“反弹琵琶”结束了。众多陪舞的美女列队，节目的主角走上来向国王行礼后，又转向鸠摩炎。

那女子在转向鸠摩炎的同时，腾出一只手来，取下蒙在脸上的黑纱。注视着飞天女子皓月一样的面孔，炎大大地吃了一惊。原来她就是路途上遇见的那个牧羊女。

好像为了证实他的判断似的，那飞天女子在俯下身子行礼的同时，低声地呢喃了一句：“哦，我的公鹿！”

炎听到这话，脸色登时煞白，他羞愧地用手蒙住了自己的脸。

国王在一旁说：“这是我的妹妹罗什公主！”

第二十九歌　好事成双

按照史书上的言之凿凿的说法，龟兹国的罗什公主是一个绝色女子，她的才学和美貌，她的深明大义和远见卓识，一直被人们作为美谈，随风传扬，视她为一个女性的典范。

在她待字闺中的那些年里，西域三十六国的王子们，因为仰慕她的才学和美貌，纷纷前来提亲。他们像仰慕那遥不可及的月亮一样仰慕她，甚至如果能亲吻一口她的鞋底所踩过的泥土，他们就心满意足了。罗什公主的名字甚至越过西域辽阔的地面，传到那遥远的巴比伦城去。据说巴比伦城空中花园门口那座雕像就是依据传说中的罗什公主的形象塑造的。

罗什公主在等待着她心仪的人儿出现。鸠摩炎出现了，三年来炎的传说每天都会由那些过路客传到她的耳畔。正是由于她的耐心等待，才有了鸠摩炎与罗什公主的天作之合，而汉传佛教的伟大奠基者之一鸠摩罗什，才得以出世。

正如龟兹王以坚定的口吻所预言的那样，当“反弹琵琶”这个舞蹈出现，当高贵的罗什公主在炎的耳畔以一种女萨满似的魔咒口吻说出“哦，我的公鹿”时，炎崩溃了。

“我接受命运！”炎对龟兹王说。

“好事成双！你不光要接受宰相这个职务，你还得要接受我的妹妹！也就是说，拜相仪式和你与罗什公主的婚礼，在同一刻举行！”

炎点点头。

正如史书上所记载的那样，天竺国的准宰相鸠摩炎，在他东行的路上误入龟兹国，被龟兹国的国王白纯拜为宰相，并与国王的妹妹罗什公主结婚。鸠摩炎的到来，为龟兹国开辟了一个全新的时代，令它一跃而成为当时西域地面最具影响力的国家。尤其后来鸠摩罗什的出现，令龟兹国一度成为世界佛教的中心。

在新婚的夜晚，我们的炎说，罗什公主，能为我再唱一曲《花儿为什么这样红》吗？听了他的话，罗什公主将她作为牧羊女为炎所唱过的这一支歌，又动情地唱了一遍。

她对炎说，这支摄人魂魄的歌儿后面，有一个凄楚的爱情故事。一位龟兹城的少年正在家门口玩耍，被叮当作响的驼铃声所蛊惑，跟着路经家门口的驼队踏上了丝绸之路。在遥远的阿富汗高原上的喀布尔城里，贵霜国王正在为他的公主招亲。驼队走到了这里，年轻的脚夫离开了驼队，弹着热瓦甫从险峻的山路上走下来，走入喀布尔城中。他说：尊贵的国王啊，我是一个一文不名的流浪者，丝绸之路上的一个牵骆驼的脚夫，我没有什么珠宝可以献给你，那么就献上一首我在路途上创作的歌曲吧，这歌曲的名字叫《花儿为什么这样红》。说完，他拨动热瓦甫，唱了起来。

“他们后来有结局吗？”

“结局是有的，但那是一个悲惨的结局！脚夫的歌声打动了公主的芳心，但是讲究实际的国王将脚夫赶了出来。公主因此在宫中忧郁而死，那脚夫则唱着这首《花儿为什么这样红》继续上路。脚夫的足迹踏遍了漫长的丝绸之路，直抵遥远的海港阿姆斯特丹。他将歌声带到所有路经的地方，最后则歌尽而亡，像一只啼血的杜鹃一样，咳着血倒毙在了路旁，倒毙在了他的骆驼旁边。同伴们掩埋了他的尸首。他的脚步停了，而他的歌声还在脚夫们的中间传唱。歌声最后一直传回龟兹城，传回那青年脚夫的家乡！”

是的，这是一个悲惨的故事，这故事足以令每一个听者为之落泪。

两位新人庆幸自己是幸福的，他们得到了自己的真爱。他们后来大约没有再拉话，因为还有着更重要的事情在等待着他们去做。

新房里，一个新人呼唤道：“嗨，我的公鹿！”

另一位新人则回应道：“我的母鹿！”

罗什公主为鸠摩宰相一共生了三个孩子，都是男孩儿。

第一个孩子出世时，鸠摩炎说，这个孩子是为我亲爱的祖邦天竺国而生的。孩子长大后，让他回天竺国去吧，如果那里还需要治理国家的宰相，并且他也合适的话，就让他去承担责任吧！

第二个孩子出生时，鸠摩炎说，这个孩子是为我的第二故乡、我亲爱妻子的祖邦、我的尊贵的龟兹王的国家而生的。如果他长大以后，这个国家需要宰相，而他又是合适人选，那么就让他去承担责任吧！

第三个孩子出生时，鸠摩炎说，将他的名字叫作鸠摩罗什吧。取你的名字的一半和我的名字的一半。这个孩子不是为世俗的社会所生，而是为我那未竟的理想而生的。

我的双脚已经被牢牢地捆绑在大地上了，动弹不得，希望他不要这样。那根打狗棍、那只讨饭钵，我还一直留着，让他拿着，有一天，去踏上那通往遥远东方的道路吧！

第三十歌　行走如风

据说，当鸠摩罗什还在母亲胎腹中的时候，他的光荣的母亲罗什公主的身体，就出现了种种异象。西域地面上那些五彩缤纷的传说和佛家那些散发着檀香味儿的典籍，都言之凿凿地记录下了这些事情。

罗什公主突然通体异香。那是一种檀香的味道，当待在房间的时候，这种异香会充溢整个房间，而当她一旦行走在野外时，那香味会遍洒一路。罗什公主光洁的前额眉心上，还出现了一粒胭脂红的大痣。尤其令人惊奇的是，从前一句天竺国语言也不会说的她，突然无师自通，在一次祈祷中，大庭广众之下开始大段大段地背诵那些经文，并且用天竺国的语言和人们交谈。而到后来分娩以后，这语言她也就全部忘光了，用经典上的话说是“遗忘无余”。

“你怀的是一个非常之人，他的光辉将照亮东方！”过路的一位托钵僧扶着宫门，这样告诉罗什公主。并且说，“孩子出生以后，你要好好地监护他。如果这个孩子在三十五岁之前不曾破戒的话，那将是一位圣人，一位佛陀，将会大兴佛法，度无数众生，人们对他怀着怎样的期待都不算过分！”

这样，鸠摩罗什出生了。“智慧子”诞生了。上苍借助炎和罗什，为这个世界打发来了一位启迪者。他注定此生将劫难连连。但是在那最初的时光，他是幸运的。他出生在居国而不是行国。出生时头顶上有一片华丽的屋檐，而不是在颠簸的高车和飞驰的马背上。他自小生活在宫廷中，在百般呵护和温柔富贵中长大。

但是见识卓著的罗什公主，却为之深深地忧虑了。她深恐这宫廷的富贵会消磨掉鸠摩罗什的意志，令他沉湎于安乐。于是她提出要带着孩子出家。她的这个想法遭到鸠摩宰相的阻拦。一天，她领着孩子来到城外的一个荒冢上，看见白骨散落，荒草萋萋。“生命呀，你之于人，是一个怎么样的故事呢？”面对着一颗旷野上的骷髅，这母子俩大放悲声。这时候罗什公主出家的念头益发坚定。回到皇宫以后，罗什公主七日滴水未进，人都气息奄奄了，没有办法，龟兹王只得同意妹妹带着孩子出家。

这样，年轻的母亲带着七岁的鸠摩罗什，开始了在西域三十六国的游走。

在那个佛法大放光华的年代里，从天竺国起源并且传向西域的小乘佛教，已经开始式微。另一种为普罗大众所接受的大乘佛教开始兴起。小乘佛教主张个人单修，认为那佛祖的境界高不可测，远不可及，一个人面壁十年，参禅悟机，临到老之将至了，才看能不能有所悟、有所得，能不能靠近一点儿那佛家的门槛。大乘佛法则是大众的信仰。人哪，佛并不遥远，你就是佛呀。你在前一刻还在杀生，手上沾满了鲜血，但是只要你放下屠刀，转念向善，就可以立地成佛了。什么是佛呢？佛是开悟了的众生；什么是众生呢？众生是还没有开悟的佛！

这样，这个少数人的事业，少数人的信仰，少数人的修持，便可以成为多数人的事业、多数人的信仰和多数人的修持。佛教从天上掉下来，变成人间佛教、沾满了世俗烟火的佛教。

在罗什公主带着鸠摩罗什游走西域的那些年代里，大乘佛教已日见端倪。我们的鸠摩罗什迅速地接受了这种新的理解，直至后来，在龟兹城中设黄金狮子法座，弘扬大乘佛法，并且与西域各国闻讯而来的高僧们论辩。他打败了所有前来寻衅的论辩者，这其中甚至包括了他的老师，包括了他光荣的父亲，以及父亲鸠摩炎当年在那烂陀寺修行时候的师傅。那师傅就是那位每天晚上在恒河边上开肠破肚、一日一洗的高僧。他是专程赶来的，来与这位年轻的高僧论辩。

正是在鸠摩罗什的推动和完善下，大乘佛教得以确立，占据主流地位。尔后，它一路走向东方，最后落地生根，进入中国的每一个寻常百姓家，甚至约束到人们日常起居的每一个细微处，关注到人们的衣食起居、柴米油盐。而在佛教的起源地天竺国，由于佛教还停留在它的原始解释阶段，即小乘佛法阶段，因此，它逐渐衰微，那通往庙堂的道路渐渐无人问津，长满青草，那高不可攀的佛祖逐渐被束之高阁。如今，在佛教起源的那个国度，信众的人数仅仅只占到全国总人口的百分之七。

这母子俩游历到沙弥国的时候，一座神庙正殿里放着一口大钟。七岁的孩子，还是贪玩的年纪，他看见有一群孩子绕着那口大钟在玩耍，童心动了。于是跑过来，双手一抓，举起了这口大钟。他的举动把周围的孩子都吓呆了。“你才七岁呀！你的神力是从哪里来的呢?”孩子们吵道。鸠摩罗什也吓呆了，他说：“是的，我才七岁，七岁的孩子无论如何是不应该举起这口大钟的！”这样一想，当鸠摩罗什想要第二次举起这钟的时候，钟便纹丝不动了。

“那是意志的力量，意念的力量。意志和意念有时候会超越你的身体的极限而创造出奇迹。”罗什公主在一旁鼓着掌说。

母子俩来到一片汪洋的旁边，这地方叫蒲昌海。在那遥远的年代里，整个西域地面是一片汪洋，叫准噶尔大洋。后来在造山运动中，地壳隆起，喜马拉雅山脉耸起，大洋逐渐消退。那洋底在裸露出地面后被一座后来隆起的名叫“天山”的山脉，割裂为二。南边的这个盆地叫塔里木盆地，那盆地的中央包着一片大沙漠，人们叫它塔克拉玛干大沙漠。北边的那个盆地叫准噶尔盆地，中央亦包着一片大沙漠，人们叫它古尔班通古特大沙漠。

昔日的大洋在这母子俩游走西域的那个年代里，已经萎缩得只剩下一片水域了，它的名字前边说了，叫蒲昌海，后世它还会有一个名字的，叫罗布淖尔，或者叫罗布泊。

风尘仆仆的母子顺着孔雀河，来到这明镜一般的水边。孩子伸出乞食钵来，澄一澄，舀出一钵水。当要将水递给母亲的时候，他停住了。他注视着那一钵水，在此一刻说出了佛家那句著名的偈语。

这偈语是"佛观一钵水，八万四千虫"。

是的，鸠摩罗什看见了在这中亚细亚灼热阳光的照耀下，那小小的浅浅的一钵水中，有八万四千条生命。"八万四千"是一个约数，在佛家的叙述习惯中，把"众多"这个数目用"八万四千"来形容。

"我的天眼开了！我看见了生命，我看见了本相。他们拥拥挤挤地存在于这一钵水中，在进行着他们自己的生命故事！"鸠摩罗什说。

他还说："我明白了七岁时所看到的那旷野上的骷髅所昭示给我的意义了。我们不必问这骷髅是乞丐的，还是强盗的，是战败的士兵的，还是绝代佳人的，是一位行走江湖的僧人的，还是显贵的国王的。问这个没有任何意义，那只是一个走完宿命过程的生命，无所谓喜，无所谓悲，宛如眼前这个沧海桑田的沙漠海子一样！"

说完这些话，孩子热泪盈眶。年轻的母亲卷起袖子轻轻地为孩子揩去了脸上的泪花。

这时候，一轮西沉的太阳，正停驻在罗布泊西边龙城雅丹那斑驳而苍凉的顶端。那雅丹在苍茫暮色中，像高耸的城墙，像巍峨的城楼，像一地倒卧在侧的骆驼。要不了多久，鸠摩罗什将要穿越它而踏上东土，也许，这时的他已经预感到了什么。

母子俩向这沙漠里的一钵水蒲昌海告别，然后西去楼兰城。那楼兰城，就在海边。他们将在那里歇息，在那里与佛寺里的高僧们交谈。

在楼兰城发生了一件事情。他们的行囊被人偷走了。这是当初离开龟兹城时，鸠摩宰相为他们预备的。"很好，这样，我们可以更轻松地行走了！"母亲说。"很好，那些钱财到了更需要的人手中去了！他的母亲需要看病，或者他的孩子需要学费。”儿子这样说。

后来在城里的时候，官署抓住了那个小偷。按照楼兰国的刑法，小偷的双手将要被砍断。当刽子手举起刀子的时候，鸠摩罗什拽住了他的衣袖。“不要砍断他的双手吧！砍断了，就不能再生了！”他说。刽子手说：“他是一个坏人，他辱没了我们楼兰国的光荣！”

鸠摩罗什说：“世界上有坏人吗？没有的！那些通常意义上我们所认为的坏人，他们其实是些偶尔犯错的好人！给他一个机会吧，朋友，他那双手，还要用来养家糊口呢！”

“那么，如果将他放走以后，他还要继续行窃，那又该怎么办呢？”刽子手不同意。

“那就让他继续行窃好了！那是他的需要，大约从他的角度考虑，这是他所能从事的最适合的职业。只要他的手不再伸向那些穷人的口袋，我们就睁一只眼闭一只眼，让他过去算了！”

“小偷也算职业吗？”

“是的，是一种职业。是一种与人类本身一样古老的职业，就宛如妓女之于妇女一样。”

既然事主都这样说话了，刽子手只好放下他手中的刀，将小偷放走。那小偷满面惭愧地走了。他表示自己得另外寻找一种谋生手段了。他觉得鸠摩罗什的话语比刽子手砍他一刀，要来得更沉重一些。

随后这一对母子就离开了楼兰城，继续着自己的行程。

他们就这样游历了很久。他们的足迹甚至翻越喜马拉雅山，遍踏天竺诸国。甚至还到达了遥远的巴比伦城和幅员广阔的克什米尔地区。在那里他们遍访名师大德，深究佛家妙义。

在这风一样的行走中，当年的罗什公主已经成为一个传说中的半人半神半巫的人物。在匈奴传说中，这种能与天地通灵的女人被称为“萨满”，而在西域传说中，这种女人则被称为“耆婆”。

第三十一歌　耆婆

鸠摩罗什七岁离开龟兹国，到十二岁的时候被召唤回来，用了整整五年的时间。

在这五年的行走中，鸠摩罗什一天天地长大了，正如我们先前听说过的那句话一样：见风就长，一日三丈。他已经像他的母亲罗什公主一样高了。他的智慧则比身材增长得更快。他高高的前额，鼻梁尖挺，眼睛深邃，眉长炭黑。他的肤色不像罗什公主那么白，也不像鸠摩炎那么黑，而是取其适中，是一种中和的颜色。

但是在这五年的行走中，罗什公主的容颜发生了巨大的变化，我们知道，她现在的称谓已经是“耆婆”了。女人是不经老的，尤其是美女。人不能顶着自己的屋檐行走，所以在这五年的行走中，中亚细亚那无遮无拦的毒太阳晒黑了她的前额，那“一年一场风，从春刮到冬”的西域狂风，吹皱了她的面庞。且看她那一双脚吧，昔日那白嫩秀气的一双天足，如今变得粗糙、黝黑，脚趾甲里钻满了污垢，脚后跟上布满了带血的口子。耆婆的这一双赤脚，曾经从灼热的库鲁克塔格山的黑戈壁走过，从塔里木河那冬天的冰凌上走过。还有那荆棘四布的草原，云雀在极高极高的天空啁啾着，铃铛刺在风中摇着铃铛，整个草原溢满了音乐。那铃铛刺又叫狼牙刺，尖利无比，耆婆的赤脚就这样从那刺丛中穿过去，一双赤脚却丝毫无损。

这一双赤脚，后来把耆婆带到了一个地方。那是一座险峻的高山，雪松沉默地兀立着，苍鹰在山腰间栖息。这样的山岗是为这样的雄鹰准备的吗？换言之，这样的雄鹰不正适宜在这样的山岗栖息吗？哦，好一座山岗。

耆婆发现这山岗、雪松以及脚下的这五花草地似乎有些熟悉。最后她的脸突然红了起来，像少女一样两朵红晕飞上了脸颊，原来他们在世界上周游了一圈以后，现在又重新踏上了龟兹国的地面，而此刻脚下踩着的，正是当年美丽的罗什公主扮成牧羊女，诱惑那从葱岭翻山过来的苦行僧鸠摩炎的地方！

耆婆说：“我就是在这里认识你光荣的父亲的！”

她是对鸠摩罗什说的，但更像是对自己说的。

他们并没有在这片草地上停留多久，因为那险峻山峰上苍鹰的鸣啾，是如此惊人魂魄，他们决心攀到苍鹰栖息的那面山崖上去看一看。

望着那雄鹰，望着那山崖，他们中的一个说：“不要向那蓬间雀去讲述天空的高远，它以为你是在杜撰故事！”另一个则同样地用这个句式，接着说：“不要向那井底蛙去讲述大海的辽阔，它以为你是在夸饰生活！”

这路程看起来很近，但是他们竟然走了三天，可见这山之高了。三天后母子俩终于看见雄鹰在那里栖息，看见在栖息地的下方，一群石匠正挥舞着錾子在山岩上凿着什么。他们唱着凄凉的歌曲，锤子声清脆作响。

“你们在做什么呢，亲爱的朋友？”耆婆趋上前去，以手捧心，向这些石匠们问道。

“女施主，我们在凿石窟。我们要把自己的信仰凿在这石崖之上，一为满足我们自己，二为启迪后人。”

“让我加入你们的行列吧，高贵的人们。我会为你们提供许多的图样，在我这些年来风一样的行走中，那些佛家的经典和传说已经变成人物的图形，盘踞在我的心中，幻化在我的脑海里，它们急切地想要跑出来展示自己。让我们用石头刻雕像，用泥塑塑像，用颜料绘画，来表现这一切吧，如果不把它们从我的心中驱赶出来的话，我也许将会憋闷至死的！”耆婆用一种奇异的声音说道。

耆婆继续说：“我们塑一千个佛在这里。这个佛窟光荣的名字将叫‘克孜尔千佛洞’，后世的人们将从四面八方，不远万里前来瞻仰它，在它面前求得心的宁静。让我们从释迦牟尼开始，在石头上刻画出他的投胎、降生、成长、出家、成道、说法、涅槃以及涅槃后弟子们的结集。菩萨五百身——五百次的转世才修炼成佛，他的每一次转世的形象都应当刻于石上，勒石以铭。”

耆婆还说：“我们还要将那些佛家的经典也转化成图形。另外，那些还没有成书，但是已经在西域广泛流传的佛家本生故事，也要刻到石头上去。最后，我们还要将目光投向那些平凡的供养人，那些芸芸众生。一个一贫如洗的女子，她从山间采摘了一朵平凡的花来献于佛前，她就是令人尊敬的施主了！”

耆婆说的每一段话都赢得了石工们的齐声喝彩。石匠们说，是佛的指引，让耆婆来到了这个地方。他们其实也一直有所预感，知道在他们的等待中，会有高人出现的。

第三十二歌 黄金狮子法座

耆婆决定留下来做这些石匠的助手和帮工，与他们一起完成这项伟大的工程。这工程是如此的浩大，大约需要几百年的时间才能够完成，但是耆婆他们，决心把自己这个时期的工作完成好。

除了为那些工匠在岩石上画出一幅一幅图样外，耆婆有时候还充当模特儿，摆出种种造型，为工匠们提供范式。她还兼为这些工匠们做饭和洗衣缝补。她居住在一个洞穴里，清苦而满足。

赤着脚从西域地区风一样走来，最后在这里停泊下来。耆婆在那个时刻甚至感觉到，她之前所做的所有事情，都是为这件事情所做的铺垫。

“亲爱的孩子，你已经十二岁了，你该回去为自己的祖邦服务了。我带着你像鸟儿一样，已经在这天地之间飞翔得太久了。现在你得回到地面去，回到世俗的世界中去了！”母亲这样对孩子说。

耆婆说：“我们亲爱的祖邦龟兹国，现在信奉的还是小乘，你需要去启迪他们，将一个更广阔的世界、更广阔的心灵空间指给他们看。我已经预见到了，你将显赫，你将兴隆，整个世界都将会传诵你光荣的名字。但是，亲爱的孩子呀，你必须有所准备，龟兹国的国运，将很快就会衰微了！”

“它会衰微吗？那么，它会衰微到什么程度呢？”鸠摩罗什问。

“它将遭遇到血光之灾！覆巢之下，安有完卵？个中的原因，也许是因为你，当然，也许并不是单单因为你！”

“不可改变吗？”

“不可改变，那是宿命！”

孩子沉默了。

鸠摩罗什向他的母亲告别。他明白，前面还有许多事情在等待着他，他脱离世俗、脱离责任的时间太久了。也许他那一刻已经预感到，这是与母亲的诀别，他希望母亲能为他送几句临别赠言。

耆婆想了想说："你见过池中莲花吗？佛陀的法座就是用这莲花瓣组成的。莲花生在污泥中，但是它一尘不染，洁者自洁。亲爱的孩子啊，不论此生你遇到怎样的劫难，经历怎样的逆境，命运之手无论把你抛向哪里，你都要永远守住自己！"

"谢谢你，亲爱的母亲！"

耆婆完成了她向孩子的告别，毅然转身走了，她要为工匠们去做饭。鸠摩罗什热泪盈眶地望着母亲的背影消失，然后一步一回头，走下山来。鸠摩罗什回到了龟兹城。

这个城市伸出双手欢迎它的阔别五年的游子。在这五年中，鸠摩罗什母子的消息，靠那条条道路上络绎不绝的商贾队伍添油加醋地传来，因此，从国王到宰相，再到满城百姓，都对他们的行踪了如指掌，对鸠摩罗什那日渐兴起的声誉深以为荣耀。

龟兹城中依然是市声喧嚣，从城市中心穿城而过的运河上依然舟来船往，男欢女乐。鸠摩罗什以手加额，向这座城市致敬，然后去见他的父亲鸠摩宰相。他向父亲报告了母亲已经正式削发为尼、成为克孜尔千佛洞的一个修建者的消息，这消息引起鸠摩炎深深的嗟叹。他接着谈到了这些年游历岁月中对佛法的所学和所悟，并且将那大乘佛法择其大要向父亲做了介绍。

鸠摩宰相也是个有慧根的人，在儿子的讲述中，他平日被人生俗务所遮掩的眼睛放出光来。"大乘佛法必将大放光芒，福泽天下！"说完，他领着鸠摩罗什去见国王。

弘扬大乘其实也是国王心中所想的，如今听了鸠摩罗什的讲述，又听了宰相在一旁的鼓动，龟兹国国王白纯说："即日颁发诏令，龟兹国自此开始，以大乘佛法为国家宗教，务必全民信仰。另者，用我龟兹国一年的税赋打造一把黄金狮子法座，请我的外甥鸠摩罗什在法座之上，弘法天下，教化百姓。"

第二日，诏示贴出，满城轰动。

这样，大乘佛法得以在龟兹国确立，那黄金狮子法座打造出来以后，就在龟兹城最高的建筑物佛塔之下摆放。鸠摩罗什高僧坐在法座上开始弘法。城中百姓如醍醐灌顶，接着便把心得口口相传，广播四方，于是西域三十六国不断地拥来听经的信众。到最后，连三十六国的国王都惊动了，他们想目睹一下这位鸠摩罗什高僧的风采，想听一听他讲述生命的意义和治国的方略，告诉他们那大乘佛法为人间所展现出来的种种瑰丽图景。

君王们的到来可不是一件简单的事，需要许许多多琐碎的礼节和无休无止的应酬，于是龟兹王决定，每年设一次会期，请西域诸王集中前来，听鸠摩罗什讲经说法。

讲经说法的那一天是龟兹城的节日，三十六国诸王云集在黄金狮子法座旁边，长跪在地，让鸠摩罗什高僧踩着他们的脊背，踏上法座。

在鸠摩罗什坐在黄金狮子法座上讲经的十年中，不断有西域地面上的各路高僧前来与鸠摩罗什论辩。他们大多是那些小乘佛法的遗老遗少，这其间包括鸠摩罗什在出游时正式投拜过的几位师父。前面我们说了，还包括鸠摩罗什的父亲鸠摩炎的师父，那个在恒河边日日洗礼的高僧。

一位高僧，名叫盘头达多，他自遥远的克什米尔，来找龟兹国问罪，找鸠摩罗什问罪。这位高僧是信奉小乘佛教的人，他还是鸠摩罗什的启蒙老师。

龟兹王问盘头达多："高僧，你为何从遥远的地方光临本国？"

盘头达多说："一来听说我的弟子鸠摩罗什有非凡的体悟，二来听说大王极力弘扬佛法，所以贫僧跋山涉水，专程赶到贵国！"

鸠摩罗什见到师父，非常喜悦。他将自己的觉悟告诉师父，希望得到师父的指点。盘头达多问道："徒儿呀，你崇尚大乘的经典，是否曾见过什么妙义？"鸠摩罗什回答："与小乘相比，大乘的道理比较深奥，阐述我空、法空的真正空义。而小乘佛法则偏于局部的真理，有许多的缺失！"

盘头达多说道："你认为一切法皆空，非常之可怕呀！哪有舍离'有法'而爱好'空义'的呢？"

师徒二人就在这狮子法座之前，展开了一场长达一个多月的舌辩，这场舌辩惊动了满城的百姓，后来连龟兹国王、鸠摩宰相也都来了。

一个多月中，鸠摩罗什展开舌辩之才，将那个大乘妙义连类比喻，娓娓道来，终于说服了盘头达多。

盘头达多信服了，他赞叹道："师父未能通达的东西徒弟做到了。蛋在教训鸡，这句古话在今天得到了证实！"

在拄起拐杖就要离开龟兹城时，盘头达多向鸠摩罗什顶礼，他说："你是我的大乘师父，我是你的小乘师父！"

就在这一年，龟兹国王正式诏令天下，拜鸠摩罗什高僧为龟兹国国师。这一刻，龟兹城这个绿洲中的弹丸小国成为世界的佛教中心，年仅二十一岁的鸠摩罗什，成为公认的西域第一高僧。

而几乎也就在这一刻，遥远东方的长安城中，前秦皇帝苻坚做了一个梦，梦见一位胡貌番相的高人正坐在一座黄金狮子法座上，舌吐莲花，语惊四座。

第三十三歌　兵破龟兹城

有一句俗话叫作"花到半开月半圆"，那意思是说，花半开月半圆之时才是盛期，才最见力量，待那花已全开，月已浑圆，接来的事情，就要走向它的反面了。

龟兹国将要发生的事情，正应了这句俗话。

在一个月黑风高之夜，前秦大将三河王吕光，率三万轻骑以排山倒海之势，攻破了龟兹城的城池。

前秦是五胡十六国中之一国，关陇豪强，氐族。那个苻坚，亦是历史上一个有姓有名的人物，著名的"淝水之战"，这苻坚就是主角之一。

是的，苻坚做了一个梦。梦见身披袈裟舌吐莲花端坐在黄金狮子法座上诵经说法的鸠摩罗什，顿生敬仰之心，他决心要找到这位高僧，请到长安城来做他前秦国的国师。

苻坚将梦中所见细细地述说一遍，令宫廷画工画像，他又将画像细细地看了一遍，稍许改动，于是乎更见逼真。然后，在长安城市井之中，在通往西域的各个关隘上，广为张贴，待人揭榜。

丝绸之路过往客商络绎不绝。有好事者见了，击掌说：这不正是那西域第一高僧、龟兹国国师、声名四播的鸠摩罗什高僧嘛！遂揭了诏告，叩击长安城门环，求见皇帝，求那个赏金。

这样，苻坚知道梦中的那人是谁了。遂遣驻守在嘉峪关的三河王吕光出使龟兹国，以重金相借鸠摩罗什。苻坚要吕光向龟兹王转述自己求贤若渴的心情，并说这普天之下，莫非王土，如今前秦索要鸠摩罗什，如若未果，恐怕会兵戎相见了。

龟兹王却是个倔强的人，加之此一刻因了鸠摩罗什弘法，他的国运正在兴头儿上，因此吕光的要挟并没有进到他的耳朵里去。龟兹王说："大秦需要国师，龟兹也需要国师，夺人之爱，这不是君子做法！我这龟兹城中有的是宝物，他要什么我都舍得，只是这国之大宝鸠摩罗什高僧坚决不予。劳请将军转告大秦王，让他断了这个念头吧！"

吕光是一介武夫，见龟兹王出语铿锵，毫无回旋的余地，于是暴怒，说道："待我回去禀告我主，铁骑三万来荡平你的这弹丸小城，夺那鸠摩罗什高僧东去吧！到时候恐怕悔之晚矣！"

龟兹王亦毫不示弱，回应道："悉请尊便！"

吕光悻悻地走了以后，鸠摩宰相泪流满面，执着龟兹王的手说："王呀，龟兹国将有大难，我已经有心惊肉跳的感觉了。不如将鸠摩罗什交给他们以求自保。后边的事情，后边再说吧！眼下以城池为重，以百姓为重，以社稷为重！"

龟兹王并不理会。更兼有那西域诸国派来的使者们在一旁怂恿，说这吕光仅寥寥三万之众，尚且长途跋涉，所以不必为虑。西域地面三十六国，兵力相加达七十万之众，区区吕光，根本不在话下。

愚钝的龟兹王见使臣们这样一说，益发不肯同意。

贤明的鸠摩宰相在地上长跪不起，欲劝止龟兹王。龟兹王袖子一甩，走了。鸠摩宰相从地上爬起来，泣道："龟兹国月圆而亏，花盛而衰，很快就要国运衰微了。我是宰相，一要感恩——感龟兹王拜我为相之恩，二要担承——担承这个国家，担承满城百姓，这以后，我所能做的事情，就是战乱中保护我的百姓了！"

宰相说完，拖着步子，去布置守城事宜去了。

绿洲弹丸小国龟兹城，哪是虎狼前秦国的对手?！正如史书和典籍中以惋惜的口吻所谈到的那样，在一个月黑风高之夜，龟兹城为吕光所破，兴隆一时的这个佛教中心就此衰微。

吕光以一支轻骑，绕过西域诸国的所谓七十万大军，直捣城池。那七十万大军其实都是些乌合之众，哪里见过什么大的战事，见吕光来势凶猛，纷纷让路，以求自保。后来见龟兹城火光冲天，知道城池已破，于是站在高丘上，观望一阵子后，班师回朝，向自己的王去复命了。

龟兹城被破，龟兹王被杀，随同他一起遭到杀戮的还有许多的城中百姓，这其中包括鸠摩宰相的二儿子。记得当年在生下这个儿子时，炎曾经说过，这是为龟兹国而生的，他将要为龟兹国服务，宰相的预言实现了，这个儿子在保卫城池中丧命，为他的祖邦服务到了最后一刻。

宰相与罗什公主所生的大儿子，被从克孜尔千佛洞赶下山来的耆婆接走。正在那面雄鹰栖息的山崖上叮当施工的耆婆，突然之间心惊肉跳，锤子都举不动了。她掐指一算，明白龟兹城已破，想起她的丈夫鸠摩宰相当年的话，要让这个大儿子返回天竺，去为他父亲的祖邦服务。于是她星月下山，赶到龟兹城，兵荒马乱之中，救出大儿子，而后领着他翻过葱岭，回到菩提伽耶。

回到菩提伽耶之后，这个开始名叫罗什公主，后来又叫耆婆的神奇女人，从此湮灭，杳无声息。只留下那风一样赤着脚行走的倩影，留下她曾经开凿的佛窟，留下那种种动人的不可思议的传说，长久地在西域地面流传。

鸠摩宰相则苟活了下来。

当吕光大军攻破城池的那一刻，鸠摩宰相已经将刀架在自己脖子上了。他要以死殉国，以死报主。这时候，他听到从一间民房里传出了婴儿的哭声。“在这个时候，在这种境况下，这个世界上竟然还有婴儿诞生!”鸠摩宰相被深深地感动了。他决定活下来，尽自己的力量保护他们，继续为他们服务。

不过，他需要隐姓埋名，深居简出，步步小心，以防遭到吕光的加害。

第三十四歌　恶牛与恶马

为一个和尚发动一场灭国战争，历史上这样的事情只发生过两次。而这两次，都是为了同一个和尚，即鸠摩罗什。这一次吕光破龟兹城，是第一次；二十年后，后秦皇帝姚兴破凉州城，是第二次。

龟兹城的繁华富足与歌舞升平景象，已成昨日，笼罩在龟兹城上空的那一片炫目的佛光，已尽行退去，这地方如今成为一座没有生气的城市，一座死城。

当年摆放在佛塔下面的黄金狮子法座，被吕光带来的工匠拆除，然后在炉里熔化，吕光用这黄金给他的三万名士兵每人镶了一颗金牙。内地来的士兵，不服水土，那西域的风干羊肉咬起来，一不小心就会磕断牙齿。吕光虽是个粗人，却知道体恤部属，他让工匠给这三万人每人的嘴里镶了一颗金牙，算是军饷，算是对他们这场长途奔袭的犒劳，而一旦这些士兵解甲归田、告老还乡的话，这会是一笔私攒。

良好的用途呀，闪闪发光的黄金狮子法座成了那平庸的金牙齿，用以果其口腹的一件东西。

鸠摩罗什在城破之日以手掩面，大哭道："血流漂杵，生灵涂炭，国已不国，家已不家，这一切都是因为我呀！罪孽深重，罪孽深重呀！"

吕光抓得鸠摩罗什，一面飞马报于长安城知晓，一面严加看管。吕光在龟兹城中，又延宕了两年，方才押解鸠摩罗什班师回朝。

这两年中鸠摩高僧的处境，大约正如他那曾经的座椅——黄金狮子法座的命运一样，从辉煌的峰顶突然沉入深渊，一个人人拥戴的高僧，受尽欺侮和凌辱。

吕光是一介武夫，他觉得佛教这东西十分可笑，是个蛊惑人心的东西，至于那些什么大乘小乘之类，他也懒得去深入思考。对于鸠摩高僧，自见到第一面时起，吕光便心生出一股深深的妒意。

鸠摩高僧第一次被押解到吕光跟前时，他一袭袈裟掩饰不住的光华，他的无限从容和不卑不亢，立即叫吕光感到了自己的猥琐。他在那一刻就百妒交集，万恨俱生。想到这么一个人物，竟让那远在万里之外的苻坚心驰神往，寝食难安，吕光这妒忌之心，又加一层。龟兹城里劫后余生的平民百姓只要听到鸠摩高僧，仍然敬畏有加，而对他这个掌握生死大权的三河王却不那么买账，这让吕光的心中又生出第三层妒忌。

心生三层嫉妒的吕光，在这两年中，屡屡戏耍鸠摩高僧，以让他蒙羞为乐事。

一次吕光要出巡，他让人找出一头城中最恶的牛来，让鸠摩高僧骑了，跟着他招摇过市。

那牛如何个恶法呢？它的一只耳朵聋了，一只眼睛瞎了，正被绑在肉店外面的柱子上，等待被宰杀，那牛的眼里充满了对人类的怨毒情绪。据说这牛当年曾经是一头端庄的牛，拉车、拉犁无所不能，它还做过驮牛，可以驮起山一样高的木柴，从郊外走到城里。可是它后来老了，对这世界一点儿用处也没有了。它的四只蹄掌上的角质都已磨透，而新的角质不再生长，它身上的皮毛已经被磨损得不成样子了，它的脊梁消瘦得像那朝天立起的铡刀刃一样。按说，就让它这样简单死去吧，最后再为贪婪的人类奉献一顿美餐，但是，肉店老板买后把它拴在店的门口，让它充当一个活模特儿，招揽生意。这样，这头为人类服务了一生的牛，就只好每天看着它的同类在人类的饱嗝中，一片一片地被分割开，填进嘴中。

鸠摩罗什骑着这头牛，跟着吕光旌旗招展、甲胄鲜明的巡城队伍行走。“他多么的落魄呀！他多么的卑微呀！”吕光骑在高头大马上，暗暗讥笑。

这种举动，乡野里间把它叫“牛背锈”。骑牛游街是一种大屈辱，更不要说骑这充满怨毒之气的牛了。行走间，那牛不停地用弯弯的犄角来挂高僧的脚，想把他挂下来。

见这样做无效，那牛就耸起脊梁，趔趄着行走起来。那牛的脊背，前面我们已经说了，锐利得像铡刀刃一样，随着颠动，那铡刃在一下一下地削着骑者屁股上的肉。就这样行走了几条街，高僧的屁股上鲜血淋淋，只见那鲜血一滴一滴从牛背上流下来，滴在青石板的马路上。

终于，高僧大叫一声，昏厥过去，从牛背上掉了下来。一街两行的行人看着，发出一声惊呼。而那吕光，抿嘴一笑，颇为得意。

骑牛游街以后，吕光见鸠摩高僧依然故我，好像不曾发生过这次屈辱似的，就又想到让高僧骑马游街。

满城寻找，寻找到了一匹城中最恶的马。这马既不是一匹骟马，也不是一匹种马。因为骟马在它一岁前，必须将它的蛋丸骟净，这样它便没有了生育能力，它一生的任务只是使役。而种马是天然的身子，两只蛋丸得留着，因为它此生的任务是完成马群传宗接代的工作。不知道是出于偶然的疏忽呢，还是有意而为之，阉匠在从事他的那项职业工作时，将这匹马没有阉净，也就是说，去掉了一个蛋丸，留下了一个蛋丸。

这个既非前者亦非后者，不是这个亦不是那个的一个蛋丸的马，对这世界充满了怨恨。看见种马无限风光地生活，看见役马安宁而平静地生活，它觉得它是个另类，是个畸零者。

吕光站在高坡上，面对着秋天的草原和飘飘忽忽的马群，说："做一匹种马是多么的幸福呀，这草原上一群一群地布满了它的子孙!"

鸠摩高僧回答说："很对。不过，一匹公马成为种马的几率只有百分之一，而百分之九十九的可能是被骟掉！也就是说，一百匹公马中，才留下这么一匹种马。"

吕光说："和尚，如果让你骑上一匹既非种马亦非骟马的马，你会有什么感觉呢?"

吕光让士兵将那匹龟兹城最恶的马牵来，备上鞍子，强迫鸠摩高僧骑上。

那匹恶马，此生大约还没有人敢骑在它的身上，如今见背上有人了，十分暴怒。恶马先一个立桩，像袋鼠那样直立起来，想把骑者摔下马背。高僧拎住嚼子，两只脚在马镫上用力夹紧，两只手则抱紧马的脖子，整个身子随马一起直立。恶马见骑者没有掉下来，就前蹄落地，屁股高高地翘起来，想这样把骑者一个倒栽葱从马背上掀下来。

高僧仍旧是双脚在马镫上用力，身子则后仰，后脊梁死死地贴在马背上。

恶马这样往复三次，见骑者还在它的背上好端端地待着，益发恼怒，于是长长地嘶鸣一声，撩开蹄子，向旷野跑去。它先钻到一堆荆棘从中，想让荆棘把这骑者挂下来。高僧的衣服被挂成了碎片，腿上血迹斑斑。但是整个人像一贴膏药一样，贴在马背上，并没有掉下来。恶马见这没有奏效，于是跑向一片沙枣林，沙枣树的荆棘高一些，恶马这次是想要挂骑者的头部。

鸠摩高僧只觉得两耳呼呼生风，而吕光在那高坡上站着，饶有兴趣地看着这一幕。此刻他如果还不愿掉下马的话，他能做的唯一事情就是与马融为一体，将自己的头深深地埋进马鬃里，抱住马的脖子任它行走，任那树枝拍打脸面。

恶马见这样折腾，骑者依然趴在脊背上，气喘吁吁的它于是使出了最下作的一招。这个招数，稍微有点儿德性的马都不会使的。

前面是一片黑色的沼泽地。马放缓脚步，走到沼泽地旁边，然后四蹄跪倒，卧下来，来一个就地十八滚。

这招数卑劣而又下作。即便是最好的骑者，这时候也得赶快脱离马背，滚鞍下马了。要不，骑者随着那马的庞大身躯一起滚动，马的脊背会把你的交裆压瘪，骨盆压碎。

高僧只好滚鞍下马了。

在滚下来的那一刻，他手中的马嚼子还没有丢掉。那是在脱离马背时，顺手摘下来的。

现在他的身上，一半是血污，一半是沼泽地里的黑色泥浆，身上的袈裟已经成了碎片，那张曾经光洁的脸上，是一道一道的血印。

“好狼狈！好好玩儿！”看着鸠摩罗什手中提着马嚼子，这样从沼泽地里爬起时，吕光击掌大笑道。

第三十五歌　王女与鸠摩罗什

在龟兹城中，在这昔日的佛国里，三河王吕光继恶牛事件与恶马事件以后，继续对高僧玩着这种“猫逮老鼠”的游戏，以此取乐，以此一次又一次地打击和折磨鸠摩那颗高贵的心。

接下来的这一次玩得更绝。

那是一场在龟兹王宫举行的晚宴。我们似乎还依稀记得，翻越葱岭而来的远行客鸠摩炎第一次在龟兹城亮相时，就是在这王宫，就是在这类似的场合。不过，如今这王宫的主人变了，龟兹王白纯变成了三河王吕光。

在这晚宴上有两位特殊的人物，一位我们知道，是高僧鸠摩罗什；另一位我们还未曾见过，那是美丽、忧郁、高贵的鸠摩罗什的表妹，龟兹王的女儿。

那王女高贵地坐在那里，礼节周正但是沉默不语。自从城被攻破、父王遇难以后，她一直就躲在深宫里，不愿再见一个人。但是今天，在吕光的淫威下，她不得不出来应酬一下，况且，她也想见一见自己的表兄鸠摩罗什。他们自小一起玩耍，她对这位表兄崇拜有加。

他们在那个晚宴上喝了许多的酒，直喝得不省人事。为什么喝了这么多的酒呢？这事谁也想不明白，宿命吧，天意吧！抑或是那吕光的安排。

总之，当鸠摩罗什醒来的时候，他发现自己和表妹被关在一间陈设得异常奢侈的密室里。他们赤身裸体地相拥在一起。“我犯了奸淫之罪！我在亵渎佛祖！我破戒了！”

鸠摩罗什捂着自己的脸哭起来。这个高傲的人，高贵的人，终于被这致命的一击彻底击倒了。

鸠摩罗什穿好衣服，在卧榻前跪下来，双手合十，祈祷道：“佛祖释迦牟尼，凭着你的光荣，我皈依你圣洁的教训，恪守清规，我每日每时都在远避罪过，你的一切经文中的每一个字都在我心中回响着，我将享受着你的恩宠，向地上众生去光大你的教义。但是啊佛祖，也许是我的罪孽太深重了吧，我身上的定力远远不够吧，我无法提着自己的头发上天，我的双脚被污泥沉重地拖住，请指示我，难道我应该还俗，再回到这世俗的世界中去吗？”

这时密室的门外，传来了哈哈大笑声。

那是吕光，他这天晚上一直在门外等候，此刻，他胜利了。吕光以胜利者的口吻说：“是的，高僧，请还俗。你的道行已经遭到败坏，你已经破戒，不管你承认不承认，你已经从天上掉了下来，成为一个凡人。这一切都是我的安排。事实上，你和王女已经成亲，那昨日龟兹王宫中的晚宴，其实正是本王为你们的婚礼而举行的庆典。”

原来，那恶牛、恶马的事情过去以后，吕光见鸠摩罗什高僧那高傲的头颅依然挺立着，不愿向他屈服。他不明白这和尚心中那种钢铁般的定力是从哪里来的。这时，他听到了龟兹城中一个广为流传的传说，人们说，当年罗什公主怀胎的时候，曾经有一个云游僧见到公主额头上那颗红痣以后，惊骇道：“大贵人诞生了，智慧子诞生了，上苍将借你的身体为世界送来一位先知。施主，你要好好地守护你腹中的孩子，如果这孩子在三十五岁之前不破戒的话，他将修成正果，将放出辉耀东方的大光华！”

吕光听了这个传说以后，笑了笑，开始罗织他的阴谋。他已经找到从精神上打击这位高僧的最好办法了。

三河王吕光的计谋得逞了，他很得意。在说完上面那些话以后，他离开了密室的门口，接下来他要做的事情，是在龟兹城的大街小巷广贴告示，将鸠摩罗什与王女成亲的消息周知四方。他明白，这个打击将是致命的，那昔日笼罩在高僧头上的光环将被卸去。他的行径将令龟兹城百姓所不齿！

“你在渎佛！”鸠摩罗什在密室里叫道。

吕光哈哈大笑。他不屑于回答，因为现在跟他说话的是一个凡人。

“我毁灭了法身的戒行，我将接受天刑的惩罚！”鸠摩罗什长叹一声道。

这时候，王女早已穿好了衣服。清晨的阳光从密室顶端那个天窗照进来，照在王女的脸上。她的脸上依旧端庄明媚，依旧闪动着庄严的姿态，依旧保留着一个龟兹国王女的风度。

随着服饰窸窸窣窣，她趋身过来，伸出衣袖擦了擦高僧脸颊上的泪花。她说：“我光荣的表兄，大智的僧人，这是宿命，让我们平心静气地接受它。你将依旧崇高，将永远是一朵出污泥而不染的莲花。既然东方在召唤你，那么就顺应命运，向东走吧，带着你的苦难的身躯，拖着你的沉重的步履，还有一个我，你忠实的妻子，咱们上路吧，去长安城！”

第三十六歌　食人蚁

在龟兹城被攻破整整两年之后，吕光起师，押解着鸠摩罗什高僧上路。他们将沿着丝绸之路南路，也就是沿着塔里木河河谷，一路东北而行，行到敦煌、嘉峪关，然后进入河西走廊。然后径直向东，在穿越漫长的河西走廊之后，抵达长安城。

这一路，如果是以马或车代步的话，正常的行走时间需要整整一年。而我们的高僧的这一次东行，竟用了十八年的时间，其间的主要原因，是在那河西走廊的凉州城，被羁留了十七年之久。

在一个太阳喷薄而出的西域早晨，鸠摩罗什高僧骑着一匹高大的白马，向着太阳升起的方向走去。最初，他是被捆在马上的，防止他逃脱，后来，士兵见他没有逃跑的意思，这四周的漫漫荒原令他也难以逃脱，于是解开了他的手脚，并且开始把他当作一个去长安城的贵客看待。

他骑在马上，三万名三河王吕光的士兵簇拥着他。而在这士兵的行列之后，黄尘漫天，哭爹喊娘的，是那龟兹城的三万名百姓。

那些行走的百姓中有一位领袖，一位核心，这就是那个此刻隐姓埋名的鸠摩宰相。在那些西域传说或者佛家经典中，它们只谈到龟兹王战死、罗什公主重返天竺、鸠摩罗什被押解到长安城这样的史实，而对这位贤相的去踪则用“下落不明”来搪塞。其实，他是有下落的，他率领这三万名失去家园的百姓，跟着鸠摩罗什头顶那一团佛光，一直走到遥远的东方，然后在陕北高原与鄂尔多斯高原的接壤处，那个曾经叫代来城的地方，重建龟兹国。

这情形，就像歌儿里唱到的那样：如果陆地注定要上升，就让人类重新选择生存的峰顶。他们就这样走向了东方。而在这近二十年中，之所以能一直走下来，像空中那纠结成一团的蜂群一样滚动着向前，是因为有个核心，这个核心就是贤明的鸠摩宰相。

他隐去了自己的名字，以免受到那吕光的加害。掌握生杀大权的吕光，刚愎自用，看见谁不顺眼就杀。除了鸠摩罗什他不敢动以外，他可以凭自己的兴趣去杀任何人。

后来，这位高贵的宰相，终于为这些行走者们寻找到一个新的家园，重新开始生活。而他本人，则正如我们所知道的那样，化作一棵中亚细亚苦难而坚强的树木，立在村口，以纪念这一拨迁徙者曾经的家园，昨日的时光。

他就这样完成了自己。

话说到这里，让我们不得不赞赏当年龟兹国王那个选相的举动。他的眼光是对的，他选择了一个敢于承担的人。

话说吧，吕光大军押着鸠摩罗什，完成了塔克拉玛干大沙漠的穿越。在那块寂寞、凄凉而又危机四伏的荒原上，他们遇到过许多的事情。史籍告诉我们，有一天夜晚，大军在一个旧的河道上扎营的时候，高僧说，改个地方扎营吧，最好将营帐扎在那沙丘上，或者这古河道的堤岸上。吕光对鸠摩罗什的建议不屑一顾。到了半夜，果然大雨滂沱，山洪暴发，白茫茫的河水霎时将古河道填满，那水有几丈深，在河谷扎营的将士死伤了数千人。鸠摩罗什的神异让吕光有些叹服了。

又有一次，他们把队伍扎在那有名的死亡之海，当年叫蒲昌海，今天叫罗布泊的地方。那里有一个有名的所在叫白龙堆雅丹，后世的唐僧取经，马可波罗完成穿越，都曾在这白龙堆雅丹歇息，在那有名的罗布泊六十泉饮水。

这一日黎明，当朝阳从敦煌那个方向，从阿尔金山那个垭口喷薄而出时，雅丹突然变成了一片赭红色，不光是雅丹，就连驻营地面四周的沙丘也都变成了赭红色。那红色还一闪一闪，像大水漫滩一样包围了他们的营地。看到这一幕，吕光的脸吓白了，他明白这是遇到了可怕的食人蚁。他的三万名士兵这次是在劫难逃了。

食人蚁遍体是赭红色，拖着一个大肚子行走。它们个头儿虽然不大，仅仅比普通的蚂蚁大一些，但是长着两排牙齿，况且它们数量众多，排山倒海，凡是扫荡过的地面，片甲不留，那情形，像被一场大洪水荡涤过一样。

所有的士兵都惊骇了，号啕大哭，他们这时候唯一能做的事情是束手待毙。因为根本无法逃脱，食人蚁正漫山遍野、不动声色地包抄过来，严丝合缝，没有给他们留下一个缺口。受到士兵的感染，那些战马、骆驼、驮着辎重的驮牛，都知道劫难将至了，纷纷四条腿跪下来，发出哀鸣。

这时候，只有一个人安之若素，像没有事儿一样在一个雅丹的高丘上燃起一炷香。这人是鸠摩罗什高僧。每天早晨醒来之后，他要做的第一件功课是为佛祖燃上一炷香。而此刻，他正在这样做。

三河王吕光爬上雅丹，跪倒在高僧的面前。此刻的他，也顾不得脸面了。他说："尊敬的高僧，大德之人，请原谅这一介武夫昔日的渎佛行为吧！我现在是知道了，报应是有的，今天早晨的这个跨不过去的坎儿，就是一个报应。尊敬的高僧，人说菩萨都有一副好心肠，你救救这三万兄弟吧！"

鸠摩罗什在进行着他的功课，他头也不回地说："愚钝的人们哪，你们好自为之吧！你们有你们的命运，我有我的命运。"

三河王长跪不起，他说："我愿意接受师父的点化，我愿意皈依！"

鸠摩罗什听了，站起来，拍了拍袈裟上的土，叫了声："放下屠刀，立地成佛！"而后走过来，扶起三河王吕光。

他说："让士兵们待在自己的帐篷里，不要出来。让他们燃上一炷香。相信吧，那些食人蚁闻见气味，就会绕开这顶帐篷的。如果行囊里没有香，那就让他们祈祷吧，心里想着佛祖，嘴里念着《心经》：观自在菩萨，行深般若波罗蜜多时，照见五蕴皆空，度一切苦厄，舍利子云云。我这些日子骑在马背上，正在用汉语默诵这《心经》，不日就可以翻译出来了。若有些士兵，手头既没有香可燃，又不信佛，不愿默诵《心经》，那么也就只好由他们去了，而我也爱莫能助了！"

高僧说完，不再说话。他在那高高的雅丹上开始打坐，口中念念有词的，正是那刚刚诵出的《心经》。

吕光得到启示，稍觉心安，不过还是半信半疑。他传令下去，让士兵们待在帐篷里，点起香，如果没有香的话，心中想着佛祖，口中念着《心经》。

食人蚁像一场大洪水一样，在白龙堆雅丹上洗涤了一遍。大水过后，雅丹上是一副惨不忍睹的景象。地上布满了白骨，这些白骨是人的、马的、骆驼的。白骨被啃得干干净净，一丝肉末儿都不见。而那散落满地的骷髅，尤其怕人。食人蚁的大队伍已经过去了，可是这些骷髅里仍有那通红的食人蚁挺着大肚子，从骷髅的鼻子、嘴巴、眼睛、耳朵里爬出。它们是贪恋那些脑浆，而现在，它们一边打着嗝，一边回味着，从七窍中爬出。

大地被洗劫一空，唯一留下来的是那些冷兵器。它们是钢铁，食人蚁咬不动它们。

食人蚁的队伍过去了很久，才有人从帐篷里探出头来。这些人，正是那些点过香的人，口中念着《心经》、心里想着佛祖的人。而那些没有这样做的人，都悲惨地死去了。

吕光走出了帐篷。他还活着。他能够活着，也因为刚才照鸠摩高僧的诏谕做了。此刻他走出帐篷，看到四野一片狼藉，又看到那高高的雅丹上，鸠摩高僧依然端坐在那里，好像正在与上苍通灵。吕光的心里才似乎踏实了。

收拾残部，队伍继续向东走。

他们要赶到下一个水源地。也许，一些天以后，他们就会到达敦煌绿洲了。据说那里有个水源，叫月牙泉，他们将在那里休整一下，尽情地喝上一肚子水。

白龙堆雅丹在闪闪烁烁的阳光下狰狞万状，像一万峰倒卧在地的骆驼。罗布泊一湖深蓝色的咸水，泛着白光。湖那边那座早已废弃的古城楼兰，隐约可见城中的佛塔、官衙和小河墓地千棺之山那一千根高竖的木杆。

吕光率领他的残部，迅速逃离了这个地方。半个月之后，他们抵达了敦煌。

第三十七歌　敦煌和月牙泉

敦煌，处在一片大沙漠的包围之中。一片可怜的绿洲，一条小河，一溜儿黑色岩石顺着河沟漫延了几十里长。而那黑色岩石的上方，就是大沙漠。大沙漠的中央，有一眼著名的泉水，名叫月牙泉。

鸠摩罗什高僧骑着的那匹白马，在穿越塔克拉玛干这近一年的行程中，累倒了，瘦骨嶙嶙的马看见这泉水以后，喝了一满肚子泉水，就再也没有能站起来。

出于对高僧的敬意，人们葬埋了这匹马，并且在马的坟冢上修起了一座木塔，又在木塔旁边修起一座寺院。这塔就叫白马塔，这寺院就叫白马寺。

当这白马塔、白马寺修成以后，人们意犹未尽，出于一种对佛教的虔诚和敬畏，人们决心继续工作，顺着这条河谷形成的绵延数十里的山崖，建造佛窟。诚如当年耆婆在龟兹城那个奇异的山崖上建造克孜尔千佛洞一样，人们怀着同样的想法，在这里凿洞。

从事这项工作的人们，包括士兵，包括从后边源源赶来的那三万名龟兹国百姓，也包括居住在敦煌城和阳关附近的土著居民。

这项伟大的工程也许要花费三四百年的时间，后来的人们，也许会顺着这面山崖一直开凿下去。也许在鸠摩罗什来到这里之前，零星的开凿已经开始了。这些我们都不知道，我们只知道，鸠摩罗什和他的那一行人，在这里进行了决定性的开凿，而那白马塔和白马寺，的确是为鸠摩罗什胯下那匹倒毙的白马所建造的。

他们之所以在敦煌地面拖延这么些时日，其中有个原因就是吕光。

吕光在这里听到了一个民间传说。当地人说，在那静静地躺卧在沙漠中央的月牙泉的湖心，有一颗大大的夜明珠。夜晚的时候，那夜明珠会像一颗小太阳掉进湖心里一样，几十里外都能看见它闪闪发光。

这叫吕光动了贪心，他想把这夜明珠捞出来。自从走出了那死亡之海，踏上敦煌绿洲以后，这位三河王眼见得已经脱离了险境，就又变得骄横和跋扈起来了。

士兵们围绕着月牙泉扎营。

每天晚上，吕光会派一个士兵跳到这湖里去找寻。吕光放出狠话，如果不能捞出，就杀死这名士兵。这样他们连续打捞了二十天，可怜的士兵几乎把这不大的湖中的每一粒沙子都摸过一遍了，但是始终没有捞出那夜明珠。于是二十个士兵的头就被砍下了。而到了夜晚，那夜明珠仍会如期出现，闪烁着有些邪恶的光。

第二十一个夜晚快要到来了，厄运等待着下一个士兵。这个士兵是个聪明人，他走进鸠摩罗什居住的帐篷，乞求他的帮助。鸠摩罗什叹息一声："贪婪的心正在吞噬着他，不把这夜明珠捞上来，吕将军是不会甘心的。也许，有一个人可以帮助你，你去问他吧！老百姓说'劈柴劈小头，问话问老头'，有一个老头就在队伍的后面，在那一片尘土飞扬中。你去问他吧！"

鸠摩罗什说："顺便，你告诉那位老者，我很好，我正在正确的道路上走着。那是他曾经希望我走的路，虽然是以这样的方式走的，但终于走到东方了。亲爱的士兵，请你带去我对这位老者的敬意和祝福，就说一感到他在后边，我就像有一种回到故乡的感觉似的！"

于是这位聪明的士兵离开高僧，在后面的难民群中去寻找那位老者。他在一峰骆驼高高的双峰上找到了这位长髯的老者，将鸠摩罗什的祝福带给了他，并且将那月牙泉边奇异的事情，以及他面临的危境告诉了老者。

那驼峰上的老者沉吟了片刻。

他说："那个叫作月牙泉的泉水里，是不会有夜明珠的，杀再多的人，也是捞不出来的！"老者又说："那泉边有没有一棵树，很高大，弯弯的树身斜着弯向泉边？"

"有这么一棵树。老柳树。"士兵答道。

老者又问："那树的顶上是不是有一个鸟窝？"

"对呀，有一个鸟窝。那鸟窝里住着一对鸟夫妻，一对不知其名的鸟儿！"

"亲爱的孩子，那颗夜明珠是有的，不过它不是在湖水里，是在那鸟窝里呀！那鸟夫妻以为这是它们的一颗蛋，所以一直在暖着，已经暖了许多年了！"

"我明白了，亲爱的老者！我也知道今天晚上该怎么做了！"士兵叩头谢道。

第二十一个夜晚到来了，该这个名叫秃发傉檀的士兵出场了。所有的人都预感到那前二十次的故事将在这个士兵的身上重演，人们已经习惯了那黎明前的一刀。

士兵出场了。他提出要上到岸边那棵高大的柳树上去，以一种优雅的姿势跳入水中。他的这个提议得到了坐在湖边的吕光将军的同意。这样，他攀上了那棵柳树高高的树顶，将手伸到鸟窝里去，果然，他的手摸到了一个圆圆的鸟蛋一样的东西。这东西有些沁凉，士兵的手有些打颤。那一对鸟夫妻被惊动了，前来啄他，但是，士兵已经将那鸟蛋一样的东西牢牢地握到手里了。

随后的故事我们就不讲了。士兵握着这颗夜明珠，以一种优雅的姿势跃入那月牙形的湖水中。他在这湖底装模作样地摸索一阵以后，水面上露出一只手，手中高擎着那颗夜明珠。

夜明珠璀璨的光芒刺痛了吕光的眼睛。

在得到夜明珠以后不久，吕光大军便穿过嘉峪关，继续东行。

第三十八歌　蹉跎凉州十七年

白马死了，鸠摩罗什高僧就乘上了一辆高车——那是青海的高车、昌耀的高车。车轮辚辚滚动，已经给人一种接近中原的感觉了。他的妻子，那个忧郁的龟兹王女和他同乘一辆车。自从离开龟兹城，开始他们的行程以后，她一直跟着他，照顾着他的起居。那王女黑纱遮面，露出两只黑眼睛，头戴一顶尖顶高帽。虽然已经沦落到今天这样的境地，那昔日华贵的服饰如今也已破旧、褪色，但是，骨子里的东西是永远无法改变的，她的那举手投足依然有一种高傲和自尊在内。

已经有道路了，而不像他们之前所经历的那样，在荒原上行走，靠那些白花花的骸骨作为标识。尽管这道路是在戈壁滩中，那牛头大的鹅卵石不时地绊住车轮子，车轮也不时地陷入路旁的沙窝里，但是，毕竟是乘车了，毕竟是有路了。

大轱辘车辚辚滚动。他们穿越了不时燃起白色狼烟的阳关，经过了那气象森森的巍峨楼阁嘉峪关，在一个叫酒泉的地方喝那带着酒味的泉水，在一个叫张掖的地方欣赏那一地金黄色的油菜花。有一座雄伟的高山，绵延千里，他们一直在这山的阴影里行走。那山脉嵯峨万状，虽然时令是夏天了，但那山顶白色的积雪依然隐约可见。每天清晨，一轮大太阳从山脉积雪的大垭口喷薄而出，在他们的头顶行驶一天以后，这橘红色的大车轮子一样的夕阳，在他们的身后，那西边的地平线上停驻一阵，才猛然一跃，沉入地平线去。

伴着他们的这座绵延山脉叫祁连山，“祁连”是突厥语“天”的意思，因此，这山也就是天山。鸠摩罗什高僧在他晚年的时候一定会发现，自己的这一生其实都是在和山厮搅着。这山简直就是他的一生。大家知道，他晚年居住的那座山叫终南山。

它们其实是同一座山，是葱岭伸向东方大陆一支脊梁一样的山脉，是在侏罗纪时代那伟大的造山运动中，喷涌的岩浆向东奔流，而后凝固，从而形成的一个横卧在东方大地上的巨龙身躯一样的山脉。

它最早的名字叫“昆仑山”，意思是“南山”。接下来的名字叫“喀喇昆仑山”，意思是“美丽的南山”。再接下来就是祁连山了。到了陇东高原以后，它又恢复了“南山”这个名称，这南山进入关中，到华山那儿终止，所以它这一段壮丽行程的名字叫“终南山”。

鸠摩罗什高僧会发现这一次东行的路径，正是循着这条伟大山脉行走的，然后在终南山的一个山脚，走完他的一生。同样的，佛教传入东土，亦是沿着这条山脉，以一个洞窟又一个洞窟的步伐，以一个高僧又一个高僧的步伐，日渐东进。

在鸠摩罗什一行东进时，祁连山脉已经短暂地停歇了兵戈。北匈奴王郅支率领着他的部族，唱着“失我祁连山，使我六畜不蕃息。失我焉支山，使我嫁妇无颜色”的古歌，刚刚离去，去迎接那贝加尔湖畔、粟特城下致命的一刀。

匈奴人被驱赶出祁连山脉的标志，是在河西走廊的一座名城——凉州城——的城楼上高悬着的城徽。那城徽是用上等的青铜做的：一匹天马四蹄腾空，张扬地踏过，马蹄下是一个被踏翻的匈奴士兵。

鸠摩罗什一行终于来到了古凉州，他们看见了那著名的城徽。城头变幻大王旗，这地方现在已经是前秦国的地盘了。

吕光率领他的大军入城，在这里，他听到了一个惊人的消息，前秦皇帝苻坚率四十万大军南征东晋，在淝水之上与东晋大将谢安作战，结果大败。兵败的苻坚回到长安，被部下大将姚苌杀死。氐族人建立的前秦灭亡，古羌人姚苌建国后秦。

其实这个时期的吕光，一直都有自立为王的野心。当年攻下龟兹城之后，之所以在那里延缓了两年之久，就是想拥兵自立。只因龟兹国地域偏远，四周又无策应，吕光才不敢贸然行事。这一次，听到前秦灭亡的消息，吕光说：时机到了。

吕光遂在凉州城建国，始称后凉。这所谓的后凉亦成为五胡十六国之一国。这三河王，自此称凉州王。

这后凉一共存在了十七年。先是吕光，吕光死后是他的儿子，儿子死后又是吕光的另一个儿子。

那个曾经披一身光辉，令整个世界为之着迷、为之倾倒、为之疯狂的西域第一高僧鸠摩罗什，也就只好在这个弹丸小城蹉跎一十七年，仰人鼻息，苟存于世。

坊间曾有大量的传说，说这位高僧如何上知天文，下晓地理，预测吉凶，先知先觉，说这位高僧如何辅助这个短命王朝的先后四任皇帝吕光、吕绍、吕纂、吕隆的故事。我们无法知道，他是如何低下那高贵的头，与这些粗野的人们战战兢兢地相处的。那些传说为我们所展示的此时的高僧，光彩已经褪去，更像一位朝中术士。

在这样的境况下，鸠摩罗什仍然收徒和译经。凉州城在隋文帝、隋炀帝的时代，曾经成为佛教传入东土的一个重要的支撑点，成为佛教中心之一，大约这就与高僧在这里待过十七年有关。尤其是在隋炀帝杨广的年代，这位在中国历史上大有作为的皇帝，曾经在凉州城里举办过一个万国博览会，丝绸之路触须所及的诸多国家纷纷来朝。这不能不说与高僧在这里形成的厚重文化底蕴、文化氛围有关。

前边说了，在这凉州城的十七年中，我们的高僧大约更像一个（后世的）袁天罡式的、李淳风式的朝中术士，更像吕氏小王朝中的一位穿着袈裟侍候皇帝左右的命官。帮他度过这十七年的一个重要的慰藉，是他那美丽的妻子。

大约有一家小院，这小院距离皇帝的宫殿应该很近，近到能听见皇帝的咳嗽声。皇帝喊一声话，院子的主人一袋烟的工夫就可以到达。夜里，如豆的清油灯下，鸠摩罗什在译经，美丽的妻子在旁边服侍着。妻子端着一杯盖碗茶上来，茶冒着热气。妻子悄声说："这是今年的清明茶，产自汉中，坊中有'临洮易马，汉中换茶'的说法。"

高僧接过茶碗，揭起盖儿，在拂着热气的茶水上用盖碗荡两下，然后呷上一口。

上面这一幕情景，多像一个中原文化人的做派，高僧就是这样一步步地融入东方，融入中原文化的。上苍给了他十七年的时间，让他来做这种进入中原前的心理上和饮食习惯上的准备。

而汉传佛教这个从天上掉下来的东西，亦是这样一步步日渐东进的，那无上的崇高逐渐落地，变为实用主义和琐碎庸俗，最后被这个东方古国强按在地，成为国家准宗教。

在这十七年中，距离凉州城并不算遥远的后秦数度前来索要鸠摩高僧。如此国宝，岂能轻易予人？于是这后凉的四任主子，对于前秦或是姚苌、或是姚兴的索要，一口回绝，丝毫没有商量的余地。

弘始三年，即公元401年，姚兴派遣驻守秦州的大将姚硕德出兵西伐凉州，一举灭掉后凉，掳得鸠摩罗什高僧送往长安。这是为一个和尚、一个法师所进行的第二场战争。

连同前面的破龟兹城之战，这两场战争都是为了同一个人，而且这两场战争都是灭国战争。人们说鸠摩罗什的一生充满了传奇，这两场战争亦是传奇之一。

凉州城被破，后凉灭亡。鸠摩罗什又被另一位将军捆在了马上，依然沿着那条伟大山脉东行，晓行夜宿，大约一月有余，眼见得看见渭水，看见渭河岸上那咸阳古渡了，

这时发生了一件意外。这意外就是，那龟兹王女咬舌身亡了。

第三十九歌　咸阳古渡口的新冢

高贵的王女在一个关中平原青色的早晨，骑一匹小牝马上路。她已经想好了一件事情，所以此刻，并不显得沉重，而是有一种如释重负，得到解脱的感觉。

她穿上了当时境况下自己所能搜罗到的最好的衣服。脚上那双红色

的小马靴已经磨得没有后跟了，红色也已经都褪尽了。这天早晨，她特意为小马靴上了些鞋油，让它干净、鲜亮一些。她还特意化了一个浓妆，用那水仙花将指甲盖染红，用从龟兹国带来的最后的胭脂涂抹嘴唇，并且给眉心点了一个痣。她的睫毛虽然依旧像黑炭一样，但是她还是用那最后一点颜色将这睫毛再涂一遍。当这一切结束后，她骑上那匹小牝马，头戴尖顶高帽，黑纱掩面，上路了。

她与鸠摩罗什并辔而行。鸠摩的双手仍然被反剪着，不过这只是一个象征性的被缚，所有的人都已经知道他终究会抵达长安城的。

高贵的王女，当来到那著名的咸阳古渡，注视着脚下滔滔的渭水，眼望着渭水彼岸那金碧辉煌的长安城时，她的脸色发白了。她对同行的鸠摩罗什说："我的表兄，我的丈夫，我的世界上最亲爱的人、最敬仰的人，我只能陪你走到这里了。你是一位高僧，是一个给这苦难大地带来佛光的人，你的声名将会不朽，那些未来的人们将会以恭敬的口吻来讲述你的名字，盛赞你的光辉。你的事业将在这长安城达到大兴，你人生中最重要的时刻就要到来了！"

这位王女继续说："而我已经不能够再陪伴你了，或者说，不能再继续玷污你那圣洁的袈裟了。掐指算来，已经整整二十年了，我该离开你了。飞翔吧，鹰！完成你最后的也是最辉煌的一次飞翔吧，这整个世界都是你的！"

龟兹王女在这个咸阳古渡的早晨，说着这些奇怪的话。她的话让即便是高僧的鸠摩罗什也有些心惊肉跳。他明白她要干什么了。他刚要劝止她，这时，只听到一声惨叫，这位高贵的王女咬断了自己的舌根。

在就要从马上掉下来的那一刻，那半截舌头还在嘴中，王女用含糊不清的喉音，又说了下面的几句话："我已经多次给自己说过，看见长安城的那一刻就是我辞世的时辰！表兄，前程珍重，你大约还有十三年的命数，十三年后我们再见！"

龟兹王女说完，便从马上摔下来了。

鸠摩罗什翻身下马，挣脱手中的绳索，俯身抱起王女。王女脸色煞白，嘴角上有血沫子喷出。她微笑着，所做的最后一件事，是将自己那半截舌头咽进肚子里去，那是父精母血，是自己身体的一部分。

在咸阳古渡旁边，鸠摩罗什轻轻地用袖管抹去王女嘴角的血沫子，最后一次端详着王女。他看到的是一个世界上最美的女人，和这样一个女人耳鬓厮磨二十年，他得到的幸福和受到的伤害哪个更多，真是一件很难说清的事情。

他们将王女埋在渭河岸边一座高丘上，然后插上柳桩。不久，柳桩就会成活、发芽，然后给这坟头，给这王女的头顶，罩上一层绿荫。而王女，她将安卧在这高丘上，头枕渭河，日日夜夜倾听着这流水如歌，倾听着咸阳城东楼的风铃叮当作响。

咸阳古渡对岸，旌旗招展，后秦皇帝姚兴出郭三十里相迎，已在那桥头等候多时了。

鸠摩罗什高僧双手合十，向渭河岸边的这座新冢致敬。河谷的风吹来，打湿了他的眼睛，那著名的咸阳城东楼上的风铃叮叮当当作响。在这风铃声中，鸠摩罗什说道：

“亲爱的王女，亲爱的表妹，亲爱的妻子，我向你保证，你将不朽——你将因为我而不朽！”

说完，他转过身，揉揉那被麻绳勒肿的手腕，整整衣衫，面向后秦皇帝姚兴，登上了咸阳古桥。

过了古桥，鸠摩罗什高僧与迎候在桥头三十里长亭的君王见礼。

“山高水长，云路苍茫。今日，贫僧终于抵达长安城了！”高僧无限感慨地说道。

后秦王姚兴上前，一把拽住鸠摩高僧的手，说道：“朕如久旱之望云霓，在这长安城里，日思夜想，寝食难安，已经等待高僧很久了！”

鸠摩罗什答道：“贫僧向往东方，向往长安城已经许多年了。万法归一，一归何处，这神秘东方，广袤所在，那佛家的‘何处’，当是此处呀！”

“朕将拜高僧为国师，强盛我的国家，教化我的子民，让这自天竺而来的佛光照亮我中华大地！”

“贫僧将尽其所学，尽其所悟，为中原大地上的佛国效力。佛法能弘扬天下，光耀东方，那是佛祖的光荣，是佛人的功德，亦是每一位僧人的本分呀！”

两人说完，相视而笑。姚兴执起高僧的手，走到自己的车旁，请高僧与他同乘一辆帝辇。俄顷，只见车轮滚滚，一辆华丽的马车沿着这条长安城直通咸阳古渡的三十里街亭长廊，踏踏而去。

那鸠摩罗什初到长安城的情况，亲爱的读者想来都已经知道了。他先在那旌旗招展、气象森森的长安城南城门的城墙上受到了姚兴的款待，继而被以隆重的仪式拜为后秦国国师，接着，姚兴皇帝把高僧安顿在终南山下逍遥园内的草堂大寺。自此，这位伟大的行者、西域第一高僧，便在这草堂寺里开始了他的十三年岁月。

大家大约还记得，正是在那长安城的南城门上，鸠摩罗什高僧与后来的匈奴末代王赫连勃勃相遇了。他们两人是同时代人，但是仅仅相遇过这一次，便就此缘尽，不再有过照面。后来，当姚兴皇帝有一天偶然问起这位阅人无数、通晓古今的高僧如何评价赫连勃勃时，高僧叹息说："那是一位天人，一位为某项特殊使命而来到世间的可怜的人。不要评价他的对与错，他所做的每一件事情，站在末代匈奴王的角度来看，都是必须的。在这样的人物面前无所谓对与错、善与恶，人类现存的法则和善恶观根本不适用于他！"

我们的这部小说，是写一个大恶人的故事，这个大恶人叫赫连勃勃。同时，又是写一个大善人的故事，这个大善人叫鸠摩罗什。

对鸠摩罗什高僧的注视，已经耗去了我们许多的时间，而在那边，凶悍的末代匈奴王已经蹬鞍上马，胯下的马也已经急不可耐，蹄子不停地砍地，砍出阵阵火星。赫连勃勃正眯起眼睛眺望着大河套地区，准备随时将它鲸吞入腹。

那么，且让鸠摩罗什高僧安宁地在这终南山下从事他的黄卷青灯、暮鼓晨钟吧，我们以后还会见到他的。而我们此刻的笔墨准备转向赫连勃勃，转向鄂尔多斯高原与陕北高原交汇处。

第四十歌　长安城咏叹调

长安城矗立在关中平原上，在终南山之北，在渭水河之南。威赫赫的一座四方城，秦砖汉瓦筑就。城郭极大，像一个格子状的围棋棋盘在平原上四散铺开。这方格一共有一百零八个，被称作长安城一百零八坊。那每一个坊都像后世的那种街区、社区一样住满了老户，人头涌涌，市井攘攘。

一圈三丈高、三丈厚的厚重笨拙的城墙，将这一百零八坊包在中间。城墙外有护城河，护城河上有吊桥。这城墙的东南西北各开了四座门，合起来四四一十六，也就是说，这长安城一共有十六座城门。每一座城门到了晚上，那沉重的、钉满了圆钉的大木门就“吱呀”一声关了，然后从里面插上三道门杠。到了第二天早晨，啼起鸡叫，大木门才又“吱呀”一声打开，城外的人们入城，城里的人们出城，于是长安城的一天就开始了。

那十六座城门洞上面各盖有一座屋脊高耸、四角挑起的角楼，四角的勾檐上挂满了一串串风铃。每一遇风，风铃便当啷当啷作响，千万个风铃一齐摇响，声响响彻这一百零八坊，从而给这座城市增加了不少的厚重感。十六座城楼下面各有一个瓮城，守卫这座城门以及在城墙顶上巡城的士兵，平日就居住在这瓮城中。如果遇到战事，这瓮城可为依托，退则可守，进则可攻，从而增加了这座城市的安全度。

长安城的中心点是一座钟楼，陪衬这座钟楼的是一座鼓楼，两楼互为掎角之势，相隔五十丈。每日清晨，每日黄昏，一声钟敲，一声鼓击，向世界报告着平和与安宁。那座威赫赫的钟楼是所有道路的一个交会处，这座规规矩矩、方方正正的城市里所有的道路都是笔直的，所有的转弯都是九十度直角，靠道路将那一百零八坊隔开，这条条道路都可通向钟楼。

城市的右手是终南山，这座曾经被叫作昆仑山、喀喇昆仑山，被叫作祁连山的伟大山脉，在经过了绵延万里、逶迤万里之后，在长安城的东侧二百公里处终止。那里是黄河。它伫立在咆哮的黄河边，高举手臂向黄河致意，并在此完成了它的旅途。那高擎的手臂，人们叫它“华山”。

而终南山在途经长安城的这段行程中，向这片冲积平原，向这座帝王之都，伸出了七十二条峪口。那七十二条峪口喷溅出七十二条清冽的水花飞溅的溪流，这水流灌溉着平原，滋润着城市，并向那护城河提供着源源不绝的长流水。

城市的左手就是那著名的河流——渭河了。这条从陇东高原一个叫鸟鼠山的地方发源的河流，在经过了陇东高原的激荡以后，从一个叫作“铁马秋风大散关”的关隘进入关中平原，在孕育了这块冲积平原，孕育了这千古帝王之都之后，继续东流，从一个叫“潼关”的地方注入黄河。

“禹门口”这个称谓，也许为我们泄露了些许历史的秘密。

是的，在大禹治水之前的年代，八百里秦川还是一个内陆湖，那里有一连串的湖泊，沼泽四布，芦苇丛生，还有黄河象出没。那时的人们在山腰或者山脚下居住。时常站在洞穴或者草屋的门口，望着这一片汪洋兴叹。

那时男人的平均身高是一米六五，女人的平均身高则是一米五五。这是后来那些好事的人们，从终南山脚白鹿原下的一个名曰半坡的母系氏族村落里，挖掘出二百多具尸骸后，进行平均计算得出的数据。这二百多具尸骸是在一个墓葬中发现的，他们被反剪着双手，弯曲着身子，侧身而卧，面向着太阳落山的那个方向，一具一具并排摆放。

那些男人或女人就是后来的长安城人吗？也许是的，也许不是。好事者们对那些头骨做了复原，复原后的头骨令他们惊异。这些六七千年前居住在渭河平原上的人们，他们的瘦窄脸和单薄的骨骼结构更像今天的岭南人，也就是两湖两广一带的人。对此，专家们叹息一声说，历史上有个五胡十六国年代，这个民族大融合的年代长达三百年之久，因此，长江以北的中国人基本混血。

以上是闲话，这里不再说。

是的，是那个大禹王疏通了渭河入黄处，于是这一片汪洋一泻而下，湖底裸露了出来，成为肥沃的良田，八百里秦川遂被称为天府之国。河流逐渐冲出一道河槽、一道河床，在这平原的中心线上穿过。人是逐水草而居的动物，他们撵着河流走。人们从山上或半坡走下来，走到河边定居。于是在这渭河两岸，在这广袤的平原上，星罗棋布的同姓同氏族村落一个一个地建立起来。

众星拱月，在这些村庄的拱卫下，一个庞大无朋的村子建立起来了。这大村子叫长安城。它是农耕文明与定居文明在东方建立起来的一个大堡子，是当时世界上唯我独大的城市，是世界的东方首都。

千百年来，那些走马灯一样路经这座城市、莅临这座城市甚至定居这座城市的历史人物，有名的或无名的，不朽的或速朽的，当他们来到那高奏迎宾曲的南城门口，停驻片刻，然后以手加额向这座辉煌都城张望第一眼时，都会发出啧啧的赞叹之声。

我们已经听到了赫连勃勃的一声赞叹，我们也听到了那西域高僧鸠摩罗什的一声赞叹。

这座城市真的是太有历史沧桑感了。一部中国的历史，大约有一半是这座城市的历史。

第四十一歌　三千匹汗血马

“你们有你们的命运，我有我的命运！这个世界啊，好世界，现在，让我们来较量一番吧！”

在那个青色的值得纪念的早晨，刘勃勃跨上他那匹著名的黑骏马，从鄂尔多斯高原与陕北高原的接壤处，那个曾经被称为代来城，现在则被称为龟兹城的地方，率领他的部族启程，走向大河套的深处。

这是一匹真正的好马，马中的极品，三千匹好马中最上乘的一匹。它通身是黑缎子一般的乌黑，在朝霞中，那黑缎子柔软、光滑、充满质感、闪闪发光。它的四只蹄子却是白的，白得耀眼。它的额头上有一道竖起来的白色印记，像某一次闪电划过后留下的痕迹。当这匹马风驰电掣般的向大河套奔去，活生生地像一道闪电划过。

它具备一匹良马所应当拥有的所有品质：崇高，真诚，漂亮，聪明，极端地吃苦耐劳。是的，它是漂亮的，脸很长，线条分明，眉眼分明，两只扑闪扑闪的大眼睛聪慧而又驯良。那脖子十分修长，长长的鬃毛竖起来又垂下去，像美人的披肩发，这长鬃一直延伸到额顶，遮住那闪电的上半部分。接下来是两个结实的、充满力量感的前胸了。对于马来说，前胸是重要的，它必须坚强有力，才能支撑起飞驰时重力落到前腿的巨大冲击。四条修长的腿，配以灵活的蹄腕。这马的腰身是细长的，宛如美人的腰身，只有这样腰身细长、柔软的马才能够急速奔驰，骑手骑在它的背上才有一种柔软的犹如在摇篮中的感觉。屁股是一匹马有多大耐力的一个标志。马的屁股浑圆、结实、肌肉暴出，那紧绷的肌肉里仿佛蕴藏着无限的力量。最后就是尾巴了。尾巴多么的长呀，飘飘洒洒，飞飞扬扬。一匹好马，它的全部的美也许就在这尾巴上了。那长长的尾巴，当它垂下来的时候，会一直垂到地面上；当这匹马奔驰的时候，它作为一匹马的身体的延伸部分，会平缓地，像一束流云一样浮在身后，从花朵和草尖上掠过；而当这匹马在安详地吃草时，那长长的尾巴像一把蝇刷子，优雅地摇动着，向前后左右甩动驱赶着蚊蝇。而这时，通常会有一只草原上的乌鸦飞过来，落在马背上，乌鸦“呱呱”地叫着，用尖嘴在良马那黑缎子一样的皮囊上寻找着寄生虫。马挥动尾巴，试图赶走它，但是没有成功，于是也就默认了，让那乌鸦就栖身在它的背上，而它则继续低头吃草。

这真是一匹好马。前面我们曾经说过，马运动起来有三种姿势：一种是走，一种是颠，一种是挖蹦子。你可以成为一匹好走马，也可以成为好颠马，也可以成为一匹双蹄并举一张一弛的挖蹦子马，但是，成为集这三种技能于一身的马，那几乎是不可能的事情。但是，这匹黑骏马就同时具有这三者。

这匹黑骏马还有一个特殊的技能。这技能在赫连勃勃征伐大河套的年月里，曾几次救过他的命。这技能就是当马儿风驰电掣般的奔驰时，如果前面遇到障碍物，或者后边追兵逼近，那马儿会在两只前蹄高高扬起的那一刻，突然身体九十度转向，也就是说，它的肥圆的屁股会在这一刻承受所有的重力，然后以这屁股为轴心，身体九十度转向，双蹄落到旁边一侧，然后继续奔驰。如此这般，就避开了前面的障碍物，同时一屁股甩掉了后面的追兵。

“马里头挑马不一般高！”这是一句陕北民歌里的话。

前面我们说了这匹马的种种好处，那么，这匹珍贵的马是如何来到鄂尔多斯高原与陕北高原交汇处的呢？它又是如何成为赫连勃勃的坐骑的呢？这匹马的出处又有怎样的渊源呢？

就在刘勃勃在这块草原收拢父亲匈奴西单于刘卫辰的残部，积蓄力量，准备前往那大河套深处的固远城时，飘飘忽忽，从那黄河的上游，河套深处，走下来了一群马。这种马声名远播，叫汗血宝马，来自西域，这赶马的人是柔然人，是柔然可汗杜伦派来的使者。

柔然可汗久闻后秦皇帝姚兴爱慕良马，尤其喜好那久负盛名的汗血宝马，于是从国中搜罗得上等良马三千，派了士兵押送，运往长安。使者一边行路一边游牧，顺黄河而下，大约走了三年的时间，才走到这里。冬日，这三千匹马走成一条直道，一匹马踏着一匹马的蹄窝，从雪地上踩出一条道路。夏日，草原上广阔无垠，牧草遍野生长，这三千匹马则走成一个扇面，逆风而行。这原因，一是去抢一口那鲜嫩的草尖，二是顶着风走，蚊蝇落不到身上。

三千匹马不是一个小数目，况且都是上等的汗血宝马，因此这行程的提心吊胆可以想见。如今，眼看到了后秦国的辖地了，使者方才心安，料想不会再有事了，步子也就徐缓了下来。恰好这里有一处沙漠湖泊，名叫红碱淖尔，于是使者就让这群马在这水草肥美的湖畔多滞留了几日。使者想让这群马稍微肥壮一点儿，颜色鲜亮一点儿，好让那后秦皇帝姚兴看了，给他一个眼亮。

红碱淖尔盛产金色鲤鱼，鲤鱼不大，味道却极为鲜美。那勃勃手下大将叱干阿利最爱这鱼的鲜味儿，因此在代来城滞留期间，常来这湖边打鱼。这一日，他又带着属下来到湖边，看到湖光水色之间，一群天马一样的汗血宝马正在湖边的芦苇丛中隐现，叱干阿利见状，吃了一惊。他开始以为是野马，后来见了那使者，才知道这马有主人，而且是送往长安城的贡马。好阿利，在那使者的帐篷里，喝了一顿奶茶，将这事揣摩清楚了，回来说与勃勃。

阿利献策说，天赐良机呀，到了嘴边的肉，不吃白不吃，有这三千匹良马，势力就起来了。刘勃勃听了，有些犹豫，说这是贡于后秦姚兴的马，我是姚皇帝的安远将军，这事于理不通，倘若让姚皇帝知道了，这一条路就断了。叱干阿利说道，草原辽阔，天高地僻，只要将那使者并送马的兵丁尽数杀了，不留一个活口，鬼知道这是谁干的！刘勃勃听了，觉得这话说得却也在理，于是杀心顿起。

以刘勃勃这时候的实力，杀掉那些没有丝毫防备的柔然人，却也不是什么难事。于是刘勃勃起程，薛鲜、薛桓分列左右，由能言善辩的叱干阿利带路，赶往红碱淖尔。酒桌上，以受后秦皇帝姚兴之托为名，将这些柔然人劝到酒桌前，先是灌个半醉，进而尽数杀死。这样三千匹汗血宝马人不知鬼不觉地一夜间尽归刘勃勃。

这三千匹汗血宝马都是些半野马，从未经过人的驯化，它们的嘴上从未套上过笼头，身上也从未配过鞍子，主人所做的事情就是在它们发情期之前，将两个蛋丸割了，然后放归，让它们重新自由自在地回到草原上去。

因此要把这三千匹马擒拿，驯服，然后再骑上马背，也不是一件容易的事。

第四十二歌　踩镫上马

所谓的汗血马，在奔驰的时候，它的血脉贲张，那一滴滴的鲜血会从毛孔里喷出来。这时只要主人不勒马嚼子，它会一直奔驰下去，直到鲜血流尽，倒毙在地而亡。

在平日不去使役、奔驰的时候，那毛孔是半封闭状态的，有时会流汗，但是通常不会流血。毛孔上结一个带血丝的黑色硬痂。这痂可以抠下来。不使役、不奔驰的时候，那汗血马偶尔也会流血。特别是在秋天。

秋天到了，秋高草肥，铃铛刺上的壳儿在风中不停地摇动着，草原上顿时布满了音乐。这时候满山遍野的牧草都已经结籽了。吃这种结籽的草，就像给马儿加料一样。汗血马吃了这样的草，如果不使役的话，它会肥胖起来，肚子圆鼓嘟嘟的成了奔跑时的累赘，而前胯上的肌肉也会积下脂肪。这时候，那硬痂会破了，马身上的血一滴一滴从这破裂处滴出，于是马就瘦了下来，随时可以上路。

至于在奔驰中那马儿是渗血，是滴血，还是喷血，那要视奔驰的激烈程度而定。而且鲜血流出最多的地方是在前胯子上。骑手在奔驰中，伸手往前胯子上一摸，那毛皮湿漉漉的，一摸一手掌血。望着这血，任凭你是怎样的骑手，在这一刻都会对这种高贵的生灵肃然起敬。

刘勃勃手下将这在红碱淖尔四周游弋的三千匹汗血马归拢，吆喝着向南，赶往龟兹城方向。三天头上，到了龟兹城地界，找一个没有出口的死沟，将这些马赶进沟里，然后砍些树枝做栏杆，将沟口封死。

接下来就是分马。这马群基本上是三色。红色的如火，如血；黑色的如炭，如墨；白色的如银，如雪。他们将这些马按毛色分成三拨，后来赫连勃勃著名的威震大河套地区的红马军团、黑马军团、白马军团，最初的班底就是这样建立起来的。

马群被分成三大拨，三大拨再分成无数的小拨。这分成的小拨，有的被从沟里赶出去了，寻找一个旧的马厩将马圈上，有的图省事，就在这沟里临时用栏杆隔成马厩。接下来的事，就是如何跳上这不曾驯化过的马背了。

三千个草原汉子，一摊一摊，在那散落在这一块草原上的马厩里，显示他们的力量。那高贵的马是不会轻易让人跳上它的背的。汉子们在马厩的外边顺栏杆趴满，一个一个地轮番进入马厩，与马去角力，从而显示自己的力量，以便赢得同伴的尊重和喝彩。

这时的马是光背马，身上不着一线，如果系上笼头再去驯它就是一件没有意思的事情了，那会被人瞧不起的。唯有这光背马，能拧住它的耳朵，掰住它的嘴巴，将它放倒在地，或者抓住脖子上那长长的鬃毛，一使力骑上马背，像一贴膏药一样死死贴住，任马跳跃、打立桩、奔驰都不会掉下来，然后为马系上笼头，戴上嚼子，配上鞍子，等等。能做到这些，才算把一匹马给征服了。

每一个马厩里都在进行着同样的事情。不断地有人掉下马来，引起阵阵哄笑。掉下来以后，你得再去骑，如果你胆怯了，不敢再去骑这匹马了，这匹马会牢牢地记住你，会从此蔑视你，终生都不会让你坐它的背！

这块可怜的、灾难的草原，已经好长时间没有这种欢乐的笑声了。

叱干阿利选择了一匹走马。草原上有一句民谚，叫作“不要和骑走马的打交道”，那意思大约是说，这骑走马的人一般都有了点儿年纪和阅历了，缺少激情但是工于心计，所以见到这骑走马的，你最好知趣地躲开。

阿利选择了一匹走马。他扒着栏杆瞅了半天，那一马厩的马活像开了锅的水一样，狂风一样地转着圈圈。阿利瞅了很久，甚至趴在地上看那马的走手，当看到这匹马那蚂蚱一般的长腿迈动，后蹄窝要超过前蹄窝一拃长时，他明白这是一匹顶尖的大走马了。这样的大走马将四只蹄子像蚂蚱那样地跳动起来时，并不比颠马或者挖蹦子的马慢多少。况且这走马稳当，有耐力。阿利主意已定，于是挥着一只笼头甩两甩，将这笼头扔过去，搭在了马背上。

那正在盲目地转圈儿的大走马停了下来，它感觉到了自己背上的笼头，误以为自己已经被束缚住了，苦役般的使役就要开始了。它望了望栏杆外面的糟老头吐干阿利，四目相对时，大走马的眼皮垂下来了，它表示接受命运，承认这个主人。

阿利跳进马厩，趁马儿还没有清醒，飞快地先用双臂抱住马的脖子，然后从马背上取下笼头，迅速地套在马头上。接下来，他并没有立即跨上马，而是先伸出鸡爪子一样的手来，在马两只耳朵的根部细细地挠痒。这地方是马身上最敏感的地方，马被搔着，舒服极了，"咚"地放了一个响屁。马现在是臣服了，甚至在主人搔它耳根的同时，还把屁股翘过来，这不是想踢他，而是想让主人再搔一搔它的屁股。

有点儿得意的阿利见这匹马已经臣服于他了，于是先在马背上拍两下，算是给马打个招呼，然后翻身上马，一叩马肚，向那条叫"硬地梁"的小河走去。他要在河水中用马刷子再细细地刷一遍马的全身，这是一个骑手对他的坐骑所应该做的最起码的事情。

较之吐干阿利，薛鲜去驯服一匹马的经过则简单得多，粗暴得多。他选择的是一匹颠马。他小时候一直有一个梦想，就是骑着一匹四蹄翻花的颠马，一路上铃铛响着，从五色草地上走过。

起初，他也像吐干阿利一样趴在栏杆外，眯着小眼睛瞅着。后来，他终于相中了一匹颠马。他翻身上了栏杆，等马群转圈圈，当那匹颠马转到他跟前时，他一个虎跳扑上去，一把抱住这匹马的脖子。

马受了这突如其来的惊吓，暴怒起来，别的马在旁边旋风般的踏过，它此刻却不能动弹了，马有些愤怒，它扬起脖子"咴咴"地叫着，试图挣脱。

薛鲜半个身子倚着这匹马，一条腿半蹲式地伸向马的脖子下边。只见他腾出抱住马脖子的一只手，在马的耳朵上摸索，这不是去在那耳根上搔痒，而是用一只大手，将那耳朵死死地攥在手心，然后再腾出抱住马脖子的另一只手，去找马的嘴巴。一阵摸索，马的长嘴巴找到了，也被牢牢地握在手里了。

接下来的事情，就是使蛮力了。只见薛鲜那抓马耳朵的手和那掰马嘴巴的手同时用力，将马头往自己怀里这边掰，将马嘴向天空的方向掰，腰上再一施暗力，事先塞进马脖子下面的那条腿带动整个身子向马压去。

只听“嗵”的一声，这匹大颠马像一座山那样倒下来了。薛鲜用身子继续将马压住，顺势给它戴上笼头。这匹马就这样被驯服了。

而薛桓得到他的坐骑的手段，又不同于以上两位。

他喜欢奔驰的马，喜欢那热血沸腾、两耳呼呼生风的感觉。他希望能得到一匹挖蹦子的马。他将栏杆打开，将一拨马赶到了戈壁滩上。薛桓骑在原先的坐骑上赶着这拨马，让它们在戈壁滩上奔驰。他的手里挥舞着套马绳。那套马绳是用牛皮割成的细条做的，平日牧人将这套马绳整理好了，盘成一圈一圈挂在马鞍的一侧，使用它的时候，将这盘成一圈一圈的绳索，从马鞍上取下来握在手中，一边追赶，一边在自己的头顶挥呀挥呀，约摸着距离差不多了，一扬手，绳索飞向前去，那套环就准确地套到前面的马脖子上了。

身大力不亏的薛桓，此刻就用这样的办法套住了跑到最前面的那匹马。那马快，他是追不上的，但是人聪明，抄近路驱马风驰电掣地去追。只见那绳索飞起，在空中飘了有十丈远落下来，刚好落在那正在奔跑的马头上，马头向前一伸，就牢牢地套在脖子上了。绳索的这一头却还系在薛桓的马鞍子上。

那马正在兴头儿上，哪肯就范，一个立桩直撅撅地立起来，口里“咴咴”地叫着，试图挣脱。薛桓两手拼命地拽那绳索，两脚使劲蹬住马镫，身子在马背上都后仰得、倾斜得快要掉下来了。

那马挣扎了一阵，看看挣不脱了，只好就范。

得胜的薛桓走过去，给擒获的这匹马换上早已准备好的笼头，把那套马绳取下来盘好，依旧挂在马鞍上。然后，骑在自己的马上，牵着这匹汗血马，徐缓着步子回到营地。

三千匹汗血马中，原来却也有一匹头马。那马全身乌黑，发着缎子一般的亮光。四只蹄子是白的，仿佛是一匹黑马站在皑皑白雪中。前面我们已经说了，这马的额上还有一道白色的闪电。

这真是一匹好马，所有的人都看上了这匹马。但是，这匹高贵的桀骜不驯的宝马根本看不起那些试图使役它的人。是的，很多人都尝试过，我们前面谈到的那三种走近一匹马的法子，大约很多人都对它使用过了，但是，他们要么是重重地挨了一蹄子，要么是被马在奔驰中一个直角转身给甩了下来。

这样，到了最后，三千匹马中，只有这一匹马暂时还没有主人。

“这是我的坐骑！”刘勃勃看上它了，欣赏它了，甚至可以说崇拜它了。

所有的马都被牵走了，得到马的人们有的去遛马，有的去刷马，山沟里这个空荡荡的大马厩里，现在就只剩下这匹马中之马了，阳光下它披着一身黑缎子般的光芒，孤独地站在马厩的中心。

勃勃先走过去将那马厩的栏杆挡好，挡结实，防止那马跑掉。如果这匹马跑回草原去了，是很难追上它的。

将那马厩关好以后，刘勃勃手里拖着根羚羊角做杆、熟牛皮做梢的马鞭走了过来，他扬起手，不问青红皂白地开始打这匹马。他要把马身上的这股傲气打掉，打得那倔性子屈了。

见主子刘勃勃打马，叱干阿利吆喝来薛鲜、薛桓，将他们自己的坐骑在那栏杆上拴了，也提着马鞭子走了过来。

最初，当刘勃勃一个人在挥动鞭子打马的时候，这马端端地站在那里，长长的脖子拧着，纹丝不动。它明白马厩的门是关着的，它是逃不走的，现在唯一能做的事情是将头避开，将屁股对着这个打它的人，让那鞭子落在它的厚厚的屁股蛋子上。

但是第二个人来了，对着它的头打。于是它只好将身子横过来。不料，第三个、第四个人又拎着马鞭子过来了。马现在是无处可躲了。

东西南北四个方位站着四条汉子，四条汉子每人手里各拎着一根鞭子。鞭子不急，有节奏地一下一下，落下时的声音很沉闷，这表明鞭子是结结实实地打在了肉里边了。

汗血宝马知道躲避是没有用的，四方八位都是鞭子，它所唯一能做的就是纹丝不动，任你鞭子去打，自己则咬着牙关忍受。

一顿饭的工夫过去了，马已经被打得皮开肉绽，皮张上血汗双流。它终于支持不住了，扬起头来“咴咴”地叫了两声，然后两只眼睛流着泪，四条腿弯曲，蹄子翻起，慢慢地跪倒。它臣服了。

勃勃和他的部属们终于降服了这匹桀骜不驯的马。眼见得这马跪倒在地上了，勃勃扔了手中的鞭子趋上前去，为马系上笼头，然后拽住缰绳将马牵起。马全身打战，眼含热泪，它已经屈从于自己的命运了。

在草原上，那些半野生状态的马，那些性格暴烈、桀骜不驯的烈马，大约就是这样被驯化的。

是时，三千匹汗血宝马各有其主，红马军团、白马军团、黑马军团也相继成立，下来他们要做的事情就是抽空压一压马，给自己的马配一副合适的鞍子，然后有可能的话，将那天然的马掌削一削，为它们钉上铁掌。

这配备鞍子和钉马掌的事儿由聪明人叱干阿利负责。他从一开始就显示了自己在这方面的能力，直到他后来铸造龙雀大刀，被赫连勃勃拜为宰相兼将作大匠，去修筑那个统万城，其实一直都在干着这方面的活儿。

这一日是个好日子，他们踩镫上马。

像草原上的好汉所经常做的那样，刘勃勃坚持要亲自为他的汗血宝马配上鞍鞯。

马被牵来了。先上马嚼子，马嚼子是一根明晃晃的铁棍，这铁棍从马的嘴里穿过。铁棍的两头系上皮索，这皮索绾成一个面具那样的东西，后面一条勒住马的耳根部分，前面一条在耳朵前面，马的两边脸颊还各有两道。然后再用一条长长的牵马的皮革条，两头系在马咬在嘴里的那根铁棍两端。这样人捉住马缰，随便往哪边拉，马的那个勒口都会感觉到疼痛，便不敢抗拒了。

然后在马背上搭上两个垫子。一个小一点儿的是汗垫，用来吸收马在奔驰时流下的汗液。另一个大一些，整个遮住马背，这是为了让那马鞍搭在上面。马鞍的前桥和后桥是用木头或者铸铁做的，饰以熟皮包裹，两边则有两扇皮面耷拉下来，遮住马镫革。那一左一右两个马镫是靠一截上等的皮革连接，从而系在马镫上的。粗心的人会将这马镫系死，这样骑马者一旦掉落马下，马镫不能及时脱落，骑手就会一只脚塞在马镫里被马拖着走，直到毙命。这种情形叫“拖镫”。而细心的工匠会将这一头做成活的，系住马镫革鞍桥上那个铁质的拴儿，这样马镫会因骑手的“拖镫”而自动脱落。

鞍子披上，再下来的事情就是系马肚带了。“骑手的命在马肚带上”是一句草原格言，因此这马肚带一般得骑手自己来系。

三条肚带在马的另一侧垂下来。刘勃勃伸出穿着马靴的脚去挂那肚带，勾过来一条，上紧，扣子扣好。再去挂另一条。这时候不要低头用手去取，当心马会给你一蹄子，弹你一下。马蹄向后踢叫踢，向前踢叫弹。

“备马”的最后一道工序是为那马系上后鞧。所谓的后鞧，是将一条熟皮子做的柔软而漂亮的皮带一头系在马鞍的后桥上，一头穿过脊背，穿过马屁股中间那道深渠，一直通到马尾巴根上，然后在马尾根部将它系紧。

在这个草原的青色的早晨，未来的朔方王、大夏国国主赫连勃勃，就这样细心地，像完成一件艺术品一样，为自己的坐骑备好了装具。

当然，不要忘了给那马脖子上再挂一个用熟皮子做的酒壶，草原民族三件宝：弓箭弯刀皮酒囊。而在马鞍贴近马肚子的地方，再装上几袋草原风干羊肉。熟肉自然好，生肉也行，只要一番行走，那生肉就会被骑手的大腿和马的身子挤压变熟的。

整装待发，马焦急地用蹄子砍着地上的土，嘴里“咴咴”地叫着，等待着奔驰。

“上马吧，我的红马军团、白马军团、黑马军团！”刘勃勃冲着这一片草原大喊了一声。

说完，他自己先踩着马镫，闪一闪身子，一跃上马，坐稳，然后一拽马嚼子，踏踏两步，逐渐加快。他的随从叱干阿利、薛鲜、薛桓，叫声“主子且慢，我们来了”，也随后跟来。

当一匹马开始奔驰的时候，同行的马会跟着上来，于是乎马蹄踏踏，宛如一股洪水猛兽。

骑手是阻挡不了他的坐骑奔驰的。奔驰是马儿的天性，它们是为奔驰而生的，就像鸟儿是为飞翔而生的一样。骑手这时候唯一能做的事情就是松了马嚼子，顺应马儿的愿望，让马奔驰，让马使性子，让马显示力量。

卑微的、贫瘠的、破败的、苦难的草原，它已经许久没有见过这样的奔驰了。马蹄声惊动了草原，震颤了草原。懦弱的人们纷纷从帐篷里、毡房里或者窑洞里探出头来，看着这风一样一掠而过的马队。

人们口口相传，说在刘卫辰死去之后，荒草不除根，来年又发生，新的主公刘勃勃产生了，草原上又升起了太阳。

于是刘卫辰当年的残部迅速归拢。帐篷里、毡房里或窑洞里那些渴望建功立业的精壮后生，也纷纷牵上了自己的马加入队伍。那三万名龟兹国移民，其间也不乏孔武有力者，他们不甘心从此与这平庸的地形地貌为伍，不甘心从此匍匐在大地上以事农耕，于是也跟在了队伍的后头。

第四十三歌　黄河与固远城

安远将军刘勃勃，从这一刻起正式亮起旗帜，打出名号，开始向大河套深处进发。他们的第一个目标当是那黄河“几”字形转弯处的固远城。虽然勃勃的铁骑所向此一刻还没有抵达固远城，但是风暴已经起了。“固远城”这个本该与世无涉、偏安一隅的小城，已经许多次出现在了一些重要人物的口中了，读者也许对它有些熟悉了。

这将是赫连勃勃的第一步，他实现野心的第一步。对于这第一步能不能踏出，能不能踏稳，此刻勃勃自己心里也没有底。

他们的马队是顺着黄河左岸的河床溯流而上的。越往大河套的深处走，山就越显得高峻而凶险。水土流失在当时已经很是严重了，天雨割裂黄河两岸的群山，地皮被洪水刮掉以后，露出一道一道的山的筋骨，树木已经很少了，牧草也已经很少了，只有那往来无定的风在呜呜地吹着，从山野轻掠过去。

能给刘勃勃一点儿信心的是，他们始终是沿着这条大河上行。有时候，看不见黄河了，但是绕过一个弯子之后，翻过一个山头之后，那条熟悉的水流又像一条蜿蜒的长龙一样，在他们的左近奔腾，从而给人一点儿踏实的感觉。

是的，“势”已经起来，尽管就目前的境况来说，还仅仅只能说是“势单力薄”，但是当这一股汹涌的潮水开始奔流，开始泛滥时，它们将来的发展，谁也不敢低估。在这个乱世，一股可怕的力量就这样出现了。

固远城在那大河套的深处，背倚着贺兰山，面对着高平川。黄河在城的不远处叹息着流过。它的准确位置是在大河套那“几”字形的大弯中前弯靠近顶点的地方。它在黄河的内侧，所以给人的感觉并不是太远。那黄河的外侧，大河套更深的深处，还有着许多威名在外的森森老城，例如黑水城、白水城、受降城、锁阳城等等。那些城池将来也会是赫连勃勃的目标的，且让我们走着看吧。

黄河在进入固远城之前，水是清的，碧绿的，河中间卧着从巴颜喀拉山上冲下来的滚圆滚圆的星辰石。而在流过固远城之后，水便变得异常混浊了，因为它须得穿越大河套，路经戈壁滩、大沙漠和黄土高坡。

黄河一年发两次水。第一次发水是在春天冰凌期。冻结了一冬的黄河冰层在春天的时候开始消冰。消冰，通常是从那河流的拐弯处、有滴水处、水流湍急处开始的，年年并不固定。夜来，惊天动地的一声声炸响，那是黄河的冰层炸开口子了，水从口子中急急地溢了上来、漫了上来，于是这一段河流开始消冰。那冰层一摞一摞，堆砌得像一座山，冰层与冰层摩擦，轰轰隆隆直响。这时的上游与下游的河段，冰还没破，水泄不通，因此冰山会越堆越高。终于，下游泄通了，于是冰山嘎巴一声响，向下游泄去，黄河一年一度的春汛就这样开始了。蔚蓝色的一河春水成一幅几十里宽的扇面，颇具威仪地从大河套地面流过。这春汛期往往三月底开始，五月末结束，黄河两岸郁郁葱葱的林带，也主要靠这一场春潮来滋养的。而那低洼处的牧草，更是得益于它，即便那水退去了，仍会有沼泽、湿地和湖泊留下来，继续滋养着牧草，直到把这些草甸子里的牧草，滋养到秋天结籽时为止。

黄河第二次发大水是在盛夏和初秋。一场暴雨伴着打雷闪电过来了，白雨点子拍打着地皮，地皮太硬，土质太薄存不住水，于是一条条混浊的湍急的水流从戈壁滩夺路而出，涌入黄河。黄河的汛期又到了。

我们的固远城就在这黄河的岸边，千百年来目睹着黄河的水涨岸塌，目睹着这人间的世事沧桑，直到我们的大美女鲜卑莫愁的这个年代。

我们的笔墨对这位大美女冷落得太久了。当前面的那些故事发生的时候，暂时还没有故事的她正日日坐在那固远城门洞子上的城楼上，抚琴和歌唱。歌台舞榭，那仅仅只搭一个台子的地方叫“台”，那台子上面再覆盖一个亭子的地方叫“榭”。我们的鲜卑莫愁就兀立在这歌台舞榭上，以一种永恒的耐心，在等待那脸上有三道刀痕的草原来客的出现。

此一刻，当勃勃的踏踏马蹄沿着黄河左岸，不分昼夜地向那固远城奔驰时，她就在固远城头，歌台舞榭之上，等待着那一团幻影的出现。她感觉到自己等待得已经太久，等待得都已经有些老意了。

而在后来，在她与赫连勃勃的相处中，在那爱恨情仇的炙烤下，她彻夜难眠，她曾不停地问自己，那最初的日子，到底是什么东西蛊惑了她，令她钟情于这个脸上有三道刀痕的男人。直到有一天，她大约是想透了，那原因就是，她渴望有不平常的际遇，渴望有不平常的人生，而那个男人能给予她这一切。那个男人身上有一种奇怪的味道，她的嗅觉准确地嗅到了这一点。

第四十四歌　鲜卑莫愁

这是一个青色的早晨。这个早晨，对固远城来说，对鲜卑莫愁来说，都是一个重要的时辰。清晨，一列列长云从遥远的天际，一直铺到固远城后边那蓝宝石般的贺兰山巅，大红坨坨一样的太阳，一跃从东方的地平线上跳了出来，霎时间满世界一片光明。那情景，就是人们常说的：清晨，一列列的云彩在等待太阳，好像群臣列班在等待君王。

阳光平射，视野辽阔，从固远城头向东方望去，辽阔的天地之间，一只草原鹰驾着气流，平展着翅膀，在平稳地飞翔。那翅膀一动不动，连转弯的时候都不动。偶尔，它从高空中发现一个猎物了，那猎物或者是腐尸，或者是活物，它才会箭一样的，一个俯冲下来，长唳两声，敛落地面。不久，爪子张开擒获着抓到的猎物，它又会飞回天空去，继续着它的草原巡视。

你看那苍鹰又在天边遨游，
它莫非生在战乱的时候！
你看那片片的流云在疾走，
它莫非在呼唤着那已去风暴的怒吼！

固远城头上，琴声又响了。这是我们的鲜卑莫愁在弹琴。那惆怅的歌声，较之当年与刘勃勃在路途上相遇时，那“我的车子上有一大袋子酸奶子”的清脆童音，较之不久前在固远城头吟诵“于是佛把我化作一棵树，长在你必经的路旁”时的清纯之音，已经多了许多人生的况味，多了许多女人的闺怨。

在这样的早晨，固远城头上，琴声如诉。刘勃勃率领着他的草原兄弟，踩着这琴声的节奏，一步一步，逼近固远城。

无遮无拦的旷野上，那琴声传得很远。因此勃勃这一行人等很早就听到了这略带几分惆怅几分沧桑的琴声。那声音给他们最初的感觉是，像一只发情的母狼在万籁俱寂的夜晚，面对荒原倾诉，发出求偶之声。待慢慢地走近了，侧耳细听，听出是琴声的弹拨，而伴着琴声的，是一个高贵的声音在吟唱，自怨自艾。

他们多么愿意放轻脚步，一直踩着这抑扬顿挫的吟诵之音走完这一世。就连刘勃勃也被这声音感动了，放轻了他的马蹄。

但是无论他们的脚步怎么放慢，怎么放轻，最后还是来到了固远城下。

勃勃勒住马头，手搭凉棚，向威赫赫的固远城头望去。他看到了城头上那一袭曳地红裙正在抚琴而歌的鲜卑女，看见了那四角翘起的建筑歌台舞榭，于是以手加额，向那美女致敬，然后口中撩拨道：“有一首古歌这样唱道：‘北方有佳人，绝世而独立。一顾倾人城，再顾倾人国。宁不知倾城与倾国？佳人难再得！’那古歌仿佛是为今天的此情此景而写的。良辰美景奈何天，萧条异代不同时，固远城的美人呀，你的歌声我们听到了。过路客刘勃勃在这里有礼了！”

在那个年代里，草原民族以接受中原文化、洞悉中原文化、崇拜中原文化为时尚，我们的刘勃勃也不能免俗。他此刻的话语中，就有许多卖弄的成分在内。

城头上的美人听到招呼声，抬眼看到了城头下的来客。于是琴弦“嘣嘣”两声作结，停止了弹琴和吟诵。

她站起来，伸出手臂将裙裾轻轻地提起，接着正一正高绾的发髻，这一切做罢，回嘴道：“城头下面的过路客，你的聒噪打搅了我的雅兴。叫人怎么说你呢？你真不识相，搅局了！”

“有乌有乌，绕树三匝，无枝可依！固远城的美人哪，勃勃听到你的吟诵中，有一种无所依傍的情绪在内，仿佛一只发情的母狼面对旷野，在暗夜里发出的求偶之声！美人哪，青春易逝，花开有季，莫非你在等待什么人吗？”

“过路客，莫放粗口，否则我要恼了。不过，不瞒你说，我确实在等待一个人，这个人当年曾许下口愿，说等他长大了，富贵了，要筑一座城，让我去做那座城的女主人！”

听到这话，城头下的刘勃勃十分感动，脑子轰的一声。他向城头问道：“那么姑娘，这么多年来，亲爱的朋友，你就一直等待着那个人的出现，信守着路边扔下的那一句话吗？你就不怕路边的一句话，山风一吹就会无影无踪了吗？”

“是的，我在等待，经年经岁，站在这城头上翘首以待。眼睁睁地看着这一片草原莺飞草长，草枯草黄，眼睁睁看着这一段河套春凌秋汛，水涨堤塌，就这样一直傻等到现在！”

“在等待的这些年中，你就没有遇见过什么人吗？”

“遇见过。固远城下是一条通衢大道，名曰丝绸之路北道，那过往的各色人等络绎不绝，驼群马队鱼贯而过。其间不乏波斯王子、西域商贾，他们单膝跪倒，拜倒在我的裙下，但是我已心有所属，不为所动！”

“你还记得当年路遇的那个人吗？那个曾为你许下口愿的人！”

“记得，怎么不记得呢！他那时候还是个孩子，或者说，他是个半大小子。他是那样的忧郁，那样的痛苦，那情形，就像全世界的苦难都装进他一个人的胸膛里似的！他从草原上来，身上有一股淡淡的羊膻味儿！”

“你还记得什么吗？”

“我记得他那张特殊的脸。他的脸颊上有三道伤痕。那第一道伤痕代表勇敢，第二道伤痕代表美仪，第三道伤痕代表凶恶。是的，他很凶恶，我能感觉出来的。然而女人真是个奇怪的东西，不但不反感，反而，被这勇敢、美仪、凶恶的混合体给迷住了！”

“那是可怜的我呀，亲爱的人，请你俯下身子向城下瞅一眼吧，眼前骑在马上的这个男人，他的脸颊上是不是有三道伤痕？”

美人见说，俯下身子向城下望去。

“天杀的，你终于来了！”鲜卑莫愁惊叫了一声，晕倒了。

固远城的城门，“吱呀”一声开了。

刘勃勃以及他的随从，鱼贯而入。

第四十五歌　胡旋舞

固远城较之先前我们见到过的叱干城，倒有几分相似。不过这固远城要大上许多，也森严、齐整上许多。城头上有“关河锁钥”四个大字，显示这地方是军事重镇，是大河套地区的一把锁，或者说是一把开锁的钥匙。

那四周的城墙也垒得四棱四正，严严实实。这里筑城的石头用的是贺兰山的云母石，亮蓝，坚硬，在阳光下闪闪发光。那叱干城筑城的石头，就次一等了，那是从黄土中刨出的糙石。所以那城总给人一种灰头土脸的感觉，而这固远城就厚重森严多了，叫人不敢小觑。

驻守这座后秦名城的是高平公莫奕于将军，大河套地面一个根基深厚、有头有脸的人物。

翌日，固远城高平公莫奕于将军府内，设宴为刘勃勃一行接风。

将军端坐在那里，原来，威名在外的他，却是一个留着山羊胡子的和善小老头儿。那刘勃勃现在就坐在莫将军的右侧，在莫将军的左侧坐着他的小儿子鲜卑莫喜，一位英武的小将军。在草原民族的规矩中，左为大。

寒暄两句，勃勃起身，恭敬地递上文书。

莫奕于笑了，他说他知道这件事。固远城是丝绸之路上的一个要冲，来往客商塞道，消息不胫而走，因此对于他来说，长安城里发生的事情，没有他不知道的。有些事情与己无关，他不往耳朵里送；有些事情与己有关，他才捎带地听上两句。

莫奕于接过文书，那是安远将军的委任状。他象征性地看了一眼，继而丢在了几子上。

“安远将军，我来为你接风。天高地远，山城简陋，这里的吃喝以肉食为主，烤全羊、骆驼掌、青稞酒、酥油茶、油炸果、奶疙瘩、塔儿米、炖羊杂，等等，这些我都已经预备下了。另外，这地方有一道菜叫‘驴板肠’，最为有名，也已经预备下了。主食嘛，叫‘剁荞面’，也还可口，一会儿再上吧！”

莫奕于又说道：“那是小儿，名叫莫喜，既领兵打仗，又帮我料理内外，掌管城中三万控弦之士。膝下还有一女，名叫莫愁，能歌善舞却又郁郁寡欢！”

这样说罢即开席。勃勃心中有事。席间，他起身敬酒，敬完酒后，清清嗓子说道：“主公，我闻莫愁公主才艺过人，集美貌、智慧于一身，有北方佳人之称，这丝绸之路上口口相传。此一刻，酒过三巡，何不请莫愁妹妹现身，为我们弹琴作赋，欢歌一曲，也让我们这些粗俗之人开开眼界。”

勃勃这话，顺着人说，句句中听入耳，直听得莫奕于眉目飞动，暗暗得意。爱女莫愁是他的骄傲，他也希望她展示一下。

莫奕于拍了一下手，掌声刚毕，只听见珠帘一阵响动，莫愁出来，深深的一个“喏”，风情万种。那古琴原先已经在厅堂中备好，看来，莫奕于将军平日接待客人，请出莫愁抚琴是常有的事。

莫愁走到琴边，坐定了，十指张开，先试一下琴弦。

勃勃站起来，也拍了一下手说：“世间有一件奇事。一位西域高僧，大名叫鸠摩罗什，被我主姚兴裹胁而至长安，想不到这高僧身后马蹄扬尘处，竟尾随了三万之众的龟兹国百姓。龟兹国是歌舞之国，尤其是有一种舞蹈叫胡旋舞，脚尖踮起，脖颈笔直，身子风一样地绕地十八旋，煞是好看。我那行营里就带了这样的胡姬，胡姬之外，还有一个皮肤黝黑、胡貌番相的昆仑奴。能否请他们进来，为莫愁妹妹的琴声伴舞，也博莫王爷一笑！”

莫奕于见说，喜道：“那胡旋舞之美妙轻盈，本王爷是早有耳闻，只是还未亲睹。新闻年年有，今日到我家。安远将军这话甚好，速请那些远方来客登堂入室，献技吧！”

二十个身材高挑的胡姬，一个身材矮短的昆仑奴，已在门外等候多时，这时，听到召唤，鱼贯而入。

莫愁女十指高高扬起，落下，一声猛拨，随后嘈嘈如雨，又如大珠小珠落玉盘。

矮小的昆仑奴击着手鼓，弯起腰在核心倒着步子，转着圈子，一群胡姬脚尖踮起，身子风一样地扭动。那胡姬的脖子细长，脖子上顶着一颗小小的头，猛而东，猛而西，随着节奏扭动。

这就是号称西域第一舞的“胡旋舞”。这种舞蹈以舞者飓风一般的旋转而得名。在那令人眼花缭乱的旋转中，据说舞者的心跟着伴奏的弦音走，手指则随着鼓声的节奏走。而当弦鼓合为一声之时，她则双袖并举，全身像风摆杨柳一样筛动，像雪花飘落一样婀娜多姿。

在那疾如闪电快如飓风的原地三百六十度旋转中，胡姬那摄人魂魄的眼神会向观众匆匆一瞥。这一瞥，饱含撩拨之意。当你瞠目结舌、陷入联想时，眼神已经转过去了，你看到的是雪白的脖颈三角区；而当你略感失望时，这眼神又丢来了。

还有腰肢。舞蹈的灵魂在腰上，这话没有说错。因为所有的旋转都是以腰为中轴线的。那是怎样的腰肢啊！短坎肩紧紧束住的腰肢大约只有两把粗，它的曲线让人想起一匹良马颀长的腰身。

还有足尖。小马靴前面的足尖将整个身体支起，并完成它的旋转。那足尖还用它点地时的一戳一戳，给整个舞蹈以节奏。

五短身材的昆仑奴是这二十个胡姬的核心。他时而半蹲下来，击着手鼓，时而倾斜着身子，以手拄地，像这股风暴的风暴眼一样，旋转着在核心刮起台风。

据说，昆仑奴的祖上来自遥远的阿拉伯半岛。他们后来流落到西域，再后来又从西域流落到中原。在我们这个故事的后面，还不断地会有昆仑奴出现的。

所有的人都看呆了。

在这残酷的世纪里，在这兵荒马乱的年月，在这荒僻的边远小城，这场盛宴也许会被人们永记于心。

这场舞蹈的指挥者，用琴声来打出节奏的莫愁女，像喝醉了酒一样，手指飞动，面颊绯红。她在弹奏中不时地用目光从刘勃勃那有三道刀痕的脸上掠过。

当酒足饭饱、面红耳赤之时，懂事的鲜卑莫愁将琴弦猛烈地弹拨两下，然后两手将琴弦一捂，琴声戛然而止。胡姬与昆仑奴见琴声停了，像接到号令一样，所有的舞姿都瞬间凝固。凝固片刻，完成造型之后，低着头，倒退着离去。

贺兰山的夜已经很深了。山风起了，山谷间传来阵阵声响。

当这场欢宴结束时，刘勃勃起身。他趋前两步，在莫奕于将军的面前跪下来："莫王爷，勃勃有一句话，堵在喉咙里，不知当说不当说。如果今夜不说出，勃勃恐怕会难过致死的！"

"贤侄，有什么话，但说无妨！"莫奕于还处在刚才的梦幻中，见勃勃上前施出这般大礼，又说出这等话来，有些惊诧。

勃勃低下身子，头颅顶着王爷的膝盖，说道："王爷，勃勃仰慕莫愁妹妹久矣，想攀个高枝，到府上入赘为婿！"

这话说得有些唐突，令莫奕于一点儿思想准备都没有。那莫奕于听了后，沉吟半晌道："这事我应了。不过，我应了是不算数的，还得看看莫愁的意见！"

勃勃应声说道："莫愁妹妹如果不答应，勃勃就在这里，长跪不起了！"

勃勃说完，用眼角一扫，向鲜卑莫愁望去。

莫愁女双颊绯红。她冲父亲甜甜一笑，笑得那么真诚，那么可爱，那么善良！

"行，姑爷起身吧，这事莫愁女答应了。"莫奕于说道。

第四十六歌　在草堂寺

日子风一样地过去了。就在刘勃勃入赘固远城几年之后，在长安城南侧，终南山下的草堂寺，鸠摩罗什大师正在讲经。高鼻、深目、串脸胡子的他，盘腿坐在一个用麦秸秆编织而成的蒲团上，好像正在讲《金刚经》。

底下的大堂里放着一个一个这样的蒲团。这蒲团是用关中平原上的麦秸秆编织而成的。那第一个蒲团上坐的是后秦姚兴。姚兴的后面，文武百官按职位大小依次而坐。

"我感到自己快要死了！我在这草堂寺中一共译了二百多卷经书，可以夸口说，天下的经书，三中有二都是本僧翻译的。我是真诚的。如果我的译经与原经文的旨意相符的话，将来辞世后，火化时我的舌头非但不化，还将有莲花从口中喷出。后世的人们，会以'舌吐莲花'四字来赞美我！"

高僧说着向窗外瞅去，窗外莲花池中那一池莲花此一刻开得正盛。肥大的叶子像蒲团一样，一张张平铺在水面上。那莲花，有的刚从这铺开的叶片之间挤出头来，像一个攥着的拳头；有的已经被长长的茎秆挑起，离水面很高了，茎秆上面顶着一个花萼；有的则已盛开成粉红色的花朵，花瓣们一层一层抱成一团，花心中有一个粉白色的花蕊。

"在这遥远的东土，我看见我佛了，他就在窗外，在那一片莲花池中。花开见佛——见莲花开如见我佛！"鸠摩罗什继续说道。

草堂寺是一座位于逍遥园行宫中央的佛教大寺，谷草苫顶，故曰草堂。这逍遥宫是前秦苻坚、后秦姚兴的避暑夏宫。它建在终南山七十二峪中最大的一个沣峪的口上。沣河从山沟里奔涌而出，流向平原，成为“八水绕长安”中的一水，这逍遥园就紧依山脚，濒临沣河水。宫门面南而开，也就是说面对终南山而开，所以有“倚南窗以寄傲”之说。迎门有一个大殿，那是后秦姚兴平日处理公务和夜间歇息的地方。大殿后面仍有偌大地面，皇家督造，在院子正中盖了一座草堂大寺供鸠摩罗什高僧使用。后来随着寺院佛事兴隆，僧人增加，又围着这大寺，分别在它的东边、西边、北边各盖有三座小寺，供僧人们居住。

草堂大寺的西北角有一眼井，每年春夏之交，井中会有烟雾袅袅而出，扶摇直上，升上天空。这一景十分奇异。院子中有莲花池，挖掘而成后引来沣河水。那一池莲花，春来接天莲叶无穷碧；夏来荷花或打骨朵儿，或半开，或全开，光彩照人；秋日里满池莲蓬，结满莲子；冬日里荷花败了，仅剩下一池莲秆，莲秆上挑起枯黄的叶子，亦是一道好景。

姚兴将这里办成了中国地面上的第一所国立译经场。鸠摩罗什高僧收三千名印度学生学习汉语，又收三千名中国学生学习梵文。整座草堂寺，晨钟暮鼓，香火兴隆，成为当时中原地面最大的佛教中心。

那鸠摩罗什高僧历经千辛万苦，百死一生，终抵达长安，如今既来之，则安之，也就心无旁骛，唯以光大佛法为大要。高僧生性聪慧，一肚子的学问，年轻的时候，曾经有过宏大抱负，觉得过去这些被奉为经典的经书，其中有着许多的“不然”，常让人有言不尽意之憾。他想自己亲自执笔，再创一些新的经典，可是东方的环境令他失望，这里的人们更注重于实际，以实现衣食温饱为人生第一要旨，缺少高远的志向和深邃的思考。鸠摩罗什明白，要进行这样的创作是不可能的事情了，缺少启迪，缺少交流，缺乏大环境。所以此一刻的高僧，也就只有以译经为主了。

草堂寺的院子中有一棵孤独的梧桐树。有一天早晨，从西边方向飞来一只受伤的白天鹅，它在这树上栖息，发出阵阵鸣啾。恰好这时有天竺国那烂陀寺的高僧来访，树下摆起茶炊，小聚间，鸠摩罗什高僧手指那孤桐上的白天鹅，叹息曰：“那就是形单影只的我呀！”其声哽咽。

后秦姚兴虽然知书达理，笃信佛教，毕竟只是个凡夫俗子而已，平日那言谈举止之间，常露出粗俗一面。这一日，三月三日天气新，长安水边多丽人。姚兴要高僧陪着他到沣峪口地面转悠。到了晚上，姚兴说："高僧呀，今天我见你一行走来，一共对十个宫中丽人露齿笑过，朕现在决定了，就将这十位佳人赐予你，做你的老婆。"

高僧听了，大惊道："这是亵渎佛门的事情，本僧万万做不得的！"

姚兴笑道："你是世外高人，聪慧灵秀，朕笨想，假如高僧能有子嗣留下来，改良人种，那么这一块粗俗地面，就可以得到改观了！"

高僧变脸道："不可！"

后秦姚兴哪里理会高僧的拒绝，是夜，遂吩咐那十个宫女入草堂寺，陪高僧宽衣解带安歇。高僧见了，叫苦不迭，只得将那十个宫女安顿在外屋歇息，自己则走入内室，关紧房门，和衣睡了。

这事传出，成为长安城的一个笑柄。文武百官从此看轻了鸠摩罗什，高僧讲经时，他们也不那么专注地听了，并且时时打断高僧的谈话，发出诘问。

更有寺院中那些年少的僧人，亦时时露出轻侮之意，嘴上说道："你有十个老婆，我们却一个也没有，这世事真是不公平！"

鸠摩罗什听了，觉得不理会是不行了。这一日，他将寺院全体僧人召集到草堂大寺。待众人屋内坐定，高僧拿出一只大钵来，又将那锋利坚硬的钢针盛满一碗。高僧闭目养神一阵后，用手指捻起一枚钢针，用舌顶吹气，那钢针登时红了、软了、化了。鸠摩罗什又拿起一枚钢针，舌尖顶住，轻轻一吹，钢针拦腰折断。他又将钢针的两个断裂处吹一吹，吹红，然后用两只手一对，这钢针便又焊接在一起了。

众人看得目瞪口呆。高僧叹息一声，然后端起那满钵的钢针，用手撮着，一大口一大口地填入嘴中，抿一口唾沫，咽下，吃完这一满钵钢针，最后拍一拍自己的肚皮。

做完这一切，鸠摩罗什对着大厅细声说道："愚妄的人们哪，如果你们能吞下这一根钢针，那么就可以去找一个老婆了；如果你们连一根钢针都不能吞下，那么，你们就甘心去过自己平庸的人生吧，以后也不要在我耳边再聒噪了！"

说完，高僧闭目，开始自己这一天的修持。

僧人们目睹了这一幕，又听了鸠摩罗什这一番话，满面羞愧，大家以手扶地站起来，慢慢地倒退着离开了经堂。

草堂寺自此又恢复了安静。

是的，尽管处处受人尊崇，尽管光环笼罩，但是我们的高僧并不快乐。那些伟大人物大都是这样的，他们走得太远了，很难能有人与他们同行为伴；他们站得太高了，孤独的灵魂在天的高处，清冷而寂寞。也许，只有在佛的国度，在每日的修持中，他的精神才能得到片刻的安宁，片刻的踏实。

后世的人们将像仰望一颗遥不可及的星斗那样仰望他。同时代的人将会诋毁他，觉得他不过尔尔，和凡人一样地吃喝拉撒睡。那是谁说过：九十九步的一半是一步。这是一个超数学问题，当代人不明白这个道理，因此诋毁天才；后世人不明白这个道理，因此在天才面前焚香膜拜。

鸠摩罗什在草堂寺的这十三年中，处境大抵就是如此。

有一件事让他悬了多年的心终于放下。自那陕北高原上捎来了一封信函，信函来自新建的龟兹城。信函中说，贤明的高贵的鸠摩宰相在历经种种磨难之后，终于带领他的臣民们在那块土地上安家立业。家园建立起来之后，这位宰相说："我这个宰相还是合格的吧，有担当，有交代！在行将辞世的时候，我细细地回顾了一下自己的一生，得到的结论是，我不欠这个世界什么，这个世界也不欠我什么，所以我可以释然地撒手长去了！"

鸠摩宰相说完，寿终正寝，他就埋在那顶毡帽被种植到地里以后，长出的一棵胡杨树下。鸠摩宰相去世时，正是深秋，那一刻，这棵胡杨树上的树叶在金灿灿的高原阳光照耀下，刚才的满树碧绿，一下子变得金碧辉煌。

那树叶的颜色像金箔纸的颜色一样，金光灿烂，闪闪烁烁。

信函中还夹了三片树叶。一片是细长的柳叶，一片是大叶杨的叶子，一片是窄小的带花边的枫叶。

望着这三片树叶，鸠摩罗什高僧的眼睛湿润了。他明白，这三片树叶正是来自那毡帽种植出的那棵胡杨树。

在西域各民族的语汇中，那“生长不死一千年，死后不倒一千年，倒地不朽一千年”的胡杨树还有另外一个称谓，叫“三叶树”。

胡杨树冠的底部，那些从树根或树身上憋出来的枝条，它们长出来的叶子是柳叶，那柳叶和真正的柳叶并没有什么区别。那树冠的浑圆的中部，它长出的叶子是大叶杨树叶，手掌般大小，风一吹哗啦啦直响。那树冠的顶部，生长的则是枫叶，叶子呈椭圆形，顶尖有些尖，贫气而枯瘦。

鸠摩罗什手捧三片树叶，双手合十，面向北方肃立良久。他将这三片树叶夹在自己新译出的经书里，充当书签。

还是接着我们开头的事说吧。

大家记得，这一日终南山下草堂寺中，鸠摩罗什大师正在讲经，蒲团上，后秦皇帝和文武百官正在听着，我们的高僧正讲“莲花”这个题目。他刚讲了“舌吐莲花”，接着又讲了“花开见佛”，再下来大约还想再讲一讲佛祖卧榻之下那个莲花宝座的故事，这时，他被惊扰了。

严格来说，不是他被惊扰了，而是后秦皇帝被惊扰了，整个后秦小朝廷被惊扰了。

第四十七歌　摇唇鼓舌

话说在草堂寺中，正当姚兴皇帝潜心听经之时，这时门外突然脚步踏踏，一个内官模样的人慌慌张张地进来报告说：“皇帝陛下，大事不好了，固远城高平川出事了！”

姚兴被惊扰，有些不高兴，训斥道：“佛门净地，不谈杀戮！”说罢，有些不情愿地站起来，双手合十，向鸠摩罗什高僧一拱，算是歉意。礼罢，匆匆跟着那内官出来了。

“固远城高平川有什么事？这几年自从勃勃去了那里以后，隔三岔五总有事情发生。”姚兴不高兴地说。

“安远将军刘勃勃派他的偏将叱干阿利来报，说那高平公莫奕于勾结拓跋魏，谋反后秦。欲知详情，待传那叱干阿利进来，一问便知！”

姚兴回到逍遥殿寝宫，坐定。

“传叱干阿利！”

叱干阿利进来，拜过姚皇。

叱干阿利身材中等，面容癯瘦，目光犀利，下巴上留着一把山羊胡子。古人常说“脑后有眼”，说的就是这种类型的人。那目光虽则犀利，但时常有半个眼皮遮着，粗看给人一种没有睡醒的样子。古人又有一句话，说“那舌头根上安着转轴子哩”，那嘴巴，甚是乖巧，顺着你的话头说话，句句中听。

当年，叱干阿利从陇东高原那个山弯中的一辆囚车上救下勃勃以后，他注定将会成为勃勃集团里重要的一员。这是一个乖巧的人，一个凶残的人，一个仿佛魔术师一样随时会从肩上的褡裢里掏出各种物什的人。民间传说和官方文献中，几乎众口一词地认为，赫连勃勃之所以能成为历史上一位著名的暴君，与这位仆从叱干阿利不无干系。

这是后话。叱干阿利这次骑着走马，千里迢迢来长安城摇唇鼓舌，正是勃勃入赘固远城、继而夺取固远城的一项计谋。

“叱干阿利，固远城有什么重要的事情发生？安远将军勃勃为何让你千里迢迢来到京城，打搅我的耳根清净？”姚兴斜眼瞅着叱干阿利，有些不高兴地问。

叱干阿利不卑不亢，眼皮一抬答道：“吾皇在上，容阿利禀报：吾皇啊，大事不好了。这些年中，高平公莫奕于一直与拓跋魏暗中勾结，商量反叛后秦、易主改帜之事。这次，拓跋魏大军已在黄河东岸驻营，固远城改弦易帜之事，旦夕之间将会发生！”

“你如何知道此事的？”

“是安远将军让在下潜行千里，前来举报的。安远将军是高平公的姑爷，隔墙有耳，这事是瞒不过他的。将军受吾皇知遇提携之恩，决定大义灭亲，以社稷为重，令我瞒了众人，速速来报！”

“那刘勃勃也不是什么好东西。前些年，西域杜伦可汗贡三千匹良马予朕，行至红碱淖尔，就是被他劫去了的！这一桩事，我还没有兴师问罪呢！”

“主上冤枉安远将军了。勃勃对主上忠贞不贰，奈何他属高平公管辖，又是高平公的女婿，在人屋檐下，怎敢不低头？那次红碱淖尔劫马，他只是奉命行事而已。要说有罪，罪在高平公莫奕于！"

"看来朕是冤枉这勃勃了。爱卿阿利，听说这勃勃自从在固远城被招为女婿以后，又在大河套地区一路招赘，连做了受降城、锁阳城、白水城、黑水城的女婿，他倒是应付得过来呀！"

"回主上，汉魏联姻，用的是女人！草原民族联姻，用的是男人。风俗十里则不同，习俗而已！"

"这是他个人的事，朕也不想细究。只要北方能够安定无事，任他怎么折腾都成！"

"主上，高平公莫奕于叛秦降魏，这事太大，安远将军勃勃虽则骁勇、忠贞，这一次却也无力回天了！"

"我来回天！"

后秦姚兴继而说道："朕这几年在这长安城中住得憋闷，想出去打打猎。听说那大河套地面古木参天，沼泽四布，黄河象时有出没，朕一直有猎象的想法，奈何大河套太大，朕还没想好个去处。这下好了，容朕发十万精兵前往固远城，灭了那个胆大包天、知恩不报的高平公莫奕于！"

"主上英明！只是事情要做，得抓紧做。待那黄河结了冰，拓跋魏军队过了河，占了固远城，那时就迟了！"

"这我知道！爱卿阿利，你先轻车简从，潜行回去，告知安远将军勃勃，让他领军接应。三日之后，我后秦十万虎狼之师将长驱直入，直扑固远！"

"属下这就连夜赶回去通报！"

叱干阿利见使命完成得这样顺当，长出了一口气，喜滋滋地告退。

姚兴又问："安远将军的驻营在哪里？是否也在固远城中？"

阿利停住脚步，答道："安远将军勃勃为防范拓跋魏，纵横百里，连筑十六座连营，屯兵于河套之上五原郡！"

"让他带着队伍，向固远城迂回，配合朕攻城！"

"是！"

叱干阿利见事情办得顺利，擦擦额头上的汗，当下离开逍遥宫，骑上自己的大走马，于草堂寺的暮鼓晨钟之中，一溜烟地消失了。

走到旷野上，叱干阿利哈哈大笑。一个小人物搅起了一场大浪。想到这里，阿利不免得意，自言自语道："假如这世界上有两个聪明人的话，我就是其中的一个；假如这世界上只有一个聪明人的话，那就只好是我叱干阿利了！"

说罢，两腿一拍马肚，大走马摇头摆尾，直奔大漠边关而去。

第四十八歌　围城

不一日，五原郡，叱干阿利单人单骑已回到城下。城门开了，阿利顾不得满面灰尘，鞍马劳顿，急匆匆地径直奔入将军府报道："主公，这事是成了。火药捻子已经下下了，且让我们捂住耳朵，听那固远城中的雷霆之响吧！"

勃勃这些日子一直烦躁不安，单等那叱干阿利的消息，见叱干阿利这么一说，喜上眉梢，只这一喜，脸色随之又阴郁了下来。

那勃勃经历了这几年的大河套历练，已渐渐露出王者之相，行为举止，持重有度。此刻，他端坐在一张豹皮铺陈的躺椅上，面色阴鸷，像一只草原鹰。他见叱干阿利的嗓门儿有点儿高，嘘了一声，用手掩住嘴唇说：

"小声点儿，机不密，祸先发，万万不能让鲜卑夫人知道！"

阿利点点头。

阿利趋上前去，在勃勃的耳边一阵低语，将那逍遥宫中他与后秦姚兴的一番语言过往，添油加醋地说与勃勃。说到精彩处，阿利眉眼飞动，勃勃击掌大笑。

"好个阿利舅舅，固远城倘能拿下，这其间一半的功劳，是你这长安城之行的摇唇鼓舌之功啊！"

勃勃说罢起身，不顾尊卑地张开双臂拥抱住叱干阿利。

拥抱完了，两人眼对着眼，同时哈哈大笑，嘲笑这天下所有的人。

笑毕，叱干阿利知趣地后退两步，欲告辞而去。勃勃见他要走，说道："传我令去，五原郡中没有我的军令，一兵一卒不准动弹。我当按兵不动，静观其变。让那斥候一日三报，容那固远城中的战事，有了分晓，我再伺机而动！”

“明白了！”

叱干阿利连连应着，匆匆退下。

叱干阿利刚走，这时珠帘一动，香气袭来，内室里走出鲜卑夫人莫愁。

莫愁问道：“将军，刚才来的可是阿利舅舅？这个人我好像已经好多日子不见他了。底下传言说他去长安城了。”

“夫人不必挂心，那阿利将军确实是去长安城了，代我向那草堂寺上了一点儿布施，还我当年的一个口愿。如今他已经回来了，刚才来府上是向我销假的！”

鲜卑夫人见说，安心了一点儿。想一想又问道：

“将军，我这几日，白日里眼皮总是乱跳，夜里则是噩梦缠身。如今这兵荒马乱年间，想那固远城该不会有什么事情发生吧？”

勃勃答道：“不会有事的，夫人！如有事情，会有狼烟传讯或者斥候飞报。这样吧，为防万一，我让那驿使斥候再去探听探听！”

“这样最好！”

鲜卑夫人就要回内室去，勃勃又叫住了她。

勃勃说：“夫人，有一件事情我想请你帮忙。这是一只羊拐，小孩子玩儿的物什。我一直有一个梦，要筑一座城，一座匈奴城，一座童话城。这羊拐上就曾经附着过这个梦。请你劳神让城中的匠人为它钻一个孔，穿一根绳子，将来挂在我的脖子上，算是吉祥物吧！我将佩戴着它，驱马长驰，鼓行燕赵！”

勃勃展开手掌，手心里是我们曾经见过的那只叱干城的羊拐。他将鲜卑夫人的手抓住，将自己的大手往上一拍，羊拐便落入夫人的手中了。

鲜卑夫人捧起这羊拐看了看，说：“我做姑娘时也玩儿过这种掷羊拐的游戏。哦，这羊拐上沾了这么多血。什么血呢？羊血、牛血或者是人血？”

勃勃有些不耐烦地回答：“我不知道！也不想知道！”

鲜卑夫人莫愁握着羊拐的这只手有些颤抖。她瞅了勃勃一眼，手心展着，眼瞅着羊拐，进内屋去了。

屋里传来了琴声。琴声有些凄清，有些惊颤，还有一种不祥的预感在里面。

在我们说话的当口儿，围绕着固远城而掀起的那场大风暴终于刮起来了。

对于这五胡十六国三百年乱世来说，对于这大河套群雄纷争的凶险之地来说，这场大风暴不过是那无数次风暴中的寻常的一次，寻常到不足挂齿。然而，对于赫连勃勃来说，这则是他称王称帝道路上的重要一步。

那愚蠢的后秦皇帝姚兴果然上当，发兵十万，御驾亲征。姚兴自长安城出发，打出讨逆旗帜，先入秦直道，沿子午岭山脊一路北行，到了无定河边渔河堡地面，掉头西北，进入大河套地区，而后溯黄河而上，不日即抵达固远城地面。

固远城素来有“关河锁钥”之称。背倚贺兰山可为屏障，面对大戈壁适宜布兵，委实是个易守难攻的战略要地，更兼有黄河天堑，或冬季大河封冻，或夏秋汛期河涨，都给那用兵布阵增加许多的变数。姚兴多年不打仗了，手头痒痒，又视杀戮为儿戏，先派先锋大将不分青红皂白一阵攻城，待姚兴御驾到来时，双方已经死伤无数了。

固远城里，高平公莫奕于见祸从天降，叫苦不迭，百口难辩。即便站在城头上与姚兴对话，贺兰山山风凛冽，话也难以说清。那一阵子，群雄蜂起，各自称王，这高平公原本也是位地方豪强、鲜卑领袖，如今见姚兴真的起了杀戮之心，虽不明白这其中就里，但是以守住城池要紧。他料到这后秦大军远道而来，不出半月就会知难而退，那时有机会再与后秦姚兴当面理论，问个明白不迟。

后秦姚兴小觑了这朔方地面上的弹丸小城，围城数日，破城无望，且士兵死伤无数，姚兴看来是没辙了，于是遣人赶快前往五原，请那安远将军刘勃勃速来助战。

话说这刘勃勃眼见这场纷争起了，干戈生了，自己却在五原郡稳稳当当地按兵不动，隔岸观火。勃勃只派左部将薛鲜、右部将薛桓各领一支精兵向固远城迂回，自己则亲率大军，备足粮草，静观固远城这场厮杀。勃勃站在城头上，向西南观望，两手袖着，那情形就像这事与他没有关系似的。

表面平静如常，暗中勃勃却派快马斥候一日三报，报告那固远城的战事进展。

后秦姚兴屡屡派人前来督促，勃勃只说，拓跋魏大军虎狼之师正拖住他的后腿，待这边的事情处理完了，立即前去参与攻城。

固远城高平公莫奕于也屡屡派人前来督促，要姑爷前去救围。勃勃也以同样的理由搪塞。来者无法，只得去求鲜卑夫人莫愁。莫愁前来质问，勃勃说，夫人放心，已遣薛鲜、薛桓二位先去救援了，自己不日即策马起程。

挨了七日，又挨了七日，等到第十五天头上，斥候报告说固远城被破已势在必然了。勃勃听了，大笑一声说："时辰到了，该我登场了！"

第二日，旌旗鲜明，铠甲耀眼，勃勃的红马军团、黑马军团、白马军团成三路纵队，列阵出发，直指固远城。

那鲜卑夫人，并白水城夫人、黑水城夫人、受降城夫人、锁阳城夫人、五原郡夫人、九原郡夫人一行十余人，站在城头上为勃勃送行。

第四十九歌　赚城

刘勃勃率领他的精锐之师，不日来到固远城下。左部将薛鲜和右部将薛桓所率之师，奉勃勃将令，只在固远城附近观望、迂回，并不靠近，这时见勃勃大军到了，迅速前来靠拢，合为一支。勃勃见了他们，问了问情况，想好了说辞，前去觐见姚兴。

后秦姚兴的大军来势汹汹，本欲一口吞下固远城，想不到是有些轻敌了，固远城城池坚固，那莫奕于的儿子鲜卑莫喜少年英雄，勇不可当，因此攻城已半月有余，却收效甚微。要想围而不攻，困死莫奕于，也行之不通。那贺兰山上奔流下来的一条清溪，穿城而过，因为有了这个水源，城中一年半载并不恐慌。

姚兴郁闷，摊场已经铺开，如今这打也不是，撤也不是。正在此两难之间，人报"安远将军刘勃勃到了"。

行军途中，野外扎营，姚兴在一座大些的帐篷中安寝。因此较之那长安城中的觐见，也就少了许多的压抑，免了许多的礼数。

见了勃勃，姚兴有些面冷。他开门见山，直通通地责问道：“后秦大军行军用了多日，攻城又已半月有余，安远将军为何咫尺之遥，却姗姗来迟?”

勃勃心中早已盘算好了说辞，这时看着姚兴脸色，赔着小心答道：“主上有所不知，臣正与拓跋魏大军在河套激战，那拓跋魏大军渡河而来，分明是来解这固远之围的。臣若退缩，引那虎狼之师来到这固远城下，倘若主上有个差池，如何是好，这罪责勃勃担当不起呀！当年汉高祖刘邦白登山之围就是前车之鉴!”

“哦，原是这样的，朕看来是错怪你了。此刻，那边军情如何?”

“来犯之敌拓跋魏已经为臣所败，想来三年两载不敢再发兵了。河防安顿好了，臣才星夜兼程，匆匆赶往这里。固远弹丸小城早破一天、迟破一天并无大碍。至于破城之策，臣行军途中早已盘算好了。这事只在今夜最好，待明日日上三竿之时，吾皇就可以站在固远城头上，看那大河套风景了!”

姚兴听到这里，面露喜悦，说道：

“好！看来我并没有看走眼！将军你且说，将如何破城?”

勃勃答道：“莫奕于也曾三番五次飞马传书，要我驰援，来解这固远城之围。今晚，主上须拣那精锐之师伏于城外开阔地带，待我打开城门，信号发出，士兵们洪水猛兽般杀将进去。如此这般，到那明日，主上就可以安安稳稳地坐在城头，瞭望这大河套的风景了!”

“善!”后秦姚兴听到这一席话后，大叫一声，击掌称赞。

议定之后，勃勃辞了姚兴，回到自家营中安排、筹备。那后秦姚兴，喜滋滋地，待在帐篷中，等待消息。

是夜，月黑风高，暮云低垂，青海长云暗雪山，刘勃勃以叱干阿利置前，薛鲜、薛桓分列左右，一行铁骑马蹄踏踏行到固远城下。

瞅那城头上的楼阁台榭隐现处，正是当年鲜卑女弹琴的地方，琴声曼妙，吟诵声清亮，栩栩如在昨日。

勃勃勒住马，仰起头面对城头，张口刚要喊，一时语塞，不知如何说才好，于是用下颚示意，让叱干阿利去喊。

阿利似乎有些不情愿，但是又不敢抗命。只见他趋前两步，清清嗓子张张嘴，终于喊出声来。叱干阿利喊道：

“那守城的将爷是谁，请他过来说话。我是安远将军刘勃勃帐下叱干阿利，烦请告诉主公莫奕于将军，姑爷的援军到了！”

听到话音，城头上闪出一位英武的将军，却是莫奕于之子，莫愁之弟莫喜。鲜卑莫喜见说，喜道：“高平公之望姑爷，如久旱之望甘霖，望眼欲穿耶！安远将军来得虽然有些晚，但毕竟还是来了！”

叱干阿利见城头上莫喜搭了腔，知道这事成了，于是叫道：“莫喜将军，容请放下吊桥，打开城门，放我等入城！”

莫喜见说，迟疑了一下，说：“这事重大，容我向父亲禀报。委屈各位，在城下稍等片刻就是了。”

俄顷，城头上一阵骚动，火把照耀得如同白昼。火光照耀处，高平公莫奕于未着戎装，仅披一件大襟的白布衫子，在城头上闪出身影。

“叱干阿利，真的是姑爷领兵来救城吗？”

“真的是安远将军刘勃勃！”

“那好，请勃勃爱婿上前说话！”

叱干阿利看一眼勃勃。勃勃无奈，只得上前答语。

“老泰山受惊了，勃勃来迟，勃勃该死！”

“真的是姑爷，我的一颗心现在是放下了！”莫奕于说道，“城下，请将那松明子再点上几把，容我再细认一番！”

城下刘勃勃听到这话，又点起几支火把。只见那火光照耀处，骑着一匹汗血宝马的刘勃勃，在马上向莫奕于深深叩首。

“放下吊桥，迎姑爷入城！”莫奕于下令道。

吊桥吱吱呀呀地放了下来。城门沉重，几个士兵奋力地将两扇门推开。

“恭迎姑爷入城！”众士兵喊道。

在众士兵呼喊的同时，在吊桥放平、城门洞开的同时，城外那些密密匝匝的帐篷被一齐点燃，火光冲天，爆炸声四起，鼓角齐鸣。只见后秦姚兴的骑兵从地面上一跃而起，像洪水猛兽般越过吊桥，向城中拥去！

“刘勃勃，你这贼人，竟敢骗我！我待你恩重如山，你这白眼狼，却如何反目成仇！”城头上的莫奕于大骂道。

勃勃在城下乱军丛中答道：“岳父息怒！这个世界是让强者出头！我有着勃勃野心，主公不过是勃勃实现野心的路途中，马蹄过处不经意地踩死的一只蚂蚁而已。我这里放话说吧，这事还会多次发生的，你不过是那最先的一个罢了！”

“引狼入室，引狼入室呀！”莫奕于叫道。

莫奕于捶着自己的胸腔，哭道：“城既被破，一场杀戮在所难免，叫我如何面对这一城百姓！叫我如何面对创下这基业的列祖列宗啊！”哭着不由一个踉跄。

城头上站着的鲜卑莫喜，见父亲这样说，悲从中来，他先搀了父亲一把，而后站定，指着城下火光照耀处的勃勃，大声骂道：“刘勃勃，你狗日的先不要得意。十年等你个闰腊月，假如莫喜死了，话当另说；假如莫喜不死，将来取你首级的那个人，就是莫喜！”

城下的勃勃听了这话，打了一个冷战，想要回嘴，口张了半天，一口唾沫又咽了下去。

勃勃自己先让开，示意叱干阿利、薛鲜、薛桓先退到城外扎营，让开一条路，容后秦大军蜂拥入城。

第二天早晨，贺兰山下这座塞外名城出奇地死寂。一轮血红血红的朝阳，从黄河那边，从腾烟的大漠中，一跃而起，这座依水傍山的名城被涂上了一片血红色。

城头上，楼阁台榭之下，后秦姚兴站在那里，勃勃一脸恭敬，束手在侧。勃勃说对了，在这第二天的早晨，后秦皇帝姚兴果然站在了固远城的城头上。

来人禀报姚兴：“城中清理过了，已成一座空城。百姓中大约有三成被杀，七成逃逸。守城士兵悉数被杀。高平公莫奕于一家十余口，没有留下一个活口，高平公死于乱刀之下，高平公夫人自缢于内室的屋梁上！”

“罪孽罪孽！”姚兴双手合十，口中念念叨叨。

姚兴又叹了一声，说道："随军中有两个草堂寺的僧人，让他们在城中找个高处，筑个台子，诵经七日，超度亡灵！"

立于一侧的勃勃，大约还记得昨晚城头上鲜卑莫喜丢下来的那一句狠话，便问来人："莫奕于之子，那个名叫莫喜的少年将军，城中可见他的尸首？"

来人答："奇怪，翻遍满城尸首，独独少了他一个。要不，容我差人再细查一遍？"

勃勃惆怅地说："不必劳神了。大河套地面的路他最熟，此一刻他大约已经翻越贺兰山，北出雁门关，正走在投靠拓跋魏的路上！"

姚兴大胜，准备班师回朝了。他这一次北巡有两件事情，一件已经圆满结束，就是这件，另一件则是狩猎。他听人说，大河套地面尚有古象存在，这次的目的之一是猎一头大象回去，然后骑着这头大象，在长安城风风光光地穿街走巷，展示一番。

行前，姚兴执着勃勃的手说："勃勃将军，朕当年在长安城头曾许下口愿，待有一日，将军成了气候，立了功业，朕封你为匈奴西单于朔方王，承继你父亲的封号。此一刻，正当其时，是兑现这个口愿的时候了！"

"谢主上！"

"朕的半壁江山，就托付于你了！"

"谢主上！"

第五十歌　莫愁之殇

固远城之战，勃勃不费一兵一卒，借后秦之力杀了岳父莫奕于，占了固远城。至此，岭南河北地面尽在西单于朔方王刘勃勃掌控之中。

前番说了，大凡游牧古族发端之时，常以入赘入室，给人做上门女婿为由头，而后翻脸，反客为主，鹊巢鸠占，一夜间强大。这事不自勃勃开始，也不由勃勃结束。例如后世那个效仿大夏、由西羌族党项部落李继迁、李德明、李元昊所建立的西夏政权（其国名也叫大夏，为区别前者，史学家称其西夏），亦是采用的这种发展方法。党项人自三江源一路顺黄河东来，上门入赘，落地生根，日强一日，发展成党项九姓，后来则在河套地面、黄河以西建立中兴府（银川城），成就一番霸业。这是后话，这里不提。

且说这大河套上上下下诸多城郭，见勃勃上书求婚，八成是惧于勃勃军力，两成则是讨好勃勃，于是纷纷允婚，将女儿送于五原城勃勃帐中，这样不出数年，大河套地区尽在勃勃掌控之中了。

好在当年有那女萨满言传身教，教会了勃勃那宫闱中的御女之术，所以这勃勃虽堂上已有十多位夫人，却也能应对自如，一夜御十女，清晨起来照样精神抖擞，料理军务不见一丝力怯。

独有一个南凉王名叫秃发傉檀的，不买勃勃的帐。那傉檀原来却也是我们曾经相识的一位故人，他的事情我们后边再说。

这秃发傉檀也是一位强人，个性刚烈不输于勃勃。他见了勃勃所下的帖子，笑曰："勃勃小儿，天下人怕你，我独不怕！算计来算计去，这小子现在算计到我的头上来了！"遂一把撕了帖子，又将来使割去双耳，一脚踢出帐外，让其回去复命。

勃勃听了这话，恼在脸上，怒在心头，决心发兵西宁城，除去这秃发傉檀。只是当时手头还有固远城的事情，因此暂按怒火。如今，这固远城已归勃勃，接下来就该做那件事了。

固远城的事还没有全部办完，有一件事还得有个善后之策。城既被破，高平公莫奕于被杀，公子莫喜生死不明，这件事情总得给鲜卑夫人莫愁一个交代才对。这是勃勃的一块心病。

勃勃先叫人从五原城中，接鲜卑夫人到固远城。这日，约摸着人快到了，勃勃披麻戴孝，出郭三十里，于那路的中间长跪不起。直到莫愁夫人的马车到了跟前，那驾车的马头抵住勃勃的头了，他方才起身。

鲜卑莫愁见了勃勃的一身孝服，顿时脸色大变，眼神惊恐。

勃勃执住莫愁的手涕泣不止，说道："夫人哪，勃勃救围救得迟了。勃勃到时，这城已为后秦所破，岳父大人及全城百姓都尽遭屠城之戮了！"

莫愁听罢，顿时惊得目瞪口呆。

勃勃见话已说穿，不容鲜卑莫愁细想，从自己的马背上取下早已准备好的孝衣，让人拽胳膊抱腿，为鲜卑套在外衣上。

莫愁换了一身素衣，披麻戴孝随勃勃入城。固远城既遭杀戮，又被一场大火焚烧过，眼前的惨败景象令莫愁一步三哭，痛不欲生。

勃勃也是一身素白，面色凝重，搀着莫愁顺着街道，一路行走。

固远城的一个高处，坟墓立起。姚兴留下来的那几个僧人，双掌合十席地而坐，正在诵经。

莫愁女一袭白衣，扶着墓前的一棵树，摇摇晃晃地站定。她说："勃勃，南征北讨我就不随你去了，反正有那么多的夫人陪伴着你。莫愁要尽一份大孝，在固远城守孝三年。我那已成刀下之鬼的莫奕于父亲平日最爱我，最喜听我的琴声，我要在这坟前一日三次功课，为他弹琴超度！"

勃勃听了，双手一摊，说道："难得夫人一片孝心，那我就先回五原城去了。南凉王谋反，我得去征讨。叱干阿利为人精细，我留下他在这儿侍候你，顺便让他督促重筑固远城！"

莫愁摆摆手，示意让勃勃快走。她说："你走吧，容我安静一阵，把有些事情想透！"

见莫愁这样说，勃勃叹息一声，悄声退去。

就在这时，莫愁像想起什么似的，从身上摸摸索索地掏出那只羊拐。她叫住了已经走远的勃勃，将羊拐递过去，说道："我用做马靴的锥子为它钻了一个眼儿，又用自己的头发配以金丝搓成一根绳子，再请银匠将它包裹了一下。你瞧，这是那只羊拐！你觉得有必要，就佩戴在身上，做个吉祥之物吧！"

勃勃在这一刻感动极了。他甚至不敢去看鲜卑莫愁的眼睛。

莫愁女将羊拐为勃勃佩戴在脖子上。

莫愁喃喃地说道："勃勃，我崇拜你，我爱你，但是我又惧怕你！你的身上有一种暴戾的力，一种足以摧毁一切的破坏力。这种力量让我害怕！面对你，我一直处在矛盾中。"

勃勃叹息了一声，他说道："每个人都有自己的命运，这是我的命运！"

勃勃退了下来。

莫愁背转过身子，扶着树不再看他。

琴声起了，凄清，酸楚，无限悲凉。琴声中有后秦姚兴留下的僧人那喃喃的祈祷声。贺兰山的山风呜呜地吹着，那终年积雪的山头缄默不语，满面沧桑。黄河这个“几”字形的大折弯，那湍急的水流声几十里外都能听见。

第五十一歌　灭南凉国

固远城的事情，走到这一步，算是挽了一个疙瘩。那哀恸万分的鲜卑莫愁，自此在这固远城中居住了下来，为父母守孝，经年有岁。叱干阿利十分明白勃勃的用意，他一边防范着莫愁，不让她与外人接触；一边在城中做一些修修补补，恢复这座名城的一些元气。

这样的事情持续了三年，直到三年以后，勃勃选定都城城址，拜叱干阿利为将作大匠负责那城的督造，叱干阿利方才离开。

而鲜卑莫愁离开这伤心之地的时间，还要推后一点儿，她是在知道了固远城那一场大杀戮的秘密，知道了父母遇难的过程之后，前往统万城去寻仇时才离开的。

上面这些却是后话。此一刻，固远城得手，勃勃羽翼已日渐丰满，正踌躇满志。固远城一得，整个大河套地区尽在勃勃掌控之中，这个“朔方王”，实至名归。

那日在固远城鲜卑莫愁父母的坟前，鲜卑女那一番话，那坟前的凄凉情景，曾让勃勃无限伤感，但情景一过，这事也就淡忘了，丢在脑后了。大夏国未立，天下未定，勃勃的一颗勃勃野心，岂是儿女私情所能左右。

下一步，勃勃马鞭指处，将率他的红马军团、白马军团、黑马军团共骑兵二万，越过黄河，直扑大河套的深处、三江源源头西宁城，与南凉王秃发傉檀展开一场大战。

那秃发傉檀是谁？前面说了，这是我们的一个故人。诸位大约还记得，当年三河王吕光掳得西域第一高僧鸠摩罗什，在穿越大漠抵达敦煌时，在那沙漠中曾遇到过一个湖泊，为了那湖泊中的一颗夜明珠，二十夜连派了二十个士兵跳进那湖泊里去捞，这些士兵都因为没有捞上夜明珠而被杀。至二十一夜时，这个士兵乖巧，觉得这夜明珠的事有些蹊跷，于是去请教大智鸠摩罗什，大智又让他去问后头率着龟兹国难民行走的鸠摩宰相。这样，士兵知道了那颗夜明珠其实并不在湖里，而是在湖边的那棵老柳树上的鸟巢里。夜来士兵捞夜明珠的时候，先攀到树上，从鸟巢里取出夜明珠，而后跳进湖里，装模作样地捞了一阵后，手举夜明珠，踩着水走出。

这个乖巧的士兵正是后来的南凉王秃发傉檀。

原来这“秃发”二字是姓，“傉檀”二字是名。刨起老根来，这南凉秃发与居于雁门关外的北魏拓跋是一族，甚至还是一姓。当时的人不知其详，闻知这镇守西宁城的秃发傉檀起事了，逮这个音，把个“拓跋”写成了“秃发”，如此而已。不过话又说回来了，其实“拓跋”这两个字也是当时的文化人逮的音，落到纸上成为固定称谓，如此而已。

一个无香无臭、无名无姓的士兵如何能突然发迹，称王称霸，这其中的原因，亦和那次月牙泉中捞出夜明珠的功绩有关。吕光得了夜明珠，心中喜悦，对这士兵也就高看一眼，后来见这秃发傉檀为人乖巧，忠诚可靠，就屡屡提升。最后，当后秦姚兴去灭凉州城时，这秃发傉檀已经官拜后凉国的鲜卑大将军，率兵驻守在当年叫作“西平”，如今被称为“西宁”的这个地方了。

凉州城被破，后凉灭国。这时，驻守西宁的戍边大将秃发傉檀先是假意呈降，同意归顺后秦姚兴，待姚兴大兵一退，秃发傉檀立即翻脸，亮出旗帜自立为王，以西宁城为都城，建南凉国。

那南凉国在秃发傉檀的苦心经营下，割据一方，日渐强盛，成为中国历史上的五胡十六国之一国，青史上留名，传说下每见。后秦姚兴惧于这南凉国的国力，加之确实路途遥远，因此也就懒得动它，让它在那日月山下、青海湖边自生自灭。

没想到在这世界上还有人惦记着它，这就是野心勃勃、意欲完成大河套一统、进而占据北中国的朔方王刘勃勃。

拒绝了婚事，惹怒了勃勃，南凉王并不过于担心。因为即便是从勃勃现在占据的固远城出发，要抵达西宁，那路途亦是十分的遥远。

这中间，要穿越两片大沙漠，一片大沙漠叫巴丹吉林沙漠，一片则叫腾格里大沙漠。况且那沙漠尽头还有一个大湖泊，这就是那有名的居延海。勃勃要用兵，得先长途跋涉穿越这些地方才能抵达西宁城。那唯一能给勃勃一点儿支撑的，是这居延海边的白水城、黑水城，都已在勃勃掌控之中。

是年，勃勃领骑兵二万深入南凉腹地，铁骑过处攻城掠寨，杀伤万余人，驱掠二万七千口人，掳得十万牛羊，得胜而还。

匈奴人用兵，叫群狼战术。狼群要捕一头大象或一只老虎，先远远地绕着猎物兜圈子，这圈子越兜越近，越兜越小，到了跟前猛咬一口，待对方刚要还手，轰的一声，群狼就又跑远了。停上片刻，待对方稍有松懈，再以同样的办法蜂拥而至。就这样十几次、几十次地反复攻击，直到把一个巨型动物血液耗干、身躯扑倒、肉啃干净为止。而后，再继续前行，寻找下一个猎物。

勃勃来取西宁城，采取的也是这个办法。

勃勃解释说："吾以云骑风驰，出其不意，救前则击其后，救后则击其前，使彼疲于奔命，我则游食自若，不及十年，岭北河东尽我所有也。待姚兴死后，徐取长安，姚泓凡弱小儿，擒之方略，已在吾计中矣！"又说："昔轩辕氏亦迁居无常二十余年，岂独我乎！"

这样说着话，勃勃的大军已到西宁城下。到了城下，只将这城围住，并不进攻，而后在城外空旷之地，扎营安寨。勃勃这时候做的事情，是指挥他的士兵们像收割庄稼一样，将这城外空旷地面上的人口悉数掠去，将那正在放牧的牛马羊悉数掠去，将牧民帐篷里的金银财宝悉数掠去。

南凉王傉檀在城中磨刀霍霍，原想依据这都城险固与勃勃决一死战，如今见这勃勃并无攻城之意，颇有些纳闷儿。开始时见勃勃的士兵在旷野上追赶畜群，驰掠人口，也不甚在意，谁知这勃勃大军在西宁城外一驻就是半年。半年过后，整个南凉国地面像大水洗过一样，被勃勃一掠而空。

傉檀每日在城头上看着，心疼不已，大骂勃勃。勃勃任他辱骂，笑而不答。如是者半年，傉檀终于按捺不住，决心出城一战。

傉檀打开了城门，率领大军去追勃勃。手下人劝他说："主上莫敢轻敌呀！这勃勃天生雄骜，少有大志，如今前来图我南凉。有西宁城在，南凉国不灭；倘没了西宁城，南凉如何立国？我等只需守住城池，让那勃勃在城外去折腾吧，折腾够了，总有一天他会走的！"

傉檀不听，恼道："勃勃以死亡之余，率乌合之众，犯顺结祸，幸有大功。今勃勃虽掳得我财物，然军已不军，那牛羊塞路、财宝如山，窘弊之余，人怀贪意，不能督励士兵以抗我也。我以大军临之，勃勃军必土崩瓦解！"

说完，秃发傉檀一马当先，冲向勃勃大军。

勃勃见南凉大军汹汹而来，大喜曰："傉檀不知好歹，弃城追赶，中吾计也！"

勃勃于是命后军做前军，就地阻击。又让后面的军队沿戈壁滩挖几道壕沟，士兵躲在里面，砍来沙柳遮住身子（昔日匈奴人活捉汉朝大将李陵，用的就是这种办法）。勃勃又令士兵将所掳来的金银财宝掷于路上，再将军中的车辆辎重，堆砌成山以阻道路。

俄顷，秃发傉檀已经冲来。那傉檀，站在一个沙丘上高声叫道："勃勃小儿，老子与你不共戴天。今天是有我没你，有你没我。老子要用自己这张老羊皮，换你一张羊羔皮。"

傉檀说罢，看见勃勃回转马头正要作答，于是换弓搭箭，圆睁怪眼，高叫一声："勃勃小儿看箭！"

这一箭射得厉害，勃勃来不及躲避，那箭呼啸着就过来了，直中勃勃左臂。只见勃勃一个踉跄，从马上摔了下来。

眼见得勃勃落马了，傉檀高叫一声道："此时不攻，更待何时！"说罢，挺一口刀，拍马直取勃勃而来。

勃勃见傉檀来势凶猛，挣扎着从地上跃起，伸出右手，一咬牙，将那箭镞从臂膀上拔出，而后大叫一声，复又回到马上，率领部属反扑过去。

那傉檀飞驰之间，不提防脚下有一条壕沟，壕沟中沙柳遮身潜伏着士兵，傉檀的坐骑一惊，一个趔趄将傉檀掀下马来。士兵们见了上来擒拿，好傉檀，复又翻身上马，提刀再追勃勃。

勃勃让士兵故意扔在路旁的金银财宝，这时候也起了作用。南凉国的士兵们，鏖战之中见了这些宝物，分外眼红，纷纷弯腰去捡那珠宝，队形也就乱了。而堆砌在道路上的车辆辎重，这时也起了阻隔的作用。

大战中，这边众将见勃勃如此神勇，受了感染，得了激励，于是人人奋勇，个个争先；那边众将见这南凉王骁勇异常，于是也就人人拼命。更兼这块地面，毕竟是南凉国的地盘，所以将士们也就有些心理上的优势。

这一场大战，大约是勃勃出道以来最为血腥的一次。直杀得天昏地暗，日月无光。杀到最后，勃勃是占了上风，南凉军则溃败而逃。

勃勃见南凉军溃败，不依不饶，追至西宁城，而后一鼓作气，攻破西宁城，取了南凉王秃发傉檀的首级。

此役，杀伤敌军万计，斩其大将十余人。战罢，打扫战场，勃勃的将士们，马头上挂满敌军将士的首级。

勃勃令人将这一万个敌军的头颅，于那西宁城外拣一个高处，层层堆砌，堆成一座山的模样。那顶端的最高处放的是鲜卑英雄、南凉王秃发傉檀的头颅。

只见那头颅圆睁怪眼，做金刚怒目之状，依然不服。

勃勃见了，叹息一声，叫道："此骷髅台乃后世的一大景观也!"遂俯身向这骷髅台拜过，安顿好西宁城防务，而后率领大军返回五原。

第五十二歌　赫连大夏

灭了南凉国，整个大河套地面尽属勃勃。

勃勃明白立国的时机到了。回到五原郡以后，勃勃一纸文书上表长安。表上说，这是最后一次称姚兴为"吾皇"了，待勃勃立国大夏之后，后秦、大夏将是两个国家并世而立，互不相扰，鱼安水安，鱼水两安。表中又大肆夸耀自己铁骑二万灭南凉国秃发傉檀的经过，以此给姚兴一点儿惊骇。表中最后又说这立国的事情，请姚兴务必予以承认，勿动干戈，上表来贺等等字样。

"朔方王"这个称谓，勃勃也将它自行废除，他自称"天王大单于”，自此以后天下匈奴人归他统管。

那勃勃还将自己名字前面这个“刘”姓取掉，换成“赫连”二字。匈奴人本没有姓氏。自当年汉高祖刘邦遭匈奴人冒顿一族白登山之围之后，高祖畏怯，派建信侯刘敬出使匈奴，将宫人之女嫁与冒顿，这叫胡汉和亲。自此以后，这一支冒顿之后就以母姓为姓，以汉室的外甥自居。后来到了曹操的年代，曹操设河东五郡安置匈奴，这五部匈奴，均以刘姓为帅，选汉人为司马以监督之。自此，刘氏大旺，在黄河以北，民间有“天下匈奴遍地刘”一说。

哪五部？左部都尉所统万余落，居于山西高平。右部都尉所统六千余落，居于河北安国。南部都尉三千余落，居于河南商丘北。北部都尉四千余落，居于甘肃武山。中部都尉六千余落，居于山西太原北。刘氏匈奴虽分统五部，均视晋阳汾水之滨为其老巢。

五胡十六国之乱，就是由这内附的匈奴刘氏五部开始的。其时，迁徙到山西离石的匈奴左部帅刘渊首先发难，先占洛阳，再占长安。这叫前赵，五胡十六国之一国。

刘渊的部将羯族石勒，见刘渊势力渐弱，于是自立为王，建五胡十六国之后赵，建都河北邢台。

刘渊之另一个部将氐族人苻洪占长安城，自立为王，称大单于、三秦王，其所建国家世称“前秦”。到了苻坚手里，国力渐盛，如果不是淝水之战兵败，前秦当还要继续存在一阵子的。

苻坚兵败，逃回长安，第二年被他的部将姚苌所杀。姚苌建“后秦”。姚苌死后，儿子姚兴即位，这就到了我们说话的这个年代了。

联想到那前秦灭而生出凉州吕光，吕光灭而生出南凉秃发傉檀，再联想到上面我们所说的刘渊灭而派生出的那一连串国家，好一部乱哄哄的五胡十六国史，其实如果顺蔓摸瓜，还是有踪迹可查的。

到了赫连勃勃的时代，此一刻，独勃勃如日中天，匈奴刘姓五部于乱世纷争之中，由他来挽狂澜于既倒，就是情理之中的事情了。

勃勃将自己名字前面这个“刘”姓取掉，换成了“赫连”二字。勃勃觉得以母姓为姓是一种羞辱，况且这姓是汉天子所赐予，他现在终于可以将这帽子摘下了，看天下谁人敢说半个“不”字？“赫连”二字是古突厥语中“天”的意思。当年冒顿大帝以“天之骄子”自居，勃勃此刻以“天”为姓氏也不算过分。至于“勃勃”二字，那是父亲朔方王刘卫辰当年给他取的，还是保留着它吧！

“赫连”加上“勃勃”，赫连勃勃，一个无限张扬的姓名自此出现，中国历史上一个枭雄式的草原王和他的草原帝国自此出现。

至于为什么叫夏，是因为勃勃一族，或者说冒顿一族，一直以夏朝的大禹王后裔自居。传说大禹王死后，他的夫人领着这一族人迁徙到西域大漠，牛羊为伴，游走不定，天长日久，当年的治水人就成为游牧人了。

所以勃勃将他的国号定名为“大夏国”。这就像此时他的迁徙到欧罗巴大陆的北匈奴兄弟阿提拉自认为是大汗国的后裔，从而将他的国名定为“大汗国”或“匈奴大汗国”一样。

五胡十六国之大夏国自此建立。

国既新建，那些例如分封诸王呀，提拔功臣呀，大赦天下呀，整理朝纲呀诸等事情，勃勃自然会做，而且以他此一刻的历练和胆识，这样样事情都会做到妥帖为止。

勃勃立儿子赫连昌、赫连定为王，封舅舅叱干阿利为宰相，拜薛鲜将军为左部帅，拜薛桓将军为右部帅，如此等等。

那勃勃先于鲜卑莫愁之前，曾受父母之命、媒妁之言娶有一指腹为婚的娃娃亲梁氏，这梁氏在前，她自然做了皇后。梁氏往下，第一个就是鲜卑莫愁了，虽然她还远在固远城，但这名分得给留着，接下来，白水城夫人、黑水城夫人等等，依次类推。西宁城破了以后，那新封的南凉王秃发傉檀的女儿则排名最后。

第五十三歌　乐极生悲

在勃勃文书抵达长安城之前，长安城中正是一片歌舞升平景象。在这几近三百年的战乱年间，能有这几十年的和平安宁，实属难得。

那后秦皇帝的小日子此一刻过得好生滋润。那年固远城之役后，姚兴顺道在黄河滩狩猎，果然猎得一头大象。他将这头大象赶往长安，先是骑着大象在长安城一百零八坊中走动了一遍，赢得举城喝彩，算是出尽了风头。继而又以这头大象为坐骑，组织一个乐队，吹唢呐的、弹拨琴弦的、拍镲的、敲锣的、击鼓的等等，一批乐人坐在这大象背上，各司其职，吹吹打打，招摇过市。

原来，在固远城与勃勃道别时，勃勃将那二十名能跳胡旋舞、高鼻深目的美艳胡姬和会玩儿各种戏法的那位昆仑奴，一并献于了姚兴。如今这姚兴的游乐班子，就以这些人为班底组成。后人将这种形式叫作“汉唐百戏”。

那二十名胡姬跟在大象后边，拽着长裙，从长安城大街小弄，飞旋而过。那昆仑奴，时而踩着一个三丈高的高跷，晃悠悠地夹在胡姬队列中间，举手投足赢得路两旁齐声喝彩；时而走到大象跟前，弃了高跷，站在大象背上，合着乐人们的击打鸣奏，或倒立，或翻跟头，或张开大口向四周喷出火焰。一街两行的人们只知道西域地面有戏法、有歌舞、有天籁之音，如今亲眼目睹，算是服了。

那姚兴也没有闲着，二十名胡姬夜来就在这逍遥宫歇息，陪姚兴淫乐。姚兴长叹：这宫叫逍遥宫，如今算是名副其实了，人生在世，良宵苦短，难得几回逍遥！

看这些胡姬们跳舞，姚兴觉得不过瘾，于是也探手探脚地跳下舞池，以自己庞大的、三百六十市斤重的身子，学着胡姬的样子跳起胡旋舞来。世界上的事情也真难说，这样跳过几回以后，姚兴倒是深得了这胡旋之妙，跳动起来，一个庞大身子像陀螺一样在核心旋转，呼呼生风，赢得四周一片喝彩。得到了掌声的鼓励，这姚兴跳得更欢。

较之那些胡姬们的风摆杨柳，婀娜多姿，姚兴的舞姿当属另一种风韵。

姚兴见自己的胡旋舞跳得这么好，觉得光在宫廷里展示还远远不够，就想随胡姬们一起上一次街。弟弟姚邕规劝他说，你一个万乘之君，跑到街头上去做这滑稽之相，成何体统。姚兴听了，仍于心不甘，于是有一次趁胡姬们上街巡演，自己就让人做了个面具戴上，随胡姬队伍一起出行。不料长安城的百姓们还是认出了这是当朝皇帝，大家在一旁指指点点，击掌大笑。姚兴明白自己这件事是做不得了，咽了口唾沫，只好遗憾收场。

在姚兴尽情欢娱的这当儿，我们的高僧鸠摩罗什六根清净，八风不动，夜夜黄卷青灯，在距逍遥园迎门大殿不远的草堂大寺，继续着他那奠定汉传佛教根基的译经工作。

此一刻，他刚刚译完《维摩诘经》三卷，接着再译《法华经》八卷。另有《华首经》十卷，梵文本已经备齐，译完《法华经》后，就该译它了。鸠摩罗什自知时日不多，因此不敢有丝毫的懈怠。那窗外发生的所有事情，此刻在他看来都是浮云掠空的小事，根本进入不了他的法眼。

这一段时间，他为应姚兴皇帝之约，为他著《实相论》两卷，时人以“出言成章，无所删改，辞喻婉约，莫测玄奥”评价之。鸠摩罗什著述不多，这《实相论》两卷算是还个人情，是对姚兴赐予一饭之恩的回报。

闲言不叙。

却说勃勃与后秦姚兴反目，自立旗帜，这文书下到长安，姚兴见了恼怒异常。当年责备他放了勃勃无疑是放虎归山的弟弟姚邕，这时宽慰道：“事已至此，懊悔亦是无益。眼下应做的事情是速遣大将，趁勃勃羽翼尚未全丰之时，一举除之，以绝后患！”

姚兴点头说：“事已至此，只好这样了。”说罢老泪纵横。他又接着说道：“乱世年间，长安城能有这几十年的太平安宁光景，朕已经很是满足了。平日朕虽然笑在脸上，其实内心是很苦的。夜间，每每醒来后摸着自己的脖子，看这头还在上面长着不，口里则时常会念叨：‘这一颗好头颅，不知道将要被谁割了去！’”

后秦皇帝姚兴摆摆手，让胡姬、昆仑奴出宫去，让他们到长安市井中去成立一个百戏班子，自谋生路，从此永不再见。驱赶走胡姬、昆仑奴，姚兴开始布置与大夏国对垒事宜。

第五十四歌　十年九战

这样，后秦与大夏之间，便有了一场十年恶战。十年后，姚兴死去，由他的儿子姚泓即位。姚泓新立，东晋大将刘裕乘机来伐，姚泓战败被杀，后秦灭亡。至此，后秦与大夏之间的十年恶战才告结束。

战争的初期，是后秦姚兴来攻，兴师问罪；战争的后期，则是姚兴处于劣势，勃勃的虎狼之师，攻城掠寨，不停地蚕食姚兴的地盘。

第一战，姚兴令大将张佛生在青石原上摆开阵势，单搦勃勃出来应战。勃勃建国初期，锐气正盛，士气高涨，加之又有打败秃发傉檀所获的军需与物资，故而一举击败张佛生，俘斩五千七百多人。

第二战，姚兴见张佛生战败，又派大将齐难率骑二万来伐。勃勃避其锋芒，退入河曲，给敌人以不堪一击之假象。齐难以为勃勃真的逃走了，纵兵四掠，全无忌惮，没想到勃勃以迅雷不及掩耳之势反杀过来，战术上这叫杀回马枪。齐难毫无戒备，结果被勃勃打得大败。齐难兵溃，勃勃不依不饶，乘胜追击齐难于木根城，围城数日，生擒齐难，俘其将士万又三千，马匹万余。

第三战，姚兴见两次派将皆为勃勃所败，于是亲自率军来伐。此次战斗，双方均有惨重伤亡，但结果还是勃勃占了上风。

接下来又是第四战。后秦姚兴数年征伐，国力大亏，接下来的大战是此消彼长，已是那大夏国勃勃来攻，后秦国姚兴处于守势了。

第五战，勃勃遣其尚书全纂率骑一万攻平凉城。姚兴来救，打败了全纂。全纂死于军中。

第六战，勃勃遣左将军罗提率骑一万攻姚兴领地定阳，守将姚广都被克，勃勃获大批军需物资，并以女弱赏给军士。

第七战，勃勃又率大军攻后秦清水城，其守将姚寿都心怀畏惧，没有充分交战便奔于上邦。勃勃肆意掳掠，徙其人万六千家而还。

第八战，勃勃率骑三万攻安定城，与姚兴部将杨佛嵩战于青石北原。勃勃大胜，降其众四万五千，获战马二万匹。

第九战，勃勃又攻姚兴部将姚逵于杏城，二旬克之，活捉姚逵，坑将士二万人。

在大夏与后秦的这十年恶战中，有名有姓、有据可查、史书上详尽记载的战争就是上面所说的那九例，至于那些小规模的战事，鸡零狗碎，不计其数。

上面说的那些战争发生地，为了尊重历史，叙述者还都沿用当时的那些古地名。这些古地名，有的后世还在用着，例如平凉城、河曲、杏城、安定城附近的青石原等等。

纵观这些地名，可以知道这些战争的发生地多在从长安城至陕北高原的路途中，另一部分战争则发生在大关西地区，或曰陇东高原地区。

“关西”在那个年代是一个地理概念。渭河平原八百里秦川俗称“关中”，这其间当然包括长安城了。终南山的东尽头濒临黄河，有个有名的关隘叫潼关，潼关以东，三门峡、洛阳、临汾、运城这些地面称“关东”。至于那大散关、萧关以西的偌大地面，如天水、平凉、固原等，这个时期称“关西”。

上面说的这些地域，开始时都是后秦姚兴的地盘，后来在赫连勃勃的蚕食下，后秦国版图日益缩小，待那东晋刘裕来攻时，长安城已几近一座孤城了。

前面说了，大夏与后秦这一对生死冤家的十年角力，最后以东晋大将刘裕破长安灭后秦宣告结束。

其实这还不是结束，刘裕破长安只是其中的一个插曲而已。刘裕破长安后回师建康，留下儿子刘义真守城。刘义真席不暇暖，勃勃已亲率倾国之兵，以红马军团、白马军团、黑马军团为先导，顺秦直道，沿子午岭山脊长驱直入，从刘义真手里夺得长安城。

因此上说，刘裕破长安，这是大夏与后秦十年角力的一个延续，是勃勃借刘裕之手攻破长安城，自己再坐收渔利而已。

这是后话。

第五十五歌　三声喷嚏

从迁徙的途中在那辆高车上降生的那一刻起，命运就赋予了赫连勃勃一个几乎不可能完成的任务，这就是建一座匈奴城，让这些疲于奔命的迁徙者们，有一个喘息之地，让匈奴民族变千年行国为永久居国。

这些年中，无论是在那逃亡的路上，抑或是在大河套地面上的穷兵黩武，抑或是在与姚兴皇帝的角力中，那女萨满席地而坐、双手举天所发的祈祷之声，时时回响在他的耳边。

“上苍啊，赐一位英雄给匈奴草原吧，为了五花盛开，为了牛羊兴旺！我们将拥戴他和服从他！”——女萨满的祈祷声像呓语一样搅得他心旌激荡，不得半点儿安宁。

当年陇东城头玩儿游戏时的那个带血的羊拐，后来被高贵的鲜卑女莫愁用她的头发穿起，自此，那羊拐就挂在他的脖子上了。每一次摸到它，那建一座匈奴城、建一座童话城的梦想就从他心头泛起。

在这些年的战事倥偬中，他始终没有忘怀这件事。行旅间，每到一个地方，他都会纵马来到一个制高点，看这里的山形水势、风土人情，看能不能找到一块可心的地方，把他的那个梦想变成现实。

这一天终于来了。

这一日，勃勃率大军来到鄂尔多斯高原与陕北高原的交汇处，登上一座名曰乔山山脉面北而向的沙丘，骑在马上，手搭凉棚向远方瞭望。这一望，他惊呆了。

一阵湿漉漉的雾气吹来，呛得赫连勃勃连打了三个喷嚏。

马头下面是一片古木参天、水草丰茂、湖泊四布的绿荫所在。这一片绿色从他的马头下面铺开，一直伸展到大戈壁的深处，那天与地相接的远方。

那些树木中最为高大的叫背搭杨，树干有几搂粗，树皮斑驳，枝丫歪七扭八生长。另一种叫冈木，又叫青冈树，高大，坚硬，树干亦是十分粗壮。还有一种柳树，一棵棵粗壮的树干从脚下一直排列到天边。另有一种纤细的乔木，白色的树枝干，树干上一圈一圈的花环，人们叫它白桦树。

相杂在这些树木中的是那些一蓬一蓬、一钵一钵的灌木，这是红柳、白柳、沙柳、荆条、柠条等。由于它们的根是扎进水里或者扎进湿润的土中的，所以长得较勃勃在大河套地区见到的都要青翠一些，树叶更舒展一些。

其次，就是那铺天盖地的芦苇丛了。所有有水流的地方仿佛都是芦苇的天下，那芦苇齐刷刷的一片翠绿。那季节大约正是初夏，芦苇扬花，花絮纷纷扬扬在这绿色中飘荡，将这美景点缀得像是一幅画。

这一切的存在都得力于一条水流。在草原上，水就是一切，就是生命的代名词。在赫连勃勃的年代，这水叫“奢延水”，而在后世，老百姓则叫它“红柳河”。那是一条从草原的深处、遥远的北方流淌过来的河流。经过这里，往下注入无定河。

“奢延水”从草原深处曲曲弯弯地一路走来，闪着碎银子一样的波光，蜜一样凝滞，然后在这乔山脚下汇聚成一个一个的湖泊，那湖泊像串冰糖葫芦似的，依靠河流提供的水源常年不衰。而它的水流，它的湿地，它的碱滩同时又滋润着这片林木。

赫连勃勃骑着那匹著名的黑骏马，以手扶鞍，向那绿色的尽头望去。与绿色相接处的百里之外，就是苍莽的陕北高原了。如果在这里建一座城郭，那就可以以陕北高原为依托，以那座距这里不远的陕北高原最高的山峰天赐弯为依托，如果草原上的敌人来了，那么我们就是居国，可以退到天赐弯一带，在纵横交错、深沟高峁的高原上与敌人周旋。如果是中原地面上的敌人来了，那么我们就是行国，是草原民族，城郭以北、以西、以东辽阔的大漠可以供我躲闪腾挪，游刃有余。

勃勃掉转马头，站在乔山之巅，又向大河套，向那条奢延水逶迤而来的北方望去，漫漫沙漠杀气腾腾，黄河远上白云间，以一个“几”字形的大弯，给这鄂尔多斯高原以三面屏障。

赫连勃勃治下的诸多城池，固远城、黑水城、白水城、受降城、锁阳城、五原郡、九原郡等等，包括不久前纳入大夏国版图的西宁城，它们都在这黄河的岸边，以这座新筑城市为起点都可以控制。

勃勃站在乔山之巅，击掌赞曰：“美哉，斯阜！临广泽而带清流，吾行地多矣，自马岭以北，大河以南，未之有也！”

这块地面四周皆有“河津”与“重塞”作为“险阻”，但是却不闭塞，因为有一条古老的道路恰好从此处穿肠而过。这条道路就是闻名遐迩的“秦直道”。

秦直道南至长安城，北抵九原郡。有了这条道路，要去攻打大夏当时的两个主要敌人，即居于长安城的后秦姚兴和居于代州城的拓跋北魏，无论往南往北，骑匹快马，也就是两三天的路程；若要防御，堵塞道路，守住黄河渡口码头，闭关而自守，亦不是什么太难的事。

这真是个奠千年基业、筑帝王之都的绝好所在。

由于据这统万城可进可退，从而为赫连勃勃后来的兵发长安时的长驱直入提供了便利。对于此，后世的史学家们常以感慨的口吻说：“当年秦皇修这条秦直道时，是为了北击匈奴，想不到到了后世，它还会有几次相反的用途，为匈奴人赫连勃勃的攻陷长安提供了便利，为后世西夏王李元昊进攻中原提供了便利，为后世大顺政权李自成的纵横天下提供了便利。”

这条道路不光眷顾赫连勃勃，它同样地也眷顾北魏。后来，北魏拓跋大军以雷霆万钧之势克统万城，灭大夏国，走的也是这条道路。

闲言少说。时下，鞍马劳顿，想找一个歇鞍之处的大夏王赫连勃勃，站在乔山之巅，将马鞭子往地下一掷，高声叫道：“就是这地方了！在这里建一座城，一座匈奴城，一座童话城。它的坚固要超过咸阳城；它的壮美要超过洛阳城！”

说罢，遂调还在固远城镇守的叱干阿利，拜其为将作大匠，负责监造此城。

第五十六歌　并辔而行

号令传出，半个月以后，约莫着叱干阿利快要到了，赫连勃勃一人一骑又一次登上了乔山之巅。

乔山严格讲来不能算一座山，它充其量不过是西北方一条隆起的沙土梁子而已。这块地面又叫鄂尔多斯台地，因此，它更像一个地面上的台阶，那台阶是风一年一年地吹拂，搬来沙子堆砌起来的。由于这将要建城的地方地面开阔，平垠万里，一览无余，因此横亘在西地平线上的乔山才像一座山了。

赫连勃勃已经有一些老意了，当年那光光堂堂的脸上现在爬满了串脸胡，脸上那三道疤痕已没有以前明显，倒更像是三道较深一些的皱纹。脸色也已经是乌青乌青的了，少了当年的那种蓬勃之气。当他乘在马上缓缓地走动时，远远望去像一座颤巍巍的正在移动的山。而当他牵着马行走时，八尺三寸的身高还在，但是腿已经是罗圈腿了，那是因为在马上待得过久的缘故。他行走起来身子前倾，头向前伸着，两只大手向外向前摊开，下半截身子拖在后面。罗圈腿是内罗圈，脚尖向里踢，而那肥大的屁股好像是一件重物一样，翘着拖在后面，缓慢地跟着身子走。

赫连勃勃胯下的这匹马，经过这么多年来的出生入死，也已经有些老意了。马的腰身已经不像当年那样绵软，四肢由于时常从冰水中蹚过，大约已经有严重的关节炎了，行走起来有些迟缓，还偶然咔叭咔叭作响。马的头也不像当年那么总是骄傲地高高扬起，目空天下了。那马的眼睛也有些混浊了，平日闲暇时总是半闭着，懒得看人。

虽然已经是有些老意了，但这总归是一匹宝马，尤其是这是赫连勃勃的坐骑。因此，当它像一位老人一样行走，闭目养神的时候，它尖尖的耳朵却总是保持着高度的警觉。那是一匹战马的警觉。它的身子不动，眼睛甚至懒得睁开，但是，它那两只尖尖的耳朵会像两只风向标一样在头顶不停地三百六十度旋转，搜索着四周的声音。而在旋转的时候，它的屁股正悄悄地掉向那有声音的方向，胯骨已经抬起，蹄子已经弯曲，准备随时弹起自卫。

行走中的赫连勃勃已经决定换掉这匹马了。这是将来还要进行的那许多战争的需要，是一个在马背上得天下的帝王的需要。

他有些不舍，因为这匹马曾载着他逃脱过好几次险境。那马在戈壁滩奔驰的时候，后面的敌人是很难追上它的，因为它会在双蹄并举就要落地的那一刻，突然成九十度直角转向，从而将追赶的敌人甩在身后。有一次，他受伤昏倒在一片芨芨草滩上，黄昏了，他从昏迷中醒来，发现他的黑骏马静静地卧在身边，“咴咴”地叫着，四周围满了野狼。他挣扎着爬到马背上，又昏死过去了，马载着他找到了营帐，然后用头使劲地去蹭那营帐的门。士兵们被惊动了，打开门，叫一声“主公”，把他从马背上抬了下来。

不独是对待这胯下的马，即就是对待人，也得这样，这是残酷时代的需要，这是建功立业的需要。役使人也应当像役使马一样，拼命地骑它，作践它，用马刺刺它，而当它气力使尽，倒毙在路旁的时候，对着尸体踢一脚，嘲笑两声，然后再换一匹新的马——世界很大，新的马总是有的。

赫连勃勃骑在马上行走着，等待着他的爱卿。有一阵子，他翻心了，真想就这样骑着马，像一个真正的牧人那样，在草原上漫无边际地走，夜来，鲜卑莫愁站在毡房门口，穿着裙子，袖子挽得老高，手里提着一只奶桶，在等待男人的牧归。但是，他不能那样做，理由只有一个，他不是别人，他是赫连勃勃。而退一步说，如果他真的那样逃避命运，世界上也就没有赫连勃勃，历史上也就没有赫连勃勃了。而同时，也就没有我们的这个故事了。

远远地眺去，阳光闪闪烁烁，不停地跳跃在戈壁滩上。眼见得远处地平线上，叱干阿利来了。

叱干阿利走在一列队伍的最前面。他骑的黑走马像一只大蚂蚱一样，大步流星地迈着步子。他很瘦，窄窄的刀条脸，下巴上留着一把山羊胡子。如果说他是一个凶恶的人的话，那是在他的为人处世上，而单从外表看来，他给人的第一印象，更像一个有些猥琐的来自社会底层的糟老头儿。

“不要和骑走马的打交道!”看着远远过来的叱干阿利，骑着马像大蚂蚱一样地一颠一颠，赫连勃勃笑了。

叱干阿利的身后是一长溜马车，那是他的家眷，大约还有一些细软。

“你好吗？亲爱的舅舅，我亲爱的朋友。你从固远城而来，给我带来了什么好东西吗？我知道，你总是能像变魔术一样，从肩上的褡裢里掏出一些叫人意想不到的宝物，来讨为王的欢心!”勃勃道。

阿利听勃勃问话，紧马两步走上前去，在马上行了个礼，说道：“亲爱的外甥，草原上的鹰，匈奴人至高无上的王，我确实带来了宝物，而且一次就是三件，它们就在我的车上放着，一会儿有待我王过目!”

现在两个人马头并着，边走边说，那情形就像草原上偶然相遇的两个行路人在一起谈论天气，谈论夏牧场和冬牧场，谈论今年的羊产春羔和冬宰事宜一样。

勃勃问道：“舅舅，我在固远城的漂亮妻子近来好吗？她的琴是不是弹得更加出神入化了?”

“她很好，好得不能再好！她依然年轻美丽，岁月对有些女人会留下刻痕，对她却没有。她的琴也确实弹得更为震撼人心了，较之当年在固远城头的弹奏，那琴声更为深刻，更为沉郁，更多了许多的内涵!”

“那么，有人打搅她的安静吗？要知道，固远城是一个通衢大道，人来人往，耳多眼多嘴又杂!”

勃勃问道。这也许才是他问话的主题，他来此迎接叱干阿利的主题。

阿利答道：“回主公，没有人打搅她，人们也无法搅扰她。她是那么安静，仿佛佛家的‘入定’一样，一块小石头掉进深淖，根本就溅不起涟漪。更何况，我派了最贴心的丫鬟，黑天白日都守在夫人身边服侍她!”

勃勃听了，长舒一口气，说道：“那就好!”

勃勃又问：“她的兄弟莫喜有消息吗?”

“没有，活不见人，死不见尸！唉，主公也就不要把这事搁到心上了，乱世年间，死个人就像死个蚂蚁一样。也许，他早就在哪一处戈壁滩上，让野狼给吃了!”

“这事不说了，算了，我们现在说点儿正事!”

勃勃沉思片刻，说道：“舅舅，你是一个坏人。这个坏人的千古骂名，你大约还得背下去。我要在这旷野上建一座城，这是一件比摘星星、摘月亮还要艰难的事情。但是你得建。这事我就托付给你了，死多少民夫耗多少国库我都不在乎。哪怕这城用死人的白骨堆起来也成。我不问过程，只看结果!”

“容我想一想再说吧，这事不比砌个羊圈、扎个马厩那样简单，筑一座城是件大兴土木的事情，真的很难!”

“你现在不要再想别的，只想怎么修城就是了！从现在起，叱干宰相，我在你的官帽上面再摞一顶，拜你为宰相兼将作大匠!”

第五十七歌　骷髅头酒具——大夏龙雀——独耳狼旗

这个在此地被称为红柳河、在下游被称为无定河的河谷地带，湖泊与湖泊之间，绿树与野花之间，扎满了白色的牙帐。帐篷一个挨着一个，直排到天际。这些年来，他们的行军打仗就是这样安营扎寨的。如今，这一股潮水流到这里，要停泊下来，他们要以此为家。

核心的最大的一座牙帐住的是大夏国国王、匈奴大单于赫连勃勃。他先暂时住在牙帐里，等待着那城筑起。城筑起后，他将搬到城里去住。

牙帐中，赫连勃勃升帐。他的几个王子赫连昌、赫连定等分列左右。我们的老朋友，匈奴左部帅薛鲜、匈奴右部帅薛桓，经过多年征战，也都有一些老意了。他们穿着戎装，也坐在左右。

“爱卿，我的无所不能的舅舅，你说有三件宝物将要献给朕，那是些什么宝物呢？不要卖关子了，立马就从你的褡裢里掏出来吧，让弟兄们也都开开眼！”勃勃说道。

阿利趋上前去，深深一个礼节，然后有些小得意地朝四周看了一眼，继而脖子一扭，打了个响指。

响声刚落，一个随从端了个盘子过来，盘子上蒙了块红布。那随从走到赫连勃勃跟前跪下，将盘子顶到头顶。

勃勃看了叱干阿利一眼，有些狐疑。阿利笑了，走上前去，伸出鸡爪子一般的手，像变戏法一样亮声叫一声“起”，将那盖在盘子上的红布揭开。

四周一片惊呼。就连赫连勃勃脸色也都变了。

原来那盘子里，盛着的是一具狰狞丑陋的不可言状的骷髅头。

见众人都有些惊恐，叱干阿利笑了笑。原来，这正是他想要的戏剧效果。

叱干阿利说道：“至高无上的王呀，你眼中看到的这东西，不是别的，是我用南凉王秃发傉檀的头颅做成的一件盛酒酒具。在征战南北、鼓行天下时，这酒具将挂在你的马鞍上，不离左右。遥想当年，伟大的冒顿大帝，这个天之骄子、千王之王，他的鞍头上就挂着这样一具骷髅头酒具，那是他在征服大月氏，杀了大月氏王以后，用大月氏王的头颅做成的。这骷髅头酒具就是王的标志。”

赫连勃勃听了，点点头，这个匈奴传说他是知道的，甚至比叱干阿利知道的还要详尽，那毕竟是他们家的家族传说。

勃勃问：“那秃发傉檀的头颅，已经被我放进那骷髅台的最高处了，你是如何得到它的呢？”

阿利答道：“草原上的人们口口相传，说骷髅台顶端放置的这颗骷髅夜夜放光，光照十里。属下听到这个消息后明白了，这颗骷髅头正是为我们的匈奴王预备的，为打造这么一件独一无二的圣物预备的！”

“好！”赫连勃勃击掌称赞道。

随后离了座位，上去端起这骷髅酒具，举眼去看。

叱干阿利伸手在旁边一边指指点点，一边解释说：“这两颗眼睛绿汪汪的，是用一种叫‘祖母绿’的宝石镶嵌的；那两排雪白的牙齿是用昆仑玉做的；高高的鼻梁是用象牙做的；而那面具上的两个耳子则是用阿尔泰山的黄金做的。这条通衢大道上往来的商人，他们为制作这件东西提供了许多的原材料！”

“好！我喜欢！”赫连勃勃说完回到座位上，将那骷髅头摆在旁边的几案上，用手不停地摩挲。

“那么爱卿呀，第二件宝物又是什么呢？”坐定后的赫连勃勃，怀着期待，又问道。

“回主上，这是一把刀，一把百炼钢刀，是我采了贺兰山的铁，溅上居延海的水，燃上鄂尔多斯的钢炭，历时三年敲敲打打千锤百炼锻就的一口百炼钢刀。文化人形容这口刀说：名冠神都，可以怀远，可以柔逋；如风靡草，威服九区！”

赫连勃勃接过刀来，端详一番，然后轻轻一剁，像切豆腐一样，切去了榻几上的一个角。

勃勃赞叹曰：“果然是一把削铁如泥、吹发而过的好刀，一把专门为英雄准备、令世界为之臣服的好刀！”

阿利见勃勃喜悦，脸上的得意又添了几分，他言道：“主上，这么好的一把刀现在还没有一个名字呢。我们大家击掌，请刀的主人，我们光荣的王，为这把宝刀赐一个名字吧！”

勃勃慨然说道：“名字我已经想好了！赫连大夏，威夷四方。这口百炼钢刀，就叫它‘大夏龙雀’吧！”

“大夏龙雀！好名字！”众人一齐击掌。

“至于那第三件宝物嘛，是一面令旗——独耳狼旗！”叱干阿利说着打一声响指，第三件宝物拿上来了。叱干阿利拎起这三角形的、上面绣有一只独耳黑狼狼头的旗帜，说道：“在匈奴民族的传说中，一只独耳黑狼闯入了头曼单于的牙帐。天之骄子冒顿诞生了。于是，独耳黑狼成为这个北方狼族的图腾。这面绘有狼头的三角旗成为冒顿大帝号令天下的令旗。如今，当我们尊敬的赫连大单于纵马长驱，鼓行燕赵，踏平秦陇，置都塞外的时候，王的手中高擎的正该是它！”

“做一面旗帜是你宰相的职责！”勃勃说道。

勃勃令人将那独耳狼旗挂起。

勃勃今天连得了三件宝物。那独耳狼旗是自己通知叱干宰相缝制的，因此这事他已经有了心理准备，但这百炼钢刀和骷髅头酒具是他事先没有想过的。这叱干阿利确实是个大能人，三件宝物样样可心，令赫连勃勃一时顿觉气壮了不少。

赫连勃勃让人给这骷髅头酒具里灌满了酒，然后起身，亲自拎着这骷髅头，下来给每个文臣武将看酒。看过三巡，回到自己座位上，端起酒杯，说道：“建一座匈奴城，一座童话般的城，比那渭水边的咸阳城更坚固，比那中州地面上的洛阳城更宏伟，这一直是朕的一个梦，一个从童年时就开始的梦。不在迟，不在早，就在今日，朕要让这个白日梦变成现实。”

众人听了，齐声击掌。

赫连勃勃又说：“这城的名字，朕都想好了，就叫它‘统万城’，取其‘统一天下，君临万邦’之意，诸位爱卿以为如何？”

众人听了，又一次击掌。

“朕今封叱干阿利宰相兼作督造这统万城的将作大匠。朕这下就拜将了！”

赫连勃勃说完，走下台去，整理一下服装，半跪下来，向叱干阿利行之以礼。

叱干阿利见了，诚惶诚恐，大汗淋漓，赶快拽着勃勃的手，两只膝盖“扑腾”一声着地，口中叫道：“主上将这么一件大国事托给在下，在下只有肝脑涂地，为王效命了！”

赫连勃勃见事情已经说妥，心中一阵轻松。他执起叱干阿利的手将他扶起，然后面向诸位说道：“诸位出帐上马，随我看城去。马蹄所向，踏至哪里，哪里就是我们的城！”

众人发出一声喊，纷纷站起。

第五十八歌　跑马圈城

赫连勃勃打头，一行人簇拥着他，信马由缰向旷野上缓缓而去。来到西北角的一个高处，勃勃停住马说道：“城的西北界就到这里了。这里要建一个角楼，角楼越高越好，可以藏兵，可以作瞭望之用。城的四个角上都要建这样的角楼。东西南北各开一座城门，那四座城门的名字，我也都想好了。”

勃勃手指着这空荡荡的地面，说道：这是东门，门的名字叫‘招魏’，拓跋魏虎视眈眈，是我们永远的敌人，取这个名字的含义是瞅个空儿，招降他们。西门就叫‘服凉’吧，那河西走廊地面的前凉、后凉、南凉、西凉、北凉，虽是我们的同类，也当在征服之列，绝不能手软。北门叫‘平朔’，朕原本就是朔方王，而且世代沿袭，平定朔方是朕的天职。至于南门，那个遥远的杏花春雨江南，它现在叫东晋，要不了多久它将为一个叫刘裕的将军所取代，建一个南朝叫‘宋’。我们现在先把这个门叫‘朝晋’，将来再改名字叫‘朝宋’，联合宋朝抗击魏国，这叫远交近攻！”

说话间，城四角的四个角楼和城的东西南北四座城门确定。马蹄嗒嗒，众人策马一番奔驰，等于绕了一个大圈子，这统万城的规模方圆就这样定下了。

赫连说道：“咱们刚才马蹄踩过的蹄窝处，将来就是城墙！城墙要厚，越厚越好，光挡住马蹄不行，还要能挡住那火铳箭镞的攻击。哦，这城墙要想坚固，最好依着城墙，加修一些马面！”

所谓马面，是古代筑城的一个套路。在那城墙外边，隔上三十丈左右筑一个堡子，这堡子与城墙黏合在一起，同时向外凸现出许多。堡子里面是空的，可以藏兵，可以堆放物资，可以穿越城墙与内城来往。有了这东西，就像牛长了两只角，可防御，可进攻，用兵自如。如此这般，城墙就增厚了许多，城的分量也就厚重了许多。

中原的城池没有“马面”这东西，这是那年进攻南凉王秃发傉檀时西宁城有的东西。正是见了这“马面”，赫连勃勃心生怯意，不敢攻城，而采取诱敌出城的办法才破得西宁城的。破城以后，他专门来到城下，钻进“马面”里摸索了一阵，心想，我将来筑一座城，也一定要把这东西筑上。

说完“马面”，赫连勃勃又领着众人来到东方，马鞭指着辽阔的原野说道：“在这招魏门的外边，要修两个城。靠近城墙的地方修一个外城，名叫‘赋贡城’，让天下的国家都来朝拜我，年年献赋，岁岁朝贡，以养活我的国家。赋贡城的外边，那块大戈壁滩的低洼处，再建一座易马城，临洮易马，汉中换茶，将这里建成一个大集市，让骑在马上、嘴里嚼着风干牛羊肉的游牧人来这里换取布帛和日用品，让那些长城里边村庄里的人们在这里换取耕地的牛、拉车的马、御寒保暖的二毛子皮袄！”

他们还对这城内大大小小的湖泊做了勘测，发现它们的水源均来自那条从北方流来的“奢延水”。水真是一个好东西，有了它，才有了这一片塞上地面难得的湿地和绿荫。

他们决心把这水好好地利用一下，在城中建成天然的湖泊公园。当统万城修起来以后，让这奢延水改道，绕外城墙一圈，成为一条护城河。

有了护城河，再安一个吊桥，它就真的成一座像模像样的城了。

一行人纵马在这块旷野上行走了大半天，一座臆想中的城就这样建立起来了。打道回府的途中，赫连勃勃突然觉得这座城好像还缺点儿什么。

他骑着马，在城最中间的那个位置打了几个转，又向天空望了望，而后用手指着天空说：“这个地方刚好居中，是我们统万城最主要的地方。这里要筑一个高台，越高越好，高到可以上天摘星星，摘月亮，高到可以夜来望见长安城的灯光辉煌。这高台，叫它祀天台也可以，叫它永安台也可以！”

临了，赫连怅然地说：“这个高台是给我们草原上那永恒的流浪者，我们先知先觉的女萨满预备的。如果她有所感知的话，统万城落成的那一天，她将出现，并且在这个高台上与天通灵，为我们祈祷，告诉我们那些我们视力所不能及的遥远地方的故事。”

“列祖列宗，佑护我们吧！”赫连勃勃用这句话，为今天的跑马圈城画上句号。

“佑护我们吧，列祖列宗！”一群草原男人用沧桑的声音，齐声附和道。

第五十九歌　酒谷米

这样，这座北方旷野上的辉煌都城，叮当动工。

奠基之日，平日清清朗朗的天空突然飘来一片云彩，老百姓把这叫“过雨云”。云彩飘到划定的统万城上空时，突然停住不动了。几声响雷，滴起雨星。接下来，下的不是雨，而是一条一条的鱼。

鱼落在地上，堆了一层，地面上的暑气一蒸，刹那间这块地面腥臭无比。士兵们见了，人人惊骇。叱干阿利平日最能沉得住气，如今见了这天降异象，也有些变脸失色，便赶忙前来问赫连勃勃，看这筑城之事今日开不开工。

赫连勃勃见了，有些恼怒，手执“大夏龙雀”，指着天空，大骂一通。骂声中，雷又响了两声，一阵风吹过，这云就飘走了，鱼雨也不再下了。赫连勃勃让人将这天空落下来的鱼，堆砌成山，架起木柴烧掉。然后令叱干阿利不必顾忌，该开工时就开工。

叱干阿利的心始得安定。

话说这将作大匠叱干阿利得了王令，也知道这赫连勃勃的脾气，哪敢有丝毫怠慢。于是乎倾一国之财力物力，调四方之兵丁百姓，又从那长安城中挖来能工巧匠，于奠基仪式结束后，开始筹划这筑城的事。

叱干阿利计算了一下，要修这么一座大城，须得十万民夫昼夜不停劳作，六年时间方可搞出个模样来。于大夏国来说，筑城这件事如今已经成为第一要事，甚至那与后秦姚兴的对垒和战争都已经退到其次。因此，这将作大匠叱干阿利现在权重一时。

好阿利，一封通牒文书发出，要那大河套地面内套、外套、前套、后套各个城池三丁抽一，派出民夫与工匠，前来筑城。这样下来，掐指一算，人手还是不够，于是阿利调动兵马四处抓人，整个大河套地面哭声一片，躁动不安。

大河套地面那一顶一顶白莲花般的帐篷掩映在白云蓝天、红花绿洲之中。士兵们有恃无恐，高举着火把一路掠过，将这些帐篷一一点燃。少了帐篷的庇护，牧人们就像被掏了窝的老鼠一样，纷纷跑到野地里。这正是士兵们所需要的。叱干阿利的士兵们挥动鞭子，挥动马刀，驱赶着旷野上的人们。那情形就像赶着羊群放牧一样，从东西南北各个方向，一群一群将他们赶到统万城的建筑工地。

筑城的民工们是有了，招募来的工匠也都有了，统万城的图纸大样也都按大夏王赫连勃勃设想的那样绘制出来了，甚至监工也已经手提鞭子督促民工们要开始干活了，但是，工程却不得开工。

聪明的叱干阿利这次遇到了一个天大的难题。这难题就是统万城用什么来筑。巧妇难为无米之炊，筑这么一座大城得有建筑材料才成呀！

叱干阿利骑着他的走马，以城址为圆心，用了三天时间走了一大圈儿。令他诧异的是，方圆百里竟然找不到一块石头。坐骑走到青羊岔的白于山区，那里虽有些石山，但都是些风化石，一经风吹雨淋就碎成粉末了，根本不能用来筑城。坐骑走到西边和北边，这里都是一望无际的茫茫沙漠，那流沙一浪一浪地卧在地上，连马蹄子都陷进去了。流沙直达黄河岸边，连一块拳头大的石头也找不到。马蹄又将他带到南边，那里要跑很远的路程，直到周河，直到宁塞川，才见石头。

叱干阿利平生还没有遇到过什么难事，不过眼下这件事可把他真的难住了。没有材料如何筑城？赫连勃勃嘴上说说容易，但是要实施起来却难上加难。没有法子，他向赫连勃勃报告。赫连勃勃说：“朕只问结果，不问过程。”

接着又说：“你不要用这些寻常小事来打搅我。长安城将要有一场鏖战。我正想着长安城的事情。这筑城的事情，你是大拿，什么时候城筑好了，你再来告知我！布置好房间，让我搬进去就是了！”

叱干阿利还想唠叨两句，见赫连勃勃不耐烦，只得悻悻地走了。临出门时，只见赫连勃勃在他后边，将一只脚使劲地往地上一跺，有些暴躁地叫道：“天如果佑我，让这脚下的满地黄土，一夜间变成石头吧！”

没承想，赫连勃勃这句一时冲动脱口而出的话，仿佛一句谶语，那统万城地面的满地黄土果然都变成了石头。

事情是这样的。

叱干阿利受了赫连勃勃的训斥，回到帐篷后心中烦闷，一个人把杯举盏，喝着闷酒。正在这时，门开了一条缝，厨子进来了。厨子的肩上扛着一条狗，往地上一扔，说道：“将军，我见你心头有事，喝酒解闷，就从旁边的村子里打了一只狗回来，待我将这狗烹烧好了，给将军下菜！”

叱干阿利刚要回话，后面嘈杂声一片。原来是狗的主人追上来了。狗的主人上前夺过狗，先骂了那厨子两句，又说这狗被打杀，怎么连一声也不叫唤，真是怪事。主人说着，将狗的嘴巴使劲掰开，掰开以后，发现有一团软乎乎的东西填在狗的嘴里，将狗的上嘴唇与下嘴唇粘在了一起。

这黏糊糊的东西叫“酒谷米”，或者叫“九谷米”，或者叫“糯米”，是米的一种。这是大河套地区的一种物产，老百姓逢年过节吃的糯米糕就是这东西做成的。村野乡间，有好事者想打狗吃，蒸这样一块糕，走到人家门前，隔墙头扔过去，狗见了一吞，整个嘴巴就被粘住了，如果那糕是烫的，连狗的牙齿都会被粘掉。

狗的主人与厨子正在争执，言语过往中时时提起“酒谷米”字样。“酒谷米”这三个字令叱干阿利眼前一亮，他毕竟是老江湖了，经多识广，这大半辈子舌头尖上流过的美食不计其数，酒谷米以及这酒谷米熬出的糯米汁、蒸成的糯米糕，他都是知道的，也都是品尝过的。

叱干阿利走过来，踢了那狗一脚，然后掰开狗嘴来看。狗嘴粘得很死，阿利费了很大的劲儿才把狗嘴掰开，把它吞进嘴里的那个米团掏出来。

叱干阿利叫道："果然如主公所说，脚下的这满地黄土可以变成石头的。"

他又说："将这酒谷米拌上黄土，再拌上些生石灰，再掺上些细沙，用一口大锅蒸了。待这东西干了，冷却了，凝固了，就该像石头一样坚硬，同时还要比那石头柔韧，阿利我，明天就用这材料筑城！"

这样一说，叫那旁边正厮打的狗的主人和皇家厨子，明日也帮衬着做这个试验。说完抬起脚来，给他们一人一脚，将二人踢出帐外。

"明日试验！"他说。

第二日，乔山下面北城墙一线，支起许多口大铁锅。锅里冒着热气，正在蒸这种混合物。蒸好出锅，叱干阿利亲自动手，拿一把长铲子将这混合物从锅里铲出，然后沿北城墙一线一层一层垒起拍齐。垒起一截以后，就圪蹴在旁边来看。一阵工夫，约莫这东西干了，拿到手里变硬了，便提起来在地上摔了摔。

这东西果然坚硬如铁。

叱干阿利拔下腰刀在上面蹭了两蹭，霍霍作响，想不到这东西竟然坚硬得可以磨刀。叱干阿利见状，大叫道："黄土确实可以变成石头，这统万城现在是可以筑了！"

这时回转身子一看，只见主公赫连勃勃骑在他那著名的坐骑上，站在乔山之巅纹丝不动。他正满面阴郁地向着南方，向着长安城方向凝视。

叱干阿利上前禀报道："主上啊，你口外口里有毒，没承想一句而言中，这黄土果然可以变成石头。眼下，这座坚固如咸阳城、雄伟如洛阳城的辉煌城郭，就用它做材料了！"

沉思冥想中的赫连勃勃被这句话惊动，明白过来了以后，他也面露喜色。

至此，将作大匠叱干阿利站在这城址上号令天下："传我号令，整个大河套地面从明年开始，广种酒谷米，连种六年。六年间，这酒谷米不许吃食，不许外卖，皇家要以重金征购！”

城就这样开始筑造了，一天天见高，一天天见大，一天天现出城郭轮廓。

第六十歌　你看这匹可怜的老马

一匹马在草原的深处静静地吃草。柔软的草浪一起一伏。刺棵子摇着铃铛，草原上布满了音乐。云雀一会儿飞上高高的天空，一会儿又敛落下来，回到这刺棵子上面那个用细草和羊绒编织的蛋状的小窝子里。一只鹰，这草原上的王者，驾驭着气流，平展着翅膀，在这片草原上空巡视着，完全是一种君王的感觉。一只乌鸦飞翔得有些累了，它找了个地方暂时歇脚。这地方正是那马背。马摇了摇头，身子筛了一下，见乌鸦没有走的意思，也就懒得再理它，且让它在自己的背上待着吧。

这是王者的坐骑，大夏国国主赫连勃勃的坐骑。自从许多年前那个青色的早晨，四个草原汉子站定四个方位用马鞭子来抽它，终于使这高贵的汗血宝马俯首帖耳，时至今日，它已经为它的主人服务了许多年了。

它已经成了一匹老马，迟钝、缓慢、腰身僵硬、四肢沉重。它已经快要告别奔驰了。它的主人赫连勃勃也当然明白这一点。

赫连勃勃得换一匹马了。他从缴获后秦的那两万匹战马中为自己选了上等的一匹。今天是骑手要向自己的坐骑告别的日子。早晨起来，他为马加了点青稞料，然后牵着它来到红柳河边。

他让马站在水里，然后撩起水来为它洗刷梳理。他拿着一把马刷子，从马耳朵根那个最敏感的地方开始，一路梳理，直梳理到马的尾巴尖上。马舒服地伸着懒腰，不时地长鸣两声。

梳理完毕，他开始为马结辫子。结辫子的事，他已经许多年没有干过了。他记得的最后一次是在固远城中，新婚之夜，他为爱得最深却也伤得最深的鲜卑莫愁结过辫子，他在一夜时间，为鲜卑莫愁结了一百零八根小辫子。

赫连勃勃细心地将这汗血宝马脖子上长长的鬃毛，编织成一个一个的小辫子，让它们自然地垂下来，垂满脖子。脖子上的鬃毛编完了，他又开始编尾巴上的毛。他将这马尾巴编织成一股，像姑娘脑后垂的那个马尾辫一样。

将他的马打扮好了，赫连勃勃踢它一脚，说："我的马，你走吧！草原很大，地平线很远，你可以自由自在地走，哪里天黑哪里歇。走到哪一天累了，就倒下来，安息吧！"

马好像明白了他的话，踽踽地向草原深处走去。

这时候，赫连勃勃在河边倚着一个塄坎，像一个疲惫的骑手那样，像一个刚从田野上归来的农夫那样，两条腿叉开，穿着马靴的双脚脚尖朝天，他睡着了。

天苍苍，野茫茫，风吹草低见牛羊。赫连勃勃的马一直向草原的深处走去，向天与地相接的远方走去，向红日西沉的那个地方走去。

赫连勃勃大约只打了一个盹儿，就被惊醒了。从那筑城的地方传来了人们的惊呼声。

勃勃扭过头去看，原来，那筑好的半截城墙突然一截一截哗啦哗啦地倒塌了。筑城的农夫中有不少人被掩埋在了下面。

将作大匠叱干阿利如丧考妣般的奔跑过来，单膝跪地，叫道："主公呀，不知道什么缘故，这城每筑到一定高度，就开始倒，一截儿一截儿，哗啦哗啦地倒，成片地倒。我该怎么办？"

赫连勃勃站起身，束了束腰带，对叱干阿利说："且让我去看一看。看有什么鬼祟胆敢在此作怪，看有什么鬼祟胆敢与我赫连勃勃为难！"

赫连勃勃随着叱干阿利登上那些残缺的城墙。他走了一圈，站在那里沉思片刻，说道："这座城是一件圣物，它该有些不同寻常之处才对！"

赫连勃勃又说："在我那白日的臆想和夜晚的长梦中，这座匈奴城是一座童话之城、暮光之城、血光之城，所以，除了这些寻常的建筑材料之外，它还缺少最重要的一样东西，那东西就是血！"

说罢，赫连勃勃从他的脖子上取下那只蘸着血的羊拐，凑到眼前细细地看了看，说："就该是这样子的，那上面有血，鲜血淋漓。至于什么血，我不太清楚，但是，应当有血！”

赫连勃勃以手遮额，向他的坐骑走去的那片草场望去。太阳像一只大车轮子，血红血红的，停驻在那远方的地面上。他的汗血宝马，那曾经的风之子，隐现在那草丛之中，一只乌鸦歇落在它的背上，张口向天，呱呱地叫着。

赫连勃勃凝望了很久，沉思了很久，最后好像是下定了决心。只见他突然把手指塞进嘴里，腮帮鼓起，接着，我们听到了一声长长的口哨声。

口哨声过后，刚才的那匹马扬起头来，耳朵风向标似的转了转，然后折身循着口哨声“咴咴”地叫着，从夕阳的那个方向跑向它的主人，跑到统万城的城头上。

赫连勃勃走过去，伸出长臂爱抚地搂住马的长脖子，用自己那长满胡须的脸轻轻蹭着马的脸。

马睁大眼睛看着他。刚才跑得太快了，马还在喘气。

赫连勃勃说：“如果要度过一个凄凉寂寞的晚年的话，那么，倒不如没有晚年！对一位英雄来说，是如此；对一位英雄的坐骑来说，亦是如此。我的马儿，我高贵的朋友，你同意我所说的话吗？”

马的眼睛里流出了混浊的老泪。它扬起头来长长地嘶鸣了一声，算是同意赫连勃勃的话。

赫连勃勃长叹了一声，从他的靴子里摸摸索索地掏出一把匕首。匕首顺过来，反握着，高高扬起，然后又用另一只手在马的脖子上摸索，寻找马的主动脉。

只见赫连勃勃挥舞着匕首，一刀刺进去。

赫连勃勃说：“你没有晚年，我大约也没有的，我做了那么多的恶事！好吧，让我们都不要晚年！”

马身上的血像喷泉一样直射出来。随着血液奔涌，马慢慢地倒毙了。

赫连勃勃俯身脱下自己脚上的靴子，去收这喷溅的血液。收得一马靴子了，然后端起来，高高扬起，将马血洒在那正在修筑的半截儿城头上。

我们看见，血洒处染红了半边天空，染红了这半截儿城墙。像玫瑰的颜色，像朝霞的颜色。而那城墙奇迹般的变得坚固，一截截成长起来，不再坍塌。

正在这时，有人飞马来报，马蹄声打断了赫连勃勃的思绪。

“禀报大单于，东晋大将刘裕派遣使者来朝，言说后秦皇帝姚兴已死，长安城中空虚，使者要与您商量联合兵发长安，攻打后秦的事！”来人说。

第六十一歌　刘裕伐秦

这个东晋正是三国归晋之后的那个晋。它开始叫西晋，国都在洛阳；后来叫东晋，国都在建康府，即后世的金陵城、南京城。“天下大势，合久必分，分久必合”，这句老话，说的就是三国归晋的故事。

当年，八王之乱导致西晋灭亡，司马家族弃了洛阳城而逃，逃到长江以南，又在建康城建起东晋政权。五胡十六国之乱正是在这西晋灭亡、东晋初立、中央政权羸弱之时开始的。

偏安一隅的东晋王朝几次摇摇欲坠又几次被保全下来，石头城下月如钩。我们记得最清楚的是那场苻坚与谢安的淝水之战，正是这场“抽刀断水水更流，举杯消愁愁更愁”的战争，让前秦灭亡，让后秦出世，从而为我们书中的许多鲜亮人物的登场，提供了舞台。

我们说话的这一刻，这个可笑的东晋政权已经走到它的末路了。它出现了一位终结者，这个人叫刘裕。刘裕将军功高震主，击败桓玄，剿灭南燕，西攻谯纵，兵收巴蜀。

如今，见这后秦姚兴新亡，其子姚泓少不更事，为人懦弱，于是出兵关中，虎视眈眈要灭后秦。

待将后秦灭了以后，刘裕结束了他的东征西讨，在建康城里代晋称帝，建立起他的南朝政权。刘裕将他的国号称“宋”。

当然，刘裕建立的这个“宋”亦是短命的。它会迅速地为“齐”所取代，而“齐”又会迅速地为“梁”所取代，而这个“梁”又会迅速地为“陈”所取代。

所以，人们把这段时间里先后依次出现的这四个南朝小王朝统称为“宋齐梁陈”。它们正是中国史书上一个历史阶段“东西晋，南北朝”中的“南朝”，这样再加上拓跋魏的北朝，再加上我们津津乐道的“五胡十六国”，这中国混沌不清的三百年历史，叙述者就将它交代得清清楚楚，明明白白的了。

居于大河套地区的五胡十六国之一的大夏国国主、一代枭雄赫连勃勃，观天下大势洞若观火，他早就看出东晋已日薄西山，而取而代之的，该是它自己培养出的这个大将刘裕了。所以，他在统万城规划之初，就将那朝着杏花春雨江南的那个城门叫“朝宋”，以示对刘裕的友好。如今，在统万城头，见刘裕使者已到，勃勃立即大礼相迎，细心款待，然后升帐，商议此事。

勃勃说道：“刘裕伐秦，水陆兼进。水上自黄河溯流而上，至河口，再顺渭河漕运直抵长安城外的水旱码头；陆上则大军急驰函谷关，占潼关城，一路西进。刘裕有经世之略，姚泓岂能自固。长安城这座千古帝王都，早晚得由这刘裕鲸吞入口！”

勃勃又说：“那刘裕是江南客，南蛮子，不服水土，若占了长安，必不会久住，他的心里还想着黄袍加身那件事，还想着建康城那个九五之尊。以大夏国当前的国力，和那刘裕，以兄弟相称，歃血为约，似为上策。朕的意思是说应了这刘裕，结成一个同盟，一举灭掉后秦。”

说到这里，勃勃环顾左右，低声说道：“螳螂捕蝉，黄雀在后。待刘裕走了，长安城空虚，朕那时候再发大兵，以虎狼之师，泰山压顶之势攻入，长安城便成朕的囊中之物了！”

众将士听了，击掌称善。

勃勃又说：“既然诸位赞成，那么我这就回复刘裕那个使者，就说我们同意结盟。且派太子赫连昌为左军，以薛鲜为先锋，顺秦直道直下，屯兵咸阳城下，只看不战。另派五子赫连定为右军，以薛桓为先锋，取道黄河白马滩，屯兵潼关，扼住要道，也是只看不战。待那刘裕取了长安城以后，我等再做别论。”

众将领听了，诺诺称善。

这赫连勃勃看来貌似粗鲁，实则却是心细如丝。北方苦寒地面往往生出这种人物，敌手与他们打交道时，往往小觑了他们，觉得不过是粗人一个，于是掉以轻心。往往是吃了大亏以后才知道什么叫“狡狯”了，叫“红萝卜调辣子——吃出看不出”了。

赫连勃勃对那刘裕来使好生款待，尽其所有大酒大肉呈上。夜来，北地寒冷，又让人找来龟兹国美女同衾共枕，为其暖脚。说是暖脚，待那脚暖热以后，要干些以外的事，也悉听尊便。来使走时，勃勃又执着来使的手，送出数里之外。告别时，勃勃对来使耳语说道：

“天下英雄，江南首推刘裕将军，河西该看我赫连勃勃。再加上那个雄踞代州、称雄一方的拓跋焘，三分天下，已成鼎立之势。刘裕将军黄袍加身，代晋称帝，那是天经地义的事！使者大人你看，勃勃已经将统万城东门叫‘朝宋’门了。今日这盟约一结，勃勃将每日清晨束冠整巾，站在东门朝宋，阴晴不误！”

刘裕使者平日只闻勃勃雄骜，目空天下，今天见他如此谦恭，心中颤颤。加之夜来有美女相陪，如今手中又拎着戈壁草原上的许多珍物，于是一再表示，自己回去以后会多言好事。

第六十二歌　叱干阿利筑城

翌日，勃勃大军应刘裕将军之约，水陆并进，南下长安。赫连昌一支，将从延河的源头芦子关登上子午岭山脊，顺着山顶的秦直道南下。赫连定一支，将顺黄河右岸而下，翻黄龙山经白马滩，目的地是关中平原的咽喉要道潼关。

赫连勃勃骑着马，将这两支队伍一直送到岔路口，谆谆叮咛道：“务必派那快马斥候一日三报，我则在这统万城里静候佳音！”

又说：“当年曾祖冒顿马鞭挥舞处，只破了个关中西边的萧关，到了淳化、泾阳一带，距那长安城还有百里之遥。先祖呼韩邪倒是三次进了长安城门，并曾登台入室，进了汉王室的未央大殿，但是他不是去征伐，而是去和亲。萧条异代不同时，今天要破这长安城的，是我赫连勃勃大单于了！”

说罢，仰天大笑。

笑毕，赫连勃勃手一挥，让两支队伍分道扬镳，自己则骑在马上，手搭凉棚，一直望着不见队伍影子了，才转身回来。

转过身，看见统万城城头上，黑压压地站满了人，嘈杂声四起。有男人的哭号声，有兵丁们的训斥声，还有将作大匠叱干阿利的拖着长腔的号令声。

“叱干阿利这狗日的，又在杀人了。这哪里是用蒸土筑城，分明是用人的尸首在筑城呀！一天杀五六人，这六载筑城下来，得死一万多号人哩！”赫连勃勃笑道。

那笑容，三分是赞赏，三分是无可奈何，三分则是有些忐忑不安。

在那些言之凿凿的正史和乡村学究编撰的野史中，在那些代代相传口口相传的民间传说和放羊汉的凄凉歌谣中，对这座位于北方旷野上的庞然大城的修筑经过，曾赋予了许多令人毛骨悚然的故事。

而对这座大城的督造者、勃勃的宰相兼将作大匠叱干阿利的残暴、凶恶，更有着许多令人瞠目结舌的描写。

据说，在这蒸土筑城中，民夫们每筑成一砖薄厚，就要停下来，让那监工来验。叱干阿利则手执一柄鬼头刀，在旁边站着。监工拿一把锥子，如果能刺进去这新筑的城墙一寸，就说明这城不够坚固，民工们偷懒了，那么旁边的叱干阿利不问青红皂白，挥手一刀立即砍杀这民工于城头。如果这监工刺了半天，锥子没能刺进城墙一寸，说明这监工偷懒，飞过一刀，剁下这可怜的监工的头。

然后这城再继续往下筑。那些尸首不论是监工的，还是民夫的，也没有必要再挖坑填埋了，立即被敷上新的蒸土，然后民工们喊着号子，将尸首夯实，揳入城中。反正这混凝土中有一种原料名叫血，那么无论牛血、马血，还是人血，都是一样的。

史书中说，建造统万城广征夏夷民夫达十万之众。六年筑造下来，待竣工之日，十万之众中十中有一被杀！也就是说有一万人被杀了，尸首则被就近揳入城墙中了。

自从赫连勃勃的那匹汗血宝马第一个被打入城墙以后，陆陆续续地不断有人被打入。六年光阴，两千两百天不到，一万除以两千两百，那筑城中就是见一次日头，这世界上就要少了五个人。因此这统万城是一座白骨堆成的城池，是一座暮光之城，血光之城！

此一刻，赫连勃勃目送他的两个爱子兵分两路进军长安，始觉心安。回转身子，朝建筑中的统万城望去，只见城头上嘈杂声一片。

城要坚固！这是赫连勃勃给叱干阿利下的狠话，至于如何个坚固法，勃勃也有话，叫作“只问结果，不问过程”。那叱干阿利筑城时杀人无数，赫连勃勃何尝不知，只是充耳不闻罢了。这日，恰好又碰见这阿利杀人，勃勃一时有了兴趣，之前他只是闻说而已，这次他决定亲眼去看一看。

城头上，果然是那叱干阿利正在杀人。

他正驱使监工用锥子去刺城墙。今天是谁倒霉，是监工还是工匠？暂时还不知道！

赫连勃勃在远处看着。刚才的嘈杂声突然停息，城墙头上是死一般的静寂，接着，只见叱干阿利挥舞鬼头刀，刀光闪耀处，一刀砍去，“扑”的一声，鲜血四溅，一个人像粮食桩子一样倒下去了。

“嘿嘿，将他打入城墙！”叱干阿利在他的皮裤上把刀抹了一抹，重新佩在身上，然后面不改色地说道。

赫连勃勃看见一具尸体被民夫们抬起来，喊了两声号子，往正在修筑的城墙上一扔，接着，蒸好的糯米土就冒着热气，覆盖上去了。

工地又恢复了正常的建筑秩序。

赫连勃勃没有走近，大人物对那些如草芥如蝼蚁的小人物的命运没有必要去过多地关注，这世界上还有着更重要的事情等着他去做，等着他去想。

他面无表情地背着手，绕城走了一圈，最后回到他的那一顶大帐篷里。“来人哪！”他喊道。

赫连勃勃从帐中搬出一斗黄金，说道：“将它赐给忠诚的叱干阿利将军。另外，从龟兹国选两位绝色美女，送进将军帐篷，白日做饭，夜来暖脚！”

第六十三歌 口述文书

不说叱干将军筑城的残暴，单说赫连勃勃在统万城中寝食难安，一日三次站在那乔山之巅眺望，专等那长安城的军情汇报。那快马斥候的一日三报，自是不敢怠慢，因此那长安城中的情况，勃勃也是了如指掌。忽然这一日，大好消息来了，赫连昌、赫连定两人同时派人来报，说后秦姚兴的继任者，他的儿子姚泓已经弃城投降。那刘裕大军已进驻长安城了。

勃勃听了，告诉斥候说："转告赫连昌、赫连定，既不入城，也不后撤，按兵不动，少安毋躁。目下只做一件事情，就是不断地摇尾巴，向那刘裕示好！"

又说："现在刘裕已得了长安。这时候的他该是陷入举棋不定，处于两难之中了，他不知道是该回兵建康好呢，还是一不做二不休，灭了后秦再灭大夏，彻底平定北方好。"

"这几日，刘裕使者将到。我想那刘裕该打发人来探我的虚实了！"

说罢，勃勃命那新近从后秦逃亡过来的中书侍郎皇甫徽，草拟一份文书，书中尽言兄弟情谊之事，颇多阿谀奉承之词。文书拟好了，勃勃关起门来，谢绝凡人打搅，然后摇头晃脑，死记硬背。勃勃虽一莽夫，不通文墨，那博闻强记却是一流。

待将文书背得滚瓜烂熟了，再将它一把火烧掉。恰在这时，听到门外有人禀报，说刘裕将军的使者到了。

赫连勃勃笑一笑，一揭门帘，跳门而出，见了使者，上前亲自为使者牵马。牵着马到了帐篷前，又伸手扶着马镫，扶使者下马。那勃勃的仆从早已四肢拄地，露出脊梁为这使者充当下马石。使者见了，也不客气，踩着脊梁，下到地面。

赫连勃勃升帐，执着使者的手，让他与自己同坐一榻。

坐定，勃勃一边摩挲着使者的手，一边问道："中书侍郎皇甫徽可在？"

底下一位大臣慌忙出列，叩首道："臣侍立在侧，静听吩咐。"

勃勃对使者介绍道："此人乃当今才子，后秦旧臣，投靠大夏已经一年有余了！"介绍罢，又问那位大臣道："可有笔墨？"

皇甫答道："纵然无笔，纵然无墨，但有我在！"

勃勃见皇甫这样说话，笑了，继而又说道："不过那笔墨还是得要有的，这里，我要修一封书呈刘裕将军。哦，这里要口述于他，皇甫先生，还得劳请你动动笔墨！"

皇甫答道："笔墨在此伺候。"

勃勃见那老先生将笔墨预备停当了，于是清清嗓子，说道："我一个草原客，长期居于北方，论起城头走马、沙场厮杀这些事，倒是还有几分能耐，舞文弄墨之事是一点儿心得都没有的。这几年受汉文化熏陶，稍有了一些长进。今日此时此刻，为兄弟情谊，为永结同好，我就不揣冒昧，鹦鹉学舌上几句，以呈刘将军。文书中不妥之处，还请皇甫先生润色！"

这一番开场白说完，稍作停顿，勃勃示意皇甫："你且录着，我这里说了。"而后，扬声说道："天不可有二日，今儿个这个世界正该大宋刘裕将军出头。刘裕将军黄袍加身，代晋称帝，已是势在必行，瓜熟蒂落，水到渠成之事。小弟勃勃一个草原客，草莽之人而已，愿为刘裕将军鞍前马后，据朔方，控河套，安定北方，一解将军枕席之忧。待天下安定，大宋企稳之后，勃勃将放马南山，归老北方，琴书卒岁，如是如是！"

这一番话，说得如出肺腑一般真诚。北方人说话用丹田发声，那虚诞之言说出来也像真的。不似南方人，嘴皮子乱动，舌头顶上打转，那真话说出来也叫人半信不信。

刘裕的使者正是上次来的那个人。初见勃勃容貌魁伟，英武绝伦，先生出几分好感，又生出几分畏怯。

如今见这勃勃滔滔如泻，出口成章，句句说的是与刘裕将军的兄弟之情，言语过往，似有似无透出俯首称臣的意思，全无草原王的那份专横跋扈。使者心头不由得一阵喜悦。

使者说："赫连大单于，不瞒你说，我家主公正在灞上，三十万大军举棋不定，不知是在灭了后秦之后再灭大夏呢，还是就此息兵回建康城称帝。刘将军使我这番前来，正是为探虚实。如今有大单于这一番话，我看我家主公可以班师回朝了！”

使者说完，接过那皇甫先生匆匆写好的文书，墨汁还未干，他拎在手中，在风中晃两下，让它风干，然后轻轻卷了，说道：“王命在身，不敢多加逗留。容我回到长安城后，据实禀报！”

使者回到长安城，据实报告给刘裕，又极言赫连勃勃的容貌魁伟，英武绝伦。刘裕将军听了，叹息说：“天外有天，人上有人，吾不如勃勃呀！”

刘裕一杆长枪打败天下无敌手，能混成今天这么一个气候，也绝非等闲之辈。那赫连勃勃的一番表演，虽然精致至极，他焉能不察觉出几成来。奈何身不由己，建康城那边万事齐备，锣鼓家伙已经开场，单等他回来登坛称帝。

刘裕判断，勃勃三年五载之内，大约不敢有什么越外的动作。三年五载以后的事情，到那时再说吧。

刘裕上马，率领他的三十万大军班师回朝。只留下他的幼子刘义真留守长安。

却说统万城头，乔山之巅，那赫连勃勃骑一匹新换的额上有一道闪电的战马，披一身黑衣静静地立在那里，纹丝不动。远远望去，像一只兀立在狰狞山头上的草原鹰。

这样不吃不睡，一连三日。

三日头上，芦子关方向马蹄嘚嘚，火星四溅，只见一名斥候飞马而来，走到勃勃跟前滚鞍下马，禀报道：“赫连大单于，东晋刘裕已率军从潼关过了黄河，回建康城去了！”

赫连勃勃听了，问道：“长安城中现在何人把守？”

斥候报道：“刘裕留其幼子刘义真把守长安！”

勃勃轻蔑一笑，说道：“义真黄口乳儿，哪里经过什么战阵，何足挂齿！一位短命才子曾放言说，‘望长安于日下，目吴会于云间’，他的这话是给我赫连勃勃说的了！容我振奋精神，先占了这长安城，再谋那东南吴会不迟！”

说罢，回转身来，面对统万城挥动着独耳狼旗号令道：“起我百蛮之国三十万大军，我的草原上的三十万兄弟，兵发长安！”

第六十四歌　兵发长安

这大约是大夏立国以来最重要的一次用兵。

整个大河套，内套、外套、前套、后套都因为这场战争而沸腾起来，痉挛起来，三十万由草原上各游牧民族组成的大军，怀着嗜血的渴望，在统万城集结，然后以泰山压顶之势兵发长安城。

草原游牧民族那世世代代对定居文明、农耕文明的占领梦想，现在交给一个人去实现了。这个人叫赫连勃勃，他将要率领他的草原上的兄弟们，去完成一次斯巴达克式的、堂吉诃德式的远征。

首先是大象开路，老虎、狮子分列两旁，其后是骆驼和黄牛组成的方阵，再后面旌旗蔽日，刀戟高举，是赫连勃勃训练有素的精锐大军——他的红马军团、白马军团、黑马军团。

白马军团由一色的白马组成，远远望去，像一团白色的云彩在天边凝聚、翻动，变幻出万千景象。那黑马军团由一色的黑马组成，远看像一疙瘩一疙瘩的乌云拧扭在一起，凶险异常，近看像一列列黑色的会移动的山峰。那红马军团，红似火，赤如血，御风奔驰，漫山遍野而来，像草原上起了一场燎原大火。

在这三支马队的中央，骑在一匹额上有一道闪电的黑马背上的，是大夏王、匈奴大单于赫连勃勃。

赫连勃勃的那一身行头，先前我们曾经见过。现在，这一身行头，就披挂在他的身上。

马的脖子上挂着一颗骷髅头。骷髅头的两只眼睛是用来自西域的宝石“祖母绿”做的。那骷髅头口中两排整齐的糯米牙是用从昆仑山上采下来的和田玉做的。骷髅头塌陷的鼻梁是用黄河象的牙齿做成的。骷髅头的两只耳朵则是用从阿尔泰山上采下来的黄金做成的。

我们知道，这骷髅头曾是南凉王秃发傉檀的头颅，但是现在，经过这一番装饰，它成为匈奴王赫连勃勃的酒具。路途迢遥，那里面现在装满了河套烧酒。

赫连勃勃手中现在拎着的是一把百炼钢刀。这钢刀的名字我们是知道的，叫“大夏龙雀”。那刀背上铭刻的一段诗文，在这高原炫目的阳光下，熠熠生辉、杀气腾腾。能看出那些字是：

“古之利器，吴楚湛卢；大夏龙雀，名冠神都。可以怀远，可以柔逋；如风靡草，威服九区。”

骑在马上的赫连勃勃，手中挥舞着那独耳狼旗。旗帜在风中猎猎作响。只见他向空中连续三次举起旗帜，大戈壁滩上黑压压的军队应和着他的三次举旗，发出三声惊天动地的呐喊。

而大河套偌大地面上赶来看热闹的人们，则黑压压地在戈壁滩上跪倒。他们高举手臂，向赫连勃勃膜拜顶礼，向这三十万草原子弟兵送去祝福。

“呜吼——呜吼——”人们应和着士兵们的吼声，一波接一波地吼道。

好个赫连勃勃，他这就要出征了。

只见他先端起那骷髅头酒具，扬起脖子，深深地呷了一口酒，喝罢，用袖子抹了一把胡须，又将那大夏龙雀在空中挥了挥，试了一下身手，而后，将独耳狼旗高高举起。

他大叫一声：“孩儿们，随我兵发长安！”

士兵们的那些坐骑，早已急不可耐，纷纷用蹄子拼命地砍着脚下的沙土，发出阵阵声响，溅起阵阵火星，令大地震颤。那坐骑的头也拚命地往前勾着，想要奔驰。骑手为了保持队列双脚踩住马镫，身子向后仰着，拼尽全身力气来勒住马。马的嘴被嚼子死死勒住，嘴角勒出了血。

现在，赫连勃勃打马先行。

继而，像洪水决堤一样，整个大河套地区一声呼应，赫连勃勃大军出发了。

赫连大军沿着古老的秦直道，穿越陕甘分水岭子午岭，过保安城，过鄜州城，过坊州城，不一日，山势渐见平缓。人说，到了秦直道的起点——它的最南端淳化城了。

秦直道的南端结束处，有一座秦汉时期的大殿，名曰“甘泉宫”。秦始皇的最后一次出游和鲍鱼充车、秘不发丧回来，都是走的这里。汉武帝勒兵十八万来到阴山脚下，大漠深处，勒马叫道：“普天之下，谁敢与我为敌?”恫吓三声，天下无人敢应，汉武帝遂感到没有对手的悲哀，于是班师回朝，回程走的也是这条道路，并在此甘泉宫歇息。

昭君出塞亦走的是这条道路。那南匈奴王呼韩邪三次来未央宫求亲，终于在马背上驮得宫中美人王昭君，马蹄嘚嘚，胡笳声声，沿着秦直道回到九原郡。

有意思的是，后来昭君的几个女儿曾回到长安城省亲认舅。其时，一代枭雄，三国时的曹操率领文武百官在这甘泉宫以当朝公主礼仪相迎。曹操探询公主们的口气，问她们年事已高了，愿意不愿意回到长安天子身边颐养天年。公主们叹息曰，我等早就习惯了那塞外的朔风怒号，茹毛饮血，不思长安了。加之如今儿孙成群，他们也需要我们的呵护。曹操听了，不由得以袖掩面，落下泪来。

甘泉宫就近处还有一个钩弋夫人墓，那是汉武帝的宠妃钩弋夫人自缢身亡的地方。当年，汉武帝临死时想传位给他与钩弋夫人所生的儿子，但又怕他死后钩弋夫人还年轻，当年吕后专权的事情会再次发生。于是乎，问钩弋夫人两件事情，让她取一件。一件是你好好地活着；另一件是你死，让我们的儿子继承皇位。钩弋夫人听了，二话没说走出殿门，在廊中用三尺白绫自缢身亡。

赫连勃勃率领大军在这甘泉宫住下，传那赫连昌、赫连定来见，安排夺取长安城事宜。忙里偷闲，又聊备香表，去凭吊了一回那钩弋夫人墓。而后，他且在这里暂住，待那长安城拿下后，再搬去那里不迟。他要那赫连大军连同先期抵达的赫连昌、赫连定两部合成一军，统一号令，像大水漫滩一样，先占咸阳城，而后将关中平原各郡县一一拿下。

第六十五歌　破长安

关中平原之所以称关中，是因为东西南北四面，各有一座威赫赫的雄关将这块渭河冲积平原围定。

东边的那个关隘叫函谷关。上古时候，有个留着山羊胡子、穿着黑色道袍、倒骑一头青牛、口中念念叨叨的糟老头子从这关隘走过，留下一部口述的名曰《道德经》的书，令这关隘从此天下闻名。

西边的那道关最为有名，杀气腾腾，叫大散关，属于古陈仓地面。终南山高峻，那里正是出口；渭河水汹涌，亦是从那里直下关中平原。这里是历代兵家的用兵之地，各种战事举不胜举，有“铁马秋风大散关”之称。

南边的那个关叫蓝关，而蓝关亦在秦岭的一个垭口上，是通往南方的门户。“云横秦岭家何在，雪拥蓝关马不前”说的就该是它了。有一座山，山顶常年紫岚之气萦绕，山中盛产一种玉叫蓝田玉。蓝关从这山中穿过，所以叫“蓝关”。

北边的那个关，先前我们说过，它就是冒顿大帝的铁骑踏破的那个萧关。它在平凉城境内。当年，冒顿大军踏破萧关，先头部队已瞅见那威赫赫的长安城头了。属下问道：还能不能再往前走，咱们匈奴人的疆界在哪里？冒顿将马鞭往地上一掷，说道：“匈奴人的牛羊到哪里吃草，哪里就是匈奴人的疆界！”

这是旧话，不提。

此一刻，赫连勃勃将自己安顿在甘泉宫，指令各路大军从渭北高原各个豁口杀出，冲向四关锁定的关中平原。

大象卷着长鼻子，一路走过，将那些平原上的树木纷纷拱倒。老虎发着吼声，成群结队，一个村庄一个村庄地掠过。骆驼踏着大蹄掌，蹚过一畦一畦的庄稼地。

那白马军团、黑马军团、红马军团跟在这些庞然大物的后面，步步为营，徐徐跟进。士兵骑在马上，或者左劈，或者右砍，或者人侧身在一面，将那马刀倒握，像割庄稼一样飞驰而过，马蹄过处人头纷纷落地。

关中平原上的良善百姓们，平日日出而作，日落而息，安宁日子过惯了，哪见过这样的阵势。开始还远远地站在村口，或者爬上自家的半截短墙瞧这稀罕。后来见赫连大军马快，眼看就到了自家门口，才慌了神，赶快用双手抱住自己的脑袋，回到家中，大门紧闭，从门缝里朝外偷看。有些人家心细，将自家那大姑娘小媳妇的脸上抹上灶灰，藏进院子中间那口窨子里去。

关中地面近百个郡县望风披靡。有的地方抵抗一阵，就大开城门投降了。有的地方连抵抗一阵也免了，干脆偃旗倒戈，献城而降。有的地方郡治县治早已逃逸，仅存一座空城。

赫连大军以正义之师、王者之师自居，号称以顺伐逆。

不久，关中地面尽属勃勃。

刘裕的幼子刘义真被困在长安城这座孤城里。

关中平原经赫连大军这一次洗劫，血流漂杵，那被马刀砍下的人头像西瓜一样撒落一地。最后，眼见得关中平原已经停当了，各路人马遂沿着条条大路小路，会聚到长安城外。

大军在长安城外扎起帐篷。十六座城门被围得水泄不通。赫连勃勃也从淳化甘泉宫赶赴城下，住进扎好的帐篷里，筹划攻城事宜。

勃勃亲率大军几度攻城，奈何长安城是千古帝王之都，城墙坚固，护城河宽阔。勃勃的老虎、大象只能在城外嚎叫，叫声惊天动地，但是，面对这固若金汤的城池，却也无济于事。坚固的城墙也绊住了红马军团、白马军团、黑马军团的马蹄。这些骑兵在旷野上作战，风一样地来去，五步杀一人，最是得心应手。论起攻城掠寨，在那冷兵器的年代，这高耸的宽厚的城墙就是他们的克星。

赫连勃勃攻城半月有余，双方死伤无数。那护城河被尸首填满，长安城依然岿然不动。赫连勃勃见攻城不下，笑道："既然如此，那就不攻了。待我将这城围住，围他个一年半载，到时候兵不血刃，不战而自定也!"

说罢，赫连勃勃遣人将通往长安城的所有道路一一封锁。然后又将通往长安城的秦岭七十二峪口的水流全部截流改道。

长安城中的粮食平日全靠关中平原提供，城中存粮并不多，张口要吃食的却忒多。如今粮食断了，刘义真开始惊慌。那城中做饭烧的柴火也是靠南山所采，如今路断了，只好砍些城中的树木，拆些旧椽烂檩勉强将食物煮熟。这些还不算最难，最难的是没有水喝了。原来这长安城建城从周朝的镐京算起，至这时已经逾一千年了，城里的生活脏水不断地渗到地底下去，地下水已变得腥臭难闻，根本不能饮用。如今断了南山的水源，城中百姓只好就地掘井，凑合着用这黑水了。

城墙外面那条护城河，平日也是靠秦岭各峪口来水补给，形成自流水。如今水源断了，那河一日日见干见底，河上面漂着的尸首，更是腥臭难闻。

这样，围城半年之后，城中一百零八坊饿殍塞道，哭声一片，人人惊慌，整个长安城宛如一座死城，不战自乱。

那被勃勃称为“黄口乳儿”的刘裕幼子义真，情急之中遣一个快马斥候，夜间乘人不备杀出城门，星夜兼程前往建康城求援。

长安城距建康城迢迢几千里之遥，中间又有淮河、长江阻隔，一来一去，花费了许多的时间。那斥候到了建康，向刘裕一番哭诉。这个时候的刘裕紧锣密鼓正在筹划登基仪式，哪里顾得了长安城那一摊子烂事。见斥候这样说，先大骂赫连勃勃一通，叫道：“我早料到他日后必与我为敌，想不到那张刀疤脸变得这么快，我前脚刚走，他后头就反了，好个枭鹫小儿，乱世奸雄！”骂罢，又对斥候说：“长安城守不住，那就弃了长安，退守洛阳吧！”

斥候回来复命，不提。

这边赫连勃勃料事如神，知道义真守不住长安，定要东遁，于是网开一面，单留一个名叫“朝阳门”的长安城东门让义真走。勃勃东门上撤了兵，然后站在西城门外阿房宫旧址的土堆上，亮开嗓门向城中喊话：

“义真贤侄，吾与汝父刘裕将军是八拜之交，磕头兄弟。今天义真将军虎落平阳，龙困浅滩，非贤侄无能，此乃时也势也，运也命也。古人说得好，三十六计，走为上计。今天勃勃且看在刘裕将军的分儿上大开东门，放你一条生路。贤侄此时不走，更待何时？”

义真听了，长叹一声，知道自己是该走了。恰在这时，又接到父亲刘裕的口信，于是乎领了亲随开了东门，顺关中道一溜烟地东行而去。

勃勃早派太子赫连昌率兵在潼关等待。见义真来了，只放义真一人逃去，算是给刘裕卖一个人情。义真放走以后，遂将口袋扎紧，将义真的随行一一俘获，押回长安。

这样，长安城为赫连勃勃所得。

赫连勃勃乘胜追击，又出兵潼关，攻取蒲坂、洛阳。大家知道，关中平原这一块叫关中，今天的山西运城、临汾，河南的洛阳、三门峡地面过去叫关东。而如今的甘肃天水、平凉，宁夏的固原过去叫关西，古人说的“关西大汉，击节而起，慷慨悲凉”，说的就是那一带的人用手打着拍子吼叫秦腔的情景。关中、关东、关西，它们原本共属一个大的文化板块。勃勃既占了关东，接着又挥师西进，再占关西。这样下来，长安城才算稳固了。

而后，赫连勃勃在长安城东边的灞河之上，筑土设台，加冕称帝。

第六十六歌　灞上称帝

“灞上”是一个杀气腾腾的地名称谓。灞水从蓝田山中流出，绕过长安城东侧，浩浩荡荡，北入渭河。所谓的渭河漕运，即指船只从黄河入渭河，从渭河入灞河，而后直通那四方城之内。

大约此处地势高些，适宜屯兵，所以历代名将攻陷城池之后，皆屯兵于此，控制长安。昔日西楚霸王项羽在刘邦攻陷咸阳城后，亦是“屯兵灞上”，设鸿门宴欲杀刘邦，从而造就一桩灞上故事。

“长安八景”中有“灞柳风雪”一景，说的正是这灞上。

萧条异代不同时。今天屯兵灞上的是大夏王赫连勃勃。

却说这勃勃不住长安城里，只在灞上选一个高处扎营。所率虎狼之师沿着这灞河两岸扎起行军营帐，黑压压一片。长安城中只留赫连昌守备。

这一日，灞河之上，高台筑起，群臣们争先恐后力劝勃勃称帝。

勃勃假意推辞说：“朕无拨乱之才，不能弘济兆庶，自枕戈寝甲，十有二年，而四海未同，遗寇尚炽，不知何以谢责当年，垂之来叶！将明扬仄陋，以王位让之，然后归老朔方，琴书卒岁。皇帝封号，岂薄德所膺！”

众百官见勃勃推辞，齐齐跪下，然后公推一位口齿伶俐的大臣站起说话。

那大臣说：“我皇祖大禹以至圣之姿，凿龙门而辟伊阙，疏三江而决九河，夷一元之穷灾，拯六合之沉溺。勃勃大单于身为禹祖后裔，正该承继先祖遗志，挽狂澜于既倒，救生民于水火，匡复大夏，以济天下！”

这番话说得恳切。

说这话的人姓韦，名祖恩。这个人是长安城老户，原先是后秦姚兴的京都兆，也就是管理长安城的最高行政长官，后来后秦灭亡，又成了义真的京都兆，如今义真逃遁，他献城而降，转投勃勃，言语过往之中，大有继续做勃勃京都兆的意思。

勃勃见大家力劝，双手抬起，请大家平身，而后大笑一声说道：“这个皇帝我肯定是要做的。你们劝我，我做；你们不劝我，我照样要做。不过，我要在登台称帝之前，先杀一个人！”

勃勃说着，将一双豹眼从台下大臣们的脸上一一掠过。众大臣见了，心惊肉跳，虚汗直冒，恨不得找个地缝钻进去，只盼勃勃那眼光早点儿从自己脸上挪开。

勃勃的目光最后落定在韦祖恩脸上。韦祖恩见了，脸色煞白，只听那勃勃用手一指，说道：“这个人不是别人，就是你韦祖恩了！”

勃勃说：“先生伶牙俐齿，何等口才，当年在姚兴面前，后来在义真面前，你大约都是这样说话。如今这胜利者是我，得天下者是我，没有死的人是我，所以你这样阿谀奉承，明天我死了，你这文化人的一张利嘴，一支秃笔，还不知道把我赫连勃勃置于何地呢！”

说完，不等那韦祖恩分辩，高叫一声：“来人，将这韦祖恩四肢绑了，投入灞水，给他一个全尸还家吧！”

众大臣面面相觑，心惊肉跳，不敢有半个字的吱声。

赫连勃勃见这场戏已经做足，于是乎身着大龙袍，头戴金冠，在左右的搀扶下，缓步登台，拈香祭祖，僭位称帝。

“尊敬的光荣的至高无上的天赐神授的天之骄子，万王之王，我们的赫连大单于，请登九五之尊，接受八方朝拜，四海荣贺！”

灞水之上，众大臣双膝跪倒，山呼万岁，祝贺勃勃加冕。

这是公元418年春三月的事。

那东晋刘裕将军称帝却在这两年之后。不知道什么原因，他那边称帝反倒晚了一些。公元420年，刘裕在建康城废除了东晋政权，建立宋国，那自司马懿、司马昭、司马炎开始的晋王朝，自此寿终正寝。

勃勃当年初次起事在五原城，建年号“龙升”，后来在统万城又改年号为“凤翔”，此次灞河之上设台称帝，再改年号为“昌武”。

改元之后，大赦天下。

得了长安城以后，上上下下都劝赫连勃勃就此设都，长居长安。勃勃思忖再三，叹息曰：“朕知长安累帝旧都，有山河四塞之固！且荆吴僻远，势不能为人之患。但那拓跋魏与我仅一河之隔，数百里之远近。若我定都长安，统万城恐有不守之忧。朕在统万城，彼终不敢渡河。”

勃勃又说：“我一个草原客，北方狼族，天生是为草原而生的，那里的风干牛羊肉、奶茶炒米才是我的吃食，那里飘在空中的羊膻味、牛粪味、花香味才叫我呼吸起来周身舒服。长安虽好，不是久恋之家，诸爱卿不用劝了，还是让我跨鞍上马，回统万城去吧！”

说罢，改长安城为小统万城，意思是说，这是大夏国的陪都，又将长安城称为“南京”“南台”，将那正在建设中的统万城称为“北京”“北台”。随后，留太子赫连昌守城，自己率领红马军团、黑马军团、白马军团，依旧取道秦直道，回统万城去了。

行前，赫连勃勃将长安城中那些房屋上的雕梁画栋，楼阁上的五脊六兽，并未央宫的奇珍异宝，装上牛车尽行掠去。叱干阿利这一次没有前来，他正在那里日夜筑城，统万城快要建成了。这些东西回去后交给叱干阿利，让他照葫芦画瓢，装饰到统万城去，让那城像一座塞外的童话城。

告别长安城已经跨鞍上马行上一程了，勃勃突然想起一件事情，于是拨转马头，带几个亲随，绕个圈子来到终南山下的草堂寺门前。

他想要拜谒一下鸠摩罗什高僧，想请高僧做大夏国的国师。勃勃想，既然高僧曾做过龟兹国的国师，又做过后凉国的国师，还做过后秦国的国师，那么，请他赏脸再做一回大夏国的国师，有何不可呢。大师可以去统万城住，亦可以长居这逍遥园，反正这里如今是大夏的治地了。

顺便他还想告诉大师，当年长安南城墙的城楼上所托那三万名龟兹国百姓的事，勃勃已安置停当，高原上现在有一个小国，叫龟兹国，人们日出而作，日落而息，正繁衍生息。

勃勃来到草堂寺门口，勒住马头，探身询问道：“鸠摩罗什大师，记得当年你在长安城城头上留有‘放下屠刀，立地成佛’一句偈语，勃勃印象颇深。大师在上，朕且问你，这放下屠刀真的就能立地成佛吗?”

赫连勃勃连问三遍，寺中无人应答。

后来，寺中走出一位方头大耳的僧人，低声说道：“施主莫要高声，免得惊扰了那天上高人。施主要见的鸠摩罗什大师，掐指算来，已经去世五年了。如今，这寺中只供着他的一个舌头。那舌头已化作舍利子，舌吐莲花，夜夜放光!”

赫连勃勃听了，长叹一声，打马离去。

就在赫连拨转马头，就要离去之时，那僧人站在草堂寺门口，一只手倚着门，又说道：“施主是谁，老衲已经约莫出几分了。当年鸠摩罗什大师在世时，曾偶然说过，有一位将军，功成名就，马上取得天下以后，当会来这草堂寺会我。他要在我这位故人的眼睛里，来证明他的成功。”

赫连勃勃听了，打了一个冷战，喃喃说道：“这老秃驴的眼光，真是犀利。我真的就那么虚荣吗？我来这草堂寺的目的，原来是为这个而来吗?”

那僧人见话已说完，于是用“四大皆空呀，四大皆空”几个字作结，扭转身子，轻轻掩上寺门。

第六十七歌　鸠摩罗什晒经

是的，大师确已圆寂。在赫连勃勃灞上称帝整整五年之前，在“三月三日天气新，长安水边多丽人”的时节，公元 413 年四月十三日，大师卒于草堂大寺。

这一天，天气晴朗，风和日丽，大师早早地醒来，睁开眼睛，吟四句偈语：

不生亦不灭，

不常亦不断。
不一亦不异，
不来亦不出。

上面这四句是他翻译出的大乘经典《中论·观因缘品》的开首偈。吟罢，着衣下榻。洗漱完毕，披上姚兴皇帝赠他的金衣袈裟，找一个关中平原上那种麦秸秆做成的蒲团，起身来到院子中，在他的诗中曾多次出现过的那棵孤孤的梧桐树下坐下来。

“徒儿们，今天阳光灿烂，正是佛家所说的那种‘清明世界，朗朗乾坤’，今天就不做功课了，大家停下手中所有的事情，只做一件事情！”

听住持鸠摩罗什大师这么一说，草堂寺内外，三千个正在研习梵文的汉族学徒，三千个正在研习汉文的天竺国学徒，一齐停下手中的事情，从大寺、东寺、西寺、后寺中走出，齐聚到这梧桐树下。

大师见众僧都到了，开言说道：“掐指算来，我来这长安城草堂寺已经整整一十三载了，从五十八岁到这里主持国立译经场，今日已整整七十岁。那所译经书，我计算了一下，共七十四部，三百八十四卷。今天，劳请各位费力，将那所译的所有经书从藏经楼取出，趁这大好太阳，咱们晒经！”

众人听了，齐声唱“喏”，然后去藏经楼搬书。

那时已经有了纸张，因此，那些译出的经典，大部分是鸠摩罗什一笔一画写在草纸上的。还有一部分经典，是他写在竹简上的。

无论是纸张还是竹简，为了防止虫蛀和霉烂，每年春上，都要把它们从藏经楼上取出，在大太阳底下晒上一回。

这些书原本是装在檀木箱子里，存放在藏经楼上的。僧人们两人一抬，把这些箱子抬到梧桐树下，将书典小心取出，然后一册一册平摊在地面上。一会儿工夫，偌大个草堂寺的地面，全都被这些经书铺满了。

鸠摩罗什在童子的搀扶下，从蒲团上颤巍巍地站起。他让童子燃上一炷香，自己亲自拿着，浏览着并且用那薰香，象征性地把这七十四部三百八十四卷经书齐齐地香薰一遍。

“这部《禅经》三部，是我来长安城以后译出的第一部书，那年我五十九岁。记得在译书的过程中，我一声咳嗽，一颗牙掉了下来。虽然牙齿经常掉，直到后来满口牙齿几乎掉光了。但是，那掉第一颗牙齿的情景记得最真！

“这部《阿弥陀经》也是那一年译的。我一直在琢磨，不知祷告时那句口头语，叫‘阿弥陀佛’好呢，还是叫‘善哉善哉’好，前者是音译，后者是意译，前者好像更有内涵意蕴，后者则简洁明了，哪个更好呢，我不知道！

“这《大品般若经》有整整二十四卷，我是六十岁那年译的，从年初到年末，整整译了一年。记得到了年底的十二月十五日，二十四卷才出齐。唯恐言不达意，第二年，我又把它校正检括了小半年。

“《十诵律》是我与我高贵的朋友、一代高僧弗若多罗共译的。高僧没有译完就圆寂了，愿他安息。

“哦，这是《百论》，经典中的经典。它与后来译出的《中论》《十二门论》一起，成为天竺国大乘佛教中观派守护门户、安身立派之经典。它由梵文经我之手变成汉文，是我的荣耀！

“这是《佛藏经》，这是《菩萨藏经》，这是《杂譬喻经》。这是《十诫经》的余下部分，多罗圆寂以后，这部经就放下来了，后来西域高僧昙摩流支到长安来草堂寺看我，我请高僧与我共译，才完成全部。

“这就是那个浩大工程《大智度论》一百卷，译讫之后，我曾呈以吾皇姚兴，请他观览，并请南方来的慧远和尚为其作序。

“《维摩诘经》三卷，《法华经》三卷，《华若经》三卷，这是六十三岁那年译的。那一年有两件事值得记忆，年初收了三千多个徒儿跟我研习，年末的时候，我的老师卑摩罗叉从克什米尔高原至长安，我以师礼敬待。

“《自在王菩萨经》，这是六十四岁那年译的。

“《小品般若经》，这是六十五岁那年译的。

“六十五岁那年，我终于下了决心，将大乘佛法经典《十二门论》和《中论》译出，它们连同前面译出的《百论》，是大乘佛法的三部经典。有这三部经典行世，大乘佛法就算在中原地面落地生根了，汉传佛教从此将千载流传。后世如果要分宗分派的话，草堂寺这一派一宗，就以这三宗经典为名谓，叫它‘三论宗’，或者以这‘三论’的核心主旨‘空’为名谓，叫它‘空宗’。这草堂大寺就是这一宗派的祖庭。

“《十住经》是六十七岁时译的。这一年，记得狮子国一个婆罗门至长安，我在草堂寺设坛与其大辩，谈大乘与小乘的优劣。那婆罗门辩败，心愧服，顶礼触足，惭愧而去。

“这是《成实论》，用了六十八岁、六十九岁两年时间完成。

“这是今年新译出的《梵罔经·菩萨戒》，墨汁还没有干呢！”

一代高僧，汉传佛教的伟大奠基者之一鸠摩罗什，在童子的搀扶下手举高香，从这些他亲手译出的经典面前颤巍巍走过。那情形，就像一个关中农民，秋庄稼收到场里了，他来察看这一年的收成似的。

他转了一圈儿，既没有喜悦，也没有痛苦，如此的平静。

在转圈的途中，他对搀扶的童子说，每一卷中的每一页，每一个字，在这阵子都从我脑海中掠过。我记得有几个字要改的，可是现在好像已经来不及改了。

巡视完，他不愿回禅房，又让人搀着坐在那孤桐下的蒲团上。

阳光像蛋黄一样洒下来，照着这些经书，照着鸠摩罗什高僧那饱经沧桑、充满故事的面孔，照着这公元413年四月十三日的长安城草堂大寺。

从这一刻起，大师开始在蒲团上微闭双眼打坐。斋饭端来，他摇摇头，表示已经没有必要再浪费五谷了。

第六十八歌　舌吐莲花

这座终南山脚下逍遥园内的草堂寺，其实在鸠摩罗什入住之前，它就存在了。不过它那时候没有冠以“草堂”二字，只称“大寺”，或者称“大石寺”。“草堂寺”系姚兴皇帝为鸠摩罗什所取寺名。

鸠摩罗什到来之前，这寺的住持名曰法显，亦是汉传佛教史上一位鼎鼎有名的人物，前秦苻坚时入住大寺，似乎曾被拜为国师。后秦时代，当鸠摩罗什历经千难万险，终于于公元401年抵达长安城并入住草堂寺时，那法显高僧已于两年前（后秦弘始元年，公元 399 年）与同学慧嵬、慧景、慧应、道整等西行天竺求法，从而开中土僧侣广游五印的先河。

鸠摩罗什与法显这位高僧失之交臂，实在是一种遗憾。而法显后来回国时，是乘船从海上漂流回来的，上岸后发现是到了青岛。大师后来也就没有再回到北方。

鸠摩罗什同样与另一位高僧，因《西游记》一书而名满天下的唐僧玄奘也失之交臂，唐僧比罗什晚了二百年。

鸠摩罗什东行，唐僧西行。唐僧恰好沿着鸠摩罗什踩出的那条路，一步也不错地一直走到西域，又踏着鸠摩炎的脚印，翻越葱岭，蹚过大河，最后来到鸠摩炎当年出家的天竺国那烂陀寺，在那三棵菩提树下修持六年。

西行归来的唐僧，最初在草堂寺南边山上的翠微寺居住。草堂寺在山脚，翠微寺在山顶，相距三十华里。

那时的草堂寺里边，僧人已经几乎走净，只有一个鸠摩罗什舍利塔立在那里，依稀可见这国立译经场当年的风貌。寺院之所以颓败，是因为后来的战争，还因为寺院里停放着一个皇帝腥臭难闻的尸首。

这个尸首说起来叫人难以置信。他既不是苻坚的，也不是姚兴的；既不是刘裕的，也不是赫连勃勃的。他竟是那个遥远的草原帝国拓跋北魏孝武皇帝的。这个故事，后边再说。

西游归来的唐僧不能在草堂寺安歇，恰好李世民在终南山顶修了一座行宫，叫翠微宫，于是，在那翠微宫的旁边建翠微寺，供唐玄奘译经和修持。

据说，李世民最初曾想让西游归来的玄奘高僧，在草堂寺居住。结果，他领着高僧来到草堂寺，打开寺门时，只见满地萋萋荒草，寺院已破败不堪。李世民信口吟了一句诗，“草堂寺内草青青”，而后将手一指说，不如在那山顶，翠微宫旁边，新起一座寺院。

唐玄奘在这翠微寺译出的第一部经叫《心经》，或者叫《唐玄奘奉诏译般若波罗蜜多心经》。

据说李世民驾崩在翠微宫。其时，病榻前有三个人侍立在侧，他们是太子李治、才人武则天并高僧玄奘。

闲言不叙。

这一日，鸠摩罗什高僧辞世之前，嘱咐寺院内僧人将十三年长安羁居期间所译的全部经书一一抱出铺开，在这春日里晒经。

老天也遂人愿，大太阳从早晨便开始照耀人间。只见太阳一照，满院经书散发出阵阵纸香墨香。草堂寺内那荷花池中荷花粗粗的茎秆儿上硕大的莲叶，繁茂异常，蜻蜓飞来嘤嘤有声。院子中那口井有紫气腾出，扶摇直上，直达天宇。

晒经结束了。

徒儿们开始整理这些经卷，将它按顺序重新拾起、打包、装箱，抬往藏经楼藏好。

鸠摩罗什依然坐在那孤桐树下，看着徒儿们整理经卷。他的眼角有些湿润。他用袖子揩了一把眼角说道："这些经书将要离我而去。它们一旦成书便成了有生命的东西了。那么让它们去经历吧，让它们去叩击千家万户的门扉吧。后世也许有人会把它们视为珍宝，置于庙堂之上，顶礼膜拜，一日三香；也许会有人把它们视为异数，搁置在茅厕之中，充当厕纸。所谓敬也，所谓毁也，那是它们自己的事情，与我已经无关了。这些经书，它们有自己的命运。"

经书藏好后，天色向晚，草堂寺的院子里已经有一些寒意了。徒儿们劝鸠摩罗什回禅房休息，大师执意不肯。他刚刚看完了那辉煌的落日景象，脸上还残留着那落日的余晖，现在则转过头要看月亮升起。

月亮，这关中平原上的月亮像一个大圆盘子，从东方地平线上缓缓地升起了，跃两下，跃上天空，刹那间把满世界照得一片光明。

这时候，姚兴皇帝来看望他。鸠摩罗什是后秦国的国师，国师将要圆寂，这样大的事情他一定要来的。

大师对姚兴说："我是一个凡夫俗子，一个永远只能匍匐在大地上而不能像鸾鸟那样飞翔的人。我知道我的命运。当年我十二岁的时候，母亲耆婆带着我游历月氏北山，遇到一个罗汉，罗汉摸着我的头说，'倘若三十五岁时还未破戒，当大兴佛法，度无数人，有三百身，成为一尊大佛也。若戒不全，此生充其量只是一法师而已！'所以我仅是一名法师，或者用你们的话说，叫译经家！”

大师又说道：“如果不是当年吕光逼我与龟兹王女成婚，玷污了佛门，我定会有三百身的。释迦佛祖高不可攀，他有五百身。他出生了五百次，死亡了五百次，曾经蜕生五百次，受尽人间磨难，才五百道轮回转世，修成正果。我来到这世上时，本该有三百身的，我曾经憧憬过，下一世蜕生为一头牛，关中平原上一头耕地的牛；再一世蜕生为一只为老百姓看家的狗；再一世蜕生为一个女人，前半生为娼后半生从良；再下一世蜕生为一个文人，一张利口骂遍四方；再下一世蜕生为一个乞丐，吃遍四方。但是现在，这一切已经不可能了，我不会再有轮回转世了，我的这一生，仅此一生而已，油枯灯灭，也就结束了！”

鸠摩罗什说到这里，老泪滂沱。

姚兴皇帝也已经老了。他伸出衣袖，为这位西域第一高僧、他的国师揩一把泪。

姚兴问道：“大师呀，我也已经老了，你能给我的晚年道一句偈吧！”

鸠摩罗什嘴皮动了动，说道：“花开好，花落亦好！”

姚兴又问：“我已厌倦这做皇帝的事儿了，我想让给儿子姚泓来做，这样对吗？”

鸠摩罗什答道：“进步高，退步更高！”

最后，后秦姚兴请鸠摩罗什说一说国运如何，连问了几声不见回答，定睛看去，只见鸠摩罗什双目紧闭，三魂六魄已经脱离身体，神游去了。

又过了三炷香的时间，鸠摩罗什高僧圆寂。

圆寂前，他突然又清醒过来，双目炯炯，口齿清晰，朗声说道：“如果我的译经符合原经旨意的话，火化时舌头不化。非但不化，还会有莲花从口中喷出！”

说完，于孤桐树下，蒲团之上，含笑辞世而去。

后秦姚兴一声恸哭，接着三千个学汉文的天竺国学徒、三千个学梵文的中原弟子均失声大哭，整个草堂寺一片呜咽之声。消息传来，整个长安城为之悲恸，人们纷纷前来吊唁，道场做了七日。

七日之后，鸠摩罗什大师火化，正如他生前所说的那样，火化时舌头不化，且有莲花从口中喷出。佛家“舌吐莲花”一词即由此得来。

消息传到西域，西域三十六国亦大放悲声，人们用上等的和田玉做成一个三丈高的鸠摩罗什舍利塔，分成几截运往长安。

鸠摩罗什的骨灰即在塔底安葬；鸠摩罗什化作舍利子的舌尖供奉在塔中。这塔放在高僧圆寂的那棵树下。

第六十九歌　鲜卑莫喜

高平川，固远城，贺兰山下那个遥远的所在，我们已经疏忽和怠慢它很久了。我们知道那里住着一位美人。那美人在守着她父母的坟茔，坟茔的旁边有一座凉亭。凉亭里美人一袭白衣，日日弹琴而歌。

固远城是横贯欧亚大陆的著名道路——丝绸之路所必经的一个要冲。那要冲车来人来，商贾塞道，已经有许多年了。

过去的年代里，曾经有许多人经过；以后的年代里，还会有许多人经过。但是此刻经过的，却是一个和固远城有着特殊关系的人。这个人的名字说出来恐怕有些人晚上就睡不着觉了。

这个人叫鲜卑莫喜。

正如赫连勃勃当年所判断的那样，固远城被攻破以后，死人堆里逃出个鲜卑莫喜。敌人的敌人就是朋友。这鲜卑莫喜最好的去处，就是先上了固远城背后那座山，顺山脉走到黄河边，而后跨过黄河，穿过大漠，去投那代州的拓跋魏了。

英气勃勃的鲜卑莫喜被北魏拜为先锋大将。在未来的日子里，北魏拓跋焘大帝千里突袭统万城，先锋大将就是这个鲜卑莫喜。但是，在此刻，在这绵绵丝绸之路通往固远城的道路上，行走着的鲜卑莫喜却是一副胡商模样。

留着短须，扎着头巾，穿一双绣花靴子的年轻英武胡商，牵着一匹骆驼，来到了固远城的墓地里。

年轻的胡商将骆驼在一棵歪脖子树上拴了，拍一拍骆驼的头，骆驼四肢一曲，跪下了。这胡商从骆驼背上的褡裢里掏出香火纸表，又拎出一坛酒，来到一座双坟头墓前。

这是莫奕于将军与夫人的合葬墓。

年轻的胡商跪下来，将纸表点燃，将香火插上，磕了三个响头。而后拎着这坛酒，一边绕坟墓转圈，一边将坛子举起来倒酒。正转三圈，反转三圈，再正转三圈。九圈大礼行毕，这坛里的酒也就空了。于是这胡商拎起坛子，高高扬起，“砰”的一声，将坛子摔碎在坟头前面的石头献桌上。

这一声“砰”，好像那戏剧中的叫板，几乎在此同时，传来了琴声。琴声来自坟边那所简陋的房子。如泣如诉，如歌如诵。

这样，我们看到了凉亭台阶上那弹琴的女子。那女子面白如雪，面红如酡，正是我们久违了的鲜卑莫愁。

琴声弥漫中，鲜卑莫愁问道：“这条通衢大道上，驼铃之声不绝于耳，英雄美人列队走过。今天走过固远城的，又是谁呢？来人和这坟墓中的亡人，莫非有什么干系？”

胡商听到这话，站起来凝视片刻，趋前两步，突然叫道：“亲爱的姐姐，真的是你吗？姐姐呀，这个一身胡商装束的人正是你亲爱的弟弟，从固远城当年那场大杀戮中九死一生、侥幸逃脱的鲜卑莫喜呀！”

莫愁惊讶道：“我听到过许多版本的屠城传说，其中有一个版本就是说你没有死，而是去投了拓跋魏，在那里为将。这是真的吗？”

莫喜答道：“这是真的，我确实去了那边，正在拓跋焘帐下做事。亲爱的姐姐，我这次假扮胡商来到这固远城，其实正是为你而来，为复仇而来！”

莫愁问道：“话是怎么说？”

莫喜说：“姐姐，你是不敢面对，还是一直被蒙在鼓里？当年固远城之所以被攻破，就是赫连勃勃在夜色之中，以姑爷的身份骗开城门，让后秦军蜂拥而入，才导致那一场屠城杀戮的。为他出谋划策、酝酿这一场风暴的正是那个贼人叱干阿利！”

莫愁听了，琴声激越地弹奏了两声。不过，她接下来的话并不像莫喜所期待的那样。莫愁说：“在屠城传说的许多版本中，这也是一个版本，而且我一直认为，这是一个最接近真相的版本！”

莫愁又说道：“但是，赫连勃勃是我的丈夫，是一位草原上的英雄。从我当年在戈壁滩上那条迢遥道路上第一眼看见他起，我就明白我是为他而生的。所以，这么些年来，我宁愿自己像一只鸵鸟一样，充耳塞听，把头埋进沙漠里，也不愿去面对这个真相！”

莫喜听了，顿顿脚，哭道：“姐姐，你好糊涂呀！这个赫连勃勃是我们的杀父仇人，不共戴天。鲜卑莫氏一族就剩下你我了，为家族，为父亲母亲，为这三代基业固远城，我俩此生所以还有理由敢继续苟活在这世界上，就是为了有一天要杀掉赫连勃勃为家族复仇！”

莫愁听了，说道：“亲爱的弟弟，我的好弟弟，我完全明白你的话，我完全赞同你的话，但是我做不到，我真的做不到！”

莫喜说：“你必须做到。此刻，鲜卑莫愁，当着这座家族墓地，当着那九泉之下的父母，你发誓，你要做到！”

莫喜说完，抢前两步，走过去把姐姐从琴边拉开，然后执着姐姐的手来到墓前，两人双双跪下。

那莫愁以手掩面，哭道：“我真的做不到。再则，我一个弱女子，手无缚鸡之力，你要我怎么做呢？”

莫喜见说，站起来从骆驼背上的褡裢里取下一个精致的盒子，打开盒子，里面有一枝色彩斑斓的羽毛。

莫喜说：“在草原上有一种鸟，这种鸟叫‘鸩鸟’，有着华丽的羽毛。这鸩鸟的羽毛含有剧毒，鸟儿的翅膀从草原上掠过，草儿就枯萎了；从湖面上掠过，鱼儿就死了！”

莫喜把那枝羽毛从盒子中取出，亮到鲜卑莫愁的眼前，继续说：“那赫连勃勃夜夜都要喝酒，喝到酩酊大醉了才去入睡。你要回到他身边去，每天晚上为他上酒的时候，将这羽毛在他的酒面上轻拂一下，这样要不了一年半载，我们的敌人赫连勃勃就会神不知鬼不觉地慢性中毒而亡！”

莫愁摇摇头，用手背将那羽毛挡开，说道：“我不能这样做，我是他的妻子！”

莫喜强硬地说：“你必须这样做！来，这是羽毛，你把它接住，然后把它插在你高绾的发髻上，起程去统万城！”

莫愁说：“让我想一想，我不能保证会这样做！”

第七十歌　千里寻仇

在长安城草堂寺门口，闻说鸠摩高僧已于五年前去世，赫连勃勃于是嗟叹一回，感慨那人生的无常。感慨毕了，便策转马头，向他的统万城而去。

迢遥的道路上，赫连勃勃骑着他的坐骑，踽踽而行。他的三十万草原兄弟，除一部分留守长安之外，大部分就又像潮水一样重新缩回到大河套地区。现在，重回统万城的他只带了少许的随从。

行走间，先行官折马回来报告：“帝辇过处，来往的百姓纷纷回避，但是一辆华丽马车上一位美貌夫人，却非但不回避，反而冲着圣上马头迎面而来。她说她是圣上的一位故人！”

赫连勃勃见说，甚觉蹊跷。他停住马，手搭凉棚向路的前面望去。

前面路上果然有一辆华丽马车，车轮吱呀有声，一匹大肚子五花马拉着车逶迤而来。

赫连勃勃有些恍惚。好像就是在这一段道路上，在这个拐弯处，十一岁的他从代来城逃出的路上，遇到过这辆马车。稍加思忖，他突然明白那迎面过来的是谁了。

“噢，让开道路，请她过来！她是你们的鲜卑莫愁娘娘！”

车轴子唱着吱吱呀呀的歌声迎面过来了。

赫连勃勃双目有些潮湿，血往上涌。

他冲着车上的那个蒙着的布幔说：“不要问我是谁，也不要问我的家在哪里，更不要问我到哪里去！好心的姑娘，漂亮的姑娘，我快要渴死了，嗓子里冒烟，请问，你的车上有水吗?”

车上的布幔慢慢揭开了，露出鲜卑莫愁的一张俏脸。

“我有酸奶子，整整一牛皮袋。脸上有三道刻痕的过路客，我给你端去！”

赫连勃勃难得地露出了一丝笑容。他驱马走到马车的跟前，伸出手将鲜卑莫愁扶出了车厢。

莫愁看着他说：“许多年以前，就在这里，在这条道路上，有一个独行的草原客，他曾经红口白牙答应过我，要为我建一座城。我记住了这话，这些年我一直在等。我想问，草原客答应过我的那座童话城，现在建得怎么样了？”

赫连勃勃说道：“美丽的女人，我正想告诉你，那座城已经快要建好了。高大的城墙，雄伟的城楼，夏天住的凉殿，冬日住的温宫，还有那一座高可摩天的台子，它们都正在完成。哦，那城是多么的大呀，可以在城头上跑马！”

“你说那城就快要建好了吗？”

“是的，蒸土筑城的部分已经完全好了。现在要给那辉煌楼阁之上装些琉璃瓦，饰些金银器。你看，后边那些车上，正是从长安城采撷来的物什，它们将装饰到我的城上！”

“那么说，我可以去看一看了！”

“美人上马！”

赫连勃勃说罢，将他的左脚从马镫上退出，让鲜卑莫愁的一只脚踏到镫上，然后拽住莫愁的一只胳膊，腰上一使力，那莫愁便像一只鸟儿一样敛落到马背上了。

赫连勃勃骑着马，鲜卑莫愁在后紧紧地搂着他的腰。

“抱紧！我要挖蹦子了！”

说完，赫连勃勃两腿使劲一叩马肚，马头扬起，四蹄一蹬，开始奔驰起来。这真是一匹好马，和当年的那匹马不相上下。当它奔驰的时候，全身伸展，肚皮都快要贴着草皮了。马的头使劲地向前伸着，尾巴飘逸地拖在后边，拖得很远很远。额上那一道白色闪电轰轰隆隆的，在路经的草原上爆响。

“一个人的一生，能这样与自己最亲爱的人儿在马上奔驰，一直到天的尽头，一直到天荒地老，那该多好呀！”

莫愁这样想。

勃勃也这样想。

但是，统万城到了。奔驰的马蹄在乔山之巅停下来，赫连勃勃回首对鲜卑莫愁说：“瞧，这就是统万城！”

城确实是已经建好了，现在，只是少了些装饰而已。在城中心那个被称作永安台的地方，他们看见有一个人一手拄着刀，另一只手正在指指点点。

莫愁说："这个人好像是叱干阿利？"

勃勃回答："是的。我的宰相、御史大夫、将作大匠叱干阿利！"

莫愁说："听说他杀了不少的人，干了许多的坏事。这个人竟然还敢继续活在人间！"

听了这话，赫连勃勃打了一个冷战。他停顿了一下，说："他是该死了！也许，统万城建成的那一天，就是他的大限！"

第七十一歌　诛杀叱干阿利

统万城历时六载，终于筑成。

这是一座高原上的童话城。宫殿巍峨，城头宽厚，角楼高耸，高台摩天。它仿佛是人们在沙漠行旅中，猛抬头看见的一座海市蜃楼。

城郭面积约十平方公里，城墙厚约十六米，加上向外伸出的"马面"，厚度可达三十米。城的东西南北四角，各修一座高大宏伟、气象森森的角楼。城东西南北各设一个门，东门曰"招魏门"，意即招降北魏；西门曰"服凉门"，意即降服五凉诸国；北门曰"平朔门"，意即平定河套以北地区；南门叫"朝宋门"，意即与南朝刘裕结好。

统万城又分东城、西城、外郭城。

外郭城之外，又有赋贡城。

赋贡城之外，又有易马城。

城垣的一切布局，皆按赫连勃勃六年前跑马圈城时所说的那样。一个关于一座城的伟大梦想，叮当六年，千辛万苦，终于变成现实。

筑这座城的第一功臣是叱干阿利。统万城竣工之日，就是他的死期，不过这个人暂时还不知道。

赫连勃勃住在东城，文武百官、宫中杂役等住在西城。那真是一个繁华所在呀，仿佛把半个长安城搬过来了似的。不独长安，仿佛把大河套地面的各个城池，都切下一个角搬来了似的。

“九城贡以金银，八方献其珍宝”，这是史书上的话。九城八方贡献来的金银珍宝，把这个塞外荒凉之地，装点得锦绣繁华，光彩夺目。

据说，城中蜡烛照耀，彻夜通明，故有统万城中“无昼夜之殊”之说。

又据说，那温宫里冬日用木炭取暖，凉殿里夏天贮以冰块降温，故又有统万城中“无阴阳迭更”之说。

六年劳作，征夫十万，耗资不可细算，死亡民夫一成的浩大工程，终于告竣。这是公元419年的事。

最后一项工程，就是修筑位于城中心的那个高可摩天、据说站在顶端可以望见长安城的土台——永安台了。

这个用累累白骨堆成的高大物体，只剩下那最后几锹土了。以筑城第一功臣自居的叱干阿利，见自己干了一件这么恢宏的事情，心中不免有些得意。六年的督造，废寝忘食，心智耗干，如今他已经瘦得只剩下一把骨头了。那眼睛红勾勾的，也许是夜间没有睡好，也许是杀人过多的缘故。那一张长马脸苍老、疲惫，皱纹密布，让人怜惜。

他去请赫连勃勃为永安台奠下封顶的最后一锹蒸土。

赫连勃勃欣然答应，他携皇后梁氏、贵妃娘娘鲜卑莫愁并文武百官，来见证这一历史时刻。

永安台顶上，听完了叱干阿利的禀报，勃勃执着叱干阿利瘦骨嶙峋的手说道：“作为我的舅舅，我的御史大夫、将作大匠，将军是做得尽善尽美了。只是，还有一件事情将军忘了做。朕笨想，你既然负责筑城，就该把这统万城的事情做彻底吧！”

叱干阿利有些不解，他说道：“这统万城的角角落落，我都做得无懈可击了。臣不知道，还有哪一件事情令圣上不够满意？”

赫连勃勃说：“缺少一个庙——城隍庙！”

阿利重复道：“一个庙，一个城隍庙！”

赫连勃勃接着说：“庙里缺一个神——城隍爷！”

阿利重复说：“一个神，一个城隍爷！”

赫连勃勃说：“十万民夫，十成中死了一成，也就是说，有一万冤魂被打入这城墙里边了。我想他们肯定会夜夜阴魂不散，鬼哭狼嚎的。

这样，这城的阴气就太重了一点，叫人如何安心居住？所以嘛，朕想，倒不如请将军一不做，二不休，就放下个矜贵身子，做一回这统万城的城隍，如何？朕为你修一座庙，造一个牌位，由你来统领他们，安抚他们！不知将军意下如何？”

叱干阿利是个何等聪明的人，那日，他见鲜卑莫愁来到统万城，来到赫连勃勃身边，就知道自己的处境岌岌可危了。赫连勃勃心黑手毒，难免会杀人灭口，封住这个漏洞，不承想，今日他的担心是真的到来了。

叱干阿利狠狠地剜了赫连勃勃旁边站着的鲜卑莫愁一眼。莫愁泰然自若，脸上没有丝毫表情。

叱干阿利见事到如今，也就扯破了脸面，手指赫连勃勃骂道：“赫连小儿，我有话在先，今天是我先走，明天就是你后走。头顶三尺有神明，我的话一定应验。唉，你是一位伟大人物，而我只是一个宵小之辈，大人物做事，一路上将阻挡他的一切都踩得粉碎，毫不心软。而小人物做事，总是仰人鼻息，委屈自己而迎合别人，这样做的结果，是自己的一篮子家当，说打就打光了！”

叱干阿利还要展开长篇大论，赫连勃勃让人上去，先割掉了叱干阿利的舌头。

赫连勃勃瞥了一眼割掉舌头的叱干阿利，面无表情地说：“将叱干阿利打入永安台，给我的将军一个全尸还家！”

叱干阿利平日积怨甚深，筑城的民工、验收的监工，包括领工的将领，平日里都对他恨之入骨，只是慑于勃勃的淫威，敢怒而不敢言。如今得了勃勃指令，永安台上下，统万城城中一片山呼海啸。

众人将叱干阿利放倒，抬着四肢，喊一声号子，抛起落下，如是者三次，才算解恨，然后迅速地用蒸土将其掩埋。

统万城筑城史中，滥用民力、凶残好杀的这个恶名，就这样永远地被叱干阿利给背上了。

演完永安台顶上的这一幕之后，赫连勃勃回过头来，瞅了鲜卑莫愁一眼。那眼神的意思好像是说：你现在该满意了吧！

鲜卑莫愁仍是面无表情。永安台上的风有些大，她整理了一下自己的衣衫，然后把自己发髻上插着的那根鸩鸟的羽毛，轻轻扶正。

第七十二歌　统万城铭

叱干阿利之死，令这座凶险之城又增加了一个传说。叱干阿利大约做梦也想不到，他自己也成为自己这件得意作品的一部分，而且是收官之作。也许对于被活埋他并不遗憾，不管怎么说，他已经青史留名，只要人们提到这座城池，只要这座城池还矗立在天地间，人们就不得不提到叱干阿利的名字。

宫殿大成，勃勃于是大赦天下，又改年号为“真兴”。

竣工典礼在统万城的城头上举行。几百杆长杆唢呐，震天吹响；几百面威风大鼓，鼓槌起落。统万城十平方公里的城池，被各族百姓的人头填满。一圈城墙上，三步一面彩旗，五步一条彩带，密密匝匝呼啦啦地飘着。

统万城此一刻成为长城内外一个巨大的商贸交易市场。其中赋贡城属于官方行为，接受四方八域的朝贡；易马城的交易属于民间行为，正所谓“临洮易马，汉中换茶”。

俄罗斯大诗人普希金在他的著名诗句中，曾经对这种游牧与农耕交际地带的贸易大都市，有过精彩的描写。他说：“印度人把珍珠，欧罗巴人把冒牌的酒带到这里；赌徒带来一把听话的骰子；牧人带来挑剩下的马；地主带来自己成熟的女儿，而女儿，是去年的时式。大集市喧嚣着，每个人都在撒着两个人的谎，到处都是商人的气息！”

竣工典礼的司仪官本该是叱干阿利，奈何叱干阿利现在已经做了城隍爷，虽然那身子骨儿还在这竣工典礼现场，可惜已经被封土封住。

好在大夏国朝内，有许多投降或者俘获而来的后秦文官武将。前面说到的那个皇甫先生就是后秦的一个降臣。如今，叱干将军既然已经殁了，这司仪官就该是他了。

统万城城头上，皇甫先生扬起脖子，朗声唱道：

夫庸大德盛者，必建不刊之业；道积庆隆者，必享无穷之祚。我皇诞命世之期，应天纵之运，营起都城，开建京邑。背名山而面洪流，左河津而右重塞。高隅隐日，崇墉际云，石郭天池，周绵千里。其为独守之形，险绝之状，固以远迈于咸阳，超美于周洛。义高灵台，美隆未央。迈轨三五，貽则霸王。永世垂范，亿载弥光。

皇甫先生所吟唱的叫《统万城铭》，是一位后秦降臣名叫胡义周写的。他当时是大夏国的秘书监。文章写好，又让石匠将铭文刻于碑石，立在统万城的东门。

刻好铭文的碑石用一块红布盖着，单等吉时到了由勃勃来揭开。那情形就像我们今天所看到的竣工仪式一样。皇甫先生朗诵完毕，咽一口唾沫，继续说道："清清世界，朗朗乾坤，地远天高，国运久长。此一刻，鼓角齐鸣，礼炮六响，且请大夏国国主，尊敬的光荣的至高无上的天之骄子，万王之王，匈奴大单于赫连勃勃，为《统万城铭》揭牌，并登临永安台祭天！"

勃勃整整衣冠，而后端着步子，迈着罗圈腿，一步三摇，趋上前去。红布揭开，碑石上苍劲有力、笔锋沉郁的魏碑体《统万城铭》显露出来。

赫连勃勃摸着上面的字，仰天长叹曰："此石碑是一个历史拐点，经典时间。千年行国，自此改换门庭，终于变成永久居国了。列祖列宗们有知，当含笑于九泉之下了！"

赫连勃勃的话，情真意切，令在场的所有人为之感动。

这时，司仪官皇甫先生走来，请圣上登台祭天。

赫连勃勃摆摆手，说道："祭天这件事情，过于神圣，我得等一个人来。如今，这祭天台既已修好，这个人也该来了。她是先知先觉！竣工典礼这么大的事情，大河套地面嘈杂得像一窝蜂了，无人不知，无人不晓，我想她也该是知道的！"

"你瞧，她来了！"赫连勃勃突然向西北方向一指，说道。

众人随赫连勃勃手指的方向望去。

遥远的西地平线上，响起两声炸雷，刮起一阵龙卷风，接着有雨点子滴滴答答落下。雨点子中还有不少的黄河鲤鱼，跌到地面上时还活蹦乱跳。俄顷，鱼雨停了，从那个方向，有一疙瘩乌黑乌黑的云，贴着地平线缓缓地向统万城移动。

那一团黑疙瘩云走近了。

那是我们的老朋友女萨满。一袭黑衣的女萨满，骑一匹黑马，湍湍而来。

第七十三歌　北匈奴

统万城正中的那个永安台，高约百丈，极高极险。女萨满神色肃穆，正襟危坐，双手高高举过头顶。她的一袭黑衣，那衣裙从高高的台顶上垂下来，像一道黑瀑布一样，直达地面。

台子下面是赫连勃勃和他的文武百官。

他们都跪倒在沙土地上。平日脸上的各种表情，现在只为一种表情所取代，那表情就是虔诚和沉醉。

赫连勃勃仰头对着永安台上正在与天地通灵的女萨满，扬声说道：“尊敬的女萨满，先知先觉的女萨满，像一个幽灵一样在匈奴草原上游荡的女萨满，大城已就，木已成舟，匈奴民族那世世代代变千年行国为永久居国的梦想，因统万城的筑成而得以实现。亲爱的女萨满呀，借你一张口，让天底下的匈奴人都知道，让这座城的事在匈奴草原上风一样地传扬！”

赫连勃勃停顿了一下，又说道：“女萨满，统万城落成之日，朕有许多感慨要发。但是此刻，朕最想问的事情，是那遥远地方的事情。朕想知道，我们的北匈奴兄弟如今迁徙到什么地方去了，他们在做什么？请你用鹰隼一样锐利的眼睛向西方遥望，向草原的另一头遥望，向太阳每天落下去的那个地方遥望吧！”

这句话说完以后，满场长时间地沉默，大家都在等待着女萨满的回答。

这个问题太难了。要知道，女萨满只有一只眼睛，她大约要用自己全身的力量，所有的意志力，才能定睛注视那遥远的西方。

女萨满站起来，双手往下压了压，示意四周需要保持死一般的寂静，千万不能打破她的梦境，稍有嘈杂，她也许就永远回不来了。

“我看见了，我看见了！我看见了我们的北匈奴兄弟唱着草原的古歌，正像一股潮水一样撵着西沉的落日，撵着水草向西行走，我看见他们迁徙时那模糊的背影了！那模糊的背影无限苍凉无限悲壮！”

女萨满神经质地呓语着：“我看到呼韩邪大单于的哥哥郅支大单于了。他领着他的残部，在贝加尔湖边攻破了一个粟特人的城池，然后在那里建国。但是，仅仅羁留了几个月之后，汉王朝西域都护府的追兵赶到了那里，攻破了城池，一个叫陈汤的副都尉割下了郅支的人头。这样，北匈奴继续迁徙，撵着那橘红色的大车轮子一样的落日，继续往西走！”

女萨满继续说：“他们在离开我的视线许久以后，突然穿越欧亚大平原，从喀尔巴阡山冲下，来到地中海地面。他们已经成为一支拥有三十万军队的庞大队伍了。一个匈奴大单于，被称为上帝之鞭的阿提拉，他正站在多瑙河边，两只眼睛眯成一条线，注视着多瑙河右岸的欧罗巴大陆腹地，随时准备将它鲸吞入腹。”

“我看见他了。他中等身材，粗鲁扁平的头，强壮的身材，稍显内罗圈的短腿，鼻梁骨有点儿塌，眼珠深陷。当他站在地面上时，他是凡人，与我们常人无异，而当他跨上那匹鞍上挂着骷髅头酒具的马，挥舞着独耳狼旗时，他显得高大而令人恐惧！”

女萨满说话的腔调已经明显变弱了，那是气力不足的缘故。但是，她没有停止，继续着她的瞭望和她的叙述。

“他在一个叫布达佩斯的东欧地面建立了匈奴大汗国，然后率领从草原上聚集而来的三十万大军，铁骑所向，将要用马蹄把欧罗巴的每一寸土地重新耕耘一遍。你们看哪，此一刻他们正在强渡多瑙河，这大约是人类迄至那时所经历的最惨烈的一场战争。士兵驱赶着马跳进河里，马向对岸游去。有的士兵骑在马背上，而更多的士兵是拽着马尾巴游过去的。马的尸体和人的尸体将多瑙河填满，鲜血将河水染成了猩红色。”

女萨满继续说着，她的气息更加微弱了。

“阿提拉大帝已经占领了整个欧罗巴大陆，现在，只剩下最后一座城池罗马了，这是罗马帝国的首都。瞧，阿提拉开始攻城了，哦，我的眼前怎么硝烟弥漫，看不见一点儿东西了。哦，我明白了，接下来发生的事情是以后的事情，我不应该再看见它们了，即便我能够看见，能够知道，我也不能再说了！”

永安台顶上，女萨满的话语结束了。

在女萨满那梦魇般的叙述中，一轮橘红色的夕阳，像个大车轮子一样停驻在西地平线上，迟迟不肯降下，整个统万城笼罩在一片虚幻的红光中。后来，随着夕阳落幕，天色暗淡，漠风起了，这座大漠中的孤城突然变得苍凉而模糊。

在暮色中，那条此刻被叫作奢延水、后世被叫作红柳河的河流，弯弯曲曲地自草原深处流来，波光粼粼，忽明忽暗。

第七十四歌　鸩鸟的一根羽毛

统万城的城头上传出鲜卑莫愁的琴声。较之当年在固远城家族墓地的弹奏，如今这琴声已经大变，激烈、哀怨，并且有一丝不易觉察的杀气在里面。

当年的那个“冰美人”，如今风格也已大变。当她半裸着身子半露着奶头从温宫凉殿中走过时，她更像一个荡妇。夜来，她的淫荡的叫床声震耳欲聋，传遍统万城的每一个角落。自进入统万城以后，她一步一步走近赫连勃勃，直到把他攥到手心，从而令那些别的女人们不能靠近。

一个女人，一旦突然之间有了生活目标，她立即会被激发起来，昔日慵懒的状态立即消失了，激情和青春现在又重新回到了她的身上。她容光焕发，面白如雪，面红如酡，尖尖的高鼻子可爱地耸动，朱砂色的嘴唇暧昧地微笑，鸡冠花染红的长指甲在做爱时深深嵌入那为王者的肉里。

她深深走入了那人的内心。

她发觉那为王者的内心是孤独的，也是软弱的。他的那些凶残的举动，那粗鲁而强悍的外表，只是为了掩饰内心深处对这个世界的深深恐惧。

那为王者的内心，大约这世界上还从来没有人走进去过。人们看到的只是强悍、凶恶和伪装出来的粗鲁。现在，这个绝顶聪明、美艳如花的女人，她找到了这个为王者的弱点，她走进去了。

鲜卑莫愁明白，只有用那些最无耻的挑逗，才能激发起这个为王者体内那沉睡的情欲，那被冰冷外壳所包裹的情欲。而在床笫之间，必须强悍地骑在他的身上，把那根羚羊般的小腿当成鞭子，一鞭一鞭地抽他，才能让他彻底兴奋起来，让他身上那沉睡的灵魂痉挛起来，让他那移作暴力之用的每一个细胞亢奋起来。

做爱中，她有时会短暂地忘记自己那个可怕的目的，而像一个真心的女人去爱自己所爱的男人那样去爱。直到她的目光不经意地看到搁在一侧的那根艳丽的鸩鸟羽毛，她的心才会回到她的目的上。

每天夜里那震耳欲聋的叫床声不再响时，统万城的人们，知道他们的王与鲜卑娘娘这一晚的功课，算结束了。

但是，对于鲜卑莫愁来说，这个晚上真正的功课，现在才刚刚开始。

“王，你真能干，你的每一块肌肉仿佛都藏着雷霆万钧。现在，让我为你斟一碗酒去。喝了酒，你就睡吧，明天晚上，咱们再大战！乖！”

鲜卑莫愁说着，拍拍为王者的腮帮，从他的身上下来。

那为王者孩子般的“嗯”了一声，表示同意鲜卑莫愁的话。

鲜卑莫愁溜下床，随手披了一件低胸的衣服，用手将领口提住，半个奶头裸露在外边，当然，临离开时，她没有忘记那件最重要的东西——那根艳丽的鸩鸟羽毛。

酒柜里有许多美酒，为王者最喜欢喝的是那暴烈的“河套王”酒。

鲜卑莫愁打开了酒坛的盖儿，将酒斟满。然后把酒坛重新放好。有一滴酒沾在坛子的口儿上了，她伸出舌头，将它舔干。

一碗酒斟满了，鲜卑莫愁叹息了一声，从头顶那高绾的云髻中，取下那根鸩鸟羽毛。然后，将那羽毛从酒面上轻轻地拂过。

做这些的时候，鲜卑莫愁哼着一首古歌，这是鲜卑莫愁孩提时代从妈妈的嘴里听来的。

我的地方哪，

小小的地方，

……

而后，她将羽毛重新插到云鬓上，端起那碗酒，走向赫连勃勃。

“喝吧，我的英雄，我的鸟儿，男人的事业在马背上，在酒杯里，在女人的床榻前！”

鲜卑莫愁用一种梦游般的声音，这样说。

赫连勃勃用一只胳膊支撑着欠起身子，端起那碗酒，一饮而尽。

“睡吧！乖，晚上做个好梦！”鲜卑莫愁这样说着，悄没声息地，猫一样地退出去了。

在她身后，赫连勃勃已经传出了鼾声。

一年之后，那毒性大约已经进入赫连勃勃的体内很深了。他的容貌大变：脸色变得乌青，嘴唇变得乌青，昔日那坚硬的串脸胡须如今亦变得柔软、发黄、稀落，他的头发已经掉了一大半，露出了前面的秃顶。

而他的性格则变得暴烈异常，且又疑心重重。他开始无缘无故地杀人，动辄抽出刀来，杀完人后，又懊悔不已。

宫中的人都把这当作他们的王纵欲过度的表现。大家以异样的眼光看着这个妖孽鲜卑莫愁，认为这缘由在她。鲜卑莫愁则高傲地仰起脖子，她明白，只要她把赫连勃勃攥在手心，别的人纵然对她咬牙切齿，也奈何不得。

这一日，又是日上三竿大夏王赫连勃勃方才起身。朝中的事情草草地说了几句，感到有些头晕眼花，四肢无力，便又回到寝宫睡了。

下午，感到精神好了一点儿，于是起身。这时听到鲜卑莫愁正在宫殿的廊亭中抚琴而歌。那首草原上的古歌，赫连勃勃孩提时代也常常听到。不知道是哪个匆匆而过的草原民族在迁徙的途中把这歌丢在路上的。

我的地方哪，

小小的地方，
并不是我自己要来，
也不是鸟儿载着我来，
是那可诅咒的命运，
它把我带来！
……

赫连勃勃披上衣服，来到廊亭上。只见鲜卑莫愁抱着琴，正在吟唱。较之当年不同的是，她的旁边多了几个乐人为她的吟唱伴奏。

赫连勃勃招了一下手，宫人赶快把一把虎皮面的背椅放在他屁股底下。赫连勃勃坐定以后，又招了一下手。宫人们知道，他又要喝酒了，于是两个宫女抬出一坛子酒来，跪着为他捧上。

在美人的吟唱中，我们看到黄河像一条弯曲的巨蟒，在这块偌大的被称为“鄂尔多斯台地”的地面，画了一个“几”字形的弯子，形成著名的大河套地区。此一刻，这大河套地区叫匈奴草原。那苍茫无垠的大草原，天苍苍，野茫茫，风吹草低见牛羊。

匈奴人的十万顶牙帐像白莲花一般开满了黄河两岸，辽阔的五彩草原上，一群群马匹在奔驰，一群群牛羊在吃草，骆驼卧在地上反刍，尖尖犄角的黄牛拉着大轱辘车正缓缓地从道路上碾过。

而在这座童话般的统万城里，华林灵沼，崇台密室，通房连阁，驰道苑囿，俨然一座大漠中的海市蜃楼。

最热闹的地方要数那易马城了。城中错落有致地盖了许多房子挖了许多窑洞，还有些帐篷，它们组成了一条条不规则的街道。街道两侧，有着许多的小吃，商贩们在叫卖着，长呼短唤。那易马城的东北角上，是一个牲口交易市场，牙子们头戴瓜皮帽，袖着手，在牲口群中穿梭，眼珠子骨碌骨碌地四处乱转。

凉亭上的赫连勃勃这时候好像疼痛病发作一样，精神烦躁起来，无法控制住自己。他坐在那里，又招了一下手。这一次，宫人们没有领会他的意思。

“弓箭，我的弓箭，大夏王的弓箭！”赫连勃勃头也没有抬，手继续张着。

宫人们赶快去他的寝宫，拿出一张弓和一壶箭。

赫连勃勃把弓拎起，把箭搭上，拉个满弓，望着楼角下面的永安台方向，瞄了瞄，又瞄了瞄。

凉亭上的人，在他瞄准的那一刻，都屏住了呼吸，不知道这一箭射出去以后，谁会倒霉。

但是他又将弓箭放下了，坐到椅子上。“你自弹琴，莫管朕事！”赫连勃勃这么嘟囔了一句。

痛苦在折磨着他，大约是那毒性发作了，他需要宣泄。

刚坐下不久的赫连勃勃又霍地站起来，一个虎跳扑到凉亭的栏杆上，指着城下说道：“那个大臣是谁？他正在偷眼看我。来人哪，传我令去，剜去他的双眼！”

兵丁们奔下楼，去剜那倒霉大臣的双眼去了。楼阁下面一片嘈杂之声。赫连勃勃则重新回到座位上，喘着气，他的手又张开了。这次是要酒了，于是宫女又为他将酒捧上。

勃勃接过酒来，一饮而尽。他喘着气向城下注视着，说道：“城下又有一位大臣露出了牙齿，那分明是在笑我。来人哪，传我令去，拔掉他的牙齿！”

说着又张开手要了一杯酒，一饮而尽后，心里还是憋得难受，勃勃那红勾勾的眼睛继续往城下瞅着，很快地，他又发现了一个目标。

赫连勃勃用手再向城下一指，说道：“永安台底下那两个人正在交头接耳，他们分明是在嘲笑我，诽谤我。来人哪，传我令去，割掉这两个人的舌头！”

连做了三宗恶事，赫连勃勃现在是心里平静了。又喝了两碗酒以后，他头一歪，流出了涎水，然后，在那把虎皮座椅上传出了鼾声。

“给你们的王，拿一个毯子盖上吧，城头上的风大！”

正在抚琴的鲜卑莫愁，在弹琴的间隙，扭过头来这样说。

赫连勃勃在酣睡，鲜卑莫愁依旧在弹琴。鲜卑女弹奏的，依旧是那首草原古歌。不过，她给那代代相传的古歌后面，又续了一段：

我的地方哪，
小小的地方，
并不是我自己要来，
也不是马儿载着我来，
是那可诅咒的命运，
它把我带来！
在那草原的尽头，
在一个叫红碱淖尔的地方，
有一只白天鹅在歌唱。
它的歌声多么忧伤，
白天鹅一生只歌唱一次，
那是在它行将辞世的时候！

第七十五歌　北魏袭城

赫连勃勃那乖张、暴烈、凶残的行为举止，令统万城上上下下为之目瞪口呆。他的恶行迅速地传遍了整个匈奴草原。好事不出门，恶事传千里。统万城所发生的事情，没有多久，就传到了北魏拓跋焘大帝的耳中。

全世界的人都不明白这到底是怎么回事，都以为赫连勃勃这是疯了，只有黄河对岸的拓跋焘知道其中的缘故，他明白赫连勃勃已经百毒攻心，毒性正在他的体内发作。

那个时期北魏正处于最强盛的时代。拓跋焘大帝野心勃勃，他要在有生之年完成对统万城的占领，完成对业已纳入大夏国版图的长安城、洛阳城的占领。最后，再一举完成对南朝宋国都城建康城的占领。

这一年的冬天，拓跋焘从营中挑选了两千名控弦之士、精悍骑兵，而后，拜鲜卑莫喜为先锋大将，来完成对大夏国国都统万城的一次突袭。

那目的地统万城的外边有个易马城，四面八方的牧人们常常把马赶到那里来交易。因此，这两千匹马分成几拨来赶，并不引人注目。士兵们则是换上便服背着褡裢徒步，三五成群，最后在易马城中集结。

这一切，赫连勃勃茫然不知，统万城朝野浑然不觉。

这夜，酩酊大醉的赫连勃勃蒙头大睡，鼾声如雷。他的睡相很难看，嘴咧着，牙龇着，涎水顺着下巴流出来，一个八尺三寸的身子仰面朝天，四肢伸展。恍惚中，他听到门外有厮杀声，看见一位拓跋北魏的将军骑一匹悍马，领着一支如狼似虎的骑兵，正在冲破他的城池。不知道这是梦还是现实。他努力使自己清醒过来，但挣扎了几次，都没有做到。后来，他挣扎着大叫了一声，终于醒了。

赫连勃勃披着睡袍，推开房门，站在凉亭的栏杆边向城下瞭望。这一望不要紧，他吓了一身冷汗，酒也醒了一大半。一位拓跋北魏将军领着人马，穿越易马城、赋贡城，眼下，已经打破外郭城，就要冲入内城里了。

他的两位忠实的将军，薛鲜和薛桓正在奋力抵抗着。他们一边使着刀，尽力把刺到眼前的戈矛隔开，一边扭头喊道："主公，主公，赶快醒来！"

赫连勃勃大怒，将手向城下一指，骂道："闯入我这统万城龙潭虎穴的是什么人？胆敢来踏我的城池。来将何人，报上你的名讳，我的大夏龙雀虽然刀利，但是刀下不杀那无名之人！"

城下的将军，仰天大笑道："勃勃小儿，都死到临头了，你还不知道我是谁！代州拓跋魏如今当家理事的是魏成祖拓跋焘大帝。你面前站着的这位，就是当今盖世英雄拓跋焘了！"

赫连勃勃说道："原来你就是我的敌人、大夏国的敌人、匈奴人的敌人拓跋焘！当年你的爷爷毁了我代来城，杀了我的父亲刘卫辰，杀了我一家三百口，国仇家仇，我钢牙咬碎日日不忘。我正要秣马厉兵找你寻仇，想不到你今天自己送上门来了！"

城下的拓跋焘听了，并不示弱，长矛往天上一举，说道："勃勃小儿，闲话少说。我道这统万城是生铁铸就钢水浇成，想不到却是豆腐渣一块，如今这易马城、赋贡城、外郭城，朕都已经踏破了。铁骑所向，正要踏破内城。勃勃小儿，你若识相，赶快下城投降，免你一死！"

勃勃见说，大怒道：“拓跋小儿，你且等着，大夏王赫连勃勃来了！”

勃勃说完，纵身一个虎跳，从城上跳到地面，然后高叫道：“马来！马来！”一个属下赶快牵来他的坐骑。勃勃跨上马，又叫道：“刀来！刀来！”四名属下抬着那口名为“大夏龙雀”的百炼钢刀，递到勃勃手中。

勃勃骑了马，两腿一叩马肚，挥舞着“大夏龙雀”，舍了众人径直去取拓跋焘的人头。

拓跋焘贵为人主，鞍前马后自然有不少护卫。勃勃近他不得，恼了，仗着醉意，挥舞大夏龙雀，冲入敌阵，不分青红皂白见人就杀，见头就砍。

大夏龙雀向前一挥，前面出现了一条街道，向后一挥，后面出现了一条胡同。那拓跋焘的护卫们，纷纷倒在刀下。

好个赫连勃勃，一边挥刀，一边口中念念有词，念着那大夏龙雀上的铭文。“古之利器，吴楚湛卢；大夏龙雀，名冠神都。可以怀远，可以柔逋；如风靡草，威服九区。”

说话间，赫连勃勃已快马到了拓跋焘跟前。拓跋焘是有些大意了，两千轻骑，御驾亲征，而今又轻车简从，孤军深入内城，此一刻，见赫连勃勃大夏龙雀挥来，慌忙举枪抵挡。

想不到那大夏龙雀如此锋利，拓跋焘手中的钢枪刚将大刀隔开，勃勃的钢刀顺势反手一削，就把拓跋焘钢枪前面的矛头削去了。

拓跋焘见了，拨马回身便走。

赫连勃勃哪容他脱身，拍马上前，一刀背把拓跋焘打翻于马下，复又一刀，要取拓跋焘性命。

眼见得那口百炼钢刀就要削下拓跋焘的人头了，这时，斜刺里杀出一位青年将军，高叫一声：“莫要伤了我家主公，鲜卑莫喜来了！”

这位青年将军正是鲜卑莫愁的弟弟，当年从固远城得以逃脱，东渡黄河投了代州北魏，前一阵子，又乔装胡商重返固远城，一为祭祖，二为策反姐姐。如今这次拓跋西征，他被拜为先锋大将。

鲜卑莫喜手挥两把铜锤，只听“锵锒”一声，把赫连勃勃手中的钢刀挡了过去。莫喜说道：“勃勃小儿，我叫莫喜，双姓鲜卑，当年固远城那一场屠城故事，你还记得吗?”

赫连勃勃听了，心中一惊。

莫喜是为主效力，不惧生死，挥舞两个铜锤，专打赫连勃勃的马头。勃勃见了，只好舍了那已经倒地的拓跋焘，前来迎战鲜卑莫喜。

鲜卑莫喜哪是勃勃的对手，勃勃无心杀他，先让了他三个回合，奈何这莫喜不知好歹，只顾挥动两个铜锤，趋上前来索命。

勃勃见了，只好说道：“罢罢罢，我已让过你三个回合了，人情还了，现在，不好意思，我要送你走了，好兄弟，你去吧!”

说罢，大夏龙雀一挥，年轻的鲜卑莫喜已是身首两段。

勃勃再去追拓跋焘，追了有十里远，只见烟尘扬处，拓跋焘率着他的两千轻骑已经跑得无影无踪了。

野外的凉风一吹，赫连勃勃的酒意涌上头来。他呕吐了两口，佝偻着腰，抱住马脖子。马载着他，昏昏沉沉地回到统万城。

夜来，鲜卑莫愁轻轻抱住弟弟的头，将脸颊贴在弟弟的脸上，她说：“亲爱的弟弟，可怜的弟弟，你托付给我的那件事情，我一直在做着!”

夜晚，温宫凉殿里，烛影幢幢处，鲜卑莫愁从酒坛里倒出一碗酒，然后从高绾的发髻上取下那根鸩鸟的羽毛。她将那羽毛重重地在酒面上拂过，然后端给卧榻上的赫连勃勃。

“主公，醒醒，借酒压惊!”鲜卑莫愁说。

第七十六歌　冬宰场的最后一只羔羊

赫连勃勃是在那一年的春天死去的，那是羊产春羔的季节。赫连勃勃的死和拓跋踏城的时间相隔不久，一个是在冬天，一个是在来年春天，中间隔了一个年节。

大限到来的那天，赫连勃勃屏退左右，只让鲜卑莫愁搀着他出了统万城，一步一挨，向草原深处走去。那匹额上有一道闪电的骏马随后跟来。勃勃摆摆手，让它回去。

勃勃说："谢谢你曾经的服务。你回去吧，我已经不再需要你了！"

勃勃说："我要死了，我自己能感觉到。莫愁娘娘，你见过猫是怎样死去的吗？告诉你吧，世界上谁也没见过猫死。猫知道自己要死了，它就悄悄离开家，离开人群，独自跑到森林或者旷野，或者不管在什么地方找一个角落，在那里用爪子刨一个坑，然后悄悄地不惊不扰地死去！"

"我现在就有这种感觉。远离尘世，去寻这样一个猫的角落。"赫连勃勃继续说。

早春的草原上，羊群像大水漫滩一样，缓缓流过。春放一条鞭，夏放满天星，羊群嘴贴着地，争先恐后地往前撵着，去啃那刚刚发起的嫩草芽。经过了北魏拓跋的那一次踏城之后，草原已经有些零落了。它要恢复还得些年，也许，它再也恢复不过来了。

他们来到了一个羊圈里。羊圈的栅栏用草原上一种叫作沙柳的灌木编织，他们分开羊圈的木栅栏门，来到羊群的中间，然后找到一个死角躺下。赫连勃勃对莫愁说："这个羊圈，这拥拥挤挤的一群羊，让我想起自己当年逃亡时的一件事。"

赫连勃勃说："当年我从代来城逃脱时才十一岁，跳进黄河拽着马的尾巴得以上岸。上岸后就躲在一个羊圈里，羊拥挤着我，我反穿皮袄，把自己扮作一只羊，混在羊群里边，躲起来。

"那是初冬时节，一年一度的冬宰期。羊吃了一秋天带草籽的草，肥了，壮了，牧人们趁羊正肥，要把它们宰了，储备起来准备越冬。那待宰的羊，被从羊群中挑了出来，塞进一个圈里，而我恰好就茫然不知地进了这个圈。

"高大威猛的牧人们，踢踏着大皮靴，莽莽撞撞地打开了栅栏门，走进圈里，两手一伸，抓住一只羊脊背上的毛，往肩膀上一扛，走出圈门。而后，将那肩上的羊往地上一摔，趁羊倒着的时候，一个膝盖顶上去，然后全身压上去，羊就不能动了。牧人这时候用一只手在羊的脖子上摸索，那是在寻找下刀的部位，另一只手，则去靴子里寻刀。部位摸准了，刀也抽出来了，于是一刀扎进去。刀穿过厚厚的皮毛扎进脖子，扎断血管，血喷涌而出。这时候刀并不离开羊脖子，而是被反握着，左边旋三下，右边旋三下，羊脖子这就断了，‘扑扑’地有带血的泡沫喷出来。牧人这时候拔出刀，将刀噙在口中，然后一只手掰住羊嘴，另一只手卡住羊脖子，一用劲，只听‘咔吧’一声响，羊的颈椎骨就断了，刚才还硬挺着的羊头，现在耷拉了下来。宰羊的工作到这时还没有完，牧人现在要进行的是重要的一项工作。只见牧人从嘴里取下刀，然后用另一只手在羊脖子那血肉模糊处摸索，他是在寻找颈椎被折断后夹在里面的那根神经。

“颈椎中的那根神经终于找到了。他的手一动那神经，羊的全身一哆嗦。这大约是羊只最敏感最疼痛的地方了。牧人用刀将那神经割断，羊就不再哆嗦了，羊终于得以解脱了。牧人最后做的工作，是将脖子后面连接的那一点儿皮肉割断，这样羊的头和身子就彻底分家了。”

赫连勃勃喘着气，喋喋不休地说：“牧人们闯进圈里，抓起一只，杀掉，然后再来找下一只。羊圈里剩下的羊挤在一个角落，缩成一团。大家都在等待着那必然的命运，谁先被杀，谁后被杀，那完全要看牧人的双手所向。他是喜欢把好宰的羊留在最后呢，还是喜欢把不好宰的留在最后？不知道。

“牛被宰杀的时候，会热泪滚滚，豌豆大的泪珠子从大眼睛中夺眶而出；马被宰杀的时候，会愤怒地叫，对宰杀它的人满怀敌意。但是，羊很奇怪，被宰杀的时候它不叫，牙关咬紧，默默地承受，好像是说：我是个乖孩子，我要做到最好！在临终的时候，我也要做到自我道德完善！

“在我的感觉中，最不幸的不是那些先被杀死的羊，而是那些最后被杀死的羊。每一次，当牧人的大皮靴嗵嗵地踏过来时，每只羊会想：终于轮到我了，终于要死了，终于得到解脱了。但是，牧人的双手却伸向了另一只羊。”

赫连勃勃叹息说：“栅栏里的羊终于被杀完了，角落里的最后一个，那哆哆嗦嗦缩成一团的，从反穿的羊皮袄中露出两只惊恐大眼睛的，是一个十一岁的小孩——那是我！牧人们发现这是一个反穿皮袄的人，吓了一跳，而我趁他们惊愕之间，冲出羊圈，跳上一匹马，跑了！”

说话中间，赫连勃勃的喘气声越来越急促。

他伸出手，好像要在空中抓住什么似的，结果他的手抓住了鲜卑莫愁的手。他的手在继续寻找，莫愁明白了，将他的手捂在自己的乳头上，那身体中最柔软的部位。这时，赫连勃勃开始吐血。他吐出的是黑血。他就这样大口地吐了三口，然后一口气没有上来，就死在鲜卑莫愁的怀中了。

死去的他的那只手，还紧紧地攥住鲜卑莫愁的乳头。大约是因为这个缘故，他的脸上没有痛苦。

他死了，确确实实是死了。

鲜卑莫愁费了很大的劲儿，才掰开抓住她乳头的那只手。一群羊围上来，惊恐地“咩咩”叫着，她挥手将它们赶开。

她让死者平躺下来，整理了一下他的衣冠，然后伸出手为他把眼睛合上。

“我杀死了一位英雄，我结束了一个时代！”

鲜卑莫愁说道。说完，她从高绾的发髻上取下那支鸩鸟的羽毛，像扔掉一件不祥之物似的，将那羽毛扔掉，又辟邪似的朝那扔去的地方吐上两口唾沫。

而后，她走出羊圈，整了整衣衫，对着统万城喊道：“准备后事吧，你们的主公死了！”

第七十七歌　美人归去

赫连勃勃死于公元425年，享年四十五岁。这个在匈奴人迁徙的高车上出生、在草原上一个普通的羊圈里悄然死去的人物，就这样走完了他的不平常的一生。

他的远祖是冒顿，曾祖是呼韩邪，他是匈奴人的末代大单于。他还建立了一个国家，这个国家叫大夏国，是五胡十六国之一。他还建立了一座都城，这座都城叫统万城，是匈奴这个居无定所、逐水草而居的游牧民族所建立的唯一一座都城。凭借它，我们才能有充分的理由相信，那些史书上的零星记录，那些散布于民间的口口相传，是真实的，确实有过那些乘马走来的英雄美人，确实有过那些不朽传奇和歌谣故事。

赫连勃勃是这个伟大游牧民族行将退出历史进程前，发出的最后一声绝唱。

他的脸上有三道刀痕，第一道代表勇敢，第二道代表美仪，第三道代表凶恶。这三道刀痕概括了赫连勃勃的一生。

然而，这三道刀痕还有另外一种解释，即一道代表一坛浓烈的酒，一道代表一匹尊贵的马，一道代表一个风情万种的女人。这三者是成就一位草原英雄的三剂猛药。

他的乖张和凶残曾震惊整个匈奴草原，被称为草原上的恶之华。而那纸页泛黄的史书，也屡屡将他作为暴君的一个范例。

但是，史书是可信的吗？传说是可信的吗？那史书也许是他的敌人写成的，而那口口相传的传说也许只是以讹传讹。站在长城线内，去看长城线外，只见脸上刻有三道刀痕的一个人骑着马向你走来，你也许无法看清他，你的远距离的猜测充其量只能是猜测。

就在赫连勃勃死去的那一刻，一只鹰，这草原上唯我独尊的君王，它正平展着翅膀，驾驭着气流，在这一片草原上空翱翔着。翅膀不摇不动，姿态高贵而骄傲。

噢嗬——
那苍鹰又在天边遨游，
它莫非生在战乱的时候？
那片片的流云在疾走，
它莫非在呼唤已去风暴的怒吼！

赫连勃勃去世之后，鲜卑莫愁回到了统万城，她几乎没有做什么停留，就骑着她的小牝马，弹着琴离开了统万城。

没有人敢阻拦她。也没有人劝说她留下。

她骑着马向固远城那个方向走去。

在漫漫的路途上，陪伴她的是一本叫《阿弥陀经》的经卷，译者叫鸠摩罗什。这是鲜卑莫愁在统万城时，从易马城一个和尚的手中得到的。

鲜卑莫愁骑在马上，看着经卷，不知道走了多久。她松开缰绳让马信步走着。那马认得去固远城的路，而鲜卑莫愁自己，反倒未必能记准。

突然，马不走了。鲜卑莫愁的眼睛还盯在经卷上，她用双腿叩了叩马肚，马依然不走。于是她抬起头来，发觉她走到了那个山坳的转弯处，她第一次与赫连勃勃相遇的地方。

“我的马车上有酸奶子，满满的一大皮囊，行路客，你多么的忧郁呀，好像全世界的苦难此刻都装在你一个人身上似的！哦，你等着，我这就为你打去！”

鲜卑莫愁泪流满面，喃喃地说着过去说过的这话。

她一连说了三遍，但是没有人应声。山路上空荡荡的，世界好像退去了，只留下这空荡荡的道路和道路上的一人一骑。

鲜卑莫愁大哭起来。

哭声中，从那路旁的山坳处传来了叮叮咚咚凿石头的声音。鲜卑莫愁向那里走去。

在子午岭那高高的山脊一侧，秦直道旁边，有一座石窟，官方的名字叫石泓寺，当地老百姓则叫它石碴河千佛洞。

专家们说了，敦煌莫高窟向大同石窟、龙门石窟过渡时，中间有近五千华里的路程，这样遥远的距离，它的中间该有一些小型的石窟作为跳板才对。

于是，他们沿着秦直道两旁，拨开密林草丛，在这绵长的道路两旁寻找，结果，专家们果然在那应该有的地方找到了应该有的石窟。

而这石泓寺，或者说石碴河千佛洞，就是莫高窟通往云冈石窟的诸多跳板中重要的一个。

专家们拨开崖壁上的藤蔓，洞口露了出来。洞窟里面凿成的房间的三面墙壁上，从地面到屋顶，一层一层，共凿了一千个小佛。小佛们神情各异，栩栩如生。房间的正中间则留下一方石头，那上面供着三个泥塑。

上面说的这些，和中国地面所有的石窟没有什么两样，这石泓寺唯一不同的，或者说那让专家们惊诧不已的，是在从洞口到房间的过道上，那一面石崖上的石头凿成一个方框，而那方框里面端立着一个泥塑的女菩萨。

这女菩萨面白如雪，面红如酡，黑炭般眉毛，风情大眼，小巧的高挺的鼻梁，朱砂色的嘴唇，仿佛活人一般。

关于这个泥菩萨，当地还流传着这样的一个故事。

传说，石窟工程开凿已经有二百年了，还迟迟不能竣工，石匠们一是嫌劳作艰苦，二是思乡心切，于是纷纷逃亡。这时候，来了一位女施主——一位漂亮的女施主——一位美若仙人的女施主。她跳下马来，加入到这修筑石窟的队伍之中。

没有人知道她的名字，没有人知道她来自何方。

白天，女施主为石匠们做饭、缝补洗衣；夜来，她看了工程的进度后，选择那天出活最多的一位石匠为他暖脚，以示褒奖。

工地上于是有了欢笑声，工程的进度明显地加快了。工匠们为了得到她的缠绵一夜，争先恐后地努力劳作着。

那凿出的碎石扔到川道里堆成了山，这个石窟也就有了名字，叫石碴河千佛洞。

一些年以后，工程终于竣工了。

那石碴河千佛洞竣工之日，也就是这个女施主气绝之时。

收拾好家伙，准备回家的工匠们又拖延了三日，他们在石佛洞的过道上凿出一个位置，把这业已香消玉殒的女施主端立起来，放在那位置上，用木楔固定，身上加一把谷草，再在这谷草外面糊上泥巴，而后用油彩涂抹一遍。

于是，这个肉身女菩萨就端立在那石泓寺的过道上了。石匠们认为这位女菩萨是专门来帮助、激励他们修筑这石窟的。

头脑光光的专家们对着这美艳照人的肉身女菩萨端详了很久，然后轻轻地用小刀将那泥巴剔开一条小缝，凑到跟前去看，其结果令他们惊骇。专家们看到了里面白生生的骨骼，从而证明这个传说也许有几分真实，那泥巴下面确实是有肉身的。

第七十八歌 拓跋屠城以及后赫连时代

如今，在统万城的西北方向，那个横亘的乔山之巅，有十三座拥拥挤挤、一字儿排开的沙丘。千百年了，流沙滚滚，遮天蔽日，就连那统万城的白色废墟，也多一半为这流沙所掩埋，独这十三个彼此相连的沙丘，不摇不动，一直矗立在那天宇之间。

当地人叫那地方曰“十三敖包”，说那里正是赫连勃勃以及他的儿子、皇后和娘娘们的葬身之处。

作为佐证，在这十三敖包的中间位置，并排立着三座白色的房子。那些房子是亮眼的粉白颜色，站在统万城城头上瞭望它们，相距约二十华里，如在眼前。

那白色建筑物是穹庐式的屋顶，圆状的墙壁，人们说那是享堂。

那十三敖包真的是赫连勃勃的葬身之处吗？史书上没有记载，后世也没有做过勘测，我们也不敢胡说。

不过野史言之凿凿地说到了这里，并且连同这里一共提到过三处。除了这一处以外，那另外两处，一处在黄河岸边，奢延水流入黄河的地方有个白浮屠寺，人们说赫连墓在那里，那里居住的赫姓人家正是统万城被破后，避祸于这浮屠寺的。一处是在黄土高原的腹心地带，芦子关的下游，那里有一个牡丹川，民间又传说赫连勃勃葬身于此。

赫连勃勃死后的第二年春天，统万城为北魏拓跋焘所破。城中当时有十万人口，城破以后，十停中有三停为拓跋焘所杀。三停则流落民间，那流落民间的，有的姓了“赫”，有的姓了“郝”，有的姓了“连”，有的则又恢复了那个“刘”姓。而那剩下的三停，被拓跋焘所俘获，押往雁北地面的代州城。

拓跋焘同时俘获的还有赫连勃勃在城中的妃嫔、王子以及他的三个妖冶无比的女儿。

传说拓跋焘屠城七日，鲜血染红了奢延水，那白色的城垣曾一度成为猩红色的，后来经过雨水的冲刷，岁月的漂洗，才逐渐又恢复它本来的颜色。拓跋焘还将那些辉煌楼阁中的各种装饰、崇台密室里的各种珠宝装载上车运往代州城。

那是草原上几百里长的一支队伍，牛车、马车、驴车，叮叮当当地响，驮牛、驮马、骆驼的背上堆积如山。还有掠夺来的三十万只牲畜，由拓跋的士兵驱赶着。当这样一支前不见头、后不见尾的队伍从草原上蹚着满地黄尘滚滚而过时，会是一番多么壮观的情景。

不过对于拓跋焘来说，他的最大的战利品是赫连勃勃的三个女儿。

赫连勃勃在世的时候，曾经有一个愿望，就是要把她们三个培养成三个女萨满，然后让她们乘着小牝马，在匈奴草原上游荡，呼风唤雨，兴风作浪。现在，这个愿望是无法实现了。

拓跋焘对这从统万城掳来的三个小美人钟爱有加，回到代州城以后，就立即把这三个小妖精一股脑儿娶为自己的妻子。那一年拓跋焘二十六岁。后来，当拓跋焘荡平长安城，荡平洛阳城，并从刘裕的儿子刘义隆手里夺取宋国的都城金陵城（刘裕称帝后，将建康城改名为金陵城），称帝加冕时，封赫连勃勃的大女儿为皇后，另外两个为贵人。这是公元433年的事。

这个皇后，就是北魏皇家史上的赫连皇后。这个赫连皇后，正是那大夏王赫连勃勃的大女儿，史书所载，言之凿凿，叙述者在这里不敢胡说。

那拓跋焘大帝亦是在四十五岁头上死的。死于金陵，很奇怪，他亦是死于宴席上的毒酒。

他是如何死的？谁毒死了他？因什么理由毒死了他？不得而知。那个时代，空气中真是充满了砒霜味儿。

赫连勃勃的三儿子，大夏国的太子，赫连勃勃之后的大夏国王赫连昌，亦是在被俘后押往代来城，又押往金陵城，然后在妹妹做皇后的前夕，为拓跋焘所杀。

为了保卫统万城，保卫大夏国，这个赫连昌曾做了殊死的抵抗。

赫连勃勃死后，驻守长安城的太子赫连昌得到消息，不啻是五雷轰顶，他星夜乘一匹快马，回统万城前来奔丧。

国中不可一日无主。葬埋了赫连勃勃，赫连昌就在永安台上祭天称帝。祭天仪式结束后，即联系四邻，重整朝纲，厉兵秣马，开始布防。

勃勃已死，赫连昌新立，拓跋焘哪里把他放在眼里，于是兵分三路：一路绕道九原郡，从那里南渡黄河；一路绕道山西，从蒲坂地面的风陵渡渡河；自己则亲率大军就近从代州城附近的津子渡西渡黄河。三路虎狼之师檄文告知天下，直扑统万城。

拓跋焘还是小觑了这统万城的坚固城防。围城三月，死伤无数，旷野上的统万城岿然不动。倒是那四面城墙外的只只马面时有奇兵杀出，令北魏军队惊恐不安。

后来拓跋焘见攻城无望，便引兵佯作败退。赫连昌果然年轻，少不更事，以为魏兵真的退了，于是倾巢而出，弃城追赶。刚刚追赶到半途，就听到身后嘈杂声一片，扭头看时，城中浓烟滚滚，火光冲天，城头上已是北魏旗帜了。

赫连昌回马去救，哪里能近得了城边。只见城中乱箭射下，那北魏拓跋焘大帝站在城头上，正朝赫连昌微笑。

赫连昌自忖败局已定，于是收拾残部去守长安城。他明白拓跋焘绝不会善罢甘休，破了统万城之后，下一步该是那小统万城——长安城了。

长安城后来也被北魏拓跋攻破，赫连昌于是退守平凉。在陇东高原上又与北魏周旋一番以后，赫连昌在平凉城被擒。

赫连勃勃的第五子赫连定镇守凉州城。统万城被围时，他赶忙救城，途中闻说统万城已破，赫连定登上一座叫苛蓝山的高山上大哭道："先帝以朕承大业者，岂有今日乎！"又环顾左右说："使天假朕年，当与诸卿建王季之业！"

赫连昌被俘后，赫连定继承帝业。他在凉州城立国，后来溃败时，西渡黄河，坐在羊皮筏子上，被岸边赶来的吐谷浑人所杀。吐谷浑人提着赫连定的人头，到代州城去邀功领赏。

灰飞烟灭，白茫茫大地真干净。

这个雄踞一时的北方草原大国就此结束。这个在人类历史舞台上留下深刻厚重一笔的马背上的民族，像洪水退潮一样，且行且退，退出了历史的进程，退出了人们的视野。

中国历史上纷乱杂陈的五胡十六国时代，行到这一程，也就快接近尾声了。

那里面还有着许多的故事，我们这里只提一件。

灭掉统万城大夏国的北魏并没有能延挨多长时间。它后来分裂成东魏和西魏。北魏自己培养出来的两员大将高欢和宇文泰令北魏寿终正寝，两员大将从而建起了他们自己的短命国家。

渤海王高欢像所有的篡位者那样，将北魏的最后一个皇帝魏孝武帝在自己手中攥了三年，后来攥得有些厌了，想要药死他。魏孝武帝见大事不好，亡命西逃长安，投奔他的另一位将军——河西王、关西大都督宇文泰。史书上说，是年十二月，宇文泰鸩杀孝武帝于逍遥园他所设的宴会上。武帝死后，殡于草堂寺十余年，后来迁葬于云陵。

于是，北魏灭亡，西魏、东魏建立。

这样，这部描写末代匈奴王赫连勃勃的书，描写汉传佛教的伟大奠基者之一鸠摩罗什的书，同时成为一部五胡十六国演义，它将魏晋南北朝、五胡十六国这一段历史，各个国家之间的前后承继、渊源替代，清清楚楚地写出，置于读者眼前。

第七十九歌　阿提拉

卡尔·马克思说过一句睿智的话：民族融合有时候是历史前行的一种动力。

我是一个世界主义者，我相信我的血管里澎湃着许多民族的血液。当我热泪涟涟地在中亚细亚大地上像风一样地行走时，我脱帽以礼，向每一座路经的坟墓致敬。

它们消失了。古阿尔泰语系游牧民族，古雅利安游牧民族，古欧罗巴游牧民族，它们消失在这块坦荡的苍凉的一望无垠的欧亚大平原上了，只留下那模糊的背影，那口口相传代代相传的传说，一任后之来者作无凭的猜测。

是的，我在中亚细亚高原上行走，我向每一个路经的坟墓致敬。我把它们都当作自己的光荣的祖先，而我，则是它们打发到二十一世纪阳光下的一个代表。

我脱帽以礼，向每一个路经的玛尼堆致敬，向每一个路经的玛扎致敬，向每一个路经的敖包致敬，向每一个路经的拱北致敬！

匈奴这个最不可思议的古老游牧民族，在东方大陆，在黄河之滨，在大河套地区，由一个叫赫连勃勃的末代匈奴王建造了一座海市蜃楼般的孤城之后，突然消失。赫连勃勃和他的大夏国，完成了这个民族在世界东方大陆上的最后一声绝唱，而后便徐缓地谢幕，退出了历史的舞台。

历史是如此惊人地相似，相似得叫人不寒而栗。就在匈奴人在东方大陆上消失的同时，在欧亚大平原的另一翼，迁徙到欧罗巴大陆的匈奴人阿提拉大帝和他的匈奴大汗国，也在完成一个华丽转身后，同一刻，倏忽间退出了历史舞台。

这里，且让我们借助女萨满那熠熠有光的独眼，越过辽阔的欧亚大平原，向世界的另一头瞭望吧！

阿提拉的铁蹄在把欧罗巴的土地几乎耕耘过一遍后，他站在战马上，挥舞着独耳狼旗，喝着骷髅头酒具里的酒，搭眼望去，发现整个欧罗巴大陆上，只有一座城市还在阻挡他的马蹄。

这座城市就是世界的西方首都罗马城，是罗马帝国的首都罗马城，是基督教红衣大主教居住的罗马城。

阿提拉将独耳狼旗一指，他的那三十万草原兄弟，裹挟着欧亚大平原上几乎所有游牧民族所组成的这股洪流，在一个早晨，把个罗马城铁桶一般围住，然后开始攻打。

围城半年，罗马城就要攻破了，罗马帝国将要灭亡了，西方基督教世界将要毁于一旦了。罗马皇帝眼看城池势将不保，化装成平民混出城逃逸。

罗马城的事务现在由红衣大主教圣·来奥主持。

圣·来奥大主教做媒，将皇帝的妹妹敬诺利亚公主许配给了阿提拉，将罗马帝国每一年的赋税拿出一半朝贡给了阿提拉。

于是，阿提拉终止了攻城，他在与圣·来奥大主教签订了城下之盟之后，马屁股上驮着敬诺利亚公主，重新回到了东欧草原，回到了布达佩斯。

在史籍和传说中，敬诺利亚一直是一个模糊不清的白色影子。据说她在十六岁的时候，就与一名年轻近卫军军官私通，后来私奔，被罗马帝国认为是一种耻辱，把她关到了君士坦丁堡的监狱里去（可能是软禁）。监狱里的敬诺利亚不断地给阿提拉写信，表达她的爱慕，称他是当时的第一英雄。又据说，阿提拉攻打罗马城，甚至也是敬诺利亚公主的教唆，她要这个男人向罗马帝国显示一下力量。

上面说的这些都是史籍上的，美国好莱坞一部大片叫作《上帝之鞭》，一部描写阿提拉大帝的电影，也对此做了同样的叙述。

我们看到，撤离罗马城的阿提拉，这个从中亚细亚高原过来的牧羊人，他的马屁股上驮着一位金发碧眼的罗马公主。

我们还看到，成为新嫁娘的敬诺利亚公主，她那高绾的发髻上，插着一根鸩鸟的羽毛。这羽毛我们似曾相识，这羽毛在此刻又一次出现，不能不令我们惊骇不已。

在布达佩斯匈奴大汗国的国都里，婚后第二年，正值盛年的匈奴末代大单于阿提拉死亡。据说，每天晚上，敬诺利亚公主都要用尖底高脚杯捧一杯酒给他。饮了这杯酒，酩酊之中，阿提拉便浑然睡去。

那东方的鲜卑莫愁曾经使用过的一招，在西方由敬诺利亚公主同样实施了。斟满酒后，她优雅地伸出戴着长手套的白色手臂，亮起五指，从高绾的发髻上拔出那根羽毛，从酒面上一掠而过。

阿提拉大帝在一杯又一杯的饮酒中，慢性中毒死亡。

重复也是一种美。于是那东方的故事又在西方重演了一回。

阿提拉死了。敬诺利亚公主将他拥入怀中，叹息说："我杀死了一位英雄，我结束了一个时代！"说完，她伸出手，将阿提拉的眼皮合上。

这样的话，我们似曾听过；这样的落幕，我们也似曾见过。

敬诺利亚公主在离开阿提拉时，已经怀有身孕。她没有回罗马城，而是去了君士坦丁堡。行前，她以轻蔑的口吻给她的哥哥瓦棱伦帝写了封便信，告诉他阿提拉已死，世界又恢复到它原来的秩序中了，他又可以高枕无忧地继续做皇帝了。

敬诺利亚回到君士坦丁堡后，生下一个儿子，名叫恺撒，后来成为皇帝。东西罗马帝国的历史上，曾经有过三个恺撒大帝，阿提拉与敬诺利亚所生的儿子，则是其中的一个。

“恺撒”在拉丁语中是不正常出生的婴儿的意思。恺撒出生的时候，不是像正常情况那样头先出来，而是脚先出来，这叫“立生”，或叫“逆生”。恺撒出世时，脚先出来，红红的脚丫上，右脚的小拇趾甲盖是浑圆的一块。

史书告诉我们，在阿提拉死后，他的匈奴大汗国立即土崩瓦解，他的三十万乌合之众亦立即分崩离析，而他的几十个儿子也被翻过身来的罗马帝国四处追打，一一杀死。

他的最小的儿子叫腾吉齐克。腾吉齐克是最后被杀死的。他的人头被悬挂在君士坦丁堡大马戏场的入口处。

在参加完君士坦丁堡大马戏场的狂欢以后，高贵的游客们会在返场途中，在腾吉齐克那日见风干的头颅前停驻片刻。他们会指着那头颅说：“这是一个从亚细亚高原过来的野蛮人。他的父亲叫阿提拉，他的曾祖叫郅支，他的远祖叫冒顿。他们的故事将成为欧罗巴人世世代代的谈资和笑料!”

那个曾经深深地动摇了东方农耕文明根基和西方基督教文明根基、差点儿重新改写历史的匈奴人，那个在人类历史进程中曾经闪现过自己骁勇身姿，并且第一个跃上马背的草原民族，就这样慢慢地退出了我们的视野。

赫连勃勃死于公元425年，死于统万城，死时四十五岁。阿提拉死于公元453年，死于布达佩斯，死时的年龄大约也是四十五岁。匈奴人没有文字，所以阿提拉死时的年龄，我们只能推测。

第八十歌　白城子凭吊

这是二十一世纪的某一天。这是在东欧平原上匈牙利的匈族人居住区某一个地方。

长期以来，他们认为自己是亚洲高原过来的牧羊人，是伟大的阿提拉所建立的国家。匈牙利民族诗人裴多菲，在他的民族史诗中，这样吟唱道：

我的光荣的祖先啊，
你们如何在那遥远的年代，
从东方，从黑海和里海，
迁徙到水草丰美的多瑙河畔，
建立起我们的公国。

裴多菲所吟唱的，是人们长久以来的说法，是官方解释。但是上世纪末，一些匈牙利年轻学者对这个说法提出了质疑，他们说早在匈奴人到达多瑙河畔之前，这里已经有一个小公国存在，那是玛扎尔人建立的。

匈牙利官方采纳了这一说法，他们将解释修正了一下，这样来说："匈牙利境内的大部分居民是匈族人，而匈族人的祖先当是来自亚洲高原的牧羊人。"

其实，玛扎尔人也是从亚洲高原过来的牧羊人，他们当是古突厥人的一支。记得，我们在这个有些冗长的故事开始时，已经为你提到玛扎尔人了。

还是回到我们的故事中吧！

就在我们说话的这个时间，一个一身时尚打扮的旅行者正从一片东欧草原穿过。她戴着一个红色的宽边太阳镜，穿着碎花布夹克衫、白色旅游鞋。我们认出了她，她的出现让人有些惊讶。

她就是那个女萨满，那个在赫连勃勃出世时站在迁徙的路边高声祈祷的人，那个站在代来城的废墟上告诉赫连勃勃这个世界上有一种"丛林法则"的人，那个后来在统万城永安台的台顶一袭黑衣、举目望天、与上苍通灵的人。我们这个故事将要拍成电影，电影中的女萨满一角，最好由斯琴高娃来扮演。

草原的路旁，一群匈族的孩子在玩一个掷羊拐的游戏。女萨满的眼睛亮了，她盯住了其中的一个羊拐。这只羊拐曾经挂在赫连勃勃的脖子上，不过它上面那个由鲜卑莫愁的发丝编织成的挂链已经消失了。现在的它只是一个光秃秃的羊拐。

女萨满停住脚步，说道："我用我手中的面包换你手中的羊拐，好吗?"

孩子瞪着眼白过多的眼睛，狐疑地看了她一眼，然后将面包拿去，将羊拐放入女萨满展开的手中。

飞机在天空轰鸣着，乘客中有一个人正是我们的女萨满。女萨满张开手，我们看见了她手中的那只羊拐。

终于回到统万城了。如今这里不叫统万城，而叫红墩界镇××村，或者按民间的说法，叫"白城子"。当年海市蜃楼般的辉煌都城，逾一千六百年的岁月侵蚀以后，洗尽铅华，已成苍茫的白色废墟，那白色废墟斑驳，苍老，无限凄凉。城的下半部分，为鄂尔多斯高原滚滚而来的黄沙所充填，那条自草原而来的弯曲河道，也只剩下细细一股水，在那深深的河床中流着。

女萨满站在西北角楼的顶端，向这片废墟望去，橘红色的夕阳，像一个大车轮子，停驻在那乔山之巅十三敖包的顶上。天空中密密麻麻的黑乌鸦，像云彩一样在城头上翻飞，发出聒噪之声。飞累了，便歇息在蒸土所筑的土基上。那土基上有着马蜂窝一样的巢穴，这巢穴也许当年是架那些宫殿椽头的。椽已经没有了，腐朽了，现在只剩一个一个的窟窿。

在统万城的废墟上，在永安台前，在一棵胡杨树下，一个头上扣着白羊肚子手巾的陕北老农，正就着那白色的台阶，在磨手中的镰刀。那人的背影酷似我们的主人公赫连勃勃。

女萨满走上前去，说道："你好，我认出了你！你是王！难道，你也会像现代人一样玩'穿越'吗?"

老农抬起头来，回答说："你认错人了，远方而来的旅行者。我谁也不是，我只是我——这周围村子里的一个农夫。"

女萨满将羊拐展开："那么，这个物什，你认识它吗?"

那农夫的眼睛里闪了一下火花，但立即又熄灭了："对不起，我不认识它！那不是我的东西！前面有个旅游点，那里有许多摆小摊的人，小摊上，有很多这种东西。"

说完，那个陕北农民装束的人，拎起镰刀，背起一捆山一样高一样沉重的庄稼走了，消失在苍茫中。

女萨满喃喃地说："唉，幸亏有这么一座城，一座匈奴城，一座童话城，一件标志性建筑。有此为证，它确凿地告诉我们，那个第一个跃上马背的民族，那些轰轰烈烈的故事，那列队走过的英雄美人，他们都确实存在过——真的存在过！"

说罢，女萨满一扬手，将那羊拐扔到了统万城的废墟中去。

而就在此刻，一辆高车，这青海的高车，昌耀的高车，正从北斗星宫之侧悄然轧过，从岁月间摇撼着远去。当那高车路经统万城这一段行程时，我们听见，从那高车上飘飘忽忽地传来流行歌曲的声音——

把酒高歌的男儿是北方的狼族。
人说北方的狼族，
会在寒风起站在城门外，
穿着腐锈的铁衣。

我们的故事到这里就结束了。

活着多么好呀！无论是对于城来说，还是对于人类来说，都如是。那死亡固然是壮美的，壮美得令人着迷，令人震颤，令人心驰神往，但是，活下去吧，人们。活下去吧，城。即便是庸常地活着，也似乎更好一些。

尾歌　天似穹庐 地如衾枕

在这如歌的行板中，歌者赞叹天似穹庐，歌者感恩地如衾枕，歌者走入了那一千六百年前的历史空间，歌者以全新的视角诠释了各类奇异人物，歌者完成了一次有些过于漫长的穿越。

哦，从此岸到彼岸，从彼岸到此岸，从这岸到那岸，从那岸到这岸，为了完成它，歌者用了"八十支歌"的长度来吟诵。歌者的声音，因为这有些过于冗长的吟唱，都已经有些嘶哑了。

历史有着许多的不解之谜，许多的永恒之谜。我们的赫连勃勃，大约就是这谜中之一，而我们的鸠摩罗什，是另一个谜中之一。同样的，统万城的修筑是一个大谜，匈奴民族在行将灭亡前的那天鹅一唱是一个大谜。宗教的创世纪亦是一个大谜。

赫连勃勃凄楚地微笑着，穿着腐锈了的铁衣，站在那已经废弃了的城池的门口，拍打着门环。歌者试图走近他，试图把这个草原英雄还原出他的真实，试图近距离地一睹他骑一匹黑马鼓行燕赵纵横秦陇时的风姿。

那么，歌者做到了吗？也许并没有。因为歌者更多地屈从于那些史籍和传说，而那些史籍与传说，从它产生的那个年代起，就已经有了许多的对当事人的偏见在内。

我们记起在本书中，赫连勃勃在攻破长安、灞上称帝时，诛杀那一位京兆尹时的情景。他说，历史是胜利者书写的历史，哦，文化人，你们的那一张利嘴，以后又会怎么说我呢?!

他是一位英雄，是以骑一匹黑马、面色忧郁的愁容骑士形象出现在历史进程中的一个人物。他建造了一座匈奴民族的辉煌都城，他完成了天鹅的最后一声绝唱。他是历史的一个大谜。

——当历史尘埃用了一千六百年的漫长时间，完成它的沉淀以后，当那人和那城的轮廓渐渐清晰起来以后，我们可不可以用上面的话，这样说他？

站在统万城这个视角上，这个基点上，我们向那被老百姓称为“边墙”，被头脑光光的史学家们称为“长城”的地方，向它的内侧的广大农耕文明地区和外侧的广大游牧文明地区遥望时，我们会发现这样一个历史真相——

我们会发现，史学家们所津津乐道地为我们提供的二十四史正史观点，在这里轰然倒塌。

从这个角度看，一部中华民族的历史，是以一种另外的形态存在着的。这另外的形态就是：每当那以农耕文明为主体的中华文明，走到十字路口，停滞不前，难以为继时，马蹄踏踏，胡笳声声，游牧民族的马蹄便会越过长城线呼啸而来，从而给这停滞的中华文明以动力和生机，以新的胡羯之血。

很好，几千年来，中华民族就是这样走过来的。也许，这就是当世界上那些另外的文明古国，都已经泯灭于历史路途上的时候，这个东方文明古国，东方古老种族，却一直屹立不倒，依旧郁郁葱葱、生机盎然的全部奥秘所在。

历史在前行着，河流冲击着堤岸，发出巨大的声响。那河流是有河床的，它纵然千回百转，却总是循着河床左右激荡；而那历史则是有框位的，历史那命定的行程，一直走在它自己的框位上。

唉，这是一个沉重的话题。还是把这个沉重的话题，留给那些头脑光光的历史学家、人类学家去说吧，我只是一个歌者，只是为了剧情的需要、演出的需要，走到一个陌生的领域去插嘴，去嚼舌而已。我感到自己有点儿像那贪吃的马儿一样，吃草的嘴巴已经有些越界了。

同样的，那宗教创世纪之谜，那身披一件黄金袈裟一路东行的高僧鸠摩罗什之谜，在经过这一千六百年的尘埃之后，我们细想这其间端里，大约也只能用这是东方民族的命数，是事出偶然却又行之必然来解释。

佛教传入中国，改变了中国，深入地融入了中国人的每一个毛孔，渗入了大地的每一个毛孔。一位西方学者曾仰望着鸠摩罗什说：鸠摩罗什是东方文明的底盘。

是的，这是命运，是命数，是世界对这个东方古族的偏爱。多么好呀，世界，它是如此地泽被和福荫着东方这一片天空和这一片大地，它是多么的慷慨呀！

天如穹庐呀，地如衾枕！

在结束这一次穿越之后，在走出迷宫之后，在魂灵不再附体之后，且让我们重新踏到这坚实的大地上回到现在时，回到卑微的我们自己本身。

那座逾一千六百周年岁月风尘的草堂寺，它如今还在，只是那墙壁上和供奉的佛像身上，涂了太多的油彩。哦，且让我们像一个普通的香客一样走近它，仰视它，为它燃上三炷高香。并且在征得住持同意的情况下，将堂口的那面响彻四方的大钟，轻轻叩响。

而那处于北方旷野上的辉煌都城统万城，它也依旧在那里闪闪烁烁。红柳河在它的这一侧依旧淙淙流淌，十三座敖包在它的另一侧依旧高高矗立。铅华洗尽，包装褪去，现在，只那白色蒸土的残骸裸露在这旷野上。夕阳凄凉地照耀着它，那鹰隼还在天空翱翔，时而像挂在空中一样，纹丝不动；时而又平展双翅巡游，仿佛还在为这片旷野、这座城市值更。

也让我们走近它，以一种旅行者的身份、旅行者的心态走近它。而在走近它的同时，顺便从路旁采来一束随便什么花儿。我们来到城下，为城献上。

2011.4.21—2012.4.21

西安—榆林—靖边—统万城—西安

2012.8.12 中午第四稿改定

（原出版单位：太白文艺出版社 2013 年 1 月第 1 版）